स्वयं लेखक द्वारा चुनी हुईं

छब्बीस कहानियाँ

छब्बीस कहानियाँ

विजयदान देथा

वाणी प्रकाशन

प्रकाशन के उत्कृष्टतम 63 वर्ष

पेपरबैक प्रथम संस्करण : 2011
पेपरबैक दूसरा संस्करण : 2015
पेपरबैक तीसरा संस्करण : 2020
पेपरबैक चौथा संस्करण : 2026

vaniprakashan.com

वाणी प्रकाशन

4695, 21-ए, दरियागंज, नयी दिल्ली-110 002

फ़ोन : + 91 11 23273167, 23275710

शाखाएँ

अशोक राजपथ, पटना-800 004, बिहार

कॉफ़ी हाउस कैम्पस, महात्मा गांधी मार्ग, प्रयागराज-211 001, उत्तर प्रदेश

महात्मा गांधी अन्तरराष्ट्रीय हिन्दी विश्वविद्यालय, वर्धा-442 001, महाराष्ट्र

sales@vaniprakashan.in

vaniprakashan@gmail.com

Chhabbees Kahaniyan

by Vijaydan Detha

ISBN : 978-93-5229-230-1

Collection of Stories

मूल्य : ₹ 395

सिटी प्रेस, दिल्ली-110 095 में मुद्रित

वाणी प्रकाशन का लोगो मक़बूल फ़िदा हुसैन की कूची से

उद्भट कथानवीस
संजीव की
बेमिसाल कहानी
'ज्वार' के नाम।

बिज्जी

भूमिका

विजयदान देथा अन्तरराष्ट्रीय ख्याति के कहानीकार हैं लेकिन उनके बारे में यह जानना महत्त्वपूर्ण है कि विश्व विख्यात कथाकार चेखव की तरह विजयदान देथा ने भी शायद ही कोई उपन्यास लिखा हो। चेखव को यद्यपि आधुनिक कहानी का जनक माना जाता है। एक-दो लघु उपन्यासों के अलावा कोई उपन्यास नहीं लिखा, हाँ तीन-चार नाटक जरूर लिखे थे और उनके नाटकों ने भी नाटकों के क्षेत्र में एक नई प्रवृत्ति तथा प्रविधि का प्रारम्भ किया था।

विजयदान देथा के बारे में यह तथ्य भी जानना कम महत्त्वपूर्ण नहीं है कि अधिकांश कहानियाँ मूलतः राजस्थानी में लिखी गयी थीं, सबसे पहले–'बातारी फुलवारी' नाम से उनका विशाल कथा ग्रंथ प्रकाशित हुआ था (तेरह खंडों में)। बाद में जब उनकी कहानियों के दो संग्रह हिन्दी में प्रकाशित हुए तो पूरा हिन्दी संसार चौंक पड़ा क्योंकि इस शैली और भाषा में कहानी लिखने की कोई परम्परा तथा पद्धति न केवल हिन्दी में नहीं थी बल्कि किसी भी भारतीय भाषा में नहीं थी। उनकी कहानियाँ पढ़कर विख्यात फिल्मकार मणिकौल इतने अभिभूत हुए कि उन्होंने तत्काल उन्हें लिखा–

"तुम तो छुपे हुए ही ठीक हो। ...तुम्हारी कहानियाँ शहरी जानवरों तक पहुँच गयीं तो वे कुत्तों की तरह उन पर टूट पड़ेंगे। ...गिद्ध हैं नोच खाएँगे। तुम्हारी नम्रता है कि तुमने अपने रत्नों को गाँव की झीनी धूल से ढँक रखा है।" हुआ भी यही, अपनी ही एक कहानी के दलित पात्र की तरह–जिसने जब देखा कि उसके द्वारा उपजाये खीरे में बीज की जगह 'कंकड़-पत्थर' भरे हैं तो उसने उन्हें घर के एक कोने में फेंक दिया, किन्तु बाद में एक व्यापारी की निगाह उन पर पड़ी तो उसकी आँखें चौंधियाँ गयीं, क्योंकि वे कंकड़-पत्थर नहीं हीरे थे। विजयदान देथा के साथ भी यही हुआ। उनकी कहानियाँ अनूदित होकर जब हिन्दी में आयीं तो हिन्दी संसार की आँखें चौंधियाँ गयीं। स्वयं मणिकौल ने उनकी एक कहानी 'धुविधा' पर फिल्म बनाई। बाद में उनकी कई कहानियों पर फिल्में बनीं। अभी हाल में शाहरुख खां (अमोल पालेकर) ने एक फिल्म बनाई थी जो हॉलीवुड के विख्यात पुरस्कार ऑस्कर के लिए नामांकित हुई थी।

किन्तु विजयदान देथा की कहानियाँ इन फिल्मों तथा पुरस्कारों आदि से कहीं बड़ी और महत्त्वपूर्ण हैं। हम यहाँ उनके महत्त्व तथा विशेषताओं के समझने की कोशिश करेंगे : मेरी दृष्टि में उनकी सबसे बड़ी विशेषता है, राजस्थान के लोक क्षेत्र में व्याप्त सैकड़ों परम्परागत लोक तथा दंत कथाओं को यथावत प्रस्तुत कर देना और उन पर बिना किसी आरोपण किए हुए एक हल्की सी भंगिमा द्वारा उसे अद्यतन आधुनिक कहानियों में रूपांतरित कर देना और उनमें अनेकानेक अर्थव्यंजनाएँ भर देना। ऐसा वे किस प्रकार कर पाते हैं, यही उनकी कथा-कला का रहस्य है।

विजयदान देथा के पास आदिम सी प्रतीत दंतकथाओं का जखीरा है और उनकी अधिकांश कहानियाँ उन्हीं में से छनकर आती हैं। इसी छाने जाने की प्रक्रिया में उनका कायाकल्प हो जाता है। हालाँकि न उनका लहजा बदलता है और न शब्दावली बदलती है, वह ज्यों का त्यों रूखे और तीखे राजस्थानी मुहावरों वाली भाषा बनी रहती है। किन्तु किसी 'अदीठ' (उनकी एक कहानी का नाम) चमत्कार से वह केवल आधुनिक ही नहीं एक सार्वकालिक तथा सार्वभौमिक कथा कृति बन जाती है। रेत के तूफान में घिरी भूमि में सहसा सामने आ गये नखलीस्तान की तरह! ऐसी ही उनकी एक कहानी है 'उलझन' (अब तो यह पर्याप्त चर्चित) कहानी में जन्म से ही जंगलों और जानवरों के बीच पला एक ऐसा युवक है जो चलता भी चौपायों की तरह है और काले झबरीले बालों से ढँका हुआ उसका शरीर भालू की तरह दीखता है। उसे संयोग से एक दिन व्यापारी पति द्वारा परित्यक्ता एक बनजारन मिल जाती है जो उसे क्रमशः एक सभ्य और सुदर्शन युवक में बदल देती है तथा उससे विवाह कर लेती है। दूसरा संयोग तब घटित होता है जब यह पता चलता है कि वह एक राजा का बेटा है (लोक कथाओं की तरह ही) जो बचपन में ही माता-पिता से बिछड़ कर जानवरों के बीच उन्हीं के द्वारा पाला पोसा गया था। अन्त में उसके पिता राजा उसे ढूँढ़ निकालते हैं और उसे अपनी पत्नी सहित राजमहल में ले जाकर अपना सब राज-पाट सौंप देते हैं। किन्तु राजा होते ही वह एक नृशंस तथा अत्यन्त क्रूर व्यक्ति में बदल जाता है। इस बार वह सचमुच भालू बन जाता है, कहानी इसी विडम्बना को सामने लाती है : जब वह भालू जैसा था तब शायद ज्यादा 'मानव' था और जब वह मनुष्य होकर एक सम्पत्तिशाली राजा में बदल जाता है तब वह 'मनुष्य' नहीं रहता सचमुच एक जानवर में बदल जाता है : वह अपनी प्रजा को ही नहीं उस पत्नी को भी—जिसने उसे भालू से मनुष्य बनाया था, अत्यन्त पीड़ित करने लगता है, उसे तरह-तरह की यातनाएँ देता हुआ। बनजारन रानी सोचती है कि काश उसने उसे 'भालू' ही बना रहने दिया होता! बेचारी रानी गर्भवती भी है और उसकी उलझन शायद यह है कि वह अपनी कोख से 'भालू' को जन्म देगी या 'मनुष्य' को! यह कहानी किन-किन

दिशाओं में संकेत करती है, यह बताने की जरूरत नहीं।

देथा जी प्रचलित अर्थ में आधुनिक भी नहीं हैं, वे आधुनिकता का भी अतिक्रमण करते हैं।

लगता है मानो वे अपने क्षेत्र की लोककथाओं और दंतकथाओं का कोई संकलन तैयार कर रहे हों (रामनरेश त्रिपाठी के 'ग्रामगीतों' की तरह) जिनमें राजा-रानी, भूत-प्रेत, जादू-टोने, झाड़-फूँक, साँप-छछुंदर सब कुछ है। उनमें मानो कोई परिवर्तन किया ही नहीं गया हो। बस सब कुछ बटोरकर रख दिया हो! इसी कारण कुछ अज्ञानी लोगों द्वारा कभी प्रचारित कर दिया गया था कि आखिर उन्होंने किया ही क्या है, महज राजस्थानी लोककथाओं का एक बृहद् संकलन तैयार करके 'महान लेखक' बन बैठे हैं। यदि इन अज्ञानी लोगों में उनकी कहानियों से यह भ्रम पैदा कर दिया था तो कोई अचरज की बात नहीं, बल्कि इसी 'भ्रम' में विजयदान देथा में कथा-शिल्प या कथा कौशल का मर्म छिपा हुआ है।

पता नहीं चल पाता कि किस करिश्मे या जादुई स्पर्श से वे किसी फैशनेबल जादुई यथार्थ (मैजिकल रियलिज्म) नहीं रचते बल्कि एक सीधे-सादे मानवीय यथार्थ को सामने लाते हैं।

एक गहरी मानवीयता (भले ही यह अब एक घिसा पिटा शब्द हो गया हो) उनकी समस्त कहानियों के केन्द्र में है।

यही कारुणिक मानवीयता (या अमानवीयता) हम उनकी 'दूरी' जैसी कहानी में भी देख सकते हैं। यहाँ तक कि जब हम क्रूरतम अमानवीयता को दर्शाने लगते हैं तो वस्तुतः मानवीयता का ही अधिक चेहरा सामने लाते होते हैं—दूरी कहानी यही करती है। यह उनकी बाकी कहानियों से भिन्न है। इसी तरह 'रास्ते की तलाश' कहानी में जो लोककथाओं पर ही आधारित एक इतिहास कथा है, संगीत के प्रभाव का जो चित्रण किया गया है, वह अपूर्व है, संगीत क्या नहीं कर सकता है? इस प्रभाव को भी एक प्रचलित दंत कथा के द्वारा ही बताया गया है—''सुना था कि एक भेड़िया मुँह से भेड़ को दबाये भाग रहा था कि एकाएक उसके कानों में अलगोजे की एक अद्भुत टेर सुनाई पड़ी और उसी क्षण उसके दाँतों से भेड़ छिटक कर गिर पड़ी और सबसे अजीब बात तो यह हुई कि भेड़िया अपनी खून से सनी जीभ से भेड़ के रिसते घावों को (जो उसी ने लगाये थे) चाटने लगा।'' संगीत के प्रभाव का यह चित्र उसके सामंती प्रभावों के वर्णन से कितना भिन्न है जहाँ दीपक राग गाने से दीपक जल उठते हैं, और 'मेघ मल्हार' गाने से मेघ बरसने लगते हैं। अकबर के दरबार के नौ रत्नों में से एक मियाँ तानसेन ने यही किया था। पर यह था हत्यारे जंतु भेड़िये पर संगीत के प्रभाव का चित्रण! अपने राजा-रजवाड़ों के लिए विख्यात राजस्थान में देथा जी जैसा जन कथाकार ही संगीत के प्रभाव की ऐसी व्याख्या कर सकता था।

विजयदान देथा ने लोककथाओं के ढेर और अम्बार से ऐसे ही अनेक अनमोल रत्न ढूँढ़ निकाले हैं। उदाहरण के लिए संग्रह में एक कहानी है 'बड़ा कौन?' जिसे परम्परागत लोककथाओं की तरह लिखा गया है और जिसकी शुरुआत है 'एक था राजा...' लेकिन उस लोककथात्मक शुरुआत से जो कहानी निकलती है उसकी व्यंजनाएँ 'दूर तलक जाती हैं...' कहानी में राजा ही नहीं है, एक किसान भी है जिसके दो बेटे हैं एक का नाम है 'दौलत' और दूसरे का 'दलित' (नामों पर गौर करें)। स्वाभाविक है दौलत अपने भाई दलित का दलन करता रहता है और वह अपनी स्वाभाविक मासूमियत के साथ उसे सहन करता रहता है। वह खेत जोतता है, खुदाई करता है, दौलत की आज्ञा और आदेश पर वह सब कुछ करता रहता है जो एक दलित करता है; पर एक बार जब वह अपने खीरों की बेलों से एक खीरा तोड़ता है तो काटने पर उसमें महज कंकड़-पत्थर मिलते हैं। वह उन कंकड़ों को घर के एक कोने में डाल देता है। अचानक एक दिन घर में एक व्यापारी आता है और वह उन कंकड़ों को देखता है तो उसकी आँखें चौंधियाँ जाती हैं—वे न तो खीरों के बीज हैं और न कंकड़ हैं, वे चमचमाते हीरे हैं। खीरे का हीरों में बदल जाना बड़ा व्यंजक है : यह हीरा श्रम द्वारा उत्पन्न हीरा ही है जो दलित की दृष्टि में 'कंकड़-पत्थर' हैं। दलित जब तक हीरे को कंकड़-पत्थर मानता रहेगा तब तक वह 'दौलत' को चुनौती देता रहेगा, पर जैसे ही वह दौलत के पीछे भागेगा, वे हीरे फिर कंकड़-पत्थर में बदल जाएँगे। मैं इस कहानी की अधिक व्याख्यां नहीं करना चाहता, न आज की दलित कथाओं और दलितवाद पर कोई टिप्पणी—'बात बोलेगी हम नहीं'। विजयदान देथा की कहानियों में बात ही बोलती है। यह कहानी दलित के श्रम की कहानी है वह उत्पन्न करता है खीरा पर वह बन जाता है हीरा। यह हीरा श्रम का 'फल' है, शोषण का नहीं। आज के दलित कथाकारों को समझ जाना चाहिए कि उग्र हुए बिना भी 'वर्गीय स्तर' पर उत्तर कैसे दिया जा सकता है। विजयदान देथा की सभी कहानियों में अंतर्निहित अर्थवत्ता को उजागर करना यहाँ सम्भव नहीं है।

अपने कथा कहने की भदेस शैली और भाषा आज की तथाकथित आधुनिकता को भी बहुत पीछे छोड़कर एक नयी आधुनिकता को अवधारणा निर्मित कर लेती है जिससे कम से कम अधकचरे आधुनिक या उत्तर-आधुनिक कथाकारों को सीख लेनी चाहिए। इसे यों भी कह सकते हैं विजयदान देथा ने एक अपना निजी उत्तर-आधुनिक परिवेश रचा है। लोककथाओं में निहित मिथकों को ऐसे ही उद्घाटित किया जा सकता है।

यहाँ चलते-चलते विजयदान देथा की एक अन्य चर्चित कहानी 'अनेकों हिटलर' का जिक्र करना आवश्यक है; कहानी महज इतनी है कि किसी तरह पैसे जोड़कर या उधार लेकर दो किसान शहर से ट्रैक्टर खरीद कर लौट रहे हैं। ट्रैक्टर

पाकर वे इतने मुदित और उत्तेजित हैं कि रास्ते में शराब खरीद कर पीते-झूमते ट्रैक्टर को जितना तेज चला सकते थे चला रहे हैं, उसी सड़क पर एक साइकिल सवार भी जा रहा है जिसे वे ट्रैक्टर और नशे के मद में नहीं देख पाते और उसे रौंदते हुए आगे बढ़ जाते हैं। ध्यान देने की बात है कि ट्रैक्टर और साइकिल सवार दोनों प्रायः सामान्य वर्ग के ही हैं और न तो ट्रैक्टर मोटरकार है और न साइकिल मोटर साइकिल (जिसके अमानवीय और क्रूर आपराधिक किस्से हम आये दिन सुनते-पढ़ते रहते हैं)। फिर भी यह हादसा होता है। एक ही वर्ग के दो व्यक्तियों की मानसिकता तथा जीवन के प्रति दृष्टिकोण में इतना विरोधाभास और अंतर! दरअसल देथा जी दिखाना चाहते हैं कि अमानवीय और क्रूर होने के लिए सम्पदा, प्रभुत्व और अकूत सत्ता ही हमेशा 'हिटलर' नहीं बनाती है। हिटलर कहीं भी, किसी में भी अचानक उत्पन्न हो सकता है जैसे आज के अनेक झूठे और अहम्मन्य व्यक्ति दो दिनों की कुर्सी पर अधिकार सुख प्राप्त मदमत्त होकर बिना दायें-बायें देखे लोगों को 'रौंदना' शुरू कर देते हैं—किसी को राजा और किसी को रंक बनाने के अपने 'सारहीन' भ्रम में वे टुकड़े बाँटते रहते हैं और विडम्बना यह है कि हिन्दी साहित्य में ही नहीं प्रायः प्रत्येक क्षेत्र में ऐसे 'श्वानवृत्ति' के लोगों की कमी नहीं। इस प्रकार यहाँ हिटलर का प्रयोग एक प्रतीक के रूप में किया गया है।

इसी प्रकार 'बाता दी फुलवारी' भी एक प्रतीक ही है : रेगिस्तान में 'फुलवारी'! वस्तुतः ऐसे सामर्थ्यवान रचनाकार ही रेगिस्तान में फूल खिला सकते हैं।

विजयमोहन सिंह

अनुक्रम

बैंडमास्टर इब्राहिम

रात के क़रीब दो-नहीं-नहीं, दो तो कुछ समय पहले बज चुके थे। ढाई बजने वाले हैं। सरदारपुरा से महामन्दिर की तीन मील सूनी व बोझिल दूरी, एक-एक क़दम कम करते-करते आख़िर इब्राहिम ने पार कर ही दी। मगर कोठरी के सामने पहुँचने पर भी उसने न तो ताला ही खोला और न खोलने की वैसी मंशा ही दरसाई। अपने ही दरबे में सर छिपाने के लिए उसके मन में चोर वाली आशंका क्यों उभरी? अपने-आपको पुख़्ता तौर पर आश्वस्त करने के बहाने उसने इधर-उधर देखा। कोठरी तो वही है! फिर सन्देह क्यों हुआ? आँखों पर पट्टी बाँध, खड़ा कर दे तो भी सही पहचान कर ले! तब अपने ही घर का दरवाज़ा खोलने के लिए उसके मन में अजनबी वाली झिझक क्यों पैदा हुई? घर की पहचान में ग़लती हुई या ख़ुद अपनी पहचान में? अब तक तो ऐसी गुत्थी कभी नहीं उलझी थी। अचानक उसके होठों पर स्वतः एक हल्की-सी मुस्कान थिरक उठी, मानो बुढ़ापे की ग़फ़लत पर अजाने ही हँसी उछल पड़ी हो। इस तरह की सच्चाई से पहली बार ही वास्ता पड़ा था। कल तक तो कुछ इल्म ही कहाँ था? लेकिन अपने ही दरवाज़े पर ऐसी उधेड़बुन मसख़री-सी लगती है! तुरन्त चमचमाती वर्दी की जेब में हाथ डालकर उसने चाबी निकाली और हड़बड़ाकर ताला खोलने लगा। खटर-पटर की भनक के साथ ही भीतर से सहमी-सहमी आवाज़ सुनाई दी, "कौन है, कौन है?"

"मैं हूँ? डर मत।" मगर आज डर तो सचमुच इब्राहिम के मन में ही उपजा था। फिर यह तो बच्चा है, नादान बच्चा।

अथाह अँधियारे में आँखों के बदले हाथ-पाँव काम सार लेते हैं। इब्राहिम का हाथ सीधा उसी आले में गया और दूसरे ही क्षण खट्ट-सी रगड़ के साथ कोठरी के साँवले दायरे में मद्धिम उजाला सहमता-सा फैल गया। दीये की जलती लौ के साथ इब्राहिम के होठों पर फिर मुस्कराहट झलकी, "बरकत, तेरी नींद भी कमाल है रे!

उधर दरवाज़े के बाहर किसी ने साँस ली नहीं और इधर तेरी आँख खुली नहीं! तू तो वाक़ई किसी बड़े सेठ के हवेली पर चौकीदारी करने के क़ाबिल है...।"

भानजे की अतिरिक्त सावचेती के लिए बैंड बजाने वाले मामू की समझ का बूता ही ऐसा था कि सेठों की चौकीदारी के अलावा उसे कोई दूसरी बात सूझी ही नहीं। मगर नादान भानजे को मामू की दुआ से बिल्कुल खुशी नहीं हुई। उस सौभाग्य का कूता उसके वश की बात नहीं थी। सात या आठ बरस का बच्चा तो अपने घरौंदे को ही हवेली से बढ़कर मानता है! सेठों के मुक़ाबले अपने मामू को ही बड़ा रईस समझता है!

फटी गुदड़ी से आधा मुँह उघाड़कर वह अपने मामू की ओर टुकुर-टुकुर देखने लगा। नाक में शिकन डालकर उसने मज़बूत रहने की चेष्टा तो काफ़ी की, किन्तु फिर भी भिंचे दाँतों से हलकी सिसकारी बाहर छिटक पड़ी। कानों की अपेक्षा मामू के कलेजे पर उसकी चोट हुई! वर्दी खोलते-खोलते वहीं ठिठक गया। घबराकर पूछा, "क्या हुआ रे?"

जितना जल्दी सवाल उफना, उतना जल्दी उसका जवाब नहीं कौंधा। पर मामू को उतना सब्र कहाँ था? फिर वही सवाल दुहराया, तिहराया। जवाब न देने पर तो बात ज़्यादा बिगड़ेगी। नासपीटी सिसकारी ने ऐन वक़्त पर धोखा दिया, नहीं तो वह कुछ भी सुराग़ नहीं लगने देता। मुँह पर फिर से गुदड़ी खींचकर धीरे-से बोला, जैसे कोई गुनाह हो गया हो। "पसली में टीस उठ रही है, नींद ही नहीं आई।"

मामू के दिल की धड़कन बढ़ गई। सलवटों की जाली तने चेहरे पर और सफ़ेद दाढ़ी में काली झाँई फैल गई। मीठी झिड़की पिलाते कहने लगा, "बरकत, तू भी कम ज़िद्दी नहीं है। सबेरे कितना मना किया कि रात की बासी कढ़ी मत खा, कड़ाके की सर्दी पड़ रही है। मगर तुझे कहा और पत्थर को कहा बराबर है! मैं तो पहले ही जानता था।" इस नन्ही उम्र में कोई कितना आज्ञाकारी हो सकता है, इसे इब्राहिम के अलावा भला और कौन जानेगा? लेकिन पसली दुखने की बात सुनते ही वह विचलित हो गया। बरकत के सिरहाने बैठ, उसके सर पर हाथ फेरने लगा, "रात की बासी कढ़ी खाने से पसली नहीं दुखेगी तो क्या सर दुखेगा?"

"सर दुखने से नींद आ जाती?"

इब्राहिम तो पहले ही भरा हुआ था। प्यार सनी फटकार के साथ कहा, "चुप कर! बड़ा आया लुक़मान कहीं का! सर दुखने में कुछ जोख़म तो नहीं, मगर पसली दुखने से तो दस मिनट में साँस निकल जाए...!"

"पर मुझे तो चार-पाँच घंटों से चैन ही नहीं पड़ा...।"

मामू से आगे कुछ भी सुना नहीं गया। सकते में आकर पूछा, "क्या कह रहा है? चार-पाँच घंटों से तेरी पसली दुःख रही है?"

नादान होते हुए भी बरकत को साफ़ पता चल गया कि उसकी बात सुनकर मामू को पसली के दर्द से कहीं ज़्यादा पीड़ा हुई है। उसे धीरज बँधाने की नीयत से बोला, "ऐसी कोई ख़ास तकलीफ़ नहीं; आप तो यूँ ही डर गए।"

भानजे की उस डेढ़ होशियारी से क्रोध की बजाय मामू को हँसी छूट गयी, "बेटे, बीमारी से रिश्ता नहीं होता। थोड़ी देर हिम्मत रख। अभी नमक का सेंक किए देता हूँ। बस्स, चुटकी में दर्द मिट जायेगा।"

फिर हड़बड़ाहट में कपड़े बदले। चमचमाती वर्दी समेटने के पहले फटी तहमद और मैली सदरी ठसा ली। जब बेहद उतावली से वह सिगड़ी में कोयले भरने लगा, तब बरकत ने मना करते कहा, "ना मामू, अब रहने दें। दर्द काफ़ी कम हो गया। रात को तकलीफ़ करने की ज़रूरत नहीं।" इतना कहकर वह कुहनियों के सहारे उठ बैठा, यह जताने के लिए कि उसने जो बात कही वह बिल्कुल सही है।

"बच्चों की बात पर एतबार थोड़े ही किया जाता है, सो तेरे कहने से मान जाऊँ। बेकार होशियारी मत छाँट। ज़्यादा हिम्मत छौंकने की ज़रूरत नहीं।"

कोठरी के बाहर वह सिगड़ी जलाने लगा। कोई नयी बात नहीं थी। उम्र बीत गयी अपने हाथों हमेशा यह काम करते-करते। परन्तु जगमगाते कोयलों की रंगत आज उसे अनोखी लगी। सर्दियों की ढलती रात। चारों तरफ़ ठंडा व अथाह अँधियारा। नंग-धड़ंग सितारे थर-थर काँप रहे थे! सिगड़ी की आँच तो उन्हें क्या लगती होगी? किन्तु आग का यह कैसा करिश्मा? उसका परस पाकर काले बेजान कोयले दहक उठे! रेशे-रेशे में कुसुंभी आब घुल गयी! मानो सिगड़ी की कोख से नया चाँद प्रकट हुआ हो! और आग बुझने पर वही काला बदरंग स्वरूप। मगर पेट की आग काफ़ी दुखदाई होती है। कितनी-कितनी लम्बी उम्र इसे रोज़ बुझाते रहने में गँवा दी! आज ढलती उम्र में यह इल्म हुआ कि इनसान होकर कुत्ते की ज़िन्दगी जी है! क्या यह बच्चा भी इसी आदिम लीक के सहारे अपनी मंज़िल पूरी करेगा...? ऐसी नापाक ज़िन्दगी तो इसके क़ाबिल नहीं। क्या उपाय करने से इस पाक शरीर की आबरू बचे? बड़ा जंगी सवाल था। जिसका जवाब हज़ार इब्राहिम मिलकर भी नहीं दे सकते! पर पसली की पीड़ा का तो इसी समय उपाय करना होगा। कैसी नाहक उधेड़बुन में फँस गया, कुछ ख़याल ही नहीं रहा।

जगमगाती सिगड़ी लिए इब्राहिम कोठरी में आया। बरकत गुदड़ी ओढ़े सो रहा था। पश्चिमी जँगला खोलकर उसने छोटी कड़ाही में साबुत नमक गर्म किया; फिर उसे मैले चिथड़े में डालकर चुटकी बजाते कहने लगा, "बस, अब तो छिन-पल की देर! थोड़ी और हिम्मत रख और रूबरू आग का चमत्कार देख। बेटा इनसान की दुनिया में सारी माया इस आग की है! क्या चूल्हे की आग और क्या पेट की आग! पेट की आग बुझाने के लिए ही चूल्हे की आग जलानी पड़ती है। पेट की आग बुझाने का जुगाड़ न बने तो बड़ी जलन होती है। तू अभी बच्चा है, उम्र

होने पर ख़ुद समझ जाएगा। मैं भी तो आज ही ठीक तरह समझा हूँ; तुझे क्या नसीहत दूँ।"

थोड़ी देर सेंक करने के बाद उसने डरते-सहमते पूछा, "बरकत, कुछ खाना बचा है क्या?"

अच्छी तरह साफ़ सुनने पर भी बरकत को भरोसा नहीं हुआ। अचरज और दुःख के भीगे स्वर में वापस कहा, "खाना! खाना किसलिए?"

"भूख लगी है ना, तेरे मामू को; ज़ोर की भूख लगी है, इसलिए।" इब्राहिम के बदले जैसे स्वयं भूख ने पेट से उछलकर जवाब दिया हो!

बरकत ने घबराहट के मारे सफ़ाई देने की चेष्टा की, "मैंने तो शाम को खाना बनाया ही नहीं।"

"क्यों?"

बहुत छोटा सवाल था, मगर उसका जवाब बरकत के लिए पहाड़-सा भारी बन गया! था तो एकदम मासूम बच्चा ही, फिर भी पसली का दर्द बिसारकर दानाई बघारते बोला, "टीस के मारे भूख लगी ही नहीं।"

"कोई बात नहीं। पूरा आराम हो जाए तो इन्हीं कोयलों पर दो-तीन मोटे-मोटे टिक्कड़ सेंक लूँगा। मामू-भानजा साथ बैठकर खाएँगे।"

मामू उस समय सेंक करने में इस कदर मशगूल था कि बरकत के चेहरे की ओर देखा तक नहीं। वरना उससे कुछ भी छिपा नहीं रहता कि मोटे-मोटे टिक्कड़ पकाने की बात सुनकर उसके मुँह की रंगत बदल क्यों गयी?

कोई दस-पन्द्रह मिनट बाद उसने पुचकारते पूछा, "कुछ आराम हुआ बेटा?"

"ना! कभी-कभार वापस ज़ोर की टीस उठने लगती है।"

"बस्स—अब थोड़ी देर में पूरा आराम हो जाएगा।"

मामू और भानजा—भानजा और मामू—दोनों की ख़ातिर समय की रफ़्तार पहले से काफ़ी धीमी हो गयी थी। यह समय भी बड़ा मनमौजी है। औघड़ अलबेला! जब चाहे अपनी चाल पलट लेता है। कभी तो एकदम पंगु हो जाता है और कभी बाज़ की नाईं उड़ानें भरने लगता है। चुप रहने पर तो निष्ठुर समय का फन्दा गला ही घोट डालेगा।

"अब कैसे है?"

"पहले जैसा ही—ज्यूँ का त्यूँ।"

मामू की परेशानी बढ़ गयी। सेंक करता हाथ काँपने लगा। मद्धिम उजाले का दबाव बढ़ता-सा महसूस हुआ! लेकिन बरकत झूठ बोल रहा था। पसली का दर्द शान्त हुआ तो वह एक दूसरी ही पीड़ा में फँस गया। मामू तो किसी बरात में बैंड लेकर गये थे। फिर भूखे क्यों आये? ऐसा तो कभी नहीं हुआ। खुद मामू ने हिदायत दी थी कि उनके लिए रोटी नहीं बनाए। नगर-सेठ के बेटे का ब्याह

है। ख़ैर...भूखे आने की वजह न भी जान सके तो कोई बात नहीं। वे भूखे हैं, इसके बाद और क्या जानना बाक़ी रह जाता है? जलते कोयलों पर मोटे-मोटे टिक्कड़ पकाने की बात! मामूली भूख की तो वे परवाह भी नहीं करते। कई बार मरज़ी से लंघन किया है और कई बार मजबूरी में। वाक़ई इन्हें ज़ोर की भूख लगी है, इसमें कोई शक नहीं। लेकिन घर में एक चिमटी आटा तक नहीं है। फिर रोटियाँ कैसे बनेंगी? वे भी पतली-पतली नहीं मोटी-मोटी रोटियाँ। इसीलिए आराम होने पर भी वह दर्द का बहाना कर रहा था। सेंक करेंगे तब तक आटे की पोल नहीं खुलेगी। जितना समय गुज़रे अच्छा है। मगर यह नागडसा समय तो खिसक ही कहाँ रहा है? सीने में खूँटे की तरह एक ठौर गड़ा है! काश! अगले ही पल चमचमाता सूरज उग आये तो कैसी उम्दा बात बने! किसी भी घर से वह खुद आटा माँगकर ले आएगा। इस कशमकश के साथ उसके पछतावे का भी पार नहीं था कि वह अपने अच्छे मामू को झूठ बोलकर ठग रहा है। ग़रीबी का एक-एक क्षण, अमीरी के पूरे दिन से बड़ा होता है!

"क्यूँ रे बरकत, अब तो आराम हुआ?"

उसने कुछ भी जवाब नहीं दिया। उसी तरह गुमसुम सोता रहा। कानों की राह सारी देह के भीतर जैसे बिजली छू गयी हो! सवाल मुश्किल नहीं होता, जवाब मुश्किल होता है!

"बोल, जवाब तो दे। अब कैसे है?"

शरीर का पोर-पोर इनकार करना चाहता था, किंतु नासपीटे मुँह ने ऐन वक़्त पर धोखा दिया, जैसे किसी दुश्मन का मुँह हो! "हाँ, अब आराम है।"

"पूरा आराम है?"

"हाँ।"

उसे यह भी ठीक पता नहीं था कि उसने मना किया कि हामी भरी! करवट बदलकर दूसरी तरफ़ मुँह फेर लिया। ज़ोर से आँखें बन्द करके मुट्ठियाँ कसकर सीने से चिपका लीं। जैसे कोई बेशक़ीमती चीज़ उसके हाथ से गिरकर चकनाचूर हो गयी हो!

किंतु इब्राहिम की ख़ुशी का पार नहीं था। मानो किसी चरख़ी के दाँतों में फँसी उसकी देह अचानक छूट गयी हो! शब्दों के बहाने ख़ुशी की बौछार करता खाट पर से उठ बैठा। "मैं तो पहले ही जानता था कि सेंक करने से आराम पहुँचेगा। बेटा, याद रखियो, यह आग बड़ी नियामत है आदमी के लिए! इसी ने इनसान को जिलाया है! तू इससे कभी खौफ़ मत खाना। रोटी ठूँसकर दुबारा सेंक कर दूँगा, फिर कोई डर नहीं।"

लेकिन बरकत के डर की कोई सीमा नहीं थी। वह जानता था कि अब उस पर क्या क़हर ढहने वाला है। काँपते हाथों से गुदड़ी खींचकर मुँह पर डाल ली।

इब्राहिम ने पीपा उतारा तो एकदम हलका! कुछ भारीपन की आस थी। खोलकर देखा तो बिल्कुल ख़ाली। उफ़...ऐसी आस तो किसी के दुश्मन की भी न टूटे! बरकत ने तो तड़के ही दो-तीन बार आगाह किया था कि राशन का आख़िरी दिन है और घर में एक दाना तक नहीं।

उसके हाथों का जैसे सत ही निकल गया हो। भरा हुआ पीपा कितना हलका होता है और ख़ाली पीपा कितना भारी! बड़ी मुश्किल से ख़ाली कनस्तर वापस पट्टी पर धरा। कोठरी में झनझनाहट बिखर गई। बरकत के कानों में जैसे गर्म सीसा उतर गया हो! सारा शरीर पसीने से तरबतर हो गया। उसे लगा कि वह खटिया सहित किसी गहरे अँधियारे पाताल में धँस रहा है...धँस रहा है!

"नींद आ गयी बेटा?"

इस सवाल का झटका लगते ही उसकी खाट मानो एकदम ठहर गयी हो। नींद की बात तो दरकिनार, वह तो ज़रूरत से ज़्यादा जागा हुआ था। फिर भी जवाब देने की हिम्मत नहीं हुई।

इब्राहिम के लिए पसली की परेशानी तो मिट गयी थी। चुपचाप उसी खटिया पर गुड़ी-मुड़ी होकर लेट गया। आगे कुछ भी पूछताछ नहीं की। अभी तो वह ख़ुद अपने ही ताने-बाने में उलझा था—आटे की ख़ातिर कई बरसों से यह एक ही पीपा है, जिसे हरदम भरा रखना भी बेहद मुश्किल है। किसी दूसरे छोटे-बड़े बासन का तो आज दिन तक सरतन ही नहीं जुड़ा। फिर बरकत ने ऐसा दुराव क्यों रखा? और रखने से ही पार कहाँ पड़ा? अब कहीं एक-एक करके सारी बातें उसकी बन्द आँखों के सामने प्रकट होने लगीं। दुःख और ख़ुशी से मिली-जुली मुस्कराहट भूखे पेट से फुदककर होठों पर आने को हुई, परन्तु ठेठ पहुँच नहीं सकी, गले के बीच ही बिखर गयी। अपने-आपको बच्चे की तरह बहलाने की मंशा से बोला, "इतनी छोटी उम्र में भी मेरा बेटा कितना समझदार है! ख़ुदा इसे लम्बी उम्र बख़्शे, हमेशा सुखी रखे।"

बरकत ने भी डटे रहने की कम कोशिश नहीं की, मगर मामू की दुआ से उसके धीरज का बाँध टूट गया। तुरंत गुदड़ी झटककर मामू के सीने में मुँह दुबका लिया और दूसरे ही पल सुबक-सुबककर रोने लगा। बत्ती के धूमिल प्रकाश और सुलगते कोयलों की आँच के दायरे में बरकत की सुबकियाँ मार इधर-उधर टकराने लगीं! इब्राहिम तो अपना होश-हवास बिल्कुल ही बिसर गया था। लेकिन वह बिसरना ही तो वास्तविक जागृति थी! दोनों कानों में सुबकियों की अलग-अलग आवाज़ सुनाई पड़ने लगी। मानो इब्राहिम ख़ुद आवाज़ बन गया हो या उस आवाज़ ने इब्राहिम की बूढ़ी देह धारण कर ली हो! उसे वह आवाज़ केवल सुनाई नहीं दे रही थी, साफ़-साफ़ दिखलाई भी दे रही थी! अब तक न जाने कितनी तरह की आफत-विपदाएँ झेलीं, मगर ऐसा हताश तो वह कभी नहीं हुआ। मौत से पहले एक और बड़ी मौत होती होगी, जिसे ज़िंदा रहकर झेलना पड़ता है...!

थोड़ी देर तक वह अजीबोग़रीब मातम चलता रहा। बरकत को कुछ ऐसा महसूस हुआ कि यह घुटन नहीं मिटी तो हड्डी-हड्डी तड़क जाएगी! सीने पर मुँह रगड़ते पूछा, "मामू, आपने खाना क्यूँ नहीं खाया? ऐसा तो कभी नहीं सुना।"

"मगर तू रोया क्यूँ, पहले यह तो बता?"

प्रश्न बहुत टेढ़ा था। जवाब तो और भी टेढ़ा था। फिर भी बरकत की जीभ ज़्यादा देर अटकी नहीं रही। "आप भूखे ही सो गये, इस कारण। मैंने सोचा कि आप खाकर आये हैं!"

"क्या बात बनी इससे? तू ही बता, जब घर में आटा ही नहीं है तो तेरे सोचने, न सोचने से क्या होता है?"

थोड़ी देर तक दोनों चुप रहे। कुछ भी कहने-सुनने की ज़रूरत नहीं थी। मौन की सुगम्भीर मुखरता को वाणी के जूठे आखर नहीं पहुँच सकते! बरकत नादान बच्चा था और इब्राहिम ढलती उम्र का बुज़ुर्ग। मगर फिर भी किसी के मन का कोई भेद छिपा नहीं रहा। उस अभेद्य मौन को छेककर थोड़ा समय और गुज़र गया। अकस्मात् इब्राहिम की वाणी के हलके स्पर्श से वह अटूट मौन एक ही क्षण में बिखर गया।

"सो गया बेटा?"

"ऊँ हुँ...।"

तब एक गहरा निःश्वास भरकर इब्राहिम कहने लगा, "तूने कुछ ग़लत नहीं सोचा बरकत। आठ कम अस्सी बरस इस बूढ़ी देह ने झेले हैं। ख़ुदा जाने, कितने ब्याह रचाये? कोई गिनती है भला? किसी ब्याह के घर से भूखा नहीं आया। ऐसा ज़लील होकर नहीं लौटा!"

'ज़लील' शब्द पर विशेष ज़ोर था। ज़ोर के साथ गुस्सा, खीज़, बेचैनी, कशमकश और छटपटाहट...तीन अक्षरों के उस एक ही शब्द में घुली थी।

"तू ठीक सुन रहा है कि नहीं?"

"सुन रहा हूँ, मामू।"

इब्राहिम की जीभ आज से पहले ऐसी कभी नहीं बरसी! मानो बादलों की रूह उसकी जीभ को बरत रही हो। धारा-प्रवाह कहने लगा, "बैंड बजाने के लिए फ़क़त रुपयों की बात तय होती है, खाने-पीने की नहीं। सीने की ताक़त फूँक-फूँककर हम बरात की शोभा बढ़ाते हैं। गला सूखने लगता है। आँखें बाहर निकल आती हैं। फिर भी ब्याह के उच्छब को अपना उच्छब समझकर हवा मथ डालते हैं। एक-से-एक बढ़कर धुनें निकालते हैं। तब उनका यह फर्ज़ नहीं हो जाता कि बैंड वालों को मान-मनुहार के साथ खाना खिलाएँ? हम तो समय पर पहुँच गए। बता कहाँ?"

"नगर-सेठ की हवेली पर।"

"वाह, मेरे राजा बेटे वाह! इसी तरह ध्यान देकर सुनना चाहिए। अभी तो

हुआ ही क्या है? हाँ, हम तो समय पर पहुँच गये, लेकिन हमें समय पर खाना नहीं मिला। ख़ूब इंतज़ार किया। बड़े आदमियों के जश्न में देर हो ही जाती है। और देर होती ही गयी! दस बज गए। ग्यारह बज गए। फिर भी कुछ आसार नज़र नहीं आए। हम खाने के लिए मर थोड़े ही रहे थे! मगर इज़्ज़त का सवाल था बेटा। आख़िर तंग आकर सेठ जी को ख़बर पहुँचाई! उन्होंने महँगाई का हिसाब लगाकर समझाया कि सत्ताईस आदमियों के खाने का सात सौ से कुछ ज़्यादा ही खर्च पड़ेगा, कम नहीं। लेकिन हम तो वैसा हिसाब जानते नहीं थे। साफ़ कह दिया कि हमें बैंड के रुपये नहीं चाहिएँ, मगर भूखे नहीं जाएँगे! दोनों का ही भद्दा लगता है। लेकिन वे नहीं माने!"

"तब भी नहीं माने मामू?"

"हाँ, तब भी नहीं माने। रुपये देना और खाना खिलाना तो उनके हाथ था। कहने के अलावा हम दूसरा ज़ोर भी क्या कर सकते थे! मगर हमारी लाचारी का बेजा फ़ायदा उठाते देख मुझे भी तैश आ गया। तीखे स्वर में कहा—मेहनत-मज़दूरी की है, कोई भीख तो नहीं माँग रहे? लेकिन ग़रीब के मुँह से अपना हक़ जताना भी उन्हें बुरा लगा। नगर-सेठ के सबसे छोटे भाई ने तेज़ी में आकर मुझे धक्का देते कहा—ऐ खूसट, ज़बान सँभालकर बोल! किस से बात कर रहा है, कुछ पता है तुझे? तब मैं भी अपना होश खो बैठा! उसकी तेज़ी देखकर मुझे भी तेज़ी आ गयी। आँखें दिखाकर बोला, "एक बदतमीज़ अहमक से, जिसको यह भी शऊर नहीं कि बुज़ुर्गों के साथ कैसा सलूक करना चाहिए?"

बरकत कब उठकर बैठ गया, न उसे पता था और न इब्राहिम को। आँखें फाड़कर अचरज से पूछा, "तब उसने क्या कहा मामू?"

"जो उसकी समझ में आया। माया के अन्धों को अपने गुमान के अलावा कुछ दिखता ही कहाँ है? उसने हकलाते-हकलाते मुझे धमकी दी कि ज़्यादा चीं-चपड़ करने पर बैंड बजाने का भी पैसा नहीं मिलेगा! कमीन-कारुओं की अक़्ल ठिकाने लाने का गुर वह ख़ूब समझता है। ऐसी ग़लीज बात सुनकर गुस्से के बदले मुझे हँसी आ गयी! मैंने कहा—रुपयों का डर किसे दिखा रहे हो बच्चू? पैसों-टकों से तुम अमीरों की अक़्ल ठिकाने लगती है, हम ग़रीबों की नहीं, समझे? मेरा इतना कहना हुआ कि सेठ जी को आग-आग लग गई। उनके ख़याल से ग़रीबों को अपनी बात कहना भी जुर्म है। उनके गुस्से की आग पर जैसे पेट्रोल गिरा हो! थूक उछालते बोले—ओछी और अधम जात को कौन मुँह लगाए? फिर नौकरों को ललकारते हुक्म छोड़ा—मुँह क्या देख रहे हो, बाहर निकालो इन हरामियों को धक्के देकर!"

"ऐसा कहा उन्होंने मामू?"

"हाँ, वे और कह भी क्या सकते हैं, फिर तो मेरा गुस्सा भी क़ाबू से बाहर हो गया। तूने मेरा गुस्सा नहीं देखा!"

"नहीं मामू! एक बार दिखाओ न मुझे भी अपना गुस्सा!"

"तुझे क्या दिखाऊँ रे, तू तो मेरा राजा बेटा है। मेरा गुस्सा देखा था उन अमीरज़ादों ने। तुझे एतबार थोड़े ही होगा कि मैं भूखे शेर की तरह लपककर गरजा—अपने हाथों में क्या चूड़ियाँ पहन रखी हैं, जो नौकरों को हुकम फ़रमा दिया? ख़बरदार! किसी ने भूल-चूक से भी मुझ पर हाथ छोड़ा तो ख़ून पी जाऊँगा? मजूरी के पैसे माँगने वाला नीच नहीं होता, मारने वाला नीच होता है! हम कोई बख़्शिश या दान नहीं माँगते, जो धक्का देने का डर दिखा रहे हो। पैसों के लिए मना किया है तो मैं पैसे लेकर ही जाऊँगा! और मैं पैसे लेकर ही रहा बेटा!"

"पैसे ले लिए मामू...?" बरकत ने अचरज से पूछा।

"हाँ। जब नगर-सेठ का अचकन पकड़कर घुड़की पिलाई—झटपट पैसे निकालो, वरना मुफ़्त में बैंड बजाने का सौदा बहुत महँगा पड़ेगा! यह शादी रंग लाकर रहेगी!" अपनी चेतना के परे ही ठट्ठा मारकर इब्राहिम आगे कहने लगा, "ये अमीर साहबज़ादे बड़े कायर होते हैं, बेटा। दबे जाओ, दबाते जाएँगे! सामना करो तो थर-थर काँपने लगते हैं! मुझे धक्का देने वाला शेर बहादुर तो चार क़दम पीछे खिसक गया! सेठ जी ने उसी वक़्त काँपते हाथ से रुपयों की गड्डी निकालकर कहा—लो...लो अपना रुपया। किसने मना किया? मेरा सब उफान ठण्डा पड़ गया। उम्र में पहली बार गुस्सा किया और वह भी इन हिजड़ों पर। हाक थू...!"

बैंडमास्टर इब्राहिम अपनी देह से परे फूल गया था! अपने मुँह के बोल अपने ही कानों सुने तो उसकी सुध-बुध झूम-झूम उठी!

मामू की जीत का डंका सुनकर बरकत के मन में एक ऐसी शंका उपजी, जिसका जवाब इब्राहिम को भी आसानी से नहीं सूझा। जबकि शंका निपट सरल एवं सादी थी। "क्यूँ मामू, जिन सेठ-साहूकारों को आप इतना नीच समझते हैं, मुझे उन्हीं की चौकीदारी के क़ाबिल समझा...?"

अब कहीं इब्राहिम को अपनी भूल का अहसास हुआ। कुछ देर तक वह बरकत के मुँह की तरफ़ एकटक देखता रहा। फिर थोड़ा शर्मिन्दा होकर धीमी आवाज़ में कहने लगा, "बुढ़ापे में चूक हो ही जाती है, बेटा! माफ़ कर! तू दो टकों की हमाली कर लेना, बूट पॉलिश कर लेना, न हो तो भीख माँग लेना, मगर किसी सेठ की नौकरी मत करना! ये इनसान को इनसान नहीं समझते!"

इब्राहिम की पैनी निगाह ने अँधेरे को छेककर भीतर कुछ देखने की आशा से आँखें फाड़ीं! कहीं गहरे छिपी-दुबकी मद्धिम रोशनी का आभास हुआ उसे। मानो रहस्यमय अँधियारे ने उसकी बात का समर्थन किया हो! जिस जगह पीठ पर धक्का लगा था, वहाँ अब टीस उठने लगी! सहसा इब्राहिम को अपने गुस्से का भी ख़याल आया। उसने भी क्या कम जोश दिखाया था? रुपयों की ख़ातिर मरने-मारने तक की धमकी दी थी! मन में बवंडर मचाती घुटन की सही पड़ताल किए बग़ैर उसे

शान्ति नहीं मिलेगी। कहने लगा, "बैंड बजाने के लिए हमें रुपये मिलते हैं, सही बात है। घोड़ा घास से यारी करे तो खाये क्या? मगर कोरे-मोरे रुपयों से ही मुझे लगाव नहीं है। कोई दस-बारह बरस पहले की बात है। एक बरात में मुझे बीकानेर जाना पड़ा। पूरे सफ़र में क्या तो ख़ातिर हुई और क्या मान-मनुहार! किसी नवाबज़ादे से कम माहौल नहीं था। बरात के आगे बैंड बजाते हुए हम मंडप के सामने पहुँचे। सभी लोग मुँह लटकाये मानो मातम मनाने बैठे हों, दुलहन ने ज़हर खाकर खुदकुशी कर ली थी!"

"क्यूँ मामू?"

"वह किसी दूसरे से मोहब्बत करती थी। घरवालों ने उसकी मरज़ी के ख़िलाफ़ नयी तजबीज़ सोची तो उसे मजबूर होकर ज़हर खाना पड़ा! हमें भी बेशुमार दुःख हुआ। जैसे घर का कोई अज़ीज़ गुज़र गया हो! दो दिन तक न चाय पी और न खाना ही खाया। रेल किराया छोड़कर तीन हज़ार रुपये तय हुए थे। मगर तेरी क़सम, मैंने एक धेला भी नहीं लिया! कोई पूछे कि तुम बैंड वालों को इससे क्या वास्ता? मजूरी का मोल तो वसूल करना ही चाहिए; लेकिन इनसानियत का मोल? फ़क़त एक ही मोल वसूल किया जा सकता है! चुनाव की ज़िम्मेवारी अपनी-अपनी! तेरा मामू ऐसा बोदा नहीं कि इनसान का मातम भूलकर फ़क़त मजूरी का हक़ जताए! नोटों की रद्दी का लोभ बड़ा है या इनसान की मोहब्बत? तू ही बता, मैंने कोई ग़लत काम तो नहीं किया...?"

कैसा भी छोटा-बड़ा व्यक्ति किसी से जुड़कर ही पूरा होता है। स्वयं अकेले पर वह भरोसा ही नहीं कर पाता। किसी-न-किसी की साख ज़रूरी है—चाहे नीम, बबूल या खेजड़ी ही क्यों न हो। तिस पर बरकत तो एक नन्हा इनसान था—धड़कते दिल का मालिक! मामू को खुश करने की नीयत से उसने तुरंत स्वीकार किया कि उसका मामू ग़लत काम कर ही नहीं सकता!

इब्राहिम ऐसा आश्वस्त हुआ कि जैसे स्वयं ख़ुदा ने उसकी साख भरी हो! गर्व के साथ पूछा, "सच?"

"और नहीं तो क्या? आपने मुझे झूठ बोलना सिखाया भी तो नहीं!"

"तो फिर ग़ौर से सुन!" मामू की ज़बान आज क़तई उसके वश में नहीं थी! इबादत के लहज़े में कहने लगा, "शादी के ख़ुशगवार माहौल में फ़क़त दूल्हा व दुलहन के घरवालों को ही ख़ुशी नहीं होती, हम बैंड वालों को भी थोड़ी-बहुत ख़ुशी होती है! सच, ऐसा वहम होता है, मानो अपनी ही शादी हो रही हो! एक अजीब ही खुमारी मन पर छाई रहती है! एक बार हमें तुझसे दुगुनी उम्र वाले दूल्हे की बरात में जाना पड़ा। दूल्हा बेहद ख़ूबसूरत था। नूर का ही फ़रिश्ता! फिर दूल्हे का बेशक़ीमती बाना! मानो आकाश का चाँद धरती पर उतर आया हो! उस दिन पूरी तबीयत व जोश-ख़रोश के साथ हमने बैंड बजाया। परंतु ख़ुदा को कुछ और

ही मंजूर था। पटाखों की लड़ घोड़े के पाँवों में आकर तड़ातड़ छूटी तो घोड़ा बिदककर ऐसा हत्थाछूट दौड़ा कि दूल्हा बिल्कुल ही घबरा गया। नतीजा जो होना था, वही हुआ! एक पाँव के सहारे काफ़ी दूर घिसटने से उसका भेजा बिखर गया! दो दिन तक मेरे आँसू नहीं थमे। जब-तब आँखों के सामने दूल्हे की सूरत नाच उठती! मातम की ऐसी घड़ी में किसे खाना-पानी सूझे, तू ही बता?"

"मामू, "वह लड़की किसी दूसरे से मोहब्बत करती थी तो इसमें ख़ुदकुशी करने की क्या बात...?"

मामू को ज़बरन हँसी आ गई। उसकी पीठ सहलाते बोला, "तू अब तक उसी उधड़बुन में फँसा है? आगे की बात मन लगाकर सुनी ही नहीं?"

"सुनी, पूरी सुनी मामू।"

"बता, मैंने क्या कहा था?"

"कि...कि...कि वह लड़की किसी और से मोहब्बत करती थी! घरवालों ने उसकी मरज़ी...मरज़ी के ख़िलाफ़...।"

"ख़ैर, जाने दे, तूने बड़े ध्यान से मेरी बात सुनी! किसी गहरी बात को इसी तरह महसूस करना चाहिए। उसने इसलिए ख़ुदकुशी की बेटा कि वह अपनी मोहब्बत में किसी और का हिस्सा नहीं रखना चाहती थी! दूसरे से निकाह होने की एवज़ में उसने मौत का साया क़बूल किया। लेकिन तू अभी बच्चा है बरकत! ये बातें तेरे पल्ले नहीं पड़ेंगी।"

मगर पल्ले पड़ने वाली बात तो उसके पल्ले पड़ती ही थी। मन में झटपट सारा हिसाब लगाकर पूछा, "मामू, आपने अब तक कितनी शादियाँ करवा दीं?"

बच्चे के मुँह से यह भोली बात सुनकर बुड्ढे के होठों पर अनचाहे ही मुस्कान पुत गयी! "इसकी कोई गिनती थोड़े ही है रे, जो तेरा मामू झट बता दे कि उसने कितनी शादियाँ अब तक करवा दीं? सैकड़ों शादियाँ करवा दीं, सैकड़ों!"

मामू की शान-शौक़त का बखान सुनकर भी उसे सन्तोष नहीं हुआ। उसके मासूम होठों पर फिर वैसा ही सवाल उभरा, "आप दूसरों की शादियों में इस क़दर मशगूल रहे कि अपनी शादी का कुछ ख़याल ही नहीं रहा, क्यूँ मामू? मामी के रहते आपको कितना आराम मिलता? हम दोनों खाना बनाने की आफ़त से बरी हो जाते! सच मामू, मेरी अँगुलियाँ तो हमेशा जल जाती हैं। अब तो एक हसीन मामी से ब्याह कर लो मामू...!"

बिना किसी विघ्न-बाधा के आकाश की ऊँचाई पार करते गुब्बारे में हठात् किसी नेजे की नोक धँस गयी हो! पसरा हुआ फैलाव एक ही पल में सिमट गया! सवाल तो आसान ही था, मगर उसका जवाब बेहद कठिन था! बरकत के होठों से उछला सवाल सारी कोठरी में फैल गया—काली-कलूटी दीवारों में, बुझे हुए कोयलों में, फटी गुदड़ी में, टूटे आँगन में, मटमैली छत में और ख़ाली कनस्तर में! मानो

सबके सब एक साथ उससे बार-बार यही सवाल पूछ रहे हों। क्या जवाब दे? जवाब है भी कि नहीं? इब्राहिम की बूढ़ी काया मानो बिजली की चपेट में घिर गयी हो! करवट बदलकर घुप्प अँधेरे में जाने क्या तलाश करने लगा? अँधेरा और ज़्यादा गहरा हो गया। बत्ती के मद्धिम उजाले को निगलने मात्र से भला उसकी भूख क्योंकर मिटती, जबकि वह सूरज और उसके अनंत प्रकाश को उदरस्थ करने के बाद डकार तक नहीं लेता!

आँखों की खुली राह पाकर रात की सारी कालिख़ मानो इब्राहिम के भीतर जमा हो रही हो! तुरन्त आँखें बन्द करके धीरे-से बड़बड़ाया, "रात ढलने आयी, सो जा बेटा! मुझे भी नींद आ रही है...!"

ऐसी सरासर झूठी बात इब्राहिम ने आज दिन तक अपने होठों पर नहीं आने दी! खुद के कानों को भी सुनकर ठेस पहुँची! चुप रहने पर मौन डसता है! बोलने पर लफ़्ज़ काटते हैं। न चुप रहते बनता है और न बोलते! कैसी उलझन पैदा हुई? भीतर तूफ़ान मचल रहा था और बाहर आँधी!

"बरकत?"

"हाँ मामू।"

"पसली का दर्द ठीक है न? कहे तो और सेंक कर दूँ?"

"नहीं मामू, एकदम ठीक है!"

"तो अब सो जा।"

समय का रंदा बूढ़े शरीर को छील रहा था, लगातार छील रहा था! समय के भौतिक अस्तित्व की आज उसे पहली बार पहचान हुई!

"बरकत?"

"हाँ मामू।"

"अब मैं किसी भी शादी में बैंड नहीं बजाऊँगा! हरगिज़ नहीं बजाऊँगा!"

"क्यूँ मामू? बैंड नहीं बजाओगे तो क्या करोगे?"

"सारी दुनिया कौन-सा बैंड बजाती है, फिर भी कुछ-न-कुछ तो करती है! बहुतेरे काम हैं रे!"

"मगर बैंड बजाये बग़ैर आपका मन लगेगा? आप ही तो अकसर कहते हैं कि बैंड बजाना आपकी निगाह में मज़हब से कम नहीं!"

इब्राहिम ने झुँझलाकर जवाब दिया, "ऐसे मज़हब को क्या कोई चाटे, जिससे सारा बदन ही खोखला हो जाए और पेट भी न भरे! मगर अब तू सोता क्यूँ नहीं? नींद के मारे मेरी तो पलकें भारी हो रही हैं!"

उम्र की अपेक्षा ज़्यादा बुद्धि होने पर भी बरकत की यह बिसात नहीं थी कि वह मामू के इस नये वजूद को सही रूप में समझ पाए। फिर भी उससे यह बात छिपी नहीं रही कि मामू आज अपने-आप से झगड़ रहे हैं! किसी गहरी गुत्थी

में उलझे हुए हैं! मन-ही-मन काफ़ी मग़ज़मारी की मगर कोई ख़ास सुराग़ नहीं मिला। इब्राहिम की उम्र ढलने आयी, तब भी वह अपने मन की पूरी रंगत कहाँ समझ पाया? पूरी छोड़कर चौथाई भी कहाँ पल्ले पड़ी? काश! तीस, नहीं तो बीस बरस पहले भी इस अचीती चाशनी का पता लग जाता तो ज़िन्दगी का नज़ारा कुछ और होता! सचमुच इतने बरस तो एकदम बेकार ही खोये। ज़िंदगी जी कहाँ, फ़क़त बेगार निकाली है। अब उम्र के आख़िरी पड़ाव पर क्या सोचे और क्या करे? दूसरों से रार-तकरार तो बहुत आसान है, मगर अपने-आपसे भिड़ना बहुत मुश्किल है! हिम्मत और ताक़त ही पैंदे बैठ गयी! पहले अपने-आप से सामना ही कहाँ हुआ सो मोर्चा लेता! जमकर लड़ाई करता। मौत के किनारे पहुँचने पर अपने-आप से मुलाक़ात हुई! बैंड के हुल्लड़ में मौन की ललकार सुनने का वक़्त ही कहाँ मिला? फिर भी जब सुमत सूझी, बेहतर है! अब तक काया से अधिक इस वर्दी की हिफ़ाज़त रखी! मगर आज मौत से पेश्तर, एक लम्हे के लिए ही सही, इनसानियत का स्वाद तो चखा! यह पेट का झुनझुना भले ही दिन-रात झनझन करता रहे, अब इसकी चिरौरी नहीं कर पाएगा! इस झुनझुने का हुक्म मानते हुए बैंड बजा-बजाकर पेट भरने से कहीं अच्छा है भूखों मरना! इस झुनझुने की मामूली झंकार ने तो बैंड-बाजे की गर्जना को ही दबा दिया!

बरकत ने सोचा कि मामू को नींद आ गयी और मामू ने सोचा कि बरकत सो गया। लेकिन दोनों अपनी-अपनी उम्र मुताबिक़ अपने-आपसे गुत्थमगुत्था हो रहे थे!

बैंडमास्टर इब्राहिम आज ज़रूरत से ज़्यादा जागता हुआ चुपचाप हिसाब करने लगा–हर साल तीस-चालीस दूल्हों के ब्याह में बैंड बजा-बजाकर आठ कम अस्सी बरस के किनारे आ लगा है। कितने ही ऐसे दूल्हे होंगे, जिनके ब्याह में बैंड बजाया सो बजाया ही, उनके बच्चों की बरात में भी कहाँ कसर बरती! फिर उनके पोतों का भी बैंड के धूम-धड़ाके में ब्याह करवा दिया। दूसरों के ब्याह की ख़ुशी में अपनी शादी का उसे ख़याल ही नहीं रहा! जवानी के दौर में एक रात के लिए भी जो सच्चाई भुलाई नहीं जा सकती, उसे अब तक दबाए रखा! अब आठों पहर रट लगाए तो भी पिछला घाटा पूरा नहीं हो सकता! समय की दुहरी चाल हुए बिना अब तो ख़्वाब में भी इनसानी ज़िन्दगी का ज़ायक़ा लेना नामुमकिन है! यह नासपीटा समय तो हरदम आगे-ही-आगे बढ़ता है, किसी भी सूरत में पीछे नहीं खिसकता! ख़ुदा के हाथ से भी यह कैसा बुरा काम हुआ? यह नाशुक्रा, नहीं-नहीं, दोगला समय तो ख़ुदा को भी नहीं बख़्शेगा...!

इब्राहिम की समूची चेतना जैसे भीतर-ही-भीतर सुलगने लगी हो! अब इस असहनीय माहौल की उधेड़बुन में जागते रहना तो मौत से भी बदतर है! नींद की वैसी ज़बरदस्त ख़्वाहिश इतनी लम्बी उम्र पाकर भी उसने आज दिन तक नहीं की!

"बरकत!"

जागते हुए भी बरकत ने कोई जवाब नहीं दिया। तब मामू को पुख़्ता यक़ीन हो गया कि उसे नींद आ गयी है। अच्छा ही हुआ। बरकत मन-ही-मन सोचने लगा कि मामू अभी तक जाग रहे हैं। मामू के जगने की बात सोचते-सोचते बरकत को कब नींद आ गई, पता ही नहीं चला...!

थोड़ी देर बाद इब्राहिम की दोनों पलकें कभी एक साथ तो कभी अलग-अलग से झपकने लगीं। नींद की ममता भरी सुखद गोद में उसने एक अजीब ही नज़ारा देखा। बन्द पलकों की वह सुतीक्ष्ण दृष्टि खुली आँखों की निस्बत बहुत तेज़ थी!

दूर-दूर तक गैस की बत्तियाँ-ही-बत्तियाँ जगमगाहट फैला रही थीं। अन्धे को भी दिखाई दे, वैसा उजाला! चारों तरफ़ से भीड़ के जत्थे एकत्रित होने लगे सो रुके ही नहीं। सबके गलों में एक जैसी मालाएँ झूल रही थीं। गुलाब की ख़ुशबू से दिल की कली-कली खिल गई! जिधर देखो औरतें-ही-औरतें। दोनों हथेलियों के थालों में तरह-तरह की मिठाई, चाँदी-सोने की बरक में चमचमा रही थीं! कुछ थालों में मोतीचूर के गोल-गोल लड्डू तो कुछ थालों में जलेबियाँ-ही-जलेबियाँ! एक पंक्ति में घेवर तो दूसरी पंक्ति में इमरतियाँ और कलाकंद। मिठाई के भार से औरतों की कमर लचक-लचक जाती थी। मन्द-मन्द बयार में सफ़ेद-पीले बरक फर-फर झूल रहे थे। ताज़ा घी की कैसी तो भीनी और सुहानी ख़ुशबू!

इस ठाठ और रौनक के बीच बैंडमास्टर इब्राहिम एक अबलक घोड़े पर दूल्हा बना बैठा था। गबरू जवान। बेहद ख़ूबसूरत। काले पट्टों पर सुनहरा ताज! काली-भँवर दाढ़ी। गुलाबी सूरत। दूल्हे के बेशक़ीमती लिबास में वह किसी शाहज़ादे से कम नहीं जँच रहा था। घोड़े के आगे पाँच-सातेक बैंड आकाश को गुँजा रहे थे। सबकी अलग-अलग वर्दियाँ। घोड़ा मन-मोहक नाच करता चल रहा था। एक हाथ में रेशम की लगाम थामे और दूसरे हाथ में मख़मल की ज़ीन सहलाते उसने चारों तरफ़ नज़र दौड़ाई। बैंड वालों में परस्पर होड़ मची थी कि कौन-कितने ज़ोर से बैंड बजाता है। आकाश की हवा तो जैसे चकरी चढ़ गयी थी! सहसा दूल्हे के गुलाबी होठों पर एक स्निग्ध मुस्कान कौंधी। धीरे-से फुसफुसाया, "ज़ोर से बजाने का मतलब अच्छा बजाना नहीं होता!"

बैंड वालों की आपसी होड़ में हवा फटने-सी लगी! दूल्हे के कानों में अलग-अलग बेसुरी धुनें झनझनाहट मचाने लगीं। बैंड वालों की बिसात क्या ऐसी होती है? सारी ख़ुशी पर जैसे पाला पड़ गया हो। गुस्से के मारे उसकी भौंहें तन गईं...!

ज्यों-ज्यों बरात आगे बढ़ने लगी, बैंड वाले अधिक बेसुरे होने लगे। घोड़े पर चढ़ा इब्राहिम दूनी हुंकार के साथ चिल्लाया, "रुको, रुको। बैंड इस तरह नहीं बजाया जाता। पहले अच्छी तरह सीखकर आओ; फिर किसी बरात में बैंड बजाने की हिमाकत करना! बैंड बजाना कोई गुड़ियों का खेल नहीं है!"

फिर वही अटपटी गूँज-दर-गूँज। उसके सब्र का बाँध ढह पड़ा। लगाम झटककर तुरत-फुरत घोड़े से नीचे उतरा! दूल्हा घोड़े से उतरे! सारे हुजूम में खलबली मच गई!

इब्राहिम ने चौंककर आधी पलकें उघाड़ इधर-उधर देखा—वह तो अपनी कालिख पुती कोठरी के भीतर खड़ा है! एक पाँव फ़र्श पर और दूसरा खाट पर टिका हुआ। यही उसका घोड़े से उतरना था! विश्वास करने की हिम्मत नहीं हुई। तुरन्त ज़ोर से आँखें बन्द कर लीं। फिर भी मिठाई के तमाम थाल ओझल ही रहे। औरतें न जाने कहाँ छिप गईं? घोड़ा भाग छूटा। जवानी फिर धोखा दे गयी! सभी बैंड वाले एक साथ ही न जाने कहाँ खिसक गए। मुँह पर हाथ फेरा—वे ही जाने-पहचाने बाल और वही परिचित सफ़ेदी। अविश्वास की जलती निगाह से आँखें फाड़कर चारों तरफ़ देखा। सारी कोठरी में उजाला रेंग रहा था! अबलक घोड़े की जगह वही पुरानी खाट! फटी गुदड़ी! दूसरे ही क्षण ब्याह का सारा माहौल बिगड़ गया! सपने में शादी हुई और वह भी अधूरी...!

खट-खट की कर्कश ठपकार से चौकन्ना होकर उसने दूसरा पाँव फ़र्श पर रखा। अभी-अभी कुछ देर पहले बैंड की बेसुरी धुन से झुंझलाकर वह घोड़े से नीचे उतरा, वह यही खटखट की निरन्तर ठपकार थी!!

घबराते हुए, काँपते हाथ से उसने जैसे-तैसे दरवाज़ा खोला। सामने खड़ा एक अपरिचित व्यक्ति होठों-ही-होठों में मुस्करा रहा था। "बड़े मियाँ, बड़ी देर से उठते हो! यह कोई उठने का समय है? कितनी धूप चढ़ आयी? कब से किवाड़ खटखटा रहा हूँ। घोड़े बेचकर सोये थे क्या?"

इब्राहिम को पहली मर्तबा महसूस हुआ कि ज़िन्दगी के कई हादसे मौत से कहीं ज़्यादा भयंकर होते हैं, फिर भी मरना आसान नहीं है! आँखें मसलने के बाद उसने फिर दाढ़ी पर हाथ फेरा। मानो समय की कारस्तानी अपने हाथ से सहला रहा हो! बड़ी मुश्किल से बोल फूटे, "ढलती रात काफ़ी देर से सोया था। इस कारण आँख ही नहीं खुली। फ़रमाइये, क्या काम है?"

"काम और क्या होगा?" होठों पर पहले जैसी मुस्कान फिर सुलग उठी! "शाम को शादी के लिए बैंड की ज़रूरत है। तुम्हारा नाम सुनकर सीधा यहाँ आया हूँ!"

रात के अन्धकार का मुग़ालता, दिन के उजाले की आग से कितना भिन्न है! अँधेरा—अँधेरे के ठिकाने लगा; मगर नंग-धड़ंग उजाला तो आँखों के सामने धधक रहा है...!

गरदन में झटका देकर बैंडमास्टर इब्राहिम ने ख़ाली कनस्तर की ओर देखा! पेट में आग-सी भभकी! बरसों से चिर अभ्यस्त होठ आप ही खुल पड़े, "कहाँ? किस जगह? कितने बजे पहुँचना है?"

"पावटा। भोपाल चन्द जी मेहता के बँगले, सात बजे। ये सौ रुपये पेशगी।"

उसने भयभीत सहमी-सहमी आँखों से बरकत की ओर देखा! अगाढ़ ऊँघ की गोद में उसे कुछ भी होश-हवास नहीं था। और उसका मामू पूरमपूर जागा हुआ है! बरकत के सपने बरकत को ही मुबारक हों! दूसरे की खुली आँखों से किसी के सपनों की तह में नहीं झाँका जा सकता! खुली आँखों का तो प्रपंच ही अलहदा है! बैंडमास्टर इब्राहिम का सहमता हाथ अपने-आप ही पेशगी के रुपयों की ओर बढ़ गया...!!

19 मार्च, 1994

शनिवार, दोपहर, 2.30 बजे

पुटिया-चाचा

जगत-चाचा के प्रवादों की पड़ताल करने पर इस तथ्य की स्पष्ट मीमांसा हो जाती है कि कुल-गोत्र के अलावा भी मनुष्य—आदिम वनस्पति, पशु एवं पक्षियों के अनुरूप जन्म ग्रहण करता है। ऊपरी शक़्ल-सूरत व नैसर्गिक स्वभाव की अतल गहराइयों में—आक-धतूरा, केर-खेजड़ी, कब्बू-कुमरी, सर्प-नेवला, नाहर-ख़रगोश, हाथी-चूहा, पत्थर-पानी, अगन-आँधी इत्यादि समस्त चराचर के अदीठ साँचे में हर मानुस के चरित्र की अगम्य परतें ढली हुई होती हैं! इस सिद्धांत के अनुसार राम जाने क्योंकर, किसी राह जगत प्रकाश दाधीच के लिए यह दृष्टांत कारगर साबित हुआ कि वे सयाने होते ही पुटिया पंछी का अनुसरण करने लगे। पुटिया पंछी की पुख़्ता धारणा है कि वह अधर-आकाश अब तक उसके प्रताप से ही ऊपर टिका हुआ है, अन्यथा कब का धराशायी हो गया होता। अनगिन प्राणियों के बचाव की ख़ातिर ही वह अपने पंजे हमेशा आसमान की ओर उठाये रखता है।

ठेठ बचपन से ही हर रोज़ बिना नागा अपनी पलकें उघड़ने के साथ ही जगत प्रकाश को सूरज का उजाला नज़र आता और पलकें मुँदते ही समूचा संसार काले-स्याह अंधकार में डूब जाता। इस अटल संयोग के बहाने अपने चमत्कारी नाम के मुताबिक़ जगता प्रकाश के मन में भ्रांति का यह रेशा घुलने लगा कि उसकी पलकों के इशारे पर ही सूरज उगता है, अस्त होता है!

हाईस्कूल का हेडमास्टर बनते ही जगत प्रकाश दाधीच के मन में एक बार ऐसा इलहाम हुआ कि पूरे नाम की बजाय वे जगत-चाचा के रूप में दस्तख़त माँडने लगे सो उप-निदेशक का दुर्लभ पद-भार सँभालने के बाद भी वही ढर्रा चालू रखा।

सातों भतीजों के मुँह से हर वक़्त जगत-चाचा की पुकार सुन-सुनकर, आस-पड़ोस के बच्चे भी उन्हें इसी नाम से सम्बोधित करने लगे। फिर तो छोटे-बड़े, बूढ़े-ठाढ़े सभी परिचितों की ज़बान पर जगत-चाचा का नाम चस्पाँ हो गया। माँ

व पत्नी की भी यही बान पड़ गई। पति-परमेश्वर के निरन्तर टोकने से आख़िर घरवाली को भी मजबूर होना पड़ा। फिर तो वह भी पति को निस्संकोच जगत-चाचा के नाम से पुकारने लगी। और जगत-चाचा की रग-रग में इस नाम की भनक से एक सुमधुर झंकार लहराने लगती। भ्रान्ति की अमर-बेल तो बिना पानी के ही पसरती है! फिर कैसा नियन्त्रण, कैसा विराम? जगत का चाचा क़ायम होने पर सारे संसार की सार-सँभाल का ज़िम्मा मानो उन्हीं पर उलट पड़ा!

धीरे-धीरे सबके कंठ में जाने-अजाने अपने-आप ही यह नाम बस गया। राज्य के मन्त्री, मुख्यमन्त्री तक उन्हें जगत-चाचा के रिश्ते से समादृत करने लगे। सुनकर उन्हें भी अनहद आनन्द मिलता। फ़क़त इसी नाम से उन्हें अपने अस्तित्व का अहसास होता। काया से भी अधिक उन्हें अपने नाम का मोह था। नाम, नाम तो फ़क़त जगत-चाचा का, बाक़ी सब सटर-पटर। सच पूछो तो बापू का नाम भी उन्हें फीका लगता!

बापू का रंग-ढंग तो बापू ही जानें, मगर जगत-चाचा को औरत-जात से बेहद लगाव था। गोपियों की रास-लीला में कृष्ण-कन्हाई को आनन्द तो आता ही होगा, लेकिन जगत-चाचा की तो मथुरा ही न्यारी थी! बिजूका के उनमान कोरे-मोरे ठूँठ मर्दों से बतियाने में वह स्वाद ही कहाँ? मानो दाढ़ों के बीच मेंगनी फँस गयी हो! लेकिन औरतों के जमघट में बोलते समय उनकी जीभ पर पाँखें उग आतीं। उनका रोम-रोम तितलियों से होड़ लेने लगता। सूरज की किरणों का परस पाते ही जिस प्रकार फूल चटखते हैं, उसी प्रकार रमणियों की आभा से उसका अंतस् चहक उठता। और जगत-चाचा के उस पक्षपाती रवैये से ख़ुद औरतें भी मन-ही-मन काफ़ी ख़ुश होतीं।

सत्संग, बातचीत और नज़र की मार से आगे न मालूम उनकी चाह नहीं थी, हिम्मत नहीं थी या शक्ति नहीं थी, फिर भी जगत-चाचा की यह अदम्य कामना थी कि सभी परिचित-अपरिचित औरतों को फ़क़त उन्हीं से प्रीत करनी चाहिए। दूसरों से प्रेम-प्रणय का सन्देह होते ही उन्हें इतनी तक़लीफ़ होती जैसे उनकी नस-नस में काँटे बिंध गये हों। दृष्टि की मार से आगे बढ़ने पर तो गिनती की औरतें मुश्किल से हत्थे चढ़ती हैं, लेकिन अन्तस् की अदीठ सेज पर तो अनगिनत अप्सराओं के साथ आनन्द उठाया जा सकता है! उनके दरसन की झलक पाते ही जगत-चाचा का मन देह में बदल जाता और देह—मन के साँचे में ढल जाती। केवल दृष्टि के योग से ही वे शारीरिक सुख की चरम सिद्धि प्राप्त कर लेते थे। केवल मन-भोगी थे। न कोई जोखम, न बदनामी और न क्षति।

सुन्दरियों की संगत से जगत-चाचा के रक्त की तासीर बदल जाती। शनैः-शनैः उनकी आँखों के सामने हवा के पट पर एक आलोक-पुंज चित्रित होने लगता; जिसमें अपने से परे एक मोहाच्छन्न प्रतिच्छवि उघड़ने लगती। भ्रांति के ये

सुहाने चित्र अधिकांश व्यक्तियों की दृष्टि में—धर्म, ख्याति, प्रेम, ज्ञान, सम्पत्ति, हिंसा या आत्म-प्रताड़ना के परोक्ष प्रभाव से प्रतिभासित होते हैं। प्रत्यक्ष वास्तविकता से विच्छिन्न उन आदर्श प्रतिच्छवियों की प्रेरणा से उनका मन बहलता है। अपने जीवन का मानवीय अस्तित्व उन्हें वज्र के समान अटूट व अभेद्य महसूस होता है। मगर जगत-चाचा की अपूर्व दृष्टि में फकत औरतों की आला उपस्थिति से ही विभिन्न प्रतिच्छवियों का मोहिनी-रूप उजागर होता था।

आज तो चिकनी चमकती ताँबे जैसी चाँद के बिना जगत-चाचा का हुलिया जमता ही नहीं, लेकिन तैंतीस बरस की उम्र लाँघने से पहले उनके माथे पर घने घुँघराले बालों की कजरारी घटा छितरी हुई थी, जिसकी शेखी बघारने में उनकी जीभ न कभी अटकी और न अटकेगी।...फिर तो निरमोही समय की सहज मसखरी के परिणामस्वरूप सफाचट सिर के नीचे उनकी खिचड़ीनुमा झालर निरंतर सिकुड़ती गई। जंगली बिल्ले जैसी कायरी आँखें। फींडा नाक। गोल सुघड़ बत्तीसी। छोटी मूँफाड़। ओछी गरदन। मामूली झुके हुए कन्धे। सीने से सवाई तोंद। पहले-पहल तो औरतों की सुरुचि-सम्पन्न आँखों को जगत-चाचा का यह डौल बिल्कुल ही नहीं सुहाता, किंतु धीरे-धीरे सम्पर्क बढ़ने पर माननीय उप-निदेशक की मूरत वैसी असंगत नहीं लगती।

एक मर्तबा दफ्तर में औरतों का शानदार मजमा जुड़ा हुआ था। चारेक अध्यापिकाओं पर जगत-चाचा की विशेष मेहर-मया थी—अनुराधा भंडारी, गुल अडवानी, प्रतिभा केलकर और सुलोचना राय। दूसरे पक्ष की इच्छा-अनिच्छा का जगत-चाचा कोई ख़ास ख़याल नहीं रखते थे। अपने ही आलम की अलमस्ती में अनुरक्त रहना उनकी आदत-सी बन गयी थी।

बाक़ी अध्यापिकाएँ उनकी अनुकम्पा के दायरे में धीरे-धीरे अग्रसर होने लगी थीं। जगत-चाचा की आँखों के सामने अपने से परे आलोक के झिलमिल पुंज में एक प्रतिच्छवि उभरने लगी—मोर-मुकुट, पीताम्बर...कि जोग-संजोग से अंग्रेज़ी का वरिष्ठ अध्यापक मुरलीधर पुरोहित एक दुःस्वप्न की तरह उस इन्द्र-सभा में प्रकट हो गया। भिड़ते ही जगत-चाचा की नज़र उसके माथे पर उछली। काले भँवर बालों का स्याह-मुकुट उन्हें दुगुना दिखलाई दिया। पूरमपूर क़द-काठी। साँचे में ढली ओपती देह। ओपती वेश-भूषा—बंगाली किनारी की बुर्राक धोती और बदामी चोला। जगत-चाचा के आदर्श की प्रतिच्छवि में अकस्मात् व्यवधान उपस्थित हो गया। अभिवादन का औपचारिक जवाब दिए बिना ही जगत-चाचा ने गंभीर स्वर में कहा, "अभी एक ज़रूरी मसले में उलझा हुआ हूँ, कोई ख़ास काम न हो तो कल तशरीफ़ ले आयें।"

मुरलीधर के स्वभाव में न कोई ग्रन्थि और न उसकी बोली में कोई लाग-लपेट। मन की बात होठों पर दरसाते बोला, "ख़ास काम न होता तो आपके पास बेकार चक्कर क्यूँ काटता...?"

वह आगे भी कुछ कहने जा रहा था, किंतु जगत-चाचा धीरज खो बैठे। उसे बीच में टोकते हुए व्यंग्य के लहज़े में कहने लगे, "मेरे पास आना बेकार समझते हो तो ख़ामख़ाह तकलीफ़ क्यूँ उठाई?"

मुरलीधर पहले तो थोड़ा चौंका, फिर मजमे की तरफ़ उड़ती निगाह फेंककर बोला, "एक ऐसी ही मुसीबत के कारण मजबूरी में आना पड़ा। वरना मैंने तो सात बरस इस दफ़्तर की तरफ़ झाँका ही नहीं।"

ऐसे रूखे बैन जगत-चाचा ने पहली बार ही सुने। कानों में झनझनाहट-सी मच गई। ज़बरन मुस्कराते बोले, "पर मैं तो बिना काम मिलने वालों की ज़्यादा क़द्र करता हूँ।"

"आपकी यह सदाशयता कौन नहीं जानता? पर मुझे बिना काम इधर-उधर डोलने की फ़ुरसत ही कहाँ! यदि मेरी माँ गठिया-बाय में नहीं जकड़ती तो बदली के लिए कभी दरख़्वास्त नहीं भेजता।"

कुछेक अध्यापिकाएँ मुरलीधर के स्वभाव से परिचित थीं। सुलोचना राय से अब और धीरज रखना सम्भव नहीं हुआ तो उसे कहना पड़ा, "इन्हें पुस्तकें पढ़ने का ग़ज़ब चस्का है, सिर ही ऊँचा नहीं होता!"

प्रत्यक्ष शब्दों के माध्यम से तो यह एक निहायत छोटी-सी जानकारी थी, किंतु बोलने के लहज़े से सुलोचना की पैरोकारी उन्हें काफ़ी अखरी। उच्चारण की तह में अजानी प्रीत का पुट नज़र आया! मन कसैला हो गया। बरसों से अभ्यस्त कानों को सुलोचना की बोली कैसी सुहाती थी! आज पहली दफ़ा उसका सादा सुर भी बड़ा कर्कश लगा। सुकोमल चिकने बालों की ठौर उन्हें मटमैली कालिख़ नज़र आई। सलोनी सूरत उन्हें टेढ़ी-मेढ़ी दिखलाई पड़ी। मगर पहले मुरलीधर से सलटना ज़रूरी था। उसके मुँह से गठिया-बाय और बदली की बात सुनकर उनके अन्तस् में अन्धड़ मचला। मेज़ की दरार से एक लिफ़ाफ़ा निकालकर मुरलीधर के सामने करते पूछा, "ये सुनहरे अक्षर आप ही के हैं...?"

सवाल का मायना ठीक तरह समझ में नहीं आया तो वह पसोपेश में पड़ गया। थोड़ा रुककर बोला, "सुनहरे अक्षरों की बात तो आप जानें, पर यह पता मैंने ही लिखा है।"

मजमे के सामने लिफ़ाफ़ा फेंककर जगत-चाचा अचरज और रोष की मुद्रा में हाथ झटकते हुए कहने लगे, "सात साल से शिक्षा-विभाग में मास्टरी की गादी खूँद रहे हैं और हज़रत को यह भी पता नहीं कि मेरा नाम क्या है?"

कई बरसों के उपरान्त अपने सही नाम के उद्घाटन से जगत-चाचा की रग-रग उफनती-सी जान पड़ी। उप-निदेशक शिक्षा-विभाग, जोधपुर के पद पर श्री जगत प्रकाश दाधीच का नाम बाँचकर चिर-परिचित मण्डली के भी विस्मय का पार नहीं रहा। लिफ़ाफ़े के अक्षरों पर दीठ गड़ाकर अनुराधा भंडारी बोली,

"जगत-चाचा, हमें तो सचमुच आज ही पता चला कि आपका नाम जगत प्रकाश दाधीच है। जगत-चाचा के बेजोड़ नाम की कैसी गत बिगड़ी...!"

वह तो छेड़ने की मंशा से उन्हें उकसाना चाहती थी, परंतु वे तो पहले से ही पूरे भरे हुए थे। बौखलाए-से कहने लगे, "तभी तो पता बाँचने पर कल से ही छटपटा रहा हूँ। जनाब का इन्तज़ार कर ही रहा था...!"

"और मैं आपके सामने हाज़िर हो गया। लेकिन मेरे ठोट मग़ज़ में यह बात ही नहीं बैठती कि आपको अपने असली नाम से इत्ती चिढ़ क्यूँ है...!"

जगत-चाचा उत्तर देने के लिए बग़लें झाँकते-से दिखाई दिए तो गुल अडवानी मुरलीधर की तरफ़ देखते बोली, "हर किसी के मुँह से जगत-चाचा का यह अपूर्व सम्बोधन ही तो आपका असली नाम है।"

"वाह वाह!" वे कुर्सी से थोड़ा ऊपर उठते हुए कहने लगे, "तेरे मुँह से क्या खाँटी हिन्दी बरसती है। सुनते ही जाएँ। वाह गुल, वाह! सच, मैं भी ऐसी हिन्दी नहीं बघार सकता।"

वे आर-पार बींधती नज़र गड़ाकर गुल अडवानी की सूरत टोहते रहे। बेचारे गुलाब इन गालों की झाँई का क्या मुक़ाबला करेंगे? लम्बी-लम्बी मद-छकी आँखें! बाँकी भौंहें!! तिरछी चितवन! पतले और कसूमल अधर, मानो चुम्बन देने के लिए ही बने हों! और ठुड्डी का यह अन्तरंग छिद्र तो सीधा कलेजे को छलनी करता है! काश! यह तीख़ी सुघड़ नासिका उनकी सूरत पर नगीने की तरह जड़ जाती तो सारा हुलिया ही सुधर जाता! लेकिन समझदार औरतों की यही ख़ूबी है कि वे पुरुष की बनावट व उम्र का ख़याल नहीं करतीं। मुद्दे की बात है स्वभाव, आलीजाह स्वभाव!

तत्पश्चात् उन्हें राम जाने क्या सनक सूझी कि दो-तीन मर्तबा मुँह बिदकाकर, 'जगत प्रकाश दाधीच' के नाम की घिन उगलते हुए उन्होंने लिफ़ाफ़े के टुकड़े-टुकड़े करके रद्दी की टोकरी में डाल दिए।

बात और बात का नाम! कैसा अचीता काण्ड हुआ? लिफ़ाफ़ा फाड़ फेंका तो कोई हर्ज़ नहीं, अर्जी तो सुरक्षित होगी। वह बड़ी मुश्किल से अटकता-अटकता बोला, "यदि माँ की बीमारी में भी सेवा न करूँ तो यह नौकरी किस काम की...!"

"तो छोड़ दो नौकरी! किसी पर अहसान थोड़े ही है!"

"अहसान तो किस पर करूँ, पर नौकरी छोड़ूँ, ऐसी मेरी हैसियत नहीं।"

"हैसियत नहीं या तमीज़ नहीं?"

कुत्ता भौंके तब भी जगत-चाचा पुचकारकर रोकने की चेष्टा करते हैं; शायद दूर या पास खड़ी कोई महिला सुन रही हो! किंतु आज तो वे एकदम ही आपा खो बैठे। मगर मुरलीधर अपने क़ाबू में था। शान्त स्वर में बोला, "मेरी तमीज़ का ब्यौरा ही जानना चाहें तो मोहनगढ़ क्षेत्र के बाशिन्दों से पूछिए।"

"पूछूँगा, झख मारकर पूछूँगा। मुझे और काम ही क्या है सो पाकिस्तान की सरहद पर धोरों की धूल फाँकने जाऊँ, नेताजी की तमीज़ का पता लगाने। यदि थोड़ा-बहुत भी शऊर हो तो श्रीमान् को यह 'ज्ञान' ज़रूर होता कि बदली की पूछताछ के लिए कब आना चाहिए?"

"ग़लती हो गयी, माफ़ कीजिए। सात बरस में किसी दफ़्तर के पास नहीं फटका। फिर कैसे पता चले! आप शुरुआत में ही बता देते तो इतना बखेड़ा नहीं होता। कल समय पर ही आऊँगा।"

विनम्रता की यह चाशनी देखी तो जगत-चाचा भी ढीले पड़ गए। घरेलू भाव से हिदायत देते बोले, "पर गुरुजी, कान खोलकर साफ़ सुन लो कि एक सौ आठ बार जगत-चाचा का जाप लिखकर नहीं लाए तो सुनवाई नहीं होगी।"

लेकिन गुरुजी तो हामी भरे बिना ही रवाना हो गये, मानो मुट्ठी भर राख उनके गंजे सिर पर उछाल दी हो...।

कुछ समय तक तो सामने बैठी महिलाओं के चेहर गड्ड-मड्ड हुए से जान पड़े। फिर धीरे-धीरे दीठ निथरने पर उन्होंने अपने-आप में डूबते-उतराते छलाँग मारी तो अलग-अलग औरतों की अलग-अलग पहचान साफ़ दिखने लगी। किसी से नयी तो किसी से पुरानी आत्मीयता। सबकी अपनी-अपनी विशिष्ट गरिमा, विशिष्ट रूप, विशिष्ट नज़ाकत। यह गुल अडवानी, यह अनुराधा भंडारी, यह प्रतिभा केलकर और यह सुलोचना राय। मामूली ग़लती तो ईश्वर से भी हो जाती है, फिर सुलोचना से ऐसी क्या नाराज़गी! मगर अंतस् के अवचेतन पर उनका नियंत्रण नहीं था। अजाने ही उनकी गरदन दूसरी तरफ़ मुड़ गई। बायाँ हाथ सामने करते पूछा, "तुम्हारा नाम मा...मा...माया पँवार ही है न?"

"हाँ...।" संकोच के मारे उसने मुश्किल से हामी भरी, जैसे उसकी जीभ तालू से चिपक गयी हो।

"पगली कहीं की!" वे उत्साह के जोशीले स्वर में कहने लगे, "जगत-चाचा से मुलाक़ात का यह ढंग नहीं है। यहाँ आओ तब लाज-झिझक को सात तालों के भीतर बन्द करके आओ। आज़ादी, सतरह टका आज़ादी तो मेरे इर्द-गिर्द घूमर लेती है! इस सारी बात को शुरुआत में ही समझ लो तो अच्छा है।"

इस सीख के गुमान में उनकी आज़ाद निगाहें अलग-अलग चेहरों को सहलाने लगीं। नयी सूरत का तो नज़ारा ही निराला है! उसकी आभा में अथाह भेद छिपा रहता है। यही तो सर्वोपरि आनंद है। न भगवान के भेद का पार, न औरत के रहस्य की थाह! यदि परमेश्वर भूल-चूक से मनुष्यों को औरत का यह वरदान नहीं सौंपता तो यह ग़लीज़ दुनिया जीने के क़ाबिल ही नहीं रहती। जिसके फलस्वरूप ही तो यह कुदरत सुहानी लगती है। नहीं तो चाँदनी, वर्षा और बेचारे फूलों में धरा ही क्या है? औरतों में आस्था रखने वाले को भगवान में आस्था रखने की ज़रूरत

ही नहीं! तब एक अदने मास्टर की तो उन्हें एक चींटी जितनी भी परवाह नहीं करनी चाहिए!

अकस्मात् उस मायावी सत्संग के बीच उन्हें हवा में तैरता एक आलोक-पुंज दृष्टिगोचर हुआ। और दूसरे ही क्षण उसमें एक धुँधला धुँधला-सा चित्र उभरने लगा। बालों के बीचोबीच करीने से माँग निकली हुई। तितलीनुमा मूँछें। कोट के सामने दमकता हुआ लाल स्वस्तिक! जगत-चाचा का अन्तस् अविलम्ब उस आदर्श प्रतिच्छवि में रंग गया। उनके होठों पर टिमटिमाती मुस्कान छितर गई। कुर्सी पर उछलते हुए ज़ोर से बोले, "यदि मैं हिटलर होता...?"

पुरानी या नयी किसी महिला को तनिक भी आश्चर्य नहीं हुआ। बड़ी-बड़ी हस्तियों के बहाने स्वयं को चरितार्थ करने वाली उनकी विवश दैन्यता किसी से छिपी नहीं थी। आज़ादी की सीख के गुरु-मंत्र से माया पँवार का संकोच काफ़ी कुछ मिट गया। मुस्कराहट में विस्मय का पुट देकर बोली, "बेचारे मुरलीधर की मौत पक्की थी। किसी गैस-चेम्बर में या...।"

अत्यधिक उमंग के प्रवाह में उसे टोकते हुए उन्होंने कहा, "एक पागलपन में तो कसर नहीं। यदि मैं हिटलर होता तो मुरली-फुरली को मुझसे सम्पर्क करने का संपट ही कहाँ बैठता? अच्छी तरह सोच-विचार कर बताओ, यदि मैं हिटलर होता...?"

"तो हमें यह सवाल सुनने का सौभाग्य ही नहीं मिलता?" प्रतिभा केलकर की शंका वाजिब थी। पर सुलोचना राय को उन्हें उकसाए बिना चैन नहीं पड़ता था। बस, कोई सुराग़ मिलना चाहिए। वे कुछ जवाब दें उसके पहले ही नाक में बल डालकर बोली, "यदि आप हिटलर होते तो रूस पर हरगिज़ चढ़ाई नहीं करते। सारी दुनिया पर आपका आतंक छा जाता!"

"ऊँ हुँ।" कबूतर की गुटरगूँ के लहज़े में उन्होंने भरे गले से मना करते हुए सुलोचना की ओर आधी पलकें मींचकर देखा। ज़्यादा सलोनी और आकर्षक लगी। हलकी-हलकी नीली आब में रक्त की ठौर मानो मदिरा घुली हो! गले पर तीन सलवटों की नैसर्गिक कण्ठी, मोतियों के हार को भी मात करने वाली! हिरनी को ईर्ष्या हो जैसी स्नेह-सिक्त आँखें। जगत-चाचा ने अपनी छोटी मूँफाड़ पर व्यापक मुस्कराहट छलकाते कहा, "यदि मैं हिटलर होता तो दुनिया को युद्ध के बदले प्रेम से जीतता! फ़क़त प्रेम से! औरतों के अलावा किसी भी मर्द को फ़ौज़ में भर्ती नहीं करता। बात की बात में लाखों यहूदियों के प्राण बच जाते!"

"तमाम ईस्ट-यूरोप रूसियों की ख़ूनी डाढ़ से बच जाता!" उफनती हँसी को ज़बरन दबाते सुलोचना ने मिलती मारी।

यह तो यमराज के साम्प्रत प्रतिरूप 'हर हिटलर' के भी बूते की बात नहीं थी, फिर जगत-चाचा की तो बिसात ही क्या? शिथिल भाव से दबी-दबी हामी भरी, "हाँ, सो तो बचता ही।"

"यदि नितान्त गोपनीय न हो तो एक बात बताइए जगत-चाचा कि मुझे तो आप उस नाज़ी फ़ौज की कमांडर ज़रूर बनाते, क्यूँ?" गुल अडवानी ने अधिकृत भाव से जानना चाहा।

"और मुझे भी...।" अनुराधा भंडारी ने तत्काल अपना दावा प्रस्तुत किया।

"ठहरो ठहरो, इत्ती उतावली करने से गड़बड़ हो जाएगी। यदि मैं अन्तरराष्ट्रीय फ़ौज बनाता तो भारत की कम-से-कम सवा लाख औरतों को उनकी लियाक़त के अनुसार जिम्मेदारी सौंपता।"

"परन्तु मैं तो आपके लाख समझाने पर भी नहीं मानती, चाहे कर्नल बनाते या कमाण्डर। फ़ौज तो फ़ौज ही है।" सुलोचना आगे भी कुछ कहने जा रही थी कि जगत-चाचा उसे बीच में आश्वस्त करते बोले, "जैसी तुम्हारी मरज़ी।" फिर न जाने क्या सोचकर घिन दरसाते कहा, "इन उल्लू के पट्ठों को किसने मास्टर बना दिया। यदि मैं शिक्षा-मंत्री होता तो ऐसे निकम्मे बुद्धिजीवियों को एक ही झटके में बरखास्त कर देता...!"

"नहीं, जगत-चाचा नहीं, हिटलर के बाद शिक्षामन्त्री का यह नाकुछ पद आपको शोभा नहीं देता। गोली मारो!" प्रतिभा केलकर आत्मीय उलाहना देते बोली।

"धीरे, ज़रा धीरे बोलो। बापू की तस्वीर के सुनते गोली-वोली की बात मत करो!" उन्होंने होठों पर अँगुली धरकर कहा।

और उस दिन बिना हत्या-हिंसा के हिटलर वाला मजमा प्रेम से बिखर गया। किन्तु जगत-चाचा तो मजमे के ही नटवर-नागर थे! उन्हें औरतों के अभाव में सब कुछ मरघट-सा लगता था! मानो अकेले अपने-आप से भयभीत हों! स्वयं के साक्षात्कार से इस तरह बचते मानो किसी कनखजूरे ने मुठभेड़ की मंशा दरसाई हो! इसी कारण इतवार या दूसरी छुट्टी-छपाटी उन्हें बेहद कष्टदायक महसूस होती। यदि किसी छुट्टी के दिन मजमे का जुगाड़ नहीं बैठता तो उनके लिए दिन धकियाना पहाड़-सा दूभर हो जाता। या तो वे जहाँ मजमा जुड़ता वहीं शामिल हो जाते या किसी बहाने अपने घर मजमा इकट्ठा कर लेते। सोते समय यदि सपनों में भी औरतों का सत्संग नहीं जमता तो उनकी नींद उचट जाती। करवट-दर-करवट बदलते बड़ी मुश्किल से रात की कालिख धुलती। भीतर-ही-भीतर सुलगती-छीजती घरवाली से उन्हें मितली-सी आने लगती थी। घरवाली है तो घर सँवारे—फूस-वाईदा, बरतन-बासन, रसोई और धोना-माँजना।

दूसरे दिन उसी मंडली में एक पंजाबी निरीक्षिका का संजोग उम्दा जुड़ गया। कांता बहल। रूप जोबन का ऐसा दुर्लभ मिलन—मानो आकाश की बिजली ने बादलों का आसरा छोड़कर उसकी देह में शरण माँगी हो! झाँकी मिलते ही जगत-चाचा ने आधे उछाह और आधे रोष से पूछा, "इतने दिन किस बनवास में अंतर्धान रही? पूरे एक महीने से ग़ैर-हाज़िरी लग रही है।"

"गंगानगर माँ और भाई के पास गयी थी। कई महीनों में मिलना नहीं हुआ?"

"माँ और भाई के रहते बेचारे जगत-चाचा की कौन परवाह करे? पानी की अपेक्षा ख़ून गाढ़ा होता है!"

"मगर पानी की ग़रज़ ख़ून से पूरी नहीं होती!"

"वाह! हाथोंहाथ भुगतान किया, धेले की भी उधार नहीं रखी। वाह! जैसी गहरी समझ, वैसा ही अछूता रूप और वैसा ही माक़ूल जवाब।"

"अछूता! अछूता क़ैसे? दो-दो बच्चे होने पर भी इसका रूप अभी तक अछूता है...?" गुल अडवानी ने उन्हें गुदगुदाने के बहाने शंका की।

"हाँ, अछूता। बिन बरसे पानी की तरह अछूता! ज़्यादा ही पूछो तो बिन दुही गाय के दूध की तरह अछूता! औरत का मन या उसकी आत्मा भ्रष्ट हो तो हो, किंतु उसकी देह कभी दूषित नहीं होती...!"

जगत-चाचा की तथ्यहीन बातों को कोई भी महिला तरजीह नहीं देती थी। फिर भी सुलोचना ने तनिक नाराज़गी का दिखावा करते प्रतिवाद किया, "तब तो आपकी नज़र में वेश्या की देह भी अछूती है। रुपयों के लोभ से रूप का पेशा करने वाली भी आपके ख़याल से बिन बरसे पानी की तरह अछूती है? आपने हमें इन बाज़ारू औरतों की श्रेणी में रखा! हम तो आपका इतना आदर करती हैं और आप...।"

"तोबा...तोबा। कान पकड़ता हूँ। दोनों कान पकड़ता हूँ। कभी-कभार ज़बान भी वमन करती है। वरना औरतों की देह तो दरकिनार, उनकी छाया तक का आव-आदर करने वाला जगत-चाचा के अलावा न तो कोई जन्मा और न जन्मेगा। हाँ, रुपयों के लोभ से तो अगला जनम भी बिगड़ता है, मगर प्रीत के वशीभूत कोई भी पत्नी सच्चे प्रेमी से जुड़ती है तो उसकी देह कभी दूषित नहीं होती। तुमसे अधिक कौन जानता है कि मैं कभी झूठ नहीं बोलता।"

"यह बात हम नहीं जानेंगी तो और कौन जानेगा?" कांता बहल ने अपनी मधुर हँसी के बहाने मकड़ी का जाला बुनते कहा, "लेकिन जगत-चाचा आज तो आपके पास एक ज़रूरी काम से आयी हूँ।"

"तो इसमें संकोच की क्या बात, दस काम बताओ। तुम सबके लिए ही तो मैं नौकरी जैसा ग़लीज़ काम करता हूँ! यदि चुनाव में खड़ा हो जाऊँ तो मेवाड़ के महाराणा की ज़मानत ज़ब्त करवा दूँ।" वे उदयपुर रियासत के राज-पंडित थे। पर अब तो रियासत का फ़क़त नाम रह गया था।

"इसमें क्या शक है!" तीन-चार महिलाओं ने एक साथ उनका समर्थन किया।"

"लेकिन तुम लोगों के आगे मेरी दाल नहीं गलती!"

"तो फिर जाने दीजिए...।" कांता बहल ने ओछी काटते हुए अपनी माँग से मुकरना चाहा।

"नहीं-नहीं, यह हरगिज़ नहीं हो सकता। बोलो, बोलो, पहले काम फिर राम!"

"एक चपरासी की जगह खाली है।"

"हाँ-हाँ, जिसे कहो उसे रख लूँ।"

"एक अभागिन बेवा को आपके भरोसे ही साथ लाई हूँ।"

"ज़रूर, ज़रूर, क्यूँ नहीं। कहो तो आज ही आदेश कर दूँ।"

तब उसने पीछे मुड़कर आवाज़ दी, "रामू की माँ, रामू की माँ। चपरासी के साथ रामू की माँ भीतर आई। चेहरे पर निगाह पड़ते ही जगत-चाचा के मुँह से आप ही ये बोल छिटक पड़े, "ऐसी जवान और बेवा? भगवान अंधा तो नहीं हो गया...?"

"होने दीजिए, भगवान अन्धा हो तो कोई बात नहीं, फ़क़त आपकी आँखें सलामत चाहिए! आपकी दया से बेचारी जैसे-तैसे दुःख के दिन गुज़ार लेगी। मैंने तो अपनी तरफ़ से समझाने में कोई क़सर नहीं छोड़ी, पर इकलौते बेटे की ख़ातिर दूसरा ब्याह करना ही नहीं चाहती, वरना इसकी जात में सरेआम पुनर्विवाह होता है।"

"तब तो ग़ज़ब की मर्द-लुगाई है! अभी हाथोंहाथ आदेश करता हूँ, ढील किस बात की। बैठ, कुर्सी पर बैठ।"

जगत-चाचा का ऐसा जोश-ख़रोश देखकर चपरासी के खलबली मची। कुहनी तक लम्बे हाथ जोड़कर बोला, "इस ख़ाली जगह के लिए तो आपने मेरे भाई को थावस दिया था?"

चपरासी के कहते ही उन्हें भूली हुई बात याद आ गई। मामूली झोंपते हुए बोले, "थावस दिया है तो मना थोड़े ही कर रहा हूँ। मगर सच बता, यदि तू मेरी जगह होता तो जवान-विधवा का कुछ भी ख़याल नहीं रखता...?"

चपरासी नाक पर अँगुली फिराते कहने लगा, "भला ऐसी आस मैं क्यूँ करने लगा? यह तो पिछले करमों का फल है। मेरी ऐसी करनी कहाँ?"

"देख, बुरा न माने तो आज तुझे लाख रुपयों की बात समझाऊँ। थोड़ा मग़ज़ तो लड़ा, तू खुद काफ़ी समझदार है। यदि इस तरह गाँव से खेती का धन्धा छोड़कर सभी किसान सरकारी नौकरियों की तलाश में भटकने लगे तो देश की बेशुमार आबादी के लिए धान की कमी कौन पूरी करेगा? ज़रा सोचने की बात है!"

'ग़रीब-परवर, मेरी ऐसी गहरी समझ कहाँ! मेरे एक भाई की नौकरी से देश में धान की कमी पड़े तो जाने दीजिए। मालिक का मालिक कौन?"

"मालिक? मैं तो तुम लोगों का अदना सेवक हूँ, सेवक! मगर भैया तू कौन-सा नहीं जानता कि थोड़ा-थोड़ा करते ही बंटाढार होता है। एक में ही अनेक रूप बसते है।" यह अमोघ मन्त्र सुनाकर उन्होंने चारों तरफ़ नज़र घुमाई। जवान विधवा को खड़े देखा तो फिर ज़ोर देकर कहा, "बैठ-बैठ, कुर्सी पर बैठ। आज़ाद भारत में सब बराबर हैं। कोई छोटा-बड़ा नहीं।"

मगर रामू की माँ कुर्सी पर नहीं बैठी। आज़ाद भारत से उसका कुछ भी सरोकार नहीं था! उसका घर भला और वह भली! झिझक दरसाते बोली, "मैं तो अब तक कुर्सी पर बैठी ही नहीं, कौन-सी नामवरी बढ़ती है?"

भोलेपंन के वे अजाने बोल कुर्सियों पर बैठी महिलाओं को बुरे लगे। बैठने की ख़ातिर जगत-चाचा का बनावटी आग्रह भी उन्हें अखरा। सभी औरतों में एक जैंसी प्रतिक्रिया उभरी। तब मण्डली की पैनी निगाहों का एहसास होते ही उनका मोथा ठनका। फिर उसे कुर्सी पर बैठने के लिए एक बार भी नहीं कहा। चपरासी भी मुँह चढ़ाकर बाहर बेंच पर चुपचाप बैठ गया।

आज की मण्डली में दो औरतें और जुड़ गईं। एक तो कांता बहल और दूसरी रामू की माँ। औरतें तो हमेशा जुड़ती ही रहनी चाहिए! लेकिन बूढ़ी-ठाढ़ी नहीं! जवान और ख़ूबसूरत! वरना जगत-चाचा की प्रतिभा को आँच नहीं लगती! और आँच लगे बिना प्रतिभा मुखर नहीं होती। पद और शिक्षा का पुछलग्गा न हो तो नयी चपरासिन की पारदर्शी सूरत किसी से कम नहीं थी। जात, धरम, शिक्षा और पद में रूप-जोबन का क्या वास्ता! इसके डाबर नयनों पर तो कैसा भी पद और कैसी भी शिक्षा निछावर की जा सकती है! लगता है उम्र के साथ-साथ यह जवानी ढलने की नहीं! आख़िर बुढ़ापे को भी इसके आगे हार माननी ही पड़ेगी। जगत-चाचा ने चोर निगाहों से उसकी कमनीय विशिष्टताओं का नाप-तोल किया, जिसके लिए उनकी आँखें पर्याप्त पारंगत थीं! फिर अचानक आशंकित होकर उन्होंने सामने बैठी मण्डली की मोहिनी मूरतों में दृष्टि गँवा दी। और कुछ ही देर बाद उनके सामने प्रकाश-पुंज की एक प्रतिच्छवि जगमगाने लगी—सफ़ेद धोती, सफ़ेद चोला और सफ़ेद टोपी। इकलंगी धोती की सलवटों से अगले ही क्षण सब कुछ स्पष्ट हो गया। उनींदी आवाज़ में कहने लगे, "हिटलर के नाम से तुम्हें घबराहट होती है तो उसे मरने दो! यदि मैं राजस्थान का मुख्यमन्त्री होता तो सचमुच इसी सूखी धरती के रेतीले धोरों का नज़ारा ही बदल देता! एक कौड़ी ख़र्च किए बिना ही। हाँ, एक कौड़ी ख़र्च किए बिना ही! बताओ कैसे?"

कौन क्या बताती? लेकिन बार-बार आग्रह करने से प्रतिभा केलकर मुँह बिदकाकर बोली, "जब आपने सोचा है तो आप ही बताइए। मैं मुख्यमन्त्री बनूँ तो अपने मन की बात बताऊँ!"

"बताओ-बताओ, ज़रूर बताओ! तुम्हें मेरी क़सम। यह कोई बेजा बात नहीं। यदि तू मुख्यमन्त्री बने तो सबसे पहले क्या मीन मारेगी?" ज़ोर से ताली बजाकर उन्होंने हँसते हुए पूछा।

तब गरदन झुकाकर उसने धीरे-से जवाब दिया, "येन-केन-प्रकारेण आपको निदेशक बना दूँगी!"

सूरज के सामने बदली आने पर कमरे में उजाला काफ़ी सिमट गया, फिर

भी किसी को उसका ख़याल तक नहीं आया। सभी अपने-अपने उजाले में खोये थे! लेकिन जगत-चाचा को प्रतिभा केलकर की मेहर-मया से ख़ुशी की अपेक्षा काफ़ी झुँझलाहट हुई। कलेजे में टीस उठी। एक मातहत मास्टरनी तो बने मुख्यमन्त्री और वे केवल निदेशक! हर वक़्त उसकी ख़ुशामद करनी पड़ेगी! क्या वाक़ई औरत विश्वास-क़ाबिल नहीं होती? फटी-फटी आँखों से उसकी तरफ़ देखा—पहले जैसी रवादार नहीं लगी। इस मटमैली पुताई में अब तक रौनक क्यूँ दिखाई देती थी? तो सारा रूप उनकी आँखों में ही था, प्रतिभा केलकर की देह में नहीं। सुलोचना राय तुरन्त उनके मन की दुविधा भाँप गई। उसे कोहनी से धकियाते कहा, "बस, फ़क़त निदेशक बनाकर ही तू संतुष्ट हो जाएगी? यदि मैं राजस्थान की मुख्यमन्त्री बनूँ तो जगत-चाचा को दूसरे ही दिन सबसे पहले शिक्षामन्त्री की शपथ दिलवाऊँ!"

"यह मुँह और मसूर की दाल! न नौ मन तेल हो और न राधा नाचे!" कांता बहल ने होठों-ही-होठों में फुसफुसाकर ताना कसा।

जगत-चाचा ने गंजा सिर हिलाते एतराज़ किया, "ना-ना, नौ मन तेल की क्या बात कही! आजकल तो राधा को नाचने के लिए कटोरी भर तेल ही काफ़ी है! मुख्यमन्त्री बनना कोई बड़ी बात नहीं। देखते-देखते कई मुख्यमन्त्री बदल गए। बड़ी बात है, बड़ा काम करना। जिससे पहली किश्त में ही टकले-टीबों का माहौल बदल जाए। बस, थोड़ी-सी नज़र खुली रखने की ज़रूरत है।" दो बार ज़ोर से चुटकी बजाकर सलोनी बेवा की तरफ़ देखकर वे आगे कहने लगे, "कार्तिक महीने में तीसों दिन अल्ल-सबेरे गाँव-गाँव में सभी औरतें पीपल सींचती हैं। बिना किसी हुक्म-आदेश के। पीढ़ियों से। किसी की मनाही नहीं सुनतीं—न पति की, न जेठ की, न ससुर की। क्यों सुनें? अपने साथ-साथ धरती का सिंगार करने वाली क्यों किसी की परवाह करे? वह तो धरती को सँवारने की ख़ातिर ही जन्मी है। यदि राजस्थान की एक-एक लछमी के मन में लगातार बारह महीने गाछ-बिरछ सींचने का जोश जगाया जाए तो वे किसी की मनाही से रुकने वाली नहीं। मर भले ही जाएँ पर अपना नेम नहीं तोड़ेंगी! खेत, गलियारे, रास्ते, सड़क और खेल के मैदान छोड़कर राजस्थान में सर्वत्र बिरछ-ही-बिरछ झूमते दिखेंगे! जहाँ नज़र जाए वहीं गाछ और बिरछ! बिरछ और गाछ! सूखी धरती के इस बेजोड़ नज़ारे की कल्पना तो करो!"

अकस्मात् बिजली बन्द होने पर घर्र-घर्र चलते पंखे की चाल कम होने लगी। जगत-चाचा पंखे की ओर देखकर कहने लगे, "राजस्थान की सूखी धरती पर दस-दस क़दम दूर पेड़-ही-पेड़ लहराने लगें तो मेह-पानी की क्या कमी! अलंघ्य दूरी से खिंचकर बादल अपने-आप बरसेंगे—धर्र...धर्र। न राजस्थान नहर का प्रपंच, न कुएँ-तालाबों का झंझट। न बिजली का संकट और न सिंचाई की परेशानी। पेड़ों की सघन छाँह के फलस्वरूप न इतनी तेज़ गर्मी पड़ेगी और न पंखों का मोहताज होना पड़ेगा।"

ज़बरदस्ती आँसू तो नहीं थमते, परन्तु हँसी तो रोकी जा सकती है। उन सभी अध्यापिकाओं को अपनी उफनती हँसी पर खाम लगानी पड़ी। मातहती की लाचारी भी बहुत बड़ी लाचारी है! मातहत होने पर ही इसका पता चलता है!

राजस्थान के कायाकल्प से आश्वस्त होकर जगत-चाचा ने मुख्यमन्त्री के अलावा फिर किसी दूसरी छवि की आकांक्षा नहीं की। उनके लिए तो अकाल की विभीषिका मिटते ही गाँव-गाँव, ढाणी-ढपाणी सर्वत्र खुशहाली का आलम छा गया था! रेतीले टीबों में जन्मा हर व्यक्ति धान, घी, खाँड़, दूध-दही की बहबूदी के झूले पर अतिरेक आनंद में झूल रहा था!

मुँह फुलाये चपरासी ने जब जगत-चाचा के हाथ में मुरलीधर पुरोहित के नाम की पर्ची थमाई तो ललाट में बल डालकर उन्होंने ऊपरी मन से पुकारा, "पधारिए गुरुदेव, भीतर पधारिए...!"

सभी से नमस्कार करने के उपरान्त उसने कल की मुँह-ज़ोरी का पछतावा करते कहा, "आज तो समय पर ही आया?"

जगत-चाचा के मन में भी कल के सूखे व्यवहार की मामूली कसक थी। अभी-अभी अपनी निराली सूझ-बूझ से समूचे राजस्थान की मनवांछित इफ़रात ने उनके रोम-रोम को उन्मत्त कर दिया था और वे उससे पूरमपुर सन्तुष्ट थे। मन-ही-मन मुरलीधर के स्वभाव की पड़ताल करने लगे—सिंधी-मुसलमानों की तरह बाल छँटे हुए। सूप की नाईं—सामने की तरफ़ चौड़े और पीछे से सँकरे। डाँट-फटकार, धमकी, लोभ या चालाकी से वश में आने वाला यह बन्दा नहीं! यह तो जैसे अपने ही दन्द-फन्द में उलझा हुआ। अपने ही गोरखधन्धे में खोया-सा। विनम्र व्यवहार से भी क़ाबू में आ जाए तो ग़नीमत है। स्वार्थी व लालची मनुष्य को पटाना कितना आसान है! गिनती के नेक इनसानों की ईमानदारी से यह दुनिया एक दिन भी नहीं चल सकती। उन्होंने अपने स्वर में कृत्रिम मिठास घोलते कहा, "कल की नाराज़गी शायद अभी तक मिटी नहीं। अरे बाबा, जगत-चाचा से मिलने में क्या तो वक़्त और क्या बेवक़्त! जब इच्छा हो रात को जगाकर भी मिल सकते हो। मैं तो गऊ से भी ज़्यादा सीधा हूँ। विश्वास न हो तो इन सबसे पूछ लो।"

लेकिन मुरलीधर को किसी से पूछने की कोई दरकार नहीं थी। और न यह पूछे जैसा मसला ही था। वह तो फ़क़त अपने-आप से ही सवाल-जवाब करने का आदी था। शून्य में नज़र गड़ाये चुपचाप खड़ा रहा। जाने किस प्रदूषित गुफ़ा में आ गया? तभी जगत-चाचा ने उसके सामने हाथ पसारते पूछा, "लाये, एक सौ आठ बार लिखकर वह पन्ना लाये?"

गरदन हिलाने की मनाही के साथ ही जैसे उनकी उमंग को लकवा मार गया हो! क़दम-क़दम पर गाछ-बिरछों से लहलहाता राजस्थान एक ही फूँक में उजड़ गया! अचकचाकर धीरे-से जानना चाहा, "इतना कहने के बावजूद भूल गये?"

"भूला तो नहीं, मगर मज़ाक की बात समझकर मैंने ध्यान ही नहीं दिया।"

"मज़ाक! इस कुर्सी पर बैठकर मैं मामूली मास्टर से मज़ाक करूँगा?...लिखिए मेरे सामने बैठकर लिखिए। एक सौ आठ मर्तबा—जगत-चाचा, जगत-चाचा।"

उसे तब भी विश्वास नहीं हुआ। ऐसी बचकानी हरकत पर कोई कैसे विश्वास करे? अपने हिसाब से ही वह सबका कूता करता था। ऐसी बात तो सुनना भी शर्मनाक है! सन्देह व अचरज के स्वर में बोला, "बड़ी अजीब अपेक्षा है? मैं तो सात साल से बाहर काला-पानी भुगत रहा हूँ और आपको अपने नाम ही की रट लगी है?"

आख़िर जगत-चाचा को बनावटी बाना छोड़कर अपने असली रूप में आना पड़ा। तान्त्रिक नाथ की तरह आँखें तरेरकर बोले, "बाहर? बाहर कहाँ? हिन्दुस्तान से बाहर? सभी हिन्दुस्तानियों का एक ही राष्ट्र है—भारत! जवाँ-मर्द हो, थोड़ी-बहुत तो ज़िम्मेवारी समझो...!"

"लेकिन यह ज़िम्मेवारी मुझ अकेले को ही क्यूँ समझनी चाहिए? चार बरस और भी चूँ नहीं करता, यदि माँ की जान-लेवा बीमारी...।"

"बीमारी...माँ की जान-लेवा बीमारी! यदि हर कर्मचारी माँ की बीमारी का रोना रोने लगे तो भारत-माँ का क्या हाल होगा? अपने साथ मेरा वक़्त क्यूँ जाया करते हो? कई ज़रूरी काम सलटाने हैं। हज़रत की माँ के लिए सिर खपाने का मेरे पास वक़्त नहीं है। इन बीमारियों की असलियत मैं ख़ूब समझता हूँ! बीस बरस शिक्षा-विभाग में यों ही भाड़ नहीं झोंका!"

"आपके ख़याल से मैं झूठ बोल रहा हूँ?"

"नहीं, आप क्यूँ झूठ बोलने लगे! आप तो सत्यवादी हरिश्चन्द्र हैं! झूठ तो मैं बोलता हूँ। मैं ही अव्वल दर्जे का झूठा हूँ...! क्यूँ...?"

इस तरह झूठ-साँच का भला क्या निर्णय होता? मुरलीधर की माँ का दुर्भाग्य! वरना जगत-चाचा के मानिक-मुँह से ये बोल सुनने की ज़रूरत ही क्या थी। मगर वह कूड़-मग़ज़ तो कल की तरह आज भी नमस्कार करके चुपचाप चलता बना। ऐसा नहीं कि उसे बोलना नहीं आता। ज़रूरत पर ख़ूब बोलता है। मोहनगढ़ के अधिकांश निवासी इसके गवाह हैं। लेकिन बोलने की भी अपनी वेला और अपनी मर्यादा होती है! जगत-चाचा के लिए उसकी उपस्थिति और अनुपस्थिति दोनों ही असह्य थीं! अब भड़ास निकालें भी तो किस पर? फिर ललाट ठोंककर वही अचूक मंत्र सुनाया, "यह शिक्षा-विभाग भी अजीबोग़रीब जन्तुओं का बाड़ा है...!"

सारी मंडली को जैसे साँप सूँघ गया हो। प्राणहीन पुतलियों की तरह वे स्तब्ध अविचल बैठी थीं। जगत-चाचा के इस अप्रत्याशित रूप से तो वे सर्वथा अपरिचित थीं! लेकिन अभी-अभी आँखों के सामने जो कुछ भी अशोभनीय घटित हुआ, उस पर अविश्वास भी तो कैसे करें? मगर साथ-ही-साथ मुरलीधर को भी शालीनता से

बात करने का शऊर नहीं है। अपना काम निकालने का कुछ तो हुनर होना चाहिए कोरी-मोरी अकड़ से बात बनती नहीं। उसकी जगह कोई भी महिला अध्यापिका होती तो एक मिनट में अपनी बदली करवा लेती! किंतु उस मंडली के बीच सुलोचना राय की मनोदशा बिल्कुल ही दूसरी थी। न उसकी घृणा का कोई पार था और न मोद-गुमान का। थोड़ी देर बाद कमरे की हवा का दबाव कुछ हलका हुआ तो वह हिम्मत करके बोली, "आप बुरा न मानें तो एक बात्त कहूँ।"

"मैंने कब किस बात का बुरा माना है, जो मुझसे पूछने की ज़रूरत पड़ी?"

"इनकी माँ वाक़ई गठिया-बाय से पीड़ित हैं। कोई दूसरा देखभाल करने वाला है ही नहीं। इकलौता बेटा सात बरस से मोहनगढ़ की धूल फाँक रहा है! पड़ोसी के नाते मैं थोड़ी-बहुत सेवा करती हूँ। लेकिन माँ का मन बेटे के बिना बहलता नहीं!"

मनुष्य की वाणी में क्या बबूल से भी तीखे काँटे होते हैं? जगत-चाचा के कानों में कुछ वैसी ही चुभन हुई। उखड़ना चाहने पर भी वे उखड़े नहीं। अपने पर ज़ब्त करके एक माक़ूल सुझाव दिया, "तो अपनी पत्नी को माँ के पास छोड़ जाए!"

"पत्नी!" वह सितार की तरह खिलखिलाते कहने लगी, "सारा रोना तो इसी बात का है! सपने में भी शादी नहीं करना चाहते! इनकी माँ का थोड़ा-बहुत ख़याल रखिए!"

"मैं तो ख़याल रखूँगा ही। पर मेरा नाम लिखने में हज़रत को मौत क्यूँ आ रही है? कुछ भी समझ नहीं पड़ता!"

मौत का नाम सुनते ही सुलोचना के आग-सी लग गयी! लेकिन बाहर एक चिनगारी भी प्रकट नहीं होने दी। होठ काटते बोली, "मैं समझाऊँगी, मौक़ा मिलते ही समझाऊँगी!"

"तो इसकी बदली जोधपुर पक्की!"

"आप बड़े हैं, बड़ी विचारिए।" कांता बहल ने उनके डगमगाते भ्रम को सहारा देने की चेष्टा की।

"इससे बड़ी और क्या विचारूँ!" जगत-चाचा की लाचारी भी छोटी नहीं थी!

दूसरे और तीसरे दिन भी मुरलीधर का लिखा हुआ जाप जगत-चाचा के हाथ नहीं लगा, तब तक हर पल वही अविकल प्रतीक्षा और वही मंथन! मानो गठिया-बाय की बीमारी ने उनकी समूची देह को जकड़ लिया हो। बिना बीमारी के ही उन्हें पीड़ा होने लगी! सत्संग के आनन्द में भी ख़लल पड़ने लगा। अप्सराओं के रूप-जोबन की झाँकी से भी न जाने क्यूँ पहले जैसी हरकत अपने-आप बंद हो गयी? वे ही आँखें थीं। वही रूप-जोबन था। अब उसका दुबारा संचार कैसे हो?

मानो उनके रिसते घाव को किसी के तीखे नाखून बुरी तरह नोच रहे हों! उस असह्य टीस का एक-एक पल धकियाते-धकियाते जगत-चाचा के लिए पूरे तीन दिन सूखे निकल गए। जैसे तीन बरस का भीषण अंतराल हो! यह नागडसा दुःख भी अकेले नहीं आता! राम जाने सारी की सारी अध्यापिकाएँ किस अज्ञातवास में खो गईं? मुरलीधर वाले काण्ड से क्या उन्हें भी कुछ धक्का लगा? क्या ये सभी मिलकर उनकी परीक्षा लेना चाहती हैं? पर आज जमकर अचीती बारिश हुई। कांता बहल की दुमंज़िली छत पर उसकी बरस-गाँठ का अपूर्व मजमा फुलझड़ियों की तरह खिल रहा था। नयी चपरासिन ज़ोश व उछाह से सारा काम सलीक़े से सलटा रही थी। जगत-चाचा उसकी आशातीत निपुणता से बेइंतहा ख़ुश थे। ऊपर आकाश में सप्तमी के चाँद को अगणित सितारों ने चारों ओर से घेर रखा था। और नीचे धरती पर दुनिया की किसी एक छत पर जगत-चाचा के चारों तरफ़ महिलाओं की मण्डली बिराजमान थी! दोनों जगह आनन्द की चाँदनी का वारापार नहीं था। फिर भी जगत-चाचा को चाँदनी काफ़ी उदास और चाँद मुरझाया हुआ नज़र आया। कलेजे में कहीं गहरे किसी तीखे शूल की चुभन खटक रही थी। इधर-उधर की बातचीत के बहाने जगत-चाचा ने आख़िर सुलोचना राय से पूछ ही लिया, "क्या वह हठीला राजकुमार अब भी नहीं माना?"

"काफ़ी-कुछ तो मान गया। थोड़ी कोशिश करने पर और मान जाएगा।"

"कब मान जाएगा? माँ के मरने पर मान जाएगा?"

सचमुच के कोड़ों की निस्बत शब्दों की मार ज़्यादा मर्मान्तक होती है! जगत-चाचा का इतना कहना हुआ और सुलोचना की आँखें अंगारों-सी दहक उठीं! एकबारगी तो उनके दिल ने अपनी जगह छोड़ दी, मगर दूसरे ही छिन आपा सँभालकर उसे अधिक खिझाने की मंशा से कहा, "उसे मनाना ही है तो इस मामूली काम के लिए क्या मनाती है? तुझ से ब्याह करने के लिए ही क्यूँ नही मना लेती...?"

उनके हाथ से चाहे-अनचाहे यह हथगोला तो बुरा छूटा! कौन जाने इसका धमाका किधर फट पड़े। किंतु सुलोचना का जवाब सुनने पर तो किसी की भी ईर्ष्या व जलन का पार नहीं रहा। वह तो इस क़दर बेखटके बोली मानो अपने-आप से ही संवाद कर रही हो! या सपने में पूछे गये प्रश्न का सपने में ही उत्तर दे रही हो! जगत-चाचा की आँखों में नज़र गड़ाकर बोली, "मैंने समझाने में कोई खामी नहीं रखी, मगर वह हठीला राजकुमार माने तब! न हो तो एक बार आप भी उसे समझाकर देखें। शायद आपके समझाने से वह मान जाए!"

उनके सारे शरीर में झुरझुरी छूटी। मानो अनगिनत मधुमक्खियाँ उन्हें भीतर-बाहर काट रही हों! अटकते-अटकते बमुश्किल पूछा, "कौन, मैं समझाऊँ? हाँ, तू कहेगी तो समझाना ही पड़ेगा। ज़रूर समझाऊँगा।"

न चाहने पर भी सुलोचना के मुँह से निकल पड़ा, जैसे बेहोशी में प्रलाप कर रही हो, "उम्र भर आपका अहसान मानूँगी...!"

जगत-चाचा की रज़ामंदी के आखर-आखर में मनाही साफ़ गूँज रही थी। फिर भी सारी मण्डली एक साथ तालियाँ बजाकर बोली, "जगत-चाचा के समझाने पर तो कैसे भी मूर्ख को समझना पड़ेगा। दस किलो मिठाई से कम में सौदा नहीं पटेगा! इस कान से सुन, चाहे उस कान से।"

"इसके लिए तो हज़ार कान भी कम हैं!"

"अच्छा, तो फिर मिठाई पक्की! क्यूँ जगत-चाचा?" सभी एक साथ चहक उठीं।

"इसमें जगत-चाचा से क्या पूछना। जब चाहो खिला दूँगी। मगर वह मूर्ख बिल्कुल नहीं हैं। वैसा समझदार औलिया तो मुझे कहीं नज़र नहीं आया!" इन शब्दों के बहाने सुलोचना ने मानो अपना समूचा अन्तस् ही बाहर उँडेलकर धर दिया हो। ऐसे जवाब की किसी को भी आशा नहीं थी...!

अनुराधा भंडारी ने तिक्त स्वर में कहा, "शादी के पहले ही ऐसी अंतरंग पहचान? ऐसी प्रशंसा? नज़र न लगने का टोटका करवा ले!"

"प्रशंसा तो शादी के पहले ही की जाती है; फिर तो चकचक से ही फ़ुर्सत नहीं मिलती।" माया पँवार ने मानो सबके भीतर की सच्चाई बाहर उछाल दी हो!

सहेलियों की आपसी ठिठोली में जगत-चाचा की गत बहुत बुरी बिगड़ी! ऐसी करारी मात का तो सपना भी बुरा। एकबारगी तो उन्हें भरोसा ही नहीं हुआ कि वे वही जगत-चाचा हैं और यह उनकी वही चिर आत्मीय मण्डली है! कोई परिचित या अपरिचित महिला उनके सिवाय किसी दूसरे से प्रेम करे, यह त्रासदी तो उन्हें मरने के बाद भी तकलीफ़ देने वाली है। तिस पर सुलोचना राय से तो सपने में भी यह उम्मीद नहीं थी। न जाने क्यों उस पर उन्हें ऐसा ही अटूट विश्वास था। हो-न-हो शरत बाबू की कोई आदर्शतम नायिका उपन्यास का अतिक्रमण करके उन्हीं की ख़ातिर यह जीवन जीने आयी है! लेकिन आज तो वह वज्र-विश्वास एक ही चुटकी में ध्वस्त हो गया! उनके रू-ब-रू क़बूल करने में उसे रत्ती भर भी शर्म नहीं आई। मगर जगत-चाचा तो सुनते ही पस्त हो गये! रोम-रोम में चिनगारियाँ चटखने लगीं। मौत की पीड़ा भी इससे भयंकर तो क्या होगी...?

मोम का सिंह न पिघले तब तक ही सिंह का डर बना रहता है। यदि किसी दूसरी छवि की शरण नहीं गही तो चलती साँस भी रुक जाएगी। उन्हें जब कभी इस तरह के आलोक-पुंज की चाह होती तो न दिन को रुकावट और न रात को। सातम की चाँदनी के पटल पर यकायक उजाले का एक घेरा उभर आया। जिसमें शनैः-शनैः एक छवि अंकित होने लगी। और उसे पहचानते ही, चलते प्रसंग को भूलकर वे भारी गले से बोले, "यदि मैं नाथूराम विनायक गोडसे होता...?"

अभ्यस्त होते हुए भी किसी के कानों में जगत-चाचा की यह बेतुकी मंशा क़तई नहीं झरी। सुनते ही ऐसा लगा मानो मन्द-मन्द चाँदनी में ठौर-ठौर धुएँ के बादल मँडराने लगे हों! गुल अडवानी ने छाती पर हाथ धरकर बड़ी मुश्किल से पूछा, "तो क्या आपके हाथ से बापू की हत्या होती...?"

"यही तो समझने की बात है। यदि मैं नाथूराम होता तो बापू की एवज़ में किसी दूसरे की जान लेता। बताओ किसकी?"

धड़ाधड़ कई बड़े-बड़े नाम गुलाबी होठों से उछले। मुरलीधर का नाम भी नहीं छूटा। लेकिन जगत-चाचा ने किसी नाम के लिए हामी नहीं भरी। बार-बार चमकती टाट हिलाते हुए मना करते रहे—ना, ना, ना। आख़िर उन्हें ही पहेली सुलझाने को मजबूर होना पड़ा। "यदि मैं नाथूराम गोडसे होता तो जिन्ना का सफ़ाया करता! न देश के टुकड़े होते और न असंख्य बेगुनाह इनसानों का ख़ून बहता! एक का खातमा करने से हज़ारों प्राण बच जाते! हज़ारों बहिन-बेटियों...!"

माया पँवार ने तीन-चार सिन्धी-पंजाबी अध्यापिकाओं का नाम गिनाकर प्रतिरोध करते कहा, "जगत-चाचा देश का बँटवारा न होने पर इन सुन्दर अप्सराओं का अवतरण यहाँ कैसे होता? न वे आपको पहचानतीं और न आप उन्हें जान पाते। इस घाटे की पूर्ति भला कैसी होती? बँटवारा होने से ही तो गुल बहन से दोस्ती करने का हमें मौक़ा मिला...!"

उन्होंने तुरन्त पासा पलटा, "अरे, मैंने तो यों ही तुम्हें डराने की ख़ातिर पटाखा छोड़ा था! जगत-चाचा के हाथ से जिन्ना तो बड़ी बात, एक मामूली चींटी को भी ठेस नहीं पहुँचाई जा सकती। पर सचमुच, यदि मैं नाथूराम गोडसे होता तो बापू की मुट्ठी भर हड्डियों के बदले भ्रष्टाचार के जिन्न पर गोलियाँ दागता—धाँय, धाँय, धाँय!"

ऐसे बेजोड़ मसख़रेपन के बावजूद मनुष्य के कण्ठ से हँसी का ठहाका नहीं गूँजे तो वह रोने से भी अधिक कष्टदायक है। शायद इस तरह की हँसी का दमन करने से ही मनुष्य की देह के भीतर कहीं-न-कहीं कैंसर की शुरुआत होती होगी!

जगत-चाचा ने अपने अस्तित्व से बेख़बर होकर नाथूराम विनायक गोडसे की छवि को पूर्णतया अंगीकार कर लिया। अपनी अद्भुत वाणी से झंकृत एक-एक अक्षर पर उन्हें पुख़्ता विश्वास था। तभी तो हाथ की मुद्रा के साथ उनके मुँह से धाँय-धाँय की इतने ज़ोर से गर्जना हुई कि ऊँघते सितारों की उसी क्षण नींद उचट गयी! पर उन्हें उस प्रमुदित वेला के दौरान ऊपर देखने की फ़ुर्सत ही कहाँ थी? सितारे सोएँ तो सोएँ। जागें तो जागें। छलकते उत्साह के गुमानी स्वर में कहने लगे, "खुलेआम, मध्य दुपहरी, रामलीला के मैदान उसी पल वह जिन्न नीचे लुढ़क जाता धड़ाम! मिट्टी की परात जैसी तीन गोल-मटोल आँखें—एक जगह अटकी हुईं। पाँच हाथ लंबी गरदन। बालों से भरपूर। दो-दो हाथ लंबे दाँत।" अब कहीं जगत-चाचा ने आराम की एक लंबी साँस ली।

भ्रष्टाचार के जिन्न से तो पीछा छूट गया, पर नौकरशाही का भूत अब भी ज़िंदा है—लस्टम-पस्टम। पहाड़ का बोझ ढोना आसान है पर नौकरशाही की बन्दगी बड़ी कठिन है। कब किसके हाथों इससे छुटकारा मिलेगा? कैसे छुटकारा मिलेगा? देश के भाग्य से किसी-न-किसी परम वंदनीय जगत-चाचा का चिर-प्रतीक्षित अवतार होगा-ही-होगा...!

सभी मनुष्य और सभी प्राणी मरने के लिए पैदा होते हैं, उसी प्रकार राजस्थान विद्युत-मंडल की बिजली जाने के लिए ही प्रकट होती है! मौत पर वश चले तो इस पर किसी का वश चले। पंखे की चंचल गति हठात् बन्द होने पर जगत-चाचा दफ़्तर में अकेले आहें भरते, पंखी से हवा खा रहे थे। ऐसी गर्मी और ऐसी उमस की तो कल्पना करना भी दूभर है। तिस पर अपने-आप से अपनी भिड़ंत! वे अपनी सत्संग के क़तई आदी नहीं थे! उन्हें अपने अस्तित्व का एहसास औरतों की मंडली के बीच ही होता था! अकेले होने पर उन्हें ऐसा लगता कि जैसे अपनी थुलथुल देह को अपने नाख़ूनों से ही नोच-नोचकर नष्ट कर डालेंगे...!

संयोग का करिश्मा कि सुहाने सपने की तरह बीसेक महिलाओं का हुजूम उनके दरीखाने आ धमका—जैसे बरसाती हवा के शीतल झोंके ने उनके झुलसते मन पर बयार की हो! सोने का सूरज किसी से पूछकर नहीं उगता! उसे उगना होता है तो अमावस की रात को भी उग जाता है! ज़ोर से हाँक लगाते हुए उन्होंने चपरासी को कुर्सियाँ लाने का हुक्म बघारा। कुर्सियों की पूर्ति होते ही उन्हें तत्काल एक दूसरा उपाय सूझ गया। पसीने से तरबतर मंडली के अलग-अलग चेहरों की बिगड़ी रंगत देखी तो दूसरे ही क्षण वे दफ़्तर से बाहर निकले और उनके श्रीमुख से नीम की सघन छाया में जाज़म बिछाने का फ़रमान गूँजा।

लेकिन आज उस मण्डली के सामूहिक दल में एक दूसरा ही कुतूहल फड़फड़ा रहा था। जोधपुर की सड़कों व गली-गलियारों में सर्वत्र हवा की तरह यह ख़बर फैल गयी कि हत्यारे डकैत मंगलसिंह की तमाम गैंग का सफ़ाया हो गया। नौ डकैतों की लाशें पुलिस लाइन के मैदान में जनता के दर्शनार्थ रखी गयी हैं! एक हरामज़ादे डाकू ने मरते-मरते दो सिपाहियों के साथ एस.पी. अमरनाथ को भी शहीद कर दिया। सारे शहर में कुहराम मच गया। मरे हुए डकैतों को देखने के लिए निर्भय भीड़ उमड़ पड़ी। बेचारे डकैत ख़ून में लथपथ चुपचाप पड़े हैं! डरने जैसी कोई बात नहीं! उनसे तो अब मक्खियाँ भी नहीं डरतीं...!

दफ़्तर की दाहिनी बाजू खड़े होते ही सामने सड़क पर भीड़ अपनी धुन में भागती नज़र आई। साइकिलों के पैडल चकरी चढ़े हुए थे। पैदल भीड़ कुहनियाँ दुहरी किये इस क़दर जूते फटकारती उन्मत्त हो रही थी, जैसे उसी के द्वारा सभी डकैतों का खात्मा हुआ हो...!

कि अचानक फाटक में घुसते मुरलीधर के पीछे सुलोचना राय पर जगत-चाचा की निगाह पड़ी। जहाँ खड़े थे वहीं से गरज़ती हाँक लगाई, "आज तो गुरुवर जुगल-जोड़ी सहित पधारे हैं! आख़िर समझाने से सुमत आ ही गयी न...?"

पास आये तो तकाज़ा करते पूछा, "ज़रा देखूँ, आपके हाथ की लिखावट कैसी है...?"

"थोड़ा-सा जाप बाक़ी है। यहीं बैठकर पूरा कर लेंगे।" सुलोचना ने मुस्कान दबाने की निष्फल चेष्टा करते कहा।

उनके जी-में जी आया। मुरलीधर की तरफ़ परिहास की बौछार करते कहने लगे, "महामना मुरलीधरजी अभी से प्रियतमा के कहे-कहे घुटनों के बल चलने लगे तो दिल्ली कब पहुँचोगे...?"

"इन्हें दिल्ली पहुँचना ही नहीं है!" कांता बहल ने जाने किस आशय से यह युक्ति कही, वही जाने। पर इसके साथ ही हँसी का फव्वारा छूटा। किंतु मुरलीधर के होठों पर न मुस्कराहट, न हँसी और न खीज़। इस बेहूदी मज़ाक से उसके स्वयंभू स्वभाव की रंचमात्र भी रौनक नहीं बदली। जैसे उसने कुछ सुना ही न हो। जगत-चाचा के कानों में उस अभेद्य मौन की दहाड़ ही सबसे अधिक गूँज रही थी! उन्होंने झुँझलाकर तिरछी आँखों से सुलोचना की तरफ़ देखा। हँसी की बात तो दूर, हलकी-सी मुस्कराहट का रेशा तक उसके थोबड़े पर मौजूद नहीं था। उलटे घिन व तिरस्कार की झाँई उसकी सूरत पर साफ़ झलक रही थी। एक मामूली मज़ाक से इतनी जल-भुन गई। धर्म व जाति को तिलांजलि देकर विवाह से पहले पराये मर्द के साथ रंगरेलियाँ मनाते कुछ भी शर्म नहीं आती तो दो चुभते बैन सुनकर बौखलाहट क्यूँ होती है? पैदल पाँव रगड़ती-रगड़ती साथ आयी, जैसे उसकी छाया हो! पराये मर्द की ऐसी भूख हो तो खुलेआम ढिंढोरा पीटने की क्या ज़रूरत है? चुपचाप अपना पूआ सेंक ले! इसीलिए तो कुदरत अँधेरा करती है! अँधेरे के काम तो अँधेरे में ही शोभा देते हैं! मौज-मस्ती की ग़फ़लत में थैली भर गयी तो ठौर-कुठौर झींकती फिरेगी! तब जगत-चाचा के अलावा संकट की उस वेला में कोई माई का लाल साथ नहीं देगा। अपना नाक अपने चेहरे पर। समाज का नाक समाज के भाल पर। ऐसी पाशविक छूट से तो किसी का नाक नहीं बचेगा। कैसी सलोनी सूरत थी, लाखों में एक! अब कैसा हुलिया बिगड़ने लगा। डायन को भी उबकाई आ जाय! चमड़ी का आकर्षण तो भीतर के गुणों से है! तभी तो वैसा लाजवाब रूप कैसा भौंडा हो गया? जगत-चाचा को ऐसा महसूस हुआ कि उनके शरीर का जोड़-जोड़ छिटक पड़ेगा...!

उधर महिलाओं की मण्डली में एक दूसरी ही उत्सुकता उमड़ रही थी। पल भर की ढील भी उन्हें निरंतर कोंच रही थी। दौड़ती-भागती भीड़ की तरफ़ इशारा करते पाँच-सातेक महिलाओं ने एक साथ आग्रह किया, "जगत-चाचा, हम सबने

मरे हुए डकैतों को देखने का कार्यक्रम बनाया है। आपके साथ चलें तो चौगुना मज़ा आएगा। तभी तो आपके दरबार में हाज़िर हुई हैं। चलिए, चलिए, यहाँ दफ़्तर में तो यों ही बड़ी उमस है।"

संज्ञाविहीन दिशा-भ्रमित राहगीर को जैसे सही और धूम रास्ता मिल गया हो। जगत-चाचा ने एकदम राहत महसूस की, अन्यथा किसी अदीठ पहाड़ के बोझ तले वे दब रहे थे। मुरलीधर वाली असह्य दास्तान को परे ठेलकर उन्हें गंभीरतापूर्वक समझाने लगे, "ऐसी ग़लती भूलकर भी मत करना। सरकार ने नादानी की वही काफ़ी है! मेरा वश चले तो बच्चों को ऐसा सड़ा-गला सपना भी नहीं देखने दूँ और तुम साथ चलने का आग्रह कर रही हो? आज पहली बार तुम्हें मना करने की छूट ले रहा हूँ।"

नीम की सघन छाँह तले बिछी जाज़म पर खड़े होकर वे चारों तरफ़ हाथ घुमाते कहने लगे, "तुम सभी तो दुनिया को जन्म देने वाली माँ हो, माँ! जगत-जननी! तुम्हें मौत के दरसन शोभा नहीं देते! मैं सरकार की तरह मूरख नहीं हूँ! अभी पुलिस-लाइन की फाटक के सामने बालचरों की फ़ौज खड़ी कर दूँगा। किसी भी नन्हे-मुन्ने या महिला को इधर झाँकने की छूट नहीं मिलेगी। उनके मन पर कितना बुरा असर पड़ेगा? कुछ अंदाज़ है...?

माया पँवार एक बच्चे की नाईं हठ करते बोली, "नहीं साहब...।"

"फिर वही ग़फ़लत।" उन्होंने बीच ही में टोकते हुए फ़रमान सुनाया, "सात दफा बोलो—जगत-चाचा, जगत-चाचा।"

अपनी भूल स्वीकार करने के बाद वह कहने लगी, "लेकिन जगत-चाचा, डकैतों की लाशें देखने का ऐसा सुनहरा मौक़ा कब मिलेगा? और वे भी कोई एक-दो नहीं, पूरी नौ! ज़रा मुलाहिज़ा तो करें कि डकैत कैसे होते हैं?"

"कैसे क्या, हू-ब-हू मेरे जैसे...!"

"हे राम! आप क्या डकैतों जैसे हैं?" अनुराधा भंडारी ने बाल-सुलभ जिज्ञासा व्यक्त की।

"ना-ना, मैं डकैतों जैसा नहीं हूँ। बिल्कुल नहीं। कहने का मतलब कि सभी डकैत मनुष्यों जैसे ही मनुष्य होते हैं—वही दो हाथ, दो पाँव, दो आँखें, दो कान, एक सिर, एक पेट और दो नाक!"

"दो नाक?" गुल अडवानी ने अचरज के स्वर में दोहराया।

"हाँ-हाँ, दो नाक। अपनी तरह एक ही नाक होता तो लाज के वशीभूत कटने के डर से वे मनुष्य होकर डकैतों जैसा नीच काम करते भला?"

"नीच, नीच कैसे? डकैतों का काम तो हिम्मत व हौसले का है!" प्रतिभा केलकर ने भी दृढ़ता के साथ प्रतिवाद किया।

"मनुष्य की हत्या करने में कैसी हिम्मत और कैसा हौसला? हिम्मत व हौसले

का काम है—मनुष्य को जन्म देना! अपनी देह का ख़ून पिलाकर उसका पोषण करना! हिम्मत, हिम्मत वाली तो तुम हो। केवल तुम! माँ बनने जितनी जोखम का काम तो दुनिया में कोई दूसरा है ही नहीं! जगत-चाचा की गीता का सार तत्त्व यही है! तभी तो मैं तुम सबका इतना आदर करता हूँ। बोलो, हिम्मत का काम मनुष्य को मारना है या उसे जन्म देना। माँ बनने की जोखम उठाना! माँ बनने की पीड़ा सहन करना। बोलो, बोलो...!"

सभी को देर-सबेर माँ बनने की जोखम उठानी है। फिर कोई क्या बोलती! सार तत्त्व का चरम मन्त्र सुनाकर वे ज्यों ही टाँगें पसारकर जाज़म पर बैठे तो सभी महिलाओं को भी मन मारकर उनके इर्द-गिर्द बैठना पड़ा। नीची निगाह किए इस तरह लाज से संकुचित होने लगीं, जैसे प्रसव की पीड़ा एक साथ कसक उठी हो! उस असहनीय स्तब्ध शांति में जब एक क्षण बिताना भी दूभर हो गया तो कांता बहल ने हिम्मत करके पूछा, "लेकिन जगत-चाचा, मुक़ाबला होने पर यह पुलिस भी तो डकैतों का सफ़ाया करती है!"

जगत-चाचा ने एक नज़र फेंककर सुलोचना की पड़ताल की। थोबड़े की रंगत वैसी ही क़ायम थी। पहले तो ऐसी विरक्त कभी नहीं रही। उनकी परख में खोट तो नहीं रहनी चाहिए। फिर, यह तन्दुरुस्त पट्ठा देखते ही कैसे फिसल गयी? समझ नहीं पड़ता कि गिरगिट ज़्यादा रंग बदलता है या औरत? मगर सभी औरतें ऐसी बदचलन नहीं होतीं! कृत्रिम उल्लास के लहज़े में कांता बहल की सराहना की, "शाबाश! मुझे तुमसे ऐसी ही अकाट्य शंका की आशा थी। बापू के अमोघ-मंत्र का महातम यही है—हृदय परिवर्तन!"

उतावले चपरासी को अब तक फ़रियाद करने का मौक़ा ही नहीं मिल पाया। हृदय-परिवर्तन की यह चरम स्थिति आते ही उसने हाथ जोड़कर कहा, "साहब...।"

साहब तो आज अपने ही भीतर डुबकियाँ लगा रहे थे! हमेशा वाले उत्फुल्ल उन्माद की आधी ख़ुमारी भी उनके अन्तस् में नहीं थी। फिर भी अपने नाम का ग़लत सम्बोधन उनके कान में कंकड़ की तरह उछला! गुस्से का स्वाँग करते हुए चपरासी के बहाने मानो मुरलीधर को सुनाने की ग़रज़ से उन्होंने कहा, "साहब नहीं, जगत-चाचा, जगत-चाचा। लगाओ सात उठक-बैठक!"

चपरासी ने दोनों कान पकड़ते हुए कहा, "जगत-चाचा, दफ़्तर के सभी बाबू और चपरासी डाकुओं को देखने के लिए आपकी इजाज़त माँग रहे हैं।"

जगत-चाचा धर्म-संकट में फँस गए। अभी-अभी तो इन छटपटाती महिलाओं को वहाँ जाने से ज़बरन रोका। उन्हें रोकना ज़रूरी था और इन्हें भेजना ज़रूरी है! महिलाओं के अलावा बाक़ी दफ़्तर ख़ाली होने पर वे ज़्यादा मुक्त हो सकेंगे! उनकी बुद्धि झरने की तरह निर्बाध बहने लगी। अन्यथा शिष्टाचार की लोक-दिखावटी लीक तो पीटनी ही पड़ती है। उन सबको उदारतापूर्वक इजाज़त देने के बाद चपरासी

को यह ज़रूरी हिदायत देना भी नहीं भूले कि वह उम्दा कॉफी बनाकर लाये, फटाफट।

"कितनी?"

"क्या रोज़-रोज़ बताना पड़ेगा? पहले इन सबके लिए, फिर मेरे लिए।" कोई हुक्म बजाने वाला हाज़री में तैनात हो तो हुक्म देने वाले के मन में पारस्परिक विषमता के हिंसक आनन्द की एक प्रच्छन्न अनुभूति होती है; जिसका उसे भी आसानी से पता नहीं चलता...।

चपरासी का मन भी डकैतों के लिए लालायित हो रहा था। झुककर निवेदन किया, "हुज़ूर...नहीं-नहीं जगत-चाचा, मैं भी सबके साथ...।"

"क्यूँ, अकेले डर लगता है?" फिर थोड़ा रुककर बोले, "ऐसी भी क्या उतावली है। मरे हुए डकैत फिर से ज़िंदा तो होने से रहे! कॉफी बनाकर चले जाना। तू कहे तो ये सारी लाशें तेरे घर पहुँचा दूँ...?"

चपरासी का जोश ठंडा पड़ गया, जैसे कोई मीठा सपना भंग हो गया हो या उसे निलम्बित कर दिया हो! मुँह लटकाये कॉफी बनाने के लिए रवाना हो गया।

इतनी देर तक जगत-चाचा ने एक बार भी मुरलीधर की तरफ़ भूल-चूक से भी नहीं देखा, फिर भी उसकी सूरत उनकी आँखों से ओझल कहाँ हुई? कई बार आँखों के बिना भी दिखता है! कानों के बग़ैर भी सुनाई पड़ता है! सुख के समय भी और दुःख के समय भी! जगत-चाचा ने ऐसी दारुण वेदना कभी नहीं झेली। किसी खूँखार प्रतिच्छवि का सहारा लेना ही होगा। तत्काल एक अचीती आकांक्षा की वाणी में कहने लगे, जैसे इस विकट स्थिति से बचने का उन्होंने समाधान खोज लिया हो। "मैं...मैं क्या कह रहा था...हाँ, हृदय-परिवर्तन, हृदय-परिवर्तन।...यदि मैं एस.पी. होता...?"

"तो इस शिक्षा विभाग की जर्जर नैया को कौन पार लगाता?" गुल अडवानी ने सुगम्भीर स्वर में पूछा।

"डरो मत, सचमुच का एस.पी. नहीं। थोड़ी देर के लिए मान लो मैं एस.पी. होता।"

"ऐसी गन्दी बात हम मानें ही क्यूँ? यदि आप एस.पी. होते तो आपको भी अमरनाथजी की तरह मरना पड़ता!" माया पँवार की आशंका भी निर्मूल नहीं थी।

"ना, ना।" वे सिर हिलाते हुए कहने लगे, "मैं एस.पी. अमरनाथजी की तरह गावदी नहीं हूँ। डकैतों की बन्दूकों का धमाका सुनते ही ज़मीन पर लम्बा पसर जाता।" और वे सचमुच सहज भाव से जाज़म पर औंधे पसरते ही दिखाई दिए। फिर थोड़ी गरदन उठाकर धीरे-से पूछा, "अब तुम्हीं बताओ, इस पोजीशन में गोली कैसे लगती...?"

आलीजा अफ़सरों का सारा कुनबा ऐसा ही होता है या फ़क़त शिक्षा विभाग के दिनमान ही खोटे थे...?

उमड़ती हँसी को जब होठों से बाहर उछलने का मौक़ा नहीं मिलता तो वह अंतःसलिला भीतर-ही-भीतर कल-कल निनाद करने लगती है! परन्तु जगत-चाचा तो अपने ही प्रवाह में बहते चले जा रहे थे! उन्होंने बिजली की तरह फुर्ती से पोजीशन बदली जैसे प्रत्यक्ष मुक़ाबले में घुटनों के बल बैठकर बंदूक का निशाना साध रहे हों। "इसी तरह, हाँ बिल्कुल इसी तरह, डाकुओं को खुली चुनौती देता, "ख़बरदार! किसी ने गोली चलाने की हिमाक़त की तो एक-एक को भून डालूँगा! मनुष्य योनि में जन्म लेकर क्यूँ दर-दर भटक रहे हो? हथियार फेंककर आत्म-समर्पण कर दो तो आगे की सारी ज़िम्मेवारी मेरी। ठाठ से घर बसाओ, अपना काम-धन्धा करो, अपनी पत्नियों को आराम से बग़ल में लेकर सोओ और अपने बच्चों को जगत-चाचा की सीख मुजब ख़ूब पढ़ाओ। हर बच्चे को स्कूल में भर्ती करवाने के साथ-साथ उसे छात्रवृत्ति दिलवाने का वादा करता हूँ। फिर तुम्हें पता चलेगा कि मनुष्य की ज़िन्दगी का मतलब क्या है? और वे आश्वस्त होकर हथियार फेंक देते। निश्चिंत होकर मेरी शरण में आ जाते! एक भी डकैत को बेंत मारने की ज़रूरत नहीं पड़ती। हृदय-परिवर्तन के बाद कैसी हेकड़ी...?"

एस.पी. की प्रतिच्छवि के मुग़ालते में जगत-चाचा ऐसे भाव-विभोर हुए कि वे थोड़ी देर के लिए भूल गये कि वे शिक्षा विभाग में उप-निदेशक के पद की शोभा बढ़ा रहे हैं! यह भी भूल गये कि सुलोचना राय और मुरलीधर पुरोहित उनके अधीन पढ़ाने का काम कर रहे हैं। यमराज से कम एस.पी. का डर नहीं होता। भूल-चूक से कभी उनके हत्थे चढ़ गये तो हड्डियाँ खनक उठेंगी। एक-एक जोड़ को सौ-सौ बार ठोंक बजाने से पहले वे किसी की कोई बात नहीं सुनेंगे। पुलिस क़ा एस.पी. न औरत का लिहाज़ रखेगा और न विद्वता का! दस-बीस रंगरूट रगड़म-पट्टी करेंगे तब छिनाल की अक़्ल ठिकाने आएगी! तभी उसे अच्छी तरह समझ में आएगा कि टूरियों के उजड्ड प्रेम और मुरलीधर की सूफ़ियानी प्रीत में क्या भेद है? और इस घुन्ने मास्टर का उलटे उस्तरे से सिर मुँड़वाकर अनगिनत डंडे नहीं बरसाये तो एस.पी. के नाम पर जूती!"

उनके सामने बैठी प्रतिभा केलकर की चिन्ता बिल्कुल दूसरी थी। उसके दिल में हृदय-परिवर्तन की बात क़तई नहीं जमी तो रू-ब-रू समाधान की इच्छा से पूछा, "लेकिन जगत-चाचा इन हत्यारे डाकुओं ने सौ-सवा सौ व्यक्तियों के नाक-कान काट डाले, जिन में ज़्यादातर बच्चे व औरतें हैं। जिन दुष्टों को इतना भी शऊर नहीं, उन्हें सख़्त सज़ा न देकर फ़क़त हृदय बदलने से क्या नतीजा निकलेगा?"

"पर अब तो किसी के नाक-कान वापस जुड़ने से रहे! यह तो एक ऐतिहासिक घटना मात्र होकर रह गई। इतिहास की पूँछ छोड़कर हमें आगे, फ़क़त

आगे देखना है। इतिहास को रोने से इतिहास नहीं बदलता! नयी चेतना जगाने से नये इतिहास का निर्माण होगा! पापी का नहीं, पाप का नाश करो, यही तो नयी चेतना हर अंतस् में जगानी है...!"

किंतु अक़्ल की दुश्मन पुलिस ने नयी चेतना नहीं जगाकर कैसा हुड़दंग मचाया! मुर्दा लाशों को देखने के लिए ज़िंदा मनुष्यों में होड़ लगी है। रणबंका डकैत धूल में पड़े सड़ रहे हैं—घावों से छके हुए। क्षत-विक्षत रगों में ख़ून ठसा हुआ। मुँह फटे हुए। मक्खियों की भनभनाहट। हुलिया बिगड़ने पर कंचन-काया कित्ती भौंडी लगती है! किसी की जीभ बाहर निकली हुई तो किसी की पुतलियाँ। इस हैसियत के मालिक भला क्या डकैती करते होंगे? करवट बदलना तो दरकिनार एक मक्खी तक उड़ाने का दम नहीं! उन्हें मुर्दा जानकर लोगों को अपने ज़िंदा रहने का अतिरेक आह्लाद हुआ! मरे हुए डाकू तो अब सपना भी क्या देख लें! उनके लिए न तो अब लूएँ चलेंगी, न कोई मौसम बदलेगा, न बर्फ़ पिघलेगी, न सूरज उगेगा और न चाँद! न बादल बरसेंगे और न फूल खिलेंगे! न इन्हें भूख लगेगी, न प्रेम की तलब होगी! यह नासमझ कुदरत भी केवल ज़िंदा प्राणियों की हाज़री बजाती है। और उधर एस.पी. अमरनाथ के साथ दो सिपाहियों के दाग़ में कित्ती भीड़ उमड़ी। ऐसा नेकनामी, रहमदिल और हिम्मतवर एस.पी. लाखों में एक पैदा होता है! हज़ारों लोगों ने गहरी आहें भरीं और झार-झार रोये। यह मानुस तो अपने वश रहते किसी भी मौक़े पर कोई कमी नहीं रखता। न हँसने में कंजूसी और न रोने में कोताही। यह तो उत्सव-मेले और खेल-तमाशों का ही प्राणी है...!

हृदयहीन डकैतों का क्रूर अंतस् पूर्णतया बदलकर जगत-चाचा पद्मासन लगाए जाज़म पर ठाठ से बिराजे थे। अनुराधा भंडारी के मन में एक शंका कुलबुला रही थी। दार्शनिक भाव से पूछा, "जगत-चाचा, मरे हुए इनसान का हृदय-परिवर्तन नहीं हो सकता?"

"नहीं, हरगिज नहीं।" उन्होंने अडिग दृढ़ता के लहज़े में अपने ज्ञान का इज़हार किया, "यह बात न बापू के वश की थी और न जगत-चाचा के वश की है! मरे हुए इनसान के भीतर केवल आत्मा होती है, हृदय नहीं! और आत्मा का स्वरूप कभी नहीं बदलता।" अकस्मात् एक भूली हुई बात उन्हें याद आ गई। "हाँ, एक ख़ास मुद्दे की बात कि शरण में आये उन सभी डकैतों को मैं शिक्षा विभाग की बसों का ड्राइवर बना देता!"

"ना जगत-चाचा, ना। हृदय का क्या भरोसा! वापस बदल गया और कोई हरामी डाकू लड़कियों से भरी बस उड़ाकर चम्पत हो गया तो...!" गुल अडवानी ने अँगुली हिलाते प्रतिरोध किया।

"ग़ज़ब हो जाता, ग़ज़ब। तूने समय पर सावधान कर दिया। कितनी बदनामी

होती मेरी! ख़ैर, जाने दो; उन्हें ड्राइवर न बनाकर चपरासी तो ज़रूर बना देता। आदमी को हर हालत में अपना कौल-वचन निभाना चाहिए!"

"ग़रीब-नवाज़, मेरे भाई का भी थोड़ा ख़याल रखना।" चपरासी ने भी समय पर सावधानी बरती।

"ज़रूर ख़याल रखूँगा, तू चिंता मत कर।"

"आपके रहते किसी को क्या चिन्ता हो सकती है, जब सबकी चिन्ता का भार आपने अपने ऊपर ले लिया। आपके अलावा डाकुओं का भला और कौन सोच सकता है...?"

सुलोचना राय और मुरलीधर पुरोहित की तरफ़ चोर निगाह से भी देखने की इच्छा नहीं हुई या हिम्मत, वे ही जानें। कुछ कहने के लिए उनके होठ खुले ही थे कि प्रतिभा केलकर ने एक और सुझाव प्रस्तुत कर दिया, "लेकिन जगत-चाचा, हमें ऐसी जोख़िम ही क्यूँ उठानी चाहिए? डकैतों को किसका लिहाज़! उन्हें तो पुलिस में भर्ती करवाना ही ठीक रहेगा। जिसके जैसे लच्छन हों, वह वहीं शोभा देता है!"

"तेरा यह सुझाव भी ग़ौर करने लायक़ है! फिर से सोचूँगा।" न जाने क्यूँ जगत-चाचा की वाणी में पहले जैसा उछाह नहीं रहा!

नीम की गहरी छाँह तले बैठने पर भी आसोज की गर्मी से कुछ भी राहत नहीं मिली। हवा की बयार का प्रतिपल इन्तज़ार करता नीम वैसा ही अविचल और स्तब्ध खड़ा था। क्या मजाल कि एक पत्ता भी हिल जाए। जगत-चाचा ने चारों तरफ़ निरीक्षण करने के बाद खद्दर के रूमाल से पसीना पोंछा। फिर रूमाल को जेब के हवाले करते हुए कहने लगे, "हम सभी गर्मी से हैरान होकर छाँह की शरण आए। मगर यह छाँह तो खुद किसी और का आसरा खोजने के लिए बेचैन है! मगर बेचारी नीम का आश्रय छोड़कर जाए भी तो कहाँ? कैसी विकट लाचारी है! यदि भगवान की बजाय यह सूरज मेरे हवाले होता तो मैं इसे सर्दियों में गर्मी बरसाने की हिदायत करता और गर्मियों में ठंडक! फिर न तो पंखों की ज़रूरत रहती और न हीटर की! न ग़रीब-गुरबे सर्दी में थर-थर काँपते और न जलती लूओं में झुलसते! बेइन्तहा ख़र्च के सीगे में कैसी खाम लगती? बोलो, लगती कि नहीं?"

मगर स्वयं जगत-चाचा को पहली बार अपने शब्दों का मुलम्मा काफ़ी कुछ झड़ता-सा महसूस हुआ। अपना गला भी उन्हें एकदम खोखला-सा जान पड़ा। फ़क़त चिपचिपे थूक का जन्म-जात बसेरा! ...सुलोचना राय और मुरलीधर पुरोहित की गाढ़ी प्रीत का आभास होने पर मानो भीतर-ही-भीतर उनकी आँतों को दीमक चाटने लगी हो! वैसे अद्वितीय सुदृढ़ व्यक्तित्व के डगमगाने की भला और क्या वजह हो सकती थी?

सुलोचना राय को बस इसी अवसर की सुदीर्घ प्रतीक्षा थी। मौक़ा मिलते ही

उसके होठ गुलाब की पंखुड़ियों की तरह खुलें, "जगत-चाचा अब मामूली ज़िम्मेवारियाँ सँभालने से बात नहीं बनेगी। इंदिरा गाँधी की बजाय देश के प्रधानमंत्री की बागडोर जब तक आप नहीं सँभालेंगे तो हमारी डूबती नैया कभी पार नहीं उतरेगी!"

निशाना एकदम अचूक था। जगत-चाचा का रोम-रोम किसी अज्ञात भय से सिहर उठा। चेहरे पर हवाइयाँ उड़ने लगीं। होठों पर अँगुली धरकर मुश्किल से मिमियाये, 'ख़बरदार, इस बात का तो सपना भी बुरा है! हवा के भी हज़ार कान होते हैं! यदि भवानी को ऐसी भनक भी पड़ गयी तो इस डिप्टी डायरेक्टरी के भी लाले पड़ जाएँगे! तुम्हारा दिमाग़ तो ठिकाने है...?"

"नहीं, जगत-चाचा नहीं। आपके अलावा खुद ईश्वर भी अब इस देश को नहीं बचा सकता! हम आपको पीछे नहीं हटने देंगी।" सुलोचना का दिमाग़ चल निकलने में किसे को भी संदेह नहीं रहा। सबकी एक साथ घिग्घी बँध गयी!

अकस्मात् यह क्या छूमंतर हुआ? जगत-चाचा की ठौर मुरलीधर को जाज़म पर एक चूहा फदाफद फाँदता नज़र आया! आँखों की तासीर ऐसी तो नहीं जानी थी! पलकें टमकारकर उसने फिर ध्यान से देखा–जगत-चाचा पद्मासन लगाये जाज़म पर निर्जीव मूरत की तरह जमे थे। पसीने में सराबोर। मगसी टाट और बुझा हुआ चेहरा! मानो किसी के निर्मम हाथ का अदीठ पंजा उनका गला घोट रहा हो! फिर भी बरसों...बरसों से पोषित उनकी अदम्य आकांक्षा आसानी से कब हार मानने वाली थी! संज्ञाविहीन जगत-चाचा के चिर अभ्यस्त कंठ से अटकते-अटकते वैसे ही बोल निकले, 'प्रधानमंत्री का सिंहासन तो और किसे भी नहीं सोहेगा।...यदि मैं टाटा-बिड़ला, नहीं-नहीं मानिक शाह, नहीं-नहीं राष्ट्रपति होता...!"

लेकिन इस बार उस आतंकित स्वर में वह दर्प और वह उत्साह ही नहीं था। न जगत-चाचा का उससे जोश बँधा और न उनके इर्द-गिर्द बैठी महिलाओं का दिल भी उससे आश्वस्त हुआ। जगत-चाचा ने आँखें फाड़-फाड़कर बहुतेरी चेष्टा की, लेकिन उन्हें प्रकाश-पुंज का प्रतिबिंब कहीं दिखलाई नहीं पड़ा। महान् हस्तियों की प्रतिच्छवियों से अपने अस्तित्व को अभिन्न समझने वाले भ्रम के विलुप्त होते ही वे नितान्त निस्संग हो गये! सर्वथा पंगु और निपट अनाथ!

निःशेष परिणाम को प्रत्यक्ष उजागर करने की नीयत से सुलोचना ने अपना त्रिया-हठ जारी रखते हुए फिर आग्रह किया, "ना, जगत-चाचा ना, आपके विमुख होने से सूरज भी विमुख हो जाएगा! इस देश को इस तरह अँधेरे के हवाले मत छोड़िए! आपके प्रधानमन्त्री बनते ही देश का कायाकल्प हो जाएगा...!"

राम जाने वह कैसी दहशत थी कि अपने मुँह पर हथेली दबाने के साथ-साथ जगत-चाचा ने छटपटाहट तो काफ़ी की, मगर एक फूटा आखर भी उनके होठों

से बाहर नहीं टपका। मानो वे बोलना ही बिसर गये हों। उनकी पलकें सिकुड़ने लगीं। तब अपनी निरुद्वेग सहज रौ में सुलोचना ने जगत-चाचा के अधूरे जाप वाला पन्ना अजाने ही मसलकर उनके ऊपर फेंकते हुए कहा, "बेचारा पुटिया- चाचा...!!"

फिर...जाने किस विलक्षण परितोष की चिर आकांक्षा से सम्मोहित सुलोचना ने मुरलीधर की तरफ़ देखा। उसके अधरों पर एक ऐसी निरंजन मुस्कान धीरे-धीरे प्रतिभासित होने लगी, जिसके निविड़ रहस्य का मर्म यदि उगता सूरज जानने के लिए लालायित हो तो अस्त होने तक बड़ी मुश्किल से जान पाएगा। मगर सुलोचना की दिव्य-दृष्टि ने निमिष-मात्र में उस रहस्य को एकात्म भाव से पूर्णतया हृदयंगम कर लिया और अगले ही क्षण उसके अधरों पर वही मधुर मुस्कान स्वतः खिल उठी, मानो मुरलीधर की आधी मुस्कान उड़कर सुलोचना के अधरों पर अंकित हो गयी हो!

अब और अधिक झेल पाना जगत-चाचा के लिए संभव नहीं था। सहने की भी एक सीमा होती है। उस अपूर्व और कल्पनातीत सम्मिलन की झलक मिलते ही जगत-चाचा की अधमुँदी आँखें पूरी खुल गईं और दोनों के निर्लज्ज होठों पर उन्हें वासना की चिनगारियाँ उछलती-सी नज़र आईं! पटाखे की तरह फूट पड़े, 'बेहया, लफंगे कहीं के! चले जाओ, इसी वक़्त चले जाओ। मेरी आँखों से दूर, इतनी दूर कि...!'

दूरी का ख़ुलासा करें उसके पहले ही वे मूर्छित होकर जाज़म पर लुढ़क पड़े। कांता बहल और गुल अडवानी नीचे झुककर ज़ोर से चिल्लाईं, 'जगत-चाचा, जगत-चाचा बताइए, जल्दी बताइए, किस लेडी डॉक्टर को बुलाएँ...?"

जगत-चाचा की राफों से दोनों ओर थूक झरने लगा। अकस्मात् वे कुछ बड़बड़ाये, "यदि मैं...मैं मुरलीधर पुरोहित होता...!"

"तो सुलोचना आपसे ज़रूर प्यार करती! ज़बरदस्त प्यार करती! अब तो होश में आइए जगत-चाचा!"

"जगत-चाचा नहीं, जगत प्रकाश दाधीच...।" फुसफुसाहट के साथ थूक के कुछ बुदबुदे उठे। उस बेहोशी में भी उन्हें इतना होश ज़रूर था कि वे कांता बहल की आवाज़ पहचान गये। मामूली-सी पलकें उघाड़कर बोले, "सुलोचना को कहने दो कांता...यदि मैं मुरलीधर पुरोहित होता...!"

"अरी, झूठ-मूठ ही कह दे, वरना बेहोशी टूटेगी नहीं! इतनी निर्मोही मत बन!" गुल अडवानी के हार्दिक आग्रह में रंचमात्र भी कृत्रिमता नहीं थी। मगर सुलोचना की घृणामय उपेक्षा वैसी ही बनी रही।

माया पँवार सुलोचना का अभिनय करते बोली, "यदि आप मुरलीधर पुरोहित होते तो मैं ज़रूर आपसे प्यार करती...!"

सुलोचना का प्यार पाने की ललक इतनी बलवती होगी, किसी को भी यह अन्दाज़ नहीं था। ऐसी शारीरिक मूर्च्छा में भी उनके गहनतम प्यार की चेतना कुछ-कुछ सजग थी। भरे गले से बोले, "यह तो किसी और की आवाज़ है। सुलोचना चली गयी क्या?"

"हाँ, चली गई।" यदि जगत-चाचा की सामान्य स्थिति होती तो वे सबसे पहले कांता की यह धीमी आवाज़ भी सुन लेते, जिस तरह बाक़ी सबने सुनी थी। सबका अन्तस् करुणा से द्रवित हो उठा! झूठ का भी ऐसा अचूक प्रभाव होता है क्या...?

"कह दो सुलोचना...!" मुरलीधर ने सहज विनम्र स्वर में कहा।

सुलोचना को कुछ भी अप्रत्याशित नहीं लगा। उसने सहज भाव से मुरलीधर की तरफ़ देखा। केवल इसी मुँह से ऐसी बात निकल सकती है! उसे अपने-आपसे भी ज़्यादा सुलोचना पर विश्वास था! उसके अभिमान की सीमा न रही! फिर भी स्वाभाविक लहज़े में बोली, "आप तो जानते हैं कि मैं कभी झूठ बोलती नहीं!"

"तभी तो यह साहस जुटा सका।...अब यह सच-झूठ का मसला नहीं रहा, किसी के प्राण बचाने का मसला है, चाहे वह छछूँदर या चूहा ही क्यों न हो! यह नसीहत मैंने तुम्हीं से ग्रहण की है!"

"कुछ मनुष्य तो शैतान से भी बढ़कर होते हैं और उनकी मौत जीवन से कहीं ज़्यादा श्रेयस्कर है! यह धारणा भी तो तुम्हारी थी!" सुलोचना के स्वर में दृढ़ता के साथ व्यंग्य का हलका पुट भी था।

"धारणाएँ तो बदलती रहनी चाहिए, सुलोचना। मगर उनका अन्तिम निर्णय कौन करे? शायद किसी भी अतिमानव को यह अधिकार नहीं है।"

सुलोचना ने जवाब देने से पहले मुरलीधर की ओर से मुँह मोड़कर जगत-चाचा की ओर देखा तो उसे तुरन्त पता चल गया कि यह बहसबाज़ी का वक़्त नहीं है। अर्ध-विमूर्छित अवस्था में भी वे अपना धीरज खोते जा रहे थे। बड़ी मेहनत पे आधी पलकें क्या उघाड़ीं, जैसे कोई बेइन्तहा बोझा परे सरकाया हो! याचना भरी दृष्टि से उन्होंने एक बार सुलोचना की ओर देखा, धीरे से फुसफुसाये, "सुलोचना, अब मुझे कोई दूसरी चाह नहीं है! यदि मैं मुरलीधर पुरोहित होता... ।" जगत-चाचा को यकायक ऐसा महसूस हुआ जैसे वे किसी अथाह महासागर के तल से उबरकर बाहर किनारे पर आये हों!

सुलोचना के होठ फरफराये। उसका स्वर और भी सख़्त हो गया। आँखों मे कुछ अजीब-सी रोशनी चमक उठी। थोड़ा झुककर बोली, "मुरलीधर की बात तो दरकिनार, आप अपने सिवाय कुछ भी नहीं हो सकते! यह कोई आँखमिचौनी का खेल नहीं है? मेहरबानी करके आप केवल जगत प्रकाश दाधीच ही बने रहें। आपकी बीमारी का यही एकमात्र उपचार है...!"

जगत-चाचा दोनों हथेलियाँ टेककर उठने लगे तो सुलोचना ने निस्संकोच उनकी पीठ पर सहारा देकर उन्हें आराम से बिठाने का प्रयत्न किया। लेकिन भीतर-ही-भीतर वह इस तरह सिहर उठी मानो कीचड़ से लिथड़े किसी घायल सूअर का परस किया हो!

जगत-चाचा ने पूरी पलकें उघाड़कर तनिक मुस्कराने का अभिनय करना चाहा तो उनकी आँखें भर आईं। भीगे स्वर में बड़ी कठिनाई से बोल पाए, "तुम बिल्कुल ठीक कह रही हो, सुलोचना। मुझे भी अब किंचित् बोध होने लगा है कि मैं जो हूँ, वही बना रहूँ तो ग़नीमत है।...तुम दोनों मेरे क़रीब तो आओ, आशीर्वाद देकर अपने मन का कसैलापन थोड़ा कम कर लूँ! और...थोड़ा और क़रीब आओ! मेरी चेतना एवं शक्ति बुरी तरह निचुड़ गयी! दुबारा जीने की इतनी यातना तो सहनी पडेगी! नहीं-नहीं...मै तुम्हें आशीर्वाद देने के योग्य नहीं हूँ! उलटे मुझे तुम दोनों का आशीर्वाद चाहिए। देखो तो...कैसी भयंकर ग़लती होते-होते बच गयी! दुबारा जीने का हौसला जुटाने के लिए क्या मुझे इतना सहारा भी नहीं दोगे...?"

3 अगस्त, 1992

अदीतवार, सबेरे 8.30 बजे

अनेकों हिटलर

वे पाँचों ही इनसान थे। कोई उम्र में छोटा, कोई बड़ा। सब तीस और पचास के बीच में थे। सबसे बड़े के बालों में कहीं-कहीं सफेदी झाँकने लगी थी। बाकी सभी के बाल एकदम काले थे। चेहरे इनसान जैसे ही थे। आँखों की जगह आँखें। नाक की जगह नाक। दाँतों की जगह दाँत। हाथ-पैरों की जगह हाथ-पैर। ताँबाई रंग। सबके सफेद पगड़ियाँ। कोई नई, कोई पुरानी। लट्ठे के सफेद चोले और सफेद ही धोतियाँ। कानों में सोने की साँकलियाँ और मुरकियाँ। तीन के गले में काले डोरे से बँधी सोने की मूरतें। सभी इनसान की बोली बोलते थे और इनसान की ही चाल चलते थे!

वे सभी खेतिहर थे। खेतों में मेहनत करते थे और फसलें लेते थे। गेहूँ, जीरा, राई, सौंफ या मेथी वगैरह के जरिए सूखी धरती की कोख सब्ज करते थे। देश की आजादी के बाद बड़े किसानों के पौ-बारह हो गये हैं। आँखें मूँदकर धूल में बीज डालते हैं और दोनों हाथों से कमाई बीनते हैं।

उन पाँचों के हुलिये से ऐसा लगता था, जैसे उन्होंने किसी औरत की कोख से जनम न लेकर धरती की कोख से जनम लिया हो। करील, आक, खेजड़ी और बबूल की तरह धीरे-धीरे बढ़े और फले हों। जैसे कुदरत की वन-पाती ही उनकी बिरादरी हो।

वे पाँचों चचेरे भाई थे। साझे में ट्रैक्टर खरीदने के लिए गाँव से जोधपुर जा रहे थे। चोले के नीचे बण्डियों की जेबों में नोट भरे हुए थे। सबके चेहरों पर उनकी गर्मी साफ दिख रही थी। दौलत की जड़ें वैसे तो कलेजे की गहराई में होती हैं, पर उसके अदीठ फलों की आब चेहरों पर झलकती है!

बस से उतरते ही वे जेबों पर हाथ फेरते हुए सीधे ट्रैक्टर की तयशुदा दुकान की ओर, तेज कदमों से चल पड़े। सड़क पर पाँव पड़ते ही अदेर वापस उठ जाते। उनके वश में होता तो वे काली-कलूटी सड़क पर पाँव रखते ही नहीं।

पहली सीढ़ी चढ़ते ही काँच के पार दुकान के मालिक का सर दिख पड़ा। चमकती चाँद पर नजर पड़ते ही सभी एक साथ चहके, "किस्मत की बात! खुद ओमजी यहाँ मौजूद हैं!"

दरवाजा उघाड़ते ही बर्फ-सी हवा का झोंका आया। पाँचों ने एक साथ गहरी आहें भरीं। एक बोला, "स्वर्ग के मजे तो ये ले रहे हैं! हम तो जानवरों की जिन्दगी गुजारते हैं।"

ओमजी मुस्कराते हुए पतले और रस-भीने सुर में बोले, "तुम्हारी खेती-बाड़ी से मेरी दुकान की अदल-बदल करना चाहो तो मेरी मनाही नहीं है।"

"देखो, पछताओगे।"

"देखी जाएगी।"

बड़ा भाई बोला, "शुरू में ही पछतावे की बात लेकर बैठ गये! यह तो अपने-अपने करम और अपने-अपने काम हैं और उन्हीं को शोभा देते हैं।"

गद्दीदार कुर्सियों पर बैठने पर उन्हें ऐसा लगा, जैसे वे बैठे ही न हों। यकीन करने के लिए गद्दियों को तीन-चार बार हाथों से दबाकर देखा, तब कहीं इत्मीनान हुआ। फिर कुर्सियों के हत्थों पर कुहनियाँ टेककर आराम से बैठ गए।

दुआ-सलाम के बाद एक भाई बोला, "आखिर जैसे-तैसे हमारा भी नम्बर आया। आज ही ट्रैक्टर दे दो। बढ़िया महूरत देखकर घर से चले हैं। दिन ढले वापस गाँव पहुँचना है। हम समझेंगे कि ट्रैक्टर आपने इनायत ही किया।"

"यहाँ तो हर कोई इसी तरह ताकीद करता हुआ आता है। दो बरस बारी का इन्तजार किया तो अब दो दिन भी सब्र नहीं कर सकते?"

छोटा भाई बोला, "दो दिन तो बहुत, अब तो दो घण्टे भी सब्र नहीं होगा। औरतें तो हमारे घर से निकलते ही ट्रैक्टर बधाने के लिए दरवाजे पर खड़ी हो गयी होंगी। सौ-दो सौ चाहे ज्यादा लग जाएँ, पर ट्रैक्टर तो आपको आज ही देना पड़ेगा।"

उतनी उतावली देखकर ओमजी मुस्कराए। कहने लगे, "मैं तुम गाँववालों की आदत जानता हूँ। ट्रैक्टर कल ही तैयार कर दिया था। जब मर्जी हो, ले जाओ।"

पाँचों की खुशी और आनन्द का ओर-छोर न रहा। जैसे सारी दुनिया का राज्य हाथ लग गया हो! मझला भाई ओमजी की चमकती चाँद की ओर देखकर बोला, "बड़भागी के हाथ भर का ललाट है, फिर कैसी ढील! जीते रहो।"

सब भाई ओमजी को पहचानते थे। अपनी बारी की पूछताछ के लिए वे दो-दो, तीन-तीन मर्तबा यहाँ आ चुके थे। धन्धे की जरूरत मुताबिक अच्छी-खासी पहचान थी। सरल स्वभाव। मीठी बोली, हँसमुख चेहरा। अंगों की बनावट से ऐसा लगता था गोया ट्रैक्टर के पुर्जों की नाईं वे भी किसी कारखाने में बनाए गए हों। मशीनों की तरह उनका शरीर तराशा गया हो। चाँद की जगह चाँद। जिसके तीन ओर

खिचड़ी बालों की झालर। गले की जगह गला। जरूरत माफिक मुस्कान।

सामने बैठे पाँचों भाइयों के चेहरे देखते हुए बोले, "अब तो तसल्ली हुई! बस के धक्के खाते आये हो, कुछ सुस्ता लो। आराम करो। ठण्डा पानी पीओ।"

इस मान-मनुहार के साथ ही उन्होंने घण्टी बजाई। अदेर एक आदमी भीतर आया। लस्सी लाने का आदेश दिया। उसके बाहर निकलने पर ओमजी ने कहा, "तुम्हारे घर के दूध-दही का मुकाबला तो नहीं कर सकते, पर और मनुहार भी क्या करें! पानी जैसा दूध। मिचलाता दही। यहाँ तो फकत ठण्डी हवा, ठण्डा पानी, नरम गद्दियाँ और बिजली की चकाचौंध है। मिलावट के ठाठ-बाट और नकल की धूम है। पैसों के बदले भी न अनाज मिलता है, न मसाले। खाने-पीने की मनुहार करते भी शर्म आती है।"

एक भाई हँसकर बोला, "अगर सच्चे मन से मनुहार करना चाहें तो बहुत-सी बढ़िया-बढ़िया चीजें हैं। स्वर्ग के देवताओं को डाह हो जैसी! वरना लस्सी से तो कलेजा ठण्डा करना है ही...!"

इशारा एकदम साफ था। ओमजी जोर से हँसते बोले, "यहाँ दुकान पर यह सब नहीं चलता! शाम तक ठहरो तो घर पर खातिर कर सकता हूँ।"

"आपके कहते ही हमारी खातिर तो हो गई। इतनी मेहर ही काफी है। ट्रैक्टर कहाँ है, जरा देख तो लें!"

"लस्सी आने दो। पीकर चलते हैं।"

"लस्सी भागी थोड़ी ही जाती है! ट्रैक्टर देखने के बाद कलेजा ज्यादा ठण्डा होगा। ज्यादा मीठी लगेगी।"

ओमजी खुद साथ चले। वर्कशाप में ट्रैक्टर खड़ा था। लाल सुर्ख 'मैसी फरगुसन' ट्रैक्टर। जैसे बीर-बहूटियों का ढेर लगा हो! उस पर नजर पड़ते ही पाँचों का अन्तस् रंग गया।

ट्रैक्टर पर हाथ फेर, अच्छी तरह देख-दाखकर सब वापस दफ्तर में आए। लस्सी की गिलासें मेज पर ढकी हुई रखी थीं।

कुर्सी पर बैठकर ओमजी ने कहा, "जमाना कितना बदल गया! पहले तो गाँव में एक ही ठाकुर होता था, पर अब तो तुम जैसे सभी बड़े किसान ठाकुर हो गए। आजादी की सारी मौज तुम्हीं लूट रहे हो। जहाँ पहले, लोग छाछ को भी तरसते थे, वहाँ अब 'बढ़िया-बढ़िया चीजें, पानी की तरह बरती जाती हैं। हल और फावड़ा तक खरीदना मुश्किल था, वहाँ अब हजारों रुपयों का ट्रैक्टर लेते वक्त सोचते ही नहीं! यारों, आजादी का मजा जितना लेना हो, ले लेना। मन में मत रखना।"

चौथा भाई बीच में ही बोला, "क्या खाक मजे हैं! अनाज खाकर बड़ी मुश्किल से पेट भरते हैं। हजारों पीढ़ियों तक मुसीबत और तंगी सही है। आज तुम्हें कानी का काजल भी नहीं सुहाता! भला हो गाँधी बाबा का, जो हमें भी इनसान की ज़िन्दगी

मिली। वरना गाँवों में बिजली की मोटर, ट्रैक्टर और रेडियो का क्या काम!"

"पर हमें तो अब कागज के नोट खाकर पेट भरना पड़ेगा। चन्द ही दिनों में हमें अनाज मिलना दूभर हो जाएगा।"

"आप हमें ट्रैक्टर दिए जाओ, हम आपको अनाज दिए जाएँगे। चाहो तो सही करा लो।"

बड़ा भाई बोला, "कोई किसी को कुछ नहीं देता। भैंस अपने पेट के लिए चारा खाती है। तमाम माथापच्चियाँ अपनी-अपनी गरज के लिए हैं। कोई अपने मतलब से ट्रैक्टर बेचता है और कोई अपने मतलब से ट्रैक्टर खरीदता है!"

अपने कानों से अपने ही बोल सुनकर बड़े भाई को लगा कि बात कुछ उलटी पड़ गई। वापस सँवारने की चेष्टा करते कहने लगा, "फिर भी, आपने बात तो ठीक कही। बापू की मेहरबानी से आजादी के बाद हमें भी थोड़ा सुख मिला। घर-घर अनाज के ढेर, दूध-दही की इफरात...।"

बीच ही में खल्वाट हिलाते ओमजी बोले, "ना, घर-घर की बात झूठी है। हाँ, तुम जैसे इने-गिने बड़े किसानों की जरूर मनचाही हुई है।"

छोटा भाई कुछ पढ़ा-लिखा था। बोला, "मनचाही तो क्या हुई, पर दुःख का फन्दा कुछ ढीला हुआ। उससे जरा आराम का साँस आया। सुख तो चाँद की तरह अभी बहुत दूर है...!"

मझला भाई बेकार की बकवास खत्म करते कहने लगा, "चाँद के लिए तरसने से क्या फायदा! मतलब की बात करो। जेबों से नोट निकालकर ओमजी को दो और अपनी चीजें देख-भालकर काबिज करो। वक्त तो बातों में भी बीतता है।"

जैसे अचानक कोई भूली बात याद आ गयी हो। अदेर जेबों में हाथ घुसे। मेज पर नोटों का ढेर लग गया। पचास घोड़ों की ताकत के विलायती ट्रैक्टर के साथ ट्रॉली, तवियाँ, हल और हेरा। साठ हजार का सौदा था।

इधर ओमजी ने नोट गिन-गिनाकर दराज के हवाले किए और उधर पाँचों भाई एक साथ उठे और अपनी चीजें काबिज करने के लिए वर्कशाप की ओर चल पड़े। बड़े भाई के कहने पर छोटा भाई मालाएँ, गुलाल, गुड़ और रम लेने के लिए बाजार की तरफ रवाना हुआ। फिर चारों भाई जुटे सो हमालों के साथ मिलकर फटाफट ट्रॉली भर ली। वे अपने काम से फारिग हुए तब तक छोटा भाई भी आ गया। खुशी-खुशी गुड़ बाँटा। मालाओं से ट्रैक्टर का सिंगार किया। उसके सामने बीचोबीच स्वस्तिक चितेरा। तीनों छोटे भाई अच्छे ड्राइवर थे।

जल्दी मचाते हुए भी काफी दिन ढल गया था। सूरज पच्छिम की ओट में छुपने की तैयारी करने लगा था। अजमेर-जयपुर सड़क के चुंगी-नाके से आगे सड़क खाली थी। खूब चौड़ी। फरफराती मालाओं से सजा ट्रैक्टर धरर-धरर चल रहा था। उस पर बैठे पाँचों भाइयों को ऐसा लगा, जैसे सड़क की जगह आकाश उनके ट्रैक्टर

तले बिछ गया हो। और सामने क्षितिज तक फैली धरती उन्हें नारियल से भी छोटी लगी—एकदम छोटी। डूबता सूरज उनके ट्रैक्टर को देखने के लिए जैसे एक ठौर रुक गया हो! सर्र-सर्र करती हवाएँ मानो उनकी बलैयाँ ले रही हों! सारी दुनिया का आनन्द उनके दिल में हिलोरें भरने लगा। सोने की मूरतों का परस पाकर ढलते सूरज की किरणें निहाल हो गईं! जब दरख्तों और झाड़ियों में दुबके परिन्दे ट्रैक्टर की धरधराहट सुनकर इधर-उधर उड़ते, तब उन्हें ऐसा लगता गोया उनके अन्तस् का आनन्द इन पँखेरुओं के बहाने इधर-उधर उड़ रहा हो!

कि सहसा सूँ-सूँ की तीखी आवाज उनके कानों में पड़ी। चौंककर देखा। फैले डैनों को स्थिर किए एक बाज नीचे उतरा और देखते-देखते झाड़ी की ओट में दुबके एक खरगोश के बच्चे को अपने पंजों में दबोचकर वापस उड़ गया। पाँचों भाइयों ने मुस्कराकर एक-दूसरे की ओर देखा। बड़ा भाई बोला, "लेख हरगिज नहीं टलते! इसी झाड़ी के पास, इसी बाज के पंजों से इसकी मौत लिखी हुई थी...!"

बाज के अदीठ होने तक वे उसे देखते रहे। ट्रैक्टर की धरधराहट जारी थी। उस समय ट्रैक्टर एक पुल के बीच से गुजर रहा था। चौथा भाई बोला, "जल्दी करते-करते भी काफी देर हो गई। फिर भी शुभ महूरत का योग अच्छा रहा। गाँव से चलते समय शकुन भी बढ़िया हुए थे!"

सामने कुछ चढ़ाई थी। उसे पार करने पर उन्हें दो-एक खेत दूर एक साइकिल सवार जाता हुआ नजर आया। और उधर उस साइकिल सवार को कुछ धरधराहट सुनाई दी तो उसने पीछे देखा—ट्रैक्टर आ रहा है। उसने फौरन वापस मुड़कर तेज पैडल मारे। ट्रैक्टर वालों से भी उसकी वह तेजी छुपी न रही। दूरी बढ़ते ही वे इसे ताड़ गए। ट्रैक्टर चलाता भाई बोला, "पागल कहीं का! पैडल तेज मारने से क्या होगा! ट्रैक्टर से आगे कहाँ जाएगा...!"

उसने रफ्तार कुछ तेज कर दी। ट्रैक्टर की धरधराहट भी बढ़ गई। साइकिल सवार भी इसे जान गया। उसने और जल्दी-जल्दी पैडल मारे। कुछ दूरी और बढ़ गई।

दोनों के बीच बढ़ती हुई दूरी ट्रैक्टर चलाने वाले से बर्दाश्त नहीं हुई। उसने रफ्तार थोड़ी और बढ़ा दी। बोला, माँ का खसम, आखिर तो थकेगा। थोड़ी देर खुश होता है तो होने दो।"

मझला भाई बोला, "ये नंगे सिरवाले छोकरे होते ही उलटे खोपड़ी के हैं!"

धरधराता ट्रैक्टर सड़क को समेटते दौड़ रहा था। रंग-बिरंगी मालाएँ और तेजी से फरफराने लगीं। बड़ा भाई बोला, "आप ही थक जाएगा। बेकार रेस क्यों खींचता है! ट्रैक्टर के सामने बेचारी साइकिल की क्या औकात...!"

चीं-चीं की एक तीखी आवाज उनके कानों में पड़ी। बिल में घुसते हुए एक

चूहे को चील ने झपट लिया। वह चींचाहट उस मरते हुए चूहे की थी! थोड़ी ही देर में वह चींचाहट इस दुनिया से लोप हो गई।

सूरज आधा डूब गया था। अब वो भी रातभर के लिए ओझल हो जाएगा। डूबते सूरज के चारों ओर गुलाल-ही-गुलाल फैल गया। गोया वो ट्रैक्टर की सुर्खी का ही अक्स हो!

चारों ने डूबते सूरज से नजर हटाकर सामने देखा—अरे, दूरी तो बढ़ती ही जा रही है! सभी के मन में एक साथ एक बात खटकी—दो सौ रुपल्ली की साइकिल और साठ हजार का ट्रैक्टर! यह भी कोई होड़ है! चूहा हाथी से भिड़ने चला है!

दूसरा भाई बोला, "फेफड़े फटने से मर गया तो घरवालों से भी दूरी पड़ जाएगी।"

चौथा भाई बोला, "घरवालों से राम जाने कब दूरी पड़ेगी, पर हमारे ट्रैक्टर से तो दूरी बढ़ती ही जा रही है।"

छोटे भाई ने थोड़ी रफ्तार और बढ़ा दी। ट्रैक्टर नया है। पूरी रेस खींचना ठीक नहीं।

साइकिल वाले ने पीछे मुड़कर देखा। सचमुच वो काफी आगे निकल आया था। जोश में और तेजी से पैडल मारे। पैर फिरकी की तरह घूमने लगे। पहाड़ से उतरती नदी की तरह साइकिल सड़क पर फिसल रही थी। जैसे कोई बवण्डर साइकिल में बदल गया हो या वो व्यक्ति बवण्डर पर सवार हो गया हो...!

ट्रैक्टर पर बैठे सभी भाइयों ने गौर से देखा। वाकई, दूरी काफी बढ़ गयी थी। और रफ्ता-रफ्ता बढ़ती ही जा रही थी। मालाओं से सजा विलायती ट्रैक्टर! साठ हजार की कीमत का! और यह दो कौड़ी की साइकिल! और यह कॉलेज का छोरा! नंगे सर! निकर पहने!

हवा का एक तेज थपेड़ा लगा तो एक माला का धागा टूट गया। वह चौतरफा फरफराने लगी। कभी दुहरी हो जाती, कभी सीधी। एक माला और टूट गई।

ट्रैक्टर चलाते छोटे भाई को फरफराती मालाएँ ऐसी लगीं गोया उसके कलेजे पर कँटीली बेंतें पड़ रही हों! उसने दाँत पीसकर पूरी रेस खींच दी। तोप से छूटे गोले की तरह ट्रैक्टर दौड़ने लगा। हवा में चारों ओर धरधराहट गूँजने लगी। ट्रैक्टर तले बिछा आकाश ऊपर, और ऊपर उठ गया...!

फासला कुछ कम हुआ। और कम हुआ। हाँ, अब तो काफी कम हो गया।

नारियल की तरह छोटी दिखती दुनिया अब फकत दो बिन्दुओं में सिमट गई थी। ट्रैक्टर और साइकिल के अलावा उन्हें दुनिया की किसी चीज का ख़याल नहीं था! साठ हजार का ट्रैक्टर और यह दो कौड़ी का चरखा...!

इत्तफाक की बात कि एक साथ दो फौजी गाड़ियाँ सामने से आईं तो ट्रैक्टर की रफ्तार कम करनी पड़ी। साइकिल सवार मौका देखकर काफी आगे निकल गया।

मझला भाई बोला, “ये शहरी छोकरे कितने नालायक होते हैं! गाड़ियों का फायदा उठाकर फौरन आगे निकल गया...!”

बड़ा भाई बोला, “बेचारा थोड़ी देर गुमान करता है तो करने दो। आखिर कहाँ तक जाएगा! कभी तो दम फूलेगा! पगला, बेकार अपनी जवानी गँवा रहा है! नसें ढीली पड़ गईं तो औरत के काम का भी नहीं रहेगा! जवानी कहीं साइकिल पर उतारने के लिए होती है...?”

सड़क खाली मिलते ही छोटे भाई ने फिर पूरी रेस खींच दी। गोया बारूद को पलीता दिखाया हो! हवा को पकड़ने की चेष्टा में ट्रैक्टर आँधी बन गया था! रफ्ता-रफ्ता फासला घटता गया।

ट्रैक्टर की धरधराहट नजदीक सुनी तो उसने पीछे मुड़कर देखा। गुस्से से झट वापस मुड़ा। फिरकी की तरह उसके पैर तेजी से घूमने लगे। वे गति में बदल गये थे! वहाँ गति थी—सिर्फ गति...!

अब उसे कुछ पसीना होने लगा था। वो राजस्थान का सबसे तेज साइकिल चलाने वाला था। हाँ, वो भी एक इनसान था। बाँहों की जगह बाँहें। पैरों की जगह पैर। साँसों की जगह साँस। सपनों की जगह सपने!

पिछले दो महीनों से वो रोजाना साठ-सत्तर मील साइकिल चलाने का रियाज कर रहा था। अगले महीने अखिल भारतीय साइकिल दौड़ में अगवानी रहा तो शायद पेरिस जाने की बारी आ सकती है। आज इस होड़ में उसके दम-खम का पता चल जाएगा। उसने दाँत भींचकर अपनी ताकत से भी ज्यादा पैडल मारे।

साइकिल चलाने की लक़ब और तर्ज देखकर उसके साथ पढ़ती एक लड़की ने खुद उसके सामने ब्याह का प्रस्ताव रखा, पर उससे जाहिराना तौर पर ‘हाँ’ या ‘ना’ कोई जवाब देते नहीं बना था। कुछ दिन मिलते रहने, बातचीत करने और एक-दूसरे के अन्तस् को अच्छी तरह पहचानने के बाद आप ही सारी बातें साफ हो गईं। अखिल भारतीय साइकिल दौड़ से फारिग होने पर ब्याह करने का वादा कर लिया। वो तंगी में पला था। वह भरे-पूरे घर में बड़ी हुई थी। पर दोनों एक-दूसरे पर जान देते थे! एक दाँत रोटी टूटती थी! ब्याह की अनमोल रात उनकी सेज पर चाँद उतरेगा!

सहसा प्रियतमा का चेहरा उसकी आँखों के आगे झलका। जैसे वह हवा बनकर आज की यह होड़ देख रही हो! उसकी ताकत दस गुना बढ़ गई। पाँवों के पंख लग गए! भला, प्रियतमा की अदीठ नजर से ज्यादा इस बेजान ट्रैक्टर की क्या हस्ती! फासला बढ़ने लगा सो बढ़ता ही गया। बढ़ता ही गया। देखते-देखते फासला पहले से भी डेढ़ा हो गया...!

ट्रैक्टर की रेस पूरी खींची हुई थी। इससे ज्यादा उनका कोई वश नहीं था। उनका मन ऐंठने लगा। चौतरफा सरसराती हवा धरधराहट के चक्कर में फँस गई! सारी दुनिया का राज्य देखते-देखते छिन गया...!

तोप के गोले की नाईं ट्रैक्टर दौड़ रहा था! नंगे सिर वाले साइकिल सवार के पाँवों में जैसे बवण्डर ने शरण ले ली हो! प्रियतमा का चेहरा उसकी आँखों के आगे जगमगा रहा था! फासला बढ़ता गया! न उसके फेफड़े फटे और न उसका साँस टूटा।

आधी मालाएँ टूटकर नीचे गिर गईं। पर वे कर ही क्या सकते थे...!

पर अदीठ के जोर और जोग का किसी को कोई इल्म नहीं था। बवण्डर की गति बने पाँव अचानक खाली घूमने लगे। साइकिल की चेन उतर गयी थी। फिर भी वो घबराया नहीं। ट्रैक्टर की रफ्तार का कूता उसके पाँवों ने आप ही कर लिया था। प्रियतमा के चेहरे चौतरफा दिप-दिप कर रहे थे। इस ताकत से बढ़कर दुनिया की कोई ताकत नहीं है! वो फौरन साइकिल रोक, लपककर नीचे उतरा। साइकिल, स्टैण्ड पर खड़ी करके इत्मीनान से चेन चढ़ाने लगा।

धीरे-धीरे दूरी कम होती गई। ट्रैक्टर की धरधराहट और पाँचों भाइयों की खुशी हवा में समा नहीं रही थी! भला, जोग के जोर का मुकाबला कौन कर सकता है! साठ हजार रुपयों की लाज जैसे-तैसे बच गई। इस तरह के झूठे सन्तोष से कोई अपने मन को बहलाए तो भला उसे कौन रोक सकता है...?

ट्रैक्टर की धरधराहट एकदम नजदीक आ गई। चेन चढ़ाने की हड़बड़ाहट में उलटी अधिक देर हो रही थी। देखते-देखते ट्रैक्टर बिल्कुल करीब आ गया। पर उसे अपनी ताकत और प्रियतमा के अदीठ चेहरे का पूरा भरोसा था!

धरधराता ट्रैक्टर पास आकर आगे निकल गया। पाँचों ही भाई इनसान की बोली में एक साथ कुछ चिल्लाए। उस वक्त कौवों का एक झुंड काँव-काँव करते सर से गुजर गया। ट्रैक्टर की धरधराहट और कौवों की काँव-काँव के दरमियान इनसान की बोली ठीक से सुनाई नहीं पड़ी...!

वो चेन चढ़ाकर साइकिल पर सवार हुआ तब तक ट्रैक्टर दो-एक खेत आगे निकल गया था। चारों भाइयों ने पीछे मुड़कर देखा। सोचने लगे कि साला चेन चढ़ाने का बहाना कर रहा था! शायद होड़ करने का हौसला अब नहीं रहा!

पर वो साइकिल पर चढ़ते ही फिर बवण्डर बन गया! और फासला रफ्ता-रफ्ता कम होने लगा, सो होता ही गया!

हल्के-हल्के अँधेरे में कुदरत दफ्न होने लगी थी। चारों भाई आँखें फाड़-फाड़कर देखने लगे। यह तो फिर आगे निकल जाएगा...!

रेस पूरी खींची हुई थी। ट्रैक्टर की गति से ज्यादा उनका कोई जोर नहीं था! वे दाँत पीसने लगे।

ट्रैक्टर की सुर्खी में साँवली झाँई घुलने लगी थी! छोटे भाई ने पूछा, "वो हरामी कहाँ आ रहा है?"

चारों भाई दाँत पीसते बोले, "लगता है वो फिर आगे निकल जाएगा...।"

"अब तो इसका बाप भी नहीं निकल सकता।" यह बात कहते ही छोटे भाई के कानों में बाज की सूँ-सूँ और चूहे की चीं-चीं बारी-बारी से गूँजने लगी! कुछ देर बाद एक कान में चींचाहट और दूसरे कान में सूँसाहट की आवाज आने लगी सो रुकी ही नहीं। लगता है, समूचा ब्रह्माण्ड इस गूँज से चिर जाएगा! ट्रैक्टर की धरधराहट भी उस गूँज में डूब गई!

और उधर उस साइकिल सवार शहरी छोकरे की आँखों के सामने एक दूसरा ही ब्रह्माण्ड जगमगा रहा था। ठौर-ठौर प्रियतमा के चेहरे झिलमिलाने लगे इने-गिने तारों में, दरख्तों और झाड़ियों में, टीलों में, सामने जा रहे ट्रैक्टर में, ट्रॉली में। आज उसकी परख हो जानी है! अगर ट्रैक्टर से आगे निकल गया तो जल्दी ही ब्याह कर लेगा! वह मान जाए तो कल! नहीं तो परसों! तरसों! जब भी वह चाहे!

अब आगे निकलने में देर ही क्या है! तमाम दुनिया उसके हथलेवे की मुट्ठी में समा जाएगी! आँखों के आगे सुनहरे सपनों का ताना-बाना बुना जाने लगा!

और उधर बाज की सूँसाहट और चूहे की चींचाहट में हवा के रेशे-रेशे का दम घुटने लगा था...!

चारों भाई दाँत किटकिटाते बोले, "इस नंगे सिरवाले दोगले ने तो आज अपनी पगड़ियों को धूल चटा दी...!"

फिर उन्होंने छोटे भाई को एक नयी जुगत बताई, "पास आते ही ट्रैक्टर उसकी ओर घुमा देना। वो हरामी भी क्या सोचेगा कि...!"

बाज की सूँसाहट और चूहे की चींचाहट को इनसान की जबान मिल गई!

और उधर उसकी प्रियतमा के चेहरों का उजाला भी काफी बढ़ गया था! एक-एक चेहरा स्पष्ट दिखने लगा...!

अब तो ट्रॉली के बराबर पहुँच गया। बाज की सूँसाहट और चूहे की चींचाहट ने ड्राइवर के सर में दुबककर खामोशी अख्तियार कर ली...!

बवण्डर के वेग से दौड़ती साइकिल सहसा ट्रैक्टर से टकराई। आँखों के सामने बिजली कौंधी! फिर दिप-दिप करता एक-एक चेहरा बुझने लगा! ट्रैक्टर के पिछले टायर ने नंगे सर का कचूमर निकाल दिया। तमाम चेहरे एक साथ बुझ गए!!

हवा में फिर इनसान की बोली खदबदायी, "माँ का खसम, ट्रैक्टर से आगे निकलने की जुर्रत कर रहा था...!"

छोटा भाई पढ़ा-लिखा था। फौरन एक तदबीर सोच ली। कुछ आगे जाकर ट्रैक्टर रोका। थैले से बोतल निकालते बोला, "बेचारे को थोड़ी रम तो पिलाएँ...!"

फिर इनसान के कदमों से आगे बढ़ा। साइकिल वाले के पास जाकर बोतल का ढक्कन खोला। उसके मुँह में आधी बोतल दारू उँडेली! फिर उसके सर के पास बोतल फोड़कर वह दौड़ता हुआ ट्रैक्टर पर चढ़ गया। धरधराता ट्रैक्टर आगे

बढ़ गया। दरवाजे पर खड़ी औरतें बाट जोह रही होंगी! घर पहुँचने पर वे कितनी खुश होंगी...!

हवा में इनसान की हँसी का ठहाका गूँजा!

और उधर सड़क पर एक चित्र किसी ऊँचे पारखी की बाट जोह रहा था! लाल खून के बीच सफेद मगज! बोतल के टुकड़े। एक आदमी की लाश! सफेद निकर। फीरोजी बनियान। ठौर-ठौर खून के धब्बे। सपनों का कचूमर! मोह-प्रीत के रेले! चित्र कोई बुरा नहीं था!

पर...पर दोनों महायुद्धों के चित्र, हिरोशिमा-नागासाकी के चित्र, वियतनाम के चित्र, बंगलादेश के चित्र...इस नाकुछ चित्र से बहुत-बहुत बड़े थे! बहुत-बहुत मोहक...! दिलकश! यह चित्र उनका मुकाबला तो नहीं कर सकता, पर गँवार हाथों से बना यह चित्र भी कोई खास बुरा नहीं था...!

हाँ, वे पाँचों ही इनसान थे...! इनसान की बोली बोलते थे और इनसान की ही चाल चलते थे...!

11 अगस्त, 1978

सिकन्दर और कौआ

सिकन्दर महान्! सिकन्दर महान् भी जब आम आदमी की तरह बुखार से उत्पीड़ित हो जाए, तब यह कैसी महानता है? उस फुफकारते प्रश्न पर आगे सोचने की हिम्मत नहीं हुई तो उसने लेटे-लेटे ही अष्ट-धातु का टकोरा बजाया। उसी क्षण एक यूनानी सैनिक हाजिर। कवच और शिरस्त्राण से लैस। दाहिने हाथ में दुधारी तलवार। बायें हाथ में लम्बा भाला। तीन बार कोरनिश करके आदेश की प्रतीक्षा में खड़ा हो गया। सिकन्दर ने आँखें तरेरकर कुछ कहना चाहा, मगर खाँसी के कारण व्यवधान उपस्थित हो गया। भरपूर कद-काठी का बलिष्ठ सैनिक कठपुतली की नाईं आगे बढ़ा। अदब के साथ झुककर चाँदी की पीकदानी उठाई और पलंग के पास खड़ा हो गया। तीन-चार बार खाँसकर सम्राट ने पीकदानी में बलगम थूका और अशक्त की भाँति वापस लेट गया। सिकन्दर के कण्ठ में भी आम सैनिक-सा चिपचिपा और गन्दा बलगम! सैनिक ने होठों पर चिपका बलगम पोंछा। चाँदी की झारी से कुल्ला कराया। छत की ओर शिथिल आँखों से देखते हुए सिकन्दर ने हुक्म सुनाया, “आज तीन दिन हो गये, एक भी यूनानी दवा कारगर साबित नहीं हुई। हकीमों के सिर तो बाद में कलम किए जाएँगे, उसके पहले पंजाब का कोना-कोना छानकर किसी अनुभवी वैद्य को लाओ। बुखार घटना तो दूर, सरदर्द और बेचैनी ज्यादा बढ़ गई। नींद भी पूरी नहीं आती। काढ़े से रही-सही भी कम हो गई। फुर्ती करो। शाम के पहले वैद्य नहीं आया तो सबको कत्ल करवा दूँगा। मैं तो बुखार के मारे लेटा रहूँ और तुम सब स्वस्थ-दुरुस्त घूमते रहो! शर्म नहीं आती? तुम सब-के-सब बेहया हो, बेहया! जब तक मेरा बुखार न उतरे, किसी भी सैनिक ने खाना खाया तो उसकी खैर नहीं है। जाओ! इस तरह खड़े-खड़े मेरा मुँह क्या ताक रहे हो?”

कोई आध घड़ी या पौन घड़ी के पश्चात् सैनिक वापस आया तो सिकन्दर ने पलकें उघाड़कर पूछा, “कह दिया सबको?”

"जरूरत ही नहीं पड़ी, गरीबपरवर!" सैनिक ने आधा झुककर जवाब दिया, "हिन्दुस्तान के बहुत बड़े वैद्य अपनी इच्छा से स्वयं ही चले आए।"

सिकन्दर ने मुस्कराने की चेष्टा की, पर मुस्करा नहीं सका। विस्मय प्रकट करते कहा, "बड़ा अजीब मुल्क है! कई देश जीते पर ऐसा मुल्क नहीं देखा!" अचानक बुखार का ध्यान आते ही पूछा, "पर वे हैं कहाँ? साथ लेकर क्यों नहीं आये?"

"बाहर खड़े हैं, हुजूर! आपका आदेश हो तो अभी ले आता हूँ।"

"बकवास बन्द करो!" उसने गुस्से से कहा, "इसमें भी आदेश की जरूरत है? वक्त पर काम लेने के लिए ही अक्ल की नियामत मिली है! समझे? जाओ जल्दी लेकर जाओ।" वह इतने जोर से बोला कि बाहर खड़ा वैद्य बिन बुलाए ही भीतर चला आया। मुस्कराते बोला, "बुलाने की जरूरत नहीं। मैंने अक्ल से काम लिया और स्वयं चला आया!"

सिकन्दर ने चौंककर देखा—साफ-शफ्फाफ सफेद दाढ़ी। सफेद ही जटा। प्रशस्त ललाट। चमकती हुई बत्तीसी। तीखी नासिका। स्नेह और माधुर्य से आप्लावित आँखें! जैसे कोई देवदूत प्रकट हुआ हो! क्षणभर के लिए सम्राट अपनी बीमारी भूल गया। कमरे में पर्याप्त रोशनी थी। उधर वैद्य भी बिस्तर पर लेटे बीमार की सूरत और आँखें ध्यानपूर्वक निहारता रहा—यूनानी देवता के उनमान प्रदीप्त चेहरा। आसन्न बीमारी से किंचित् क्लान्त! दर्प के उन्मत्त नयन। घनी-स्याह भौंहें। पतले और गुलाबी अधर। सशक्त लम्बी भुजाएँ। साँचे में ढली-सी कद्दावर देह।

सिकन्दर की आँखों में क्षणभर के लिए गुरुवर अरस्तू की स्नेह-सिक्त निगाहें कौंध गईं। किन्तु अगले ही क्षण खाँसने की भनक कानों में चुभते ही उसने नब्ज दिखाने की खातिर हाथ आगे किया। बूढ़े वैद्य ने गरदन हिलाते कहा, "ना, नब्ज की बजाय सूरत और आँखों से पहले ही निदान हो गया। मियादी बुखार है—अन्तर्ज्वर। सत्ताईस दिन से पहले नहीं उतरेगा।" फिर कुछ रुककर कहने लगा, "अब तक जो खाया-पीया, उसकी चर्चा करने में कोई सार नहीं। पर आज से गरिष्ठ भोजन व मांस-मदिरा सब बन्द। बुखार उतरने के बाद भी पूरे एक पखवाड़े तक जैसा कहूँ, परहेज रखना पड़ेगा। वरना बीमारी उथल जाने का पूरा खतरा है!"

विश्वविजेता भीतर-ही-भीतर काँप उठा। युद्ध में हजारों की नृशंस हत्या करने वाले को स्वयं अपनी मौत का बेहद डर लगा! तनिक हकलाते पूछा, "खतरा? किस बात का खतरा? मामूली बुखार से कैसा खतरा? तुम्हारा मतलब क्या है...? साफ-साफ बताओ!"

"यह बुखार मामूली नहीं है। तीन दिन जो बदपरहेजी की, उसका भी बुरा असर हुआ है। अब पूरी सावचेती बरतेंगे, तभी उपचार में हाथ डालूँगा, अन्यथा नहीं!"

वैद्य की यह बात दोनों को ही काफी नागवार महसूस हुई। सैनिक ने तलवार की मूठ कुछ कसकर पकड़ी। सिकन्दर तैश में आकर बोला, "किसी भी सम्राट के आदेश की अवहेलना का मतलब जानते हो? फिर मैं तो सिकन्दर हूँ, सिकन्दर! मेरी शोहरत सुनी नहीं क्या?"

"खूब सुनी है! आँखों से भी देखी है।" वैद्य ने अकृत्रिम भाव से कहा, "पंजाब का हिंसक संहार क्या भुलाया जा सकता है...?"

सम्राट कुछ गहरे सोच-विचार में उलझा-सा प्रतीत हुआ। वैद्य की परिपक्व दृष्टि ने भी उसे लक्षित किया। वह आगे कुछ कहे, उसके पहले ही सिकन्दर एक उच्छ्वास भरकर बोला, "फिर भी तुम मेरे इलाज की खातिर स्वयं चलकर आये, बात कुछ समझ में नहीं बैठी...!"

वृद्ध के होठों पर एक मार्मिक मुस्कान थिरक उठी। दो-एक कदम आगे बढ़कर उसकी आँखों में गहराई से झाँकते कहने लगा, "इसमें समझने लायक कुछ भेद है ही नहीं। देश के प्रति मेरी निष्ठा और रोगी के प्रति मेरा कर्तव्य, ये दो अलग-अलग मसले हैं! दोनों को साथ मिलाकर देखने से ही झमेला होता है!"

"रोगी? क्या कहा रोगी?" सिकन्दर के दिल पर एक असह्य चोट लगी। गर्वित स्वर में बोला, "मैं सिकन्दर हूँ! सिकन्दर महान्! पहला विश्वसम्राट! कुछ होश भी है तुम्हें...?"

"पूरा होश है, तभी तो बिन बुलाए चला आया! कोई दूसरा होश मुझे रखना ही नहीं है। पर मेहरबानी करके अब दीगर चर्चा बन्द कीजिए। बाकी सब औषधियाँ तो लाया ही हूँ। एकाध जड़ी-बूटी के लिए मुझे अरण्य में जाना पड़ेगा।"

किसी की आज्ञा लिए बिना ही वह बाहर चल दिया। सिकन्दर ने अदेर हिदायत दी, "सुनो, दो सैनिक हरदम इसके साथ रहने चाहिए।"

"जो हुक्म, जहाँपनाह!"

और जहाँपनाह ने स्वयं को ही सुनाते हुए धीमे से कहा, "बड़े विचित्र लोग हैं! क्या बच्चे, क्या बूढ़े और क्या औरतें--सभी तो दार्शनिक हैं। कहाँ मेरे गुरु अरस्तू तो यूनानियों के अलावा सबको ही जन्मजात गुलाम समझते हैं, जिन्हें बोली लगाकर बेचना ही उचित है। हुँ, क्योंकर उचित है? पोरस से मुकम्मिल सन्धि करके, बस, यहीं बस जाने की इच्छा हो रही है!"

अपने हुनर मे पूर्णतया पारंगत होने पर भी बुजुर्ग वैद्य राजनीति की पेचीदगियों में अधिक समझता नहीं था, सो अरण्य से अपने-आप ही काढ़ा बनाकर लाया। सीपी भरकर सिकन्दर की मनुहार करते बोला, "तीन-तीन घड़ी के बाद मैं खुद अपनी निगरानी में आपको यह आसव पिलाऊँगा।"

सम्राट मना करे उसके पहले ही सैनिक ने लपककर सीपी छीन ली। रुआब से बोला, "पहली खुराक आपको पीनी पड़ेगी! यही शाही कायदा है...!"

अपनी कमजोरी को छिपाने की मंशा से सिकन्दर तत्काल उठ बैठा। एक अबोध बच्चे की नाईं वृद्ध की दाढ़ी निहारते कहने लगा, "कहीं इसमें प्राण घातक जहर मिला हुआ न हो।" और दूसरे ही क्षण उसके होठों पर एक अलौकिक मुस्कान दीप्त हो उठी। "मगर आपके हाथ से तो जहर भी पीने को तैयार हूँ। माँ ओलम्पियास ठेठ बचपन में इसी तरह दवा पिलाती थी। बिल्कुल ऐसी ही सीपी में।" इतना कहकर उसने अदेर एक शिशु की नाईं अपना मुँह खोला और वृद्ध ने सीपी का आसव उसे पिला दिया। बेहद आश्चर्य कि युवा सम्राट एक ही जीवन में दुबारा वैसा ही शिशु बन गया! सहज हाव-भाव से सीपी झपटकर उसे चाटने लगा। फिर चंचल आँखें घुमाते हुए जूठी सीपी सैनिक के हाथ में थमा दी। बड़ी-से-बड़ी दिग्विजय के बर्बर परितोष की अपेक्षा एक सात्विक आनन्द की उदात्त अनुभूति से उसका अन्तस् छलछला उठा! लेटने की इच्छा होते हुए भी वह लेटा नहीं। कुछ देर तक बैठ रहा। फिर अपनी बाल्य जिज्ञासा प्रकट करते पूछा, "आपको मेरी बीमारी का पता क्योंकर चला? न तो आपने किसी से पूछा और न किसी ने आपको कुछ बताया!"

"जिस तरह दूर-दराज के पक्षियों को पानी का पता चलता है। भँवरों को फूलों का और मधुमक्खियों को पराग का पता चलता है?" फिर बुजुर्ग वैद्य ने तनिक मुस्कराते कहा, "जिस तरह गिद्ध-कौवों को मरणासन्न पशुओं का पता चलता है!"

प्रतिवाद की कोई गुंजाइश नजर नहीं आयी तो वह वैद्य की दाढ़ी के रुपहले बाल टुकुर-टुकुर देखता रहा।

दूसरे दिन अल्ल-सवेरे वैद्य ने दवा पिलाते समय सिकन्दर को आगाह किया, "करीब पचासी घड़ियों तक सीने में जलन, सारे शरीर में टूटन, सिर में दर्द, जी में घबराहट और बेचैनी रहेगी। किसी तरह की चिन्ता न करके, मामूली हिम्मत से काम लें। फिलहाल नदी के चमकते बालू-कणों का उबला पानी, अध-सिंकी जेठी बाजरी का दलिया व बकरी का दूध ही एकमात्र पथ्य है। तीन दिन बाद गाय के दूध में उबली हुई अंजीरों का सेवन मुफीद रहेगा। मुझे पूरी आशा है कि आप पहले से अधिक तन्दुरुस्त हो जाएँगे।"

अनुभवी वैद्य ने जैसा कहा, वैसा ही हुआ। सम्राट की हालत धीरे-धीरे बिगड़ती गयी सो पचासी घड़ियों तक बिगड़ती ही रही। विश्वविजेता का बुरा हाल! उसकी सेना में हजारों बहादुर सैनिक थे। पसीने की जगह खून बहाने वाले! पूरे वफादार! पर कोई भी उसकी बीमारी बाँट नहीं सका। उसे अकेले ही जस-तस भोगनी पड़ी! सीने के भीतर मानो आँच सुलग रही हो। हथेलियों में जलन। पाँवों में जलन। ओझरी और अँतड़ियों में कुलबुलाहट। विश्वसम्राट एक बच्चे की नाईं छटपटा रहा था। अर्द्धविमूर्च्छित अवस्था में नितान्त नयी-नयी अनुभूतियों से उसका साक्षात्कार हो रहा था। वाणी और शब्दों से सर्वथा परे! यूनान और मेसेडानिया की शान व प्रतिष्ठा को कुछ समय के लिए वह भूल चुका था। जिसकी विजय दुन्दुभि परसिया,

मिस्र, सीरिया, अफ्रीका, मध्य एशिया तक निर्बाध गूँजती रही, वह रोगशैया पर अकेला लेटा है! खामोश। पत्नी रोकसाना भी साथ नहीं दे सकी। थेबिस के निवासियों ने जब उसकी दासता स्वीकार करने से मना कर दिया तो भयंकर भूचाल की नाईं उसने सारे शहर को ही नेस्तनाबूद कर दिया। छह हजार बाशिन्दे जो कुछ समय पहले जीवित थे, हँसते-मुस्कराते थे, सपने देखते थे—उन्हें मौत के घाट उतार दिया! निःस्वप्न बना दिया! हजारों बच्चों एवं हजारों औरतों को गुलाम बनाकर बेच डाला। आज वे सभी अपनी साँसों का लेखा-जोखा उससे माँग रहे हैं! सत्तर नये शहर बसाने वाला एक छोटे-से कमरे में बेबस की नाईं पड़ा है! न हीरे-मोतियों से उसकी बीमारी कम हुई, न बेशुमार सोने-चाँदी से! रह-रहकर उसकी आँखों के सामने आलोक एवं अँधियारा बुझता और दमकता...!

लेकिन पचासी घड़ियाँ गुजरते ही मानो किसी दुःस्वप्न का अभिशाप आँख खुलते ही मिट गया हो। सिकन्दर को पहली चेतना तो यह हुई कि वह मरते-मरते बच गया! यूनानी हकीमों के भरोसे तो कुछ उम्मीद रखना ही बेकार था। सम्राट ने वैद्य की ओर कृतज्ञता भरी आँखों से देखा और वैद्य ने वात्सल्य भाव से अपने रोगी को निहारा। मौन की वाणी क्षणभर में ही बहुत-कुछ व्यक्त कर जाती है जो थूक सनी जिह्वा से सम्भव नहीं...!

बीमारी भुगतने पर ही अजेय सम्राट को स्वस्थ जीवन की अहमियत समझ में आयी—जिस प्रकार सूरज दिन में एक बार ही उगता है, उसी प्रकार प्रत्येक मनुष्य को जीन के निमित्त फकत एक ही ज़िन्दगी मिलती है! कोई भी मनुष्य एक ही जीवन में दो बार नहीं जी सकता! मगर सिकन्दर ने कभी इस सच्चाई पर गौर नहीं किया। एक के बाद एक युद्ध की सफलताओं और नरसंहार के दौरान उसे यह सोचने का वक्त ही नहीं मिला कि वह स्वयं नश्वर है! उसके दिवंगत होने के बाद भी यह दुनिया इसी तरह मजे में आबाद रहेगी—क्षणभर के लिए भी उसे यह परम सत्य महसूस नहीं हुआ! बलवती महत्त्वाकांक्षाओं के प्रति ऐसा उदासीन तो वह कभी नहीं रहा! स्वयं किसी निश्चित निर्णय पर पहुँच सका तो उसने वयोवृद्ध वैद्य से पूछना ही उचित समझा। उस पर सम्राट का विश्वास कुछ बढ़ता जा रहा था। गर्दन खुजलाते शंका प्रकट की, "यदि संयोग से आप मेरा उपचार नहीं करते तो सच बताइए, क्या मैं मर जाता...?"

वैद्य इसी अवसर की प्रतीक्षा में था! दृढ़ निश्चयात्मक स्वर में कहा, "नहीं, अभी तुम्हारी उम्र शेष है!"

"कितनी? कितनी उम्र शेष है? बताइए कितनी?" सिकन्दर ने अत्यधिक व्यग्रता से पूछा।

"क्यों जानना चाहते हो? न जानना ही श्रेयस्कर है! राजा के लिए भी और रंक के लिए भी!"

"मेरे न रहने पर दुनिया के असंख्य बाशिन्दे जिन्दा रहें, मैं यह बर्दाश्त नहीं कर सकता...! मेरे मौजूद न रहने पर भी सूरज-चाँद उगें, फूल खिलें, लोग सुहागरात मनाएँ, जच्चा के गीत गाएँ और बरसात में नहाएँ, मैं हरगिज, हरगिज नहीं चाहता! एक अदना आदमी जिन्दा रहे, हँसता-मुस्कराता रहे और सिकन्दर कूच कर जाए, ऐसा नहीं हो सकता...!"

"ऐसा ही होता है!" वैद्य ने धीमे पर दृढ़ स्वर में कहा, "आपके पिताश्री प्रयाण कर गये और दुनिया जीवित है! ऐसा ही होता है, होता रहेगा...!"

"नहीं, वे मरे नहीं, उनकी तो हत्या हुई थी।"

"मौत अपने जिम्मे कुछ नहीं लेती! उसे तो फकत बहाना भर चाहिए। समय पर जो भी बहाना मिल जाए, बस, इतना ही पर्याप्त है उसके लिए...!"

"पर मेरे लिए एक भी बहाना उसे नहीं मिलेगा...!"

"बहाने तो अपने-आप उद्घटित होते रहते हैं, वह कहीं खोजने नहीं जाती!" फिर उसने तनिक गम्भीर स्वर में कहा, "क्या तुम सचमुच अमर होना चाहते हो? मैं तो नहीं चाहता!"

सिकन्दर ने बेबाक उत्तर दिया, "आप किस प्रलोभन की खातिर अमर होना चाहेंगे, भला? मेरे पास तो अनेक प्रलोभन हैं—कई विजित साम्राज्य, हजारों गुलाम, बेशुमार दौलत, अनगिनत हीरे-मोती और बेइन्तहा सोना-चाँदी! मुझसे पहले संसार में ऐसा कोई सम्राट नहीं हुआ, जिसके पास इतना बड़ा साम्राज्य और इतनी माया हो! क्या एक दिन अचीता मर जाने के लिए मैंने इतना खूब बहाया...?"

वैद्य ने कुछ सोच-विचारकर कहा, "यदि तुम्हारी ऐसी ही प्रचण्ड कामना है तो तुम्हें अमर होने का उपाय भी बताऊँगा! मेरे सिवाय कोई नहीं जानता। वचन दो कि तुम किसी को भी नहीं बताओगे!"

सिकन्दर की खुशी का पार नहीं रहा, जैसे तारों भरा आकाश उसकी मुट्ठी में समा गया हो! उसके शरीर में और भी दस-बीस जिह्वाएँ होतीं तो सभी से एक साथ कहता, किन्तु विश्वविजेता होने पर भी उसके मुँह में मात्र एक ही जीभ थी! बोला, "नहीं, हरगिज नहीं बताऊँगा। रोकसाना को भी नहीं, जिसे मैं बहुत चाहता हूँ। औरतों को तो अमर होने की जरूरत ही नहीं है! उन्हें तो बीस बरस की उम्र में ही मर जाना चाहिए! बस, एक बात और कि मैं समय के साथ बूढ़ा भी नहीं होना चाहता, जैसा आज हूँ वैसा ही बना रहूँ...!"

बूढ़ा वैद्य दार्शनिक मुद्रा में कुछ देर तक सोचता रहा। फिर अकस्मात् इस तरह धीर-गम्भीर स्वर में कहने लगा, मानो सिकन्दर के कमरे की स्तब्ध हवा से वे बोल-बरस रहे हों! "कामना करता हूँ कि परमेश्वर तुम्हें सुमति प्रदान करे! क्या तुम्हें यह भी याद दिलाना पड़ेगा कि अपने जन्म की वेला तुम उतने ही असहाय निरीह और अशक्त थे, जितने कि अन्य शिशु होते हैं! समय पाकर ही तुम धीरे-धीरे

बड़े हुए हो! जवान हुए हो! समय के साथ ही नश्वर प्राणियों की नाईं तुम्हें भी बुढ़ापा निर्बल, निर्वीर्य और जर्जर् कर देगा! अकाल मृत्यु की बात छोड़ भी दूँ, तब भी तुम्हें समझाना चाहूँगा कि मरण के चिर वरदान की वजह से ही जीवन की महिमा है! पर तुमने यमराज की जिम्मेवारी हाथ में लेकर हजारों निर्दोष व्यक्तियों का अकाल संहार किया है! फिर भी तुम अमर होना चाहते हो? बोलो क्यों? क्यों?"

जीवन में पहली बार सिकन्दर को अपनी इच्छा के विरुद्ध प्रतिवाद के कड़वे बोल सुनने पड़े, तब भी उसने आपा नहीं खोया। इसलिए कि वह अमर होना चाहता था और जिसका उपाय सिर्फ उस बूढ़े वैद्य के पास ही था। और उसी ने सिकन्दर को जीवनदान दिया था। अपनी सफाई के पहलू से आश्वस्त नहीं होते हुए उसने ऊपरी मन से कहा, "इसलिए कि मुझसे पहले इतने बड़े साम्राज्य का सम्राट और इतनी दौलत का दावेदार समूचे विश्व में कोई नहीं हुआ! इस प्रलोभन को मैं जीत नहीं सकता! मुझे अमरत्व का वरदान चाहिए ही चाहिए...!"

इस बार धवल बत्तीसी और होठों के साथ-साथ बूढ़े वैद्य की दाढ़ी का बाल-बाल एक अलौकिक मुस्कान से दीप्त हो उठा। स्वीकृति के आशय से गरदन हिलाते कहने लगा, "अब मुझे कुछ भी नहीं कहना है। जाने क्यों मुझे आशा थी कि अरस्तू जैसे महान् गुरु के शिष्य में कुछ तो वैसी समझ होगी! खैर, तुम्हारी यही अन्तिम इच्छा है तो इसे अधूरी नहीं रखना चाहूँगा। इस बार जुदा होने के पश्चात् तुमसे मेरी मुलाकात नहीं होगी। पर मेरी मंगल कामना सदैव तुम्हारे साथ रहेगी। आश्रम में लौटते ही अपने शिष्यों को अन्तिम प्रवचन सुनाकर, अपनी स्वेच्छा से मृत्यु का वरण करूँगा!...तो अब ध्यानपूर्वक सुनो। सुमेरु पर्वत की पश्चिम दिशा में एक लम्बी गुफा है। जिसके मुँह पर एक प्रचण्ड शिला युगों से रखी हुई है। विश्वस्त सैनिकों से हटवाकर तुम अकेले ही उसके भीतर आगे बढ़ते रहना। निःशंक और निःशस्त्र। उस अछूती जमीन पर पहली बार तुम्हारे ही पदचिह्न अंकित होंगे!"

सिकन्दर की सुगठित देह के भीतर और बाहर आलोड़ित भावों को कुछ देर परिलक्षित करने के पश्चात् वैद्य आगे कहने लगा, "काफी दूर चलने पर एक झरने का पानी एक तलैया में समाहित होते हुए तुम्हें साफ दिखलाई पड़ेगा! वह अद्भुत तलैया न कभी खाली होती है और न कभी पूरमपूर भरी होती है! वहीं पीपल के पेड़ पर एक कौआ हरदम चिल्लाता रहता है—क्राँव! क्राँव! क्राँव! इस सृष्टि में फकत वही अमर है, जो अपने अमरत्व की प्रतिक्षण उद्घोषणा करता रहता है! झरने के निःशेष होते प्रवाह से तुम सात अंजलि पानी पी लेना। फिर तुम्हारे शाश्वत जीवन को चुनौती देनेवाला कोई नहीं है—न देवता, न असुर, न मनुष्य! केवल इक्कीस विश्वस्त सैनिकों को साथ ले जाओ। उन्हें गुफा से तीन हजार कदम दूर रखना। इसी शुक्ल पक्ष की नवमी को प्रस्थान करना। तुम्हारी मनोकामना पूर्ण होगी।"

तत्पश्चात् स्वस्थ-दुरुस्त सिकन्दर के लिए कैसी ढील! सुहाने सपने की नाईं वह इक्कीस सशस्त्र सैनिकों के साथ हवा से बातें करता हुआ सुमेरु पर्वत की उस निर्देशित गुफा के पास पहुँचा। बलिष्ठ सैनिकों की बेजोड़ ताकत के बावजूद वह भरकम शिला बड़ी मुश्किल से दूर खिसक पाई! गुफा के भीतर प्रवेश करते हुए सिकन्दर का माथा ठनका। भीतर छिपे हुए पौरस के सैनिकों ने हमला कर दिया तो वह अकेला निःशस्त्र हाथों से क्योंकर उनका सामना कर सकेगा? मौत के मर्मान्तिक भय की उसे पहली बार दुर्दान्त अनुभूति हुई! कायर की भाँति वापस लौटने की प्रबल इच्छा के बावजूद उसने मौत के भय को तत्काल झटक दिया। नहीं-नहीं, भारतवर्ष का वह निश्छल देवदूत अपने दुश्मन के साथ भी विश्वासघात नहीं कर सकता! बर्फ की नाईं दमकती उस धवल दाढ़ी का बाल-बाल उसे आश्वस्त करता रहा और वह बेधड़क आगे बढ़ता रहा!...सचमुच, गहर-घुमेर पीपल की डाल पर बैठा कौआ अपने अमरत्व की अविराम रट लगा रहा था—क्राँव! क्राँव! क्राँव! और पास ही कल-कल की सुमधुर ध्वनि झंकृत करता हुआ स्वच्छ झरना अविरल बह रहा था। सिकन्दर के आश्चर्य और आनन्द की सीमा नहीं रही कि इतनी दूर गुफा के भीतर यह मद्धिम-मद्धिम आलोक कहाँ से आ रहा है? उसने विस्फारित आँखों से एकटक देखा कि ठौर-ठौर बेशकीमती हीरे बिखरे पड़े हैं! जिनकी किरणों से ज़ो अप्रतिम द्युति झिलमिला रही है, वह पूनम की चाँदनी और सूर्योदय के उजाले से सर्वथा भिन्न है! कौए के अलावा कहीं कोई प्राणी उसे नजर नहीं आया! तो क्या यह कौआ ही इस अकूत खजाने का मालिक है? क्या उसे एहसास भी है अपने इस अपरिमित वैभव का? झरने का पानी पीकर वह गुफा के तमाम नगीने हथियाने की तजबीज सोचेगा! सिकन्दर के लिए कुछ भी असम्भव नहीं...!

हठात् कौए की अविराम क्राँव-क्राँव बन्द हो गयी! सिकन्दर ने चौंककर उधर देखा। पीपल की शाख पर बैठा कौआ पूर्ण सतर्क होकर उसे ही एकटक घूर रहा है! कहीं उसके प्रच्छन्न प्रलोभन का आभास तो नहीं हो गया उसे? सहसा झरने की अविरल पुकार भी शान्त हो गयी, जैसे किसी के अदीठ खूनी पंजों ने उसे दबोच लिया हो! उस असह्य शान्ति का नीरव कोलाहल उसके कानों को बेधने लगा!... यदि यह आलोक भी इसी तरह अचानक बुझ गया तो वह न झरने के पास पहुँच सकेगा और न गुफा से बाहर निकल सकेगा! तब इस अनादि और अनन्त अन्धकार में एक ही ठौर खड़ा-खड़ा वह निश्चित रूप से सूख जाएगा। सिकन्दर की आँखों के सामने निर्धूम कोहरा-सा छाने लगा तो चेतना के परे ही उसके पाँव झरने की ओर स्वतः बढ़ चले, मानो मस्तिष्क की बजाय उसके पाँवों ने यह बात सोची हो!

अमर होने की लालसा के वशीभूत उसके हाथ पानी की ओर बढ़े ही थे कि कौए की ललकार सुनकर, वे जहाँ थे, वहीं रुक गये—जरा ठहरो सिकन्दर! मेरी स्वीकृति के बिना इस झरने की एक बूँद भी चख ली तो यहीं ढेर हो जाओगे!

जिस भूल के कारण मैं हजारों-हजार बरस से अमरता का यह अभिशाप भोग रहा हूँ, तू सपने में भी यह गलती मत करना! मैं इस शाश्वत ज़िन्दगी से तंग आ गया हूँ! जाने कितनी शताब्दियों से मरना चाहता हूँ, लेकिन मर नहीं सकता! निरंतर क्राँव-क्राँव के रुदन से मेरे कान सर्वथा संवेदन-शून्य हो चुके हैं! और जिस माया के प्रति तेरी चाह जागी, मैं ही उसका एकछत्र स्वामी हूँ! यदि तू मृत्यु के देवता यमराज के पास जाकर मेरे लिए मरने का नुस्खा ले आये तो यह समूची सम्पदा तेरे हवाले कर दूँगा! मुझे तो यह फूटी आँखों भी नहीं सुहाती! मेरी मृत्यु के बाद जितनी इच्छा हो, इस झरने का पानी पीते रहना! ना रे ना, जिस तलवार से तूने हजारों व्यक्तियों को मौत के घाट उतारा, मैं उससे मरने वाला नहीं हूँ! न अग्नि में जलकर, न पानी में डूबकर और न कैसा ही हलाहल विष खाकर मैं आत्महत्या कर सकता हूँ! भगवान भले ही मर जाए, मैं नहीं मर सकता! जीने का सुख और आनन्द तभी है, जब मरने का संयोग उसके साथ जुड़े! मृत्युविहीन अमरता से बड़ा अभिशाप और कुछ भी नहीं है! मेरा चिर-दुर्भाग्य कि मैं वही त्रासदी भुगत रहा हूँ! अरे! तू किस चिन्ता में डूब गया? तेरे हाथ से मरे हुए एक व्यक्ति या गुलाम के रूप में बेचे हुए एक बच्चे की जीवन्त साँसों की तुलना में इन अगणित हीरों का मूल्य एक कानी-कौड़ी भी नहीं है! कौए की योनि पाकर, जो बात मेरी समझ में आ गयी और एक मानुस होकर भी तेरी समझ में नहीं आयी? फिर बुद्धि का मायना क्या है? उसकी सार्थकता क्या है? क्राँव! क्राँव! क्राँव!”

अपनी ख्याति के चढ़ते दौर में, विश्वविजेता की सर्वोच्च प्रतिष्ठा के बावजूद सिकन्दर एक कौए से पराजित होकर उलटे पाँव वापस लौट पड़ा! तब उन दोनों में कौन महान् है—सिकन्दर या कौआ? कौआ या सिकन्दर? उस चिर-ज्वलन्त प्रश्न का उत्तर आज भी शेष है! शेष है...!!

5 दिसम्बर, 1997, शुक्रवार

अदीठ

किसी को एहसास हो, चाहे न हो; आँख और कान के परे सच्चाई तो अपना खेल खेलती ही है। जानते हुए भी किस मुश्किल से विश्वास होता है कि सूरज के तप-तेज की ओट में रात दुबकी रहती है और रात की काली यवनिका के पीछे सूरज!

प्रीत के प्रत्यक्ष आख्यान तो बहुतेरे लिखे गये न कोई सीमा, न कोई अन्त, मगर अजाने अदीठ प्रेम की वार्ता तो संयोग से मेरे ही हाथ लगी। बातपोशी के सिरमौर सुदर्शन ने मोद-उछाह से दूसरी बातें तो मुझे काफी लिखाईं, पर बार-बार उकसाने के बावजूद भी उसने कभी जाने-अनजाने यह अपना गोपनीय संस्मरण नहीं सुनाया। टालमटोल के बहाने टरका देता। आसानी से पकड़ में आने वाला वह बन्दा नहीं। पुख्ता तौर पर जानता हूँ कि यह किस्सा बाँचने पर वह मुझसे काफी नाराज होगा, पर लेखक की कलम किसी का भी लिहाज-संकोच नहीं रखती, इस मर्म को भी वह मुझसे ज्यादा जानता है। कुछ दिन तक रूठा रहे, तो रहे।

तो क्या तिलवाली नर्स के द्वारा मुझे इस भेद का पता लगा?

बेर खाने से मतलब है या बोरटी से?

बोरटी की पड़ताल छोड़िए; काँटे चुभेंगे। उजले निर्मल चित्त से यह कथा बाँचिए। मुझे लिखने से जितना आनन्द नहीं मिला, उतना आपको बाँचने से मिलेगा। इसमें कोई खामी हो तो मैं उलाहना मंजूर करने के लिए तैयार हूँ, निःशंक उलाहना दीजिए। अक्ल तो सुदर्शन में यों ही जरूरत से ज्यादा है, फिर भी अक्ल-दाढ़ की कसक से राम जाने अक्ल बढ़ी या नहीं, मगर दर्द या पीड़ा में कोई कसर नहीं थी। अन्तस् की तमाम सुध-बुध दाढ़ के इर्द-गिर्द इकट्ठी हो गई। कभी सोता, कभी उठता और कभी विभिन्न पोथियों के पन्ने टटोलता, पर छटपटाते मन के लिए कोई भी उपाय कारगर साबित नहीं हुआ। जस-तस दाँत भींचकर सारी

रात बहादुरी का इजहार करता रहा, मगर ढलते अँधेरे तक एकदम पस्त हो गया। यदि दाँत के बदले दूसरा कैसा भी दर्द होता तो कुछ भी परवाह नहीं करता, लेकिन दाढ़ की यह कसक तो कैसा भी शूरवीर बर्दाश्त नहीं कर सकता। फिर उसकी तो बिसात ही क्या, वह केवल बुद्धिजीवी है, अपने जमाने के चलन का बुद्धिजीवी। फिर भी आइन्स्टीन की सापेक्षता इस पीड़ा के माध्यम से इस बार जैसी समझ में आयी, वैसी बार-बार पढ़ने पर भी पल्ले नहीं पड़ी। ऐसा महसूस हुआ कि मानो आइन्स्टीन के रूप में उसने स्वयं इस सिद्धान्त की खोज की हो।

अगाढ़ ऊँघ के सहारे चुटकियों में ढलने वाली रात लम्बी-ही-लम्बी पसर गयी, जैसे ढलना बिसर गयी हो। रात के झिलमिल उजास में कई युग के युग उथल गये, पर कलमुँही रात का अन्त नहीं आया। वक्त के सीने में ऐसा सुदृढ़ खूँटा गाड़ने वाला यह गुरु कौन है? प्रतिक्षण चुपचाप उड़ने वाला समय इस तरह पंगु कैसे हो गया? चाँद की जगमग चाँदनी ऐसी म्लान, कुरूप व घिनौनी होती है क्या? तारे-तारे में मवाद की चमकती कसक झबझब कर रही थी। आज ही अच्छी तरह पता चला कि चिड़ियों की चक-चक, कौवे की काँव-काँव से कम कर्कश नहीं होती। और यह उच्छृंखल सूरज जो बड़ी मुश्किल से एक रात मुँह छिपाए रहता था, सो आज हजार-हजार जुड़वाँ रातों तक कहाँ भटक गया? नित्यकर्मी सूरज की ऐसी अविश्वसनीय प्रतिष्ठा तो नहीं जानी थी! कहीं दक्षिणी ध्रुव वाली लम्बी-लरक छह माही रात इधर तो नहीं फिसल गयी? अक्ल की उधेड़बुन भी उसके सुख से कम नहीं होती। अक्ल दाढ़ के सतर्क करने पर सुदर्शन को कैसी-कैसी अनहोनी बातें उपजने लगीं! समझ नहीं पड़ता कि यह नयी अक्ल का दर्द है.या नयी दाढ़ का? दाढ़ के अकिंचन अंकुर से जब ऐसी कसक तिलमिलाती है तब प्रसव की वेदना का तो पार ही क्या? यह औरत ही है जो यह वेदना बर्दाश्त कर लेती है! धन्य है उसकी वज्र छाती को! फिर भी लिजलिजा मर्द उसे अबला मानता है। यदि औरत के बदले मुछन्दर मर्द को प्रसव का सामना करना पड़ता तो नौ महीने की बात तो दरकिनार, नौ बरस ही उसका पीछा नहीं छूटता। यह तो औरत का ही चमत्कार है कि वह नये इनसान को अपनी सुकोमल पंखुड़ियों से जन्म देती है!

काफी देर तक पोथी बाँचे बिना सुदर्शन को नींद ही नहीं आती थी। अक्षरों की अनगिनत सीढ़ी-दर-सीढ़ी उतरकर रिमझिम नींद उसकी आँखों में ऐसा पड़ाव डालती, जैसे साथ छोड़ना ही नहीं चाहती हो। लेकिन आज जिस किसी पोथी का आसरा झेलता वह अनघड़ पत्थर की तरह लगती। अक्ल दाढ़ की छटपटाहट के मारे न लाओत्से से मन बहला, न कन्फ्यूशस, न वेद, न उपनिषद्, न ज़ेन, न सांख्य, न पंचतन्त्र, न कालिदास, न भवभूति, न शेक्सपियर, न गेटे, न होमर, न शिलर, न नीत्शे, न चेखोव, न कबीर, न रवि बाबू, न शरत् बाबू, न ज्वाइग और न कजान-जाकिस से। न दॉस्तोयेवस्की से कुछ सहारा मिला, न विक्टर ह्यूगो, न

बालजक और न गोर्की से ही कुछ गरज सरी। आस लगाकर एक-एक पोथी से शरण माँगता और परेशान होकर वापस वहीं छिटका देता। नयी दाढ़ की कसक चटकाती अक्ल ने किसी की तिनके जितनी भी परवाह नहीं की। वह तो केवल अपनी ही पीड़ा में खोई हुई थी। अक्ल के दरियाव सुदर्शन ने खूब मगजमारी की, पर पीड़ा के मारे उसकी कुछ भी दाल नहीं गली। कि सहसा उसकी हारी-थकी नजर फिर अलमारी की पोथियाँ टटोलती एक कत्थई पोथी पर अटकी। सुनहरी चित्रकारी के आकर्षण ने उसकी आँखों में उन्माद पैदा किया या अन्ना करेनिना की विशुद्ध प्रीत ने। जैसी अन्ना की अपूर्व छवि वैसा ही इस पोथी का विलक्षण प्रभाव। दो-दो रूप का सम्मिश्रण शायद कुछ करिश्मा कर दिखाए! पितामह तोलस्तोय की विलक्षण दाढ़ी अन्ना के बहाने तुष्ठमान हो जाए तो हो जाए। अन्ना के जादुई प्रभाव की तो बानगी ही न्यारी है! यदि शुरुआत में ही यह उपाय सूझ पड़ता तो सारी रात तकलीफ क्यों उठानी पड़ती? अचानक दाढ़ की पीड़ा को क्षणभर के लिए भुलाकर सुदर्शन की आँखों के सामने किट्टी के प्रसव का दृश्य चित्रित हो उठा। कसकती टीस पर मानो किसी अमोघ बूटी ने अचिन्त्य प्रभाव उत्पन्न किया हो। पोथी का पन्ना-पन्ना सुपरिचित था। दूसरे ही प्रयास में प्रसव से पीड़ित किट्टी उसकी चेतना में टसकती महसूस हुई। लेविन की परेशानी का पार नहीं था। कभी किट्टी के करीब आता तो कभी दूर खिसक जाता। दूर रहने पर छटपटाती अर्द्धांगिनी के पास जाने को मन तड़पता। और प्रत्यक्ष सामना होते ही उसका हौसला लड़खड़ाकर दूर खिसक जाता। किट्टी, पति को सान्त्वना देने की खातिर जबरदस्ती मुस्कराती, मगर मुस्कराहट का पहले जैसा तेज ही कहाँ रहा? चसमस चीस के मारे उसकी चेतना ऐंठने लग जाती। विक्षिप्त लेविन कभी दूर, कभी पास। कभी पास तो कभी दूर! कभी कोई बहाना, कभी कोई मुगालता!

हे ईश्वर! रति के आनन्द का आखिर यह अंजाम हुआ! ऐसा पता होता तो किट्टी की छाया के पास तक नहीं फटकता। आनन्द की उस सर्वोपरि समाधि में यह पीड़ा कहाँ दबी हुई थी? आनन्द में गलबहियाँ और विपदा के समय दूर? अपने-आपको ऐसा कृतघ्न तो नहीं समझा था! पर पीड़ा की जकड़ में छटपटाती किट्टी की पुतलियों में दुत्कार के बदले गाढ़ी प्रीत नजर आयी तुम पुरुष इस पीड़ा के आनन्द को क्या जानो?

डॉक्टर को बुलाने की जल्दबाजी में लेविन मानो पाँखों के सहारे दरवाजे तक उड़ता गया हो। पर डॉक्टर तो अभी तक सो रहा था! ऐसी आपद् की घड़ी में हरामी को नींद आयी तो क्योंकर आयी? ऐसी खुदगर्ज दुनिया पर वज्रपात भी तो नहीं होता! आलसी डॉक्टर पर लेविन का गुस्सा भीतर-ही-भीतर उबल रहा था। उसकी ढील का एक-एक पल उसे बरस जितना लम्बा लगा। किट्टी की प्रसव-पीड़ा के अलावा उसके लिए दुनिया में किसी चीज का कोई अस्तित्व नहीं

था। बेहद अचरज की बात कि लेविन की परेशानी के फलस्वरूप स्वय सुदर्शन की खातिर दाढ़ की कसक विस्मृत हो गई। किट्टी के प्रसव की पीड़ा में अक्ल दाढ़ की टीस गहरी-ही-गहरी उतर गई। समझ नहीं पड़ता कि वह प्रसव किट्टी को हुआ या तोलस्तोय को या लेविन को। कहीं खुद-ब-खुद सुदर्शन ही उस टसकती सेज पर तो नहीं सो गया? लेविन की आँखों के सामने सारी दुनिया धू-धू सुलग रही थी कि अकस्मात् उसके कानों में जच्चा रानी का प्रसव खिलने की भनक सुनाई पड़ी। आखिर चूहे की नाईं लाल-लाल बच्चे पर नजर पड़ते ही लेविन के दिल में गुस्सा भड़क उठा—कें-कें करने वाली इस बालिश्त भर की लोथ को उनके आनन्द में खलल डालने का क्या अधिकार था? आखिर क्यों, क्यों उस अनहद आनन्द को इस पीड़ा में तब्दील होना पड़ा। पिता को जबरदस्त झुँझलाहट हुई। पर किट्टी के समझाने से, मुस्कराने से उसकी खीज निथर गई। किन्तु किट्टी को आराम मिलते ही सुदर्शन के सूजे हुए मसूड़े में फिर वैसी ही टीस उठने लगी। वह फिर शुरुआत से किट्टी के प्रसव की उपचारी पंक्तियाँ पढ़ने लगा। किट्टी के प्रसव का जादुई चमत्कार कि वह फिर अपनी पीड़ा को नितांत बिसर गया। लेविन से तो बहुत दिनों बाद उसका ब्याह हुआ था। पहले वह व्रोन्स्की से प्रेम करती थी। वियोग में बड़ी खतरनाक बीमारी का भी सामना करना पड़ा। हाँ, व्रोन्स्की को भी एक बार दाँतों की ऐसी ही पीड़ा जगी थी। सुदर्शन ने झटपट पन्ने टटोलकर उन पंक्तियों को पढ़ना शुरू किया। मगर व्रोन्स्की के दाँतों की कसक का यह करिश्मा ही कहाँ था जो वह अपनी पीड़ा को बिसर पाता। वह फिर किट्टी की चसमस चीसों में खो गया। केवल औरत की पीडा में ही तमाम दुनिया का दर्द समाहित है। अन्यथा अब तक सब सत्यानाश हो जाता। स्वयं चसमस पीड़ा में दुहरी होकर वह सारे संसार को आनन्द बाँटती है। केवल औरत में ही मनुष्य की माँ बनने का सामर्थ्य है। बेचारे अक्षम पिता की क्या बिसात? न कुत्ते को जोर पड़ता है और न गधे को। कोरे-मोरे बाप बनने में क्या तकलीफ है? एकदम सीधा और सरल काम! तो ब्याह होने पर सुदर्शन को भी बाप बनना पड़ेगा! अन्तस् में घिन उपजी। उसे ऐसी नामवरी नहीं करनी। न ब्याह करेगा और न बाप बनेगा। बाप का तो सपना भी बुरा है। हाँ, अन्ना करेनिना भी तो सेर्योझा की माँ बनी थी। औरत थी, इसीलिए माँ बन सकी...!

उफ़! अब कहीं इस अहदी सूरज को उगने का मौका मिला! आखिर चिर सौभाग्यवती रजनी को भी प्रसव हुआ। किट्टी की तरह वह भी अब तक छटपटा रही थी। साँवली रात को सूरज जैसा बेटा नसीब हुआ। गोल-मटोल। तप-तेज का पुंज। उजाले का सुनहरा थाल। आया, सूरज भी रजनी की सुकोमल पंखुड़ियों से बाहर आया। सारे संसार में जगमग उजास-ही-उजास। कैसे विचित्र तप-तेज का सिरमौर है, यह बाल-गोपाल। प्रसव की पीड़ा के बिना यह प्रकाश कहाँ...?

हे राम, जब मसूड़े की सूजन में नयी दाढ़ के अकिंचन अंकुर से ऐसी असह्य टीस उठती है तो प्रसव की पीड़ा का कितना क्या दर्द होता होगा? सुदर्शन बार-बार इस अपूर्व बात पर विचार करने लगा।

दर्द सुदर्शन को है, कोई डॉक्टर को तो नहीं। तब वह अस्पताल आने की क्यों जल्दबाजी करेगा? जिसे दर्द हो, वही सहे। चीरा लगने पर शायद दाढ़ के साथ-साथ अक्ल को भी बाहर आने का बहाना मिल जाए! चाहे कितना ही बुरा-भला हो, अस्पताल के आसरे बगैर नहीं चल सकता! मौत आने पर मरना अवश्यम्भावी है, उसी प्रकार बीमार होने पर शिक्षित व जागरूक व्यक्तियों के लिए अस्पताल पहुँचना जरूरी है।

तोलस्तोय की पोथी के जोश-जोश में गाल पर चौलड़ा रूमाल दबाकर वह अस्पताल पहुँचा अन्ना करेनिना को सहलाता हुआ, टटोलता हुआ। बार-बार तोलस्तोय की विलक्षण छवि निहारता हुआ। शायद उसकी चमत्कारी दाढ़ी में पैठने से कसकती पीड़ा को कुछ शान्ति मिल जाए, कोई अमोलक मोती हाथ लग जाए। प्रसव की पीड़ा को ध्यान में रखकर ही शायद जनाने अस्पताल में इसी मंशा से दाँतों की पीड़ा के निमित्त भी एक अलहदा कमरे की गुंजाइश निकालनी पड़ी। एक बार फिर आर-पार नजर गड़ाकर सुदर्शन तोलस्तोय की दाढ़ी व आधे-अधूरे बालों को निहारने में डूब गया। मनुष्यों की दुनिया पर दाढ़ी वालों का ही समूचा आलम है डार्विन का, मार्क्स का, फ्रायड, लेनिन, तोलस्तोय और रवि बाबू का। होचीमिन का छोटी हुई तो क्या, थी तो दाढ़ी ही। फिर जोर से टीस उठी। यदि कई दिन तक यह दर्द नहीं मिटा तो? डॉक्टरों के प्रपंच से भी कोई उपचार नहीं हुआ तो? इस बार यह दर्द मिटने पर वह भी जरूर दाढ़ी रखेगा। आलम का डंका बजे, न बजे, दाढ़ी वाले दिव्य पुरुषों की नकल करने में क्या बुराई है? पर एक बार यह नागडसी पीड़ा मिटे तो सही! इस तकलीफदेह पीड़ा को इसी नाजुक जगह पर अपनी हैवानियत का प्रदर्शन करना था! किसी दूसरी जगह कैसा भी दर्द होने से न तो उसकी कुछ परवाह करता और न अस्पताल की ओर मुँह करता। दाँत का दर्द बेहद असह्य होता है। इसके सामने सारे दर्द नगण्य हैं। सचमुच, स्वस्थ काया से श्रेष्ठ, अन्य कोई सुख नहीं! सुख का भोग करने वाली काया ही जब छटपटाने लगे, तब सुख का स्वाद क्योंकर चखा जा सकता है? केवल काया निरोगी रहनी चाहिए। दूसरे सुख बरसें तो अच्छी बात, न बरसे तो अच्छी बात! अक्ल दाढ़ की टीस उठते ही स्वस्थ-सानन्द काया का माहात्म्य कैसा जल्दी समझ में आया! वास्तव में अक्ल को कुछ धार लगी तो है! मगर अक्ल के परिष्कार की खातिर दर्द क्यों जरूरी है? बगैर दर्द अक्ल बढ़ती तो क्या कसर रह जाती? तोलस्तोय तो शायद ही अस्वस्थ हुआ हो। बड़ा जतन रखता था काया का काया है, तो सब कुछ है! मुर्दा या तो गहरी कब्र में दफन होता है या चिता में जलता है। पर एक बात निश्चित है कि मुर्दे को किसी तरह की पीड़ा नहीं

होती। न अक्ल दाढ़ की और न सरदर्द की। कहीं से भी काटो, छूओ, कैसे ही जलाओ! योग साधने पर शायद पीड़ा का एहसास ही न हो! जीवित काया को यदि पीड़ा का एहसास न हो तो और क्या चाहिए! इस बार अक्ल दाढ़ से सलटने पर अवश्य योग सीखेगा...।

कमरे के सामने थटाथट भीड़ की आस थी, मगर कहाँ—एक बच्चा तक नजर नहीं आता। केवल एक अधबूढ़ फरासिन खादी के मैले-कुचैले मसौते से पोचा लगा रही थी। तो क्या सुदर्शन के अलावा किसी के भी दाँतों या मसूड़ों में दर्द नहीं हुआ? अच्छा ही है, जल्द ही फारिग हो जाएगा! समय की इफरात के कारण डॉक्टर ध्यान से देखेगा। जल्दी आने का तो कोई मुकाबला ही नहीं! भला, गर्जवान को धीरज कैसे हो सकता है? हाँ, व्रोन्स्की का प्यार कोख में पूरा पसरते ही अन्ना को प्रसव के समय यह अन्देशा हो गया था कि वह शायद ही बचे! पर दाढ़ की कसक से प्राणों की जोखिम तो क्या होगी? प्रसव की तो पीड़ा ही अनूठी है! बच्चा फँसने पर मौत की मनमानी टलना मुश्किल है। अन्ना करेनिना को भी कैसा भयंकर डर लगा था? प्यार के उन्माद की अपेक्षा मौत का डर बड़ा होता है!

"बाबूजी, पाँव थोड़े ऊपर लीजिए।"

सुदर्शन कुछ चौंका। अन्ना की प्रीत वाला प्रसव दूर हटाकर सामने देखा। फरासिन बाल्टी में मसौता निचोड़ती बोली, "बहुत जल्दी आ गये? दाँत का दर्द ऐसा ही होता है! चैन ही नहीं पड़ता!"

सुदर्शन ने पाँव ऊँचे लिए तो वह अदेर काम में मगन हो गई। मानो पोचा लगाने से बेहतर दूसरा कोई काम नहीं है! चिपचिपी मैली ठौर पोचा लगने से ही तो चमकती है! किरमची पोथी की सुनहरी चित्रकारी से नजर मिलते ही सुदर्शन को ध्यान बँधा कि गीले मसौते से फर्श पर पोचा लगता है तो ज्ञान की पोथियों से अक्ल पर पोचा लगता है! क्या अन्ना की तरह इस फरासिन ने पति के अलावा किसी और से प्रेम नहीं किया? जरूर किया होगा! दुनिया की तमाम औरतों के पवित्र अन्तस् में अन्ना छिपी रहती है। पति तो केवल घर का संरक्षक है। सन्तान का अधिकारी है। वंश का परिचालक है। मगर घर-परिवार से स्वतन्त्र अन्य प्रीत के अलावा औरत के रूप-यौवन का वर्चस्व ही क्या है? उफ़—दाढ़ की टीस के मारे सोचने का सारा क्रम ही टूट जाता है! दाँत भींचकर फरासिन से पूछा, "डॉक्टर साहब कब आएँगे?"

"डॉक्टर साहब?" वह मुस्कराकर कहने लगी, "इतनी जल्दरी डॉक्टर साहब कहाँ? वे तो समय पर ही आएँगे—आठ बजे। तब तक पोथी से मन बहलाइए। अभी तो सात ही नहीं बजे।"

सुदर्शन ने चाबी के खिलौने की तरह हाथ उठाकर घड़ी देखी—सात बजने में चार मिनट बाकी थे।

“क्यों, बिल्कुल ठीक बताया मैंने?”

“हाँ, वाकई अभी तो सात ही नहीं बजे।” सुदर्शन के बोलने का लहजा कुछ ऐसा था मानो उसे घड़ी की अपेक्षा फरासिन की बात पर ज्यादा एतबार हो!

“बाबूजी, घड़ियों के भरोसे समय का पता नहीं चलता।” बाल्टी के गाढ़े पानी में मसौता डालकर दोनों हाथ सामने करती कहने लगी, “मेरे तो हाथ ही घड़ी की सुइयाँ हैं! काम करने के साथ-साथ ही एक-एक पल का पता चलता है। ये घड़ियों के पिंजर तो निठल्ले लोगों का मन बहलाव है! हम मजूर तो समय के साथ कदम मिलाकर चलते हैं। क्या समझे? मेरी सीख मानो तो पोथियों के कचरे में ज्ञान टटोलना बेकार है! जितना ही गन्दा काम करोगे, उतना ही ज्ञान फलेगा! काम से छूत रखने पर कपड़े तो जरूर सफेद-झक्क रहते हैं, मगर अक्ल दिन-ब-दिन मैली होने लगती है! क्या समझे?”

सुदर्शन को पहली मर्तबा सफेद पैंट की खातिर शर्म महसूस हुई, जैसे उसके द्वारा जाने-अनजाने बड़ा दुष्कर्म हो गया हो! झेंप मिटाने के लिए धीरे-से बोला, “इतनी जल्दी नहीं आता तो ऐसी अमोलक सीख कब मिलती...?”

“अमोलक सीख!” फरासिन खिल-खिल हँसते बोली, “ऐसी बातें तो मेरे भण्डार में भरपूर भरी हैं! आप सुनते-सुनते थक जाएँगे। भगवान ने मुँह में जीभ दी है तो लिक-लिक करने के लिए थोड़े ही दी? क्या समझे?”

पोचे के सर्वोत्तम काम की तुलना में उसे अपनी बकवास भद्दी लगी तो वह तुरन्त होठ सीकर पोचा लगाने में रुँध गई। न हँसी, न मुस्कराई और न सुदर्शन की तरफ वापस मुँह फिराकर देखा। सुदर्शन उसकी पीठ बाँचता रहा और वह अत्यधिक उत्साह से अपना काम सलटाकर पास के कमरे में घुस गई।

सूजे हुए मसूड़े पर जीभ का परस भी नहीं सुहाया। सर में सन्नाटा कौंध गया। जोधपुर जैसे बड़े शहर में अब तक दाँतों का अस्पताल भी अलग से नहीं बना! कैसी विकट जरूरत है? आँख, कान और गले से भी ज्यादा! दाँतों के प्रताप से ही तो काया में उजाला है! जिस दिन किसी बड़े नेता के दाँतों में टीस उठेगी, उसी दिन अलग अस्पताल की नींव लग जाएगी! ईश्वर करे बड़े-बड़े नेताओं के रोज एक्सीडेण्ट हों, रोज नयी-नयी बीमारियाँ हों—अपने-आप चौड़ी सड़कें बन जाएँगी! उम्दा अस्पताल खुल जाएँगे! चार लाख आदमियों के मुँह में कम-से-कम साढ़े तीन लाख बत्तीसी है। कोई-न-कोई दाँत तो दुखता ही होगा। पर फिलहाल तो इस जनाने अस्पताल में केवल एक कमरे से ही काम चल रहा है। डॉक्टर हीरानन्द अडवानी दोनों अस्पताल सँभालते हैं। ग्यारह बजे तक उम्मेद अस्पताल और एक बजे तक गाँधी अस्पताल। केवल अस्पताल का नाम बदलने मात्र से जनता का दुःख-दर्द नहीं मिटेगा! ये नेतागण अपने दाँतों से खाना चबाते हैं या अक्ल चबाते हैं? वास्तव में अक्ल की कमी तो इन लोगों में है। प्रतिवर्ष नयी

अक्ल दाढ़ आनी चाहिए! केवल एक सूने कोने में काली तख्ती पर लिखने से किसकी क्या गर्ज पूरी होगी? कितने प्रतिशत लोग पढ़ना जानते हैं? फिर कैसे पता चले कि किस अस्पताल...कितने बजे पहुँचना है?...चक्कर लगाने से कुछ-न-कुछ कसरत तो होगी ही! जूतों की बिक्री बढ़ेगी! अनुभव की पूँजी जुड़ेगी! इस देश में समय की तिनके जितनी भी कद्र नहीं है। जब खुलेआम मनुष्य की हत्या कुत्ते से भी बदतर समझी जाती हो, तब ये तुच्छ दाँत हैं किस गिनती में? बत्तीस की जगह इकतीस, तीस या पच्चीस ही सही। नाक, आँख और कान की तरह एक-दो होते तो कुछ कद्र भी होती। दाँत निकालने पर या दाँत भींचने से किसी को कुछ खतरा महसूस नहीं होगा और खतरे बगैर कौन किसकी परवाह करता है...?

शायद अन्ना की आत्महत्या की त्रासदी से अक्ल दाढ़ का दर्द कुछ विस्मृत हो जाए? जब तोलस्तोय जैसे दिव्य महापुरुष के अन्तस् में भी अन्ना की हत्या करते समय दया-माया उत्पन्न नहीं हुई, तब इन म्लेच्छ नेताओं से आस रखना ही बेकार है! पर अन्ना करेनिना की मृत्यु को कोई हत्यारा ही हत्या माने तो माने! अन्यथा वह हत्या तो लाख-लाख जन्म और युगानुयुग जीवन से कहीं ज्यादा श्रेष्ठ है! अन्ना करेनिना की सृष्टि के दौरान उस विश्वपितामह के विशाल अन्तस् में असह्य वेदना की ज्वाल उठी होगी और उस ज्वाल को शान्त करने का उपाय था—अन्ना करेनिना की अपूर्व सृष्टि! अन्ना के बहाने तोलस्तोय के हाथों उस समय समूची दुनिया के दुःख, सन्ताप और क्लेश का सफाया हो गया होगा! पति से विमुख होकर ब्रोन्स्की से प्रेम करने वाली महामाया अन्ना तो जैसे तोलस्तोय की काया से ही अवतरी हो! विश्वपितामह की कोख से जन्म लेते ही वह जोध-जवान और चिर सुन्दर हो गई! समय की अनुकम्पा के भरोसे अन्ना का रूप-यौवन नहीं था। न वह काल की गोद में जन्मी और न काल के फन्दे से उसकी देह छूटी। अन्ना तो ब्रह्मा के समान तोलस्तोय की देह से फूटी थी! और धर्मराज की तरह रेल की पटरी पर अपने ही हाथों अपना गला चिगद डाला—मानो मौत, जीवन से ज्यादा जरूरी हो! सुदर्शन को ऐसा महसूस हुआ कि अन्ना के अन्तकाल की वेला दुनिया की समस्त करुणा, ममता और स्नेह तोलस्तोय के अन्तर्मन में घूमर ले रहे होंगे। समूचे संसार से हिंसा, क्रूरता और हैवानियत का नामोनिशान उठ गया होगा! हिंसा पर अहिंसा की वह पहली और अन्तिम जीत थी! रेल की पटरी पर अन्ना के रूप-यौवन और उसकी प्रीत का गला रौंदने वाले हाथों में तीन लोक के वात्सल्य का सन्निवेश हो गया होगा! रोम-रोम में करुणा का संचार हो गया होगा! प्रत्यक्ष जन्म लिए बिना ही अन्ना तोलस्तोय के अक्षरों में अमर हो गई! मनुष्यों की दुनिया में क्षण-क्षण छटपटाती आत्मा उस हत्या के बहाने सदा के लिए मुक्त हो गई! तोलस्तोय की लाडेसर बेटी अन्ना तमाम हतभागी औरतों की चिरसन्तप्त

आत्मा थी! आत्महत्या के बहाने इस गलीज दुनिया का परित्याग करने के अलावा उसकी मुक्ति का कोई दूसरा उपाय नहीं था!

"यह औरतों की बेंच है...।"

सुदर्शन ने गर्दन उठाकर ऊपर देखा—सफेद-बुर्राक वेश में ठसी हुई एक नर्स सामने खड़ी है। गोरी-निछोर। बाएँ गाल पर काला तिल। काफी बड़ा। गुलाबी रंग की छवि दूनी निखर आई! हड़बड़ाकर उठ बैठा। नर्स से चार अंगुल लम्बा। पहली मर्तबा उसे अपने कद का इतना मोद हुआ! नर्स की चंचल दृष्टि, कत्थई पोथी की स्वर्णिम चित्रकारी में गड़ी हुई। खुशी के स्वर में होठ मुलमुलाते बोली, "अन्ना करेनिना! वाह, कैसा बढ़िया संस्करण है? अन्ना की अनिन्द्य छवि के अनुरूप!"

छवि तो नर्स की भी कम सुन्दर नहीं थी! जैसा निर्मल वेश, वैसा ही सुहाना स्वर! सुदर्शन की विचित्र आँखों में नर्स का स्वर भी उजला प्रतीत हुआ! मझला कद। समूची देह मानो गुलाब की आभा के साँचे में ढली हो! भौंरों को तो सचमुच ही नर्स के बालों का रंग फला है! भौंहें भी घनी व काली भमंक। हिरणी-सी लम्बी साँवली आँखें, ज्योति की खातिर नहीं, बल्कि दूसरों के लिए देखने के निमित्त बनी हों! पतले होठ। चमकती सुघड़ बत्तीसी। गुलाबी, नहीं-नहीं, तर-गुलाबी मसूड़े। इन दाँतों में तो शायद ही किसी तरह की पीड़ा हुई हो! गर्दन पतली और काफी लम्बी। घुँघराले बालों पर कलफ लगा सफेद मुकुट! मानो अलंघ्य उड़ान भरती बगुली, अन्ना करेनिना की छवि निहारने की उमंग में अवतरित हुई हो!

तोलस्तोय की पोथी के बहाने, पोथी बाँचने वाले का हुलिया परखना भी जरूरी था। पतली छरहरी काठी, पोथियों के अक्षरों से काफी सुँती हुई! रंग न गोरा और न साँवला। बाल अत्यधिक गहर-घुमेर और घने। काफी घुँघराले। सर बड़ा व गोल-मटोल। तीखी नाक, जैसे बुद्धि ने सर की बजाय नाक का आवास कबूल किया हो! हलके फीरोजी रंग का कुरता। बाँहें चढ़ी हुईं। सफेद पैण्ट। कुरता पैण्ट से बाहर। पाँवों में गोरक्षक नीले जूते।

"अन्ना के बिछोह की खातिर माफी चाहती हूँ! औरतों की बेंच छोड़कर किसी दूसरी बेंच पर बैठिए और उससे चाहे जितनी प्रीत करिए, मेरी मनाही नहीं है!"

सुदर्शन को वाकई पुख्ता तौर पर पता नहीं चला कि उस समय नर्स दाँतों के सहारे हँसी थी या तिल के सहारे...!

"अनजाने भूल हो गयी, माफ कीजिएगा।"

"अनजानी भूल के लिए, माफी माँगने की जरूरत नहीं, पर जानकर भूल की है तो माफी मुश्किल से ही मिलेगी...!"

नर्स का स्वभाव ही ऐसा था कि सुदर्शन के लिए खास रियायत बरती, बात ठीक तरह समझ में नहीं आई। वह तो इस तरह निःशंक बातें करने लगी, जैसे बरसों पुरानी पहचान हो!

"एक बात पूछूँ—अपने-आपको अलक्सेई करेनिन की एवजी में समझ रहे हो या काउण्ट व्रोन्स्की की जगह?" और बिना पूछे ही उसके हाथ से पोथी लेकर इधर-उधर पन्ने टटोलने लगी।

शायद तोलस्तोय की पोथी के उछाह में ऐसी अद्‌भुत आत्मीयता दरसा रही है! ऐसी नर्सों के माहात्म्य से ही अस्पताल की मर्यादा है! आधी बीमारी तो उनकी सुहानी बोली सुनकर ही ठीक हो जाती है! नर्स के निःशंक सवाल का वापस वैसा ही निःशंक जवाब दिया। "अभी तो शादी ही कहाँ हुई, इसलिए व्रोन्स्की बनने के अलावा दूसरा कोई चारा नहीं।"

"मगर अन्ना की प्रीत के उन्माद में, रेलगाड़ी के चक्कर मारे तो कट-मरने की जोखम काफी है! पूरी सावचेती रखना!"

"सावचेती रखने पर, अन्ना की प्रीत कहाँ? जोखम तो उठानी ही पड़ेगी।"

"बाप रे...!" अचरज और झुँझलाहट के स्वर में बोली, "सारी पोथी का सत्यानाश कर डाला! मार लकीरें-ही-लकीरें। निशान-ही-निशान। लाल, पीले, हरे और न जाने क्या-क्या? तोलस्तोय के छूटे हुए मर्म को पूरा करने की मंशा है क्या?"

नर्स ने पोथी वापस सामने की तो उसे लेनी ही पड़ी। "यह मुगालता मुझे सपने में भी नहीं है। अपनी औकात अच्छी तरह पहचानता हूँ। बुड्ढे के तो नाखून की भी होड़ नहीं कर सकता! मुझे ऐसा पागल समझा है क्या...?"

"पागलपन की क्या बात? सर तो तोलस्तोय से भी बड़ा है!"

"कोरी-मोरी खोपड़ी से क्या होता है, अन्दर वैसी अक्ल भी तो चाहिए।"

"हाँ, अक्ल की बात दुरुस्त है! न मोल मिलती है, न उधार!" मुस्कराहट के साथ यह सुन्दर मन्त्र सुनाकर नर्स कमरे में घुस गई। सुदर्शन को एक क्षण के लिए ऐसा लगा कि जैसे वह स्वयं अपने-आप ही से अदीठ हो गया हो! मगर नर्स के अदीठ होने पर भी उसकी मुस्कराहट लोप कहाँ हुई? क्या देह से सर्वथा अलग थी वह मुस्कराहट...?

खड़े रहने की शक्ति थोड़ी डगमगाने लगी तो वह दूसरी बेंच पर बैठ गया। अभी तक कोई नया मरीज नहीं आया था। या तो दाँतों में अक्सर दर्द होता ही नहीं या लोग-बाग उनकी खास परवाह नहीं करते। तब सुदर्शन के लिए ही यह कैसा दुर्योग घटित हुआ? दुर्योग! दुर्योग क्योंकर? यदि अक्ल दाढ़ की यह कसक नहीं उठती तो इस सुहानी नर्स से सपने में भी मुलाकात कब होती? इस अस्पताल में वह पहला मरीज तो है नहीं! कई आते हैं—अनगिनत। ज्यादा खूबसूरत। अच्छी हैसियत वाले। फिर उसमें ऐसी क्या खासियत है? अलबत्ता अन्ना करेनिना वाली खासियत निराली है? या तो यहाँ सत्यकथा, माया, सारिका, धर्मयुग या गुलशन नन्दा—ज्यादा ही हुआ तो भगवान रजनीश की तलछट! और यों नर्सों के स्वभाव ही इस साँचे में ढले होते हैं! मरीजों के साथ सद्‌व्यवहार करती हैं। हँसती-मुस्कराती

हैं। निःशंक बातचीत करती हैं। मगर यह नर्स झुण्ड से एकदम अलग है। श्रेष्ठतम लेखकों की पोथियाँ पढ़ने का इसे अत्यधिक उछाह है। अन्ना करेनिना तो जैसे मुँह-जबानी याद हो। अन्ना के समय क्या नर्सों का ऐसा ही सफेद वेश था? अन्ना को भी शायद तिल वाली ऐसी दो-तीन नर्सों से काम पड़ा होगा! प्रसवकाल की आपद् घड़ी के दौरान! व्रोन्स्की ने अपने हाथ से अपनी देह पर पिस्तौल चलाई तब। नर्स के गुलाबी गाल पर यह तिल नहीं होता तो यह कैसी लगती? इस पीड़ा के वरदान स्वरूप चार-पाँच दफा यहाँ आना पड़ा तो अच्छा-खासा सम्पर्क हो जाएगा! नित्य नयी चुनिन्दा पोथी लाएगा। ना-ना, यह नर्स अत्यन्त बुद्धिमान है। अन्दरूनी नीयत का उसे अविलम्ब पता चल जाएगा। फिर ऐसे दुराव की जरूरत ही क्या है? भला इससे अधिक मांगलिक पोथी और क्या हो सकती है? इसके प्रताप से ही इतनी देर तक बातचीत हुई! अन्ना तो अन्ना ही है! तोलस्तोय के हाथों सृष्टि हो गयी सो हो गयी!

नर्स के अचिन्त्य सुझाव की मर्यादा रखने की खातिर वह फिर पोथी बाँचने में तल्लीन हो गया। रेल में व्रोन्स्की की माँ के साथ अन्ना मास्को आई। माँ की मुलाकात के शुभ संयोग से प्लेटफार्म पर ही अन्ना और व्रोन्स्की का प्रथम मिलन हुआ। चार आँखों की बिजली कौंधते ही एक-दूसरे की छवि अन्तस् में उतर गई! तोलस्तोय के धैर्य व संयम का कोई पार था भला? छियासठ पन्नों तक अन्ना के नाम की भनक तक नहीं पड़ने दी। शायद स्वयं तोलस्तोय को इस बात का कोई एहसास ही नहीं था कि नशे में धुत चौकीदार का रेल से एक्सीडेण्ट, अन्ना की आत्महत्या का निमित्त बनेगा! सुदर्शन पन्ने टटोलने लगा। सात सौ निन्यानवें पृष्ठ तक पहुँचते-पहुँचते रेल के चक्के को उसने अपना जीवन अर्पित कर दिया। तोलस्तोय की चेतना के परे ही वह काण्ड घटित हुआ और लेखक ने अपनी नजरों से जो देखा उसे चित्रित कर डाला, जैसे सम्पूर्ण दृश्य का वह मौन साक्षी हो! तत्कालीन समय का समूचा रूस अन्ना करेनिना के अक्षरों में मीनाकशी की तरह हमेशा के लिए जड़ गया। मुश्किल से चिट्टू अँगुली का पौर टिके जितनी नयी दाढ़ की पीड़ा है, पर सारे शरीर में बेचैनी फैल गयी; उसी तरह अन्ना की प्रीत के आलोड़न में सारे रूस की घुटन साकार हो उठी! मानो अन्ना करेनिना रूस की विराट काया का मात्र एक मसूड़ा हो! अलग होते हुए भी अविच्छिन्न और अविच्छिन्न होते हुए भी अलग! सचमुच, यह नयी दाढ़ तो निस्सन्देह अक्ल की ही है। अन्यथा सुदर्शन को पहले ऐसी सूक्ष्म बातें सूझती ही कब थीं! जन्म की पीड़ा तो होती ही है, चाहे प्रसव की हो, चाहे अक्ल दाढ़ की! पीड़ा सहे बगैर सन्तान के जन्म का आनन्द नहीं लिया जा सकता!

पहली मुलाकात में प्रीत का योग तो सधे उसी से सधता है। व्रोन्स्की के पहले अन्ना कितने महानुभावों से मिली होगी और व्रोन्स्की ने भी न जाने कितनी

सुन्दर महिलाओं से भेंट की होगी। किट्टी के साथ स्केटिंग करते समय स्वच्छन्द क्रीड़ाएँ तो काफी हुईं, किन्तु प्रेम तो अन्ना के साथ ही हुआ। देखें समय की बगिया में नर्स की मुलाकात कैसे फूल खिलाती है? कैसी, क्या युक्ति करने पर अगले समय की लीला पहले दिख जाए? धीरे-धीरे खिसकता समय बमचकरी की तरह तीव्र गति से घूमे तो सब कुछ पता चल जाए। मगर समय के आर-पार देखने के लिए मनुष्य, आँखें होते हुए भी निपट अन्धा है! समय की बेड़ी के साथ मनुष्य की दृष्टि आबद्ध है। दाढ़ की यह असह्य पीड़ा जरूर निःशेष होगी, पर आज उसकी सान्त्वना से आश्वस्त नहीं हुआ जा सकता। यह तो समय के अधीन, शान्ति मिलेगी तभी मिलेगी। इसी तरह नर्स की यह विचित्र मुलाकात, कल, परसों या तरसों, समय के साथ किस ढलान उतरेगी, जिसका आज सुराग नहीं लग सकता। लेकिन एक बात असन्दिग्ध रूप से सही है कि इससे अधिक सुन्दर लड़कियों से मिलने पर भी उसके अन्तस् में ऐसी हलचल कभी नहीं हुई। नर्स का भेद नर्स जाने। दाढ़ की पीड़ा का यह परिणाम तो नहीं जाना था। अन्ना की प्रीत के जादुई प्रभाव से वह भी क्योंकर अछूती रह सकती है? काला तिल, दाँतों की मुस्कान और यह सुन्दर छवि जिस तरह स्पष्ट दिखती है, उसी तरह उसके अन्तस् की निबिड़ छवि क्यों नहीं दिखती? ऐसी अद्‌भुत दीठ के लिए मनुष्य पूर्णतया वंचित है। राम जाने इस अभाव की अब पूर्ति होगी? सुदर्शन या नर्स की मृत्यु के बाद पूर्ति हो तो वह किस काम की? पर अन्ना करेनिना के पाठ का ऐसा माहात्म्य तो नही सोचा था? जितना अधिक पाठ करेगा, उतना ही ज्यादा कल्याण होगा। वह ठेठ प्रारम्भ से इस पवित्र पोथी को बाँचने लगा—हेप्पी फेमिलीज आर ऑल एलाइक; एवरी अनहेप्पी फेमिली इज अनहेप्पी इन इट्स ऑन वे।

इतनी देर बाद बरामदे में काफी भीड़ इकट्ठी हो गयी थी। उसके पास भी उसी बेंच पर आजू-बाजू दो-दो आदमी जम गये थे। औरतों वाली बेंच भी आधी भर गयी थी। पोथी से नजर हटाकर उसने सबके चेहरों का सरसरी तौर पर निरीक्षण किया। नाक की शिकन और दाँतों के कसाव से साफ-साफ पता चल रहा था कि टीस की असह्य पीड़ा सबके प्राण सोख रही है। इस शिक्षाप्रद नजारे से सुदर्शन के मन में दाढ़ के अलावा एक-दूसरी अचिन्त्य पीड़ा कसक उठी कि यह नर्स केवल दाँत-दाढ़ का दर्द ही पहचानती है या इसे अन्तस् की दूसरी पीड़ाओं का भी कुछ ज्ञान है...?

आज तो बिल्कुल आठ बजे ही आठ बजेंगे। अभी तो पाँच मिनट की देर है। यदि पाँच मिनट पहले आठ बज जाएँ तो कौन-सा प्रलय मच जाएगा? मनुष्य की जरूरत के अनुसार ही समय को उद्दाम वेग से दौड़ना चाहिए। सर पर वज्रपात हो तब भी आलसी समय की वही धीमी चाल और ब्याह की अपूर्व रात भी वही आदिम और अन्तिम चाल। समय के आगे मनुष्य के प्रपंच की कोई गति नहीं है!

सुदर्शन ने फिर अन्ना करेनिना के अक्षरों में दृष्टि गड़ा दी। अन्ना की भावज डौली ने नौ बरस के सुदृढ़ व घनिष्ठ गृहस्थ जीवन के बावजूद अपने पति को बच्चों की फ्रांसीसी अभिभाविका के साथ रंगरेलियाँ करते देखा तो उसकी समूची देह, समूचा मन कसैला हो गया। गृहस्थ के किस अदीठ सुख की खातिर उसने अपने रूप-यौवन की बलि दी? किसलिए अपनी कंचन-काया को धूल में मिलाया? छली स्वभाव के इस गृहस्वामी का मुँह देखना भी पाप है। फिर क्या उपाय करे? क्या निस्तार खोजे? इस घर के आँगन में तो अब साँस लेना भी कठिन है!

"सुनिए, अपना नम्बर तो ले लीजिए।"

अन्ना की भावज डौली को उसकी छटपटाहट के बीच छोड़कर सुदर्शन ने लोह की जाली के बीच खड़ी नर्स की तरफ देखा और जिज्ञासा भरे स्वर में पूछा, "हें—नम्बर?"

"हाँ-हाँ, नम्बर!" इस बार काले तिल की बजाय वह दाँतों के सहारे ही मुस्कराई थी।

"मगर किसलिए?"

"ओह! यह भी पता नहीं?" अत्यधिक आश्चर्य के साथ नम्बर देने के लिए उसने हाथ सामने किया, तभी अविलम्ब तीन उतावले हाथ नर्स के सामने फैल गए। सुदर्शन उसी तरह अन्ना करेनिना को थामे गुमसुम बैठा रहा। धवल उफान में आप्लावित नर्स की छाती की ओर हाथ पसारते उसे कुछ संकोच हुआ। उसके मुँह की ओर देखकर एक बार तो नर्स उन याचक हाथों में नम्बर थमाने के लिए दुविधा में पड़ गई। फिर भी दो नम्बर तो उन उतावले हाथों में देने के लिए उसे बाध्य होना ही पड़ा। फिर तीसरा नम्बर सुदर्शन के सामने करती मानो काले तिल की अलौकिक वाणी में बोली हो, "अन्ना की प्रीत से यहाँ काम नहीं चलेगा, यह नम्बर लीजिए।"

सुदर्शन के संकोची दुविधाजनक हाथ ने तब भी अन्ना करेनिना नहीं छोड़ी तो अँगुलियाँ नचाता एक और हाथ फिर उसके सामने आ गया। नर्स चिढ़ते हुए बोली, "ठहरो, भिखारी की तरह हाथ फैलाते शर्म नहीं आती? ये सबसे पहले आये हैं। मुझसे भी पहले, सात बजे!"

उतावले हाथ वाले बन्दे की जीभ भी उतावली थी। बोला, "ये तो रात से ही यहाँ डेरा-डण्डा जमाए पड़े हैं, इससे क्या होता है? सामने फैले हाथ में नम्बर देने पड़ेंगे। नर्सों को पक्षपात करना शोभा नहीं देता...!"

नर्स दुत्कार भरी दृष्टि से उसकी ओर देखकर आगे बढ़ी और अन्ना करेनिना की पोथी पर नम्बर वाला टिकला धर दिया। तत्पश्चात् पाँच-सात नम्बर तुरत-फुरत इस तरह बाँटे जैसे भीख बाँट रही हो!

टिकले पर अंक बाँचते ही सुदर्शन को पता चल गया कि उसका तीसरा

नम्बर है। मगर समझाने वाले मौका मिलते ही अपने स्वभाव को दरसाए बिना नहीं मानते। समझाने का स्वाद पिण्ड खजूर से कम मीठा नहीं होता। तब पास बैठा सिन्धी यह मुफ्त का स्वर्ण अवसर कब चूकने वाला था! पहुँचे हुए ज्ञानी के गम्भीर स्वर में समझाने लगा, "अपनी बारी के अनुसार ही अन्दर जाने के लिए नम्बर का कायदा है। बाकी कहीं नहीं, इसी दाँतों वाले कमरे का यह ढर्रा है। दो साल पहले एक उजड्ड मरीज ने बेहद तकरार की तो डॉक्टर आडवानी को परेशान होकर यह कायदा चलाना पड़ा। नम्बर मिलने के बाद सुख-शान्ति! जो देर से आये उसका देर में इलाज, जो जल्दी आये उसका जल्द इलाज। यही तो होना चाहिए। नहीं तो नम्बर के बिना कितना झंझट होता है? मनुष्य के लिए गुर्राना क्या अच्छी बात है...?"

अन्दर बैठी नर्स ने नये मरीजों का तकाजा सुना तो उसने बाहर आकर फिर नम्बर बाँट दिए। ध्यानमग्न होकर सिन्धी की बात सुनने वाले युवक की ओर देखकर तनिक व्यंग्य से कहा, "व्रोन्स्की की तरह, अन्ना से मन फट गया लगता है?"

सुदर्शन झेंप मिटाने की नीयत से सफाई देते बोला, "नहीं-नहीं, नयी दाढ़ की टीस के मारे अभी तो किट्टी की स्केटिंग में खोया था!"

"ओह, व्रोन्स्की की जगह लेविन बनने के लिए मन ललचा रहा है? गुलाब का फूल तो जो चाहे वही तोड़ लेता है। मगर आकाश का चाँद किसी के भी हाथ नहीं लगता।"

यह चुनौती उछालकर नर्स मुँह मस्कोरती हुई लोह की जाली के पीछे अदृश्य हो गयी, जैसे धरती का चाँद काले पर्दे की ओट में छिप गया हो!

नम्बर हाथ लगते ही तीन-चार सिन्धी औरतें आश्वस्त होकर औरतों की बेंच पर बैठ गईं। नर्स के आने से पहले सुदर्शन जिस जगह बैठा था, उसी जगह दस वर्ष की एक बाला दाँतों की पीड़ा के मारे छटपटा रही थी। रोने से बच्चे की सुन्दरता बढ़ती है, जवान की घटती है—चो औरत हो, चाहे पुरुष। उसकी माँ आँसू पोंछकर गाल सहलाती, सान्त्वना देने की खूब कोशिश करती मगर बेटी के हठीले आँसू बिल्कुल नहीं थमे। माँ की ममता से दाँतों की पीड़ा कहीं ज्यादा थी। बच्चे के उन्मुक्त आँसू किसी का अंकुश नहीं मानते। माँ से बेटी की शक्ल कितनी मिलती थी? दोनों का स्वभाव भी मिलता-जुलता होगा? यदि माँ के दातों में पीड़ा होती तो क्या वह भी इस कदर रोती? आँसू बहाती? आँखों के अमोलक मोती या तो बेटी की कसूमल फ्रॉक में अटक जाते या नीचे फर्श पर बिखर जाते। सामने देखने की हिम्मत नहीं होती। केवल छह-सात बरस की देर है, रोने वाली यही बच्ची किसी से प्रेम करेगी। मुस्कराएगी। हँसेगी। शादी होने पर प्रसव की पीड़ा से कराहेगी। इसी तरह छटपटाएगी।

"डॉक्टर सा'ब आ गए। डॉक्टर सा'ब आ गए।" पूरे बरामदे में फुसफुसाहट

व्याप्त हो गई। सुदर्शन ने घड़ी देखी—डॉक्टर साहब के आये बगैर आठ क्योंकर बजते? घड़ी की सुइयाँ तो जैसे उन्हीं की प्रतीक्षा कर रही हों! पर डॉक्टर साहब तो नीची गर्दन किए अपनी तेज चाल से आते दिखे तब तक कमरे में ओझल हो गए। प्रतीक्षा का उफान नीचे बैठ गया। किन्तु रोती बच्ची के आँसू नहीं थमे। वह और अधिक छटपटाने लगी। डॉक्टर का डर भी पीड़ा से कम नहीं होता!

डॉक्टर साहब का भीतर घुसना हुआ और दूसरे ही क्षण नर्स आधा किवाड़ उघाड़कर बोली, "नम्बर एक और नम्बर दो।"

दो आदमी हड़बड़ाकर तुरन्त खड़े हुए, मानो बिजली का झटका लगा हो। नर्स के सामने खड़े होकर अन्दर जाने के लिए इस तरह आतुरता प्रकट करने लगे, जैसे अपने ही हाथों स्वयं अपना इलाज करेंगे। नर्स ने आधी पलकें उठाकर तीन नम्बर की तरफ देखा, मानो पश्चात्ताप की निगाह से स्वीकार करती हो—जानती हूँ, तुम सबसे पहले आए। मगर उतावले हाथों ने मेरा कुछ भी वश कहाँ चलने दिया? बेमन से दो नम्बर थमाने पड़े। पर अब देर ही क्या है? तीसरा नम्बर तुम्हारा। बस, आवाज देने के लिए अभी वापस आई!

बेचारे कान तो बोलने पर सुनते हैं, मगर मन तो वाणी से परे सुनता है, बोलता है!

सामने खड़े मरीजों की झुँझलाहट बुरी लगी तो उससे दरवाजे पर खड़ा नहीं रहा गया। पीछे-के-पीछे दोनों मरीज झटपट अन्दर घुस गए।

सिन्धी लड़की का रोना और छटपटाना उसी तरह जारी था।

सुदर्शन के हाथ में अन्ना करेनिना थमी हुई थी। दोनों की मर्यादा निबाहने के लिए दुहरी जिम्मेवारी! पोथियों के ज्ञान की थोड़ी-बहुत प्रतिष्ठा तो होती ही है। गीता, बाइबिल और कुरान की दुहाई देने वालों की अपनी अन्तर्प्रकृति वे ही जानें, पर सुदर्शन के अपने मानस की तो पहचान ही अलग थी। अन्ना के पवित्र प्रेम और तोलस्तोय की कलम के साथ-साथ उसे अपनी मर्यादा भी तो बचानी थी। उपाय सूझने के साथ ही पुचकारती माँ के पास जाकर पूछा, "आपका नम्बर क्या है?"

"तेरह।" टिकले की ओर देखे बिना ही माँ ने जवाब दिया। नम्बरों का काम पुख्ता है!

"बच्ची को काफी तकलीफ है।" सुदर्शन अटकता-अटकता कहने लगा, "देर से बारी आएगी। मेरा नम्बर ले लीजिए, जल्द इलाज हो जाएगा।"

"ना-ना, ऐसी कोई खास तकलीफ नहीं है।" माँ ऊपरी मन से कमजोर स्वर में इनकार करती बोली, "आपको भी तो जल्दी होगी?"

"नहीं, मुझे कोई जल्दी नहीं है। बच्ची का रोना नहीं सहा जाता।"

सच्ची मनुहार से उसने हाथ बढ़ाया तो माँ ने अपना टिकला उसे सौंप दिया। मुस्कराहट की मौन वाणी में उसका यथायोग्य आभार माना।

नम्बरों की अदला-बदली समझने योग्य अभी बच्ची की उम्र नहीं हुई थी। उम्र होने पर कई विचित्र बातें अपने-आप ही सीख जाएगी। फिर भी इसे नये लेन-देन की वजह से उसका रोना बन्द हो गया। फ्रॉक से आँसू पोंछकर युवक के हाथ में थमी पोथी की ओर टुकुर-टुकुर देखकर पूछा, "पोथी में तस्वीरें हैं क्या?"

हामी का मीठा उत्तर सुनते ही वह माँ की गोद छोड़कर उसके पास खड़ी हो गई। सुदर्शन ने सबसे पहले उसे तोलस्तोय की तस्वीर बताई।

"आ...हा, यह तो दाढ़ी वाला बाबा है!" फदाफद नाचती, माँ के सामने मुँह करके बोली, "कितनी लम्बी दाढ़ी है, माँ देख तो?"

बेटी के इस नये मन बहलाव से माँ को सचमुच बड़ी खुशी हुई। आधी रात ढलने पर रोने लगी थी, सो अब कहीं जाकर चुप हुई। तो क्या अब तक झूठा बहाना कर रही थी?

"इस बाबा ने ही यह मोटी पोथी लिखी है।" सुदर्शन ने तोलस्तोय की दाढ़ी पर अँगुली फिराते कहा।

"इस बाबा ने?" अचरज से आँखें फाड़कर बोली, "यह पोथी तो अंग्रेजी में है! दाढ़ी वाले बाबा में इतनी समझ होती है क्या? मेरे भाई के तो अभी मूँछें ही नहीं आयी, दनादन अंग्रेजी बोलता है, पढ़ता है!"

दरवाजे के पास पाँच-सात मरीजों की उतावली देख नर्स ने आधा दरवाजा खोलकर अन्दर से ही नम्बर बाँट दिए। नम्रतापूर्वक बोली, "यहाँ खड़े मत रहिए, बैठ जाइए।"

"यह बाबा मामूली हस्ती नहीं है...।"

"साँईं बाबा जैसी हस्ती?" माँ ने बीच ही में शंका प्रकट की।

सुदर्शन के सर पर जैसे लट्ठ पड़ा हो। मुँह बिदकाकर बोला, "अरे नहीं, बेचारा साँईं बाबा इसके सामने मरे कि जिए। इसने तो बीसियों मोटी-मोटी पोथियाँ लिखी हैं, एक-से-एक बढ़कर!" माँ की ओर से मुँह फिराकर उसने बच्ची से कहा, "यह बाबा की बहू...!"

"हें...ऐसे बूढ़े बाबा की ऐसी जवान बहू? यह तो बेटी लगती है...!"

सुदर्शन को बरबस हँसी आ गई। कसकती दाढ़ी में और अधिक टीस उठी। तुरन्त हँसी रोककर कहने लगा, "ठेठ से ऐसा थोड़ा ही था बाबा! जवानी के दौरान बहू से ज्यादा खूबसूरत और जवान था। दाढ़ी-मूँछ तो बहुत बाद में आईं।" तत्काल ही सुदर्शन को महसूस हुआ कि वह काफी अतिरंजना कर रहा है। पर बच्चों का सत्य बड़ों से मेल नहीं खाता!

दाँतों का दर्द भूलकर कई मरीज जबरन हँसे। बेटी को हँसती देखकर माँ भी हँसी। जैसे डॉक्टर का इलाज होने के पूर्व ही उसका उपचार हो गया हो।

"नम्बर तीन और चार!" तीन पर कुछ अधिक जोर था।

माँ का एक कान तो कब से उधर ही लगा हुआ था। झटपट खड़ी हुई। बेटी की बाँह पकड़ उसे खींचने लगी। चार नम्बर वाला युवक ठुड्डी दबाता हुआ दरवाजे पर खड़ा हो गया।

"माँ, मैं तो तस्वीरें देखूँगी।" बेटी ने बिसूरते स्वर में हठ किया, "तू भीतर चली जा, मैं सारी तस्वीरें देखकर आऊँगी।"

"दाँत तेरा दुख रहा है कि मेरा?" आधी मुस्कराहट और आधी खीज के भाव से मुँह बिदकाकर माँ बेटी को कमरे की तरफ तगतगाने लगी। और बेटी पोथी वाले युवक की ओर देखकर जोर से चिल्लाई, "बा...बा...!"

नर्स का ध्यान कहीं और अटका हुआ था। उत्खनित निगाह से पोथी वाले युवक की ओर देखकर तीखे स्वर में बोली, "नम्बर तीन, सुना नहीं?"

लेकिन वह तो फिर भी सुनी-अनसुनी करके उसी तरह बेंच पर बैठा रहा। नर्स की आँखों के सामने टिकले पर अंकित तीन की संख्या बताकर माँ तो निश्चिन्त हो गयी, मगर नर्स के कलेजे पर जैसे टिकले का डाम लगा हो! अचरज और खीज दरसाते पूछा, "हें...यह नम्बर तुम्हें कैसे मिला? मैंने तो...।"

नम्बर का जोर नर्स के जोर से भारी था। नर्स देखती रही और वह चार नम्बर के साथ बेटी का हाथ पकड़कर कमरे में घुस गई। नर्स किसी से भी क्या पूछताछ करती? होठों पर उछलते कई सवाल वापस गले के भीतर फिसल गए!

माँ ने नर्स का ललाट तना हुआ देखा तो उसे खुश करने के लिए, जो बात घटित हुई, उसे अधूरे मन से पूरी बता दी। नर्स ने आधी बात सुनी और आधी बिना सुने ही समझ ली। माँ चुप हुई तब नर्स ने धीरे-से पूछा, "तुम्हें क्या नम्बर मिला था...?"

"तेरह।" नर्स की रंगत पहचानकर माँ फिर सफाई देते कहने लगी, "मैंने तो खूब मना किया। पर वह माना ही नहीं। बेटी के आँसू देखकर उसने जबरन अपना टिकला मुझे थमा दिया।"

"तो इसमें अफसोस की बात क्या है? जल्दी ही इलाज हो जाएगा। नहीं माना तो न सही। अपनी करनी आप भुगतेगा।"

माँ को जवाब तो बढ़िया ही सूझा था, पर राम जाने क्या सोचकर बोलते-बोलते रुक गई!

जोर-जोर से चिल्लाती बेटी का रोना बाहर साफ सुनाई दे रहा था। साथ-ही-साथ माँ का चिढ़ना और डॉक्टर का पुचकारना भी। बाहर बरामदे में नम्बरों का लगातार तकाजा भीतर सुनाई पड़ा तो नर्स के कहने पर मटिया वर्दी के फर्राश ने पूरी मुट्ठी भरकर दनादन नम्बर बाँट दिए। चाहे धूल ही बाँटो, मगर बाँटने का गुमान अपनी अहमियत प्रकट किए बिना नहीं रहता। फर्राश के चेहरे पर ऐसा हर्ष छलक रहा था कि जैसे टिकलों के बहाने मोहरों की बख्शिश कर रहा हो!

और याचक हाथों ने दूने उत्साह से टिकले क्या कबूल किए, मानो अमूल्य हीरे-मोती हाथ लगे हों!

सुदर्शन के कानों में बच्ची का जोर से चीत्कार सुनाई पड़ा। डॉक्टर का इलाज शुरू हो गया लगता है! वह आँखें तरेरकर बन्द कमरे की तरफ देखने लगा। नादान बच्चे तो दवा और इलाज के नाम से ही बिदकते हैं। इनके लिए तो अस्पताल ही अलग होना चाहिए। तरह-तरह के झूले। पंछी-जानवरों की फुलवाड़ी। तरह-तरह के खिलौने। सन्त स्वभाव वाले नामी डॉक्टर। निर्लोभी। निर्मल...।

माँ का हाथ पकड़कर रोती बच्ची बाहर आयी तो सुदर्शन की कल्पना का गुबार ही जकड़ गया! लेकिन बच्ची की नजर पोथी पर पड़ी तो वह सुबकियाँ भरती जोर से बोली, "माँ, बा...बा!"

होठ खुलते ही इकट्ठा किया हुआ थूक फ्रॉक पर ढलकने लगा। माँ ने रूमाल से उसका मुँह पोंछा। फ्रॉक की बहती लार पोंछी। बच्ची तो मौका मिलते ही हठ करती बोली, "माँ, बाबा की बहू...।"

बच्ची माँ का हाथ खींचती हुई उसे सुदर्शन के पास लाई। तस्वीरें देखने के उछाह में दाँत का दर्द विस्मृत हो गया।

कमरे के बाहर इस बार नर्स के बदले फर्राश की भारी आवाज सुनाई दी, 'नम्बर पाँच और नम्बर छह।" कोयल और कौए की बोली में इतना भेद होता है क्या? सुदर्शन को काफी आश्चर्य हुआ!

तत्पश्चात् हर बार फर्राश आवाज देता रहा और अतिरेक उतावली में मचलते दो-दो नम्बर कमरे में दाखिल होते रहे। मरीज दाँत भींचते हुए भीतर जाते और होठ भींचते हुए बाहर आते। किसी के गाल पर हाथ दिया हुआ तो किसी के मुँह पर रूमाल धरा हुआ। नाक पर सलवटें। ललाट पर सलवटें। सारी दुनिया के लिए उनकी झुँझलाहट का कोई पार नहीं था! दाँतों की बत्तीसी में किसी भी तरह का कोई दर्द न हो, तभी मनुष्य जीवन की सार्थकता है!

बरामदे में प्रतीक्षारत मरीजों की केवल एक ही आकांक्षा थी—कब लोह की जाली का पट खुले और कब फर्राश की आवाज सुनाई दे!

इस बार कोयल की बोली का अमृत बरसा, "नम्बर तेरह और चौदह।" नर्स ने जानकर ही पीठ फिराए आवाज दी। दो दूसरे ही उतावले मरीज सामने आए। एक बार फिर कुछ जोर से आवाज दी तो तेरह नम्बर वाले अधबूढ़ मनुष्य ने नर्स की आँखों के सामने टिकले का प्रमाण बताते कहा, "पोथी वाले एक भले आदमी ने बेटी को रोते देखा तो अपना नम्बर मुझे सौंप दिया। दुनिया में नेक इनसानों की कमी थोड़े ही है!"

अब कहीं बाप के कन्धे का सहारा लिए बेटी नर्स को दिखलाई पड़ी। इतनी बड़ी होकर भी बुरी तरह सुबकियाँ भर रही थी। कोई नेक इनसान भलाई करे तो

वह मना करने वाली कौन होती है? मगर भले आदमी को लड़कियों के अलावा दूसरे मरीजों की भलाई क्यों नहीं सूझती? अपनी-अपनी समझ और अपनी-अपनी सूझ! लेकिन अस्पताल के अनुशासन में बँधी नर्स की समझ और सूझ कुछ भी काम नहीं आयी, उसे तो अपना फर्ज निबाहना था। रजिस्टर में दोनों मरीजों का ब्योरा लिखा। लड़की का नाम था—मोहिनी। उम्र अट्ठारह साल। दूसरे मरीज का नाम था—खेमचन्द! उम्र बयालीस।

मोहिनी, केवल नाममात्र की ही मोहिनी थी। चेहरे में कोई खास दम नहीं था। सुबकियाँ भरती और भी भद्दी लग रही थी। रोने से दर्द तो कम होने से रहा! उलटा जवानी का खम बिखरने लगता है। खाली पर्ची पर आड़ी-टेढ़ी लकीरों का जाल बुनती नर्स होठों-ही-होठों में बड़बड़ाई, “अपनी मर्जी से नम्बर बदले तो मैं क्या करूँ...?”

“क्या कहा?” मोहिनी के बाप ने तिल में आँखें गड़ाकर अचरज से पूछा।

“ओह...मैं पूछ रही थी कि तुम्हें... तुम्हें क्या नम्बर मिला?”

“बाईस।”

“बाईस!”

“हाँ, बाईस। मना करते-करते भी जबरन थमा दिया। आदमी तो भला ही दिखता है। मगर आजकल के पढ़े-लिखे छैलों की मंशा तो भगवान भी नहीं जानते। बहनजी, जमाना ऐसा बुरा है कि अपनी छाया तक का भरोसा नहीं करना चाहिए। सब समझता हूँ, मगर बेटी की सुबकियों के आगे झुकना पड़ा। मुझे तो सफेद-सफेद सब दूध ही नजर आता है, फिर उसका करम-धरम वो जाने...!”

फर्राश को किसी दूसरे काम में रुँधा देख, डॉक्टर आडवानी ने नर्स से कहा, “माचिस।”

अच्छी तरह सुनने के बावजूद भी न जाने क्यों नर्स को कुछ ख़याल नहीं रहा! माचिस के बदले रूई सामने करती धीरे-से बोली, “लीजिए।”

डॉक्टर ने बाएं पैर से मशीन का खटका दबाया। खर्र-खर्र की आवाज करती मशीन चालू हुई। काम करते-करते ही उन्होंने सर हिलाकर कहा, “रूई नहीं, माचिस!”

नर्स भीतर-ही-भीतर इस कदर फड़फड़ाई मानो चोरी करते रंगे हाथों पकड़ी गयी हो! घबराहट को नियन्त्रित करके तुरन्त डॉक्टर के सधे हाथ में माचिस थमाई। नर्स को अपने-आप से ऐसा डर कभी नहीं लगा, जैसे पहली बार नया परिचय हुआ हो! बड़ी मुश्किल से पहचान सकी...!

कुछ देर बाद वह अपनी चेतना के परे ही नव-साक्षर की भाँति मन-ही-मन जोड़-बाकी करने लगी। तेरह में नौ जुड़ें तो बाईस! बाईस में से तेरह गये—पीछे बचे—नौ, नौ! तो नौ मरीज और बाकी हैं! आज राम जाने क्यों डॉक्टर साहब इतना

वक्त लगा रहे हैं? डेढ़ा। दूना। भला, मोहिनी की खातिर तीन दफा मशीन चलाने की क्या जरूरत थी? बेचारे खेमचन्द की रोनी सूरत पर देरी की झुँझलाहट साफ नजर आ रही है। अपने-आप से परेशान होकर घड़ी देखी—पौने नौ बजने वाले हैं। पैंतालीस मिनट में तेरह मरीज सलटे तो नौ जनों में पच्चीस मिनट या आधा घण्टा लगेगा। शायद कुछ अधिक समय ही लगे। ऐसा सीधा-सरल हिसाब उसने कभी नहीं किया। आज बच्चे की तरह जोड़-बाकी के झंझट में कैसे फँसी? ज्यों-ज्यों इस हिसाब से बचने की कोशिश करती, त्यों-त्यों उसके जाल में अधिक फँसती गई! समय की बचत के लिए सहसा एक उपाय सूझा। डॉक्टर के पास जाकर विनम्रता से बोली, "इनका ट्रीटमेण्ट मैं शुरू कर दूँ...?"

काफी समय से उनके पास काम करती नर्स पर उन्हें पूरा भरोसा था, मगर आज स्वयं आगे बढ़कर इतनी दिलचस्पी क्यों दिखाई? डॉक्टर की स्वीकृति के साथ ही वह मुस्कराती बोली, "खेमचन्दजी, आप इस कुर्सी पर आइए।"

मरीज के दिल में कुछ आशंका नजर आयी तो डॉक्टर ने कहा, "आप कतई चिन्ता न करें, मुझसे ज्यादा होशियार है। केवल डॉक्टरी का ठप्पा ही नहीं लगा।"

मरीज का मन बड़ी मुश्किल से आश्वस्त होता है। तुरन्त दूसरा बहाना नहीं सूझा तो उसे विवश होकर कुर्सी पर बैठना पड़ा।

"डरिए नहीं, दाँत नहीं उखाड़ूँगी। नया दाँत पैदा करना हाथ में नहीं है तो आसानी से निकालना क्यों...?" खेमचन्द के कानों में मिश्री के मिठास जैसा स्वाद उतरा। घड़ी-दो-घड़ी यह बोली, सुनने मात्र से ही दाँत का दर्द ठीक हो जाता। कर्कशा घरवाली ऐसी गले पड़ी की आठों पहर बात-बेबात गुर्राती रहती है! इस कारण शरीर के रोम-रोम में बीमारी फैल गई।

अँगुलियाँ—कैसी नरम-नरम और गुलाबी! मखमल की तरह! नर्स की तेज-तर्रार दृष्टि पुरुषों का अन्तस् बाँचने के लिए काफी पारंगत थी! जवान हो चाहे बूढ़ा, अमीर या गरीब, शिक्षित या गँवार, बदसूरत या खूबसूरत, परिचित या अपरिचित—सभी एक ही थैली के चट्टे-बट्टे हैं। ओजरी सहित समूचा शरीर ही जैसे गन्दगी से आविष्टित हो! बदबू तो आएगी ही! मगर यह तो रोजमर्रा की रामायण है! कब तक कोई परेशान हो! जानकर अनजान बनना ही इसका एकमात्र उपचार है!

तो—मोहिनी और खेमचन्द का नाम याद हुआ, उसी तरह रजिस्टर में ब्योरा टीपने से उसका नाम भी याद हो जाएगा! उम्र तो बराबर ही मालूम पड़ती है; उससे एक बरस बेशी या एक बरस कम! पूछने पर सही पता लग जाएगा। किसी की उम्र पूछने की जिज्ञासा के निमित्त नर्स के मन में पहली मर्तबा संकोच का बुदबुदा उठा। ज्यादा संकोच भी किस काम का? जैसे अपने ही सामने अपने मन को पक्का कर लेना चाहती हो...हाँ-हाँ, उसका इलाज वह स्वयं अपने हाथों से करेगी! डॉक्टर

साहब से कई बार गफलत हुई है! मगर नर्स को डॉक्टर की गलती पकड़ने का अधिकार नहीं है!

डॉक्टर का इशारा मिलते ही उतावले फर्राश ने जाली का पट उघाड़कर हाँक लगाई, "नम्बर पन्द्रह और सोलह।"

दूसरे ही क्षण दो मरीज फाटक से अन्दर आए। कितनी जल्दबाजी है! धीरज तो इन भले आदमियों के पास होकर ही नहीं फटका! और एक वो हजरत–अन्ना की प्रीत में बौराया हुआ! नम्बर पर नम्बर बदल रहा है! शायद अब तो सुध-बुध ठिकाने आयी होगी! पीड़ा से परेशान होकर कितना जल्दी आया! फरासिन से भी पहले–सूरज की अगवानी करता हुआ! रातभर करवटें बदली होंगी! तब दातारी का यह गुमान क्या भाव पड़ेगा? अपने साथ भी किसी को इस तरह अत्याचार करने का क्या अधिकार है! परोपकार की भावना में सच्चाई का पुट अधिक होता है या नामावरी का उछाह? लेकिन उसने तो अपनी जैसी-तैसी समझ के अनुसार भलाई की ऐसी बानगी नहीं देखी! ऐसी अकिंचन व नगण्य बात किसे नजर आती है? अपनी जलन के आगे दूसरों के दावानल की किसे आँच लगती है...?

"नम्बर दीजिए, नम्बर।" बरामदे में अधीर मरीजों का तकाजा भिनभिना रहा था। नर्स के कानों में जैसे बर्रों का छत्ता छिड़ गया हो! नाक व ललाट में खीज की सलवटें तानकर उसने क्षणभर के लिए जाली के कपाट की ओर देखा और फर्राश को मुस्कराकर संकेत किया। उसने लपककर पूरी मुट्ठी भरी और बीड़ी का आखिरी कश खींचता हुआ कमरे से बाहर निकल गया। उसके लिए कुछ भी नयी या अनहोनी बात नहीं थी। साँस लेती मशीन के लिए न तो कुछ पुराना होता है और न कुछ नया ही! हर बार भीतर के दो मरीजों का उपचार होते ही वह बेझिझक बाहर जाकर अगले दो नम्बरों की हाँक लगा देता। जैसे सर्कस का प्रशिक्षित बन्दर अपने करतब दिखा रहा हो! खटका दबाते ही मशीन चालू हो जाती। और मशीन के साथ ही डॉक्टर के हाथ, पाँव और आँखें काम में मुस्तैद! मनुष्य के प्रपंच की यह कैसी विडम्बना कि वह मशीनों को मनुष्य की गद्दी सौंपना चाहता है और मनुष्य को यन्त्र के साँचे में ढालना चाहता है! मशीन के साँचे में ढलने वाली नर्स के पुरजों में आज पहली बार झनझनाहट मची! बरस बीत गये, अपने-आप की सार-सँभाल किए! और आज पड़ताल की तो अन्तस् का अप्रत्याशित बदलाव देखकर उसका दिल दहल उठा! यन्त्र के समान काम करने वाले मनुष्य जीवन की रंचमात्र भी सार्थकता नहीं है!

एक-एक मरीज के फारिग होने पर नर्स के दिल से मानो कोई असह्य बोझ उतर रहा हो! हर बार वह डॉक्टर से पहले अपने मरीज को सलटा देती! उन्नीस नम्बर के फारिग होते ही उसे अपना स्वप्न साकार होता नजर आया! अपनी आँखों से प्रत्यक्ष देखेगी, नाम पूछेगी, उपचार करेगी! मगर इस बार बाहर जाकर हाँक लगाने

में उसे संकोच हुआ तो उसने फर्राश को सहमते स्वर में आदेश कर दिया।

"नम्बर इक्कीस और बाईस।"

दो की बजाय मानो हजार-हजार आँखों से वह दरवाजे की तरफ देखने लगी! पर ये तो दोनों ही मरीज दूसरे हैं! आँखें न होतीं तो अच्छा था! पूरा-का-पूरा कमरा किसी विस्फोट के धमाके से उछल गया हो! ट्यूब लाइटें बिखरकर चकनाचूर हो जाएँगी! मशीनों के टुकड़े-टुकड़े हो जाएँगे! सब कुछ उछल गया! ध्वस्त हो गया! डॉक्टर की ओर मुँह फिराकर उसने जोर से आँखें बन्द कर लीं। कुछ देर बाद डरते-डरते आँखें खोलीं तो कमरा ऊपर-नीचे, दाएँ-बाएँ चारों तरफ घूम रहा था! बड़ी मुश्किल से सामान्य मनःस्थिति हुई! अपने-आप से लड़ना बहुत मुश्किल है!

"सिस्टर?"

नर्स ने मुड़कर देखा। अमोलक सिंघवी के होठों पर मुस्कान छलकती नजर आयी तो उसे भी जबरदस्ती मुस्कराना पड़ा! बेइन्तहा सुन्दर। छह फुट लम्बा। मोतिया रंग। फीरोजी आँखें। नर्स हड़बड़ी में उठकर पास आयी तो वह और ज्यादा लम्बा महसूस हुआ! अमोलक सिंघवी ने विम्रतापूर्वक पूछा, "तो फिर शाम को कायलाने चलना या यहीं हॉस्टल में गोठ रखनी? मेरे ख़याल से तो कायलाना ही ठीक रहेगा।"

"आप जानें। मगर अमोलक बाबू, मुझे इस जिम्मेवारी से छुटकारा दीजिए। मैं अपनी ही जिम्मेवारी ओढ़ लूँ तो काफी है! सबसे पूछताछ करके हैरान हो गई। कोई कुछ कहती है, कोई कुछ अड़ंगा लगाती है। दो बजे हॉस्टल में आकर आप खुद रू-ब-रू दरियाफ्त कर लें। अच्छा हुआ कि आप ऐन वक्त पर आ गये, वरना मैं फोन करने वाली थी।"

"आप वहीं मिलेंगी?"

"और कहाँ? दूसरी ठौर ही कौन-सी है? कबूतर को कुआँ और नर्स को हॉस्टल...!"

चार वर्ष पहले नगरसेठ हीराचन्द सिंघवी ने नर्सों के लिए एक शानदार हॉस्टल बनवाया। दिल का दौरा तो भयंकर ही था, मगर नर्सों की लाजवाब तीमारदारी के फलस्वरूप वे देवलोक जाते-जाते बच गए! बच्चों के प्रबल भाग्य से उन्हें फिर मृत्युलोक का निवास कबूल करना पड़ा; अन्यथा उन्होंने तो अन्तिम रूप से कूच करने की तैयारी कर ली थी! सानन्द और पूर्ण रूप से स्वस्थ होकर हवेली पहुँचे तो सबसे पहले प्रिंसिपल को फोन किया कि नर्सों की सेवा-बन्दगी के प्रतिदान-स्वरूप वे यथाशक्ति हॉस्टल बनवाना चाहते हैं। यथाशक्ति भरपूर थी, इसलिए कुछ ही महीनों में हॉस्टल धड़ल्ले से सम्पूर्ण हो गया। छठे महीने तो गाजे-बाजे के साथ प्रतिष्ठा भी हो गई। चार साल से अधिक समय गुजर चुका, लेकिन उस रात के खाने का स्वाद लोग आज भी नहीं भूले हैं। तब से सेठजी का सर भी वापस नहीं दुखा।

जैसा दातार बाप, वैसा ही सपूत बेटा। हर साल पिताश्री की वर्षगाँठ के मांगलिक अवसर पर सभी नर्सों को गोठ देता है। इस बार कायलाने गोठ देने की इच्छा हुई। लेकिन नर्सों के जितने माथे, उतने ही मत! अभी सिस्टर के पास अन्तिम निर्णय की जानकारी प्राप्त करने के लिए आया। कहने के लिए पिता के पुनर्जीवन का माकूल बहाना तो है ही, मगर नर्सों की संगति से बेटे को अनहद खुशी भी प्राप्त हो जाए तो नुकसान क्या है? इस सिस्टर को तो ब्याह के लिए भी तीन बार पूछा, मगर वह किसी भी तरह राजी नहीं हुई! फिर भी अमोलक सिंघवी के दिल में कोई दरार नहीं पड़ी! दूरी का आकर्षण भी कुछ कम नहीं होता! दो-एक डॉक्टरों ने भी साँवले तिल से प्रेरित होकर अपने मन का अगम भेद उजागर किया पर उसके रूखे मरुस्थल में किसी के लिए कोई भेद नहीं था, तब क्या उजागर करती? उसकी अस्वीकृति में भी वैसी ही मुस्कान घुली रहती! उसी पाषाण हृदय में आज यह कैसा सुकोमल अंकुर प्रस्फुटित हुआ? अब तक वह सहेलियों की समझ पर हँसती थी! उनका मखौल उड़ाती थी! अब वे तानाकशी करेंगी! इतने बरस अपने ही भीतर का सर्वांग उससे क्योंकर अगोचर रहा? बाहर की छाया तो स्पष्ट दिखलाई पड़ती है, पर भीतर की छाया तो आज पहली बार दृष्टिगोचर हुई, जिसने अन्तस् का सब कुछ आच्छादित कर रखा है। पता नहीं अपने-आप से हारी या जीती? कहीं सात-समन्दर पार अन्ना की आत्मा तो उसकी रग-रग में नहीं बस गयी? कुछ ही देर पहले फीरोजी कुरते वाले युवक से किस तरह निःशंक बातचीत की थी, पर अब तो जाली के बाहर झाँकने की शक्ति ही पस्त हो गई! पुरुषों से मिलने में कैसी झिझक? कैसा संकोच? वह सबसे अधिक निडर थी, उन्मुक्त थी! जिस मर्म से अब तक कोई वास्ता नहीं पड़ा, उसी ने उसके रोम-रोम को जकड़ लिया! कहाँ तो वह अब तक एक चिड़िया की तरह निर्विकार चहकती थी और कहाँ एक अपरिचित मरीज की झाँकी के लिए जाली के पट की ओर देखना भी दूभर हो गया? मानो रक्त के बदले रग-रग में स्वयं लज्जा ही प्रवाहित होने लगी हो...!

बाईस नम्बर के प्रमाणस्वरूप, प्रीतम की उस छवि के बदले, एक बूढ़े बिश्नोई का उपचार करते समय मानो नर्स के मन में साही दुबक गयी हो, "सफेद पैण्ट, फीरोजी कुरता, आधी बाँहें चढ़ी हुईं, अत्यधिक काले और घुँघराले केश, हाथ में तोलस्तोय की अन्ना करेनिना। कत्थई रंग पर स्वर्णिम चित्रकारी!' न उसका नाम जानती है और न धाम! उसकी ठौर—सालूराम बिश्नोई। उम्र चौवन बरस। सफेद धोती, सफेद चोला। सफेद बाल और सफेद ही दाढ़ी। हाथ में तारों के बन्द लगी लाठी। नीचे के बाएँ जबड़े की अन्तिम दाढ़ तीन दिन से कसक रही है। न दिन को चैन और न रात को। क्षणभर के लिए भी आँख नहीं लगी। राम जाने उसके किस दाँत में दर्द है? कब से? हाँ...हाँ, नयी दाढ़ के दर्द की बात बताई तो थी! तो हजरत के अक्ल दाढ़ आ रही है! अक्ल का नमूना तो सामने ही है! पर

साथ-ही-साथ मेरी अक्ल क्यों मारी गयी? पोथी की चर्चा नहीं करके नयी दाढ़ के दर्द का हाल पूछती तो अच्छा रहता। फिर भी...फिर भी ऐसे घनघोर संघर्ष के बावजूद नर्स ने सालूराम बिश्नोई का सधे हाथ से इलाज किया। बूढ़े को रंचमात्र भी तकलीफ नहीं होने दी।

अकस्मात् निबिड़ अन्तस् की गहराई से एक प्रश्न कौंधा—बाईस नम्बर का टिकला उसके...उसके हाथ से कबूल किया इसलिए? मरीज दूसरा हुआ तो क्या, नम्बर तो वही है! ऊँ...हुँ...कोरे-मोरे नम्बर का लिहाज नहीं रखा जाता। महत्त्व तो केवल नाम और सूरत का ही है। सूरत...? जागृत मन अदेर फुफकार उठा—नर्स को मरीज की सूरत से क्या सरोकार? उसे तो केवल बीमारी से ही वास्ता रखना चाहिए! ना-ना, अकिंचन टिकले की क्या बिसात कि जिसके लिए उसने पक्षपात किया। वह तो सभी मरीजों के साथ ऐसा ही अकृत्रिम बरताव करती है। नर्सों के लिए कौन करीब और कौन दूर? पिछले पखवाड़े में कदाचित् तीसरी बार या चौथी बार अन्ना करेनिना को उछाह से बाँची। जितनी बार बाँची उतनी ही बार नयी लगी। कई अगम भेद उजागर हुए और होते रहेंगे। जिसकी सीमा कभी नहीं आएगी! हॉस्टल में जाते ही फिर से बाँचेगी। यदि किसी तरह यह सर्वोत्तम संस्करण उसके हाथ लग जाए तो और क्या चाहिए? केवल तोलस्तोय की पोथी से उत्प्रेरित होकर उससे आत्मीयता प्रकट की, अन्यथा प्रेम या प्रीत का तो वह रास्ता ही नहीं जानती! बात और बात का नाम! कैसे निराधार जंजाल में फँस गयी? कभी-कभार दाँतों की टीस के समान, विशेषतया औरतों के अन्तस् में अजाने ही यह दारुण दर्द उठता है, उसका अधिक ख़याल नहीं रखना चाहिए!

बाबा कुर्सी छोड़कर उठने लगा तो नर्स ने अबोध बच्ची की तरह अपने होंठों पर पवित्र मुस्कान छितराकर पूछा, "क्यों बाबा, तकलीफ तो नहीं हुई?"

"बेटी, तेरा राम भला करे।" सर पर साफा धरकर बाबा कहने लगा, "तेरे हाथ का ऐसा हुनर कि एक बार तो झपकी आ गयी! तीन दिन का जागरण था, दर्द के मारे पलक ही नहीं झपी। तेरी सूरत पर नजर पड़ते ही मुझे भरोसा हो गया। आसीस दूँ, जितनी थोड़ी है।"

'बुजुर्गों की तो आसीस ही चाहिए।"

बाबा लाठी सँभालकर बाहर जाने लगा तो नर्स की समूची देह में झनझनाहट फैल गयी—एड़ी से चोटी तक या चोटी से एड़ी तक, ठीक पता नहीं चला! हड़बड़ाहट में उसका पीछा करते धीरे-से पूछा, "बाबा, तुम्हें क्या नम्बर मिला था...?"

अनपढ़ बाबा गजब का वहमी था। तीन या चार मरीजों को टिकला बताकर नम्बर पूछा। ताजिन्दगी नहीं भूल सकता। और यों याद रखने के लिए अन्य मसाला ही क्या है? मुड़कर देखा तो नर्स का साँवला तिल चमकता नजर आया। उसमें आँखें गड़ाकर बोला, 'उनचालीस।'

नर्स के दिल में टीस उठी या दाढ़ में...? एक गहरा निःश्वास छोड़ते फिर पूछा, "उनचालीस?"

"हाँ, बिटिया हाँ—उनचालीस! अनपढ़ तो जरूर हूँ, मगर गाफिल नहीं। तीन-चार मोतबिरों को पूछा।"

बाबा जमाने की ठोकरें खाया हुआ था। नर्स को कुछ दुविधाजनक स्थिति में देखा तो धीर-गम्भीर स्वर में कहने लगा, "बेटी, एक बात के लिए सावधान किए देता हूँ, याद रखना। यह सफेदी हाट-बाजार में मोल नहीं मिलती। बहुत तपने पर जवानी की कालिख पर सफेद रंग चढ़ा है! नंगे सिर वाले दोगलों का कोई भरोसा नहीं, कब किसके साथ छल कर बैठें? ये तो बहन के भी सगे नहीं होते! फिर परायी का क्या लिहाज रखेंगे? इन्हें दाँतों का इलाज थोड़े ही करवाना है। कोई-न-कोई बहाना चाहिए। आँखें सेंकने की नीयत नहीं होती तो अपना नम्बर थोड़े ही बदलता! मैं तो जमाने की रग-रग जानता हूँ, पर तू इन लफंगों की नाड़ी नहीं पहचानती। इन्हें जवानी का बुखार है, तेज बुखार! जब किसी अस्पताल में इसकी दवा ही नहीं है तो यहाँ क्यों चक्कर लगाते हैं? तू क्या जानती नहीं? काले नाग का भरोसा कर लेना, लेकिन काले माथे का नहीं! मेरा यह मन्त्र याद रखोगी तो कभी गड्ढे में नहीं गिरोगी!"

पर इस तरह गड्ढे में गिरना ही तो उबरना है! और हाँ, नर्स की खातिर यह तथ्य समझना शेष है कि काला नाग ज्यादा घातक होता है या सफेद नाग? अबोध नर्स तो अनुभवी बाबा की बातें सुनकर सतर्क होने की बजाय सकते में आ गयी! यदि शुरुआत में ऐसे काले मन का पता होता तो—ना-ना, नर्स का यह धर्म नहीं है! उसे तो दुश्मन का भी माकूल इलाज करना चाहिए। अपना कर्म, सर्वोपरि धर्म। मगर बाबा का काला मुँह होने पर ही उसका मन शान्त हुआ। खौलते गुस्से पर क्योंकर नियन्त्रण रखा, वही जाने।

"तीन, तेरह, बाईस और उनचालीस!" इस चढ़ती उम्र की कगार पर यह कैसी अप्रत्याशित और अनहोनी गिनती गले पड़ी? ज्यों-ज्यों नर्स इन्हें भूलने की चेष्टा करती, त्यों-त्यों ये हठीले अंक उसके गले में झन्नाट मचाने लगे!

बिना काशी-करवत लिए ही उसे ऐसा महसूस हुआ कि उसकी देह, उसके मन और उसकी आत्मा के दो टूक हो गये हैं! एक टुकड़ा उसे दुत्कारता—छिः-छिः, इन अकिंचन टिकलों की खातिर इतनी परेशानी, इतना मन्थन, इतना द्वन्द्व! समझ का लवलेश ही नहीं! दूसरा टुकड़ा उसे प्रोत्साहित करता कि संसार में छोटा-बड़ा कुछ नहीं होता। छोटा सो ही बड़ा, बड़ा सो ही छोटा! जिस ईश्वर के नाम का इतना आतंक है, उसका तो कोई रूप ही नहीं है! बीज कितना छोटा होता है और पहाड़ कितना बड़ा! किन्तु पहाड़ नहीं बढ़ता, बीज बढ़ता है। कैसी भी अपूर्व दानवीरता की पर्तें छीलने पर अन्त में सड़ी गन्दगी ही शेष रह जाती है! धर्मार्थ

की दृष्टि से संस्थापित ये मन्दिर, ये धर्मशालाएँ, ये अस्पताल और ये विद्यालय इत्यादि सब कुछ काले धन की उज्ज्वल नामवरी है! कहाँ ये पवित्रतम अमूल्य टिकले—तीन, तेरह, बाईस और उनचालीस—और कहाँ-ये तुच्छ बिड़ला मन्दिर!

द्वैत टुकड़ों के बीच परस्पर अचीता महाभारत छिड़ गया। फिर भी एक मर्तबा, केवल एक मर्तबा लोह की जाली का पट उघाड़कर प्रीतम को देखने की हिम्मत नहीं हुई! और उधर उसे न जाने अन्ना करेनिना के किस मर्म की तलाश है? उसके किस अनुराग की आकांक्षा है? यह कैसी विडम्बना है? यह कैसी तान्त्रिक मूर्च्छा है? प्रत्यक्ष झाँकी की बात तो दूर, यदि सपने में भी झलक मिल गयी तो वह थर-थर काँपने लगेगी! पर कुछ ही देर बाद कमरे में अवतीर्ण होने पर, आँखें बन्द करके उसकी मोहिनी सूरत क्योंकर ओझल की जा सकेगी? डॉक्टर या नर्स के प्रति आस्था रखने पर मरीज का इलाज भी बखुशी करना पड़ता है। यह तो नर्स का धर्म है। पावन कर्तव्य है। पर वह बावरा तथागत अन्दर तो आये...!

तटस्थ फर्राश कभी धीरे तो कभी जोर से हाँक लगाता और अपनी बारी पर दो-दो मरीज भीतर जाने के लिए व्याकुल हो उठते।

"तैंतीस और चौंतीस।"

मगर आज तो डॉक्टर आडवानी न जाने किस सनक या किस खुशी में जरूरत से ज्यादा समय लगा रहे हैं? खैर, अब तो केवल पाँच नम्बर ही बाकी हैं। उसे अन्दर आना ही पड़ेगा! बरामदे व कमरे के बीच लोह की जाली का पट खुलते ही उसकी झाँकी मिलेगी—पीताम्बर! बाँसुरी! मोर-मुकुट! ना-ना—सफेद पैण्ट! फीरोजी कुरता। कत्थई पोथी। स्वर्णिम चित्रकारी। तोलस्तोय की अमर धिया... लाडेसर अन्ना करेनिना, न जन्म के बहाने पैदा हुई और न मृत्यु के बहाने मरेगी. ..!

अकस्मात् नर्स के कानों में कड़कती गाज उतरी, "सिस्टर, ग्यारह बजने वाले हैं। बचे हुए नम्बर इकट्ठे कर लो! जल्दी!"

मौत की दग्ध-पुकार ऐसी ही होती होगी! कौन जाने?

अचीती मुस्कान की ओट में धधकते अन्तस् की आग छिपाकर नर्स ने कहा, "डॉक्टर साहब, अब तो केवल...केवल पाँच-सात नम्बर ही बाकी हैं।"

हाथों के साथ-साथ डॉक्टर मानो मुस्कराहट को भी स्वच्छ करने का प्रयास कर रहा हो! उसी लहजे में बोला, "पहले घड़ी में समय तो देखो! इतनी देरी तो कभी नहीं हुई!"

मरी घड़ियों के कल-पुरजों की टिक-टिक से भला समय कब नियन्त्रित हो सकता है? मगर नासमझ मनुष्य तो समय की बजाय घड़ियों का ही अधिक भरोसा करता है...!

डॉक्टर का अनुभव गहरा था। हाथ पोंछते-पोंछते ही कहने लगा, "जिन्हें ज्यादा

दर्द होता है, वे सात बजे से पहले आ धमकते हैं! इतनी देर से आने वाले, शाम को फिर आ जाएँ तो क्या तकलीफ है? इलाज के साथ-साथ घूमना भी हो जाएगा।"

नर्स तो नारी थी! उसकी देह में औरत का कलेजा था! दरवाजे की तरफ बढ़ने की बिल्कुल ही शक्ति नहीं रही। मगर फर्राश की मर्दानी देह में मर्द का कलेजा था! मरीजों ने काफी आरजू-मिन्नत की, तेवर भी दिखाए, पर उसने तो जस-तस बचे हुए नम्बर इकट्ठे कर लिए! मेज के पास खड़े होकर इस कदर जोर से पटके, मानो शेष मरीजों का यही माकूल इलाज हो! मानवीय शरीर की समूची शक्ति एवं चेतना कानों में केन्द्रित करने पर भी नर्स को अन्ना करेनिना वाले युवक की वाणी सुनाई नहीं पड़ी! आँखों की तरह अभागे कान भी प्यासे रह गए! पीड़ा या दर्द के लिए केवल अक्ल दाढ़ की ही इजारेदारी नहीं है! बिना टीस की पीड़ा और भी ज्यादा घनीभूत होती है—एकदम असहनीय...!

किसी अदीठ...अदीठ स्वप्न से नियन्त्रित होकर नर्स मेज के करीब पहुँची। उनचालीस नम्बर का मैला टिकला हाथ में लेकर सूनी-सूनी निगाहों से न जाने क्या निहारने लगी? मगर एक बात निश्चित है कि उस समय सूरज को भी टिकले के भाग्य से ईर्ष्या हुई होगी! देवों के देव, सूर्य भगवान में अक्ल का इतना प्रकाश हुए बगैर अनन्त निबिड़ अन्धकार क्योंकर नष्ट हो पाता...?

जाने क्या सोचकर जाली का पट उघाड़ते समय डॉक्टर ने पीछे मुड़कर नर्स की तरफ रहस्यमयी निगाह से देखा। "अरे! इन टिकलों में क्या खोज रही हो? तुम्हें भी तो समय पर पहुँचना है। तबीयत कुछ खराब है क्या?"

"नहीं तो...।" फिर थोड़ा मुस्कराकर बोली, "मेरी तबीयत हमेशा दुरुस्त रहती है...। आप चलिए, अभी हाथ-मुँह धोकर आई!"

सचमुच, नर्स के होठों पर धुली हुई स्वच्छ मुस्कान चमक रही थी! मगर कभी-कभार औरतें आँसू नहीं बहाकर होठों से मुस्कराती हैं! एक जानकारी और भी...कि वैसी मुस्कान की लौ भीषण आग से भी अधिक उत्तप्त होती है! लेकिन उसे देखने के लिए वैसी ही दृष्टि चाहिए! आँखों की अपनी पुतलियों के जोर पर यह लौ नजर नहीं आती!

टप-टप की टापों के सहारे ताँगा गुड़क रहा था। नर्स को कुछ ऐसा विवेकशून्य आभास हुआ, जैसे घोड़े की बजाय वह स्वयं ताँगे में जुती हुई हो! अपने-आपको कुरेदकर न जाने क्या तलब कर रही थी, वही जाने?

सहसा फीरोजी कुरते वाले युवक से उसकी नजर बिंध गई! आँखों के सामने चितकबरी अँधियारी पुत गई! सफेद व काले चकत्तों में सर्वत्र एक ही छवि झलकने लगी—सफेद पैण्ट। काले-स्याह घुँघराले बाल। एक हाथ में अन्ना करेनिना थमी हुई। दूसरा हाथ गाल पर। सड़क की बाईं तरफ धीरे-धीरे चल रहा है। निपट अन्धी होने पर भी यह नजारा तो उसे स्पष्ट दिखाई दे जाता! यह तो उसकी देह का

ही दूसरा टुकड़ा है...!

सबसे पहले आया और बिना इलाज चुपचाप अपनी राह चल पड़ा! किसकी गलती है? न उसकी, न नर्स की! नर्स को तो उसकी टीस का पूरा-पूरा इल्म है, मगर उसे नर्स की अन्तर्वेदना का कुछ आभास है कि नहीं? पूछे बगैर कैसे पता चले? कौन पूछे? क्यों पूछे? न वह नर्स का नाम जानता है और न नर्स उसका नाम जानती है! खुद-ब-खुद तो अपना नाम जानते ही होंगे! अपने-आपसे तो अपना परिचय होगा ही! कहीं दिशाभ्रमित होकर स्वयं अपने-आपसे दूर तो नहीं चले गये? फिर भी अपना नाम जानने की भूल तो क्या पड़ेगी? नर्स को ऐसा महसूस हुआ कि इतने बरस की उम्र तो केवल एक भ्रान्ति थी! सचमुच, उसका जन्म तो आज ही हुआ...और वह जन्म के साथ ही पूर्ण रूप से जवान हो गयी...!

शाम को वापस आएगा कि नहीं...?

सुदर्शन ने पलकें उठाकर देखा...ताँगे में वही नर्स बैठी है। सफेद-बुर्राक वेश। मोहिनी मूरत। तिल की झाँकी लेने के लिए मन तो खूब ही व्यग्र हुआ, पर नितान्त हताशा ही हाथ लगी! हाँ, था तो बाएँ गाल पर ही, निश्चित बाएँ गाल पर ही!

टपटप की आक्रामक टापों से प्रतिपल दूरी बढ़ रही थी। वह पैदल था और नर्स ताँगे में थी। ना, ना, नर्स पैदल थी और वह ताँगे में था...!

"तीन, तेरह, बाईस और उनचालीस...!"

"क्या कहा बहनजी?" ताँगे वाले ने पीछे मुड़कर पूछा।

नर्स की गुलाबी सूरत पर लज्जा की एक और झाँई पुत गई। झिझक के साथ ही अविलम्ब बात सँवारी, "मैं...मैं पूछ रही थी कि तुम्हारा नाम क्या है...?"

"इस्माइल।"

किसका नाम जानना था और किसका जान लिया...?

"इस्माइल, ताँगा और तेज नहीं चल सकता क्या?"

"क्यों नहीं चल सकता? अभी लीजिए।" चाबुक के दो-एक सटीड़ उड़ने पर ताँगा काफी तेजी से गुड़कने लगा। उस तेजी का चश्मदीद गवाह था सुदर्शन। उसके कानों में टापों की टपाटप भी बढ़ने लगी। मगर वह तो अपनी चाल से, उसी तरह एक-एक कदम आगे चल रहा था।

नर्स के होठ फिर खुले—"तीन, तेरह, बाईस और उनचालीस। अन्ना करेनिना। लेव तोलस्तोय।" मानो कोई अमोघ मन्त्र सार रही हो! मगर इस बार घोड़ों की तेज टापों और ताँगे की खड़खड़ाहट के बीच उस मन्त्र की भनक ताँगेवाले को सुनाई नहीं दी।

दूरी काफी बढ़ गई। और प्रतिपल बढ़ती ही जा रही थी। फिर भी काली सड़क की बाईं तरफ चलता फीरोजी कुरते वाला युवक नर्स को साफ नजर आ रहा था। अन्ना करेनिना की पोथी के लिए मन में जबरदस्त हूक जगी, मगर एकटक

आँखें गड़ाने पर भी झाँकी नहीं मिली! अन्ना करेनिना की स्वर्णिम छवि कुछ देर पहले ही उसकी आँखों के सामने अवतरित हुई और देखते-देखते वापस ओझल हो गयी!

चलते-चलते वह सहसा नीम की छाया तले क्यों रुक गया? हाथ गाल के नीचे उसी तरह टिका हुआ था। कदाचित् दाढ़ का दर्द बढ़ गया लगता है? और जोर से फुसफुसाई—"तीन, तेरह, बाईस और उनचालीस!" ऐसा बेतुका अण्ट-शण्ट पहाड़ा आज दिन तक किसी औरत ने कण्ठस्थ नहीं किया होगा! न जाने क्या सोचकर उसने मुँह फिरा लिया। तत्पश्चात् घोड़े की तनी हुई कनौती के बीच एकटक देखती रही! अनन्त विस्तृत आकाश का उसके अतिरिक्त कहीं कोई अस्तित्व नहीं था! घोड़े से जुता ताँगा टपाटप की क्रमबद्ध आवाज करता हुआ प्रतिपल गुड़क रहा था। और टपटप की उद्घोषणा करती हुई दूरी बढ़ रही थी...निरन्तर बढ़ रही थी! किन्तु बेहद आश्चर्य की बात कि हठात् एक दूसरे से ओझल होते ही दोनों को एक साथ ऐसी भ्रान्ति हुई कि वे अविच्छिन्न आत्मीयता में लीन हो गये हैं!

1 सितम्बर, 1995

राजीनामा

बढ़ती उम्र के साथ-साथ जिन्दगी की घटनाएँ समय की राख तले दबती जाती हैं, पर कभी-कभार ठेठ बचपन की कोई बात सारी उम्र नहीं बुझती, राख के नीचे ज्यों-की-त्यों जगमग करती मिल जाती है! आज तो मैं एक लेखक की मर्यादा निभा रहा हूँ, पर उन दिनों कोरा-मोरा एक पाठक ही था। पढ़ने लायक कोई किताब हाथ लगी नहीं कि गटागट आँखों से पी जाता! शायद, नौवीं कक्षा में पढ़ता होऊँगा, तब की बात है। मैं खुद तो घर पर ही रहता था, पर संगी-साथियों से मिलने की उमंग में दूसरे-तीसरे दिन चारण होस्टल का चक्कर काट आता। स्वभाव तो सभी लड़कों का अलग-अलग होता है, पर गढ़सूरिया गाँव का रामकरण एक बेढब स्वभाव तथा निराली सूरत का लड़का था। मतीरे की तरह गोल सफाचट खोपड़ी। लम्बी चोटी। थुल-थुल शरीर। कील-मुँहासों से भरा गोल चेहरा। मिची-मिची आँखें, मानो उस्तरे से चीरा देकर अन्दर बिठाई गयी हों! किसी से भी अधिक मेल-मुलाकात नहीं—एकलखोरा। बतलाने पर भी मुश्किल से बोलता। अपने ही दन्द-फन्द में उलझा हुआ। मन करता तभी एक चमचमाता काँच लेकर मुँह के सामने रख लेता और हाथों से इशारे करते हुए अपने प्रतिबिम्ब से देर तक बातें करता रहता। संगी-साथी जब-तब चिढ़ाते, पर वो किसी की कोई परवाह ही नहीं करता, मानो पत्थर से कहा गया हो। मन-ही-मन मन्द-मन्द मुस्कराता रहता।

सभी कमरों में अक्सर उसकी चर्चा चलती रहती थी। सुनते-सुनते मेरे पास काफी मजेदार मसाला इकट्ठा होता गया। वो काँच में टुकुर-टुकुर इस प्रकार अपनी सूरत देखता मानो वो कोई दूसरा ही लड़का हो और इस तरह निःशंक बातें करता गोया किसी मित्र से बातें कर रहा हो!

एक दफा फटी हुई चुनरी के चिथड़े से रंजी झाड़कर टेबल पर काँच रखा। सामने कुर्सी पर बैठकर कुछ देर अपना प्रतिबिम्ब निहारता रहा।

फिर होठ मुलमुलाते पूछा, "बता, इस बार तिमाही में फेल कैसे हुआ?"

मुँह उतारकर धीरे-से जवाब दिया, "मैं अकेला ही तो फेल नहीं हुआ। कक्षा में आधे से ज्यादा लड़के फेल हुए हैं।" उसने आँखें तरेरकर तीखे स्वर में फटकार बतायी, "दूसरे गये भाड़ में, तुझे उनसे क्या लेना-देना! अपनी हैसियत के अनुसार चलना चाहिए। तुझे मालूम नहीं, घर में कितनी तंगी है। भर-पेट खाना न खाकर घरवाले तुझे पढ़ाते हैं। और जनाब को कोई परवाह ही नहीं!"

"परचे बहुत कठिन आये।"

"क्या तेरे अकेले के लिए ही कठिन आये? बाकी लड़के कैसे पास हुए?"

"मेहनत तो काफी करता हूँ। इम्तहान के नाम से ही जूड़ी चढ़ती है। जो जाता है, वही भूल जाता हूँ।"

"शहर में आकर बातें बनाना तो खूब सीख गया। ढंग से मन लगाकर पढ़ाई करेगा तो तू ही सुख पायेगा। कान खोलकर साफ सुन ले, आगे कोई गलती की तो तू जाने।"

एक बार वो दो-तीन घड़ी दिन-चढ़े देर से उठा तो उसे बहुत बुरा लगा। जल्दी-जल्दी बिना साफ किये ही काँच सामने रखा और दाँत पीसते पूछा, "रात को इतनी देर से क्यूँ आया? जरूर सिनेमा देखने गया होगा!"

"जरा देर से आया नहीं कि आपको झट सिनेमा का शक होता है।"

"तो सच बता, तू कहाँ गया था?"

माथे में बल डाले कुछ देर सोचता रहा। फिर बोला, "घोड़ों के चौक मौसीजी से साँझ को मिलने गया था। मैं तो खूब इनकार करता रहा, पर उन्होंने बिना ब्यालू किये आने ही नहीं दिया। फिर मुझे थोड़ी ऊँघ आ गयी। जगते ही सीधा होस्टल की तरफ भागा। विश्वास न हो तो...!"

"तुझ पर और विश्वास! मैंने सब पता कर लिया है। करणीदान और रामबख्श के साथ हजरत चारभुजा टॉकीज में पधारे थे। तुझे कितनी बार समझाया, इन लफंगों का साथ मत किया कर! मेरे सामने झूठ सँवारना चाहता है? तू कहे तो उन्हें रू-ब-रू बुलाकर पूछूँ!"

यह बात सुनते ही काँचवाली छाया का मुँह उतर गया। आँखें नीची करके इधर-उधर झाँकने लगा। फिर दोनों हाथों से कान पकड़कर कहने लगा, "कल भारी भूल हो गयी। अब कभी गलती नहीं होगी। आज माफ कर दो!"

"माफ करने पर तो उलटा और ज्यादा बिगड़ेगा। एक बार ठीक से मरम्मत हो जाये तो फिर कई दिनों तक निश्चिन्त। निर्लज्ज को लाज-शर्म से वास्ता ही नहीं। गाँव के सगे-सम्बन्धी दुश्मनों से भी बदतर हैं। उनका बस चले तो गाँव ही छुड़ा दें। घरवालों की सब आस तुझ पर टिकी है। ज्यों-त्यों वकालत पास कर ले तो घरवालों की तकलीफें सार्थक हों। वरना सबकी आस पर पाला पड़ेगा सो

तो पड़ेगा ही, पर तेरी गत भी कम नहीं बिगड़ेगी। वो ही हँसिया, वही घास। वही कुल्हाड़ी, वही लकड़ी। वो ही हल, वही धूप। वो ही पसीना, वही लू और वही झोंपड़ी। ठीक मन लगाकर नहीं पढ़ा तो तेरे काँटे तेरे ही चुभेंगे!"

फिर मिची आँखें फाड़कर काँच के सामने देखता, "भला, इसमें मुँह फुलाने की क्या बात है? भलाई की बात भी कड़वी लगती है। ये दिन तो कुलाँचें भरते निकल जायेंगे। फिर बेहद मुसीबतें उठानी पड़ेंगी।"

अरे! काँच में यह गधे का चेहरा कहाँ से उभर आया? कहीं पीछे कोई गधा तो नहीं खड़ा है? उसने झिझककर पीछे देखा—कुछ भी तो नहीं। फिर सामने मुँह करने पर अपना ही चेहरा साफ दिखता। जगह-जगह कीलें-ही-कीलें। ओह! कुत्ते की तरह ये कान इतने लम्बे कैसे हो गये? आँखें बन्द करके वापस खोलता तो कान फिर वैसे ही हो जाते। कान की लौ पकड़कर बार-बार जोर से खींचता। चिट्टी अँगुली से कान का मैल निकालता।

एक बार देशी ठर्रा पीने से मीचरी आँखों में भी रंग आ गया। काँच में देखा तो शक्ल अनजानी-सी लगी। नजर गड़ाकर पूछा, "तू कौन है भाई?"

"तू है, वो ही मैं हूँ"

"मैं हूँ, वो ही तू है?"

"हाँ।"

"फिर मैंने पहचाना क्यूँ नहीं?"

"वो तू जाने। शायद दारू पीने से आँखों की रंगत बदल गयी हो!"

"क्या तूने फिर दारू पी?"

"मैंने नहीं पी, तूने पी!"

उसके बाद दोनों हाथों से सर पकड़े वो थोड़ी देर बैठा रहा। फिर मुश्किल से हिम्मत करके उसने काँच की तरफ देखा। सर पर ये दो सींग कैसे उग आये? आगे देखने की हिम्मत नहीं हुई। कुर्सी पर से झट उठ खड़ा हुआ। अपने हाथ से छुपायी हुई बीड़ी-माचिस लाकर वापस कुर्सी पर बैठ गया। उलटी बीड़ी सुलगाकर लगते ही दो-तीन कश खींचे। धुएँ के छल्लों से काँच की चमक धुँधली पड़ गयी। इस बार काँच में बकरे का चेहरा नजर आया। लटकते हुए कान। सर पर दो नुकीले सींग। कहीं इस काँच की रंगत तो नहीं बदल गयी? वो झुँझलाकर खाट पर लेट गया। फिर उसने काफी दिनों तक काँच नहीं देखा।

एक बार गुस्से में तमतमाकर उसने कमरे का ताला खोला। ठोकर से दरवाजा उघाड़, बस्ते को खाट पर पटक दिया। काँच सीधा करके सामने कुर्सी पर बैठ गया। काँच पर गर्द-ही-गर्द जमी थी। अकस्मात् उस गर्द के भीतर से एक चेहरा प्रकट हुआ। उस पर नजर पड़ते ही वो कहने लगा, "आजकल साहबजादे छोकरियों के पीछे भटकने लगे हैं! अब तो पूरी बात ही बिगड़ गयी। जो भी बात हो मुझे

साफ-साफ बता दे, वरना आज तेरी शामत है।"

"सरकारी सड़क मेरे अकेले के पट्टे नहीं है। बहुत-से आदमी इधर-उधर चलते रहते हैं। मैं किस-किसका ध्यान रखूँ...।"

"तूने खास ध्यान रखकर पीछा किया, तभी मुझे इतना गुस्सा आया। पहले तो कभी मैंने ऐसा उलाहना नहीं दिया। बेशर्म, तूने यह नयी विद्या कब सीखी? घरवालों ने कुछ भरोसा करके यहाँ भेजा और तूने ये गुल खिलाए! हरामखोर, अब भी तू मुझे मुँह दिखाता है?"

"ऐसी बात है तो आप मुँह देखते ही क्यूँ हैं? मैं तो डर के मारे सामने ही नहीं आना चाहता, पर आप न मानें तो मैं क्या कर सकता हूँ?"

"मुँहजोर कहीं का! मेरे सामने जबान चलाता है! खबरदार, ज्यादा बकवास की तो जबान खींच लूँगा!"

यह बात कहकर वो गुस्से से होठ चबाने लगा। फिर दो-तीन मर्तबा गमछा झटककर काँच की धूल झाड़ी। चेहरा मानो उलटा उसे ही आँखें दिखाने लगा हो। चोरी और सीनाजोरी।

"थोड़ी-बहुत भी शर्म-हया हो तो चुल्लू-भर पानी में डूब मर। घरवाले तो छाछ-दलिया खाकर जैसे-तैसे जून पूरी करते हैं। जनाब के लिए घी भेजते हैं! गोंद के लड्डू भेजते हैं! उनके सपनों के साथ दगा करके तू छोकरियों के पीछे डोलता फिरता है?"

"मेरे भी तो कुछ सपने होंगे?"

"तेरे कैसे क्या सपने हैं?"

"सपनों जैसे सपने। मेरी उम्र के मुताबिक सपने।"

"फिर घरवालों के सपनों का क्या होगा?"

"घरवाले जानें।"

"तू कुछ नहीं जानता?"

"नहीं, मैं तो अपने सपनों के अलावा दूसरी कोई बात नहीं जानता।"

"चण्डाल, तू इतनी बातें कब सीख गया?"

"ये बातें आप ही आती हैं, कहीं सीखने की जरूरत नहीं!"

"बकवास बन्द करता है कि लगाऊँ दो-चार झापड़!"

यह बात कहते ही उसे गुस्सा आ गया। तड़ातड़ पाँच-सातेक लाफे रसीद कर दिये। गाल लाल हो गये। आँखें छलछला आयीं। आगे शक्ल देखने का साहस नहीं हुआ। थोड़ी देर सर झुकाकर बैठा रहा। फिर गर्दन उठाकर मिची-मिची आँखों से काँच की ओर देखा। अभी तक गाल लाल थे। तीन-चारेक कीलें फूट गयी थीं। आखिर हिम्मत हारते हुए अन्तिम धमकी दी, "अब कभी छोकरियों के पीछे डोलते देखा तो गर्दन मरोड़ दूँगा।"

कुछ उत्तर नहीं मिला।

आँखों में आँखें डालकर वो अपना प्रतिबिम्ब, तब तक देखता रहा जब तक कि शीशे वाला चेहरा धीरे-धीरे लुप्त नहीं हो गया।

कि अचानक वो झिझककर खड़ा हो गया। बड़बड़ाते कहने लगा, "यह कैसी अनहोनी बात हुई? काँच में अपना चेहरा ही नहीं दिखायी देता!"

फिर वो बावले की तरह दौड़ता हुआ होस्टल के बाहर गया। हलवाई की दुकान से एक दही-थड़ी और एक लड्डू लाया।

वापस कुर्सी पर बैठ काँच में देखा तो चेहरा साफ दिखाई दिया। गालों की ललाई काफी कम हो गयी थी।

"अब रिसाना छोड़। ले, यह मिठाई खा ले।"

"मैं कुछ नहीं खाऊँगा, मुझे मारा क्यूँ?"

"अभी कहाँ मारा है, बदमाशी करेगा तो और मारूँगा।"

"फिर यह झूठा दुलार क्यूँ? हाथ न थके तब तक मारे जाओ।"

"ले खा ले, ज्यादा जिद मत कर, नहीं तो और मार पड़ेगी।"

काँच वाला प्रतिबिम्ब मुँह फुलाकर बोला, "हरगिज नहीं खाऊँगा। जो करना हो सो कर लो।"

"अरे, मूरखों के बादशाह, मैं तेरे भले की खातिर ही इतनी मगजमारी कर रहा हूँ।"

"तेरा-मेरा भला कौन-सा अलग है?"

"क्या, तू मुझसे अलग नहीं है?"

"नहीं, अपन दोनों एक ही हैं, फकत यह शीशा ही मुसीबत की जड़ है!" मेरा कहा मान, मैं तुझे खुश करने के लिए ही यह मिठाई लाया हूँ। ले, खा ले।"

"पहले इस काँच के टुकड़े-टुकड़े करके बाहर फेंक दीजिए, फिर मैं आपका कहा कभी नहीं टालूँगा।"

"वचन देता है?"

"हाँ, वचन देता हूँ।"

फिर राम जाने उसके सर पर क्या खब्त सवार हुई कि कपड़े धोने की मोगरी से उस काँच के टुकड़े-टुकड़े कर दिये और गली में फेंककर खुशी-खुशी वह मिठाई खा ली। उसके बाद जब कभी मिठाई खाने का मौका आया, उसने कभी हील-हुज्जत नहीं की! उसी दिन से दोनों के बीच एक ऐसा ही पुख्ता राजीनामा हो गया था!

और आज उसी राजीनामे का यह करिश्मा है कि एक अकिंचन थानेदार होते हुए भी लोग-बाग उसके पास पाँच लाख रुपये की पूँजी कूतते हैं।

मई, 1974

दूरी

डोकरी तो आज हुई है! पर साठ बरस पहले कुलाँचें भरती नंग-धड़ंग तोंदल छोकरी ब्याह के बाद पहली मर्तबा नया वेश पहनकर ससुराल की अजानी डगर रवाना हुई, तब सचमुच वह आठ बरस की ही थी! खलूँ-खलूँ खाँसी के मारे आज मरूँ कल मरूँ की दुविधा में फँसे नाना ने नातिन के हाथ जल्द ही पीले कर दिए। ब्याह के तीन महीने बाद नाना की मृत्यु पर वह ननिहाल गयी, फिर तो एक बार भी ससुराल का आसरा नहीं छोड़ा। तब से आरण, ऐरण, धौंकनी, घण, हथौड़ा, सँड़ासी, आग और धुएँ के अलावा उसका न तो कोई संसार था और न कोई ब्रह्माण्ड ही! दस-बीस गाँवों की आस के इर्द-गिर्द चूँ-चूँ करती गाड़ी और औंधी खटिया ही सुख-सुविधा का एकमात्र साधन थी। ऐरण और घण की चोटों के दौरान कब इतने बरस आँखमिचौनी खेलते दूर-ही-दूर खिसक गये, डोकरी को पता ही नहीं चला! धौंकनी की गर्म हवा और सुलगते अंगारों की आँच में कब पाँच बेटियाँ और एक बेटा पैदा हुआ, कुछ खबर ही नहीं पड़ी! कब समय के पालने में बच्चे बड़े हुए, कब काम करते-करते भाँवरों में बँध गये, कब निरीह चिड़ियाँ रोते-रोते ससुराल गईं और कब बेटे की बहू रोते-रोते ससुराल आयी, कुछ आभास ही नहीं हुआ, जैसे खुली आँखों कोई सपना देख रही हो!

होश सँभालते ही बेटे व उसकी बहू ने तो आरण और धुएँ का संसार कबूल कर लिया और हञ्जा ने घर-घर फेरी की जिम्मेवारी ओढ़ ली। डलिया में काँटा-कढ़ने, कड़ी-सींकले, टीपरियाँ, चिमटे व बच्चों का मन बहलाने के निमित्त लोहे के छोटे रथ भरकर वह गली-गलियारों में गुहार मचाती। घर के मालिक या मालकिन की मरजी के मुताबिक अच्छा-बुरा अनाज हञ्जा के हाथ लग जाता। वह कभी किसी से हुज्जत नहीं करती थी। या यों कहें कि उसे हुज्जत करना पोसाता ही नहीं था।

आठ बरस की उस अबूझ दुलहन की देह पर आज हञ्जा-माऊ की यह कैसी छवि अंकित हो गयी? स्याह-पुष्ट सूरत ठौर-ठौर सलवटों की जाली से घिर गयी? गर्दन की दाहिनी बाजू एक बड़ी-सी मेद उभर आई। छतिया के नींबू बढ़ते-बढ़ते खाली थैलियों की तरह लटक गए! काले-कजरारे बालों में सर्वत्र सफेद रंग घुल गया! एक-एक करके सारे दूधिया दाँत झड़ गए। माँ की कोख से छुटकारा पाने के बाद किसी भी टेढ़े-मेढ़े रास्ते से मौत की गोद में पहुंचना है, सो हञ्जा-माऊ जस-तस करीब पहुँच रही थी।

कल तक तो किसी तरह का कोई झमेला नहीं था, पर आज यह कैसी अचीती गाज गिरी! दोपहर की चिलचिलाती वेला रोजमर्रा की तरह छाछ, नमक व मिर्च में दो सोगरे चूरकर उसके बेटे झोला ने भरपेट खाने के उपरान्त आरण चालू किया ही था कि पेट में ऐसी दुर्दान्त टीस उठी कि वह ऐंठकर लुढ़क पड़ा। हञ्जा-माऊ ने रामदेव बाबा को सवा सेर गुड़ की मन्नत बोली, तब भी अड़ोसी-पड़ोसी उसे जबरदस्ती गाड़ी में डालकर अस्पताल ले गए। डॉक्टर अपने भाञ्जे के विवाह में पचास कोस दूर काफी व्यस्त था। कम्पाउण्डर ने जाँच-पड़ताल करके अपेण्डिक्स की आशंका प्रकट की और पींपाड़ के अस्पताल शीघ्र पहुँचने की मुफ्त सलाह दी।

घबराहट के मारे काँपती हञ्जा-माऊ को न तो किसी को टोकने की सुध रही और न एतराज करने की। उसके देखते-देखते गाँव के चन्द सयाने-समझदार लोगों ने तड़पते झोला को जबरन रवाना कर दिया। सौ रुपयों की एवज में चम्पा कलाल की जीप धर्र-धर्र धुआँ छोड़ने के साथ धूल उड़ाती अदीठ हुई, तब कहीं हञ्जा-माऊ का होश ठिकाने आया! घुटनों में कँपकँपी फैल गई। झोला की तीमारदारी में बहू और ग्यारह बरस का पोता भी लोगों के कहे-कहे जीप में बैठ गए।...और पीछे रह गयी हञ्जा-माऊ—निपट अकेली! इतनी लम्बी-लड़ाक जिन्दगी में वह कभी अकेली नहीं रही। और न सपने में भी उसे अकेलेपन का कभी एहसास हुआ। घरवालों के बीच वह हरदम ऐसी आश्वस्त रहती थी मानो सार-सँभाल के वज्र-कुठले में नितान्त सुरक्षित हो! उसकी निर्बाध कुशलक्षेम में कहीं कोई कसर नहीं थी। और आज अकेली होते ही उसके अटूट विश्वास की नींव मानो अतल गहराई में धँस गई! बड़ी मुश्किल से पाँव घसीट-घसीटकर वह अस्पताल से अपने घर पहुँची।

हञ्जा-माऊ अपने जैसे-तैसे ढर्रे की अभ्यस्त हो चुकी थी, मगर आज तो उसका रोम-रोम विचलित हो उठा। न गाड़ी और आरण के आदिम पड़ाव ठहरा जा सकता है और न अदीठ-ओझल बेटे के पास पहुँचा जा सकता है! बदबूदार धुएँ की काली साँस छोड़ती वह डायन तो देखते-देखते उसके पुत्र को लेकर अन्तर्धान हो गयी, न जाने कहाँ, दुनिया के किस कोने में? इत्ते बरस यह दुनिया कहाँ गायब थी? कहाँ, कहाँ? कभी उसकी जरूरत भी तो नहीं पड़ी!

इस डायन का डौल देखते ही हञ्जा-माऊ का जी मितलाए तो क्या हुआ, एक बार उसे भी साथ बैठने के लिए पूछना तो था! बेटे की खातिर मौत के कन्धे पर बैठ जाती! कोख में बिना देखे ही उसे तकलीफ नहीं होने दी तो अब आँखों के सामने उसे क्योंकर छटपटाने देती? माँ के जिन्दा रहते बेटे के पाँव में काँटा भी नहीं चुभना चाहिए! हञ्जा-माऊ को ऐसा महसूस हुआ जैसे गले का थूक कसैला पड़ गया हो। करवा भरकर बोखे मुँह तीन-चार कुल्ले किए, एकाध घूँट पानी निगलने की चेष्टा की, पर एक बूँद भी नीचे नहीं उतरा, मानो गले में कुछ फँस गया हो। इधर देखा–उधर देखा। आँगन, नीम, आरण और उजाला ऐसे उदास-उदास तो कभी नजर नहीं आये!

फड़फड़ाते जी की खातिर हञ्जा-माऊ एक बार फिर अस्पताल की ओर रवाना हुई। ठक-ठक लाठी ठपकारती कम्पाउण्डर के सामने खड़ी हुई, तब भी उसने हञ्जा-माऊ से कुछ बात नहीं की। संज्ञाविहीन माँ उसके पान ठसे गोल-मटोल मुँह की तरफ टुकुर-टुकुर ताकती रही, जैसे वह काफी दूर खड़ा हो! कुछ देर बाद गले में फँसे बोल बड़ी बड़ी मुश्किल से बाहर धकियाते बोली, "बेटा, मेरे झोले को पींपाड़ भेजने से पहले मुझे पूछना तो था...?"

या तो उसे हञ्जा-माऊ का सवाल ठीक तरह सुनाई नहीं पड़ा या सवाल का मायना उसकी समझ में नहीं आया। मिची-मिची आँखों से उसके जाली भरे मुँह की तरफ गुमसुम देखता रहा। उसके चेहरे की रंगत से यह पता पड़ना मुश्किल था कि सामने खड़ी बुढ़िया उसी से जवाब-तलब कर रही है! नजर सांगोपांग तेज होते हुए भी उसकी सूरत पर अन्धे मनुष्य की-सी उदासीनता पुती हुई थी! अधीर हञ्जा-माऊ ने फिर जानना चाहा, "बोल, मुझे पूछना था कि नहीं?"

इस बार पान ठसा मुँह थोड़ा खुला, "तू खुद पास खड़ी थी। कुछ भी एतराज था तो बोली क्यों नहीं?"

"बेटा, उस समय मुझे कुछ होश होता तो पूछती, पर तुझे तो पूछना था!"

"क्यों पूछना था? बीमारी की बात हम माँ-बाप से अधिक जानते हैं।"

कम्पाउण्डर के वे बड़-बोल उसे चिनगारियों की तरह चटखते सुनाई पड़े। "तुम्हें ऐसी क्या गरज पड़ी थी? माँ से ज्यादा गरज धन्तर-वेद को भी नहीं होती!"

गँवार बुढ़िया की उस साफगोई ने उसके कानों में झनझनाहट मचा दी। "गरज तो कुछ भी नहीं, पर कुछ फरज मेरा भी था। और तू साथ रहकर भी क्या नौ की तेरह कर लेती? उल्टा रो-धोकर चिल्लाती। कोरे-मोरे चिल्लाने से बीमारी ठीक नहीं होती, समझी?"

जवाब तो हञ्जा-माऊ को आरण के सुलगते अंगार जैसा सूझा था, मगर रो-धोकर चिल्लाने की बात सुनते ही उसकी आँखों के सामने धधकती लपटें कौंध उठीं! बुझे-बुझे स्वर में पूछा, "भले आदमियो! मेरे झोले की देह पर चीर-फाड़ तो नहीं करोगे...?"

हञ्जा-माऊ की नादानी पर कम्पाउण्डर झीना-झीना मुस्कराता कहने लगा, "वाह री हञ्जा-माऊ, ऐसी बेतुकी बात तो बच्चा भी नहीं करता। चीर-फाड़ की जरूरत नहीं होती तो उसे पींपाड़ क्यों भेजता? झख मारने?"

हञ्जा-माऊ की नादानी पर कम्पाउण्डर को तो फकत अचरज ही हुआ, पर उसके बेबाक जवाब से हञ्जा-माऊ की तो जैसे साँस ही उखड़ गयी हो। अब तो बहू का सुहाग, पोते का भाग्य और माँ का पुण्य ही काम आएगा! मौत न यहाँ टल सकती है और न वहाँ! पर यह अदीठ दूरी! यह अदृष्ट दुनिया! यह बहरा अलगाव और यह घायल अभरोसा! मौत का सब्र हो जाता मगर वहम और दूरी का सब्र नहीं होता! दूरी चाहे दिल की हो, चाहे दुनिया की...!

आँखों से ओझल होने की पीड़ा ही उसकी गहरी छटपटाहट थी। न जाने क्या हुआ, क्या होगा? इस दुश्चिन्ता की दाझ ही उसके अन्तस् में उबल रही थी! काया की कुदरती मौत-माँदगी तो हाथ की बात नहीं, पर विरह-विजोग तो वश की बात है। जैसी चाह, वैसी राह। फिर सामने मौजूद बेटे को दूर क्यों जाने दिया? अड़सठ साल की अर्जित की हुई समझ भी जब इस विपदा की वेला काम नहीं आयी तो वह किस काम की? आग लगे ऐसी नागडसी समझ को। हञ्जा-माऊ तो आज मौत से पहले ही मर गयी...!

मूर्च्छा के जाल में जकड़ी माँ वापस घर की ओर लौटी। पाँव घसीटने के साथ-साथ उसे नीचे की जमीन दूर खिसकती-सी महसूस हुई। बीच की दूरी को लाँघना भारी पड़ गया। बड़ी मुश्किल से अपनी लाश को ढोती-ढोती वापस घर पहुँची। अकेली, निपट अकेली! फटी-फटी निगाहें पछाड़कर आकाश में तपते सूरज की ओर देखा...शायद कुछ रोशनी नजर आये! इतने बरस तो दिन में उजाला करने के अलावा सूरज की दूसरी कोई जिम्मेवारी नहीं थी! फकत काम करने की सुविधा के लिए बेचारा दिन भर तपता रहता है! पर आज उसे कुछ ऐसा महसूस हुआ जैसे आकाश के ओसारे में आग लगी हो...।

यों तो उसका बेटा कई बार गाँव-गोठ, न्यात-बिरादरी और मेले-खेलों में दूर-दूर गया था पर अन्तस् की आँखों से ओझल कभी नहीं हुआ! एक दिन के बछड़े को अलग करने पर जिस तरह गाय व्याकुल होती है, उसी प्रकार अड़तीस बरस के अधबूढ़ बेटे की जुदाई से वह तड़प-तड़प उठी। पूरे बरस धमाधम घण कूटने पर भी सौ रुपये बड़ी मुश्किल से जुड़ते हैं, फिर इन बड़भागियों को एक मुश्त सौ रुपये माँगते लाज-सरम नहीं आयी? कई बार सभी घरवाले भूखे-निरणे ही सोए, पर छूमन्तर होने के डर से कलदार रुपये को कभी नहीं भुनाया! बदरंग खाट के नीचे मेंगनी की आँच करके ठिठुरती रात काटना कबूल, पर राली-गुदड़ी के निमित्त कानी-कौड़ी भी बेकार खर्च नहीं की! लेकिन आज तो सौ रुपये भी गँवाए और बेटे का संग-साथ भी छूटा। दवा-दारू और नकदी की दुहाई से मौत

को फुसलाया जा सके तो ये ठाकुर-सेठ अपने घरवालों को मरने दें भला...?

आज की रात जैसा काला-स्याह अँधेरा तो कभी नहीं गिरा! पहले तो अँधेरा भी साफ-साफ दिखता था पर आज तो आँखें फाड़ने पर भी वह नजर नहीं आता। कहीं आँखों की जोत तो धोखा नहीं दे गयी? दीया जलाने पर मन्द-मन्द उजाला तो जरूर हुआ, पर उसकी आभा में कहीं झोला नजर आये तो उसका महातम है! झीने-झीने उजाले में इधर-उधर आँखें फाड़ीं। बेटा हो तो दिखे! उजाला विष-बुझे तीर की नाईं उसकी पुतलियों में खटकने लगा। ओढ़नी के पल्लू से झट दीया बुझा दिया। जहाँ माँ है, वहीं बेटे को होना चाहिए। जहाँ बेटा है, वहीं माँ को होना चाहिए...।

चहुँ-तरफ और भी घनघोर अँधेरा ढह पड़ा। झुके हुए पिंजर के भीतर अँधेरा। बाहर अँधेरा। मानो दो सघन पाटों के बीच पिचक गयी हो! तीन बरस पहले झोला के बाप ने जब हमेशा के लिए अपनी आँखें मूँद लीं, तब भी ऐसा खूँखार अँधियारा प्रकट नहीं हुआ था। पर आज छिन, घड़ी, दिन, मास और बरस की ठोकरों से लुढ़कती जिन्दगी को यह कैसा धक्का लगा कि वह पहले ही झटके में छकड़ी भूल गई। सरपट भागती उस चुड़ैल को ऐसी तेज रफ्तार क्या इसीलिए मिली कि वह इकलौते बेटे को माँ से जुदा कर दे...?

शायद एक ठौर रुकने से न तो आज की रात ढलेगी और न अथाह अँधेरा ही मिटेगा। सपनचारी के उनमान कन्धे पर गठरी लटकाए, ठक-ठक ताल के सड़िन्दों से अँधेरे को रौंदती हञ्जा-माऊ बेटे की तलाश में अजानी राह अपने-आप चल पड़ी। उसके अमृत मिलन की आस में एक-एक कदम अँधेरा पार करेगी! तमाम बस्ती के साथ सारे पंछी भी सो रहे थे। किन्तु छड़े-बिछड़े गण्डक सजग होकर अँधेरे को नोचते हुए भूँकने लगे सो भूँकते ही रहे!

आज हञ्जा-माऊ को घरबार एवं बस्ती का ख़याल तो बड़ी बात, खुद अपना भी ख़याल कहाँ था! वह अपने ही भीतर कहीं गहरी खो गयी थी! या तो भीतर का अदीठ अन्तस् उलटकर बाहर आ गया था या बाहर का झुर-झुर पिंजर भीतर सिमट गया था! फिर भी अड़सठ बरसों की उस आधी-अधूरी चेतना की बजाय, बेहोशी की यह धुन्ध ज्यादा बेहतर थी!

हञ्जा-माऊ गाँव के घूरे से उतरी तो ठपकारों की भनक में बरगद का निवास छोड़कर टिव-टिव करते पंछी पाँखें फड़फड़ाकर इधर-उधर उड़े। शायद ये भी बच्चों की खोज में उड़े हों! बरगद के नीचे रुककर उसने ऊपर देखा--अनगिनत साँवले पान-ही-पान। साँवले डाले और साँवली डालियाँ। झूलती हुई साँवली शाखों के जाल! इत्ता भारी-भरकम विशाल बरगद फकत एक ही तने के सहारे खड़ा है! फर-फर की मीठी फड़फड़ाहट से पान झूम-झूम रहे हैं! केवल एक बीज का यह अजीब चमत्कार! पान, डालियाँ और तने सहित यह विराट बिरछ उस छोटे-से बीज में

कहाँ छिपा था...? उसने तो अब तक पेड़-पौधों को ध्यानपूर्वक देखा ही कहाँ? फकत अपनी जरूरतों को पूरा करने के निमित्त ही कुदरत का महातम था!

यकायक उसे साँवले पानों के पार सफेद-सफेद चमक टिमटिमाती नजर आई। काँच के टुकड़ों की तरह ये क्या चमक रहे हैं? बरगद का घेर-घुमेर दायरा छोड़कर उसने ऊपर देखा—ओह! ये तो हमेशा वाले ही अनगिन तारे! अपनी धुन में टिमटिमा रहे हैं। इन्हें अच्छी तरह ध्यान से निहारने की मंगल वेला ही कहाँ मिली? फिर तो कमर ही झुक गई। अपनी इच्छा से ऊपर देखे तो बरस बीत गए। इन तारों की कब किसे जरूरत पड़ती है? लाखों-लाख होते हुए भी धरती पर चिनगारी जितना भी प्रकाश नहीं! खुली आँखों के सामने फकत टिमटिम चमकते नजर आते हैं। बेचारे सूरदास को तो सूरज भी दिखाई नहीं पड़ता, तब ये तारे क्या खाक दिखते होंगे? अन्धे की जिन्दगी भी क्या कोई जिन्दगी है? काल-कोठरी और अन्धी कैद! यदि दुर्योग से वह अन्धी होती तो आज बेटे की खोज में कैसे निकल पाती? हञ्जा-माऊ को पहली बार आँखों की जोत का गुमान हुआ! अँधियारे के अस्पष्ट धुँधलके में उसके अदीठ अन्तस् में एक ऐसी आस फड़फड़ा रही थी कि बस अगले ही छिन बेटे की आवाज सुनाई देगी, "माँ, मैं आ गया! एकदम भला-चंगा! पर तू कहाँ जा रही है...?"

अगले, हाँ अगले क्षण की अमिट आस लगाए वह निरन्तर आगे बढ़ती रही—ठक-ठक लाठी ठपकारती हुई। मगर अँधियारे की घाटी लाँघने पर उजाले की सीमा में पाँव धरते ही उसकी आस चकनाचूर हो गई! धू-धू सुलगते उजाले ने उसके बेटे को न जाने कहाँ दूर-ही-दूर छिपा लिया!

हञ्जा-माऊ के कानों में अचानक मनुष्य के कण्ठ की भनक पड़ी, "कौन है?"

उसने चौंककर पीछे देखा।

"अरे! यह तो हञ्जा-माऊ!"

अब कहीं डोकरी को चेत हुआ कि यह बोली तो उसके बेटे की नहीं है! पर आवाज जानी-पहचानी थी। छकड़ा करीब आते ही साफ पहचान लिया कि ये तो अपने ही गाँव के बाशिन्दे—झूमर चौकीदार और भँवरलाल कोठारी। गर्दन ऊँची करके अधीर स्वर में पूछा, "मेरे झोले को कहीं देखा...?"

झूमर ने छकड़ा रोककर कहा, "सुना कि कल दोपहर को वह जीप में बैठकर पींपाड़ गया। कम्पोडर ने हील (अपेण्डिक्स) का उठाव बताया। बीमारी के कारण जीप में बैठने का मजा तो लिया, वरना बेचारे की किस्मत में ऐसा संजोग कब जुड़ता?"

हञ्जा-माऊ की खोपड़ी पर जैसे घण का अचीता प्रहार हुआ हो! मुए बावरी को झाड़ने की इच्छा तो बहुत हुई पर जीभ ही नहीं उथली। लेकिन बोहरे की जीभ

के लिए तो ऐसी कोई रुकावट नहीं थी। वह अपने लम्बे, पीले खीसें निपोरता अदेर कहने लगा, "हील का उठाव हो चाहे बादी का, सौ रुपयों का जूत लगना था, वह लग गया! हज्जा-माऊ, तू ही बता, ये सौ रुपये कर्ज के पेटे जमा होते तो बोझ कम होता कि नहीं? जीप के मजे की खातिर बेकार रुपये खोने में कोई एतराज नहीं, मगर मैं जब भी तकाजा करूँ, रोना-रींकना चालू!"

किसकी आस सँजोए थी और किस से साबका पड़ा? हज्जा-माऊ को लगा, जैसे दहकते आरण पर लुढ़क पड़ी हो! हारी-थकी आवाज में धीमे-से बोली, "तुम्हें भी देंगे सेठजी, दूध में खँगालकर देंगे। थोड़ा धीरज रखो।"

"पानी में खँगालकर दो, मुझे कोई उजर नहीं, पर दो तो सही। एक बार उधार देने के बाद मुझे तो मन मारकर धीरज रखना ही है।"

हज्जा-माऊ के दाँत जैसे अभी-अभी गिरे हों! जवाब देते समय मसूड़ों में टीस उठी! "सेठजी, घण तो खूब ही घमकाते हैं, फिर भी जुगाड़ जमता नहीं।"

बोहरे ने पवित्र गुर का मायना समझाते कहा, "नीयत बोदी हो तो लक्ष्मी का जुगाड़ कभी नहीं जमता।"

किसी अदीठ चरखी में फँसी हज्जा-माऊ बड़ी कठिनाई से बोली, "झोला अचानक बीमार नहीं पड़ता तो नाहक सौ रुपयों की चपत क्यों लगती?"

असामी को तंग करने का हिंसक आनन्द भी वसूली के सन्तोष से कम नहीं होता! बोहरा यह स्वाद कब चूकने वाला था! "झोला तो कल बीमार पड़ा और मैं जब भी तकाजा करता हूँ, इस कान से सुनकर उस कान से निकाल देते हो। बस, तुम लोगों को तो कोई-न-कोई बहाना चाहिए। कल पोते की बीमारी का बहाना तैयार! तुम्हारे लच्छन मुझसे क्या छिपे हैं?"

हज्जा-माऊ के रोम-रोम में सिहरन फैल गई। बोहरे का जोर जमराज से बढ़कर होता है! किसी अदीठ सण्डासी की पकड़ से जीभ छुड़ाते बोली, "सेठजी, लच्छन बखाने जैसा काम तो भूल-चूक से भी नहीं किया, उसी का तो रोना है!"

"तभी तो तेरे विश्वास पर मैंने कलदार तीन सौ रुपये गिने। तू बेटे के नाम पर भले ही फूली न समाए पर मैं तो पाजी झोले की धेले भर भी कदर नहीं करता। खैर, रास्ते में मिल गयी तो बात छेड़ दी; वरना मुझे फुरसत ही कब मिलती है? पर तू जा कहाँ रही है?"

गुस्सा तो ऐसा आया कि हाथ की लाठी से बोहरे की बत्तीसी तोड़-ताड़कर जीभ चिगद डाले, पर असामी की जड़ का बूता ही कितना! राजा के हाथी को मरियल पँड़वा के सामने पूँछ दबाकर भागना पड़ा था। जहर का घूँट घुटकते बोली, "दुनिया भर का हिसाब जानते हो, यह भी बताना पड़ेगा कि बेटे से मिलने पींपाड़ जा रही हूँ।"

"तो बैठ छकड़े पर। पींपाड़ के पास छोड़ दूँगा। सौ रुपये जीपवाले को दिए

तो मुझे पाँच से कम क्या देगी...?"

डोकरी भीतर-ही-भीतर अध-कुचले साँप की तरह बिफरी हुई थी। झटके से मुड़कर आगे कदम बढ़ाते बोली, "ना, तुम जाओ। मैं तो पाँव-पैदल ही भली।"

गरीब मरियल बुढ़िया के मुँह से इस कदर साफ-सफ्फाक मनाही सुनने को सेठ के कान बिल्कुल आदी नहीं थे। कानों में झनझनाहट मच गई। मुँह मसोसकर कहने लगा, "तुम गाडूलियों के बस की बात हो तो मसान भी पैदल जाओ! ऐसी मूजी और गलीज जात मैंने नहीं देखी! हगकर पीछे देखते हैं!"

मसान का नाम सुनते ही डोकरी के कानों में जैसे सुरंग छूटी! कलेजे में आरण सुलग उठा! फिर भी ठण्डे सुर में बोली, "थूको अपने मुँह से! राजा करण की वेला ये क्या मुए-आखर उगल रहे हो...?"

"सच्ची बात कहने पर माँ भी नाराज होती है। थोथी हेकड़ी में कुछ नहीं धरा। खुर रगड़ते कब पींपाड़ पहुँचेगी? बेटे से जल्दी मिलना चाहे तो बोहरे की शरण झेल! चल, पाँच रुपये मत देना। मैंने तो मसखरी की और तू बुरा मान गयी!"

गरीबी निहायत मजबूर होती है। बीमार बेटे से जल्द मिलने की खुशी में उसने आगे कोई आनाकानी नहीं की। चुपचाप मन मारकर छकड़े पर बैठ गयी, मानो चिता पर बैठी हो...!

उस दिन...हाँ उस दिन भी गाड़ी पर ससुराल आयी थी! छाती तक लम्बा घूँघट निकाले। बाल-बनड़ी! कित्ता...कित्ता समय गुजर गया, जैसे कोई जंजाल आया हो! आरण की आँच में उफनता जोबन बुझ गया! लोहे की छोटी-मोटी चीजों को घड़ने में ही कंचन-काया माटी में मिला दी! धार देते-देते ही समूचा जोबन भोथरा पड़ गया! उफ़! अब वे दिन वापस क्योंकर पकड़ में आएँ...?

डोकरी के जर्जर ख़यालों से बैलों का वास्ता ही क्या था! वे तो अपनी चाल से चल रहे थे। जुता हुआ छकड़ा उसी रफ्तार से गुड़क रहा था। आखिर गुड़कते-गुड़कते बोहरे की मंजिल पास आई। पींपाड़ से कोस भर पहले उसे नीचे उतार दिया। मालियों के कुएँ पर खरीदा हुआ जीरा भरने के लिए छकड़ा तो दाहिनी तरफ मुड़ गया और हज्जा-माऊ कन्धे पर गठरी लटकाए पींपाड़ की राह आगे बढ़ने लगी। डोकरी तो आज हुई है! समय कब किसकी प्रतीक्षा करता है?

चार-पाँचेक स्कूली छोकरे हाथ में बस्ता लिए उधर ही आ रहे थे कि सहसा उनके कानों में ठक-ठक की ठपकार सुनाई पड़ी। एक कुड़ी-मुड़ी बुढ़िया हाथ में लाठी थामे सामने ही आती दिखाई दी। वह कुछ पूछताछ करे, उसके पहले ही एक चंचल बालक ने मजाक करते कहा, "माऊ, मसान तो उधर है, तू इधर कहाँ जा रही है? रास्ता तो नहीं भूल गयी?"

सभी बच्चे एक साथ ठहाका मारकर हँसे। हँसने की बात पर बच्चों को खुलकर हँसी आ जाती है। सयानों की तरह वे उसे रोक नहीं पाते।

किसी एक विद्यार्थी की नजर गले की गाँठ पर पड़ी तो वह जोश के साथ बोला, "माई, तेरे गले से चिपकी हुई यह गेंद हमें इनायत कर दे! खेलते-खेलते घर जल्दी पहुँच जाएँगे! यह गेंद अब तेरे किस काम की? हमारी तरह खेलने की इच्छा हो तो रख ले!"

हरदम "हञ्जा-माऊ, हञ्जा-माऊ" की सुहाती टेर सुनने वाले अभ्यस्त कानों को यकायक भरोसा नहीं हुआ कि मनुष्य के जाये-जन्मे बच्चों की यह बोली है! उसे नहीं पहचानने वाली यह दुनिया अब तक कहाँ छिपी थी? अजाने गण्डक परस्पर भौंकते जरूर हैं, पर ऐसी बेहूदी मजाक नहीं करते! मनुष्यों की इस बस्ती का यह कैसा माहौल है? वह सबको पहचानती है और उसे सब पहचानते हैं, इतने बरस यही तो विश्वास था! इस विश्वास को भ्रम मानने की बजाय मरना बेहतर है! मुँह पर बैठी मक्खी के उनमान एक ही झपाटे में उसने इस भ्रम को उड़ा दिया! पर मक्खी भी वापस बैठे बगैर कहाँ मानती है! उसकी जिद का भी कोई जवाब नहीं।

थर-थर काँपती लाठी के सहारे वह जस-तस आगे बढ़ी। मानो दुहरी कमर पर अचीता बोझ ढह पड़ा हो। उसी दुर्गम रास्ते पर चार-पाँचेक बच्चे और मिले। वे कुछ मजाक करें उसके पहले ही डोकरी ने सावधानी बरती। पूछा, "तुमने मेरे झोले को कहीं देखा है...?"

एकबारगी तो सभी बच्चे यह अचीता सवाल सुनकर भौचक्के रह गये, पर बुढ़िया का हुलिया देखकर एक साथ हामी भरी, "हाँ, देखा क्यों नहीं, थोड़ी देर पहले ही तो मिला था।"

एक ही काया में जैसे दूसरा प्राण मचल उठा हो! अमृत-सनी वाणी में पूछा, "कहाँ, अस्पताल में...?"

"हाँ।"

"कैसा है?"

"बिल्कुल ठीक है।"

बेहद अचरज की बात कि अचीते संकट को ठेलकर वह अथाह आनन्द बुढ़िया की जर्जर देह में समाया तो समाया ही कैसे? आसीस देते कहने लगी, "जुग-जुग जीओ मेरे लाडलो, तुम्हारा राम भला करे। अब एक पल भी धीरज नहीं रख सकती, जल्दी अस्पताल का रास्ता बताओ। तुम सबको अभी टीपरी, चींपिया, कुड़ची और काँटा-कढ़ना दूँगी। तुमने मेरे बेटे के शुभ-समाचार सुनाए!"

अस्पताल की राह जानने के बाद हञ्जा-माऊ अतिरेक उछाह से गठरी खोलते बोली, "मेरे सयाने लाडलो, जो इच्छा हो, आधी चीजें उठा लो। आधी झोला की सेवा करने वालों को सफाखाने में दूँगी! क्यों, ठीक है न?"

उसकी सेवा तो हमने की है। सबने मिलकर की है। यह अतिरिक्त शुभ-समाचार सुनाने के उपरान्त सभी बच्चे हड़बड़ी में गठरी पर टूट पड़े! और

एक-एक करके सारी चीजें झपट लीं। गठरी का मैला कपड़ा नादान बुढ़िया के कन्धे पर डालकर, जिधर उन्हें जाना था, उधर ही सरपट भागे।

मृग-छौनों के समान दौड़ते-फाँदते बच्चों की तरफ वह एकटक देखती रही, मानो उसका बाल्य-रूप भी उनके साथ हुल्लड़ मचाता दौड़ रहा हो! यह उम्र ही ऐसी है! अभी धींगा-मस्ती नहीं करेंगे तो कब करेंगे? डोकरी की थकी पुरानी हड्डियों में थोड़ा जोश मचला! आशा और उछाह से प्रेरित होकर वह वापस मुड़ी और तेज कदमों से जल्दी-जल्दी फासला तय करने लगी। आजू-बाजू और सामने पक्के घर-ही-घर। जिधर नजर जाये, उधर मनुष्य-ही-मनुष्य। अजाने और अपरिचित।... और पींपाड़ के चन्द लोगों को यह पता चला कि आज तक अजनबी बुढ़िया न जाने क्या सोचकर ठक-ठक लाठी ठपकारती उनकी बस्ती में अचीती प्रकट हुई! जैसे मौत से रूठकर आयी हो। दुहरी कमर। गले पर बड़ी गाँठ। अदन्त मुँह।

अस्पताल से बाहर निकलती एक औरत को उसने भिड़ते ही पूछा, "झोला कैसा है..."

"कौन झोला?"

मेरा बेटा...मेरा बेटा! कल दुपहर को रोटी खाते ऐसा छटपटाया कि यहाँ भेजना पड़ा! सौ रुपये...पूरे सौ रुपये मोटर-भाड़े के दिए। सच्ची...!"

पर हञ्जा-माऊ के सच-झूठ से किसी का क्या सरोकार था? वह औरत उपेक्षा से मुँह बिगाड़कर बोली, "मुझे कुछ पता नहीं, भीतर नरस-बाई से पूछ!"

तब वह लाठी ठपकारती नरस-बाई के पास आई। नरस तो वाकई सरस थी! बगुली की नाईं सफेद-बुर्राक वेश। साँवली पसम। डोकरी ने अपना बोखा मुँह उठाकर पूछा, "मेरा बेटा भला-चंगा तो है...?"

मुस्कराहट को दबाने की अकारथ चेष्टा करती नर्स ने वापस सवाल किया, "किसका बेटा? कैसा बेटा? यहाँ तो कई बेटे-पोते आते हैं...!"

"मेरे तो एक ही बेटा है...झोला...झोला! कल उसके पेट में ऐसी टीस उठी कि गाँव के लोगों ने जीप में डालकर यहाँ भेजा। पूरे सौ...सौ रुपये भाड़े के दिए। और मैं उसे देखने ठेठ गाँव से पींपाड़ आई। बस्ती के बाहर ही उसकी सेवा-टहल करने वाले बच्चे मुझे रास्ते में मिले! गठरी खोलते ही उन्होंने सारी चीजें झड़प लीं—कुड़ची, झर, काँटा-कढ़ने, चींपिया और मिरिया! पीछे फकत यह चिथड़ा छोड़ा। बच्चे जो ठहरे!" यह आपबीती सुनाकर कन्धे पर लटकते कपड़े को नर्स के सामने करती आगे कहने लगी, "पर सोच-फिकर करने की बिल्कुल जरूरत नहीं। झोला के ठीक होते ही तुम्हें ऐसा बढ़िया काँटा-कढ़ना, चिमटा...।"

"काँटा-कढ़ना?" नर्स ने अचरज से पूछा, "मैं काँटे-कढ़ने का क्या करूँगी?"

"क्या करोगी?" वह अदन्त मुस्कान छितराते बोली, "मेरे काँटा-कढ़ने सारे इलाके में मशहूर हैं! कैसा भी गहरा काँटा हो, छिन-पलक में बाहर! तुम देखती

रह जाओगी...!"

न नर्स की हँसी रुकी और न पास खड़ी औरतों की। पर इसमें हँसने की क्या बात! उसने कोई झूठी तारीफ तो की नहीं। चाहे जिससे पूछ लें। फिर भी डोकरी को अटपटापन महसूस हुआ। थोड़ी देर अबोली खड़ी रही। किन्तु बेटे के कुशल-क्षेम की जानकारी बिना तो साँस तक लेना भी दूभर हो जाएगा! दुविधा संकोच को एक तरफ झटककर मुद्दे की बात पूछी, "मेरा झोला तो ठीक है न?"

सुई भरते-भरते ही नर्स मुस्कराकर धीरे-से बोली, "कल बोरुन्दा से आया, वही लुहार न?"

"हाँ-हाँ, वही! मेरा बेटा ही तो है झोला...झोला! कैसा है एकदम ठीक...?"

"डॉक्टर साहब टूर पर थे। जोधपुर भेजना पड़ा।"

चिड़िया के असहाय बच्चे की नाईं उसका दन्तहीन मुँह फटा-का-फटा रह गया। लेकिन मौत भी शायद मुखर होती है! जड़ता के बावजूद उसकी अपनी चेतना है! अन्तस् का लावा होठों से फूट पड़ा, "यहाँ नहीं है वो...? बच्चे तो कह रहे थे...!"

"और मैं झूठ बोल रही हूँ?"

"तुम क्यों झूठ बोलोगी! वो...वो कोई दूसरा लुहार होगा। हम तो गाडूलिये लुहार हैं...गाडूलिये। मेरे बेटे का नाम है...झोला...झोला! पाँच बहनों का एक ही भाई है। और मेरा नाम है—हञ्जा-माऊ।"

"हाँ-हाँ, वही! कितनी बार कहने से समझेगी। माँ के नाम से हमें कोई मतलब नहीं!"

"पर वे बच्चे तो कह रहे थे कि...।"

"मैं कहूँ, सो बात सच्ची या बच्चों की बात सच्ची। भगवान बचाए...!"

नर्स अभी पूर्णतया मुँहफट नहीं हुई थी। अस्पताल की नौकरी करते यह दूसरा ही साल लगा था। गँवार, मूर्ख, जाहिल या इनसे मिलता-जुलता कोई शब्द काम में लेना चाहती थी। पर न जाने क्या सोचकर बीच में रुक गई। मगर हञ्जा-माऊ तो वाकई गँवार थी। नर्स के चेहरे पर उभरे स्पष्ट भाव से भी वह कुछ नहीं समझी। उलटे उसके मुँह से छूटी अधूरी बात का समर्थन करती बोली, "हाँ बाई जी, भगवान तो सबको बचाता है। लेकिन गरीबों पर उसकी खास मेहर-मया रहती है, वरना उन्हें कौन बचाए?"

"इसीलिए तो कहती हूँ कि बेटे से मिलना चाहे तो झटपट जोधपुर चली जा।"

जैसे नींद में सोती हुई का सपना झपटकर कोई चील अलंघ्य आकाश में उड़ गयी हो! कैसी अचीती विपद के भँवर-जाल में फँसी! कड़कती बिजली पड़े धुआँ उगलती इस डायन पर! अगन-देवता इन सबको लील क्यों नहीं जाता?

दो पाँव और लाठी के सहारे उसकी लाश जैसे-तैसे रोडवेज स्टेशन पहुँची। चारों तरफ मनुष्यों की भीड़। अपने अलावा किसी को भी एक दूजे की परवाह नहीं थी! फिर भी ठकाठक लाठी ठपकारती बुढ़िया का अजीबोगरीब डौल देखकर हवा में एक फुसफुसाहट फैली। देखने वाली सभी आँखों में विस्मय तथा ठिठोलीयुक्त ऐसा तिरस्कार उमड़ रहा था मानो इससे पहले इनसान का बुढ़ापा देखा ही न हो! या उसका निरुपाय बुढ़ापा टोहकर उन आँखों को पहली बार यह इल्म हुआ कि देर-सबेर एक दिन सभी का हुलिया ऐसा ही बिगड़ना है! उन्हें भीतर-ही-भीतर अपार ग्लानि की अनुभूति हुई!

इस बार हञ्जा-माऊ ने किसी से कुछ भी नहीं पूछा। पास खड़ी एक औरत की गोद में दूध पीते बच्चे की ओर वह एकटक देखने लगी सो देखती ही रही। क्या सचमुच उसने भी किसी दिन इसी तरह अपनी माँ की छाती से दूध पिया था? पुख्ता निर्णय नहीं कर सकी। किसी एक समय की असन्दिग्ध सच्चाई देखते-देखते किस कदर मिथ्या साबित हो गयी! तो क्या बुढ़िया के रूप में ही वह पैदा हुई थी? सलवटों की जाली से घिरी दन्तहीन सूरत। दुहरी कमर। सफेद बाल। हो सकता है किसी माँ की कोख से वह पैदा ही नहीं हुई हो। इसी रूप में शायद अँधेरे में ऊपर से टपक पड़ी हो! ना ना, यह तो समय के विचित्र टोटके ने उसके साथ क्रूर खिलवाड़ किया है! हाँ, सभी बच्चों की तरह माँ के पेट से उसका भी एक दिन जन्म हुआ था। डोकरी तो आज हुई है! उभरती, चढ़ती, उफनती जवानी के कई बरस उपरान्त! यदि किसी चमत्कारी देवता के वरदान स्वरूप यह प्रपंची समय उलटे पाँव वापस लौटे तो एक बार गुमशुदा जवानी का अपनी आँखों से जी भरकर निहार ले! आखिर जुहार तो कर ले! ज्यादा नहीं तो कम-से-कम दो बार बचपन और तीन बार जवानी आनी चाहिए! एक बार तो गफलत हो ही जाती है।

बच्चे के मुँह में स्तन की जगह मानो चाँद ही समा गया हो! उस अपूर्व नजारे में खोई हञ्जा-माऊ सब कुछ बिसर गयी थी! अपने बच्चों का जन्म और उन्हें दूध पिलाना तो दूर की बात, अपने इकलौते बेटे का असह्य बिछोह और उसकी बीमारी तक उसे याद नहीं रही। अतीत, वर्तमान और भविष्य, ये तीनों ही काल एक-दूसरे में गड्ड-मड्ड हो गये थे।...सहसा दूध पिलाती माँ की नजर बुढ़िया की भीगी आँखों से टकराई तो उसकी घिन व आशंका की सीमा नहीं रही! अदेर अपने बाल-गोपाल के मुँह पर सुरंगी ओढ़नी का पल्लू डाला और पीठ फेरकर खड़ी हो गई। और उसी क्षण हञ्जा-माऊ का सुध-बुध बिसरा बुढ़ापा मानो बिजली की चपेट में आ गया हो! मौत भी ऐसी निर्मम नहीं होती! उसके कलेजे में कोई जलती हलवाणी आर-पार हो गयी हो! क्या आज उसका हुलिया इस कदर डरावना हो गया कि बुरी नजर की आशंका से घबराकर कोई माँ ऐसी सतर्कता बरते? समय के साथ ऐसा हुलिया तो होना ही था! संसार में वही तो पहली बार बुढ़िया नहीं हुई।

फिर भी उस अप्रत्याशित चपेट से उबरने में उसे थोड़ा समय लगा। बिगड़ी बात को सँवारने की नीयत से पूछा, "बिटिया, जोधपुर कौन-सी मोटर जाएगी?"

मगर बात तो बिगड़ती ही गई। "मुझे क्या पता, जो जाने उससे पूछ!" इस झिड़की के साथ ही वह एक-एक कदम भरती दूर खिसकती चली गई। न जाने कहीं रुकेगी या नहीं!

बुढ़िया की आँखों के सामने घुप अँधेरा छा गया! चेतना के परे ही उसके मुँह से बरबस वैसा ही सघन प्रश्न फूटा, "कौन जानता है, यह तो बता...?"

मनुष्य की दुनिया जानकारियों से अटी पड़ी है। उसके पास ही खड़ा ठेलेवाला सब जानता था कि कौन-सी मोटर कब रवाना होती है? दूसरे से पूछे गये सवाल का जवाब देने में क्या बुराई है? हाथ का इशारा करते बोला, "जोधपुर तो यह मोटर जाएगी। पर तुझे वहाँ बेकार भटकने की जरूरत क्या है? यहाँ के मुरदे तो यहीं जलते हैं!" फिर सड़े हुए केले को ऊपर उठाकर परिहास करते हाँक लगाई, "रुपये के आठ, रुपये के आठ...!"

राम जाने वह किस राकसपुरी में आ टपकी! जमीन पर खड़े रहना उसके लिए असम्भव हो गया। आखिर जोधपुर वाली मोटर में चढ़ने से ही उसकी धड़कन कुछ कम हुई। पास खड़ी एक अधबूढ़ औरत से इच्छा न होते हुए भी पूछ लिया, "तुम कहाँ जाओगी?"

"जोधपुर।"

"तुम्हारा बेटा भी बीमार है क्या...?"

"कल-जीभी, थूक तेरे मुँह से! मेरा बेटा क्यों बीमार होने लगा? मौत की देहरी पर आयी और बोलने का भी होश नहीं तुझे!"

हञ्जा-माऊ के काटो तो खून नहीं। माफी माँगते बोली, "बड़भागिन, नाराज मत हो। हजारी उम्र हो तेरे बेटे की। मेरा बेटा बीमार है, इसलिए नागडसी जबान काबू में नहीं रही!"

"तेरा बेटा बीमार है तो क्या सबके बेटे बीमार होंगे, यह कैसा बेहूदा हिसाब है!" पास की सीट पर बैठे बनिये से जरा भी सब्र नहीं हुआ तो उसने मिरची-बड़ा खाते-खाते कटाक्ष किया।

"खामखाह सीट खाली पड़ी और तू तकलीफ पा रही है। हमें अच्छा नहीं लगता।" मूँगफली छीलते-छीलते एक सोनार ने नेक सलाह दी, "दही की तरह जम जा! कोई लाट साहब भी कहे तो उठना मत।"

ड्राइवर वाली सीट की ओर इशारा करते हुए उसने बार-बार आग्रह किया तो हाथ की लाठी एक कोने में रखकर वह बेखटके उस सीट पर बैठ गई। फिर पीछे मुड़कर एहसान दरसाते कहने लगी, "बेटा, तेरा राम भला करे! खड़े-खड़े कमर टूटने लगी थी। दुनिया में भले आदमियों की कोई कमी थोड़े ही है! जीते रहो बेटा,

जीते रहो!"

मोटर में एक साथ कई यात्रियों का ठहाका गूँजा। एकाध तालियों की आवाज भी सुनाई पड़ी। ऐसे विरल मनोरंजन का संजोग बड़े भाग्य से हाथ लगता है! पीछे बैठे मुसाफिरों ने खड़े होकर तमाशा देखा और बेइन्तहा खुश हुए! देरी की सारी झुँझलाहट मिट गयी, जैसे बच्चे का मन बहलाने के लिए कोई झुनझुना मिल गया हो! क्या जवान, क्या बूढ़े सभी यात्रियों का बच्चों के रूप में कायाकल्प हो गया!

मोटर में निरन्तर भीड़ जुड़ती जा रही थी। जो भी आता उसे अभिज्ञ लोग हाथ का इशारा करके बुढ़िया की नादानी का नमूना बताते। किसी ने कुछ फबती कसी, किसी ने कुछ ताना मारा, मगर हञ्जा-माऊ तो नितान्त अपनी ही उधेड़बुन में उलझी थी।...अब तो जोधपुर पहुँचने भर की देर है! झोला को सीधे गाँव लाएगी! जो आफत पड़ी, वही बहुत है। यदि उस समय अबोली नहीं रहती तो यह परेशानी क्यों बढ़ती? अस्पताल और डॉक्टरों से भगवान बचाए! हत्यारी मौत की क्या बिसात कि माँ के रहते बेटे को ले जाए! खुद के मरने पर भी नहीं ले जाने देगी। फिर आज तो वह जीवित है!

चाय-पानी और बीड़ी से फारिग होकर ड्राइवर ने फाटक खोला। उसकी सीट पर यह मरियल-सी बुढ़िया कौन बैठी है? फाटक की खड़खड़ाहट सुनकर वह भी चौंकी। मुँह फेरकर उधर देखा। बड़ी-बड़ी गलमूँछों वाला एक भीमकाय मानुस फाटक पकड़े उसे ही घूर रहा है। गोल मुँह। मोटी आँखें। मटिया वरदी।

सूरत रोबीली होते हुए भी ड्राइवर सीधा-सयाना था। बेचारी हैरान होकर थोड़ी देर सुस्ताने बैठी तो कोई हर्ज नहीं। सीट का क्या बिगड़ता है! इस निरीह बुढ़िया में तो उसकी जाँघ जितना भी वजन नहीं है! फाटक पकड़कर ऊपर चढ़ा तो अगल-बगल के यात्री हँसे। उनकी देखादेख दूसरे लोग भी हँसे। ड्राइबर के आने पर थमे हुए हँसी-ठट्ठे में फिर से बहार आ गई! एक मुसाफिर ने कहा, "ड्राइवर मोशाय, आपकी तो अब जरूरत ही नहीं है। जैसे आये वैसे ही लौट जाओ। बुढ़िया सबको ठिकाने लगा देगी...!"

"मेरा तो अभी गौना ही नहीं हुआ! आप सब लोग ठिकाने पहुँचें मैं तो यहीं उतर जाता हूँ!" चुँदड़ी का गोल साफा बाँधे एक युवक ने चुटकी ली।

"पर मेरी तो सगाई भी नहीं हुई। आप कहें वैसा करूँ। बुजुर्गों का आदेश सिर-आँखों पर।" लम्बे बालों वाले एक पढ़े-लिखे छैले ने विनम्रतापूर्वक कहा।

जिसने भी सुना वह खुलकर हँसा। ड्राइवर का बुलन्द ठहाका भी सुनने काबिल था, मानो सीने में छोटा-बड़ा कोई बवण्डर उठा हो! गलमूँछों की स्याह छवि से दाँतों की धवल हँसी दूनी खूबसूरत लगी। उसने हँसते-हँसते अनुनय के स्वर में कहा, "माँजी, जितनी देर आराम किया, वही काफी है। अब तो बन्दे की सीट खाली

करो। मैं आ गया हूँ।"

हज्जा-माऊ ने दृढ़ निश्चय कर लिया कि अब किसी के बहकावे में हरगिज नहीं आएगी! ड्राइवर की मटियैा वरदी की रंचमात्र भी परवाह न करके बोली, "तू आया तो ठीक ही आया। आखिर मुझे यह सीट तो छोड़नी ही है। पर अभी नहीं छोड़ूँगी। ठेठ जोधपुर पहुँचने पर छोड़ूँगी। मुझे गाड़ी का फेर चढ़ता है! बेकार तंग मत कर।"

"खड़ी बस में फेर चढ़ने की बात आज तेरे मुँह से ही सुनी।" गलमूँछों पर चमकते कड़ेवाला हाथ फेरते ड्राइवर ने मन्द-मन्द मुस्कराते कहा।

"बेटा, मुझे तो कलमुँही मोटर का नाम सुनते ही फेर चढ़ता है! अपने-अपने जी की तासीर! लेकिन सारी मोटर में तंग करने के लिए मैं ही मिली तुझे? मेरी लाचारी और बुढ़ापे का कुछ तो ख़याल कर।"

रुपये लुटाने पर भी ऐसा तमाशा कहाँ सम्भव है? देरी हो तो हो। कौन-सा मुहूर्त्त टल रहा है! हँसी-ठट्ठा करते मुसाफिरों को ही जब उतावली नहीं है तो ड्राइवर क्यों जल्दबाजी मचाए! गाड़ी चलाते सतरह साल हो गये, पर ऐसा तमाशा नहीं देखा! बुढ़िया को समझाने की चेष्टा करते कहने लगा, "बुढ़ापे का ख़याल तो रखना ही पड़ेगा। हिन्दुस्तान की तहजीब का तकाजा भी यही है! पर माँजी, यह तो ड्राइवर की सीट है, खाली किए बिना मोटर चालू नहीं होगी!"

अब तो वह टस-से-मस होने वाली नहीं है। लिहाज रखने से पार नहीं पड़ेगा। इन मसखरे लोगों का क्या भरोसा! उन नालायक छोकरों पर विश्वास किया तो सारी चीजें गँवा बैठी। कितना पसीना बहाया था उन्हें घड़ने में! अदन्त मसूड़ों में एक टीस उठी! "तेरा मन सीधा हो तो कहीं बैठकर मोटर चला ले! क्या तू बैलगाड़ी के सागड़ी से भी गया-गुजरा है? जरूरत पड़े तो वह किसी भी जगह बैठकर गाड़ी हाँक सकता है! मुझे छेड़ने से तुझे क्या मिलेगा? चुपचाप गाड़ी चलाए सो बात कर। मेरा बेटा जोधपुर अस्पताल में है। हुज्जत करने से और भी देर हो जाएगी!"

"पर यह सीट नहीं छोड़ने से तो कभी पहुँच ही नहीं सकेगी"

तमाशबीन कण्डक्टर भी टिकटों की जाँच छोड़कर पास आ गया था। बुढ़िया की तरफ हाथ बढ़ाते बोला, "टिकट, अपना टिकट तो बता, माई!"

उसे कुछ समझ नहीं पड़ा कि हाथ फैलाकर यह शख्स क्या माँग रहा है? पर शेष यात्रियों के लिए सोने में सुहागा जैसी बात हुई। कण्डक्टर ने जोर देकर फिर वही तकाजा किया। तब तक अबोध बच्चे की तरह वह अचरज दरसाते बोली, "टिकट! टिकट फिर कैसा?"

"शाबाश माई, शाबाश! तू तो वाकई मन्त्री बनने के काबिल है! टिकट ही नहीं लिया और ड्राइवर की सीट पर जम गई!"

"भला मन्त्री को टिकट की क्या जरूरत!" बनिये ने हाथोंहाथ खुलासा किया।

मोटर के किसी मुसाफिर को आज दिन तक ऐसा आनन्द नहीं आया होगा! कितने खुशकिस्मत हैं इस बस के यात्री! कुरते की चाल पर से मूँगफली के छिलके झटकता सोनार गँवार बुढ़िया की पैरवी करते कहने लगा, "माँजी, किसी की घुड़की से यह सीट मत छोड़ना। चतुर ड्राइवर हो तो छत पर बैठकर मोटर चला ले! असली ड्राइवर की यही तो पहचान है!"

डोकरी के मतलब की बात थी! खुशी के लहजे में चहकी, "सब जानती हूँ बेटा, मुझे क्या पाटी पढ़ा रहा है? मैंने नमक खाया उत्ता तूने आटा भी नहीं खाया..."

"तभी तो तेरे सिवा कोई दूसरा ड्राइवर की जगह नहीं बैठा।" इंजन के पास वाली सीट पर बैठे एक मुसाफिर ने मिलती मारी!

एक रात और कुछ ही घण्टों में हञ्जा-माऊ ने पूरी शताब्दी की पीड़ा का अनुभव कर लिया! ऐसा विरल अनुभव जो समय व शिक्षा का मोहताज नहीं होता! तुरन्त जवाब दिया, "मैं अपनी मरजी से थोड़े ही बैठी। एक भले आदमी ने बार-बार कहा तो मुझे बैठना पड़ा! दूसरी ठौर खाली ही कहाँ थी, जिस पर बैठती, तू ही बता...!"

"मैंने पानी नहीं पिया, उत्ता तूने घी खाया। घी खाने से ही अकल आती है।" मौका मिलने पर सोनार कब चूकने वाला था!

हर तरफ से हँसी का फव्वारा छूटा! मनुष्य के गले में इससे ज्यादा हँसी की गुंजाइश भी नहीं होती।...पर कित्ते ही जोर से हँसो, चाहे रोवो, हञ्जा-माऊ अब किसी के झाँसे में नहीं आएगी! हँसी की बाढ़ थमने पर हाथ जोड़ते बोली, "तुम इत्ते सारे और मैं अकेली! कैसे मुकाबला करूँ? मैंने तो किसी को अपनी सीट छोड़ने के लिए नहीं कहा! भले आदमियो, मैं तुम्हारी माँ के समान हूँ! कुछ तो मान रखो!"

बुढ़िया के आने से पहले सभी यात्रियों को मार उतावली थी! ड्राइवर और कण्डक्टर पर मन-ही-मन झुंझला रहे थे! पर अब इस आनन्द के प्रवाह में सारी झुँझलाहट लुप्त हो गई! मुफ्त का यह आनन्द जित्ता बढ़े उत्ता ही अच्छा है। वरना आज के निरानन्द जीवन में धरा ही क्या है? ड्राइवर ने फिर भी संयम नहीं खोया। "माँजी, मान-मरजाद का ख़याल है, तभी तो तुम्हारे निहोरे कर रहा हूँ। कोई दूसरा पट्ठा तुम्हारी जगह होता तो बाँह पकड़कर नीचे फेंक देता! यकीन करो माई, यह सीट मेरी है मेरी!"

"तू क्या रामजी के घर से लिखत करवाकर लाया?"

"हाँ माँजी, इस सीट का तो लिखत ही समझो! खुद भगवान भी आये तो इस पर नहीं बैठने दूँ...!"

"बेटा, इत्ता गुमान मत कर! आज दिन तक किसी की गादी अमर नहीं रही!

फिर इस नाकुछ सीट की तो बिसात ही क्या! मेरे राजा बेटे, तू कहीं और बैठकर गाड़ी हाँक ले। किसी से हुज्जत करने की मेरी सगति नहीं है।"

"हुज्जत तो तू कर रही है। ड्राइवर की सीट पर बैठे बिना मोटर चालू कैसे होगी?"

"पर यह सीट खाली कहाँ है? मैं बैठी तो हूँ!"

"तो तू मोटर चला ले, मुझे कोई उजर नहीं! ले सँभाल यह चाबी!"

गलमूँछों वाले ड्राइवर ने बुढ़िया के सामने चाबी बढ़ाई और चारों तरफ मुस्कान उछाली! तालियों की गड़गड़ाहट के साथ फिर हँसी का बवण्डर लहराया! कहीं आँत पर आँत न चढ़ जाए! ऐसी शानदार हँसी की चर्चा सुनना भी सौभाग्य की बात है! मगर बस के मुसाफिर तो उसके प्रत्यक्ष भागीदार थे! फिर किसे उनके भाग्य से ईर्ष्या नहीं होगी!

ड्राइवर के हाथ में थमी चाबी को उसने सूनी निगाह से देखा और आह भरकर बोली, "मुझे मोटर चलानी आती तो इत्ते ताने क्यों सुनती? यदि तू ऐसा ही तीसमारखाँ है तो खड़ा-खड़ा ही मोटर चला ले!"

"यह कोई हिंयोड़ी है जो खड़े-खड़े हाँक ले!" कण्डक्टर ने बगलें नचाते हुए प्रतिवाद किया।

"तो पाजियो, ऐसा काठ-कबाड़ रखते ही क्यों हो? मैं तो आज बुरी फँसी! मैंने तुम्हारा क्या बिगाड़ा? छोटे-बड़े सबके पाँव पड़ती हूँ, आज, आज तो मेरी बात मान लो। फिर तो मरते-दम तक मोटर में नहीं बैठूँगी!"

"अर्थी पर सोने के दिन आये, फिर भी सन्तोष नहीं होता!" एक पण्डित ने ज्ञान का अन्तिम मन्त्र सुनाया!

"झोले की बीमारी ने यह कहर ढाया, वरना इन कल-निसासी डायनों के पीछे सात बार धूल उछालती हूँ! कल रोटी खाने के बाद वह ऐसा निढाल हुआ कि जीप में डालकर यहाँ भेजना पड़ा। और यहाँ बात नहीं बनी तो उसे जोधपुर टरका दिया! उससे मिले बिना पानी भी नहीं पीऊँगी। और एक तू है जो मुझे कब से राँध रहा है!"

ड्राइवर हाथ जोड़ने का अभिनय करते कहने लगा, "माँजी, मेरा विश्वास न हो तो किसी से भी पूछ लो। मैं इस सीट पर बैठूँगा, तभी गाड़ी चलेगी।"

हज्जा-माऊ की झुँझलाहट अब फट पड़ने को थी। मसूड़ों को रगड़ते बोली, "अब किसी से कुछ भी नहीं पूछूँगी। अभी-अभी तेरे सामने एक मुटियार ने कहा कि चतुर डलेवर हो तो छत पर खड़ा-खड़ा ही मोटर चला ले! सुना नहीं तूने?"

"दादी-अम्मा, तू तो बच्चे से भी ज्यादा भोली है। ये सब तुझ से ठिठोली कर रहे हैं।"

"क्या पता कौन ठिठोली कर रहा है? मुझे तो तू सबका सगरना मालूम पड़ता है! पिछले जनम का कोई हिसाब तो बाकी नहीं है...?"

ऐसा परम आनन्द तो सोने में अजहद मिलावट करने पर भी नहीं आता! सोनार उसे फिर उकसाने की कोशिश करते बोला, "माँजी, थोड़ी देर और डटे रहना। मैं तेरे साथ हूँ।"

सारे यात्री तालियाँ बजाकर जोर से हँसे। औरतें, बच्चे और बुड्ढे सभी। यह रामायण तो उम्र भर याद रहेगी। देर हुई सो ठीक ही रहा। समय पर पहुँचकर कोई हीरे-मोती तो बीनने नहीं हैं! और ये रोडवेज के उड़न-खटोले चलते-चलते ही टें बोल जाते हैं!

साथ देने की बात सुनते ही उसके अन्तस् में आग—आग भभक उठी। लोगों का साथ जुड़ने से ही यह दुर्दिन देखना पड़ा। आरण का कदीमी ठिकाना छोड़कर यह तोहमत झेलनी पड़ी! मनुष्यों की जबान से साँपों के बोल सुनने पड़े। कड़कती वाणी में बोली, "मुझे किसी के साथ-वाथ की जरूरत नहीं! तेरा जोर हो सो कर ले। अब तो मरने पर भी यह ठौर नहीं छोड़ूँगी।"

"मरने पर तो दुनिया ही छोड़नी पड़ेगी! जिन्दा रहते यह सीट नहीं छोड़े तो तेरी मर्दानगी है!" बनिये ने बीड़ी की खातिर तीली सुलगाई।

बनिये के परिहास ने ड्राइवर के दिल पर सीधी चोट की। अन्तिम बार चुनौती के लहजे में पूछा, "बोल डोकरी, मेरी सीट छोड़ेगी कि नहीं...?"

"नहीं, नहीं छोड़ूँगी। हरगिज नहीं छोड़ूँगी। गरीब बुढ़िया समझकर तू मेरे पीछे क्यों पड़ा है? दूसरों पर जोर जताते जूड़ी बँधती है! क्यों?"

यह बुढ़िया तो जबरदस्त हेकड़ीबाज निकली। समझाने से थोड़े ही मानेगी। गलमूँछों की इज्जत तो रखनी ही पड़ेगी! व्यंग्य से मुस्कराते बोला, "इस बेकार की बकवास में कुछ नहीं धरा। यह सीट तुझे क्या, तेरे सात पुरखों को छोड़नी पड़ेगी...!"

बुढ़िया को हाथों पर उठाया तो एकदम हलकी। कुछ भारीपन की आशा थी। ड्राइवर की ताकत को थोड़ी ठेस पहुँची। शरीर में ताकत है तो कभी-न-कभी काम आएगी। आज नहीं तो कल। बुढ़िया अपनी औकात के अनुसार खूब छटपटाई, बेहद गिड़गिड़ाई। पर ड्राइवर ने एक भी नहीं सुनी, जैसे नितान्त बहरा हो गया हो। मरते समय क्या मौत भी इस तरह गोद में उठाती है? अपनी ताकत आजमाती है...?

बुढ़िया को हाथों पर उठाए-उठाए वह फदाक मारकर नीचे कूदा और उसे गुड़िया की मानिन्द जमीन पर खड़ी कर दी!

"टिकट लेकर पिछली बस में आ जाना। इतनी भीड़ नहीं होगी। मगर ड्राइवर की सीट छोड़कर ध्यान से बैठना।" यह हिदायत देकर वह दूसरे ही क्षण रुआब से वापस चढ़ गया। सीट पर बैठते ही उसने धीमे से खटका दबाया। उसका अहंकार मोटर की धर्र-धर्र के बहाने चारों तरफ हुंकार मचाने लगा! पर हव्जा-माऊ के लिए उस धरधराहट में दुत्कार भी कम नहीं थी!

“ओह! बेचारी बुढ़िया की लाठी तो यहीं रह गयी!” एक विधवा औरत के याद दिलाते ही ड्राइवर ने लाठी नीचे पटक दी। संज्ञाविहीन हञ्जा-माऊ की सुध-बुध लौटी तब तक काला निःश्वास छोड़ती मोटर तो रवाना हो चुकी थी! पाँच-सातेक अधकचरे शिक्षित छैलों ने हाथ नचा-नचाकर टा-टा भी किया! लेकिन हञ्जा-माऊ कुछ भी पहचान नहीं सकी कि यह किसकी बोली है? मनुष्य की तो नहीं लगती! वह एक ही ठौर पत्थर की मूरत के समान अविचल खड़ी थी। झुकी-झुकी-सी कमर। हाथ की लाठी पाँवों से कुछ दूर पड़ी थी। हाथ में थामने के बाद फिर वही ठकाठक की ठपकार सुनाई देगी! न जाने कितनी देर बाद? कितनी दूर तक?... बिजली पड़े इनकी धरधराहट और काले धुएँ पर! एक डायन तो धुआँ छोड़ती उसके झोले को दूर-ही-दूर ले गयी और दूसरी चुड़ैल उसे पीछे छोड़कर आगे रवाना हो गई! काली-जहरीली साँस छोड़ती! अब इन डायन-चुड़ैलों की निर्मम गति के साथ किसी का कैसे सम्पट बैठे? बीमार बेटे का वापस माँ से कब मिलाप होगा? माँ के बगैर उसे कौन दुलराएगा? मौत का सब्र हो जाता पर दूरी का सब्र नहीं होता! यह दूरी तो मौत से भी अधिक भयानक है...!!

12 अप्रैल, 1994

मंगलवार, साँझ छह बजे

रास्ते की तलाश

धरती का जो रिश्ता हरियाली से है, फूल का जो रिश्ता खुशबू से है, पेड़ का जो रिश्ता फलों से है, पहाड़ का जो रिश्ता झरनों से है और चाँद का जो रिश्ता चाँदनी से है, उज्जैन का वैसा ही रिश्ता राजा भोज से है, जिसका दरबार एक-से-एक आला पण्डितों का बेजोड़ अखाड़ा था!

हमेशा मुँह-अँधेरे दरबार जमता। ज्ञान की निगूढ़ चर्चा होती।

एक दिन राजा भोज ने राज के पण्डितों से बिजली के समान लहराता एक सवाल पूछा कि ज्ञान का खास स्थान कहाँ है? सवाल तो निहायत छोटा था, पर राजा के मन में कई दिनों से वह बादलों की नाईं घुमड़ रहा था!

दरबारी पण्डितों के दिमाग में पीढ़ियों से एक गढ़ा-गढ़ाया जवाब तैयार था, जिसे तत्काल पेश कर दिया कि राजमहल को छोड़कर ज्ञान का खास स्थान और कहाँ हो सकता है? उनके हिसाब से ज्ञान की सबसे ऊँची पीठ राज-दरबार, फिर किले-परकोटे, फिर गढ़-काँगुरे और फिर हवेलियाँ। जहाँ सत्ता और धन, वहाँ ज्ञान और कला! जिस प्रकार पानी व धूप के बिना हरियाली सम्भव नहीं, उसी प्रकार बुद्धि व ज्ञान के बिना धन और सत्ता का सपना भी सम्भव नहीं! गरीबों में बुद्धि व ज्ञान का टोटा है, इसीलिए उनके पास धन व सत्ता का भी टोटा है!

सारे विद्वानों ने इस एक ही बात को घुमा-फिराकर, तरह-तरह के हवाले देकर बार-बार समझाया तो राजा भोज को भी उनकी परम्परागत धारणा से सहमत होना पड़ा!

एक माली शुरुआत से ही ज्ञान के ख़ास स्थानों की चर्चा सुन रहा था। आखिर उसका धीरज चुक गया तो उसे बीच में बोलने के लिए मजबूर होना पड़ा। राज-दरबार की गरिमा के अनुरूप संस्कारवश हाथ जोड़कर अरदास की, "अन्नदाता...!"

"फिर वही बात!" राजा ने अदेर टोका, "तुम लोगों को कितनी बार समझाया

कि अन्नदाता मैं नहीं, तुम हो! मैं तो मुफ्त का माल चरने वाला हूँ...!"

माली ने अपनी गलती मंजूर की और सकुचाते-सकुचाते बोला, "आज पहली बार किसी राजा ने अपने मुँह से सच बात प्रकट तो की! पर फिलहाल मेरे व आपके अलावा यह सच किसी के भी गले उतरेगा नहीं। इसलिए इस सच्चाई को यहीं रोकना उचित होगा।" माली ने गौर किया कि समस्त दरबारियों की दहकती निगाहें उसे तिरस्कार के साथ घूर रही हैं। और तो और अपने मुँह की सच्चाई दूसरे के मुँह से सुनकर राजा को भी तनिक अचरज हुआ। उसे भी माली के बोल थोड़े अखरे। मगर दूसरे ही क्षण उसने अपने को संयत कर लिया। माली की ओर देखकर मुस्कराने की कोशिश की। माली आगे कहने लगा, इतनी देर तक ज्ञान के स्थानों की चर्चा सुनते-सुनते मैं तो दंग रह गया! किसी खास स्थान पर ज्ञान का बगीचा न तो मैंने कहीं देखा, न सुना, फिर मगजमारी करना बेकार है। कुदरत और मेहनत का नजारा देखना चाहें तो मेरे बगीचे तक चलने की तकलीफ फरमाएँ। मैं इसीलिए दरबार में हाजिर हुआ हूँ।"

माली के उस अचीते सुझाव से सचमुच राजा की बाँछें खिल गईं! उछाह प्रकट करते बोला, "तुम बहुत अच्छे मौके पर आए। ज्ञान की यह नीरस चर्चा सुनते-सुनते मुझे मितली-सी आने लगी थी। दरबार के उबाऊ तामझाम से खिसकने की इच्छा हुई कि तुमने मुझे उबार लिया! चलो, जल्दी चलो, खुली हवा में जी भरकर थोड़ा साँस तो ले लूँ। खुशामद की सड़ाँध से मेरा मन छटपटा रहा है।"

माघ पण्डित को लेकर राजा भोज तत्काल ही माली के साथ रवाना हो गया, जैसे किसी सुहाने सपने की आस सँजोए हुए हों!

दरबार के ऊँचे परकोटे से बाहर निकलते ही उसे मामूली राहत महसूस हुई। किसी भी तरह के गुमान से मुक्त साफ-सुथरी हवा थी! खुली धूप थी! खुला आकाश था! पेड़ों की हरियाली किलकारियाँ भर रही थीं! राजा सीधी राह छोड़कर एक अबूझ बालक की नाईं अठखेलियाँ करते चलने लगा, मानो किसी गहरी नींद के वशीभूत अपने उनींदे कदम बढ़ा रहा हो! टिव-टिव करते हरियल सुग्गे हवा को बयार कर रहे थे! और हवा तितलियों को खिला रही थी! क्या सचमुच, यह हमेशा वाली ही जानी-पहचानी कुदरत है? आज अचानक उसका पुराना बासी रूप इस तरह बदल कैसे गया? राजा भोज को न जाने क्यूँ आज पहली बार कौओं की काँव-काँव भी मीठी लगी? क्या ये कौए दूसरे तो नहीं हैं? किंतु रंग तो वैसा ही काला है! पंजे वैसे ही मुड़े हुए और तीखे हैं!

माली ने पास आकर कहा, "इस तरह टहलते-टहलते पहुँचने में साँझ हो जाएगी। बगीचा तीन कोस दूर है।"

माघ पण्डित ने राजा से पूछा, "आपकी आज्ञा हो तो तीन घोड़े मँगवा लूँ।"

"क्यों?" राजा ने चौंककर पण्डित की ओर देखा। फिर न जाने क्या सोचकर

धीरे-से बोला, "यदि घोड़ों को भी बगीचा दिखाना हो तो मँगवा लो! पैदल चलने में जो आनन्द है, वह सवारी पर कहाँ?" फिर राजा ने माली की ओर देखकर चुनौती के स्वर में कहा, "चलो, कौन जल्दी पहुँचता है...?"

राजा ने फिर पीछे मुड़कर देखा तक नहीं और बड़े-बड़े कदम भरता हुआ तेज़ी से चलने लगा। कुछ देर बाद माली पास से गुजरता हुआ आगे निकल गया। उसने भी मुड़कर नहीं देखा कि राजा कितना पीछे छूट गया है। राज-काज के मसलों में राजा तेज हो सकता है, पर पैदल चलने में कुदरत का बेटा पीछे क्यों रहे? धरती उसके पाँवों का परस खूब पहचानती है! राजा खोई-खोई आँखों से देखता रहा और बीच की दूरी लगातार बढ़ती रही। और अधिक तेज चलने के लिए राजा का हौसला कसमसाने लगा, जैसे आगे निकलते ही उज्जैन से भी बड़ा कोई राज्य उसके हाथ लग जाएगा! उस वेला राजा के मन में एकमात्र यही कामना थी कि वह माली से आगे निकल जाए, किसी भी तरह आगे निकल जाए। कोई दातार पंछी थोड़ी देर के लिए अपनी पाँखें उधार दे दे तो वह जीवन भर उसका एहसान मानेगा। यदि वह पैदल चलने की होड़ में किसी से आगे न जा सके तो फिर काहे का राजा है!

फासला निरन्तर बढ़ रहा था। पर लाख चाहने पर भी राजा की चाल नहीं बढ़ सकी। दुनिया में ऐसा भी कोई मनुष्य है, जिसके पाँव राजा से आगे बढ़ने की गुस्ताखी करें? राजा से बढ़कर तो कोई आदमी हो नहीं सकता। तो माली के पाँव आदमी के अलावा किसी और के हैं? तेज चलने की खामखयाली के दौरान राजा के पाँवों में छाले पड़ गए। फिर भी राजा ने हार नहीं मानी। छालों की टीस में भी चुभता-चुभता-सा एक आनन्द था! कोई पीड़ा सुखद भी होती है क्या? राज-मुकुट की छत्रछाया में उसे पीड़ा की अनुभूति ही कहाँ हुई थी? आज अनुभूति हुई तो उसे एक नये बोध का एहसास हुआ। उसकी प्रजा तो पीढ़ियों से पैदल ही चलती रही है। फिर प्रजा का पिता होने के नाते इत्ती पीड़ा तो सहनी पड़ेगी!...पर वास्तव में यह पीड़ा है कहाँ? यह तो एक नया ही स्वाद है जो कुदरत की छत्रछाया में रहकर प्राप्त किया जा सकता है! सिंहासन तो कुदरत की छटा से कोसों दूर रहता है। तिस पर इसे हथियाने के लिए कितना खून बहाना पड़ता है! आज के उजाले में राजा की आँखों के सामने एक नयी रोशनी झिलमिलाने लगी!

राजा ललचाई आँखों से टुकुर-टुकुर निहारता रहा और माली सामने की चढ़ाई उतरते दी अदीठ हो गया। तब राजा ने सहसा आशा भरी निगाह से पीछे मुड़कर देखा। माघ पण्डित भी उसे दूर-दूर तक दिखाई नहीं पड़ा। चलो, अनुभव आगे निकल गया तो ज्ञान पीछे छूट गया! राजा के अन्तस् में एक साथ कई दबे हुए सोते फूट पड़ने को मचलने लगे!

छालों के दर्द को राजा ने भूलने की चेष्टा की तो आखिर भूल ही गया। अनुभव और ज्ञान के बीच चलते-चलते जब वह बगीचे के किनारे पहुँचा तो माली

होठों पर मुस्कान छितराए उसकी अगवानी में खड़ा था, जैसे वह खुद उस बगीचे का ही हिस्सा हो! राजा के पाँवों की ओर देखते हुए उसने पूछा, "उज्जैन के राजा ने आज पहली बार छालों के आनन्द का अनुभव किया होगा...?"

"पर इस आनन्द का तो स्वाद ही अनोखा है, जिसे चखने की खातिर बार-बार मन ललचाता रहेगा।" राजा ने अतिरेक आवेग में अपने अन्तस् की उमंग दरसाई, जैसे उसके राज्य का खजाना अकस्मात् चौगुना बढ़ गया हो!

"और यही राजा का अहोभाग्य है!" राजा के अवाक् उद्‌गारों को मानो माली के मुँह से वाणी मिल गयी हो! "बेचारे राज-मद का क्या बूता जो इस पीड़ा के सामने टिक सके! जरा बगीचे के बीच चलिए, छालों के दर्द की बात तो दूर, आप सर कटने की पीड़ा भी बिसर जाएँगे! अपना खून-पसीना सींचकर मैंने एक-एक फूल को रंगा है...!"

"ऐसा अचीता वरदान तो बाँटने से ज्यादा बढ़ता है।" राजा ने अपने लोभ का संवरण करते कहा, "फिर माघ पण्डित को क्यों दूर रखें, वे भी आ जाएँ।"

"जैसी आपकी मरजी। पर मेरे ख़याल से वे पास आकर भी दूर रहेंगे! फूलों को निरखने के लिए ललाट की आँखों से पार नहीं पड़ता, पाँवों पर भी आँखें उघड़नी चाहिएँ...!"

"जैसे आज मेरे पाँवों पर उघड़ी हैं।" राजा ने मोद भरे स्वर में अपनी नयी पहचान बताई!

"हाँ, कुछ-कुछ ऐसी ही।" माली ने राजा की बात का हार्दिक समर्थन किया।

राह की ओर एकटक ताकते हुए दोनों इन्तजार करते रहे। काफी देर बाद पण्डित लँगड़ाता-लँगड़ाता उनके पास आकर रुका, जैसे दोनों पर भारी एहसान कर रहा हो! पर राजा तो अपने ही भीतर तैर रहा था! दिल्लगी करते कहा, "आखिर अनुभव की होड़ में सत्ता पीछे छूट गयी और बेचारा ज्ञान लँगड़ा गया!"

"माफ कीजिए ज्ञान के बगैर अनुभव निपट अन्धा है और अनुभव के बगैर ज्ञान नितान्त बहरा!...और धन व सत्ता का मोल तो मेरी नजर में कानी-कौड़ी भी नहीं है!"

माली के ये वचन सुनकर राजा के मुँह से अनायास एक ऐसी अनहोनी बात छिटक पड़ी, जिसकी कल्पना तक आज के पहले सम्भव नहीं थी। मानो कोई दूसरा ही अदीठ व्यक्ति उसके मुँह से बोल रहा हो, "क्योंकि तुम एक ऐसे साम्राज्य के मालिक हो जिसे बादशाह भी जीत नहीं सकता, चाहे उसके पास कितनी ही बड़ी फौज क्यों न हो!" यह कहकर राजा ने तीन-चार बार पैनी नजर से माली का हुलिया परखा, जैसे पहली बार मनुष्य की देह धारे उस बन्दे को देखा जो भीतर से भी मनुष्य था! दो पाँवों पर टिकी यह काया सचमुच अपने पाँवों के भरोसे ही सीधी-सतर खड़ी है, जो किसी के सामने भी झुकना नहीं जानती! घुटनों तक लम्बी भुजाएँ

अपनी मेहनत के अलावा शायद भगवान की भी मोहताज नहीं! हाथ पसारकर माँगने की बजाय कटना श्रेयस्कर समझने वाली ये हथेलियाँ चाहें तो सारी धरती पर फूल-ही-फूल महका दें! दोनों आँखों से अब भी शैशव का भोलापन झाँक रहा है। इस तीखी नासिका ने अब तक खुशबू के सिवा जैसे किसी बदबू न सूँघी हो! इन कानों ने सच्चाई के अलावा झूठ का कोई बोल ही न सुना हो। इन निर्मल अधरों ने साँच के अतिरिक्त झूठ का एक आखर भी उच्चारित न किया हो! हरियाली के सत और फूलों की सौरभ से जन्मे इस विलक्षण पौरुष की तुलना में बेंचारा राजा कितना अकिंचन है! दरबारी चाटुकार बाकी कुछ भी हों, बस...मनुष्य ही नहीं हैं! मगर राजा भोज—सिंहासन, सत्ता, मुकुट और खजाने के बावजूद भीतर से भी थोड़ा-बहुत मनुष्य था। इसी कारण सामने के मनुष्य को पहचानने में उससे भूल नहीं हुई!

पण्डित ने एक गहरी आह भरकर उड़ती-उड़ती निगाह से बगीचे की ओर देखा। उसकी आँखों में पछतावे के अलावा कुछ भी खुशी नहीं झलकी! इस तरह की नैसर्गिक खुशियों के लिए सिंहासन से कम अड़चन किताबी ज्ञान की भी नहीं होती! माली ने धीमे से पूछा, "इतने बड़े पण्डित होकर भी आप छालों के मामूली दर्द को बिसर नहीं सके?"

"तुम्हारी तरह मेरी बुद्धि पाँवों में नहीं है!"

"तो फिर मेरे हिसाब में चूक रह गई। मैंने सोचा कि आप राज-पण्डित हैं; राजा भोज की तरह आपकी बुद्धि थोड़ी पाँवों में भी होगी!"

पण्डित ने जवाब देने की बजाय उपेक्षा करना ही उचित समझा। कोई बराबरी का हो तो बहस भी करे। गँवार के सामने तो चुप रहना ही शास्त्र सम्मत है। इधर-उधर झाँकते हुए उसने फूल तोड़ने के लिए हाथ बढ़ाया कि माली ने उसी क्षण टोकते हुए कहा, "अरे, आप यह क्या नादानी...नहीं-नहीं, यह क्या अपराध कर रहे हैं?"

"पर मैं...मैं तो अन्नदाता के लिए फूल तोड़ रहा था।" पण्डित ने अपने जीवन में पहली बार हकलाते हुए कहा।

"माफ कीजिए, फूलों का कोई अन्नदाता नहीं होता! ये हमेशा पौधे पर ही खिलते हैं, किसी अन्नदाता की हथेली पर नहीं!"

"और पौधे पर ही मुरझाकर झड़ जाते हैं।" पण्डित के स्वर में बुद्धि के गुमान की अपेक्षा अपमान की खीज का काफी तीखा पुट था।

"ताकि नयी कलियाँ खिल सकें।" माली ने सहज भाव से कहा, "मैं भी अमर नहीं हूँ, तो क्या आप मुझे आज ही मार डालेंगे?"

राज-पण्डित का मान रखने के लिए राजा ने ऊपरी मन से शंका की, "कहाँ फूल और कहाँ मनुष्य? यह भेद तो तुम्हें ही समझना होगा बनमाली।"

"बनमाली हूँ तभी तो यह भेद मेरी समझ में नहीं आता। आखिर किस अधिकार से मनुष्य अपने-आपको फूलों से बढ़कर समझता है...?"

"तब फूलों की पैरवी फूलों को ही करने दो। तुम बीच में टाँग न अड़ाओ तो अच्छा है।" पण्डित ने तनिक रोष भरे स्वर में अपना तिरस्कार प्रकट किया।

"आप केवल अपनी ही बोली समझते हैं, फूलों की वाणी नहीं जानते। मैंने तो उन्हीं की बात दुहराई थी। खैर, छोड़िए इस झीने पचड़े को। जिस काम के लिए पधारे हैं, वही कीजिए।"

राजा ने बगीचे के अनुपम नजारे को आँखों से देखने के बहाने समूचे अन्तस् में उतार लिया! उसकी रग-रग में वैसा ही एक बगीचा लहलहा उठा। फूल-ही-फूल महक उठे। और बाहर की बगिया के पत्ते-पत्ते में उसकी दीठ बिंधकर पवित्र हो गई। मटमैली धरती में कैसे-कैसे रंग भरे पड़े हैं! कितनी तरह की हरियाली! कितनी तरह के फूल! कितनी तरह के फल! कितनी तरह के काँटे! कितनी तरह की जड़ें और कितनी तरह की खुशबू इसकी उर्वर कोख में समाई हुई है! जिसका न कोई अन्त, न कोई पार! यह पोथी है पारायण करने की! पर इसे बाँचने की बारहखड़ी ही कहाँ सीखी? वैसा गुरु भी तो नहीं मिला!

पर पण्डित को छालों की जलन के मारे न फूल अच्छे लगे और न हरियाली। माटी में जैसा बीज पड़ेगा, वैसा पौधा तो बाहर निकलेगा ही। हरे-भरे पौधे पर फूल तो आते ही हैं। समय पर फल भी लगते हैं। इसमें माली की क्या खासियत! यदि अलग-अलग बीजों के एक-से पौधे, एक-से फूल और एक-से फल लगें तो माली का चमत्कार है। पत्थरों से खुशबू महकाए तो माली का जादू है। यह बेकार ही राजा को भरमा रहा है। पहले तो पण्डितों के अलावा किसी के बहकावे में नहीं आते थे। आजकल तो बच्चों के भोलेपन में भी कुछ-न-कुछ मरम खोज लेते हैं। शास्त्रों के गहरे ज्ञान की बातें सुनकर न जाने क्यों नाक-भौं सिकोड़ने लगे हैं!

राजा ने बच्चे जैसी जिज्ञासा से खिंचकर पण्डित को अपने पास बुलाया। भाव-विभोर होकर गद्गद स्वर में कहा, "देखो, एक ही पौधे पर कितने रंग-बिरंगे फूल हैं! अच्छी तरह ध्यान से देखो।"

"हाँ, ध्यान से ही देख रहा हूँ। बीज में जैसी सम्भावना थी, वैसे फूल तो दिखेंगे ही हजूर। इसमें माली का क्या हुनर!"

राजा को अपने कानों पर सहसा भरोसा नहीं हुआ! एक-दूसरे की समझ व दृष्टि में इतना भेद भी हुआ करता है? तर्क या बहसबाजी से यह भेद किसी भी तरह मिटाया नहीं जा सकता। छालों की टीस के कारण जो फूलों को अनदेखा कर रहा है, उससे माथा लड़ाने में कोई सार नहीं। राजा ने माली की ओर मुँह फिराकर कहा, "देखो, यह सूरज भी ललचाई आँखों से तुम्हारे फूलों को देख रहा है...!"

"पता नहीं, कौन किसे देख रहा है? फूल सूरज को या सूरज फूलों को?"

"पर तुम तो फूलों की वाणी खूब समझते हो, जरा पूछकर हमें बताओ।" पण्डित के दिल में काँटा खटक रहा था। मौका मिलते ही उसने भड़ास निकाली।

माली ने निर्विकार भाव से जवाब दिया, "राज-पण्डित का दबदबा कोई मामूली नहीं होता। आपके आते ही वे चुप हो गए। पूछने पर कुछ जवाब ही नहीं देते।"

"क्या राज-पण्डित का दबदबा राजा से भी बड़ा होता है?" राजा ने व्यग्रता से पूछा।

"जानते हुए भी मैं इसका उत्तर देना नहीं चाहता...!"

"तो जाने दो, तुम्हारी इच्छा ही सबसे बढ़कर है!"

"आप से भी?" पण्डित ने अत्यधिक विस्मय से पूछा।

"हाँ, मुझसे भी।" राजा ने मानो अपने समूचे अस्तित्व से स्वीकार करते हुए कहा, "आज पहली बार मुझे इस सच्चाई का बोध हुआ कि राजा होने से ही किसी पर उसकी इच्छा थोपी नहीं जा सकती! काश! ठेठ बचपन से ही मुझे इस बनमाली की सत्संग का सौभाग्य मिल जाता!"

"अपना-अपना बोध और अपना-अपना विवेक! अभद्र माली के दुस्साहस से पण्डित का मन एकदम कसैला हो गया। जिसके फलस्वरूप फूलों से दमकता बगीचा भी उसे बदरंग लगा। हर झूमता फूल मानो उसी की खिल्ली उड़ा रहा हो! न किसी फूल में खुशबू और न किसी पत्ते में मुस्कान। गुलाब के काँटे उसकी आँखों में चुभ रहे थे! हरामी ने राजा पर कैसा मन्तर फूँका कि वे भी उसकी हाँ-में-हाँ मिलाने लगे। यह तो शेर की माँद से भी ज्यादा खतरनाक जगह है। जितना जल्दी पीछा छूटे उतना ही बेहतर है। राजा की तरफ देखकर बोला, "चलिए अन्नदाता, काफी देर हो गई। पहुँचते-पहुँचते साँझ घिर आएगी।"

राजा का मन भरा नहीं था। यहीं ठहरकर तेरस की चाँदनी में फूलों को इठलाते देखना चाहता था। पत्ते-पत्ते को झिलमिल उजास में नहाते देखना चाहता था। तरह-तरह की सुगन्ध से बौराई चाँदनी किस तरह अपनी मुस्कान छितराएगी? उज्जैन के राजा की बस एकमात्र आकांक्षा यही थी। पर राज-पण्डित की बेरुखी का आभास मिलने पर भी साथ निभाने को मजबूर होना पड़ेगा। आज किसी पर भी वह अपनी इच्छा लादना नहीं चाहता था। बल्कि अपनी इच्छा के दमन में राजा को एक नये ही आनन्द की अनुभूति हुई।

वे बगीचे का चक्कर काटकर लौटे ही थे कि माली दोनों हाथों में एक बड़ा-सा मतीरा लेकर आया। मतीरे के चारों ओर गोल-गोल हरी धारियाँ चमक रही थीं। जैसे अभी-अभी किसी कुशल चितेरे ने अपनी तूलिका से ताज़ा रंग भरा हो। माली ने तीन बार माथा नवाकर कुहनी से दो प्रहार किए। हरे रंग के भीतर कसूमल गिरी क्या प्रकट हुई, मानो मरकत के कटोरों में गुलाब के दो फूल छिपे हों। माघ

पण्डित को मतीरे का बेहद शौक था। गहरी कसूमल गिरी पर नजर पड़ते ही उसके मुँह में पानी भर आया। मन का सारा कसैलापन न जाने कहाँ छूमन्तर हो गया! छलकती खुशी को संयत करके धीरे-से बोला, "पहले ही यह अमृत चखा देते तो मैं भी बगीचे का आनन्द लेता।"

"तो फिर यहीं रातवासा कीजिए। बीस तरह की खुशबू और मिठास वाले मतीरे हैं। राज का सारा खजाना लुटाकर भी आप यह चीज कहीं हासिल नहीं कर सकते! आपकी तृप्ति से मेरी मेहनत भी सफल हो जाएगी। राजा भोज के साथ माघ पण्डित का संजोग मेरे जीवन में फिर न जाने कब जुड़ेगा?"

"क्या पता किसका संजोग किसके लिए कल्याणकारी है? काश! तुम्हें मेरे मन की हलचल का कुछ भी अन्दाज होता!" राजा भी चाहे तो विनम्र हो सकता है, उसे यह जानकर बड़ी खुशी हुई। साथ-ही-साथ माली को भी कम अचरज नहीं हुआ! आश्चर्यचकित लहजे में बोला, "यह तो आपका बड़प्पन है। कोई भी राजा इस तरह नहीं सोचता। उन्हें पोसाए तब न? सिंहासन का खतरा वे अपने में भी झेल नहीं सकते। आपकी ठौर कोई दूसरा राजा होता तो क्या मैं ऐसी हिम्मत कर सकता था? मुझे ज्यादा मनुहार करनी नहीं आती, काम ही नहीं पड़ा। पर इतना जरूर कह सकता हूँ कि इस बगीचे के साथ बिताई रात आप कभी भूल नहीं सकेंगे।"

माली के मीठे बोल सुनकर राज-पण्डित की रही-सही खीज भी निथर गई। खुशी का दिखावा करते बोला, "आज नहीं फिर कभी। यह बगीचा तो जितनी बार देखेंगे, उतनी बार नया लगेगा। मेहनत के फूल तो खिलते ही हैं।" माली को लक्ष्य करके राजा को सुनाने के लिए उसने यह बात कुछ जोर से कही।

मतीरे की गिरी के हर लच्छे का स्वाद ऐसा अनोखा था कि सूरज भी डाह किए बिना नहीं रह सकता। रात का समय होता तो चन्द्रमा सिर्फ एक लच्छे की खातिर जमीन पर उतर आता। राजा ने असीम आनन्द के स्वर में कहा, "इच्छा तो ऐसी हो रही है कि तुम्हें उज्जैन का राज सौंपकर इस बगीचे की शरण में आ जाऊँ...!"

माली के मुँह पर एक काली छाया-सी मँडरा गयी, जैसे यह विपदा तो उसके सर पर आ ही धमकी हो। मायूसी के साथ बोला, "मैंने ऐसा क्या अपराध किया, जिसकी मुझे यह सजा भुगतनी पड़ेगी...?"

"हाँ, अपराध तो मैंने ही किया है जो जीवनपर्यन्त की यह सजा ढोनी है।" राजा ने एक गहरा निःश्वास भरकर माली के पाँवों पर आँखें गड़ा लीं। ऐसी अचीती पराजय पर सौ-सौ जीत निछावर हैं। यदि राज-पण्डित की उपस्थिति का लिहाज नहीं होता तो वह आँखों की बजाय उन पाँवों पर अपना सर झुका लेता! इस तरह का मामूली साहस बड़ी साधना के बाद जुट पाता है। जिसकी तुलना में राज्य का परित्याग तो पासंग बराबर भी नहीं! राजा भोज की भिखमंगे से भी बदतर हालत

हो गई। प्रजा की फरियाद सुनने के लिए तो राजा है, पर राजा अपनी फरियाद किसे सुनाए? दुनिया के किसी राजा की ऐसी दयनीय दशा नहीं हुई होगी! इच्छा न होते हुए भी राजमहल की उसी खूनी माँद में जाना होगा! कैसी विकट लाचारी है? राजा के पाँव बड़ी मुश्किल से उधर मुड़े, मानो सदेह जिन्दा जलने के लिए मसान की ओर बढ़ रहा हो...!

माली वापस साथ चलने को तैयार हुआ तो राजा ने साफ मना करते कहा, "नहीं, अब तुम्हें तकलीफ नहीं दूँगा। सीधा रास्ता है।"

शिष्टाचार के नाते भी माली ने दुबारा आग्रह नहीं किया। राजा की ऊहापोह को भली-भाँति समझते हुए भी उसने दुहरे अर्थ में कहा, "कोई भी रास्ता सीधा नहीं होता! यदि राह में कहीं भटक जाएँ तो बेधड़क किसी से पूछ लीजिएगा। गाँव के लोग रास्ता बताने में बड़े माहिर होते हैं।"

राज-पण्डित ने मन-ही-मन कोसा—कैसा जंगली, उजड्ड और मुँह-फट है। ढोर से भी गया-गुजरा। राजा की शह नहीं होती तो अब तक सौ बार सीधा कर दिया होता! वह अपने मिथ्या दर्प की जैसी-तैसी कसौटी पर ही हर बात को आँकता था।

उधर उज्जैन का राजा अपने ही आत्मबोध के अन्धड़ में खोया था! उसके कानों में रह-रहकर माली के बोल दहाड़ रहे थे—कोई भी रास्ता सीधा नहीं होता...! वह बादलों की भाँति गरजकर यह घोषणा करना चाहता था कि राजा के अलावा कोई भी इतना गाफिल नहीं होता, पर ये बोल उसके गले में भीतर ही बिखरकर रह गये, जैसे उसके निर्बन्ध होठ चिपक गये हों!

राजा की देखा-देख पण्डित भी मुड़-मुड़कर पीछे देखता हुआ, जिधर पाँव ले जा रहे थे, उधर ही चल रहा था। राजा भोज के मुँह से बरबस निकल पड़ा, "जब कुछ घड़ियों के नजारे से मेरी यह दशा हो गयी, तब यह माली तो मरकर भी इसी बगीचे का भौंरा बनेगा! काश! मैं अपने हाथों से ऐसा बगीचा लगा पाता!"

"हुजूर, राज्य के सारे बगीचे आप ही के तो हैं!"

"तुम नहीं समझोगे माघ पण्डित...!" राजा ने एक गहरी आह भरते कहा, "मेरी मजबूरी तुम नहीं समझोगे...!"

भीतर के उबलते लावे को बाहर फेंकने के बाद राजा को ऐसा महसूस हुआ कि जैसे कोई अलौकिक शक्ति स्वयं अपनी वाणी के अभाव में उसका गला बरत रही हो! या कोई सर्वशक्तिमान रूह उसकी समूची देह को अपने हिसाब से काम में ले रही हो! पण्डित ने एक अपरिचित राहगीर की भाँति राजा की आँखों में झाँकने का प्रयत्न किया तो उसे कुछ ऐसा लगा कि राजा अपनी जाग्रत आँखों से कोई मार्मिक सपना देख रहा हो! क्या उन्हें सपने के बीच जगाना उचित रहेगा? पण्डित के रोम-रोम में एक नामालूम-सी दहशत फैल गई।

कुछ देर तक वे दोनों चुपचाप चलते रहे, मानो निपट अकेले ही चल रहे हों। किसी को किसी का साथ नहीं है। सहसा राजा भोज माघ पण्डित की ओर सहमे-सहमे कदमों से इस कदर आगे बढ़ा जैसे नींद में चल रहा हो! मगर उसकी आँखें तो खुली थीं। जरूरत से ज्यादा खुली थीं। मानो वह कुछ ऐसी चीज देखने की तलाश में हो, जो इतनी आँखें फाड़े बिना दिख नहीं सकेगी! पण्डित के ऐन पास आकर वह खड़ा हो गया। चाहने पर भी उसके होठ नहीं खुल पा रहे थे। उसकी आँखों में आँखें गड़ाकर राजा भोज ने फुसफुसाते पूछा, "तुमने एक बात पर ध्यान दिया?"

"किस बात पर हुजूर?"

पर राजा तो वह प्रश्न पूछकर फिर चुप हो गया। कुछ देर बाद उसके होठ खुले, "तुमने मुझसे कुछ पूछा?"

"नहीं हुजूर, आप ही ने मुझसे पूछा कि मैंने किसी बात पर ध्यान दिया कि नहीं?"

"ओह...शायद तुमने भी देखा होगा, जरूर देखा होगा। मैं तो तभी से उस बात को याद करके हैरान हूँ—क्या वाकई मैंने अपनी आँखों से वह नजारा देखा था या मुझे सपना आया था? क्यों, मेरे ख़याल से उज्जैन छोड़ने के बाद हम सोए भी तो नहीं हैं...?"

"नहीं हुजूर, सोने का तो सवाल ही कहाँ? थकावट के कारण आपकी आँखें जरूर भारी हो रही होंगी। कितने पैदल चले हैं!"

"पैदल!" राजा तनिक मुस्कराकर आगे कहने लगा, "मैं तो चाहता हूँ कि कहीं भी रुके बिना मैं रोज इसी तरह पैदल ही चलता रहूँ। पैदल चलने पर आज हमने जो कुछ भी पाया है, वह हाथी-घोड़ों पर सवारी करके नहीं पा सकते! तुम्हारे पाँवों में तो छाले तक पड़ गए। शायद तुम काफी थक गये हो?"

"नहीं हुजूर, इतना पैदल कभी चला नहीं था, छाले तो जरूर पड़े, पर मैं थका बिल्कुल भी नहीं हूँ। उज्जैन तक बड़े मजे में चल सकता हूँ।"

"पर रास्ते का पता चले तब न! मुझे तो लगता है कि हम रास्ता भूल गये हैं...!"

"नहीं हुजूर, वही रास्ता है। मैं एक बार चलने पर कभी रास्ता नहीं भूलता!"

"मैं तो अक्सर भूल जाता हूँ। दुबारा उसी रास्ते पर चलने की न जाने क्यों इच्छा नहीं होती?" पाँच या सात पल तक राजा किसी गहरे सोच में डूब गया। उससे उबरते ही कुछ धीर-गम्भीर सुर में बोला, "देखो, यदि तुमने भी देखा हो तो मुझे सच-सच बताना कि जब बनमाली अपने साथ थोड़ी दूर तक रास्ता बताने की मंशा से चला तो उसके साथ-साथ वह बगीचा भी चल रहा था और उसके लौटने पर वापस उसके साथ हो लिया, जैसे वह उसकी छाया हो! हाँ, मैंने खुद

अपनी आँखों से यह नजारा देखा। फिर भी भरोसा नहीं होता। भला कौन इस अनहोनी बात पर भरोसा करना चाहेगा? राजा के कहने पर हामी भर लें तो भर लें! क्या राजा के सामने बनमाली के उनमान सच बोलने की कोई हिम्मत नहीं कर सकता? तब तो मैं बेकार ही राजा हुआ! राजा लाख जतन करे उसे सच्चाई का पता नहीं चल सकता! वह झूठ के बीच ही पलता है और झूठ के बीच ही मरता है! मेहरबानी करके तुम तो मेरे सामने झूठ मत बोलना, क्या तुमने भी वह नजारा देखा था?"

"नहीं हुजूर, सचमुच मैंने वैसा कुछ भी नहीं देखा। यदि उस समय आप मुझे कहते तो मैं भी बगीचे को चलता देखकर अपने को धन्य समझता!"

"सच कह रहे हो?"

"नहीं तो क्या, हुजूर के सामने झूठ बोलूँगा?"

"मेरे सामने तो सभी झूठ बोलते हैं, क्या तुम इस बात को नहीं जानते? बनमाली की बातें सुनकर मुझे ऐसा लगा कि मैं अब तक केवल झूठ-ही-झूठ सुनता आ रहा हूँ। झूठ के अलावा कुछ भी नहीं! निखालिस झूठ...! फिर तुम्हीं क्यों सच बोलोगे? खैर, छोड़ो भी, यह सच-झूठ का मसला बहुत ही पेचीदा है। क्या पता, मेरे कहने पर भी वह नजारा तुम्हें दिखता या नहीं?"

"जब आपने खुद अपनी आँखों से देखा है तो फिर मुझे क्यों नहीं दिखता?"

"अपनी-अपनी तासीर है! देखने का अपना-अपना ढंग है! हो सकता है, वह मेरा भ्रम ही हो! पर उस शुभ घड़ी में तो मुझे सचमुच ऐसा ही दिखा था। तुम मानोगे इस बात को?"

"क्यों नहीं मानूँगा, जरूर मानूँगा हुजूर!"

"परन्तु तुम्हारी आँखें तो ऐसा नहीं कहतीं! होठों के बोल और आँखों की वाणी में बड़ा फर्क होता है! यदि आज बनमाली से मुलाकात नहीं होती तो मैं कभी इस बात को समझ नहीं पाता!...क्यों, हम वापस उज्जैन ही चल रहे हैं न?"

"और कहाँ जाएँगे हुजूर, अब तो सीधे वहीं पहुँचना है!"

"दूसरी ठौर भी तो नहीं जानते! चलो, फिर वहीं चलें! कैसी विडम्बना है?"

मगर माघ पण्डित के लिए तो वैसी कोई विडम्बना थी नहीं। उसे तो निश्चित रूप से उज्जैन ही पहुँचना था। उससे बढ़िया आवास और क्या हो सकता है? भगवान जाने यह बगीचा क्या-क्या गुल खिलाएगा? आज दिन तक कोई बगीचा किसी के साथ चला भी है? यह निरा पागलपन नहीं तो और क्या है? पर राजा को यह सच्ची बात कौन बताए? लोग इसीलिए तो उनके सामने झूठ बोलते हैं कि वे सच्चाई बर्दाश्त नहीं कर सकते! फिर क्यों कोई सच कहकर अपनी जान जोखिम में डाले? माघ पण्डित ने मन-ही-मन दृढ़ निश्चय किया कि उज्जैन पहुँचते ही राजवैद्य से इनका इलाज करवाना है। अब तो एक घड़ी की ढील भी नहीं खट

सकती। कहीं ऐसा न हो कि उज्जैन पहुँचने के पहले ही ये पूरे पागल हो जाएँ। लक्षण तो ऐसे ही नजर आते हैं। रानी जी को विस्तार से सारी बातें समझानी होंगी!

आखिर वही हुआ जो ऐसी मनःस्थिति में होना चाहिए था। डेढ़ कोस चलने के बाद वे सचमुच ही रास्ता भूल गए। आते समय उन्होंने रास्ते का ध्यान ही कहाँ रखा था! राजा भोज तो माली से आगे पहुँचने की होड़ में खोया था। और माघ पण्डित छालों की टीस के मारे अपना होश-हवास ही भूला हुआ था। लौटते समय बगीचे के आकर्षण ने रहा-रहा मामला भी गड़बड़ कर दिया। बगीचा देखने के पहले और बाद वाले राजा के बीच काफी दरार पड़ गयी थी! वह एक अजीब-सी दुविधा में गोते लगा रहा था—क्या सचमुच उसे उज्जैन के सही रास्ते का पता करना है या अपने-आपको खोजना है? बनमाली के बगीचे ने तो उसके भीतर फूल-ही-फूल, खुशबू-ही-खुशबू, हरियाली-ही-हरियाली और काँटे-ही-काँटे भर दिए...!

माघ पण्डित ने एक ठौर रुककर किसी राहगीर की आस में चारों ओर नजर घुमाई। सहसा उसकी निगाह खेत के किनारे खड़ी एक बुढ़िया पर अटकी। साम्प्रत ईश्वर की झाँकी से भी उसे इतनी खुशी नहीं होती! ईश्वर किसी भी राजा-महाराजा का दास तो है नहीं, जो हाथ पकड़कर उन्हें अपने ठिकाने पहुँचा दे। सही रास्ते का इशारा मिलने के बाद तो वह देर-सबेर अपने मुकाम पहुँच ही जाएगा, जहाँ उसके जीवन की सारी आकांक्षाएँ दीवारों के घेरे में सिमटी, उसकी प्रतीक्षा कर रही हैं! दुनिया का कोई भी सत्य अपने घर-परिवार से बड़ा नहीं होता! और अपने बच्चे, अपनी पत्नी, अपनी रसोई, अपनीं भूख-प्यास, अपना आँगन, अपनी सेज, अपनी नींद और अपने सपनों के अलावा दूसरा सत्य है भी कौन-सा...?

राजा को चलते-चलते यकायक न जाने क्यों यह सन्देह हुआ कि जिन पाँवों पर वह चल रहा है, वे उसी के हैं या किसी दूसरे के? कहाँ ले जाएँगे? जहाँ वह जाना चाहता है या जहाँ वे ले जाना चाहते हैं! लगता है बुढ़िया तक तो पहुँचा ही देंगे! फिर उसके बाद, आगे का रास्ता बुढ़िया बता देगी। यदि न बता पाई तो...?

बुढ़िया के करीब पहुँचते ही राजा के पाँव अपने-आप रुक गए। पर वह तो, बिना रुके आगे-ही-आगे पहुँचना चाहता था, जहाँ रास्ते की बजाय स्वयं को तलाश कर सके! इतने बरस तो उसकी इच्छा से ही पाँव चलते रहे हैं, मगर वह अब तक कहीं भी नहीं पहुँच पाया! और आज वह अपने पाँवों की इच्छा से चलना चाहता है, धोखा तो क्या देंगे? पाँवों पर इतना एतबार तो करना ही चाहिए!

खेत की ओर मुँह किए बुढ़िया किसी गीत के बोल गुनगुना रही थी। मानो खेत में चहचहाती चिड़ियों को लोरी सुना रही हो! बरफ की नाईं सफेद-बुर्राक बाल। कमर थोड़ी झुकी हुई। मानो गुजरे जमाने की यादों को बीन रही हो! पीठ पर सन की चिकनी डोरी से बँधा हुआ शंख। सर बार-बार एक ही लय में हिल रहा था,

जैसे अब और किसी कामना की उसे जरूरत ही न हो! जीवन को जी भरकर जी लिया उसने! फिर भी जब तक जीना है, तब तक सीना है!...पर किसलिए? अनगिन चिड़ियों से खेत की रखवाली करने के लिए या उन्हें चुगने का न्योता देने के लिए...? राजा अपने तईं इस गुत्थी को सुलझा नहीं सका।

धरती की गोद में बाजरे का हरा-भरा खेत आकाश की ओर सर ताने मस्ती में झूम रहा था! सिट्टे-सिट्टे पर चमकते हुए मोतियों के अनगिनत दाने। और अनगिनत ही चिड़ियाँ खुशी से चहकतीं अपना-अपना दाना चुगने में मगन थीं। बेचारी बुढ़िया शायद कानों से बहरी हो! आँखों की जोत भी शायद नहीं के बराबर हो!...चार पाँवों की आहट भी तो कहाँ सुनी...!

राजा तो काठ के पुतले की तरह निर्जीव-सा खड़ा था। पर माघ पण्डित पूरे होश में था। उसने नीचे झुककर हाथ में पत्थर उठाया ही था कि चिड़ियों ने एक अनोखी चक-चक से मानो बुढ़िया को आगाह किया हो! उसने अदेर फिरकी के समान घूमकर पीछे देखा, शायद ललाट की बजाय उसकी पीठ वाली आँखें ज्यादा तेज हों! कड़ककर बोली, "खबरदार...!" जैसे वह पत्थर बुढ़िया को मारने के लिए उठाया हो। पण्डित के हाथ में थमा पत्थर हाथ ही में रह गया। सफाई देते बोला, "मैं ...मैं तो खेत में बिगाड़ करती चिड़ियों को उड़ा रहा था।"

बादलों में फकत बिजली ही नहीं होती, पानी भी बेशुमार होता है! बुढ़िया तनिक मुस्कराई। अदन्त मुँह से मानो तारे झड़े हों! अचरज दरसाते कहने लगी, "बिगाड़!...बिगाड़ फिर कैसा? ये खेत में दाना नहीं चुगेंगी तो क्या किसी बनिये की हाट पर खरीदने जाएँगी? यदि तुम्हारे पत्थर में मेरी कोई चिड़कल बिटिया मर जाती तो...!"

"बस, मर जाती...! इसमें इतना सोच करे जैसी क्या बात?" पण्डित ने ठण्डी लापरवाही से छोटा-सा जवाब दिया।

बुढ़िया फिर थोड़ी गम्भीर हो गई। पण्डित को ऊपर से नीचे तक अच्छी तरह जाँचने के बाद बोली, "बड़े अजीब मानुस हो! अपने हाथ से एक चम-जूँ तो घड़ नहीं सकते और खुशी में फुदकती मेरी लाडली बेटी को बेकार अपनी मौज में मार डालते! अरे, चिड़ियों की बात तो दूर, हम निर्मम मानुस तो अपनी जात-बिरादरी पर भी दया नहीं विचारते! लोभ में आकर बाप, भाई और बेटे को भी मार डालते हैं। समझ नहीं पड़ता कि जमाने के साथ-साथ आदमी की अकल बढ़ रही है या घट रही है...?"

खेत में सहमी-सहमी चिड़ियों की ओर सार-सँभाल भरी नजर से देखकर वह आगे कहने लगी, "यदि मारने की बजाय किसी को जिलाने में आदमी अपनी अकल लड़ाए तो दुनिया का नजारा ही बदल जाए!" इतना कहकर बुढ़िया मुँह से तो चुप हो गयी, पर राजा को उसके भीतर की गर्जन साफ सुनाई दे रही थी। वह

सूनी-सूनी आँखों से नील गगन को एकटक निहारने लगी, जैसे उसकी समस्याओं का समाधान शायद धरती से बेहतर कहीं ऊपर इसी शून्य में हो!

खुलने की बजाय माघ पण्डित की मुट्ठी और कसती गई। हथेली में पत्थर गड़ने की भी उसे सुध-बुध नहीं रही। पर बुढ़िया की चेतना फकत उसके शरीर तक सीमित नहीं थी, हवा में चारों ओर फैली हुई थी। उसने अगले ही क्षण पीठ पर लटकता शंख मुँह से लगाया। झुर्रियाँ पड़े गाल फुलाकर जोर से फूँक मारी। निर्जीव शंख में प्राण भर आए। उसकी मीठी आवाज हवा में तैरती हुई चारों ओर गूँज उठी और एक ही झपाटे में तमाम चिड़ियाँ उड़कर आस-पास के पेड़ों पर देखते-देखते दुबक गईं।

राजा भोज तो मानो अध-मुँदी आँखों से कोई जादू देख रहा हो। शायद इसी आशंका से उसने आँखें फाड़कर देखना चाहा। मुँह की ठौर अब शंख बुढ़िया के हाथ में था! विस्फारित भाव से उस अलौकिक नजारे को वह अपने अन्तस् में सँजोने लगा! एक दिन पहले तो राजा के लिए उस अचीते सौभाग्य की कल्पना भी सम्भव नहीं थी। बगीचे के महकते फूलों की तरह उसका रोम-रोम खिल उठा।

माघ पण्डित ने राजा और बुढ़िया की रंगत परखी तो वह सहम गया! इनका वश चले तो इसी तरह चुपचाप बरसों तक एक-दूसरे की मौन वाणी सुनते रहें। पर वह तो इनकी तरह बावरा नहीं है। एक-एक पल धकियाना उसके लिए भारी पड़ रहा था! न जाने किस अशुभ घड़ी में दरबार छोड़ा था! भला राजा को इस तरह का बचपना शोभा देता है? उसने बुढ़िया को होश में लाने की मंशा से अभिवादन किया, "माँ राम-राम!"

उसी के अभिवादन को सहज भाव से दुहराने के बाद वह चिड़िया की तरह चहकते बोली, "आसीस देने का गुमान तो क्या करूँ, फिर भी एक मामूली-सी बात बताना चाहूँगी; जब मनुष्य की देह मिली है तो मनुष्य की तरह जीना सीखो, चाहे एक दिन और एक रात के लिए ही जीओ। वरना सौ बरस की उम्र भी अकारथ है।...जब किसी चिड़िया ने तुम्हें मारने के लिए पत्थर नहीं उठाया तो तुमने जमीन पर पड़े पत्थर का क्यों सहारा लिया? जिससे पत्थर के साथ जमीन की भी मर्यादा घटी और तुम्हारी भी...।"

पण्डित की बँधी हुई मुट्ठी अजाने ही थोड़ी ढीली हुई। पसीने से भीगा पत्थर उसके पाँवों के पास ही गिर पड़ा। मगर उसकी चेतन-बुद्धि पूर्णतया उसके वश में थी। बुढ़िया की अयाचित सीख का प्रतिवाद करते कहने लगा, "मनुष्य की मर्यादा के अनुरूप जीने के अलग-अलग ढब और अलग-अलग पथ हैं! पर लाख समझाने पर भी ये गहरी बातें तुम्हारी समझ में नहीं आएँगी, इसलिए समझाना बेकार है।" मुट्ठी के पत्थर की तरह उसका धीरज भी छूट रहा था। हाथ का इशारा करते पूछा, "जानती हो तो हमें फकत इतना ही बता दो कि यह रास्ता कहाँ जाएगा? बड़ी

मेहरबानी होगी; इससे अधिक हमें कुछ भी जानने की जरूरत नहीं है।"

सूरज यदि मुस्कराए तो न जाने वह कैसा दिखेगा? किन्तु पण्डित के बोल सुनकर बुढ़िया के होठों पर स्मित मुस्कान के बहाने जैसे उगता सूरज थिरक उठा हो। बाएँ हाथ की तर्जनी अँगुली हिलाते बोली, "कोई भी रास्ता कहीं नहीं जाता! आते-जाते तो केवल बटोही हैं! और अपने-अपने रास्तों पर चलते-चलते एक दिन सभी बिला जाते हैं। तुम अपनी आँखों से देख ही रहे हो कि मैं रास्ते के छोर तक पहुँच चुकी हूँ! तुम भी पहुँच जाओगे! इसे भूल गये तो बहुत भटकना पड़ेगा!" इतना कहकर वह न जाने क्या सोचते-सोचते चुप हो गई।

राजा भोज का अचरज सभी प्रकार की सीमाएँ लाँघ चुका था। क्या दो आँखों की नन्हीं पुतलियों से इस बुढ़िया का हुलिया परखा जा सकता है?...पाँवों के नीचे फैली इस असीम धरती से कम उम्र तो इसकी क्या होगी? राजा को अपनी दीठ की तासीर कुछ-कुछ बदलती-सी महसूस हुई! समझ नहीं पड़ता कि डेढ़ पसली की मालकिन का रूप इस धरती से बड़ा है या कम है? पण्डित के सवाल का जवाब किसने दिया? इस बुढ़िया ने या धरती ने? क्या धरती की तरह इस बुढ़िया के अन्तस् में भी हरियाली के अमिट बीज दबे पड़े हैं? पर धरती को मनुष्य की भाँति बोलते तो पहली बार ही सुना! जिसके आखर-आखर में बगीचे के फूलों का रूप छिटक रहा है!

माघ पण्डित का चेहरा नितान्त कोरा था, जैसे उसने कुछ सुना ही न हो! जादू-टोना जानने वाली इस खूसट बुढ़िया के पास सुनाने के लिए है ही क्या?

राजा को एकटक नजर से घूरते देखा तो बुढ़िया ने सहज जिज्ञासा के आशय से पूछा, "रास्ते का पता करने से पहले यह तो बताओ कि तुम हो कौन?"

माघ पण्डित कहीं सही परिचय न बता दे, इस कारण राजा तुरन्त सँभल गया। बुढ़िया के चेहरे से आँखें हटाकर उसने पण्डित की तरफ देखते कहा, "माँ, हम तो बटोही हैं।"

डगमग हिलती गर्दन को और अधिक हिलाते बोली, "ना, बटोही तो दो दूसरे ही। भला, तुम्हारी ऐसी बिसात कहाँ?"

राजा भोज को जैसे यही उम्मीद थी। अदेर पूछा, "माँ, वे कौन हैं?"

"एक सूरज और दूसरा चाँद! तमाम दुनिया में हरदम उजास और प्राण बाँटते रहते हैं! न बिसाई, न आराम और न थकान। न उजास का अक्षय खजाना कभी खूटे और न प्राणों का अखूट भण्डार कभी रीते! जिसे उजास की जरूरत हो उसके लिए उजास हाजिर! जिसे प्राणों की जरूरत हो उसके लिए प्राण हाजिर! कोई कहीं भी बसे, मना करना तो जानते ही नहीं! फिर भी क्या मजाल कि अपनी राह छोड़कर इधर-उधर जाएँ या अपना मुँह लुकाते फिरें! बटोही तो ये कहलाते हैं! पर तुम...?"

माघ पण्डित के मन में भी पहेलियों जैसे हलके-फुलके मनोरंजन का बुदबुदा उठा। उतावली दरसाते बीच ही में बोला, "माँ, हम तो मेहमान हैं।"

बुढ़िया सन्देह की नजर से उसकी ओर देखने लगी। फिर उसी लहजे में बोली, जैसे उसकी जीभ में ही सारा ज्ञान समाहित हो! "ना, मेहमान तो दो दूसरे ही। एक तो लछमी और दूसरा प्राण। बिन बुलाए आ धमकते हैं और बिन जताए विदा हो जाते हैं! फिर भी हर किसी को इनके आने से बेहद खुशी होती है और इनकी जुदाई से भयंकर सन्ताप! इच्छा हो तो चाहे जितने रुक जाएँ और इच्छा न हो तो देखते-देखते छोड़ जाएँ! न जात-बिरादरी का लिहाज रखें और न नाते-रिश्तेदारी का भेदभाव। न राजा की मानें, न रंक से गरज करवाएँ, जिनका नाम मेहमान। परमात्मा ने जैसी सुहानी सूरत दी है तुम्हें, वैसा दिमाग भी दिया होगा! जरा सोच-विचारकर जवाब दो।"

ऐसे अजनबी राहगीरों से पहली बार ही बुढ़िया का साबका पड़ा था। बुढ़ापे की सुदीर्घ अवधि उलटी लाँघकर एक बच्चे की तरह उनके साथ खिलवाड़ करने लगी! और उधर राजा भोज को बुढ़िया के जवाब में एक नया ही बगीचा मिलने जैसी खुशी हो रही थी! उसने अपने हिसाब से काफी पेचीदा परिचय बताया, "माँ, हम तो परदेसी हैं।"

बुढ़िया को जैसे कोई भूली-बिसरी बात याद आ गयी हो। पछतावे के भाव से बोली, "अरे, तुम्हारी चटपटी बातों में अपनी चिड़कल बेटियों का मुझे कुछ ध्यान ही नहीं रहा!" यह कहकर उसने फिर उसी तरह शंख पूरा! मीठी आत्मीय मनुहार की भनक सुनते ही पेड़ों में दुबकी चिड़ियाँ एक साथ झूमते सिट्टों पर बैठकर वापस दाना चुगने लगीं। ममता भरे स्वर में उन्हें समझाते बुढ़िया बोली, "कूख के जाये-जन्मों से भी कहीं अधिक इस धरती के पंछी-जानवर मेरा मान रखते हैं! एक भी दाने या एक भी तिनके का फालतू बिगाड़ नहीं करते। बस, पेट भरा और सन्तोष! मैं भी अपने पेट से पहले इनका जतन रखती हूँ।...तुमने क्या कहा, मैं तो भूल ही गयी, फिर से बताना।"

राजा को ऐसी आज्ञा भला और कौन देगा? उसी उछाह से दोहराया, "माँ, हम तो परदेसी हैं।"

"ना रे ना, परदेसी तो दो दूसरे ही। एक बादल और दूसरा सपना। जाने कब अपना ठिकाना छोड़कर परदेस चले आएँ, पता ही न चले। बादल तो राह चलते हुए भी प्रीत, सुख और सम्पदा लुटाते चलते हैं, जो घर से लेकर चले थे! उन्हें देखते ही सूखे अन्सत् में बहार छा जाती है। बच्चे किलकारियाँ करने लगते हैं। केवल घड़ी भर के लिए मेहर-मया हो जाए तो धरती के कण-कण में उमंग लहराने लगती है। पहाड़ों से झरने फूट पड़ते हैं। फटे तालाब टर्र-टर्र की मीठी राग सुनाने लगते हैं। सूखी नदियाँ मचल-मचल उठती हैं। पंछी कलरव करने लगते

हैं। परदेसी प्रीतम को रिझाने के लिए धरती सोलह सिंगार सजती है। न आये तो उसके बिछोह में आहें भरती है।...और बन्द आँखों से दिखने वाले परदेसी सपने की तो नजाकत ही निराली है! पलकें मूँदते ही हाजिर। और आँखें खुलते ही ओझल। नजर की मार भी सह नहीं सकता। सैकड़ों कोस दूर होते हुए भी यह परदेसी पलकों में छिपा रहता है। न आने का सन्देश और न जाने की खबर। तुम न तो देसी हो न परदेसी, राम जाने क्या हो...?"

"माँ, हम तो छैल-भँवर हैं।" राजा ने अण्ट-शण्ट उगल दिया।

बुढ़िया के आदिम होठों पर राजा को एक ऐसी मुस्कराहट नजर आयी, जिसकी कल्पना भी उसके लिए सम्भव नहीं थी। इस मुस्कान से तो सूरज का अँधेरा भी मिट सकता है! मगर आदमी के मन का अँधेरा विलुप्त होना ही तो सबसे अधिक दुश्वार है। पंछी-जानवरों के भीतर तो शायद ही ऐसा अँधियारा हो! राजा को ऐसा महसूस होने लगा कि उसके भीतर का अभेद्य अन्धकार कुछ-कुछ छँटने लगा है।...जब बादलों को बरसने के लिए, हवा को बहने के लिए, झरनों को फूटने के लिए और फूलों को खिलने के लिए किसी से याचना नहीं करनी पड़ती, तब धरती की प्रतिरूप यह बुढ़िया इन अकिंचन बातों के लिए किसका मुँह जोहेगी! फिर भी न जाने क्यों राजा की फकत इतनी ही कामना थी कि बस एक बार बुढ़िया लाजवाब हो जाए तो आज की पराजय का पछतावा थोड़ी देर के लिए मिट जाए। और बुढ़िया भी अचीते संजोग के इस झुनझुने को छोड़ना नहीं चाहती थी। जब तक इनका मन बहले, बहलाती रहेगी। मुस्कराते शब्दों में शान्त व धीर भाव से बोली, "ना, छैल-भँवर तो दो दूसरे ही। एक अन्न और दूसरा पानी। इन दोनों के गले उतरने पर ही सबकी छैलाई कूद-फाँद करती है। एक दिन भी नसीब न हो तो सारी मर्दानगी उड़न-छू हो जाए! फिर तुम छैल-भँवर कैसे हुए? अपने आपको कुछ तो पहचानो...!"

उन तीनों की नादान होड़ से चिड़ियों का कुछ भी सरोकार नहीं था। अपना-अपना नन्हा पेट भरते ही वे तीन-चार के झुण्ड में बारी-बारी से उड़कर पेड़ों के बीच पहले की तरह दुबक गईं।

पण्डित ने अपने तरीके से मगज लड़ाकर काफी दूर की कौड़ी फेंकी, "माँ, हम तो गरीब हैं।"

"ना, गरीब तो दो दूसरे ही। एक तो गऊ का जाया और दूसरा कुँवारी कन्या। बैल को जहाँ बेचो, वहीं हल खींचता है। गाड़ी का भार ढोता है। और मरने के बाद भी मनुष्य के पाँवों को काँटों से बचाता है। और बेटी को घरवाले जहाँ कहीं ब्याहते हैं, चुपचाप विदा हो जाती है। पराए घर को अपना समझती है। ससुराल में पाँवों चलकर आती है और लेटी-लेटी दूसरों के कन्धों पर मसान की शरण में चली जाती है। जो दूसरों की इच्छा से चलते हैं, गरीब तो वे कहलाते हैं, समझे?"

राजा कम-से-कम इतना तो समझ ही गया कि बुढ़िया के अलावा और कोई क्या समझेगा? उन्हें तो फकत सुनना-ही-सुनना है। सुनने से ही शायद कुछ समझ आये! किसी भी राज्य के खजाने में ऐसे बेशकीमती नगीने कहाँ? और न इनकी रखवाली के लिए संगीनों का पहरा ही जरूरी है! धूप और हवा की तरह सुलभ होने पर भी इनकी ओर हाथ बढ़ाने की हिम्मत किस में है? पर आज तो वह अपने दिवालिया हाथ उधर बढ़ाकर ही मानेगा! बोला, "माँ, हम तो शूरवीर हैं!"

"शूरवीर...?" खाँसी के कारण बुढ़िया को क्षणभर के लिए रुकना पड़ा। फिर माँ-धरती से तीन बार माफी माँगकर एक तरफ थूकने के बाद कहने लगी, "ना, शूरवीर तो दो दूसरे ही। एक अबूझ बालक और दूसरा पागल! बालक तो राजा की भी परवाह नहीं करता। और न उसे मौत का ही डर लगता है। उसकी नजर में कोई छोड़ा-बड़ा नहीं। पागल आदमी तो भगवान को भी नहीं मानता। कैसे भी शूरवीर को अपने से बड़ी ताकत का डर रहता ही है। अपने से बाँका यमराज के समान। जो न किसी से दबे, न किसी से डरे, वह शूरवीर है। मजाक करने के लिए मैं ही मिली तुम्हें। सच-सच बताओ, तुम हो कौन?"

राज-दरबार के पण्डित ज्ञान और विद्या के नाम पर कैसी धमाल मचाते हैं और जानते फूटा अच्छर भी नहीं। जब संजोग से राजा भोज की आज आँखें उघड़ी हैं तो प्रकाश-ही-प्रकाश भीतर भर लेना चाहता था। सकुचाने का तनिक अभिनय करते बोला, "माँ, हम तो ठग हैं।"

"ना, ठग तो दो दूसरे ही। एक तो ठाकुर और दूसरा साहूकार! किसान अपनी मेहनत का खून-पसीना बहाकर मोती पैदा करता है और ठाकुर धौंस जताकर उन्हें झपट लेता है। तिस पर बेठ-बेगार की करारी मार! बनिया एक के इक्कीस टीपता है। झूठे खाते लिखता है। फिर भी साहूकार कहलाता है। दुनिया में इनसे बड़ा ठग और कौन? ठगाई करने पर भी बड़े कहलाएँ, वे ही तो असली ठग हैं। इत्ता भी नहीं जानते?"

राजा के तहत न जाने कितने ठिकाने और कितने ठाकुर? तब तो राजा ठाकुरों से भी बड़ा ठग है। बड़े-से-बड़ा शत्रु भी राजा के सामने इस कदर मुँहजोर नहीं हो सकता। इस मरियल बुढ़िया की अक्ल तो नहीं मारी गयी? गुस्से के मारे पण्डित का मुँह तमतमा उठा। राजा ने उसे चुप रहने का संकेत किया तो उसे मन मारकर चुप रहना पड़ा। फिर बुढ़िया की ओर देखकर राजा ने हौले से कहा, जैसे वह गुप्त भेद सारे राज्य में हवा के साथ प्रकट न हो जाए, "माँ, हम तो असल में चोर हैं।"

"ना, तुम्हारे ऐसे तकदीर कहाँ! चोर तो दो दूसरे ही। एक गुरु और दूसरा वैद्य! गुरु अज्ञान की चोरी करता है। और वैद्य देह की माँदगी गायब कर देता है। असली चोर तो ये हैं। चोरी करने पर भी सुहाते हैं! धन और वित्त पर हाथ

साफ करने वाले चोर थोड़े ही हैं! यह तो अपना धन बचाने के लिए समझदार धनवानों की चाल है! क्यों बेकार परेशान कर रहे हो, बताओ तुम हो कौन?"

"माँ, हम तो हठी हैं।"

"ना, हठी तो दो दूसरे ही। एक नाखून और दूसरे केश! नाखून बार-बार काटो तब भी बढ़ते हैं। और केश सफाचट मूँडने पर भी वापस आ जाते हैं। काटने वाला भले ही हार मान ले पर ये कभी हार माननेवाले नहीं। ऐसा हठ निभाने वाले हठी कहलाते हैं। तुम्हारी क्या बिसात कि ऐसा हठ निभा सको! हठ निभाना आसान काम नहीं है।"

माघ पण्डित के दिमाग में एक बात कौंधी। जरूरत से ज्यादा उतावली दरसाते बोला, हम से भूल हो गई। सबसे पहले अपना सही परिचय बता देना चाहिए था। "माँ, हम तो ज्ञानी हैं!"

"तुम लोगों का तो पूरा जीवन ही एक बड़ी भूल है!" फिर ललाट पर दाहिने हाथ का छज्जा बनाकर परिहास के स्वर में कहने लगी, "देखूँ जरा, तुम ज्ञानियों का दमकता चेहरा...!"

वह कुछ देर तक बारी-बारी से एक-दूजे का चेहरा देखती रही। फिर बोली, "ज्ञान तो सौ-सौ कोस तक भी तुम्हारे पास होकर नहीं फटका। पर इसके लिए तुम्हें दोष नहीं दूँगी। ज्ञानी तो लाखों-करोड़ों में एक भी बड़ी मुश्किल से पैदा होता है। आप जैसी पराया जाने, वह ज्ञानी है। जाने जिस बात को आचरण में बरते, वह ज्ञानी है! अधिक जानने का नाम ज्ञान नहीं है! मनुष्य केवल एक ही बात जाने और उसे कर दिखाए, वह ज्ञानी है। यदि खुद सूरज भी तलाश करने लगे तो ऐसा ज्ञानी मिलना दूभर है!" फिर माघ पण्डित की ओर देखते कहने लगी, "पर मनुष्यों के अलावा भी तो दुनिया लम्बी-चौड़ी है। जिसमें ज्ञानी केवल दो ही हैं। एक मोमाखी और दूसरा पपीहा। फल, फूल, गुड़ व गिरी के सत का ही रस ग्रहण करती है, यह चंचल मोमाखी! इसका छत्ता ज्ञान के शहद से भरा रहता है! भला, ज्ञान से मीठा और क्या होगा? अनगिन लालसाओं को अनदेखा करके केवल सत की खोज, ज्ञान की गुनगुनाहट! और मुट्ठी में समाए जित्ता यह नन्हा पपीहा भी इस सत की खोज में जीता है। हरदम उसी के नाम की रट में खोया रहता है। चाहे जैसी प्यास हो, चाहे जितनी प्यास हो, किसी और पानी के लिए उसकी चोंच ही नहीं खुलती। हजार-बीसी मानसरोवर भी उसके लिए सूखे हैं। बरसते बादल भी उसके लिए रीते हैं। क्या मोमाखी और पपीहे की तरह ज्ञान के लिए ऐसी खोज कर सकते हो! कामनाओं के कीचड़ का मोह छोड़ सकते हो, बोलो?"

बुढ़िया के बैन सुनकर माघ पण्डित का मुँह उतर गया। पर राजा भोज का चेहरा इस पहले ही आत्मबोध से चमक उठा। सचमुच, इस बुढ़िया के ज्ञान को फूलों की खुशबू के समान महसूस तो किया जा सकता है, मगर पकड़ा नहीं जा

सकता। अब तक बताए गये एक भी जवाब को उसने मंजूर नहीं किया। मन-ही-मन दोनों को मिथ्यावादी समझ रही होगी! यह सोचकर राजा न कहा, "माँ, हम तो झूठे हैं। अब तो खुश?"

"मुझे खुश करना तुम्हारे बस की बात नहीं है! तुम्हारी खुशियाँ तो धन की घटत-बढ़त से जुड़ी हैं। तुम्हारे कबूल करने पर भी मैं तुम्हें झूठे नहीं मानती। झूठे तो दो दूसरे ही। एक सन्त और दूसरा नास्तिक! सन्त, भगवान का भेद जानने की डींग हाँकता है और नास्तिक गला फाड़-फाड़कर चिल्लाता है कि भगवान् है ही नहीं। मेरे ख़याल से तो इनसे बड़ा झूठा और कोई नहीं। झूठे सच्चे कहलाएँ, वे ही तो असली झूठे हैं! तुम न तो सच जानते हो और न झूठ! मुझसे मसखरी करना जानते हो, सो कसर मत रखना। बड़भागियो! अब तो बताओ कि तुम कौन हो?"

बिल्ली के भाग्य का छींका टूटा! यह दाँव जरूर पार पड़ेगा। खुद अपने मुँह से मसखरे बता रही है, फिर कैसे मना करेगी? पण्डित ने आश्वस्त भाव से कहा, "माँ, हम तो मसखरे हैं।"

पर पण्डित का यह दाँव भी बेकार गया। डोकरी ने सहज भाव से कहा, "ना, मसखरे तो दो दूसरे ही। एक रूप और दूसरा जोबन। दोनों ही मसखरी करके बुढ़ापे में चम्पत हो जाते हैं! सलवटों से बुनी सूरत, अदन्त मुँह, झुकी हुई कमर, रूई के समान धवल केश और बयों के घोंसलों की नाईं लटकते हाँचल! यह कोई कम मसखरी है! जोबन के जोश में मनुष्य आसमान को छेदने का हौसला रखता है, पर बुढ़ापे में मुँह की मक्खी भी नहीं उड़ती! मेरा हुलिया देखकर तुम सोच रहे होगे कि इन मसखरों ने मेरे साथ कैसी बिताई? पर मैं इनकी परवाह करूँ तब न! बुढ़ापे का यह अखूट अनुभव मेरे लिए जवानी से भी बढ़कर है! मौत की कोख से मैं फिर नया जनम लूँगी!"

हवा की तरह इस बुढ़िया पर किसी का अंकुश नहीं चल सकता। माघ पण्डित के साथ आज तो राजा भोज उज्जैन का मार्ग भूला सो भूला ही, पर ज्ञान और विद्या के भी सारे रास्ते भूल गया! अब इस मूढ़ता के सहारे कैसे पार पड़ेगा? ज्ञान के थोथे मुगालते में जस-तस अपनी शान बचा रहा था! इस अचीते मोह भंग की बजाय तो मरना बेहतर है! जीने का भरम तो बना रहता! राज-दरबार के पण्डित ज्ञान का खास स्थान कहाँ बता रहे थे, और वह कहाँ मिला? ऐसा अचीता अवसर न जाने फिर कब आये? मनुष्य जीवन का एक भी पहलू बचना नहीं चाहिए। बुढ़िया के पाँवों पर नजर गड़ाकर राजा बोला, "माँ, हम तो सहनशील हैं।"

"ना, सहनशील तो दो दूसरे ही। एक धरती और दूसरा बिरछ। धरती पापी का भी बोझ उठाती है। राजा, ठाकुर, साहूकार, महात्मा व पण्डित का भार भी ढोती है। उसकी छाती कुरेदकर बीज डालो, तब भी बीजों का विनाश नहीं करती। शरीर

पर हल चलाने वाले के लिए भी धान के भण्डार भरती है। एक दाना लेकर वापस हजार लौटाती है! कण का मण उपजाती है! कलेजे में गहरे घाव करने पर भी मीठा पानी सौंपती है! हीरे-मोती और सोना भेंट करती है। बिरछ के पत्थर मारो तो वह रसीले फल देता है! काटकर जलाने पर भी उजाला करता है। तरह-तरह के भोजन पकाता है। कुल्हाड़ी चलाने वाले को भी ठण्डी छाँह देता है। और खुद कड़ाके की धूप, सरदी, आँधी और पाला अपने ऊपर झेलता है। एक ही ठौर गड़े रहकर गाछ-बिरछ न जाने क्या-क्या सहते हैं! सहनशील नाम इनका! मनुष्य तो पाँव में काँटे की चुभन भी सह नहीं सकता। चिट्टू अँगुली का जरा-सा कच्चा नाखून भी कट जाए तो उसके सुख-चैन में आग लग जाती है!"

चोर के मन में हरदम खटका बना रहता है! क्षण भर के लिए पण्डित की नसों का जैसे खून ठस गया हो! एक बार राज-खवास के हाथ से उसकी अँगुली का नाखून कट गया था। गलती पण्डित की थी, पर सजा नाई को मिली। मक्खी के परस से चौंककर उसने हाथ खींचना चाहा और उसी खींचातान में राज-खवास से चूक हो गई। कटे नाखून की मामूली झनझनाहट से पूजा-पाठ में मन तो नहीं लगा, पर नाई की निरन्तर चीख से पण्डित अपना दरद थोड़ा-बहुत भूल गया। हमेशा की तरह सवा घड़ी तक पूजा चलती रही और सवा घड़ी तक नाई की नंगी पीठ पर कोड़े बरसते रहे। क्या बुढ़िया का इशारा उस ओर तो नहीं है? पर आज कच्चे नाखून की कसक तो दरकिनार वह चुपचाप बुढ़िया के जहरीले तीर झेल रहा है! मामूली तैश भी प्रकट नहीं कर सका। इस नये गुण का ख़याल आते ही पण्डित ने कहा, "माँ, हम तो शीतल हैं।"

किन्तु बुढ़िया कब मानने वाली! बाएँ हाथ की तर्जनी अँगुली हिलाते कहने लगी, "ना, शीतल तो दो दूसरे ही। एक आग और दूसरी धूप!"

बुढ़िया के मुँह से यह उलटी बात सुनकर दोनों चकित भाव से उसकी ओर देखते रहे। इसकी हिलती गर्दन पर यह कोई माथा है या अनोखी बला? वह अदेर भाँप गई। बोली, "अरे बावलो, यूँ छोटी-छोटी बातों पर अचरज करने से पार नहीं पड़ेगा। अभी हम जानते ही क्या हैं? बहुत-कुछ समझना बाकी है। हाँ, तो मैं कह रही थी कि दुनिया में शीतल चीज एक तो आग और दूसरी धूप! आग संसार के सभी मनुष्यों के पेट की दाझ बुझाती है। नस-नस की जलन मिटाती है। और धूप बेशुमार फसल और घास पैदा करके दीन-दुनिया का कलेजा ठण्डा करती है। इसीलिए तो ये शीतल हैं। सच्ची बात बताए बगैर तुम्हारा पीछा नहीं छोड़ूँगी। बताओ, तुम हो कौन!"

आज दिन तक किसी ने भी यह जानना नहीं चाहा कि वे कौन हैं? राज्य की प्रजा तो उनके बारे में उनसे ज्यादा जानती है। किसी को कुछ भी बताने की जरूरत ही अब तक नहीं पड़ी। वे खुद भी यह मानकर चलते थे कि धरती का कण-कण,

हरियाली का पत्ता-पत्ता और देश के सारे पशु-पक्षी उन्हें अच्छी तरह चीन्हते हैं। पर आज इस सवाल का क्या जवाब दें कि वे कौन हैं? कुछ समझ नहीं पड़ता! राजा भोज ने तनिक आँख उठाकर उसकी ओर देखा। सोचने लगा—कहाँ तो राज-दरबार की बासी सभाएँ और कहाँ यह अधमरी अकेली बुढ़िया! अनुभवों की आँच में तपी अखण्ड लौ के समान, दिप-दिप हिलती हुई! जिसके चमत्कार से इस पृथ्वी पर यह प्रकाश फैला है! कभी सूने आकाश में यह सूरज का रूप धरकर दमकती है तो कभी तारों जड़े नील गगन में चाँद की तरह चमकती है! और कभी-कभार धरती पर बालों की रुपहली किरणें छितराए, झुकी कमर से संसार का अँधियारा हरती है! काश! वह इसकी कोख से जन्म लेता तो राजा की गलीज जिन्दगी से पीछा छूट जाता! पर अगले ही क्षण उसे बुढ़िया के प्रश्न का बोध हुआ। साधु के अलावा ऐसी फटकार कौन सहे? यह सोचकर राजा ने जवाब दिया, "माँ, हम तो साधु हैं।"

सूरज ने अँधेरे की बात मानी हो तो वह डोकरी उज्जैन के राजा और राज-पण्डित की बात माने। "ना, साधु तो दो दूसरे ही। एक सन्तोषी और दूसरा अज्ञानी! जिस बन्दे को दुनिया में किसी बात का लोभ न हो—न धन का, न यश का, न भगवान का और न ज्ञान का—वह साधु है। या तो कोई औघड़-अलबेला ऐसा सन्तोषी हो सकता है या निपट अज्ञानी। मेरे विचार से तो ये दो ही साधु कहलाने के अधिकारी हैं। मेरी ओर टुकुर-टुकुर देखने की बजाय अपने भीतर झाँककर देखो कि तुम्हारे लोभ का क्या हाल है?"

यह किसका इशारा है? अपनी मंजिल से भी आगे निकली इस बुढ़िया का या दिनभर की दुर्गम यात्रा से थके-हारे बटोही सूरज का? राजा ने तत्काल आँखें मूँदी और अगले ही पल चौंककर वापस उघाड़ लीं। कहीं भीतर के भयावह रूप की झलक देखकर सहम तो नहीं गया? भीतर झाँक पाना क्या इतना आसान है? अहंकार या हिमालय आड़े जो आता है! बुढ़िया ने अब तक एक भी परिचय कबूल नहीं किया। उसी को ध्यान रखते बोला, "माँ, हम तो बहुरूपिये हैं!"

डोकरी ने अचरज प्रकट करते कहा, "बौरा तो नहीं गये? ऐसा बेतुका अभिमान तुम्हें शोभा नहीं देता। बहुरूपिये तो केवल दो ही हैं। एक भगवान और दूसरी कुदरत! भगवान के हजार रूप होते हुए भी वह निराकार है! सब जगह दिखता हुआ भी अगोचर है! सर्व गुण सम्पन्न होते हुए भी निरगुण है! कण-कण में व्याप्त होते हुए भी कहीं मौजूद नहीं है! ऐसा बहुरूपिया भला और कौन हो सकता है? और यह अखण्ड सुहागवती कुदरत तो हर छिन अपना सिंगार बदलती है! धरती के तमाम पत्तों की गिनती हो तो कुदरत के बानों की गिनती हो! पल-पल रूप बदले बिना कुदरत का जी नहीं भरता। साँझ होने आयी और अपने बारे में कुछ भी नहीं बता सके! किसी बच्चे को साथ ले आते तो वह पहली बार में ही अपनी सही पहचान बता देता।"

"जरूर बता देता! पर हम नहीं बता सकेंगे, तुम्हें ही बताना पड़ेगा, माँ। तुम्हारी बुद्धि का हम मुकाबला नहीं कर सकते।" राजा ने आखिर हार स्वीकार करते कहा।

"बुद्धि का मुकाबला...बुद्धि का मुकाबला!" हँसी के साथ बुढ़िया के होठों पर मामूली गुस्सा भी था। कहने लगी, "यही तो तुम्हारा भरम है! कोई दूसरी गाली नहीं सूझी? बुद्धि के नाम की तो मैं जूतियाँ भी नहीं पहनूँ! बेचारी बुद्धि चमड़ी का क्या मुकाबला करेगी? चमड़ी का महातम बुद्धि से बड़ा है। चमड़ी की यह ढाल न हो तो बुद्धि अपने बूते पर जिन्दा ही नहीं रह सकती! इत्ता भी नहीं जानते? कैसे मूरख हो?" इन अन्तिम शब्दों के साथ बुढ़िया खिलखिला उठी, मानो किसी नवजात शिशु के होठों पर रोने की बजाय एक अलौकिक हँसी जगमगा रही हो!

इस बार राजा ने क्या सोचकर बुढ़िया के लहजे का अनुकरण करते कहा, "दुनिया में मूरख फकत दो ही हैं। एक राजा और दूसरा राज-पण्डित।" मन्द-मन्द मुस्कराते हुए वह आगे कहने लगा, "बिना किसी खासियत के राजा अपने-आपको ईश्वर के बराबर समझता है! और राजा के इस सफेद झूठ को राज-पण्डित पोथियों के थोथे हवाले देकर सत्य सिद्ध करने की निरर्थक चेष्टा करते हैं। मूरखों के यही तो खास लच्छन हैं कि गुण नहीं होने पर भी खुद को सबसे बड़ा मानना और जिन्दगी भर इस मुगालते में जीना। और अपने स्वार्थ के लिए इस मुगालते को मूरख राज-पण्डितों के द्वारा सत्य घोषित करना। राजाओं का यशगान करना। उनके बड़प्पन का ढोल पीटना। खजाने का माल उड़ाकर हमने इतने बरस फालतू ही गँवाए। पर हाड़-पसीने की कमाई खाने वालों को मूरख होना कतई नहीं पोसाता। यह मूढ़ता तो मुफ्त का माल चरने वालों को ही शोभा देती है।...मैं हूँ राजा भोज और ये हैं माघ पण्डित।"

बात समाप्त क़रते ही राजा एक विचित्र दुविधाजनक स्थिति में फँस गया कि ये बोल उसने सुने हैं या स्वयं कहे हैं? शायद सुने ही होंगे!

"पर मैं तो समझती हूँ कि अभी तुम्हारा जन्म ही नहीं हुआ! फिर कैसा राजा और कैसा पण्डित?"

राजा के मुँह से अजाने ही शंका उभरी, "क्या कहा, अभी हमारा जन्म ही नहीं हुआ?"

बुढ़िया के मुँह से हामी सुनते ही राजा को ऐसा महसूस हुआ जैसे बरसों की नींद के बाद उसकी आँखें पहली बार उघड़ी हों। "हाँ", का अनहद शब्द क्या सुना मानो उसके भीतर एक नया सूरज उग रहा हो! अनायास ही उसके मुँह से छिटक पड़ा, जैसे विमूर्छित अवस्था में प्रलाप कर रहा हो, "तो फिर...मैं तुम्हारी कोख से ही जन्म लेना चाहूँगा!"

"पर अपनी इच्छा से कोई किसी की कोख का वरण नहीं कर सकता। तुम्हें अपनी ही कोख से जन्म लेना होगा! यही तो सच्चा जन्म है! माँ की कोख से तो केवल साँस लेने वाला लोंदा पैदा होता है!"

अपने भीतर गोता लगाना समन्दर के ठेठ तल तक पहुँचने से भी कहीं ज्यादा कठिन है। राजा कुछ ऐसी ही ऊहापोह में उलझा था। किन्तु माघ पण्डित को अपने विवेक पर ही सबसे अधिक भरोसा था। अपढ़ जीभ से फालतू ज्ञान का यह गुमानी बघार सुनते ही उसका क्रोध कुचले नाग की तरह फुफकारें भरने लगा। यदि अब अपनी समझ काम में नहीं ली तो उज्जैन का सर्वनाश अवश्यम्भावी है। उसे टालने की भरसक चेष्टा करना उसका परम कर्तव्य है। काफी समय से राजा की मति बिगड़ती जा रही है। स्वामी की चूक तो वह सपने में भी बता नहीं सकता। मगर इस खूसट बुढ़िया को तो सबक सिखाना ही पड़ेगा। माली के साथ पैदल रवाना होना ही सबसे बड़ी भूल थी। राज की निगरानी बड़ी है या बगीचे की रौनक? तिस पर रास्ता बताने के लिए साथ आते माली को भी न जाने किस रौ में मना कर दिया! खैर, हुआ सो हुआ। पर अब तो इस कुबड़ी बला से छुटकारा पाना निहायत जरूरी है। वह उससे सलटने को आतुर दिखा ही था कि राजा ने टोक दिया, "माँ की बातें बिल्कुल सही हैं। सच्चाई पर बौखलाना बेकार है। उलटे हमारा ही नुकसान होगा, जिसकी पूर्ति राज्य के खजाने से भी नहीं होगी।"

लेकिन ऐसी सच्चाइयों से राज-पण्डित का काम नहीं चलता। सिंहासन पर बैठने का अधिकार तो फकत राजा को ही है। जब जी चाहे वह राज-पण्डितों को दरबार से खदेड़ सकता है। यदि इस गँवार बुढ़िया का दबदबा राजा पर हावी हो गया तो शास्त्रों के पण्डित को कोई हींग लगाकर कोई नहीं पूछेगा। अपनी भलाई के बारे में सोचना तो बेजा बात नहीं है। और बुढ़िया को मात देने में ही उसकी भलाई है। अब तक तो राजा को खुश रखने के लिहाज से चुप रहा। इस बार जैसे-तैसे हिम्मत बटोरकर बोला, "ये तो सभी रटी-रटायी अटकलबाजियाँ हैं। मैं सवाल पूछूँ उसका सही जवाब दे तो डोकरी के ज्ञान को मानूँ!"

राज-पण्डित की नादानी से डोकरी को हँसी आ गई। हँसते-हँसते ही कहने लगी, "मुझे ज्ञान मनवाकर करना ही क्या है? अपने हाल में मस्त हूँ। जिन्हें कोई स्वार्थ हो, वे ही लोगों को अपना ज्ञान मनवाया करते हैं। फिर भी तुम्हारे जँच गयी है तो पूछ लो। जानती हूँ सो बता दूँगी। और न जानूँ उसके लिए मना करने में भी मुझे हिचक नहीं होगी। बेचारा बित्ते भर का यह नटखट मानुस इस अथाह कुदरत को जानकर भी कित्ता जान सकेगा! हाँ, अलबत्ता जानने का भरम भले ही कर ले! तट पर बिखरी एक सीप को पाने से समन्दर का पाना नहीं होता! और अपनी यह विशाल दुनिया बिरमाण्ड की तुलना में एक सीप के बराबर भी नहीं है! न जाने कितनी लाखों-लाख दुनिया इस बिरमाण्ड में बिखरी पड़ी हैं, जो हमें दिखाई नहीं

देतीं...। मैंने अपने अन्तस् की अदीठ जोत से यह सब नजारा देखा है। मेरी आँखें तो कमर झुकने के बाद उघड़ी हैं! तब से मैं ऊपर-ही-ऊपर देखने लगी हूँ।"

राजा भोज न जाने किन अदीठ बादलों के बीच उड़ रहा था, पर राज-पण्डित अपनी भलाई के गणित में ही खोया था। उसने बुढ़िया की बातें सुनकर भी अनसुनी कर दीं। वह बोलती रही, तब तक उसे सोचने का मौका मिल गया! बाजी मारने की मंशा से पूछा, "कमर झुकने के बाद जब तुम ऊपर-ही-ऊपर देखने लगी हो तो बताओ, आकाश से ऊँची चीज क्या है?"

सवाल की बानगी सुनते ही डोकरी को फिर जोर की हँसी छूटी, "खोदा डूँगर और निकला ऊँदर! आखिर मगज लड़ाते-लड़ाते यह नाकुछ सवाल पूछा, जिसका जवाब देना चाहूँ तो मेरे चाँदी जैसे उजले केश काले नहीं पड़ जाएँगे? अपनी पोती को आवाज देती हूँ, ऐसी पहेलियाँ उससे पूछ!"

खेत की परली बाजू उसकी झोंपड़ी थी। कमर थोड़ी सीधी करके उसने जोर-जोर से दो-तीन आवाजें दीं। कुछ ही देर बाद एक नंग-धड़ंग छोकरी गेंद के समान लुढ़कती-पुढ़कती अपनी दादी से सटकर खड़ी हो गयी और अजनबी मनुष्यों की ओर टकटकी लगाकर देखती रही।

राजा भोज उस अबूझ छोकरी की बिसात देखकर सोचने लगा कि आज तो गजब ही रास्ता भटके! उज्जैन का मार्ग तो जिस-तिस से पूछकर पता कर लेंगे, किन्तु ज्ञान के भूले हुए मार्ग कब और कैसे मिलेंगे? मिलेंगे कि नहीं? इतने बरस ज्ञान के जिन धूम राजपथों पर गुमान से बेखटके दौड़ रहे थे, वे सब अज्ञान की भूल-भूलैयाँ निकलीं। अब एक कदम भी उधर आगे बढ़ने की इच्छा नहीं होती। पर अज्ञान का यह एहसास किसी भी राज्य के खजाने से कम नहीं। राजा भोज को कुछ ऐसी अनुभूति हुई कि उसके भीतर एक नये इनसान का जन्म होने लगा है! बनमाली के बगीचे का ऐसा फल तो नहीं सोचा था।

बुढ़िया माघ पण्डित की ओर देखकर बोली, "मैं तो इत्ती देर में ही तेरा सवाल भूल गई। मेरी लाडो चिड़कल को फिर से तो पूछ।"

तब पण्डित ने अपने में सिमटते हुए छोकरी से पूछा, "बता बिटिया, आकाश से ऊँची चीज क्या है?"

उसने अदेर अपने माथे पर हाथ धरकर जवाब दिया, "आकाश से ऊँचा तो यह माथा है। आकाश तो मुझे साफ दिखता है, पर यह माथा नहीं दिखता। इसलिए यह आकाश से ऊँचा हुआ कि नहीं?"

राज-पण्डित क्या जवाब देता, उसने दूसरा सवाल पूछने में ही खैरियत समझी, "पाताल से गहरी चीज का नाम बताओ बिटिया?"

हाथोंहाथ जवाब मिला जैसे सोचकर आयी हो, "पाताल से गहरा तो पेट है! दोनों वक्त भरने पर भी खाली-का-खाली! सौ बरस तक भरते रहें तब भी कोई

नतीजा नहीं। सुबह भरा और शाम खाली। शाम भरा और सुबह खाली! पाताल की गहराई का तो पता लगाया जा सकता है, पर पेट की गहराई का पता नहीं लगाया जा सकता! अब आप ही बताएँ कि पेट पाताल से गहरा है कि नहीं?"

राजा ने अदेर हामी भरी, "हाँ, है बिटिया। पेट पाताल से बहुत ज्यादा गहरा है!"

छोकरी की खुशी का पार नहीं रहा। जीत के गुमान को कुछ-कुछ समझने लगी थी। उसने पण्डित की ओर चुनौती के भाव से देखा। पर जो व्यति हारने पर भी हार न माने, भला उसका मुकाबला कौन कर सकता है? उसने छोकरी की चंचल उत्सुक आँखों में झाँककर पूछा, "गुड़ से मीठी चीज क्या है, बता सकती हो?"

छोकरी ने तनिक जीभ निकालकर जवाब दिया, "बोली! जिसके मिठास से शेर और भालू तक वश में हो जाते हैं! बोली के जादू से उन्हें पालतू बनाया जा सकता है।"

राज-पण्डित ने बड़ी मुश्किल से थूक गिटकते पूछा, "पानी से पतली चीज क्या है, जरा सोचकर बताओ?"

छोकरी ने आँखें घुमाकर उसी क्षण तेजी से जवाब दिया, "नजर! भला इसमें विचार करे जैसी बात क्या! जिसे पूछो बता देगा। कोई पत्थर भी मेरी दादी की सीख माने तो उसमें भी अकल आ जाए!"

मगर राज-पण्डित पत्थर की बजाय मनुष्य था! और भी दो-चार सवाल पूछने के लिए सोचने लगा तो राजा ने मना कर दिया, "बस...काफी है! अधिक मूढ़ता उजागर करने में कोई सार नहीं। यदि आज हम उज्जैन का मार्ग नहीं भूलते तो नये रास्तों का पता ही नहीं चलता!"

राज-पण्डित को मन मारकर चुप रहना पड़ा। पर कुछ ही क्षणों के बाद उसे ऐसा महसूस हुआ कि जैसे उसके गले का फन्दा काफी ढीला पड़ गया हो। वह अपनी बुद्धि, विवेक और ज्ञान के बावजूद भीतर से पिघलता जा रहा था, जिसका बोध उसे बड़ी मुश्किल से हुआ। पर वह अपनी इच्छा से रंचमात्र भी पिघलना नहीं चाहता था। पिघलने से पत्थर की मारक शक्ति कम हो जाती है! किन्तु उस पिघलने का भी एक नया आनन्द था। नया ओज था। फिर भी जितनी जल्दी हो, इस जादूगरनी के चंगुल से भाग छूटने में ही भलाई है। जो जंगली है, वही जंगल में रहने को मजबूर है! गोबर का कीड़ा गोबर में मगन! और रसिक भौंरा तो फूलों के आस-पास ही हमेशा गुनगुनाता रहता है। लाख लच्छेदार बातें बनाए, इस बुढ़िया के लिए तो उज्जैन राज्य का सपना भी नामुमकिन है। माटी के उनमान यह अपने खेतों से ही चिपकी रहेगी। मगर उन्हें तो उज्जैन पहुँचने वाले मार्ग की ही एकमात्र तलाश है, जहाँ तमाम सांसारिक सुख उनकी अविकल प्रतीक्षा कर रहे हैं। धीमे से पूछा, "माँ, अब तो हमें उज्जैन का मार्ग बता दे!"

तब उसने दाहिने हाथ की दो अँगुलियाँ सामने करते कहा, "दुनिया में मारग केवल दो ही हैं। एक सत्य का, दूजा प्रेम का! ये मारग नहीं भूले तो कहीं अटकने की जरूरत नहीं।"

राजा भोज के लिए अब और धीरज रख पाना सम्भव नहीं था। आँधी, तूफान, वर्षा, ओले और भूकम्प इत्यादि ने मानो कुदरत का आसरा छोड़कर उसके अन्तस् में डेरा जमा लिया हो! क्या इतना विराट है उसका अन्तस्? तब तो बुढ़िया के अन्तस् का न्यूनतम कोना ही समस्त ब्रह्माण्ड के लिए पर्याप्त होगा। इतने बरस अपने इस सामर्थ्य की उसे कल्पना तक नहीं थी। चिर वरेण्य हैं इस बुढ़िया के चरण! राजा के अधीर हाथों ने उन पाँवों की तरफ बढ़कर जब उनका परस करना चाहा तो बुढ़िया सहमकर पीछे हट गयी, जैसे उन बढ़े हुए हाथों ने दो अजगरों का रूप धारण कर लिया हो! टिचकारी देते बोली, "अरे! तुम्हें यह क्या औंधी सूझी? मेरे लिए क्यों नरक का सराजाम कर रहे हो?"

राजा ने चौंककर तुरन्त अपने हाथ समेट लिए। मगर पाँवों पर से उसकी नजर हटी नहीं। बुझे-बुझे स्वर में बोला, "नरक के ऐसे भाग्य कहाँ! तुम्हारी छाया पड़ते ही वह तो स्वर्ग बन जाएगा! और तुम्हारे अभाव में स्वर्ग भी नरक हो जाएगा! क्या मैं तुम्हारे पाँव छूने के भी योग्य नहीं हूँ?"

बुढ़िया थोड़ी देर के लिए एक अपूर्व असमंजस में फँस गई। उससे छुटकारा पाकर बोली, "यदि कोई देवता भी पाँव छूने से खुश हो तो उसे शैतान से कम मत समझो! और दूसरी तरह अयोग्य आदमी के द्वारा पाँव छूने से बढ़कर अन्य कोई घिनौनी बात नहीं है। जिसमें धरती जितनी अखूट क्षमता हो, केवल वही पाँव छूने का अधिकारी है! प्रत्येक प्राणी को जीवन बाँटने वाली धरती के अलावा कोई ऐसा दावा नहीं कर सकता! जो भी साधु या महात्मा अपने भक्तों की श्रद्धा पाने के मोह में अपने पाँव आगे करते हैं, उनके लिए मेरे मुँह से तो शाप भी नहीं निकलेगा! पात्र-कुपात्र भी देखना पड़ता है!"

यह वाणी बाजरे के इन सिट्टों की है या बनमाली के उस बगीचे की या बुढ़िया की? मनुष्य की वाणी का ऐसा प्रभाव तो कभी देखा-सुना नहीं! राज-पण्डितों से कई बार अनहद शब्द की चर्चा सुनी थी, आज उससे प्रत्यक्ष साक्षात्कार हुआ! वह हतप्रभ-सा थोड़ी देर के लिए पत्थर की तरह खड़ा रहा। कुछ कहने के लिए उसके भीतर कोई समन्दर दहाड़ रहा था, पर उसके होठ उस गर्जना को झेल नहीं पा रहे थे! डोकरी उसके अन्तस् का हाहाकार भाँप गई। पुचकारते बोली, "और भी कुछ पूछना हो तो माँ से कैसा दुराव? बोलो...?"

राजा के अन्तस् का समस्त हाहाकार केवल तीन शब्दों में प्रकट होकर निःशेष हो गया, "पहले वचन दो।"

"वचन...?" कमर सीधी करते डोकरी कहने लगी, "न किसी से वचन लेती

हूँ, न किसी को वचन देती हूँ। जब बिना वचन दिए माँ की कोख से जनम ले लिया तो अब मरने के मुहाने पहुँचकर तुम्हें क्या वचन दूँ...?" इतना कहकर वह एकदम चुप हो गई। पेड़ों व झाड़ियों के भीतर दुबकी चिड़ियों के कलरव से मनवांछित शब्द बीनकर मानो अपने कण्ठ में भर लेना चाहती हो! सहसा उनकी पूर्ति होते ही आगे कहने लगी, "मेरे एक बेटे ने भी वचन देना चाहा था कि आइन्दा वैसी गलती नहीं करेगा, पर मैंने उससे भी वचन नहीं लिया। मैं आज दिन भी समझ नहीं पाई कि उसने वह अकरम किया तो किया ही कैसे? मेरे दूध की वैसी तासीर तो नहीं जानी थी...!"

राजा भोज कभी चिड़ियों के कलरव की ओर कान लगाता और कभी बुढ़िया की वाणी से उच्चरित शब्दों पर। वह आसानी से यह निर्णय नहीं कर सका कि उसे जो कुछ भी सुनाई दे रहा है, वह चिड़ियों की वाणी है या डोकरी की? राजदरबार में अब तक किसी भी मुँह से ऐसी नैसर्गिक वाणी नहीं सुनी! आज तो उसे यहाँ तक आशंका होने लगी कि अब तक उसके कानों में जो भी वाणी पहुँची—क्या वह मनुष्यों के कण्ठों से निःसृत हुई थी? अचानक फिर बुढ़िया की वाणी हवा में कलरव के साथ-साथ तैरने लगी। राजा का रोम-रोम आतुर होकर उस दिव्य वाणी को सुनने में निमग्न हो गया, "बस, एक पखवाड़ा पहले की बात है कि एक भोले-भाले चूहे ने बगीचे के मतीरे की एक बेल कुतर डाली तो मेरा बेटा अपने क्रोध पर काबू नहीं पा सका। आवेश में आकर एक तीखा पत्थर दे मारा उस चूहे पर। बेचारे की पूँछ कट गई!"

डोकरी के चुप होते ही राजा भोज और माघ पण्डित को एक ऐसी वाणी सुनाई दे रही थी, जो फकत कानों से ही नहीं, समूचे शरीर से सुनी जाती है! वे विस्फारित नयनों से डोकरी को इस तरह देखने लगे मानो उसके ओझल होते ही उन्हें दिखना बन्द हो जाएगा!

डोकरी अपनी मरजी से ही रुकी थी और अपनी मरजी से आगे कहने लगी, "तुम मेरी वाणी समझो न समझो, पर बाजरी का पत्ता-पत्ता व उसका दाना-दाना, चारों ओर के पेड़, चिड़कल-बेटियाँ, चारों ओर छितरी हुई धूप, रेत का कण-कण और हवा का रेशा-रेशा—सब अच्छी तरह से मेरी वाणी समझते हैं और मैं इनकी वाणी समझती हूँ! सुन रहे हो...? ...जन्म देने वाली माँ के सामने उसने सफाई दी कि चूहा बेल की बजाय मतीरा कुतर डालता तो उसे गुस्सा नहीं आता! अपनी गलती ढाँपने के लिए मेरे ही सामने उसने ऐसा बेहूदा बहाना बनाया! कुछ भी कहा-सुनी न करके मैं चुपचाप यहाँ चली आई। एक बार ख़याल आया कि उज्जैन पहुँचकर अपने बेटे के अपराध की तुम्हें शिकायत करूँ! पर जो राजा शिकार के शौक में न जाने कितने पशु-पाखी मार चुका है, वह एक चूहे की अधकटी पूँछ का दरद क्या समझेगा...? उलटे मुझ पर ही हँसेगा!"

"बाद में तो मेरे बेटे ने भी पछतावा कम नहीं किया। सात दिन भूखा रहा। पर उसके भूखे रहने से चूहे की कटी पूँछ तो वापस जुड़ने से रही!" इतना कहकर डोकरी ने जोर-जोर से आवाज दी, "गणेश, बेटा गणेश।"

पास के बिल से एक चूहा फुदकता-फुदकता बाहर आया और देखते-देखते उसके शरीर पर चढ़ता हुआ सर पर बैठ गया। हिलते सर की लय के साथ-साथ स्वयं भी हिलने का आनन्द लेते हुए इधर-उधर ताक-झाँक करने लगा। जैसे मन-ही-मन किसी गम्भीर मसले पर विचार कर रहा हो। ये अजनबी तो आज पहली बार ही नजर आए। शायद माँ की बातें सुनकर ये बहुत बड़ी दुविधा में फँस गये लगते हैं! सिवाय कुदरत के माँ का मुकाबला भी तो कोई नहीं कर सकता।

और उधर उन अजनबियों ने भी अब तक सैकड़ों चूहे देखे होंगे। पर वह नजारा कुछ और ही था। मानो अस्त होते हुए सूरज ने चूहे का रूप धरकर आकाश की बजाय बुढ़िया के माथे पर अपनी सही जगह तलाश कर ली हो! कटी पूँछ पर राजा की नजर पड़ते ही उसे कुछ ऐसा मतिभ्रम हुआ कि जैसे सूरज की आधी किरणें गायब हो चुकी हों! उसका समूचा अन्तस् मानो होठों के बाहर छिटक पड़ेगा। और अगले ही क्षण उसे वाणी का अयाचित वरदान फल गया। भीगे गले से बोला, "पिछली गलतियों के लिए फकत माफी माँगना तो और भी बड़ा अपराध होगा! पर आज अभी इसी पल से मेरा एक संकल्प है कि छोटे-बड़े किसी भी प्राणी को अपने प्राणों से बढ़कर समझूँगा! उनकी हत्या करना मेरी ही आत्महत्या होगी!"

एक रहस्य भरी मुस्कान बुढ़िया के होठों पर छितर गई। बोली, "मेरे बेटे ने भी पिरासचित के रूप में यही मंशा दरसाई थी कि तुम से शिकार करना छुड़वा देगा।"

"फिर भी उसे माफ नहीं कर सकोगी?"

"पूँछ तो चूहे की कटी थी, मैं माफ करने वाली कौन होती हूँ...??"

"पर आधी पूँछ के बदले तुम्हारे बेटे ने कितने पशु-पक्षियों के प्राण बचा लिए! जरा हिसाब तो लगाकर देखो...!"

"यही हिसाब तो मेरी समझ में नहीं आता, चाहे बेटा समझाए, चाहे देश का राजा समझाए! मेरे गणेश की कटी पूँछ से इसका क्या सरोकार है? लगता है, यही हिसाब धीरे-धीरे सारी दुनिया को ले डूबेगा!"

राजा भीतर से लहूलुहान होता जा रहा था! पर बड़े अचरज की बात कि उसका खण्डित-विखण्डित मन पहली बार आत्मा से जुड़कर एकमेक भी होने लगा था...!

बुढ़िया ने गणेश को सर से उतारकर हथेली में लिया तो वह फुदककर नीचे कूद पड़ा। राजा की ओर जाने लगा ही था कि खेजड़ी से दो बाज उड़कर चूहे के पास आए। चूहा अपना लक्ष्य भूलकर बारी-बारी से उनकी पाँखों पर चढ़ने-उतरने

लगा। दोनों बाज भी पाँखें फड़फड़ाते उसके साथ अठखेलियाँ करते रहे!... कभी-कभार नींद के सपनों की बजाय, खुली आँखों की वास्तविकता ज्यादा अविश्वसनीय होती है! राजा से न विश्वास करते बन रहा था और न अविश्वास। राज-पण्डित अपनी धारणा के अनुसार जो देखना चाहता था, उसे वही दिख रहा था...।

डोकरी अपनी रौ में आगे कहने लगी, "तुम्हारा बनमाली घुटनों के बल चलना सीख रहा था, तब की बात है। एक हिरण अचानक सहमा-हाँफता मेरे पास आ खड़ा हुआ, जैसे बादलों से टपक पड़ा हो! मैं उसे अच्छी तरह देख भी नहीं पाई थी कि दहाड़ते हुए एक शेर पर मेरी नजर पड़ी। एक बार तो मैं डर के मारे सूखे काठ-सी हो गई। पर दूसरे ही छिन न जाने कहाँ से मुझमें सौ शेरों का बल उतर आया! बेटे के मुँह में हाँचल थमाकर शेर की तरफ आगे बढ़ी! उससे आँखें मिलाती हुई ऐन उसके सामने खड़ी होकर बोली, "यदि तू ऐसा ही भूखा है तो हिरण की बजाय मुझे खा ले। पर जीते-जी इस हिरण को नहीं खाने दूँगी!...याद नहीं पड़ता कि यह बात मैंने उसे कही थी या मन में सोची थी! पर उस समय तो मुझे ऐसा भरम हुआ कि शेर के साथ मानो कई बरसों से मेरी बातचीत चल रही हो! वह एक ऐसी वाणी थी, जिसे चींटी भी जानती है, हाथी भी जानता है! चूहा भी जानता है, बाज भी जानता है! हिरण भी जानता है और शेर भी जानता है! पता नहीं क्यों मनुष्य यह वाणी बिसरता जा रहा है...?"

डोकरी ने गौर से एक बार उनकी ओर देखा। घड़ी-सवा-घड़ी पहले जो व्यक्ति यहाँ आये थे, वे उसे सर्वथा दो दूसरे ही मानुस नजर आए! वह जैसे अपने-आप ही को कह रही हो, "फिर न तो शेर अपनी जगह से हिला, न गरजा। मैं एक कदम और उसकी तरफ बढ़ी तो वह पीछे खिसक गया! पूँछ हिलाने लगा! अपने बच्चे को दो-तीन बार उसकी पीठ पर बिठाया तो हिरण का डर भी ऐसा मिटा कि वह शेर के पास सरक आया! उसी दिन से दोनों में ऐसी दोस्ती हुई कि वे हरदम मेरे आँगन में खेलते रहते! उलटा हिरण उसे सींगों से मारने का तमाशा करता तो शेर मेरे पास फरियाद करने आता! उन दिनों माँ की बजाय बेटे का मन उनसे ज्यादा बहलता था! बगीचे का शौक तो उसे काफी बाद में लगा!"

राजा भोज सुनने के साथ-साथ मानो सारा परिदृश्य खुली आँखों से देख भी रहा हो! आश्चर्य, परम आश्चर्य कि बुढ़िया की जगह उसे यह अनिन्द्य सुन्दर महिला क्योंकर नजर आयी? जिसके पास खड़ा एक पालतू शेर रह-रहकर अपनी पूँछ हिला रहा है! और वह अपने दूध पीते बच्चे को उसकी पीठ पर बिठाने का साहस कर रही है! एक हिरण तीखे सींगों से शेर की गर्दन खुजला रहा है! विभ्रम की आशंका से आँखें मलकर उसे सतर्कतापूर्वक दुबारा देखने की चेष्टा की तो बुढ़िया की देह के भीतर उसे बीसियों रूप एक साथ दृष्टिगोचर हुए, मानो बीती हुई उम्र के सभी

महत्त्वपूर्ण पड़ाव उसके भीतर हू-ब-हू मौजूद हों! और अनागत भविष्य भी। शायद मौत भी इस देह के भीतर सदैव जीवित रहेगी! हर व्यक्ति के उनमान उसकी देह एक बार भी उसका मसान नहीं बनी!

मौन के वे अपूर्व क्षण राजा को न जाने कितना-कुछ दिखला गये, न जाने कितना-कुछ सुना गये, जो अकिंचन ज्ञानेन्द्रियों के द्वारा कभी सम्भव नहीं होता!

बुढ़िया की नंग-धड़ंग पोती के लिए जब वह मौन नितान्त असह्य हो गया तो वह मीठा उलाहना देते बोली, "दादी माँ, ऐसी मजेदार बात तुमने अब तक मुझसे क्यों छिपाई?"

"तुम्हें सुनाने जैसी बात होती तो जरूर सुनाती, बिटिया!" अपनी झुकी कमर से पोती को गले लगाकर बुढ़िया कहने लगी, "पर तुम्हें जो अनमोल 'बातें' सुनाईं, इन्हें थोड़े ही सुनाऊँगी। इन्हीं को सुनाने लायक जो मामूली किस्सा था, सुना दिया।" सहसा न जाने क्या सोचकर बुढ़िया थोड़ी मुस्कराई। फिर माघ पण्डित की ओर मुँह करके बोली, "तुम्हें मेरी बातों पर भरोसा थोड़े ही हुआ होगा! राज-पण्डित हो न...!"

"राज-पण्डित होऊँ, चाहे राख-पण्डित, फिर भी शेर और बाज जितना क्रूर नहीं हूँ। जब तुम्हारे प्रभाव से इनका स्वभाव बदल सकता है तो मनुष्य के नाते मेरा स्वभाव नहीं बदल सकता? पर माँ की लतेड़ का सौभाग्य भी हर बेटे को नहीं मिलता! मानो-न-मानो अब मैं तुम्हारी किसी भी बात पर भरोसा करने को तैयार हूँ। तुम चाहो तो एक मुट्ठी में चाँद और दूसरी मुट्ठी में सूरज को बन्द कर सकती हो...!"

डोकरी खिलखिलाते स्वर में बोली, "फिर वही नासमझी की बात...!"

"हमारे पास समझदारी की बातें होतीं तो रोना ही किस बात का है?" राजा भोज डोकरी के पास आकर कहने लगा, "पाँव छूने के लिए तो मना कर दिया, पर सर काटकर पाँवों में धरने की तो मनाही नहीं है...!"

डोकरी ने हाथ का इशारा करके उसे बीच में टोका। सहज भाव से कहने लगी, "तुम्हारा सिर है, जो चाहो सो करो! भला, मैं क्यों मना करूँगी? लेकिन इतना भर याद रखो कि तुम न तो जीना जानते हो, न मरना। किसी शस्त्र के काटने से सिर नहीं कटता, अपना सिर बेकार गँवाओगे...!"

"अब मुझे न मुकुट की चाह है और न सिर की!" राजा और भी दृढ़ता के साथ कहने लगा, "मेरी यह बात नहीं मानी तो ऐसा ही करके दिखाऊँगा। अब जंगल का राज छोड़कर, उज्जैन का उजड़ा हुआ राज सँभालो माँ, सारे देश का कल्याण हो जाएगा!"

"ना रे बाबा, ना! आदमी को समझना और समझाना तो खुद भगवान के बस की बात नहीं! फिर मेरी क्या बिसात? अपना ही कल्याण कर लूँ तो काफी

है! दूसरों का कल्याण करने का भरम मुझे नहीं है! पत्थर भले ही समझ जाए, पर मनुष्य कभी नहीं समझेगा! उसे अपनी बुद्धि का गुमान जो है!...और न मैंने सपने में भी ऐसा पाप किया, जिसकी मुझे यह सजा मिले! उज्जैन का राज...! ना रे बाबा, ना...!"

"तुम्हारे बेटे ने भी ठीक ऐसी बात कही थी।"

"हाँ, वह कह सकता है।" फिर बगीचे की दिशा में कुछ टोहते बोली, "अब तक उसे आ जाना चाहिए था। एक घड़ी भर भी माँ से न मिले तो उसका साँस चढ़ने लगता है।"

"तो किसी तरह समझा-बुझाकर उसे ही मेरे साथ भेज दो।"

"पर उसे समझाने जैसी यह बात है नहीं। तुम्हीं उज्जैन के राजा हो और तुम्हें ही अपना राज सँभालना है...!"

"क्योंकि मैंने ही जनम-जनम ऐसे पाप किए हैं! राज चलाने का सींग-पूँछ भी जानता नहीं और राजा बना बैठा हूँ! पिछले पापों का ही तो फल है!"

"और उस फल की जड़ का हम कभी पता लगा नहीं पाएँगे। पाप-पुण्य की यह गुत्थी बहुत ही उलझी हुई है। समझाना चाहूँ, तब भी तुम समझ नहीं सकोगे ...मेरे लिए जो पाप है, वही तुम्हारे लिए पुण्य है! जिस तरह हर मानुस की सूरत अलग है, उसी तरह उसकी प्रकृति भी अलग है! जिसके अन्तस् में जो बीज है, वही पनपना चाहिए।...बेटा, राज चलाने जैसा आसान काम तो दूसरा है ही नहीं! केवल दो ही मामूली गुर हैं। मेरी चिड़कल-बेटियों की तरह सारी प्रजा को अपनी सन्तान मानो। खुद भूखे रह जाओ पर किसी जीव-जिनावर को भूखा मत रहने दो! दूसरा गुर तो और भी सीधा है कि पण्डितों के सास्तरों पर ज्यादा भरोसा मत करो! तुम्हें पता ही नहीं चलेगा और सास्तरों की दुहाई देते-देते तुम पुजारी, बोहरा और कसाई से भी अधिक निर्मम हो जाओगे! बस, ममता खूटी और समता छूटी! झरने की तरह सास्तरों के सबद भी बहते रहें तो वे सड़ने से बच जाते हैं! ये दो गुर गाँठ बाँध लो, फिर मेरे पास आने की जरूरत ही नहीं पड़ेगी!"

राजा भोज ने निरीह याचक की तरह माँग की, "क्या मैं ऐसा अछूत हूँ कि अपने दर्शन के सौभाग्य से भी दूर रखना चाहती हो?"

"अब तुम्हें कैसे समझाऊँ कि दुनिया में कोई भी मानुस इत्ता बड़ा नहीं है, जिसके दरसन की किसी को जरूरत पड़े! और न कोई मानुस इत्ता छोटा है कि वह किसी के दरसन करे! यह सब गड़बड़-झाला तुम्हारे पण्डितों का ही किया-कराया है।" थोड़ा ठहरकर कुछ धीमे स्वर में बोली, "कुदरत का एक सूखा तिनका या एक छोटा-सा कण किसी भी राजा, महात्मा, पण्डित या मुझ जैसी बुढ़िया से बड़ा है! कुदरत की वाणी के अलावा किसी और की सीख सुनने में उलझन-ही-उलझन है! सच की बजाय झूठ अधिक है। इसलिए मेरी बातों पर भी भरोसा न करके

कुदरत और अपने अनुभव का ही भरोसा करना।"

"एक छोटी-मोटी आसीस भी नहीं देनी चाहेगी?" माघ पण्डित ने हठ करते हुए आग्रह किया, "क्या हम इतने अभागे हैं?"

"तुम पचा नहीं सकोगे! बेटे को तो अपना दूध पिलाया था, आसीस देने की जरूरत ही नहीं पड़ी! पहली बार तुम्हें ही यह आसीस दे रही हूँ कि पानी से पहले अगन पियो और अपना सर काटकर जियो!...लो, तुम्हारा बनमाली भी आ गया। वह देखो...। अब तो उसका अलगोजा सुनकर ही जाना!... बाकी बातें अपने-आप समझ में आ जाएँगी...।"

"फिर जाना हो सकेगा?" राज-पण्डित पुरानी स्मृति को उकेरते कहने लगा जैसे पाताल की गहराई से बोल रहा हो, "सुना कि एक बार एक भेड़िया मुँह में भेड़ दबाए भाग रहा था कि यकायक उसके कानों में अलगोजे की एक ऐसी अजीब टेर सुनाई पड़ी कि उसी क्षण उसके दाँतों से भेड़ नीचे छिटक पड़ी और बड़े अचरज की बात कि वह अपनी खूनी जीभ से भेड़ के रिसते घावों को चाटने लगा!" अकस्मात् न जाने क्या सोचकर माघ पण्डित भीतर-ही-भीतर चोटी से एड़ी तक सिहर उठा! सहमते स्वर में काफी मुश्किल से बोला, "नहीं-नहीं, अब उज्जैन पहुँचना सम्भव नहीं है! किसी भी सूरत में सम्भव नहीं है! तो...तुम्हारा बेटा ही वह अलगोजा बजाने वाला था...?"

"लेकिन तुम्हें किस बात की चिन्ता है?" राजा ने चुटकी लेते हुए माघ पण्डित को बीच में टोककर कहा, "न तुम भेड़िये हो और न तुम्हारे मुँह में मेमना ही है! फिर क्यों घबरा रहे हो? जाना नहीं होगा तो न सही! रास्ता भूलने का ऐसा परम सौभाग्य किसके भाग्य में बदा है—...!!"

31 मई, 1992

अदीतवार, शाम ८ बजे

बड़ा कौन?

बड़ी रातों का बड़ा ही भोर। जूनी बातों का नया ही जोर। जिस तरह दूध में मक्खन छिपा रहता है, उसी तरह जूनी बातों में सत्य छिपा रहता है। जिस तरह ईंधन में आग छिपी रहती है, उसी तरह जूनी बातों में झीना मर्म छिपा रहता है। जिस तरह बीज में समूचा पेड़ और पेड़ में बीज छिपा रहता है, उसी प्रकार जूनी बातों में ज्ञान छिपा रहता है कि एक था किसान। उसके दो बेटे थे। बड़े का नाम दौलत और छोटे का दलित। तीन बरस का अन्तराल। पर स्वभाव में अन्तर विशाल। दौलत सियार और कौए की नाईं चतुर और घाघ। दलित कमेड़ी और कबूतर के उनमान भोला-भाला और नितान्त सरल। दौलत ठिगना और थुलथुल। गेहुआँ रंग। कायरी आँखें। चपटी नाक। रोम-रोम से झरती अकल। दलित पतला और लम्बा। ताँबई रंग। तीखी नाक। पारदर्शी सूरत। निर्मल आँखें। उजला और विशुद्ध अंतस्। बड़े भाई का बेइन्तहा आदर करता। अलग-अलग स्वभाव के अलग-अलग ही फल पके। कूच करने से पहले बाबा ने अपने हाथ से जमीन-जायदाद, वित्त-मवेशी और बाड़ों का बराबर बँटवारा किया, पर दो बरस में दौलत ने धीरे-धीरे सब जायदाद हड़प ली। दलित माँ-जाया सगा भाई होते हुए भी बड़े भाई के यहाँ मजूरी करने लगा। और उसकी अपनी टूटी-बिखरी झोंपड़ी में काम-काज ठप्प होता गया और उसे पता तक नहीं चला। लेकिन दूसरे तमाम लोगों से कुछ भी छिपा नहीं रहा। इसलिए कोई भी उसके ब्याह-सनमन की खातिर राजी नहीं हुआ। किन्तु दौलत की बढ़ती बहबूदी के कारण उसका ठाठ से ब्याह हुआ। संजोग की बात कि भौजाई भैया से भी तर्राट और धूर्त निकली। देवर के साफ-सुथरे काम में भी मीन-मेख निकालने और उस से लड़ने का कोई भी मौका हाथ से नहीं जाने देती। घर में उसका पदार्पण होते ही गोबर थापना भी दलित के गले पड़ गया। शुरुआत में आधा दूध और आधा पानी, तत्पश्चात् खट्टी छाछ ही उसके हिस्से में आने लगी। आधी रात ढले सोता। दो घड़ी

रात रहते उठता। हर काम में माहिर। हुनरमन्द। काम और फकत काम ही उसके लिए सुख और आनन्द का स्रोत था। बस्ती के लोगों द्वारा बार-बार समझाने पर भी छल-प्रपंच की बातें उसके पल्ले नहीं पड़ती थीं। दूसरों के खयाल से उसके दुःख-कसाले का पार नहीं था। लेकिन वह तो अपने ही हाल में मस्त रहता। अकारण ही उसके होंठों पर बाल-सुलभ मुस्कराहट खिल उठती। अपने अलावा किसी दूसरे की सीख मानना उसकी आदत ही नहीं थी।

एक बार साँय-साँय बजती लूओं और आग बरसाती धूप में वह झाड़-बाँटकों की जड़ें निकाल रहा था। दिन ढलने आया, मगर भावज रोटी लेकर नहीं आयी। सुस्ताना तो दरकिनार, उसने गाँव की ओर देखा तक नहीं। पर जिन्हें देखना था, उनसे कुछ भी छिपा नहीं रहा कि उस वक्त लक्ष्मी और भाग्य तकरार करते हुए वहाँ से गुजरे। लक्ष्मी कहे, मैं बड़ी। भाग्य कहे, मैं बड़ा। दलित पर नजर पड़ते ही उन्हें अपनी तकरार का समाधान मिल गया। अपने-आप में खोया वह वीतराग मानुस निर्बाध कस्सी चला रहा था। पसीने में सराबोर। धूल से अटा हुआ। लक्ष्मी उसकी ओर इशारा करते हुए कहने लगी, "देख लिया मेरा चमत्कार! मेरे विमुख होने से ऐसी दुरगत होती है। और मेरी मेहर-मया से इसका बड़ा भाई दौलत मौज मना रहा है। गुलछर्रे उड़ा रहा है। यह तो बौड़म की तरह दिन-रात मेहनत करता है। खून-पसीना बहाता है। और वह मेड़ी में टाँग-पर-टाँग धरकर सोता है। खर्राटे भरता है। सुहाने सपने देखता है। बगल में बेटा पलकें मूँदे सोया रहता है और बहू मेहँदी-रचे हाथों से बयार करती है।"

"पगली, इस में तेरा क्या चमत्कार?" भाग्य मुस्कराते हुए बोला, "यह तो मेरा करिश्मा है। बाबा के मरने पर तू तो बराबर हिस्से में आयी थी। पर मैंने इसका साथ नहीं दिया। इसी कारण यह कष्ट भोग रहा है। तेरी क्या बिसात, जो फूटी किस्मत को जोड़ दे! अब भी मन में हो तो कसर मत रखना!"

लक्ष्मी के कलेजे में जैसे एक साथ कई शूलें आरपार हो गयी हों! नाक-भौंह सिकोड़कर कहने लगी, "ज्यादा गरब गलता है। उफान चढ़ा दूध राख में गिरता है! तेरा-मेरा क्या मुकाबला! मेरी शुभ नजर हो तो तू बाल भी बाँका नहीं कर सकता। यदि मैं टेढ़ी नजर कर लूँ तो तू सिर पटक-पटककर मर जाए, तब भी कुछ नहीं हो सकता। तुझे जो करना है, कर ले। मैं इसी फसल पर दलित का बेड़ा पार करती हूँ! देखूँ, फिर यह कैसे कष्ट उठाता है! तू देखते रहना, यह दूध के तालाब में न नहाए तो अपना नाम बदल दूँ!"

भाग्य ने खामखाह विवाद करना उचित नहीं समझा। मुस्कराकर चुप हो गया। पर उसकी वह अबोली मुस्कान लक्ष्मी को जहर की नाईं तिक्त लगी। दोनों में पूरमपूर ठन गयी!

खरीफ की फसल के दौरान घरवाली के उकसाने पर दौलत ने फिर चाल चली। दलित को मजूरी में बाजरी के बदले मतीरे और ककड़ियाँ लेने पर राजी कर लिया। बेलें पसरें या सूखें, उसकी तकदीर। किसी भी बात पर असंतोष या एतराज करना तो वह जानता ही नहीं था। कुदरत ने क्या सोचकर जाने किस मौज में वैसा अजीबोगरीब मानुस गढ़ा, उसका भेद वही जाने! कभी-कभार किसी एक शताब्दी में कुदरत भी अपनी सनक में बह जाती है, तब उसके लिए कुछ भी सोच-विचार करना सम्भव नहीं रहता। आदमी का हिसाब अलग है। कुदरत का मिजाज अलग है। और उधर लक्ष्मी की रीझ-खीज का तौर अलग है। उसे दलित पर तुष्टमान होना था, सो क्यों पीछे रहती? मतीरे-मतीरे और ककड़ी-ककड़ी में बीजों की ठौर अमोलक हीरे-मोती भर दिए। दलित ने तीन दिन तक भरपूर मेहनत की, तब कहीं जस-तस झोंपड़ी के भीतर ककड़ियाँ और मतीरे इकट्ठे कर पाया। एक भी बीज बरबाद नहीं होने देगा। आखिरी आसरा तो बीजों का ही है। मद्धिम-मद्धिम आँच में सेंक-सेंककर खाएगा। मतीरे और ककड़ियों को छाँह-तले धूल में गाड़कर रखेगा। जब तक ककड़ियों से काम चलेगा, तब तक मतीरों को छूएगा तक नहीं। सब समझता है!

दिनभर मेहनत करने के उपरान्त उसे कड़ाके की भूख लगी तो उसने हँसिए से एक ककड़ी चीरी। बीजों की बजाय चमकते कंकर नजर आये तो उसके अचरज की सीमा नहीं रही! यह क्या माजरा हुआ? सारे कंकर एक ही साँचे में ढले हुए! ऐसी अनहोनी बात न तो कभी सुनी, न देखी! कुदरत की लीला कुदरत ही जाने! न चाहते हुए भी उसने मजबूरन एक मतीरा फोड़ा। उसमें भी वैसे ही कंकर। हताश होकर दो-एक मतीरे और फोड़े। तीनेक ककड़ियाँ चीरीं। सब में वही-का-वही माजरा! तब ज्यादा चीर-फाड़ करने में क्या सार! गिरी से पेट भर गया तो गोल-गोल चिकने कंकर भखारी में फेंक दिए। भाई-भावज के ताने-तिसनों से बचने की खातिर उसने अनहोनी बात की चर्चा तक नहीं की। खिल्ली उड़ाने का मौका क्यों दे? नसीब या भाग्य को कोसने का उसने पाठ ही कहाँ पढ़ा था! और न ईश्वर से याचना करना भी उसे सुहाता था!

बड़ा भाई दौलत उसी तरह मौज मनाता रहा। और दलित लक्ष्मी की शुभ नजर के बावजूद उसी तरह मेहनत करता रहा। लोगों के हिसाब से दुःख उठाता रहा। वही टूटी झोंपड़ी! वही टूटा आँगन। वही खस्ताहाल भिखारी। दिन का उजाला अपने हिसाब से ढलता रहा। नौ लाख तारों से जड़ी रात अपने हिसाब से ढलती रही। और दलित अपने हिसाब से अपने ही भीतर के आनन्द में तैरता-डूबता रहा! अपने से बाहर के आनन्द-उल्लास की उसे रंचमात्र भी ललक नहीं थी! अपनी मौज में बहती नदी भला कब अपनी प्यास बुझाती है? फूल कब अपनी सौरभ के लिए ललचाता है! बादलों के बीच रहकर भी बिजली कब अपनी जलन बुझाने को आतुर रहती है...?

लक्ष्मी का उपहास करने के आशय से भाग्य उसकी ओर देखकर मन-ही-मन मुस्कराता। उसकी दबी-दबी मुस्कान से लक्ष्मी के अंतस् में आग-आग लग जाती। उसकी अपार मेहर-मया के बावजूद यह गँवार तो वैसा का वैसा ही गरीब रहा! फकत बीजों की चिन्ता कर रहा है! हीरे-मोतियों की तो पहचान ही नहीं! उन्हें कंकर समझने वाली बुद्धि का कोई क्या करे? लक्ष्मी तो फकत बेशुमार माया सौंप सकती है, उसका उपयोग तो नहीं सिखा सकती! आखिर हीरे-मोतियों का महत्त्व समझने वाली बुद्धि ही बड़ी बात हो गयी!

आधी-अधूरी भूख निकालकर दलित अपनी समझ के अनुसार जीवन बिता रहा था। दिन अपने हिसाब से बीत रहे थे। मतीरों की गिरी का कितना गाढ़! पानी जैसा पानी! बीज सेंककर खाने की तो मन में रह गयी! तिस पर पानी के स्वाद का तो कहना ही क्या! दलित का मन तो बच्चे जैसा ही ग्रंथिहीन व निर्मल था। उम्र बढ़ने के साथ-साथ अन्य लोगों की तरह उसकी सांसारिक बुद्धि तो बढ़ी ही नहीं। वैसी की वैसी अकृत्रिम रही। सहज रही। क्या कुदरत भी कभी-कभार इने-गिने व्यक्तियों के बहाने सपनों का जायका लेती है? पशु भी अपने भले-बुरे का कुछ तो ध्यान रखते हैं। पर दलित की उतनी समझ नहीं थी।

एक दिन संजोग की बात ऐसी बनी कि लक्खी बनजारे ने दलित की झोंपड़ी के पास डेरा डाला। वहीं कतार रोकी। केसर-कस्तूरी और सूखे मेवे का व्यापार। अकूत माया का धनी। फकत अमीर-उमराव, सेठ-साहूकार, राजा-महाराजा और बादशाह से वास्ता रखता। जो इच्छा होती, वही भाव लेता। फिर भी उन श्रीमंतों को पूरा भरोसा था कि वह उनका लिहाज रखता है।

माया मुट्ठी में हो तो जंगल में भी मंगल की क्या कमी? सवा घड़ी रात ढले ब्यालू से निवृत्त होकर वह गपशप की खातिर दलित के पास आया। काली-बहरी अँधेरी रात। हाथ को हाथ न सूझे। तिस पर निरभागी दलित की झोंपड़ी में दीया तक नहीं। लक्खी बनजारे ने इधर-उधर देखा तो उसे भखारी में कुछ प्रकाश नजर आया। पूछा, "अरे! वहाँ कुछ सुलग रहा है? यह कैसा उजास है?"

दलित ने सहज भाव से कहा, " यहाँ जलने-सुलगने का कोई डर नहीं। यह तो कंकरों का उजास है! अँधेरे में इसी तरह चमकते रहते हैं...!"

लक्खी बनजारे को बड़ा अचरज हुआ—"कंकर? ये कैसे कंकर हैं? देखूँ !" इतना कहकर वह भखारी की ओर लपका। उजास की झाँकी मिलते ही वह ताड़ गया कि मूढ़ हीरे-मोतियों को कंकर समझ रहा है! हथेली में लिए तो वह वीर-बहूटी की नाईं ल ंब हो गयी! मगर ऐसे अमोलक मोती इसके हाथ लगे क्योंकर? अकल और ऑख दोनों चौंधिया गयीं! उसकी! ऐसा एक ही नगीना सात पीढ़ियों का अभाव दूर करने के लिए काफी है! और इसकी भखारी में कंकरों के समान पड़े हैं! सच, इनका मोल नहीं जानने वाले के लिए तो ये कंकर ही हैं!

दलित से पूछा तो उसने कुछ भी नहीं छिपाया। बाल-सुलभ उत्सुकता से उसने तीन-चारेक मतीरे और ककड़ियाँ चीरकर बताईं। मुस्कराते हुए कहा, "भावज के सिखाने पर बड़े भाई ने बाजरी के बदले मुझे मतीरे और ककड़ियाँ सौंप दीं। शायद कुदरत भी भावज का कहा मानती है! आप तो देस-दिसावर घूमते ही रहते हैं। बताइए, कुदरत का ऐसा तमाशा आपने कभी देखा है? बीज निकलते तो खाने का मजा आ जाता! ये कंकर न तो खाए जाते हैं, न निगले जाते हैं...!"

लक्खी बनजारा उसके मुँह से ऐसी अनोखी बात सुनकर असमंजस में पड़ गया! भरोसा करे भी तो कैसे? मनुष्य देहधारी कोई ऐसा भी बंदा हो सकता है, जो अमोलक हीरे-मोती व कंकरों में भेद नहीं कर सके? बीसियों साधु-संत और ऋषि-मुनियों से पाला पड़ा, लेकिन अभेद की ऐसी खरी दीठ कहीं नजर नहीं आयी!

लक्खी बनजारा तो उन कंकरों का मोल अच्छी तरह जानता था। उनकी मर्यादा का मान रखते हुए उसने दलित से कहा, "कुदरत के तमाशे का तनिक भी सोच मत करो। मैं तुम्हें एक-एक कंकर के बदले खरे सोने की सौ-सौ मोहरें देने को तैयार हूँ। फिर तो चिन्ता जैसी कोई बात नहीं...?"

"मैंने चिन्ता की बात कब कही, फकत कुदरत के तमाशे का यों ही जिक्र किया।" उसने गरदन हिलाते हुए कहा, "लगता है, आप भी मेरा मजाक उड़ा रहे हैं! ये कंकर या मोहरें खाकर बताएँ तो जानूँ! पेट तो केवल बीज, बाजरी या ज्वार से भरता है। आप मेरी फिकर न करें। मैं भूख-प्यास की ज्यादा परवाह नहीं करता। जस-तस मतीरों की गिरी से काम सार लूँगा। और यों इस जंगल में फल-फूलों की भी कमी नहीं।"

लक्खी बनजारे ने धीरज से समझाने की खूब कोशिश की, "किसी भी हाट-बाजार से मोहर के बदले वह जो चाहे, सो चीज खरीद सकता है—घी, गुड़, खाँड़, मिर्च-मसाले, बरतन-बासन, कपड़े-लत्ते, गाय-भैंस इत्यादि सबकुछ। मोहरों का जोर हो तो पक्की हवेली बनते क्या देर लगती है!" पर दलित के ठस मगज में कोई बात बैठी ही नहीं! बोला, "ना बाबा, ना, यह सब दंद-फंद मुझे रास नहीं आता! पशु-पंछियों के पास कौन-सी मोहरें होती हैं? फिर भी वे मजे से विचरण करते हैं। उड़ते हैं। उन्हें कभी रोते-रींकते मैंने तो नहीं सुना!"

आखिर लक्खी बनजारे के बार-बार आग्रह करने पर वह ज्वार-बाजरी की पचास गूणतियों के बदले भखारी के तमाम कंकर, बचे हुए मतीरे व ककड़ियाँ देने की खातिर मान गया! उलटा लक्खी बनजारे को समझाते हुए कहने लगा, "मैंने सब हिसाब कर लिया कि इतना सराजाम साल-भर के लिए काफी है। न पंछियों के लिए चुग्गे की कमी रहेगी, न कोई साधु-संत भूखा जाएगा! और मुझे भी बैठे-ठाले दो जून रोटियाँ मिल जाएँगी। आप विश्वास करें, मेरी जरूरतें बहुत कम हैं। मुझे सपने में भी किसी चीज का अभाव नहीं खटकता! जहाँ तक बन पड़े, मैं कुदरत की मंशा

मुताबिक ही जीना चाहता हूँ! पूरा सन्तोष है मुझे। आनन्द की भी कोई कमी नहीं! कुदरत से ज्यादा आस रखना, जाने क्यों मुझे ठीक नहीं लगता!"

दलित की नासमझी का उसके पास कोई जवाब नहीं था। दलित नहीं माना तो वह मान गया। मगर न मालूम क्यों उस अकूत अचीते लाभ से जितनी खुशी होनी चाहिए थी, उतनी हुई नहीं! दलित बदले में चाहे जितनी मोहरें स्वीकार कर लेता तो उसे ज्यादा खुशी होती! दलित की विचित्र बातें सुनकर उसके मन में पहली बार एक नयी हलचल बुदबुदाई कि इतनी अविराम खटपट किसलिए? आखिर एक दिन तो अंतिम साँस थमेगा! सब ठाठ-बाट यहीं का यहीं धरा रह जाएगा! कानी-कौड़ी तक साथ नहीं चलेगी! इस प्रपंच की कहीं-न-कहीं तो सीमा होनी चाहिए। न दलित जैसे पागलपन से बात बनेगी और न बनजारों वाले निरन्तर चक्कर से कुछ नतीजा निकलेगा। उस तरह की उधेड़बुन से पहली बार में ही उसके दिमाग की नसें खिंचने लगीं तो उसने मुँह पर बैठी मक्खी के उनमान उस नये विचार को ही झटक दिया! अब इस कारवाँ को समेटना आसान नहीं है। जाने कहाँ-कहाँ उसकी गुत्थियाँ उलझी हुई हैं! अब तक जो चलता रहा, वही चलेगा। किसी दूसरे विकल्प की कल्पना तक उसे तत्काल नहीं सूझी!

मगर उस अचीते दाँव से भाग्य की बन आयी। लक्ष्मी की ओर मुस्कराते बोला, "क्या अब भी तू अपनी जिद पर अड़ी रहेगी? तेरी अपरम्पार मेहर-मया के बावजूद दलित कितना घाटे में रहा और मैंने लक्खी बनजारे का साथ दिया तो दलित की सारी माया उसके हाथ आ गयी। इस दुनिया में जो भी चमत्कार है, वह मेरा है। अब भी न माने तो तेरी मरजी।"

"अपनी बकवास अपने पास रख!" लक्ष्मी ने झुँझलाते हुए कहा, "मुझे सुनाने की जरूरत नहीं। मैं तो अपनी मरजी से ही चलूँगी। तेरी तो औकात ही क्या, मैं तो ईश्वर की भी परवाह नहीं करती। वह भी मेरी संगत के लिए तरसता है! मेरा करिश्मा मैं ही जानती हूँ! तू चुपचाप देखता जा!"

भाग्य मुस्कराता रहा। लक्ष्मी मन-ही-मन खीजती रही।

अकस्मात् लक्खी बनजारे के दिमाग में राजा का ध्यान आते ही उसका बचा-खुचा आनन्द भी हाथ से खिसकने लगा। वहाँ का राजा अदल न्यायी था। और अपनी सनक पर उसे जोम भी कम नहीं था। यदि इस सौदे की भनक भी उसके कानों में पड़ गयी तो पीढ़ियों की कमाई से हाथ धोना पड़ेगा। बचपन की कंगाली का दुःख इस बेशुमार बहबूदी के बीच भी उसे सालता रहता था! पहले विवाह की बनजारन ने गरीबी से तंग आकर एक धनाढ्य बनजारे का हाथ थाम लिया और उसका कुछ भी वश नहीं चला। राजा से फरियाद करता तो उसके साथ पूरमपूर न्याय होता। पर उधर से ध्यान हटाकर उसने कमाई की ओर ध्यान लगाया तो कुछ भी कमी नहीं रही। दिन दूनी और रात चौगुनी उसकी दौलत बढ़ती रही। जरूरत पड़ने

पर राज्य के खज़ाने का भी पूरा ध्यान रखता। सनकी राजा उसके सिवाय किसी को भी खजाने की सही स्थिति नहीं बताना चाहता था। रजवाड़े की सबसे सुंदर बनजारन उसके घर की शोभा बढ़ा रही थी। कहीं न्याय की सनक के परिणामस्वरूप इस बनजारन का मन भी डाँवाडोल हो गया तो वह इस सदमे का आघात झेल नहीं सकेगा! अदल न्याय की सनक के वशीभूत राजा कुछ भी लिहाज नहीं रखेगा। रखना भी चाहेगा तो राजकुँअरी रखने नहीं देगी! राजा का डर उसके हिये में समाया नहीं। पानी से पहले पाल बाँधें सो प्रवीण! राजा की सनक के सामने दलित की सनक जाने कहाँ उड़न-छू हो गयी। अपना तामझाम लेकर वह सीधा राजदरबार पहुँचा। नजराने के निमित्त मन-ही-मन खुश होकर उसने सोने का थाल मोतियों से भरकर राजा के सामने अदब से पेश किया।

आदमी सोचता कुछ और है, होता कुछ और है! यदि उसका सोचा पार पड़ जाता तो कब की सुरग के सीढ़ियाँ लग जातीं! राजा के पास ही राजकुँअरी बैठी थी। वैसा अमूल्य नजराना देखकर राजा बहुत खुश हुआ। किन्तु राजकुँअरी के माथे पर बल देखकर राजा के तेवर बदल गये! राजकुँअरी कुछ कहती, उसके पहले ही वह बनजारे पर बरस पड़ा, “बोल, इस अचीते नजराने का मायना क्या है? मुझे बिलकुल गावदी समझ रखा है? इस नजराने की ओट में तू कौन-सी कालिख ढँकना चाहता है? जरूर कोई बड़ा अकरम किया है! अब भी सच-सच बता दे तो सौ गुनाह माफ हैं। वरना जिन्दा गीले काँटों में जलाने का आदेश करूँगा, याद रखना...!”

बनजारा थर-थर काँपने लगा। आँखों के सामने धुंध-सी घिर आयी! नगीनों का थाल नीचे गिर पड़ा। अपने पाँवों चलकर शेर की माँद में आया! यह अंजाम तो होना ही था! सच्चाई उगलनी पड़ी!

राजकुँअरी भौचक रह गयी। निपट स्तब्ध और हतप्रभ-सी मनःस्थिति में उसे सोचने को मजबूर होना पड़ा कि ऐसे अनमोल हीरे-मोतियों को कंकर समझने वाले बंदे भी इस धरती पर बसते हैं! सुनकर भी भरोसा नहीं होता! फिर भी आश्वस्त होकर उसने राजा से कहा, “इसे माफ कर दें। नजराने का यह सुयोग नहीं जुड़ता तो मैं ब्याह न करने का प्रण कभी नहीं तोड़ती। मुझ से ब्याह करने योग्य पुरुष की सपने में भी आशा नहीं थी! अब ब्याह करूँगी तो दलित नाम की इस विभूति से ही वरना आजीवन कुँआरी रहूँगी...!”

बेटी की जिद के आगे राजा का कोई वश नहीं चला। और ऐसी समझदार एवं सुन्दर बेटी का कहना मानने में ही बाप की मर्यादा है! उस पर राज्य का ठौर चलाना उचित नहीं। बनजारे के साथ ही अदेर सावा भेजा! दलित के सारे कंकर राजा ने जब्त कर लिए। एक भी पीछे नहीं छोड़ा।

अंतस् में उठे बवण्डर को शमित करके जब लक्खी बनजारा दलित के लिए

राजकुँअरी का सावा लाया तो सारा गाँव दंग रह गया! बड़े भाई दौलत और उसकी घरवाली ने बहुत बरजा, दलित की खूब निन्दा की, जी-भरकर कोसा, भला-बुरा कहा, परन्तु राजा का आदेश बेचारा लक्खी बनजारा कैसे टालता? तब दौलत को अपनी इच्छा के बावजूद खामोश रहना पड़ा। भाभी की समझ भी निथर गयी कि राजकुँअरी से ब्याह करने पर देवर बदला चुकाने को आमादा हुआ तो उनका सत्यानाश हो जाएगा! उसके निर्बाध होंठ भी सिल गये! भय से बड़ा कोई गुरु नहीं! पर बड़े अचरज की बात कि पगले दलित को न किसी का भय था और न उसे किसी प्रकार का लोभ ही था! वह तो अपनी चेतना के परे अपनी ही मरजी से जीना चाहता था! राजकुँअरी से ब्याह की बात उसके गले नहीं उतरी तो उसने लक्खी बनजारे के सम्मुख बिना किसी लाग-लपेट के अपने मन की बात जाहिर की, "जाने-अनजाने कोई कसूर किया हो तो राजा मुझे दंड दे सकता है। पर जबरदस्ती ब्याह कैसे करवा सकता है? किसी से ब्याह करना, न करना तो मेरी मरजी पर है! राजकुँअरी आखिर है तो लुगाई! भावज के माजने की हुई तो मेरा जीना हराम हो जाएगा! मैं यह जोखम नहीं उठा सकता...!"

देवर के बोल सुनकर भावज आगबबूला हो गई! भीतर गालियों की भरमार के बावजूद उसके होंठ चिपके रहे। गुस्सा भी बड़ा समझदार होता है! अपने भले बुरे का ध्यान आते ही उसका उफान स्वतः बैठ गया! बड़े भाई के नाते दौलत क्या ठौर चलाए, कुछ भी समझ में नहीं आया। लक्खी बनजारे ने धरती का चप्पा-चप्पा छान मारा था। कभी सोने के रथ पर, कभी हाथी, कभी ऊँट तो कभी घोड़े पर। इच्छा हुई तो कभी-कभार पैदल भी! लेकिन उसे अब तक दलित जैसे मानुस की जोड़ का कोई बंदा नहीं मिला! ऐसे सिरफिरों की वजह से संसार जिन्दा तो अवश्य रहता है, मगर उनके बूते पर चलता नहीं! दलित की नई-निराली बातें सुनकर बनजारे के अंतस् में व्याप्त अभेद्य अन्धकार कुछ-कुछ छँटने लगा था!

आज से पहले दलित को इतना बोलने का मौका ही कहाँ मिला? चुपचाप बड़े भाई की हाजिरी बजाता रहता। जमीन-जायदाद जैसी नाकुछ बात के लिए लड़ना-झगड़ना उसे रास ही नहीं आता था! झगड़ने काबिल कोई मसला हो तो झगड़ा-टंटा भी करे! सुख-दुःख का खयाल भी करे! पर संजोग से आज वैसा मौका मिला तो उसे बोलने की प्रबल इच्छा हुई।

और उधर लक्खी बनजारे को भी सौभाग्य से ऐसा अचीता अवसर मिला तो जाने क्या सोचकर उसने कहा, "यदि आपने यह सावा कबूल नहीं किया तो राजा जी आपको जिन्दा दीवार में चुनवा देंगे! अब अपना भला-बुरा आप जानें...!"

लक्खी बनजारे के मुँह से आदर के बोल सुनकर दलित को बरबस हँसी आ गयी! हँसते-हँसते ही कहने लगा, "आज से पहले सब तू-तू कहकर मुझसे बात करते थे! राजकुँअरी का सावा आते ही आप-आप की झड़ी लग गयी! राजा का नाम

है तो बड़ा! पर कोई भी जाया-जनमा मौत से कब तक डरेगा? दीवार में चुनवाने वाले राजा-बादशाह क्या कभी मरेंगे ही नहीं? फिर दूसरों को मौत का डर क्यों दिखाते हैं? उनसे पूछना तो था? चुपचाप उनका आदेश लेकर चले आये...?"

लक्खी बनजारे ने अपने हिसाब से जैसी उम्मीद की थी, ठीक उसी के अनुरूप जवाब सुनकर वह खुश भी कम नहीं हुआ! मगर वह अपने मन का भेद जाहिर नहीं करना चाहता था। पर नासमझ छोटे भाई पर हरदम धौंस जमाने वाला दौलत बुरी तरह घबरा गया। यह ठूँठ पूरे गाँव को ले डूबेगा! अब इसकी लानत-मलामत भी कैसे करे? राजा जी का दामाद तो अपनी मनमानी करेगा ही। सुनार की सौ ठक-ठक और लुहार का एक धमीड़! सब चकनाचूर हो जाएगा! परिस्थिति को अच्छी तरह भाँपकर उसने चिरौरी की, हाथाजोड़ी की तो उसका दाँव पार पड़ गया। दलित का कठोर हिया ओले की तरह पिघल गया! राजकुँअरी से ब्याह की खातिर हामी तो भर ली, मगर हाथी की सुनहरी अंबाड़ी पर बैठने से साफ मना कर दिया। कहने लगा, "हाथी पर बैठा आदमी मेढक जैसा लगता है! इस पर सवारी करने से बिरछ, पहाड़ और आसमान की ऊँचाई बहुत बढ़ जाती होगी! धरती पर पैदल चलता बटोही कित्ता जोरावर और विराट् लगता है! भाटे की नाईं एक ठौर पड़े-पड़े रास्ता कटने से ज्यादा झुँझलाहट और क्या होगी? कदम-कदम आगे बढ़ने का तो आनन्द ही कुछ और है!" इतना कहकर वह बड़े भाई के सामने कठपुतली की नाईं खड़ा हो गया। हाथ जोड़कर बोला, "अब्र हाथी की सवारी के लिए आप मुझे कुछ भी नहीं कहेंगे। आपकी बात टालना मुझे अच्छा नहीं लगता! मुझसे दो बरस पहले आपने माँ के हाँचल चूँघे हैं! इसलिए माँ के दूध की मरजाद तो मुझे रखनी ही होगी! राजकुँअरी से ब्याह की बला मंजूर कर ली, यही बहुत है!"

दौलत को भी छोटे भाई पर तरस आ गया। मुस्कराकर कहने लगा, "तेरी इच्छा हो तो घुटनों के बल जा, मुझे कोई एतराज नहीं। पर राजा जी से कहकर जागीर में बारह गाँव का पट्टा तो दिलवा देना। तेरा बड़ा भाई जो हूँ!"

ऐसी बातों के लिए दलित को सिर खपाने की जरूरत भी नहीं पड़ती थी! मानो उसका समूचा शरीर ही सोचने का काम करता हो! माफी माँगने के लहजे में वह सहज भाव से बोला, "आप कहें तो सिर काटकर आपके पाँवों में धर दूँ, पर राजा से गाँव दिलवाने का अधिकार मुझे नहीं है। दूसरे ठाकुरों की नाईं आप हाथ पर हाथ धरे हराम की कमाई पचा सकेंगे...?"

दौलत कुछ उत्तर दे, उसके पहले भाभी ने मुस्कराते हुए कहा, "पहले ब्याह तो कर ले। बाद की बाद में देखी जाएगी। ये तुझसे बड़े हैं। आज इन्हें सीख देने की हिम्मत हो गयी तेरी? राजा जी का जँवाई होने पर भी इनसे तो हमेशा छोटा ही रहेगा! एक घड़ी भी बड़ा नहीं हो सकता!"

दलित क्या प्रतिवाद करता? बनजारे की ओर मुँह करके कहने लगा, "जाने

किस कुघड़ी में आपका यहाँ डेरा लगा और मुझ पर यह अचीती आफत आन पड़ी! चुपचाप सहने के अलावा अब दूसरा कोई चारा नहीं! जब चलना ही है तो देर करने में सार ही क्या? बुरे सपने की तरह इसे भी सहन कर लूँगा!

किन्तु लक्खी बनजारे के लिए उससे सुखद सपने की कल्पना भी सम्भव नहीं थी। बड़े-से-बड़े लाभप्रद सौदे की तुलना में दलित के संग-साथ पैदल चलने की उसे सहस्त्र गुना ज्यादा खुशी हुई!

चलने से तो चींटी भी अपनी मंजिल पर पहुँच जाती है! फिर तो वे मनुष्य के कदम थे! आखिर किले के भीतर पहुँचकर ही रुके। राजकुँअरी, राजा और दरबारी एक-एक पल के इन्तजार में अधीर बैठे थे! लक्खी बनजारे के साथ दलित को आते देखा तो सबके जी-में-जी आया।

महावत ने पहले ही दलित का हुलिया और उसकी अजीबोगरीब बातें बताते हुए हाथी पर नहीं बैठने और पैदल चलने की जिद का ब्योरा सुनाया तो राजकुँअरी खुशी के मारे फूली नहीं समाई! खुलासा करके समझाने पर राजा की खुशी का भी पार नहीं रहा कि दोनों की यह आदर्श जोड़ी खूब फबेगी!

धूल से अटे दलित को दासियाँ नहलाने लगीं तो उसने मना करते कहा, "मैं बीमार या अपाहिज नहीं हूँ। खुद पानी सींचकर नहाऊँगा। हाथ-पाँव हिलाए बिना मुझे रंजत नहीं होती...!"

डावड़ियाँ होंठों-ही-होंठों में मुस्कराईं। गँवार तो गँवार ही रहेगा! राजदरबार के कुरब-कायदे क्या जाने? राजकुँअरी ने राजा जी का भी माथा खराब कर दिया। स्वयं ईश्वर के अलावा अब इन्हें कौन समझाए? अन्नदाता का जँवाई पानी सींचकर नहाएगा? शान बिगड़ने में क्या कसर रह गयी...?

डावड़ियाँ दूल्हे को रेशमी वागा पहनाने लगीं तो उसने आनाकानी करते हुए कहा कि वह सादे कपड़ों में ही ब्याह करेगा। यदि बेशकीमती वागे से ही ब्याह रचाना था तो उसे क्यों बुलाया? देह को सिंगारने से आदमी के गुण नहीं सँवरते!

दरबार के बाकी सब लोग तो दलित की बातें सुन-सुनकर मन-ही-मन कुढ़ते, पर राजकुँअरी के मन की कली-कली खिल जाती! अंतस् की कामना के अनुरूप उसे जीवनसाथी मिल गया! आदम की देह धारे दरबारी तो सियार और भेड़ियों से भी गये-गुजरे हैं! हजार उपाधियों से आदमी बड़ा नहीं होता, वह तो अपने आचरण से ही बड़ा बनता है! भीतर अन्धकार है तो बाहर के अनेक सूरज भी उसमें उजाला नहीं भर सकते! राजकुँअरी को खुश देखकर राजा आप ही खुश हो जाता।

फेरों से पहले डावड़ियाँ उसे हीरे-मोती-जड़े सोने के रंगमहल में ले गयीं। इत्र-फुलेल का भभका नाक में घुसते ही उसका सिर भन्ना गया। नाक-भौंह सिकोड़कर बोला, "यह मरी बिल्ली जैसा क्या धधक रहा है...?"

डावड़ियाँ हँसी दबाकर धीरे से बोलीं, "दूल्हे-राजा की खातिर उज्जैन के इत्र

से दीये जलाए हैं! इत्र की कई शीशियाँ खाली हुईं! आज की रात भी खुशबू नहीं बरसेगी तो कब बरसेगी...?"

"जब तुम समझना ही नहीं चाहतीं तो कैसे समझाऊँ?" उसने झुँझलाकर कहा, "आदमी के गुणों की खुशबू ही सच्ची खुशबू है! इत्र-फुलेल उँड़ेलने से मनुष्य के मन की बदबू नहीं मिटती! मुझे तो यहाँ दरबारी अमलों के दुराचार की सूगली बू आ रही है। अगर तुरन्त नीम की छाँह तले नहीं पहुँचा तो मेरा दम घुट जाएगा!"

"हजूर के चरण तो हीरे-मोती-जड़े आँगन पर ही शोभा देते हैं!" डावड़ियों ने उसके चारोंमेर घेरा डालकर कहा, "आपने माटी में पाँव रखा तो अन्नदाता बहुत नाराज होंगे। हम उनका आदेश नहीं टाल सकतीं!"

"मेरा तो सिर फट रहां है और तुम्हें अन्नदाता के आदेश की पड़ी है?" दलित के सब्र का बाँध टूट गया तो उसने झिड़कते हुए कहा, "इत्ती छोटी-सी बात भी तुम्हारी समझ में नहीं आती कि गोबर या कीचड़ में हीरे-मोती जड़ने से उनका मोल नहीं बढ़ता! मनुष्य का महातम उसके चरित्र से है! हीरे-मोती, सिंहासन और सोने-चाँदी से नहीं...!"

उसकी गूढ़ बातों का मायना राजकुँअरी ने राजा-रानी को समझाया तो उनके आनन्द का पारावार नहीं रहा! उस अथाह हरख की लहर में उन्होंने दलित को आधा राज सौंपने की मंशा दरसाई तो उसका मन एकदम कसैला हो गया! फिर भी सहज भाव से कहा, "राजकुँअरी के गुण देखकर मैंने ब्याह की हामी भर ली, वही बहुत है! तिस पर राज का यह लफड़ा सँभालना मेरे बूते की बात नहीं है! और न मुझे राज के ठाट-बाट का लोभ-लालच है! अपना मन काबू में रख लूँ तो इससे बड़ी बात की मैं सपने में भी आस नहीं रखता! आधे या पूरे राज की बात सुनकर तो मुझे ब्याह के बारे में दुबारा सोचना पड़ेगा...!"

राजकुँअरी की खुशी चाँद-सितारों से भी बहुत आगे पहुँच गयी! पर राजा-रानी असमंजस में पड़ गये! इकलौती बेटी के सुख की खातिर वे कैसा भी दुःख उठाने को तैयार थे। पर दलित तो कुछ भी समझने के लिए तैयार नहीं! राजा ने पहली बार अपने-आप को इतना दयनीय, कंगाल और निरीह महसूस किया! उसने दलित को ऊपर से नीचे तक देखा तो उसका कद बहुत ऊँचा नजर आया! कहीं आँखों की तासीर तो नहीं बदल गयी, फिर उसने राजकुँअरी की ओर देखा। सचमुच, दलित की बात है तो सही कि लाड़ली बिटिया की समझ के सामने राज का महत्त्व ही क्या है? ऐसे सौ राज भी निछावर हों तो कम है! जिस तरह अपनी इच्छा से जीवन बसर करना चाहें, करें। दोनों की अपनी-अपनी समझ है...!

दलित ने रह-रहकर राजा, रानी, दीवान और लक्खी बनजारे की ओर देखा। किसी ने कुछ भी जवाब नहीं दिया तो उसने राजा की ओर देखकर कहा, "राज के फंदे की बजाय मैं सूली पर चढ़ना बेहतर समझता हूँ! मेरे बड़े भैया तो भौजाई पर

भी राज नहीं कर सकते, फिर असंख्य प्रजा पर राज करने की बात सोचना एक जबरदस्त मुगालता नहीं तो और क्या है?" फिर उसने राजकुँअरी की ओर देखकर मुस्कराते हुए कहा, "मेरे मन में जो बात थी, मैंने साफ-साफ बता दी। अब जैसा कहोगी, वही करूँगा! मुझ जैसे बौड़म का वरण तुमने कुछ सोच-विचारकर ही किया होगा! वरना अब तक तो सभी मेरा मखौल उड़ाते रहे हैं! जाने मेरे भीतर तुम्हें क्या नजर आया...?"

"यह मेरी अपनी धरोहर है, किसे भी नहीं बताऊँगी!" उसने बच्चे की नाईं मचलते हुए जवाब दिया, "यह कोई बताने की नहीं, समझने की बात है! रहा राज चलाने का झमेला, तुम्हें उस ओर झाँकने की भी जरूरत नहीं, मैं सब सँभाल लूँगी!"

"फिर यह जानने का समय निकाल सकोगी?" दलित ने तनिक गम्भीर सुर में कहा, "यह राज का चक्कर ही ऐसा है कि मेरी बात तो दूर, तुम अपने आप से भी नहीं मिल सकोगे...!"

"यह मुझ पर छोड़ो।" उसने छलकती मुस्कान के साथ कहा, "तुम्हें जानने के लिए समय की नहीं, समझ की जरूरत है! वैसी समझ न हो तो सौ बरस साथ रहकर भी तुम्हें समझा नहीं जा सकता! तुम्हारे बड़े भाई दौलती, तुम्हारी भौजाई और गाँव की बस्ती के लिए तो समय-ही-समय था। वे तुम्हें समझे? तुम्हें पाना ही दुर्लभ था! उसके बाद राज सँभालना तो निहायत सरल है, जिस बुद्धि से तुम्हें पाया, उसी बुद्धि से राज सँभालूँगी! कभी-कभार राज्य की जिम्मेदारी ओढ़ना, राज्य छोड़ने से भी बड़ी तपस्या है! और तुम्हारी बातों से ही मुझे इस व्रत की प्रेरणा मिली है!" इतना कहकर वह जोर से खिलखिलाकर हँसी कि सभी चकित रह गये! उस अप्रतिम हँसी का प्रतिवाद करना दलित के लिए भी आसान नहीं था!

दूज का चाँद उगते ही राजकुँअरी अपनी इच्छा से दलित की तरह निपट सादा वेश पहनकर चँवरी में आयी। फेरे होने वाले ही थे कि लक्ष्मी और भाग्य तकरार करते हुए वहाँ आ धमके। लक्ष्मी कहे, मैं बड़ी और भाग्य कहे, मैं बड़ा!

लक्ष्मी का रंग सोने जैसा और भाग्य का कुंकुम जैसा। तकरार से कोई नतीजा नहीं निकला तो उन्होंने शुरू से आखिर तक सारी बात बताई और कहा, "दलित के बारे में जितनी जानकारी लक्खी बनजारे को है, उतनी किसी को भी नहीं। हम उसे ही अपना पंच थरपते हैं। हमारा झगड़ा सलटाने के बाद ही फेरे होंगे।"

मानो अन्धे के हाथ बटेर लगी हो! लक्खी बनजारा कुछ ऐसे ही अवसर की तलाश में था। दलित की संगति के बाद उसके जीवन की शतरंज ही उलट गयी! संजोग से जब यह अचीता मौका हाथ लगा तो वह पलभर की ढील भी नहीं करना चाहता था। संजीदगी से बोला, "ब्याह होने के बाद यह झगड़ा तो आप ही सलट जाएगा! मेरे विचार से न लक्ष्मी बड़ी है, न भाग्य! बड़ी है तो फकत राजकुँअरी! जब तक वह किसी का वरण नहीं करती, तब तक लक्ष्मी और भाग्य की तकरार कायम

रहेगी। लेकिन ज्यों ही वह किसी का वरण कर लेती है तो न लक्ष्मी का कुछ वश चलता है और न भाग्य का। न किसी लक्खी बनजारे की चालाकी पार पड़ती है और न किसी दौलत के छल-प्रपंच की दाल गलती है।" उसकी बातों में सबको तन्मय देखकर लक्ष्मी और भाग्य जाने कब चुपचाप खिसक गये, किसी को पता भी नहीं चला। फिर लक्खी बनजारा दलित और राजकुँअरी की ओर मुखातिब होकर बोला, "राज की बागडोर राजकुँअरी सँभाले या आप सँभालें, एक ही बात है। फौज, सिंहासन और खजाना तो अपना असर दिखाते ही हैं! यदि आप उसके नशे से अछूते रहे, तभी आपकी मर्यादा है। मैं बरसों से देश-भर के राज्यों का रंग-ढंग देख रहा हूँ। सभी राजा एक से बढ़कर एक दुराचारी, अन्यायी, हत्यारे, निर्मम और कुलालची हैं! मानो एक ही नागिन के जाये-जन्मे हों! एक राज्य की पुरानी परिपाटी के अनुसार, राजा के मरने पर हथिनी ने तीन बार एक ऋषि को माला पहनाई तो प्रजा और दरबारियों ने उसे ही सिंहासन का उत्तराधिकारी मंजूर कर लिया। कुछ दिन तो उसने संयम बरता, किन्तु बाद में सब दुराचारी व नृशंस राजाओं को उसने मात कर दिया! राज-सत्ता का घातक प्रभाव निरीह कबूतर को भी बाज बना देता है! अब जो होगा, सामने आ जाएगा! उसकी पहले चिन्ता करने में कोई सार नहीं! मगर आपकी संगत का भी मुझ पर कम असर नहीं हुआ। पीढ़ियों से सँभालकर रखी माया का महत्त्व तभी है, जब वह राज के खजाने में जुड़कर लोगों के काम आये! और मैं आपका सेवक बनकर पुराने अकरमों का प्रायश्चित्त करना चाहता हूँ! सच, माया के इस छुटकारे से मैं अपने आप को जितना समृद्ध महसूस कर रहा हूँ, उतना उसके रहते कभी नहीं किया...!!"

21 जुलाई, 1971

दूजौ कबीर

ये भारी-भरकम पोथे, कबिरा जाने जितने थोथे। ये धरम-करम के पथ सारे, मल-कीचड़ के ही गलियारे। ये तीरथ-बरत के धाम, जिनसे अल्लाह बचाये राम। यह भाग-भरम की शोभा, तोबा रे बापू तोबा। ये ऊँच-नीच की बातें, अनन्त कजियारी रातें। ये राव-रंक के जाले, सरासर झूठे और काले। सूरज उगने पर ही मिटती रात, दिशा-दिशा में स्वर्णिम प्रभात। तो वक्त के मुताबिक यह बात बरसों पुरानी है कि हरियाली के बीच और हवा के झूले पर एक गाँव बसा हुआ था। जहाँ धरम-करम के साँचे में ढले नितनेमी इनसानों की बस्ती, पर एक झोंपड़ी टली हुई। उस झोंपड़ी में बसने वाले व्यक्ति का नाम तो कुछ और ही था, मगर गाँव व इलाके के लोग उसे व्यंग व ताने के बहाने कबीर के नाम से ही बतलाते थे। अलाव के चारों ओर बैठकर कभी-कभी उसी बस्ती के लोग पुरजोर शब्दों में कहते थे कि किसी औरत की कोख से जन्म न लेकर यह कबीर कुकुरमुत्ते या नाग-छतरी की तरह आप-ही-आप जमीन से उगा होगा! इनसान की औलाद होता तो इनसान-माफिक बातें करता। सूने आकाश में कोई बदली का टुकड़ा सहसा प्रकट हो जाता है, वैसे ही एक दिन वो कबीर अचीता उस बस्ती में प्रकट हुआ! तभी से जुलाहे का काम तो बहुत उम्दा करता, पर बातें एकदम उलटी, सिरफिरी व बेहूदी करता था। कद-काठी और चेहरा तो फबता और सुन्दर, पर बातें ऊटपटाँग। कैसे और कहाँ से अनमापे की सूझती, सो वो ही जाने। हाथ का पूरा उस्ताद। पर उलटी खोपड़ी का। जैसे घुँघराले व काले बाल, वैसी ही टेढ़ी-मेढ़ी व काली स्याह बातें!

कालीन, शाल और कम्बलों में बेल-बूटे, झाड़-झंखाड़ व फूल-पत्ते ऐसे बुनता था गोया सचमुच के हों! उसके हाथों बुने कालीन के फूलों पर भँवरे भ्रम से मँडराते थे और कभी पके फूलों के भुलावे में तोते चोंच मारते थे! अगर हाथों की कारीगरी के समान उसमें अक्ल भी होती तो फिर कहना ही क्या! न कबीर की सनक व

बेवकूफी की सीमा थी और न बस्ती के लोगों की चिकचिक का कोई छोर था।

कबीर के हुनर की बातें हवा में घुली हुई थीं। समूची रियासत में उसकी शोहरत थी। एक दफा ऐसा इत्तफाक हुआ कि देश के मालिक राजा ने राजकुमारी के साथ गाँव के तालाब-किनारे पड़ाव डाला। एक सौ एक घोड़ों का लश्कर। घने बरगद की छाँव तले पसीने से सराबोर घोड़ों को बहुत देर बाद विश्राम मिला। सुरंगी जाजम बिछी। भनक पड़ते ही समूचा गाँव राजा और राजकुमारी के दर्शन की खातिर हाजिर हुआ। राजा ने खुशी-खुशी जनता को दर्शन दिये। सहसा राजकुमारी के कानों में कबीर के नाम की फुसफुसाहट सुनाई पड़ी। राजकुमारी ने छलकते उत्साह से पूछा, "क्या कबीर का गाँव यही है?"

लोगों ने जवाब दिया कि गाँव तो मालिकों का है, किन्तु कबीर यहीं रहता है।

राजकुमारी का उत्साह गले में समाया नहीं। बेहद ललक से फिर पूछा, "वाकई?"

बस्ती के लोगों ने गर्दन हिलाकर 'हाँ' की। और 'हाँ' के साथ ही राजकुमारी फौरन दौड़कर राजा के पास पहुँची। खुशी के फूल बरसाती बोली, "इत्तफाक की बात कि अपन ने कबीर के गाँव में अचीता पड़ाव डाला। आपकी इजाजत हो तो मैं उसकी कारीगरी देखने के लिए जाऊँ!"

राजकुमारी के मुँह से यह नादानी की बात सुनकर राजा कुछ देर तक टग-मग उसके चेहरे की ओर देखता रहा। अपनी इकलौती बेटी का राजा बहुत मन रखता था। और बेटी भी मन रखने लायक थी। बरसात के पानी की माफिक पवित्र और अनछुआ उसका अन्तस्! जैसा अकथनीय रूप, वैसा ही अकथनीय स्वभाव। अथाह सागर-सी अक्ल। निर्मल नजर और ताजे दूध-सी मुस्कराहट! राजा के मौन को कुरेदकर फिर पूछा, "जाऊँ?"

राजा मुस्कराते बोला, "तू बेकार क्यूँ तकलीफ उठाती है, मैं उसे यहीं बुला लेता हूँ।"

इस आश्वासन के उपरान्त राजा ने, हाथ जोड़े ठाकुर की ओर मुख़ातिब होकर पूछा, "लगता है, कबीर को मेरे आने की खबर नहीं हुई है। वरना अपनी कारीगरी दिखाने की खातिर वो सबसे पहले आता।"

ठाकुर के मन में पुराना कसैलापन भरा था। अच्छा मौका हाथ लगा। बेझिझक जवाब देते कहने लगा, "आपसे क्या अर्ज करूँ अन्नदाता, इस कबीर का दिमाग आसमान में चढ़ा है। आपके बुलाने पर भी आ जाये तो गनीमत है!"

राजा तो राजा ही होता है। जन-जन का मालिक। सर का मुकुट! किसकी मजाल जो राजा के आदेश को टाल सके! मौत अगर बख्शे तो मौत की मरजी, पर राजा की तो सपने में भी ऐसी मरजी नहीं होती। राजा के गुमान में गोया तकुआ घोंप दिया गया हो! पुतलियों की रंगत बदल गयी। गरजते हुए ठाकुर पर ही बरस

पड़ा, "ठाकुर, तुम्हारी अक्ल और जबान तो ठिकाने है? किसके सामने क्या बकते हो, कुछ होश भी है? सरकार के आदेश से बेपरवाह नालायक तुम्हारे यहाँ फल-फूल रहे हैं और तुम ठाकुर कहलाते हो...?"

ठाकुर के रोम-रोम में कँपकँपी घुस गयी। घोड़े पर सवार होकर मौत आयी, उसमें कसर नहीं! अटकते हुए बमुश्किल बोला गया, "अन्नदाता, मेरी तो औकात ही क्या, यह पागल कबीर तो भगवान की भी नहीं सुनता...!"

राजकुमारी की खुशी पर पाला पड़ गया। बात सीमा से बाहर निकलती दिखती है। वापस कैसे समेटी जाएगी! राजकुमारी को भी पहली मर्तबा अपनी अक्ल का पैंदा उघड़ता नजर आया। तब भी उसके मन में अक्ल से परे अटूट धीरज था। अब एक पल की भी देरी होने से राजा के गुमान का साँप हरगिज वापस बाँबी में नहीं घुसेगा! बीन के बोल सुनकर शायद रीझ जाये। राजा के करीब आकर बोली, "आपसे बड़ा कला का पारखी दूसरा कौन है? आपके मुँह से ही तो मैंने सीख की यह बात सुनी कि कलाकारों की आदतें कुछ सनकी होती हैं! उनकी कद्र तो जानने वाला ही जानता है। आप ही तो फरमा रहे थे कि कलाकार विधाता के साक्षात् अवतार होते हैं! लाखों-करोड़ों दिखती आँखों में उनको पहचानने वाली एक दीठ बड़ी मुश्किल से मिलती है! ये बेअक्ल ठाकुर बेचारे दारू व ऐश के अलावा कुछ जानते भी तो नहीं...!"

उफनते दूध पर मानो ठण्डे पानी का छींटा लगा हो! राजा मुस्कराने की कोशिश करते कहने लगा, "मेरी लाड़ली बेटी, तेरी समझ के आगे हार माननी पड़ती है...!"

राजकुमारी बीच में ही जल्दी से बोली, "यह जैसी-तैसी समझ आपकी ही बख्शी हुई है। मेरी तो बिसात ही क्या?"

राजकुमारी के गालों पर हाथ फिराते राजा कहने लगा, "तेरी बिसात का वजन मैं जानता हूँ। तेरा स्वभाव व अन्तस् तो ऐसा है कि बेटा-बेटी दोनों की कमी पूरी होती है! अगर तू वक्त पर बात नहीं सँभालती तो मेरे हाथों कबीर की मौत थी! यह किस तरह का अबूझ है कि राजा के इज्जत-कायदे भी नहीं समझता! चल, तेरे साथ मैं भी चलता हूँ। तारीफ सुन-सुनकर कान पक गये। बेचारे कारीगर का वक्त जाया करना ठीक नहीं। जनता तो राजा की औलाद के समान होती है। जब वहाँ चलना ही है तो देरी करने से क्या फायदा!"

यह बात कहकर राजा आप ही जिस ओर मुँह था, उधर ही चल पड़ा। ठाकुर हाथ जोड़कर लपकते हुए सामने आया और बोला, "गरीबनवाज, इधर पधारिए। कबीर की झोंपड़ी का यह रास्ता है।"

राजा ने मुड़कर ताज्जुब से पूछा, "झोंपड़ी! ऐसे मशहूर कलाकार की झोंपड़ी! अपने भले-बुरे का तुम्हें होश भी है! इन लच्छनों से यह ठिकाना ज्यादा नहीं टिकने का!"

जूड़ी के बुखार के मरीज की तरह ठाकुर थर-थर काँपने लगा! टूटते सुर में बोला, "अन्नदाता, आँखों से देखे बगैर इस सिरड़ी की करतूतों पर यकीन ही नहीं हो सकता।"

राजकुमारी बात को खत्म करती-सी बोली, "पर अब देर ही क्या है? जिसकी करतूत होगी, सामने आ जायेगी।"

बेटी की अक्ल पर अभिमान करता राजा बोला, "हाँ, अब देर ही क्या है!"

पचासेक आदमियों का जत्था राजा के पीछे-पीछे कबीर की झोंपड़ी पर पहुँचा। नये 'खारिये' से छायी कच्ची झोंपड़ी। मुरड़-गोबर से लिपी। माँडनों से चित्रित आँगन। देवता खेलें जैसा साफ-सुथरा। बैठकी पर बैठा कबीर करघा चला रहा था। गुलाबी ऊन का ताना तना हुआ था। सुरंगे तानों के बीच सटासट नली चल रही थी। दरवाजे पर लोगों की हलचल सुनी तो उसने पीछे मुड़कर देखा। गाँव-मालिक के साथ एक अजनबी प्रौढ़ आदमी। रेशमी अचकन। सोने का मुकुट। बाँकी मूँछें। कमर से लटकी सोने की म्यान की तलवार। नजदीक ही एक खूबसूरत लड़की खड़ी थी। न जवानी अंगों में समा रही थी और न रूप! उस रूप के परस से सुरंगी पोशाक की रौनक दिप-दिप कर रही थी। मृगनैनी की बड़ी-बड़ी आँखों से समझदारी की आब साफ झलक रही थी।

अपने होठों पर पवित्र मुस्कराहट छितराते कबीर झटपट उठ खड़ा हुआ। हैरत भरी निगाहों से लोगों के चेहरे बारी-बारी से देख रहा था कि ठाकुर झुंझलाहट दरसाते कहने लगा, "बावले की तरह टग-मग क्या देख रहा है? तेरे अहोभाग्य कि देश के मालिक, तीन लोक के नाथ खुद तेरे घर पधारे हैं, तेरी कारीगरी देखने की खातिर! अब उल्लू की तरह आँखें क्या फाड़ रहा है? कालीन या शाल हो तो नजर कर!"

राजकुमारी ने कारीगरी से पहले नजर भरकर कारीगर को देखा। ताँबई रंग। काले भुजंग बाल और काली भुजंग दाढ़ी। सफ़ेद अँगरखी। सफेद ही धोती, घुटनों तक। घुँघराली, घनी रोमावली! बर्फजात धवल बत्तीसी। शीतल मुस्कराहट। अंगों से परे मोहक रूप! राजकुमारी को इनसान के रूप में पहली दफा असली इनसान नजर आया।

कबीर एक अबूझ बालक की मानिन्द कहने लगा, "आपने तो यहाँ तक आने की तकलीफ की, पर मैं तो जैसा-तैसा फकत जुलाहे का काम ही जानता हूँ। आप कारीगरी मानें तो आपकी मरजी। पर मैं तो इस काम के सिवाय किसी दूसरे काम के लायक नहीं हूँ।"

कि सहसा राजकुमारी को भँवरों की भनभनाहट सुनाई दी। एक गुलाब के पौधे पर फूलों के ऊपर भँवरे मँडरा रहे थे! पर यह पौधा तो धरती से अधर होते हुए भी हरा-भरा था। इस माजरे पर यकीन करने के लिए वह दौड़कर पौधे के करीब पहुँची। ऊपर हाथ फेरने पर मालूम हुआ कि यह तो बुनाई का पौधा हैं!

आगे अलगनी पर चार-पाँचेक कम्बल व शाल लटक रहे थे। राजा और राजकुमारी ने अपनी सुध-बुध बिसराकर खुद उन्हें खोला। तहें खुलते ही एक-एक चित्र की बनावट में उनकी नजर उलझ गयी—काली घटा में, गोया वाकई बिजली चमचमा रही हो! कहीं आँधी का अन्धड़ तो कहीं बवण्डर की घूमर! कहीं इन्द्रधनुष! तो कहीं रेगिस्तान की बल खाती लहरें! कहीं हरे करील पर लटके लाल ढालू ही ढालू!

शिकारी राजा को बिलों की पहचान थी। एक कालीन की तह खुलते ही हैरानी से पूछा, "अरे, यह लोमड़ी के बिल की तरह क्या है? भीतर लोमड़ी तो छुपी हुई नहीं है...?"

कबीर मुस्कराते बोला, "आपने पहचान तो खूब की, वास्तव में यह लोमड़ी का बिल ही है!"

राजकुमारी शहद-घुले सुर में बोली, "पर लोमड़ी के बिल में तुम्हें ऐसी क्या खूबसूरती नजर आई?"

कबीर के मन-लायक सवाल था। उत्साह से जवाब दिया, "कुदरत की हर वस्तु एक दूसरी से बढ़कर है। न कोई उन्नीस और न कोई बीस।"

राजकुमारी के रूप को यह बात काफी बुरी लगी! भद्दा सो भद्दा, सुन्दर सो सुन्दर। दोनों सरीखे कैसे हो सकते हैं? बोली, "फिर खूबसूरत व बदसूरत का मतलब क्या? खूबसूरत को कौन पूछेगा?"

कबीर धीरज से कहने लगा, "खूबसूरत और बदसूरत का फर्क तो फकत इनसान की समझ और नजर का विकार है! आपको शायद विश्वास नहीं होगा कि एक दफा जंगल से गुजरते समय मेरी नजर लोमड़ी के बिल पर पड़ी। उस वक्त मुझे वो चाँद से भी ज्यादा खूबसूरत लगा। अगले दिन करघे पर बैठा तो आप ही लोमड़ी का बिल बन गया। हू-ब-हू उस बिल के उनमान!"

राजा होठ चबाने के उपरान्त बोला, "जंगल वाला बिल तो राम जाने मेरे मन भाता या नहीं, पर तेरी यह कारीगरी तो जैसे मुँह बोलती हो! कहीं विधाता का अंश तो तेरे हाथ नहीं लग गया? आँखों देखी वस्तु बड़ी मुश्किल से हाथों की पकड़ में आती है। देखने में तो कोई नहीं चूकता, पर हाथ सभी के चूकते हैं!"

कबीर गर्दन हिलाते कहने लगा, "ऊँ-हूँ, देखने में चूक होती है, तभी तो हाथ चूकते हैं। किसी वस्तु को देखते समय मेरी आँखें हाथ बन जाती हैं और करघे पर बैठते ही मेरे हाथ आँखें बन जाते हैं!"

राजकुमारी ने पहली मर्तबा इनसान की जबान से इनसान के बोल सुने! यह तो बराबरी के भाव से बेहिचक बात कर रहा है। इसकी नजर में तो कोई छोटा-बड़ा नहीं। राज-दरबार का तो माहौल ही अलग। इनसानों के मुखौटों में वहाँ सियार, कौवे, पिल्ले, गधे और मेमने इधर-उधर चक्कर लगाते हैं! इनसान की योनि में आकर भी कोई इनसान की मर्यादा नहीं जानता। राजकुमारी होश सँभालने के

बाद जिस मर्यादा को देखने की खातिर तरस रही थी, वह पहली मर्तबा कबीर के चेहरे पर साफ नजर आयी। उसका हृदय खुशी से हिलोरें लेने लगा।

कबीर के उनमान कलाकार रियाया का किस राजा को गर्व नहीं होगा! उसकी पीठ थपथपाते राजा बोला, ''धन्य हैं तेरी आँखें, और धन्य हैं तेरी अँगुलियाँ! लोना-बाग तो डाह से चुगली करते हैं, पर मैं उन चुगलियों पर कान धरूँ तो! आज से ही तेरी खातिर राज्य का खजाना आठों पहर खुला है। तेरी कारीगरी की मुँहमाँगी कीमत दी जाएगी, मन में किसी तरह का संकोच मत लाना।''

कबीर मुस्कराते कहने लगा, ''इसमें संकोच किस बात का! आपको शायद मालूम नहीं है कि मैं बेचने की खातिर बुनाई का काम नहीं करता। इलाके के सेठ-महाजन लालच दे-देकर हार गए, पर मैंने अपनी कारीगरी को पैसों के बदले नहीं बेचा। जो बात सपने में भी मेरे मन को नहीं जँचती, उसे मानने से क्या फायदा, आप ही फरमाएँ।''

राजकुमारी तो सुनते ही इस बात का मर्म समझ गई, पर राजा एक-एक अक्षर अच्छी तरह सुनकर भी न बात का भाव समझा और न जायका। मुकुट और सिंहासन का गुमान ऐसी समझ को अपने पास ही नहीं फटकने देता। नासमझी से गर्दन हिलाता बोला, ''हाँ-हाँ, इसमें क्या बुराई है! मेरी मेहर और राज्य के खजाने के होते किसी दूसरे को तेरा माल बेचने की जरूरत ही क्या है! अब तो कोई तीसमारखाँ भी तेरा माल खरीदने की हेकड़ी दिखाए तो मुझे खबर कर देना, मैं उसे जिन्दा जमीन में गाड़ दूँगा। समझ गया न?''

ठाकुर ने हाँ में हाँ मिलाते ताना मारा, ''यह तो जन्म से ही सारी बातें समझा हुआ है, अन्नदाता, फिर क्यूँ किसी की बात माने।''

राजा हामी भरते कहने लगा, 'ऐसे बड़े कारीगर को किसी की बात माननी भी नहीं चाहिए। अगर तुमने भी जबरदस्ती खरीदने की जुरअत की, तो मुझ-सा बुरा न होगा।''

फिर कबीर की ओर मुख़ातिब होकर राजा ने बात जारी रखी, ''बोल, इस ठाकुर ने तुझे कभी परेशान तो नहीं किया?''

इस सवाल के साथ ही ठाकुर का तो जाने समूचा खून ही निचुड़ गया हो। अचीती मुसीबत आयी ही समझो। कबीर सरल भाव से बोला, ''किसी के करने से मैं परेशान नहीं होता। अपने मन से परे मैं किसी की बात मानूँ तब न? आप बेफिक्र रहें, मुझे कोई परेशान नहीं कर सकता।''

कबीर की बात सुनकर राजा और ठाकुर दोनों निश्चिन्त हुए। ठाकुर के दिल की फड़फड़ाहट बन्द हुई, पर राजकुमारी को आगे का अंजाम साफ नजर आ रहा

था। कैसी बुरी सूझी जो यहाँ आने का हठ किया! पर अब पछताने से क्या हो सकता है? नादान दोस्त भी दुश्मन की गरज पूरी करता है। राजकुमारी की वजह से ही कबीर का बहुत अहित होगा और शायद लाख कोशिश करने पर भी यह टल नहीं सकता! राजकुमारी का अन्तस् भीतर-ही-भीतर ऐंठने लगा! आखिर यह बातचीत किस मुहाने पर पहुँचेगी, उसे पहले ही सब मालूम हो गया और उपाय की कोई गली या गलियारा नजर नहीं आया।

राजा ने आज के दिन तक इतनी बातें किसी से नहीं की थीं। इसका ख़याल आते ही उसने फौरन सवारों को आदेश दिया कि वे दिखती हुई तमाम कारीगरी अपने कब्जे में करें और आगे के माल के लिए पेशगी दें। और कबीर के घर आकर जल्द-से-जल्द मुँहमाँगी कीमत अदा करें। लेन-देन की खातिर कबीर का वक्त जाया किया तो फिर उनका मालिक भगवान ही है!

और इस आदेश के साथ ही राजकुमारी के कलेजे में मानो सुरंग फटी हो! उसकी साँस जहाँ-की-तहाँ थम गयी। पर कबीर के चेहरे की रंगत रंचमात्र भी नहीं बदली। सवार अलगनी पर लटकते कालीन व कम्बलों को लेने की खातिर आगे बढ़े ही थे कि वो उसी तरह मुस्कराते हुए, बिना हाथ जोड़े और बिना अन्नदाता का लफ़्ज़ जबान पर लाये कहने लगा, "मैंने तो पहले ही साफ कह दिया था कि मुनाफे की खातिर जुलाहे का काम नहीं करता! आपका आना बेकार गया, इस खातिर माफी चाहता हूँ।"

अब राजा को कबीर की बात का मर्म ठीक से समझ में आया। दिमाग में बवण्डर उठा। नसों का खून उबलने लगा। इस चण्डाल की इतनी हिम्मत! भन्नाते हुए गरजकर पूछा, "क्या दूसरों की तरह मेरे लिए भी बेचने की मनाही है?"

राजकुमारी के नसीब में यह दिन देखना भी बदा था! कैसी बुरी गाँठ उलझी! पाषाण-मूर्ति के उनमान कबीर के होठों पर नजर गड़ाकर इन्तजार करने लगी कि उसके मुँह से अब क्या बोल निकलते हैं? होठों तक आयी मुस्कराहट को रोकता हुआ कबीर कहने लगा, "मैंने तो अपने मन की सच्ची बात दरसा दी, आप जो चाहें मतलब निकालें!"

राजा के गुस्से को मानो पलीता लगा हो। पैर पटकते बोला, "मेरे पास मतलब निकालने का समय ही कहाँ है? नालायक, तेरी मौत तो नहीं आयी...?"

"मौत तो एक दिन आनी ही है! यह तो किसी का भी ख़याल नहीं करती। न रंक का, न राजा का। मरने की बात जानता हूँ तभी तो अपनी मेहनत की कीमत नहीं आँकता...!"

इस दफा ठाकुर ने एक बढ़िया तदबीर सुझाई। अँगुलियाँ चटकाते कहने लगा, "कीमत नहीं आँकना चाहता तो अन्नदाता के चरणों में खुशी-खुशी ये तमाम वस्तुएँ भेंट कर दे।"

ठाकुर के इस सुझाव से कबीर के होठों पर आप ही मुस्कराहट छा गयी! कहने लगा, "भेंट देना न देना तो मेरी मर्जी पर मुनस्सर है! फिर राजा को किस बात की कमी, जो उसे भेंट दी जाए!"

राजकुमारी ने कबीर के नाम से ऐसी कई अफवाहें सुन रखी थीं और उसे अनजाने ही उन पर काफी कुछ विश्वास हो गया था। उन बातों को रू-ब-रू आजमाने के बहाने ही खुद उसने आगे होकर कबीर के मुकाम तक आने का इरादा किया था। मगर अब प्रत्यक्ष अपने कानों से ये बोल सुनकर भी, उसे यह यकीन नहीं हुआ कि कोई इनसान की औलाद राजा के मुँह पर इस तरह बेझिझक अपने अन्तस् का साँच प्रकट कर सकता है! अबूझ बालक के सिवाय किसका ऐसा निर्मल हृदय हो सकता है? बढ़ती उम्र और समझ के साथ सौ में से एक सौ पाँच इनसानों को कीचड़ से सनना पड़ता है। तब यह अकेली बानगी कैसे बची रह गयी? राजकुमारी के रोम-रोम में घुसा डर किसी अदीठ जादू के जोर से अदेर, अनन्त फख्र और हर्ष में बदल गया! इनसानों के जमघट में फकत इनसान नाम की कमी है! इस पुतले से मिलकर तो खुद मौत भी अपना भाग्य सराहेगी! ऐसी मौत पर तो लाखों जीवन निछावर! मारने से ज्यादा तो राजा का भी वश नहीं है। फिर मरने का डर न होने पर कैसी जोखिम? कैसी हिचकिचाहट? मरना निश्चित है तब भी तमाम लोग मरने से डरते हैं! और एक यह औघड़ अवधूत जिसे अपनी सच्चाई के सिवाय दूसरा किसी तरह का बोध ही नहीं! सलावे भरती बिजली की चमक की नाईं ऐसा ही कुछ मर्म राजकुमारी के नैनों में कौंधकर ओझल हो गया!

पर बाकी सुनने वालों पर मानो वज्रपात हुआ हो। राजमद का असीम अहम कबीर के उस सरल जवाब को झेल नहीं पाया! इसकी निस्बत तो तलवार का वार सहना आसान है! एक दफा तो राजा अपनी सुध-बुध ही भूल गया! पर दूसरे ही क्षण नस-नस में साँप, राक्षस और शेर की विरासत भँवाने लगी! फुफकारते बोला, "तू किसी को अपनी कारीगरी बेचता नहीं, किसी को भेंट करता नहीं, फिर यह है किसलिए...?"

किसी और के छेड़ने या उकसाने से गुस्सा तो कबीर को आता ही नहीं था! वो तो समूचा ही अपने वश में था। उसी धीमे सुर में बोला, "जरूरत होते हुए भी जिनमें इन वस्तुओं को खरीदने की क्षमता नहीं है, मेरी कारीगरी उन लोगों के लिए है...!"

ठाकुर ने आग में घी डालते हुए गरजकर कहा, "चण्डाल, तेरी यह मजाल! गुस्सा तो ऐसा आता है कि अन्नदाता के आदेश के बिना ही तेरी खोपड़ी उड़ा दूँ! तेरे इन नाचीज चिथड़ों की खातिर तीन लोक के नाथ को दर-दर का भिखारी बनाना चाहता है...?"

ठाकुर के गुस्से का अदेर कुछ मतलब समझ में नहीं आया तो कबीर कुछ पल असमंजस में खड़ा रहा। राजकुमार ठाकुर की ओर मुख़ातिब होकर तेज सुर में बोली, "अपने हलक की बात नाहक इसके मुँह में क्यूँ ठूँसते हो? इसने ऐसा तो नहीं कहा।"

राजकुमारी के रुख से वाकिफ होते ही राजा ठाकुर को झिड़कते कहने लगा, "तुम्हें बीच में बक-बक करने को किसने कहा? क्या इससे निबटने लायक भी मेरी हैसियत नहीं है...?"

ठाकुर कोहनी तक हाथ जोड़ते, अटकते सुर में बोला, "आपकी हैसियत की क्या सीमा अन्नदाता! ऐसे लाखों-करोड़ों भुक्खड़ मिलकर भी आपका बाल बाँका नहीं कर सकते!"

राजा कहना तो कुछ और ही चाहता था, पर उसकी बेख़याली में आप ही वह बोल फिसल पड़ा, "फिर...!"

ठाकुर ने राजा के चरणों को छूकर कहा, "भयंकर गलती हो गयी अन्नदाता, माफी बख्शाएँ।"

राजा को उस वक्त ऐसा लगा गोया ठाकुर के रूप में खुद कबीर उसके चरणों में झुक रहा हो! राजा तो राजा ही होता है! वास्तव में इस भ्रम के बहाने राजा की खीज काफी निथर गयी! ठण्डे सुर में भोले कबीर को लाड़ से समझाते कहने लगा, "इस जिद के पीछे धूल फेंक। छोड़ यह पागलपन। मेरे दर्शनों से पहले तकलीफ देखी सो तो देखी, पर अब ऐश कर। मेर खजाने से तुझे मुँहमाँगी कीमत से भी सवाई कीमत मिलेगी। मुझ जैसा दयावान उमराव तुझे चिराग लेकर ढूँढने पर भी नहीं मिलेगा! बावला कहीं का! राजा तो पिता की ठौर होता है, फिर मुझसे कैसा संकोच...?"

राजा ने तो इतनी देर में ही उस शीरे के तारों की पहचान कर ली थी। यह तो बानगी ही दूसरी है! हुकूमत के आतंक से वश में आने वाला यह बन्दा नहीं! फिर मुसाहिबों के सामने सिंहासन की पोल खोलने में क्या सार? लाड़ से पुचकारते कहा, "बोल, अब तो तेरा मन बदला! तू क्या सच मानेगा कि इतनी खुशामद तो मैंने पुराने राजा की भी नहीं की। तू खुशी-खुशी हाँ करे तो सवारों को तेरी वस्तुओं के हाथ लगाने दूँ। तुझ जैसे खरे आदमी पर मुझे भी नाज है! जो इच्छा हो कीमत माँग! तुझे पूरी छूट है...!"

किसी के हाथों बख्शी हुई छूट लेने की रात तो कबीर का जन्म ही नहीं हुआ था, भले ही वो देश का मालिक ही क्यूँ न हो। अपने मन पर कबीर किसी का अंकुश नहीं मानता था! राजा खीज करे तो वही बात और रीझ करे तो वही बात! समूची बात को सुथराई से सँभालने की कोशिश करते बोला, "मेरी जरूरतें

इतनी कम हैं कि आपकी दी हुई छूट मेरे किसी काम नहीं आ सकती। आपका आना बेकार गया, इस खातिर एक दफा फिर माफी चाहता हूँ।''

खुद राजा के मुँह से पुचकारकर दुलारने के उपरान्त भी कबीर का वो ही नाशुक्रा हठ सुनकर राजा के एड़ी से चोटी तक आग लग गयी। तब भी राजा को अपने कानों पर विश्वास करने का मन नहीं हुआ। शुबहा मिटाने की खातिर एक मर्तबा फिर पूछा, ''तो क्या मुँहमाँगी कीमत पर भी मुझे अपना माल नहीं देगा?''

कबीर राजकुमारी के चेहरे की ओर देखते कहने लगा, ''लोभ-लालच के कारण बात बदलना तो मैं जानता ही नहीं। एक दफा पूछो तो वही बात और सौ दफा पूछो तो वही बात।''

इन बोलों के साथ राजकुमारी को ऐसा लगा, गोया गगन में एक सूरज का उजास और जुड़ गया हो। पर राजा की हालत बुरी हो गयी। वास्तव में वो देश का मालिक है कि नहीं? सिंहासन और मुकुट की आन य़ों ही नहीं रखी जाती। दूसरे ही क्षण राजमद के उफनते गुमान में उसने आदेश दिया कि अलगनी पर लटकते तमाम वस्त्रों के चिथड़े-चिथड़े कर दिये जाएँ।

राजकुमारी तो अपना आपा ही बिसर गयी। क्या करे और क्या न करे? ऐसा फन्दा तो कभी नहीं फँसा। पर बेहद ताज्जुब की बात कि कबीर ने किसी तरह की कोई रोक-टोक नहीं की। देखते-ही-देखते उसके हाथों उरेही बिजलियों के टुकड़े-टुकड़े हो गए। फूलों की पंखुड़ियाँ झड़ गयीं। पहाड़ के परखचे उड़ गए। टीले बिखर गए। अपना वश न चलने पर कबीर कर ही क्या सकता था! उसका वश चला तब तो उसने अपने हाथों कुछ-न-कुछ सिरजा ही। उसने अपना काम किया। राजा अपना काम कर रहा है। मन्द-मन्द मुस्कराते वो सवारों के हाथों हुए अपने कलेजे के चिथड़ों का ढेर देखता रहा।

कबीर के होठों की मुस्कराहट मानो राजा का मुँह चिढ़ा रही हो। उफनने के बाद राजमद की क्या हद! कड़कते सुर में आदेश दिया, ''देख क्या रहे हो, इन चिथड़ों की तरह इस बेशर्म की भी चिन्दी-चिन्दी कर डालो।''

राजा के आदेश के साथ ही चार-पाँच सवार नंगी तलवारें चमकाते कबीर की ओर लपके ही थे कि राजकुमारी उनके सामने आकर बोली, ''खबरदार, कबीर को खरोंच भी आयी तो मैं जिन्दा जल मरूँगी!''

सवारों के हाथ जहाँ-के-तहाँ रुक गए। न राजा के आदेश को टालना उनके वश में था और न राजकुमारी के आदेश को। कठपुतली तो धागों के बल फुदकती और थमती है। सवार नए आदेश की प्रतीक्षा में राजा के सामने देखने लगे। पर राजा के हलक में जैसे कुछ फँस गया हो, कि अचानक उसके कानों में राजकुमारी के तीखे सुर की भनक पड़ी, ''आप तो कला के ऊँचे पारखी हैं, अच्छी कीमत अदा की...!''

राजा के कलेजे को मानो अंगारा छू गया हो! कबीर कुछ दाद-फरियाद करता या गिड़गिड़ाता तो शायद राजमद की ऐंठन कुछ ढीली पड़ती! लेकिन उस पर तो कोई बात असर ही नहीं करती। तिस पर राजकुमारी की शिकायत। राजा बमुश्किल अटकते कहने लगा, "यह अपनी कारीगरी बेचता नहीं, भेंट करता नहीं, फिर और क्या करता, तू ही बता...?"

अक्षरों के बहाने राजकुमारी के मुँह से मानो खून टपक रहा हो, इस तरह बोली, "मुझसे पूछते तो बताती। पर अब तो पूछने की राह ही नहीं बची! इससे तो मेरे शरीर के टुकड़े-टुकड़े कर डालते तो बेहतर था! आज से ही मेरी अक्ल ठिकाने आ गयी। आइन्दा कभी किसी काम के लिए टोकूँ तो मेरी जबान दाग देना।"

राजा लाड़ से दुलारते कहने लगा, "मेरी बावली बेटी, तूने इस बात की खूब फिक्र की! मैं मन का मैला थोड़े ही हूँ। मेरी दातारी फकत इस कबीर के सिवाय कौन नहीं जानता! तेरी ऐसी ही मरजी है तो कबीर को मैं अपने गले का नवलखा हार दे दूँ! हार तुझसे बढ़कर थोड़े ही है!"

और वाकई इतना कहते ही अपने गले का नवलखा हार उतारकर कबीर के सामने करते हुए राजा बोला, "इसे अपनी कारीगरी का मोल नहीं, हर्जाना ही मान ले...! पीढ़ियों का दिवाला मिट जायेगा। बस, अब तो खुश...!"

कबीर ने उस नवलखे हार की ओर देखा तक नहीं! गले की ठौर अब वो हार राजा के हाथ में चमक रहा था! कबीर राजकुमारी की आँखों में नजर गड़ाकर कहने लगा, "मैं तो पहले ही खुश था! दूसरे की गलतियों का मैं पछतावा क्यूँ करूँ...? और न ही इस हार से मेरा खामियाजा पूरा होगा...!"

राजा जल्दी से बोला, "एक की ठौर दो हार ले ले, तीन हार ले ले।"

कबीर मुस्कराते कहने लगा, "किसी कम्बल या शाल का महत्त्व हीरों के बदले बिकने में नहीं, जाड़े से ठिठुरते इनसान की ठण्ड दूर करने में है! आप राजा हैं, मेहनत के पसीने का मोल आप नहीं जानते! आपको क्या मालूम कि मेरी इस कारीगरी में कितनों की मेहनत और कितनों का पसीना मिला हुआ है! जब इन चिन्दी-चिन्दी हुए चिथड़ों की रफू कर वापस उनसे कम्बल बनाऊँ और वह कम्बल किसी ठिठुरते इनसान को गर्मी पहुँचाए, तब कहीं इनका असली मोल चुकेगा और मेरी कारीगरी सार्थक होगी!"

राजा खिल-खिल हँसते बोला, "तू तो अकेला ही हजार बावलों की गरज पूरी करता है! तू इस हार के मोतियों के बारे में कुछ जानता भी है? अगर दान के जरिए तू अपनी शोहरत फैलाना चाहता है तो बावलों के सरदार, इस हार के एक-एक मोती से तू हजारों कम्बल खरीद सकता है! फिर गद्दी पर बैठे-बैठे बेहिसाब कम्बल बाँटना...!"

कबीर सिर हिलाते बोला, "दान करने के गुमान से मेरा मन तुष्ट नहीं होगा! धन जुड़ने से धन तो बढ़ता है, पर बाकी सब गुण घटते हैं! इनसान में इनसानियत न रहने पर पीछे फकत मल-मूत, खून, हड्डियाँ और खाल बचती है! तलवार की ताकत के बिना न दौलत बढ़ती है, न सत्ता! तलवार और सिंहासन के आतंक से मौत डरती हो तो बात दूसरी है...!"

राजमद की धुन्ध के कारण राजा को कुछ सूझता ही नहीं था! कबीर की जबान से मौत का नाम सुनकर राजा को पहली मर्तबा ध्यान आया कि देर-सबेर मौत तो सबको आनी ही है! लेकिन उसकी बात अलग है। वो देश का मालिक है। आवाज को दबाकर कहने लगा, "कबीर, एक बात तो बता। देख सही-सही कहना। मुझे तुझ पर भरोसा है। यह नौकूँटी राज्य का सिंहासन, यह अखूट खजाना, यह विशाल फौज, ये चमचमाती तलवारें और ये हाथी-घोड़े तक क्या इस मरी मौत से मेरी रक्षा नहीं कर सकते? क्या, नाचीज रिआया की तरह मुझे भी एक दिन मरना होगा...?"

मुस्कराहट के उजले सुर में कबीर बोला, "यह भी कोई पूछने की बात है?"

एक गहरी आह भरकर राजा बोला, "पूछने की बात है, तभी तो पूछ रहा हूँ। तेरे सिवाय कोई दूसरा पण्डित-ज्ञानी इसका सही जवाब नहीं दे सकता! तेरी बातें सुनकर मेरे सर के भीतर चींटियाँ कुलबुलाने लगी हैं। बता, यह क्या माजरा हुआ...?"

कबीर से किसी ने कोई सवाल पूछा तो उसे अपने वश चलते उसका जवाब देना ही था। कहने लगा, "मेरे लाख समझाने पर भी यह आपकी समझ में नहीं आएगा, क्यूँकि यह सिंहासन, यह मुकुट, यह खजाना, यह फौज और ये चाकर कदम-कदम पर आपकी राह रोकते हैं! आपकी आँखों पर राजमद का जाला छाया हुआ है। इस खातिर न तो आप सत्य का परस कर सकते हैं और न दर्शन! लगता है कि आज जिन्दगी में पहली दफा सत्य के जगमगाते सूरज की झलक देखने के लिए आपके कलेजे में हूक उठी है। यह चींटियों की हलचल शायद उसी की है।"

एक अबूझ बालक के उनमान हामी भरते राजा अधीरता से बोला, "हाँ, उसी की है! बिल्कुल उसी की है! पर मेरे मन की तूने कैसे जानी...?"

राजा की आँखों में नजर गड़ाकर कबीर बोला, "अभी आपका मन गँदला नहीं हुआ है! मुझे उसके आर-पार दिख रहा है!"

"तू कहता है तो दिखता ही होगा, पर मैं तो आज अजीब उलझन में फँस गया हूँ। क्या तेरा यह साँच हुकूमत के दबदबे से भी बड़ा है...?"

आज से पहले किसी ने भी कबीर से ऐसे गूढ़ सवाल नहीं पूछे थे, तब भी उनका जवाब देने में उसे कोई अड़चन नहीं हुई। अदेर बोला, "कहाँ बेचारी हुकूमत की चिनगारी और कहाँ साँच का तपता सूरज! पर राज्य की तरह इस साँच का

कोई राजा नहीं होता! उसमें सभी की एक-सी मिल्कियत है, मगर इस मिल्कियत पर हक जतलाने की हिम्मत चाहिए...!"

राम जाने क्यूँ राजा के मन में उस वक्त किसी तरह का कोई दुराव नहीं था। सभी के सामने कबूल करते कहने लगा, "अपनी हिम्मत का असली कूता तो मुझे आज ही हुआ। तू क्या सच मानेगा कि इतनी बड़ी रियासत का राजा होकर भी मैं मन-ही-मन तुझसे डर गया...!"

कबीर टिटकारी देते बोला, "यह तो बहुत बुरी बात हो गयी। मैं न तो किसी से डरता हूँ और न किसी को डराना चाहता हूँ! भला, मुझसे डरने की क्या बात है...?"

राजा दो-तीन दफा गर्दन को हिलाते बोला, "वह तो मैं जानता हूँ या मेरा जी जानता है!"

आस-पास खड़े दरबारियों और ठाकुर के आश्चर्य की सीमा न रही कि देश के मालिक होकर, राजा आज यों आँय-बाँय क्या बक रहे हैं! कहीं दिमाग तो नहीं फिर गया! राजा के डरने से कहीं राज्य चलता है भला! यह छली कबीर जरूर कोई जादू-टोना जानता है! इससे तो किनारा करना ही बेहतर है। ठाकुर ने दोहरे होकर अर्ज की, "अन्नदाता, थाल अरोगने के लिए देर हो रही है। आपके अरोगने के बाद ही बस्ती के लोग बासी मुँह कुल्ला करेंगे।"

ठाकुर की आवाज सुनते ही राजा को वापस चेत हुआ। अपने असली खोल में आते ही उसका सुर बदल गया। गगन की ओर ऊपर देखते बोला, "सूरज तो सिर पर चढ़ आया और अभी तक तुम्हारी बस्ती का मुँह बासी ही है?"

ठाकुर ने 'महाराजा की जय हो' कहने के उपरान्त गर्व से कहा, "आपके अरोगने से पहले तो मेरी स्वामिभक्त रिआया गले से थूक तक नीचे नहीं उतारती, रोटी खाना तो बड़ी बात है।"

राजकुमारी ने खुद चलने की जल्दी दरसाई तो राजा झट अपने डेरे की तरफ चल पड़ा। राजा के पीछे सभी चुपचाप रवाना हो गए।

पीछे रहा फकत अकेला कबीर और फटे हुए चिथड़े। काम तो आखिर करने से ही निबटेगा। नाहक सोच-विचार में क्या सार! हुकूमत की रंगत ऐसी ही हुआ करती है, कैसे ही अकेले अपरबली की, हुकूमत की ताकत के आगे कोई थाह नहीं लगती! वो चुपचाप गुमसुम सूई-डोरा लेकर अपने काम में जुट गया। उसके पोरों का परस पाने से तो ये चिथड़े भी मुँह बोलने लग जाएँगे!

तत्पश्चात् कबीर को न वक्त का ध्यान रहा, न हवा का और न उजास का! कब दिन ढला और कब साँझ हुई, उसे इसका कोई एहसास ही नहीं था। सूई की नोक में ही उसकी तमाम दुनिया बसी हुई थी! कब सूरज की रोशनी अँधेरे तले दब गयी और कौन दीपक जलाकर उसकी बाईं बाजू सारी रात अविचल बैठी

रही! गोया रैनादे अपनी गरज से हथेली में दीपक लिये बैठी हो। और मानो कई युगों ने वापस लौटकर उस रात के झिलमिलाते तारों में शरण ली हो! तड़के सूर्योदय के वक्त दीपक का उजाला अपने-आपमें सिमटकर सर हिलाने लगा तब कबीर को चेत हुआ। और दीया बुझाने के साथ ही उसकी आँखों ने जो नजारा देखा तो उसे लगा कि वो कहीं नींद में सपना तो नहीं देख रहा है! आँखें मसलकर फिर देखा, यह तो वास्तव में राजकुमारी हथेली में दीपक लिये सामने बैठी है! समूची दुनिया का तमाम आश्चर्य मानो उसके गले से फूट पड़ा, "आप...!"

राजकुमारी ने कोई जवाब नहीं दिया। कबीर के हाथों से रफू किए पहाड़ के आर-पार नजर गड़ाकर एकटक देखती रही। कबीर पछतावे के सुर में माफी माँगता-सा कहने लगा, "मुझे न तो आपके आने का कुछ ख़याल था और न दीपक के उजाले का...!"

इस दफा राजकुमारी के गुलाबी होठों से आप ही अमृत-वाणी झनकी, "मुझे भी कहाँ ध्यान था कि डेरे कब पहुँची और वापस कब रवाना हुई। आँगन में पाँव धरते ही मैं जान गयी कि तुम्हें सूई और डोरे के सिवाय दूसरा कुछ होश नहीं है! आयी तो बहुत सारी बातें करने के लिए थी, पर अब कुछ भी पूछने की जरूरत नहीं है! मौन से बढ़कर दूसरी कोई वाणी नहीं है! बेकार बकवास से क्या फायदा, एक सूई और हो तो मुझे भी दो!"

"यह काम इतना आसान नहीं है!"

"यह तो काम करने पर ही पता चलेगा...!"

सूई देते हुए कबीर को रत्ती-भर भी यकीन नहीं था कि राजकुमारी उससे भी पटु है। फकत लिहाज की वजह से सूई दी, पर पहले टाँके की लकब से वो अच्छी तरह जान गया कि ये हाथ तो जो चाहे कर सकते हैं...! कबीर ने हैरानी से पूछा, "आपने यह काम कब सीखा?"

"सीखा फिर कब, आज ही तो सीखूँगी! इतने बरस सूई का नाम तो जरूर सुना था, पर हाथ में अभी ली है।"

कबीर की खुशी का ओर-छोर नहीं रहा। कहने लगा, "बात तो यकीन करने लायक नहीं है, पर आपकी बात को झूठ भी कैसे मानूँ!"

राजकुमारी सूई चलाते-चलाते बोली, "आप जैसे गुरु मिलने पर कौन क्या नहीं सीख सकता? सारी रात आपकी देखा-देखी, आँखों को पोर और पोरों को आँखें बनाने का काम सीखती रही! समूची बात बताने पर सत्य की मर्यादा कलंकित होती है!"

राजकुमारी आगे भी कुछ कहना चाहती थी कि सहसा राजा आँगन में खड़ा नजर आया। साथ में ठाकुर और आठ-दस सवार। राजकुमारी से आँखें चार होते ही राजा कहने लगा, "मैं जानता था कि तू यहीं मिलेगी...!"

राजकुमारी के चेहरे पर लज्जा की झाँई घुल गयी। राजा को इतना धीरज कहाँ? कबीर के सामने देखते बोला, "तू तो मुझे नाचीज कम्बल तक भेंट करने को राजी नहीं हुआ तो तेरी मरजी, पर मैं तुझे ऐसी चीज भेंट करने के लिए आया हूँ, जिसका सपना भी तेरे लिए नामुमकिन है! बोल, तू ही बता, ऐसी कौन-सी भेंट हो सकती है...?"

संकेत बिल्कुल स्पष्ट था, फिर भला कबीर क्यूँ न समझता! गम्भीर सुर में बोला, "मैं न तो किसी की भेंट कबूलता हूँ और न किसी को कोई भेंट करता हूँ!"

राजा ताली बजाकर खिल-खिल हँसते बोला, "यह भेंट वैसी नहीं है। इन्द्र भगवान का भी मन डोल जाए जैसी भेंट! बताऊँ, राजकुमारी के हथलेवे में समूचे राज्य का दहेज...!"

राजा की यह फूहड़ बात सुनकर कबीर को बेसाख्ता हँसी आ गयी। हँसी थमने पर कहने लगा, "ऐसी भेंट का तो सपना ही बुरा। मैं तो शादी-ब्याह के लफड़े में ही नहीं पड़ना चाहता। और इस लफड़े के साथ राज्य का दहेज! क्या मुझे आप इतना अबूझ समझते हैं कि आपके वमन को मैं प्रसाद की तरह ग्रहण करूँगा...? अगर सत्ता का सुख ही सबसे बड़ा सुख है तो आप उसे छोड़ते ही क्यूँ? आप खीज करें तो आपकी मरजी, इस भेंट के लिए भी मैं माफी चाहता हूँ...!"

राजा के रोम-रोम में झुरझुरी दौड़ गयी। राजकुमारी पर हज़ार घड़े पानी गिर गया! सपने की सुनहरी लंका उसकी आँखों के सामने धू-धू कर जलने लगी!! राजा की बेटी होकर कितनी छोटी आशा की खातिर मन डोलाया और उस पर भी पाला पड़ गया...!

अब तो सौ दफा जिला-जिलाकर इस मक्कार को वापस न मारे तब तक राजा की जलन शान्त नहीं होगी! सवारों पर कड़कते बोला, "यों नाजिरों की तरह नाखूनों से जमीन क्या कुरेद रहे हो, अब तक तो इस हरामजादे की चटनी कर डालते!"

ऐसे आदेश के बाद सवारों को कैसी देर! एक साथ हवा में नौ तलवारें ऊपर उठीं। शायद फिर राजकुमारी आड़े आ गयीं तो! पर राजकुमारी तो इस मर्तबा टस-से-मस भी नहीं हुई! उसकी आँखें गोया पथरा गयी हों, कि अचानक राजकुमारी की जगह राजा सामने आकर जोर से बोला, "खबरदार, मैंने आदेश दिया तो क्या हुआ, तुम्हें तो सोचना था? कबीर के चीरा लगने से ही मेरी लाड़ली बेटी कितनी तड़फेगी! अपना काला मुँह करो यहाँ से। आइन्दा भी ऐसा अंट-संट आदेश करूँ तो कान मत देना! मेरा दिमाग ठिकाने हो तब न! खोपड़ी में तो मानो साही घुसी हुई हो।"

कहाँ की बिजली और कहाँ आकर गिरी! कबीर क्या करे और क्या न करे! थोड़ी देर तो कुछ समझ में नहीं आया। वो भी असमंजस में पड़ गया। फिर राजकुमारी के पास जाकर उसके एकदम करीब खड़ा हो गया। अपने हाथों में उसके हाथ लेकर पिघले हुए सुर में कहने लगा, "फकत एक रात साथ रहने से एक-दूसरे को ठीक से नहीं जाना जा सकता। शादी, बाल-बच्चे, कुटुम्ब-परिवार, जमीन-जायदाद में मुझे रंचमात्र भी आस्था नहीं है। दूसरे प्राणियों से अलग और ऊँचा समझने की गलतफहमी में इनसान की बेहद बर्बादी हुई है और होती ही जा रही है। मेरी न कोई जात है, न मेरा कोई धर्म है और न मेरा कोई देश। इनसान के लिए यह कितनी शर्म की बात है कि धर्म और पंथों के बहाने मरे हुए अवतार अभी तक जिन्दा इनसानों पर शासन कर रहे हैं।"

राजा से सब्र नहीं किया गया तो उसने बीच में ही पूछा, "सुना है कि तू देवी-देवताओं और ईश्वर को भी नहीं मानता?"

इस दफा कबीर व्यंग से मुस्कराते बोला, "मानता हूँ, जरूर मानता हूँ। आत्मा, परमात्मा, भाग्य और धर्म से बड़ा जाल इनसान के हाथों न तो रचा गया और न रचा जाएगा। अक्ल की खोपड़ी नवाकर, जिन्दा इनसान पत्थर की मूर्तियों को पूजता है, इससे घिनौनी बात और क्या होगी? इतनी बात बढ़ गयी, इसलिए मुझे पहली दफा, अपने मन की बात समझाने की जरूरत पड़ी।"

अब राजकुमारी के होंठ खुले। धीमे व मीठे सुर में बोली, "इतनी बातें जानते हुए भी जब तुम्हारी आँखों के सामने तुम्हारे कारीगरी की धज्जियाँ उड़ीं, दो मर्तबा नंगी तलवारें ऊपर उठीं और राजा व ठाकुर की अंट-संट दुत्कार सुनी तब तुम्हारे कलेजे में गुस्से की आग क्यूँ नहीं भभकी? तुम मरने-मारने पर उतारू क्यूँ नहीं हुए? इतने लम्बे-चौड़े ज्ञान के बावजूद भी तुम्हारे अन्तस् में जीने का मोह है! मौत का डर है! फिर तुम्हारा क्रोध किस दिन के लिए है?"

कबीर इत्मीनान से समझाने लगा, "राजकुमारी, एक आदमी के क्रोध से कुछ नहीं हो सकता। वो तो खुदकुशी के समान है। जिस दिन मेरे क्रोध की छूत जन-जन के हृदय में खुदबुदाएगी, उस दिन इनसानों की दुनिया में न तो कोई राजा होगा और न कोई रंक। न कोई ऊँच होगा और न कोई नीच, न साँच होगा और न झूठ। न पाप होगा, न पुण्य। न धर्म होगा, न अधर्म। न कोई अमीर होगा और न कोई गरीब। न कहीं मन्दिर होगा और न कहीं मस्जिद। उस दिन न मजहब बचेगा और न जात। न फौज होगी और न हथियार। किसी इनसान को यह हक नहीं होगा कि अपनी सत्ता के बल पर, तलवार की ताकत के जोर से, अपने आदेश के जरिए किसी कारीगरी के टुकड़े-टुकड़े करवा डाले।"

राजा कबीर का हाथ थामकर गिड़गिड़ाते बोला, "इसी प्रायश्चित्त की खातिर तो मैं राज्य छोड़ने को तैयार हो गया, तू और क्या चाहता है?"

कबीर मुस्कराता-सा बोला, ''मेरे चाहने और न चाहने से क्या फर्क पड़ता है!''

राजा सिर हिलाते बोला, ''यही तो तेरी भूल है। तू एक दफा अपने मन की चाह जाहिर करके तो देख! मेरी बेटी तेरे सिवाय किसी का हाथ थामना ही नहीं चाहती, और तू ऐसा ठूँठ कि उसकी कोई परवाह ही नहीं करता!''

''परवाह क्यूँ नहीं करता, हजार दफा परवाह करता हूँ। अगर नर-मादा की हैसियत से, जहाँ तक एक-दूसरे का मन चाहे, राजकुमारी मेरा साथ करने को तैयार हो तो मेरी मनाही नहीं है।''

9 जनवरी, 1977

सावचेती

एक जंगल में सियार-सियारनी का जोड़ा बसता था। लिपी हुई साफ-सुथरी खोह। चारेक खेत की दूरी पर निर्मल पानी का पोखर। जंगल में बेर के अनगिनत झाड़-झंझाड़। चुन-चुनकर मीठे बेर खाते। सुख और आनन्द की कोई सीमा नहीं। परस्पर बेहद प्रेम। एक दूसरे की छाया पर जान देते! सियारनी सीता से भी सवाई सतवन्ती। मच्छर-मक्खी तक को शरीर का परस नहीं करने देती! नखरे व नजाकत के मारे सियार को चैन नहीं लेने देती। सियारनी की आत्म-प्रशंसा सुन-सुनकर सियार भी हाँकने लगा कि एक बार उसने शेर को पूँछ से फटकार लगाई तो उसने सात कुलाँचें खाईं। आखिर मुँह में तिनका लेने पर ही उसे माफ किया। बाघ तो तनी हुई भौंहें देखते ही भाग छूटते हैं! अब इस जंगल का राजा मानो तो वो और बादशाह मानो तो वो! सियार न चाहे तो जंगल का एक पत्ता तक न हिले, एक बार तैश में आकर उसने एक टीले को लात मारी तो वो घरौंदे की तरह बिखर गया! उसकी दहाड़ सुनकर बादल फटने लगते हैं! सियारनी को अपने पति पर बेहद गुमान था!

एक बार आधी रात ढले सियारनी को प्यास लगी तो उसने अपने पति को जगाकर साथ चलने के लिए कहा। सियार झपकी लेते बोला, "ऊँघ के मारे तो मेरी आँख ही नहीं खुलती। तू अकेली ही जाकर. . .।"

सियारनी बीच में ही मुँह बनाकर कहने लगी, "मैं औरत-जात अकेली कहाँ जाऊँ?"

"पर यहाँ तुझे छेड़ने वाला कौन है?"

सियारनी गुमान-भरी अदा से बोली, "औरत की मर्यादा का तुम मर्दों को क्या पता! मुझे तो हवा और धूप का परस भी नहीं सुहाता! मगर बस नहीं चलता।"

सियार नींद में टिप्पे मारते कहने लगा, "क्यूँ इसमें बस की क्या बात! मेरा

बस तो चलता है। तू कहे तो हवा और धूप को झाड़ियों के काँटों में ऐसा उलझाऊँ कि कयामत तक न सुलझ सकें!"

"मगर पहले मेरे साथ तो चलो। प्यास के मारे ठीक से बोला भी नहीं जाता।"

सियारनी ने अधिक तंग किया तो आखिर सियार को साथ चलना ही पड़ा। आकाश में पूनम का चाँद दमक रहा था। झाड़ी-झाड़ी पर सुर्ख बेर चमक रहे थे। चाँदनी की गोद में जंगल का कण-कण निश्चिन्त सोया था! सियारनी ने एक बार चाँद की तरफ देखा। कितना सुन्दर! कितना सुहाना! लाख सियार भी मिलकर इसके सामने नहीं टिक सकते!

सियार किनारे पर खड़ा रहा। सियारनी थोड़ी आगे बढ़कर आराम से पानी पीने लगी। पानी पीकर मुँह ऊपर उठाने का विचार किया ही था कि उसे चाँद की कुटिलता का भान हुआ। पानी में छिपा हुआ इतनी देर तक उसके होठों का चुम्बन लेता रहा! यह मर्दों की जात ही कमीनी होती है! कड़ाके की सर्दी का खतरा मोल लेकर भी उसकी खातिर पानी में डुबकी लगाई! इन कलमुँहे मर्दों के मारे कोई सतवन्ती अपना सत रखे तो कैसे रखे. . .?

गुस्से में मुँह घुमाकर पति की ओर देखते कहने लगी, "यूँ पास खड़े टुकुर-टुकुर क्या देख रहे हो? यह लफंगा चाँद मेरा चुम्बन लेने की हिमाकत कर रहा है! तुम साथ नहीं होते तो यह मेरे साथ जबरदस्ती कर बैठता।"

घरवाली की यह बात सुनकर सियार का मुँह गुस्से से तमतमा उठा—दाँत पीसते हुए बोला, "कौन, यह छछूँदर-सा मरियल चाँद! इसकी यह मजाल! तू कहे तो इसके परखचे उड़ा दूँ. . .!"

इतना कहकर वो शेर की तरह पंजा पटकने लगा! मानो चाँद का इसी पल सफाया कर डालेगा! सियारनी ने एक बार फिर मुँह ऊँचा करके चाँद की तरफ देखा। चाँद भी उसका चेहरा देखने के लिए तड़प रहा था! कितना आकर्षक! कितना कान्तिमय! पति को टोकते बोली, "जाने दो। इस बदनजर चण्डाल के पीछे सारी दुनिया तकलीफ उठाएगी! बेचारे बाल-गोपाल अँधेरे में ज्यादा डरेंगे!"

क्रोध में उफनते सियार ने और जोर से पंजा पटका। कहने लगा, "नहीं-नहीं, तू कहे तो अभी इस चाँद की लुगदी बना दूँ!"

घरवाली पति का हाथ पकड़कर बोली, "जाने दो, जाने दो! तुम अपने सर नाहक बदनामी क्यूँ लेते हो?"

घरवाली ने बार-बार रोका तो सियार मान गया। नहीं तो दुनिया की बहुत बुरी गत बनती! लौटते समय सियारनी सियार को समझाने लगी कि अपना सत और अपनी सावचेती अपने पास। यह मर्दुआ चाँद तरसता है तो तरसने दो। वह तो रात को अपनी खोह के बाहर मुँह भी नहीं निकालेगी।

सियार निर्लज्ज चाँद पर दाँत पीसते खोह में घुस गया। अपने रूप के गुमान

में फूली सियारनी को काफी देर से नींद आयी। सुबह दो घड़ी दिन चढ़े मुश्किल से जागी। आँखें मलते-मलते खोह से बाहर आयी। सूरज उसका रूप निहारने के लिए बेसब्री से तड़प रहा था! यह मर्दों की जात ही भाड़ में झोंकने लायक है! सब एक जैसे। लेकिन पट्ठा है तो बहुत तेजवान। तपधारी। सारी दुनिया को उजास से भरने वाला। देखें चाँद की तरह यह भी बेशर्म है कि नहीं? प्यास न होते हुए भी वह पति के साथ चलने का आग्रह करने लगी। वह झुँझलाते बोला, "बावली, दिन को क्या डर? तू निःशंक अकेली जा।"

सियारनी हठ करते समझाने लगी, "जब चाँद जैसे बड़े-बड़े देवता भी नीयत बिगाड़ लेते हैं, तब किस पर भरोसा किया जाय? औरतों का मन विश्वास करे तो कैसे? अब तो अकेले मरने को भी जी नहीं करता. . .!"

जब सियारनी ने पीछा नहीं छोड़ा तो सियार को बेमन ही साथ जाना पड़ा। सियारनी ने जितनी बार तिरछी नजर से देखा, उतनी ही बार उसने सूरज को उसका रूप निहारने की खातिर तरसते पाया!

किनारे पहुँचते ही चाँद की तरह कुटिल सूरज भी पानी में डुबकी लगाए साफ नजर आया! परायी स्त्री का शील भ्रष्ट करने में इन मर्दों को जाने क्या हाथ लगता है? सियारनी ने पानी पीने की खातिर मुँह नीचा किया ही था कि झिझककर मुँह घुमाया। पति की तरफ देखते हुए कहने लगी, "जो सोचा था वही हुआ! यह कमीना सूरज तो चाँद से भी अव्वल निकला! दिन के उजाले में भी खुल्लमखुल्ला अन्दर छुपा हुआ है!!"

सियार लपककर पास आया। बेहद गुस्से से पूछा, "कहाँ, कहाँ?"

सियारनी डुबकी लगाए हुए सूरज की तरफ इशारा करते बोली, "वो रहा। लम्पट कहीं का!"

अब सियार के गुस्से पर क्या अंकुश? बब्बरशेर की तरह पंजा पटकते बोला, "तू कहे तो अभी इस मरदूद सूरज को जमीन में गाड़ दूँ!"

सियारनी ने फिर गम खाया। पति को मना करते बोली, "जाने दो! अपने स्वार्थ की खातिर सारी दुनिया तकलीफ उठाएगी! वह किस तरह अँधेरे में अपना गुजर-बसर करेगी. . .?"

सियार के कलेजे में आग-सी भड़क उठी। दुगुने जोश से फिर पंजा पटका। दाँत पीसते बोला, "नहीं-नहीं, तू कहे तो अभी इस मर्दुए सूरज को बेर की तरह निगल जाऊँ! मतीरे की खुपरी की तरह खुरच डालूँ!"

सियारनी पति के पैर पकड़कर कहने लगी, "जाने दो। थोड़ी दया विचारो! दुनिया बद्दुआ देगी! अपने सर बेकार क्यूँ बदनामी लेते हो. . .?"

सियार गुस्से में जोर से बोला, "बेकार कैसे? ऐसे आवारा को छोड़ने से पाप लगता है! तू देखती जा. . .!"

"मुझे अब कुछ नहीं देखना! मेरे देखने से दुनिया का देखना मिट जाएगा! गम खाओ! अपना सत और अपनी सावचेती अपने पास! तुम ऊपर मुँह करके इस निगोड़े सूरज का ध्यान रखो! तब तक मैं पेट भरकर पानी पी लूँ।"

आख़िर सियारनी के मना करने पर सियार ने जैसे-तैसे ज़ब्त किया! वो बिना पलक झपकाए, सूरज की तरफ एकटक देखता रहा। उसकी ओज का सूरज के मन पर ऐसा डर बैठा कि वो फिर अपनी जगह से हिला तक नहीं. . .!

सियारनी काफी देर तक मजे से पानी पीती रही और पानी में छिपा सूरज उसके होठों का चुम्बन लेता रहा! ऐसी प्यास पहले कभी नहीं बुझी!

प्यास लगना और न लगना किसी के बस की बात नहीं है! वह रात को भी कई बार पति को खदेड़कर साथ ले जाती और सियार मुँह ऊँचा करके चाँद का पूरा-पूरा ध्यान रखता! तत्पश्चात् बारी-बारी चाँद और सूरज के चुम्बनों के लिए अधीर सियारनी मजे से अपनी प्यास बुझाने लगी, सो बुझाती ही गयी! अपना-अपना सत और अपनी-अपनी सावचेती. . .!!

1 अगस्त, 1976

उलझन

बीज बेहतर या फल बेहतर, अँधेरा बेहतर या उजाला बेहतर, उदय बेहतर या अस्त बेहतर, शुरुआत बेहतर या अन्त बेहतर, राह बेहतर या मंजिल बेहतर, तो सूरज भगवान की किरणों के हिण्डोले पर सारी दुनिया झूलती है कि धरती के किसी एक रास्ते पर लक्खी बनजारे का कारवाँ जा रहा था। केसर-कस्तूरी का कारोबार और हीरे-मोतियों की आढ़त। देस का राजा भी उसकी इज्जत करता था। तिस पर लाखों में एक अप्सरा-सी बनजारी! चाँद-सूरज उनकी पलकों पर ही उगते और अस्त होते थे! दो जिस्म, एक जान! सबसे आगे बनजारे का सुनहरा रथ चल रहा था। उसकी गोद में सोयी बनजारी बातों में मशगूल थी कि सहसा भेड़ों की में-में सुनाई दी। बातों का सिलसिला टूट गया। वह अचकचाकर उठ बैठी। नजर में न समाए, इतना रेवड़। मुँह नीचा किए धरती-माँ को अपनी-अपनी खैरियत का हवाला देती आगे बढ़ रही थीं। दोनों अचरज से भेड़ों का भोलापन देखते-सुनते रहे। अपनी-अपनी काया में सब कोई मस्त है! इसी बीच बनजारे की नजर रेवड़ का पीछा करते हुए एक भालू पर पड़ी। उसने फौरन तरकस से तीर निकाला और कमान पर चढ़ाया। तीर छोड़ने ही वाला था कि बनजारी ने उसका हाथ थाम लिया। बोली, "ठहरो, यह आदमी जैसा लगता है!"

"आदमी. . .?"

वह गहरी साँस भरकर बोली, "ध्यान से देखो! गजब हो जाता!"

वो मुँह बिगाड़कर बोला, "कुछ गजब नहीं होता। ऐसे आदमी, आदमी के नाम पर दाग हैं! इसे खत्म करना ही होगा। तभी आदमी की शान बनी रह सकेगी। आदमी का यह रूप देखकर मेरा सिर शर्म से झुका जा रहा है! मुझे रोक मत. . .।"

वह हठ करते बोली, "आदमी, आदमी होता है। कोई ताकतवर, कोई कमजोर।

कोई अमीर, कोई गरीब, कोई चतुर, कोई अबूझ। सब माहौल और सोहबत का असर है!"

बनजारी के हाथ में पकड़ा तीर जैसे बनजारे के कलेजे के पार हो गया! हैरानी से आँखें सिकोड़कर कड़कती आवाज में कहा, "माहौल! सोहबत! मेरी पत्नी होकर तू ऐसी बातें करती है! भला, पुरखों का कहा कभी गलत हो सकता है। जैसा बीज वैसा दरख्त! आक के आक ही लगेगा, आम नहीं। खानदानी तासीर को कैसे झुठलाया जा सकता है! इसकी सात पुश्तों में घुन लगा है। इसे जन्म देने वाली कोख ही खराब है!"

वह मुस्कराई। कहने लगी, "किसी माँ की कोख खराब नहीं होती!"

उसने पूरी बात सुनी ही नहीं। बीच में ही उबल पड़ा, "तेरी इतनी मजाल कि तू मेरी माँ का मुकाबला इस ढोर की माँ से करे. . .!"

आज पहली बार उसने पति की सख्त आवाज सुनी। कानों में जैसे गर्म सीसा उँडेला हो! आपा बिसराते बोली, "न किसी माँ की कोख खराब होती और न किसी बाप का अंश! ये सब तो जन्म देने के बाद के खेल हैं! जो जैसा देखेगा-सुनेगा, वैसा ही तो बनेगा. . .।"

बनजारे की जबान भी आज पहली दफा ऐंठी थी। बदहवास-सा बोला, "इसका मतलब, दिन-दूनी और रात चौगुनी बढ़ती मेरी शोहरत के पीछे मेरा कोई हाथ नहीं! राजा यूँ ही मेरी कद्र करते हैं. . .?"

बेकार बात बढ़ाने से क्या मतलब! मुस्कान को जबरन रोककर वह चुप हो गयी। वह खामोश मुस्कान बनजारे के कलेजे में बिजली की तरह कौंधी! हाथ पकड़कर धकियाते हुए उसे रथ से नीचे उतारा। फिर भालू की तरह चार हाथ-पैरों पर चलते उस आदमी की तरफ उसी घसीटते कहने लगा, "तेरी इतनी औकात कि तूने मेरा इससे मुकाबला किया! पहले आँखें खोलकर इसे देख तो सही!"

घरवाली को घसीटते हुए वो उस भालूनुमा आदमी का पीछा करने लगा। कमर पर दरख्त की छाल। लम्बे नाखून। कीचड़ सने बालों की लटकती पूनियाँ। मोटी बेजान खाल के तलवे और हथेलियाँ। चमकते दाँतों की अबूझ हँसी! भेड़ों की तरह पानी में मुँह डालकर प्यास बुझाता। उन्हीं की तरह फुर-फुर होठों से भूख मिटाता। बनजारा बिना हँसे न रह सका। बनजारी का हाथ छोड़कर आप ही हँसता रहा। हँसते-हँसते बोला, "तुझे यह आज क्या औंधी सूझी! बेकार मुझे चिढ़ाया! अब तो मेरी बात पर यकीन आया. . .?"

उसने कोई जवाब नहीं दिया। गुमसुम, आदमी के उस बिगड़े रूप को फटी-फटी आँखों से देखती रही! सिर में बवण्डर-सा उठा! उसे अपनी अलग राय दरसाने का हक भी नहीं. . .? फकत रोटी-कपड़ों की खातिर शौहर की गुलामी करती

है? रोटी, चाहे जैसी हो, है तो रोटी ही! कपड़े चाहे कितने ही कीमती हों, हैं तो बदन ढाँपने के लिए ही! हम-बिस्तरी के अलावा उसकी कोई अहमियत नहीं? उसके रोएँ-रोएँ से चिनगारियाँ चटकने लगीं!

बनजारी को इस तरह खामोश देखकर उसका गुस्सा काफूर हो गया। उसके गालों को सहलाता कहने लगा, "पहले तो अंट-संट बक देती है, फिर उसका पछतावा करती है।"

बनजारी को लगा, जैसे कोई उसके दिल पर आरी चला रहा हो! सर को झटका देकर, विद्रूप मुस्कान के साथ बोली, "पछतावा. . .? पछतावा काहे का! मैं अब भी अपनी बात पर कायम हूँ. . .?"

पति का खून खौल उठा! लाडो के इतना गरूर! इतनी मैं! छिनाल बहुत सिर चढ़ गयी। चुटिया पकड़कर, जोर से झटका देते कहने लगा, "तो अपनी बात पर कायम ही रहना, हरगिज डिगना मत! कुतिया को ज्यादा मुँह लगाया, जिसका यह फल तो मिलना ही था! शराफत से मेरा सारा गहना दे दे, फिर सारी उम्र इसकी सोहबत का मजा ले! मुझे पहले ही मालूम था कि जानवरों के बिना तेरी हवस पूरी नहीं होगी. . .!"

इस भोंडी और फूहड़ बात के जवाब में कहने को तो वो दसों बातें कह सकती थी, परन्तु उसने अपने होठ सी लिये। ऐसी निर्लज्ज बात का क्या जवाब दे! ऐसे आसरे से तो मौत भली! घिन और सूग से उसका मुँह कसैला हो गया! लानत है, ऐसे सुहाग और ऐसे गहनों पर. . .!

वो भालू पीछा करने वालों से डरता, आगे-आगे चल रहा था। ऐसा नजारा कभी देखने को नहीं मिला। वे उसका पीछा क्यों कर रहे हैं? उसने उनका क्या बिगाड़ा? किन्तु उस आदमी ने जब सोलह-सिंगार सजी उस औरत की चोटी पकड़ी तो उससे यह छुपा न रहा कि यह गुस्से की हरकत है! शायद अकेली देखकर बेचारी को तंग कर रहा है! उसकी आँखें अंगारे-सी दहक उठीं! तोप से छूटे गोले की तरह वो छलाँगें भरता आनन-फानन में उनके पास जा पहुँचा। अपनी ओर घूरती उन सुर्ख आँखों पर नजर पड़ते ही बनजारे का खून सूख गया! इन तीखे नाखूनों की गिरफ्त में आते ही हंसा कूच कर जाएगा! काँपते हाथों से आधे-दूधे गहनों की पोटली लिये वो पीछे खिसकने लगा। बनजारी ने फिर उसकी ओर देखा तक नहीं। बुरे ख्वाब की तरह यह कैसी अचीती बिजली गिरी. . .!

कुछ देर बाद राम जाने क्या सोचकर वो बनमानुस छाती ठोंककर उसे अटपटे इशारे में समझाने लगा कि उसके रहते उसका कोई बाल भी बाँका नहीं कर सकता! वो जंगली जानवरों से भी ज्यादा ताकतवर है, कि सहसा उसने चौंककर रास्ते की ओर अँगुली की। बनजारी ने उधर देखा तो उसे एक गड़रिया हाथ में लाठी लिये आता दिखा। लाल टूल का गोल साफा। एक हाथ में चाँदी का कड़ा। आबनूसी

रंग। दो हिस्सों में बँटी अधपकी दाढ़ी। दूर से ही बत्तीसी दिखाता, बनमानुस के बहाने उसे सुनाते कहने लगा, "आज तेरे भाग की यह परी कहाँ से उतर आयी. . . ? कभी पानी में सूरत देखी है. . .?"

आदमी की बोली से नावाकिफ होते हुए भी वो उस ताने का भाव समझ गया। खीसें निपोरते हुए कुछ इशारा किया। गड़रिया पास आते ही बिना पूछे पिछली रामायण सुनाने लगा कि बाईस बरस पहले उसे सियार की खोह के सामने एक रोता हुआ बच्चा मिला। वो ही देखते-देखते इतना बड़ा हो गया, गोया कल की बात हो। पैरों चलते और जबान से बोलते आदमियों से यह ज्यादा काम का है! उसने जानबूझकर आदमियों के चलन को इसके नजदीक नहीं आने दिया! यह उसी का प्रताप है कि यह अकेला दस गड़रियों जितना काम करता है। दिनभर भेड़ें चराता है। उनकी रखवाली करता है। इसके रहते कोई जानवर भेड़ों की ओर आँख उठाकर भी नहीं देख सकता! एक कौड़ी का खर्च नहीं। जंगल में आप ही बन्दरों की तरह फल-पाती भकोस लेता है! न नून-तेल का झंझट, न कपड़े-लत्तों का, न ओढ़ने-बिछाने का, न चिलम-तम्बाकू का। आदमियों की सोहबत में रहता तो यह एक दिन भी दूसरों के लिए खटता भला? अपना भला-बुरा देखकर चलता! परन्तु अब कोई डर नहीं। राम झूठ ना बुलाए, इसी की बदौलत आराम से नीम तले ढेरा घुमाता है और जूँएँ मारता है. . .!

बनजारी ने सारा किस्सा ध्यान से सुनकर गम्भीरतापूर्वक से कहा, "आज तक ढेरा घुमाया और जूँएँ मारीं, वही बहुत है! अब अपना रेवड़ खुद सँभालो! मैं इसे लेने आयी हूँ. . .!"

गड़रिया फितरती था। सोचा, थोथी बहस करने में क्या तुक! वो मरद ही क्या जो एक अनजान औरत से हार मान ले! खोपड़ी में खाए बिना यह चुड़ैल नहीं मानेगी! अदेर पंजों के बल होकर लाठी घुमाई कि बनमानुस ने लपककर लाठी छीन ली! भागने का इरादा किया ही था कि एक भरपूर वार उसकी पीठ पर पड़ा और एक चीख के साथ धड़ाम से जमीन सूँघता नजर आया! वो नुकीले नाखूनों से उसका कलेजा चीरने ही वाला था कि बनजारी ने इशारे से मना कर दिया। मना करते ही वो दूर हो गया। गड़रिये की जैसे जान ही निकल गयी! फिर हिला तक नहीं!

बनजारी को काफी तसल्ली हुई। जानवर सरीखे इस बनमानुस में इतनी समझ और ताकत होगी, उसने नहीं सोचा था। ऐसे महाबली के सहारे वह बेखौफ इस सूने जंगल में पनाह ले सकती है। कहीं जाने की जरूरत नहीं। इसी जंगल में इसे आदमी बनाकर दिखाएगी! अपने स्वारथ में अन्धा होकर जो शैतान इनसान की ऐसी दुरगत कर सकता है, उसके गुनाह का क्या हिसाब? इस गँवार के लिए पैसे की मार मौत से भी बड़ा दण्ड होगा! अपने मामूली से फायदे के लिए जो

कमसल मरने-मारने पर उतारू रहते हैं, उनकी नजर में मौत कोई सजा ही नहीं! मौत तो इनकी जिन्दगी का एक हिस्सा है! इनकी जिन्दगी की महत्ता मौत से ज्यादा नहीं है! लालच के वशीभूत जो बात-बात में किसी अनजानी औरत को मारने के लिए तैयार हो जाए, उसके लिए जिन्दगी की क्या कीमत! जिन्दगी की महत्ता समझने वाला स्वप्न में भी किसी पर हाथ नहीं उठा सकता. . .!

कुछ देर बाद गड़रिया कराहते हुए उठा। बनजारी ने मन-ही-मन सब सोच लिया था। बोली, "करनी मुजब तुम्हारी थोड़ी पूजा तो हो गयी! आइन्दा इस ओर रुख किया तो सूली पर चढ़वा दूँगी! तुम जानते नहीं मैं कौन हूँ? बताऊँगी भी नहीं. . .! अगर जान प्यारी हो और घरवालों को सुखी देखना चाहते हो तो भूल से भी रेवड़ की आस मत करना! कल सवेरे एक होशियार नाई भेज देना, वरना ये नाखून तेरे घर आकर तेरा गला घोट देंगे. . .!"

गँवार डर से मानता है या मार से! बड़े लोगों का डर उसे मौत से भी ज्यादा लगता है! हुकूमत के नाम का तिनका भी तलवार से अधिक कारगर होता है! उसके मन में ऐसा डर बैठा कि फिर उसने चूँ तक नहीं की! हाथ जोड़े-जोड़े वहाँ से चला, जो घर पहुँचने तक जुड़े रहे! गरीब-गुरबों की ऐसी ही मरदानगी होती है—शेर के सामने भेड़ और भेड़ के लिए भेड़िया. . .!

गड़रिये के जाते ही राम जाने उस बनमानुस को क्या सूझी, सो जोर से किलकारी करता, छलाँगें भरता, आम के एक पेड़ पर चढ़ गया और दनादन पीले आम गिराने लगा। थोड़ी देर बाद वो धम्म से कूदकर नीचे आ गया। बिखरे आमों की ढेरी लगाकर बनजारी की ओर देखा। आँखों-ही-आँखों में खाने की मनुहार की।

भूख न होते हुए भी उस पाक मनुहार को वह कैसे टालती. . .! एक आम मथकर चूसने लगी और दूसरा मथकर उसके सामने किया। दो-तीन मर्तबा मना करने के बाद उसने आम ले लिया। ज्यादा दबाने से रस की पिचकारी छूटी, जिससे उसकी धूल भरी दाढ़ी भर गयी। उसने खिसियाकर मुँह नीचा कर लिया, किन्तु अचरज की बात कि दूसरे आम से उसने एक बूँद भी बाहर नहीं गिरने दी। खुश होकर एक आम उठाया और उसकी देखा-देखी खुरदरी हथेलियों से मथने लगा। फिर पिलपिले आम को बनजारी की ओर करते हँसा! गोया दाँतों से हँसी के बहाने ताजा दूध झर रहा हो!

उसने खुशी-खुशी उसकी मनुहार कबूल की। आज तो खाने का स्वाद ही दूसरा था! तृप्त होते ही भूख फिर जाग्रत होती और जाग्रत होने के साथ ही फिर तृप्त होती! वो भी खाने के साथ-साथ इस तरह गर्दन हिला रहा था, जैसे खाने का मजा होने उसे आज ही आया हो. . .!

आहिस्ता-आहिस्ता शाम घिरने लगी। बनजारी को पहली दफा महसूस हुआ कि सूरज का उजाला कितना बल देता है! सूरज डूबने के साथ ही उसका मन

डूबने लगा। इस दोहरे अँधेरे में वह कैसे अपनी राह खोजेगी! जैसे ढोर-डाँगर गोबर छोड़कर आगे बढ़ जाते हैं, उसी तरह पति उसे छोड़कर चला गया। उलटे उसी की लानत-मलामत की। अभी तक जिन्दगी दूसरों के आसरे ही चली, पहले पिता, फिर पति पर; अब अपनी जिन्दगी वह खुद जिएगी। इतने बरस तो वह अपनी बेजान लोथ इधर-उधर घसीट रही थी। जिन्दगी तो उसे आज ही मिली। इस बनमानुस के निमित्त, उसे एक नया सूरज गढ़ने का अचीता मौका हाथ लगा...!

धीरे-धीरे अँधेरा घना होने लगा। उस सुनसान जंगल का एक-एक दरख्त गोया अदीठ अंजलि से समूचा उजाला पी रहा हो! और हरेक दरख्त के लिए जैसे अलग-अलग रात उतरी हो! यह रात ही दूसरी है! यह अँधियारा ही दूसरा है! ये तारे ही दूसरे हैं! और इस बेढब नजारे को देखने वाली यह निगाह ही दूसरी है! यह कैसा जादू हुआ...?

थोड़ी देर तो बनमानुस आँखें फाड़-फाड़कर जागता रहा, किन्तु आखिर उसके रोम-रोम में घुली नींद उस पर हावी हो गयी। वो वहीं पसरकर खर्राटे भरने लगा। खर्राटों की आवाज से वह पहले जरा चौंकी, फिर वापस अपने में डूब गयी। जगने की ऐसी महत्ता उसने सपने में भी नहीं सोची थी! उसकी आँखें गोया आज ही खुली हों! अब तक उसने अँधियारे का साँवला रूप ही देखा था, लेकिन आज वही घना अँधियारा उसकी आँखों के सामने जगमगाने लगा। कितना मोहक! कितना सुन्दर! सूरज का नंगा उजाला उसके बराबर खड़े होने की हिम्मत नहीं जुटा सकता! या तो आज आँखों की ज्योति बदल गयी या अँधियारे का रूप बदल गया...!

झिलमिलाता झीना साँवला जामा पहने घेर-घुमेर दरख्त अपनी-अपनी ठौर अविचल खड़े थे। चौतरफा छाये उस अथाह अँधियारे को अपने अन्तस् में उतार रही थी कि सहसा आकाश की कोख फाड़कर गुलाल का एक पिण्ड बाहर आता दिखा। साँवले लिबास में हलका उजाला घुलने लगा। बात-की-बात में गुलाल के उस पिण्ड की रंगत सुनहरी हो गयी। इतने दिन यही कुदरत थी और ये ही आँखें थीं, मगर कहीं कुछ नजर नहीं आता था! आज सहसा आँखों का जाला कटने से नजर की तासीर ही बदल गयी! आज उसका रोयाँ-रोयाँ मुगत था। आज वह अपने मन की महारानी थी। उसकी देह पर किसी का कोई अंकुश नहीं था। सामने सो रहे बनमानुस को उसके पाँवों पर खड़ा करके ऐसा इनसान बनाएगी कि अच्छों-अच्छों को रश्क हो! कोख की सिरजना से भी यह आनन्द हजार गुना बढ़कर है! कुम्भकरण की छमाही नींद से भी इस खुमारी का सौदा नहीं किया जा सकता। न कोई भनक, न कोई आवाज! दसों दिशाओं में मौन छाया था। जैसे चाँद के बहाने कुदरत ने अपने मुँह पर पट्टी बाँध ली हो...!

सहसा किसी पंछी की तेज कुरलाट गूँज उठी, जैसे अँधेरे का कलेजा चीरती

हुई कटार रेंग रही हो! बनजारी के समूचे बदन में सिहरन दौड़ गयी। चौंककर ऊपर देखा। तारे भी उसकी तरह काँप रहे थे। बनमानुस के खर्राटे जारी थे! झुंझलाहट की बजाय उसे हिम्मत बँधी। इसके रहते उसे यमराज से भी डरने की जरूरत नहीं! वह तीखी कुरलाट मिटने पर झींगुरों की झंकार इस तरह झनक उठी मानो चाँद का मन बहलाने की खातिर रैनादे झुनझुना बजा रही हो!

एक-एक तारे को अपनी नजर के अदीठ धागे में पिरोते-पिरोते आखिर रात ढलने लगी! अँधियारा फीका पड़ने लगा! पूरब में उजाले से हरकारे, चिड़ियों की चहचहाट के बहाने जैसे घुँघरू बजा रहे हों। उनके पीछे उजाले की चादर लहराती हुई आगे बढ़ने लगी! देखते-देखते सभी तारे उजाले के सैलाब में डूब गए! लेकिन भोर का तारा अकेला काफी देर तक डटा रहा। आखिर उसके पाँव भी उखड़ गए और उस पर उजाला गालिब हो गया!

खर्राटों का ताँता टूटा। बनमानुस हड़बड़ाकर उठ बैठा। बनजारी की ओर देखकर मुस्कराया। फिर छलाँगें भरता फारिग होने के लिए जंगल में ओझल हो गया। किसी के पैरों की आहट पाकर बनजारी ने पीछे मुड़कर देखा। काँधे पर रचानी लटकाए एक आदमी आता दिखाई दिया। शायद नाई हो। चन्दनियां रंग का साफा। अधेड़। बाँस की नाईं पतला और लम्बा। कमर थोड़ी झुकी हुई। शरीर की तरह दाँत भी पतले और लम्बे। पास आने पर उसने हाथ जोड़कर मुजरा किया।

किसी अजनबी पर नजर पड़ते ही बनमानुस ने जोर से हुंकार की और तेजी से छलाँगें भरता आया। लेकिन बनजारी के मना करते ही उसका सारा गुस्सा हवा हो गया। फिर उसने इशारे-इशारे में बाल कटाने और नहाने की बात समझाई। पहले तो उसने सिर हिलाकर साफ मना कर दिया, परन्तु जब बनजारी ने ज्यादा जोर दिया तो उसे मजबूरन मानना पड़ा।

अपने काम में उस्ताद होने के साथ-साथ नाई चालाक भी कम नहीं था। बिना कहे ही सारी बात समझ गया। बाकी सराजाम के अलावा धोती और गमछा भी वो अपने साथ लाया था। बनमानुस को फौरन पास के एक झरने पर ले गया। बनजारी ऊहापोह में खोयी गुमसुम बैठी रही। कितना वक्त बीता कि नहीं बीता, उसे कोई अहसास नहीं था।

मुस्कराता हुआ नाई धोती पहने बनमानुस की बाँह थामे आता दिखाई पड़ा। एकाएक उसे अपनी आँखों पर विश्वास नहीं हुआ। आधा झुका हुआ, वो एड़ियों के बल बड़ी मुश्किल से एक-एक कदम चल पा रहा था। उसकी सारी रंगत बदल गयी थी। जैसे राख तले दबा अंगारा हवा लगने पर जगमगाने लगता है, उसी तरह उसका ताँबई रंग भी दमक रहा था। बबूल के तने की तरह मजबूत और कसा हुआ बदन। बनजारी पर नजर पड़ते ही उसकी आँखें भर आयीं। वे आँसू उलाहने के थे, या दुःख या प्यार के, न बनमानुस को इसका इल्म था और न बनजारी

को। मुस्कराने की नाकाम चेष्टा में उसकी आँखें भी छलछला आयीं। अनजाने ही उसने अपने मेहँदी रचे हाथों से बनमानुस की बाँहें थाम लीं और उसकी आधी झुकी कमर को पूरा सीधा करने की तदबीर सोचने लगी। वो अदेर उसके दिल की बात समझ गया और एक ही झटके में तनकर सीधा खड़ा हो गया! फकत हाथ-भर ऊँचा होने पर भी बनजारी को ऐसा लगा, जैसे वो आकाश तक ऊपर उठ गया हो...! उन दो तलवों के परस से धरती का सुहाग अमर हो गया! हवा के झोंकों से हिलते दरख्त उसे चँवर डुलाने लगे। सूरज तिरछा होकर उसकी छवि निहारने लगा। तीखी नाक। लम्बी गरदन। बड़ी-बड़ी आँखें। काली-स्याह भौंहें। धवल बत्तीसी। सीने पर बल खाती रोमावली। लम्बे हाथ। शेर की तरह पतली कमर!

बनजारी उसका हाथ पकड़कर आगे बढ़ी तो उसके पाँव बारी-बारी से ऊपर उठते-गिरते उसके पीछे चल पड़े। खुद धरती ऊपर-नीचे होकर उसके साथ-साथ चलने लगी, मानो वह उन पाँवों का परस छोड़ना ही न चाहती हो! उस पवित्र परिक्रमा के गवाह थे—खुद सूरज, धरती और अनगिनत झाड़-झंखाड़।

कुछ देर बाद नाई ने जुहार करके जाने की इजाजत माँगी। उसने खुशी-खुशी अपने सुहाग की निशानी—मोतियों जड़ी रखड़ी उसे इनायत कर दी और उससे रसोई के तमाम सराजाम समेत, धोती-जोड़ा, अँगरखी और साफा लाने को कहा। फिर नाई के इतना सब्र कहाँ! आने-जाने और खरीद-फरोख्त के अलावा कहीं एक पल भी जाया नहीं किया। फकत रेवड़ के पुराने मालिक के पास खुद चलकर चिलम पीने गया। बनमानुस के बारे में इधर-उधर की बातें कीं। पीठ के दर्द से भी ज्यादा कलेजे का दर्द, गड़रिये को साल रहा था! उसकी नींद उड़ गयी थी। मगर अब किया भी क्या जा सकता था। लँगोटिया नाई कोई तिकड़म बिठाए तो शायद कुछ बात बने।

नाई बहुत जल्दी में था। उसे दिलासा देकर गठरी सिर पर रखी और तेज कदमों से जंगल की ओर चल पड़ा। वहाँ पहुँचा तब दोनों रेवड़ चरा रहे थे। नाई से आँखें चार होने पर बनमानुस मन्द-मन्द मुस्कराया। प्यास न होने पर भी दोने में पानी लाया और एक ही साँस में पी गया। नाई उसके भोलेपन और नयी-नयी बातें सीखने की उमंग पर मुस्कराया। कहने लगा, "यह तो कुछ दिनों में हमें भी पीछे छोड़ देगा।"

वह अदेर थुथकी डालते बोली, "तुम्हारे मुँह में घी-शक्कर! इसी आस पर तो मैं जी रही हूँ। भगवान करे वो दिन जल्दी आए।"

जात का नाई और तिस पर चौबीस खेड़ों में बिरादरी का पंच! ठकुरसुहाती करते बोला, "आए क्या, वो दिन तो आ गया! अब तो नजर न लगने का टोना करवाने की फिक्र कीजिए।"

बनजारी के चेहरे पर लालिमा दौड़ गयी! धीमी आवाज में कहने लगी, "यहाँ नजर लगाने वाला है ही कौन! दरख्त और भेड़ों की नजर तो लगने से रही!"

दोनों ने एक साथ बनमानुस की ओर देखा। वो कुछ समझे बिना ही हँसने लगा सो काफी देर तक हँसता रहा। उस निर्मल हँसी से उसकी सुन्दरता और बढ़ गयी।

दिन चुटकियों में लुढ़क रहे थे। जैसी नींद में इनसान का ज्ञान, यादें और होश-हवास सो जाते हैं और जगते ही सारी चेतना लौट आती है, उसी तरह पाँवों पर सीधे खड़े होते ही वो बनमानुस बनजारी के सिखाने से तुरत-फुरत यूँ सीखने लगा, जैसे पूर्व जन्म की भूली बातें याद कर रहा हो! बनजारी को सिखाने में वक्त लगा, परन्तु उसे सीखने में वक्त नहीं लगा। एक दफा बताने पर ही वो सलीके से धोती पहनना, साफा बाँधना, अँगरखी के कस्से बाँधना, खाना-पीना, नहाना वगैरा सीख गया। रेवड़ चराने की कुव्वत तो उसमें ऐसी आयी कि अच्छे-अच्छे गड़रियों को मात करे। उसके सिखाए बिना आप-ही भेड़ों को में-में और ढर्र-ढर्र करना सीख गया और जब-तब जरूरत हो या ना हो, दिन भर में-में और ढर्र-ढर्र करता रहता, सो गुरुआनी के मना करने पर भी बड़ी मुश्किल से चुप होता।

बार-बार रटाने के बावजूद भी चाँद-सूरज के नाम उसके गले नहीं उतरे। हुज्जत करने लगा कि अनन्त उजाला छितराने वाले देव का इतना छोटा नाम! इसका नाम तो बहुत, बहुत बड़ा होना चाहिए और बोलते ही मुँह में आग की लपटें उठनी चाहिए। सूरज को चाँद और चाँद को सूरज या तवा कहने से क्या फर्क पड़ता! कहाँ पहाड़ और कहाँ कंकड़! मगर दोनों के अच्छर बराबर! आग का नाम लेने से अगर जबान न जले तो ये मुए सबद किस काम के...?

वह चुपचाप ये दलीलें सुनती, परन्तु उसे कोई जवाब नहीं सूझता। न तो ऐसे सवाल उसके मन में पैदा हुए और न किसी से सुने।

बनमानुस से चरवाहा बनते ही उसका सारा वजूद बदल गया! एक दिन बनजारी के मुँह से उसका नाम सुना तो मुँह बिगाड़कर बोला, "ऐसा रूखा और बेस्वाद! नहीं-नहीं, तुम्हारा नाम तो चाँदनी से भी बढ़कर होना चाहिए। मुझे ऐसे उलटे-सीधे नाम मत रटाओ।"

लेकिन दूसरे ही पल वो जोर से हँसा। सूरज की ओर इशारा करके कहा, "जब इसका नाम सूरज हो सकता है तो तुम्हारा नाम 'लाखां' ही सही। नाम-धाम में क्या धरा है! फिर भी यह मानना पड़ेगा कि तुम हो लाखों में एक!"

अपनी तारीफ सुन उसे शर्म के साथ-साथ घमण्ड भी हुआ। बात को आगे बढ़ाने की नीयत से कहा, "बोलना तो अभी पूरा आया ही नहीं और बातें बनाना पहले ही सीख गये! तुमने मेरे अलावा किसी औरत का नाम तक नहीं सुना और लाखों की बात करते हो?"

"तुम-सा गुरु मिलने पर जो न सूझे, थोड़ा है?"

"तो यह कसूर भी मेरा है?"

"नहीं तो क्या इन भेड़ों का है. . .?"

दोनों ठहाका मारकर इतने जोर से हँसे कि जंगल का पात-पात मगन हो गया. . .!

उबटन और भेड़ों के दूध की मालिश से उसका बदन चमकने लगा। तलवे और हथेलियाँ बीर-बहूटियों की नाईं मुलायम हो गयीं। बनजारी के हाथ के नए-नए पकवान खाकर उसकी भूख ज्यादा चेतन होने लगी। जंगल का कण-कण बनजारी को खुशी में झूमता नजर आने लगा! उसकी साध इतनी जल्दी और इस तरह फलेगी, उसे ऐसी आस नहीं थी।

एक दिन चरवाहे ने झिझकते हुए पूछा, "फकत तुम सिखाओ वहीं सीखूँ या मैं पूछूँ वह भी बताओगी. . .?"

"जरूर पूछो। मुझे खुशी होगी। मैं खुद यह कहना चाहती थी।"

चरवाहे ने आँखें चुराते पूछा, "चुम्बन या चुम्मा किसे कहते हैं? तुमने अब तक मुझे इसके बारे में क्यों नहीं बताया. . .?"

बनजारी का सारा बदन सनसना उठा। उसे यह नया गुरु कौन मिला. . .? इतना जानने-समझने के बाद यह अकेले उस पर ही मुनहसर क्यों रहेगा? लगा, जैसे बदन का जोड़-जोड़ खुल जाएगा! जी को कड़ा करके बोली, "अभी तो बहुत कुछ जानना है। इतनी जल्दबाजी ठीक नहीं।"

लेकिन वो बेहद बेताब था। एक पल भी न रुककर कहने लगा, "एक बात और पूछनी है। देखो, सच-सच बताना। उभरी हुई अँगिया में यह क्या छुपा रखा है. . .?"

अबूझ चरवाहे के मुँह से यह सवाल सुनकर उसके होश उड़ गये! यह पट्टी किसने पढ़ाई. . .? जवाब के बदले उलटा सवाल पूछा, "तुम्हें ये बातें किसने सिखाईं. . .?"

चरवाहे की जबान अभी तक झूठ बोलने की आदी नहीं हुई थी! उसने पूछते ही नाई का नाम बता दिया।

बनजारी की आँखों के आगे अँधेरा छाने लगा! जो अन्देशा था, वही हुआ! दिन-ब-दिन बढ़ते ज्ञान के धनी इस चरवाहे को अब कैसे बस में रखे? काश! किसी जादू के जोर पर मक्खी बनाकर रख पाती! अगर अभी नहीं रोका तो तीर हाथ से छूट जाएगा! तेज आवाज में बोली, "इस नाई की सोहबत छोड़ दो, वरना बहुत बुरा होगा. . .!"

वो मुस्कराकर कहने लगा, "तुम भी कैसी नादानी की बात कर रही हो! जानवर भी जब अकेला नहीं रह सकता तो भला आदमी कैसे रह सकता है. . .? उसकी सारी करामात सोहबत से है! और बेचारा नाई हमारा क्या बिगाड़ सकता है! जहाँ

तक बन पड़े मेरी सेवा ही करता है। कभी आनाकानी नहीं करता। आजकल बड़े अदब से पेश आता है। और जब मैं तुम्हारे हाथों इस लायक बना हूँ तो नयी-नयी बातें जानने दो! नये-नये स्वाद चखने दो! नयी-नयी जगह घूमने दो. . .!"

बनजारी उसका मुँह ताकती रह गयी! वो तुरन्त उसकी हैरानी का कारण समझ गया। दुगुने उत्साह से आगे कहने लगा, "तुम्हें बताते डर लगता है, किन्तु आजकल मेरा मन बस में नहीं! जी चाहता है कि बवण्डर की तरह सारी दुनिया में घूमूँ!"

उसे अपने दिल की धड़कन रुकती-सी महसूस हुई! अटकते-अटकते पूछा, "अकेले ही. . .?"

"क्यूँ, अकेले क्यूँ? तुम्हें कन्धे पर बिठाकर। अकेला तो अब मरना भी नहीं चाहता! तुम भी क्या सोचोगी कि कोई चेला मिला तो था. . .!"

उसके जी-में जी आया। मुस्कराते बोली, "तुम तो मेरे भी गुरु लगते हो!"

आगे उससे बोला नहीं गया। जैसे जबान तालू से चिपक गई हो। न जबान उसके बस में थी न दिलो-दिमाग! सोचने लगी कि अब और देर करने पर अगर यह हाथ से निकल गया तो वह हाथ मलते रह जाएगी। अब तो रति का आनन्द ही इसे बाँधकर रख सकता है. . .! देर-सवेर यह तो होना ही है, फिर देरी की जोखिम उठाने में क्या सार. . .!

उसके मन की उथल-पुथल चरवाहे से छिपी न रही। नाई के बार-बार उकसाने पर वो पहले ही बड़ी मुश्किल से खुद पर काबू रख पाया था! आज चूक गये तो जाने फिर कब मौका मिले! आँखें चुराता बोला, "अब तक ये बातें तुमने मुझ से छुपाई क्यों. . .?"

वह भला क्या जवाब देती! नजर नीची किये, पैर के अँगूठे से मिट्टी कुरेदते बोली, "हम औरतें बहुत-सी बातें अपनी जबान से नहीं कह सकतीं! काफी आगा-पीछा सोचना पड़ता है. . .!"

वो हद तक पहुँचकर भी उसे हद नहीं समझना चाहता था! झट पूछा, "लेकिन जानती तो हो?"

वह फड़कते होठों से धीमी आवाज में बोली, "हाँ जानती तो हूँ. . .।"

उसके अंग-अंग पर नशा छाने लगा। नाई ने उसे ऐसी ही घुट्टी पिलाई थी! उसके गालों पर हाथ फिराते कहने लगा, "जो बातें कह नहीं सकतीं, उन्हें जानना भी नहीं चाहिए. . .!"

उसके सुन्दर चेहरे पर लाली की दोहरी पर्त छा गयी! होठों-ही-होठों में फुसफुसाई, "ये बातें आप ही आ जाती हैं, किसी से जानने की जरूरत नहीं पड़ती!"

इशारा एकदम स्पष्ट था! उसकी मनचाही हुई। कई दिनों से वो इसी संजोग के इन्तजार में था। आज मौका मिल गया। वक्त पर बोने से ही मोती पैदा होते

हैं! फिर न कोई बात, न कोई चीत! न कोई होश, न कोई हवास! गोया आकाश से गिरे सूरज के दो टुकड़े आपस में गुँथे हों. . .!

दुनिया की सिरजना के बाद, शायद पहली मर्तबा वक्त और हवा को जरा दम लेने का यह मांगलिक अवसर मिला था! दोनों एक-दूसरे के बन्धन में बँधे एक ठौर रूप हो गए थे! आखिर मुक्त होने पर वक्त और हवा को बन्धन की महत्ता का इल्म हुआ! वह आँखें मूँदे हुए बोली, "लगता है, इस बीच कुछ भी अपने ठिकाने पर नहीं रहा! दरख्तों की जड़ें ढीली हो गयी होंगी! शायद सूरज और पहाड़ भी अपनी जगह पर नहीं रहे होंगे! बाहर जाकर कुदरत की खैरियत तो मालूम करो. . .!"

वो अपने ही आनन्द में डूबा था! बनजारी की बात सुनकर भी नहीं सुनी। मीठा उलाहना देते कहने लगा, "तुम भी अच्छी गुरु मिलीं, बेकार बातें तो सारी सिखा दीं और सबसे पहले सिखाने वाली बात का कोई ख़याल ही नहीं किया. . .! फिर भी मैंने गुरु-दक्षिणा चुकाने में कोई खामी तो नहीं रखी. . .?"

जैसे बनजारी की आँखों को वाणी मिल गयी हो! बोली, "बस, इसी से पिण्ड छुड़ाना चाहते हो! अभी तो कई खामियाँ हैं. . .!"

थोड़ी देर बाद जब दोनों झोंपड़ी से बाहर आये तो उन्हें कुदरत की सारी रंगत बदली-बदली नजर आयी! उसके आनन्द की ताल पर समूची वनपाती झूम रही थी! चौतरफा हरियाली और निखर आयी थी! पच्छिम की गोद में सूरज ने दिल खोलकर गुलाल उछाला था! अपने-अपने घोंसलों में लौटते परिन्दों की टिवटिव का मिठास भी आज न्यारा था!

सहसा चरवाहे के कलेजे में हूक-सी उठी। टिच-टिच करते पछतावे के सुर में बोला, "तुम्हारे प्यार में भेड़ों को तो भूल ही गया! वे भी क्या सोचेंगी कि एक की खातिर हजार की जिम्मेदारी में चूक पड़ गयी! अभी आता हूँ!"

जैसे वह पीछे अपने-आप से डरती हो! घबराई आवाज में कहने लगी, "मैं भी साथ चलती हूँ।"

"तुम बेकार क्यों तकलीफ उठाती हो! इतने रेवड़ के लिए तो मैं अकेला ही बहुत हूँ।"

वह उसका पीछा करते कहने लगी, "मैं तो तुम्हारी छाया हूँ! आठों पहर तुम्हारे साथ रहूँगी।"

पिछले कुछ दिनों से एक सवाल चरवाहे के मन में घुमड़ रहा था, मगर पूछने का मौका नहीं मिला। सवाल होठों तक आकर फिर दुबक जाता। अभी बनजारी के ये बोल सुनकर वो सवाल आप ही उछलकर बाहर आ गया। उसकी आँखों में नजर गड़ाकर बोला, "तुम पहले जिसकी छाया थी, उसका साथ कैसे छूटा. . .? मुझे तो फकत उस दिन चोटी पकड़ने की धुँधली-धुँधली याद है. . .!"

उसके दिल पर जैसे शेर ने पंजा मारा हो! पानी की लकीर के उनमान उसके जेहन से सारी यादें मिट गयी थीं, या अनजाने में उसने खुद मिटा दी थीं, लेकिन वास्तव में मिटी कहाँ? मिटने का भरम था, जो चरवाहे के पूछते ही तोप के गोले की मानिन्द उछलकर सामने आ गिरा। और अगले ही पल कुदरत की सारी रंगत बिगड़ गयी! उसे लगा, जैसे पत्ता-पत्ता उसे मुँह चिढ़ा रहा हो! चीखते परिन्दे जैसे उसे दुत्कार रहे हों! कई दफा वह खुद यह बताते-बताते रह गयी थी। मगर अभी पूछने की ऐसी क्या जरूरत आ पड़ी? शब्दों के बदले जैसे मवाद रिस रहा हो, इस तरह बोली, "तुम्हारे मुँह से यह सवाल न सुनती तो अच्छा था! लेकिन अब तो. . .!"

वो बीच में ही हड़बड़ाकर बोला, "तुम्हारी मरजी न हो तो जाने दो। मैंने तो बस यूँ ही पूछ लिया!"

वह एक गहरी आह भरकर बोली, "यूँ ही पूछते तो खुशी-खुशी बताती. . .!"

तुरन्त कोई बात नहीं सूझी तो चरवाहा ढर्र-ढर्र करने के उपरान्त कहने लगा, "तुम इस तरह गुस्सा करोगी तो तुम्हारी कोई बात नहीं सुनूँगा।"

बनजारी का जी ठिकाने आ गया था। बोली, "और कुछ न सुनो तो तुम्हारी मरजी, लेकिन यह बात तो सुननी ही पड़ेगी!"

फिर उसने ब्यौरेवार सारा किस्सा तफसील से सुनाया और ना-ना करते हुए भी चरवाहे ने कान लगाकर सब कुछ सुना।

सचमुच, उसके लिए ही पति-पत्नी में इतनी रार हुई! अगर बनजारा अपनी घरवाली को छोड़कर नहीं जाता तो वही बनमानुस की जिन्दगी! चितारते ही रोम-रोम झनझना उठा! फिर भी संजीदगी से बोला, "यह तो कुबड़े वाली लात काम आयी! बनजारे के गुस्से से मेरी जिन्दगी बदल गयी। उसका यह अहसान सात जनम भी नहीं भुलाया जा सकता. . .?"

उसे यह भी सुनना था! जैसे दिल पर नश्तर लगा हो! बमुश्किल पूछा, "और मैं. . .मेरा किया-धरा तुम्हारी नजर में कुछ भी नहीं. . .?"

वो पछतावे के सुर में कहने लगा, "तुम्हारी तो बात ही अलग है! तुम्हारा अहसान तो शब्दों में दरसाया ही नहीं जा सकता। किन्तु बनजारा गम खा लेता तो मेरा क्या हाल होता? उसका कर्ज न चुकाऊँ तब तक मुझे चैन नहीं मिलेगा! अब तो बस कुछ ही दिनों की बात है! तुम देखती जाओ. . .!"

उसका वहम आखिर सामने आया! भरे गले से कहने लगी, "मुझे अब कुछ नहीं देखना! यह जंगल, ये भेड़ें, ये दरख्त, ये पहाड़ियाँ और ये झरने मेरे लिए स्वर्ग से बढ़कर हैं! मैं सुख के आखिरी सोपान तक पहुँच चुकी हूँ. . .!"

"लेकिन मेरा सुख तो अभी बहुत दूर है! तुम क्या यहीं रोकना चाहती हो? यह नहीं हो सकता! मैं तो सूरज-चाँद पर राज करना चाहता हूँ! यह हवा, यह धूप और ये

चाँदनी रातें मेरी खिदमत में रहेंगी! इस नाई ने ही मुझे सारा भेद बताया। इसको अपना खास दीवान बनाऊँगा! इसकी मेहरबानी से तुम मेरी रानी बनोगी. . .!"

उसकी आँखों के सामने धुन्ध छाने लगी, जैसे उसकी दीठ धीरे-धीरे जवाब दे रही हो! चरवाहे को झँझोड़ते बोली, "नहीं-नहीं, अब हमें कुछ नहीं चाहिए! जंगल के इस सुख के आगे बेचारी सल्तनत की क्या बिसात. . .?"

उसे दिलासा देते चरवाहा कहने लगा, "इसी डर से मैंने तुम्हें यह भेद बताया नहीं! अब मेरा हौसला कोई बन्दिश नहीं मानेगा। फिर रेवड़ के मालिक और उस गड़रिये और तुम में फर्क ही क्या! उसने अपनी गरज के लिए मुझे चौपाया बनाए रखा। इनसानी चाल-चलन को नजदीक ही नहीं फटकने दिया! और अब तुम इतना सिखाने के बाद यहीं बाँधना चाहती हो! ऐसा कभी नहीं होगा। इस जंगल के दायरे में मेरी बुलन्दी कैद नहीं रह सकती! सच, अब यह मेरे बस में नहीं! अब आगे बढ़ने से रोकती हो तो पहले उस गड़रिये की तरह इनसानी रहन-सहन से दूर रखना था. . .!"

उसकी जबान जैसे कट गयी हो. . .! उसने बोलने की भरसक चेष्टा की, मगर कोई बोल नहीं फूटा! चरवाहे के कन्धे पर सिर रखे फकत झार-झार रोती रही. . .!

सहसा भीड़ का शोरगुल, रथों की खड़खड़ाहट और घोड़ों की हिनहिनाहट सुनाई पड़ी। चौंककर इधर-उधर देखा। गाँव के रास्ते पर टिमटिमाती मशालें रफ्ता-रफ्ता आती दिखाई दीं। चरवाहे ने उसके आँसू पोंछते कहा, "पट्ठा नाई लाव-लश्कर के साथ आ गया लगता है! वाकई, है तो जबान का पक्का! तुम्हें मेरी कसम, अब रोकर अपसगुन मत करो! कल ही चाँदनी तेरस की मांगलिक साइत में मेरा राजतिलक होगा!"

खुली आँखों के उस मूर्त सपने के सामने उसका क्या बस चलता! जबरन सब्र किया। देखते-देखते मशालों की चकाचौंध पास आकर ठहर गयी। रथों के रुकते ही कई आदमी नीचे उतरे। रेवड़ का मालिक और नाई दोहरे हो 'खम्माघणी-खम्माघणी' करते आगे बढ़े। हिलते सिर पर बूढ़े राजा का मुकुट भी हिल रहा था! बदहवास-सा होकर उसने चरवाहे को बाँहों में भर लिया! थरथराती आवाज में रुँधे गले से कहने लगा, "मेरे लाड़ले राजकुमार, तेरी तलाश में हमने कितनी बार इस जंगल की खाक छानी! मगर होनी तो अपने वक्त पर ही होती है! आँखें होते हुए भी हम अन्धे बन गये! तुझे बीस-पचीस बार अपनी नजरों से देखकर भी हम वापस चले गये। उस चौपाए बनमानुस के रूप में तुझे कैसे पहचानते? भला हो इस नाई का, जिसने हमें सच्ची बात बताई। मैं सुनते ही समझ गया कि वह बिल्कुल सच है!"

फिर वो रेवड़ के मालिक की ओर मुखातिब हुआ। कहा, "लेकिन तूने हमारे

साथ किस जनम का बदला लिया? बार-बार पूछने पर भी तूने मना करने की गुस्ताखी की. . .!"

वो राजा के पाँव पकड़कर गिड़गिड़ाया, "बहुत बड़ा पाप हुआ, अन्नदाता! इसके लिए मौत की सजा भी कम है!"

किन्तु अगले ही पल राजा का गुस्सा हिरन हो गया। उसे दुलारते कहने लगा, "तू डर मत। अब मेरे हाथों कभी यह अन्याय नहीं होगा! जो भी हो, तूने राजकुमार को जिन्दा तो रखा। वरना आज की रात यह सोने का सूरज कैसे उगता! बेधड़क होकर, जो तेरी इच्छा हो सो माँग। तेरा अहसान अपने सिर नहीं रखना चाहता. . .!"

वो राजा के चरणों में लोटते बोला, "रेवड़ के बिना, मैं जिन्दा भी मरे समान हूँ! गरीबपरवर, मेरा रेवड़ मुझे वापस मिल जाए, बस, मुझे कुछ और नहीं चाहिए. . .!"

राजा मुस्कराकर कहने लगा, "तू भी मूर्खों का सरताज है! रेवड़ तो तेरा ही है। राजकुमार ने जितना चराया, वो ही बहुत है! ले, यह नवलखा हार तुझे इनायत किया. . .!"

बनजारी आक-बाक सारा माजरा देख रही थी। अविश्वास करे भी तो कैसे? और विश्वास करे जैसी उसमें हिम्मत ही कहाँ थी! बैठे-बिठाये यह कैसी आफत आयी. . .!

राजव्यास ने हाथ जोड़कर अरदास की, "अन्नदाता, यहाँ से विदाई का यही सबसे अच्छा मुहूर्त है! एक पल भी देरी होने. . .।"

"देरी किस बात की! ऐसा मुहूर्त कैसे टाला जा सकता है!" राजा ने टोकते हुए कहा।

फिर नाई के कैसी कोताही! तुरत-फुरत छागल का मुँह खोला। राजकुमार और बनजारी के चरण पखारते कहने लगा, "जंगल की रज जंगल में ही रहे तो अच्छा। अब आप रथ में बिराजने की मेहर करें!"

राजकुमार होठों-ही-होठों में बोला, "यूँ लल्लो-चप्पो क्या कर रहा है! दीवान के ओहदे की कुछ तो लाज रख!"

नाईपन की सूझ-बूझ से ही यह ओहदा हाथ लगा, यह मरकर भी भुलाया नहीं जा सकता। सुर में चाशनी घोलते जवाब दिया, "जूतियों को पाँवों में जगह मिल जाये, यही बहुत है!"

बातें करने की फुरसत किसे थी! फौरन रथ वापस मुड़ गये। बनजारी का दुःस्वप्न घोड़ों की टापों के साथ आगे बढ़ने लगा! राम जाने, यह रथ कभी रुकेगा भी कि नहीं. . .?

राजा अपना काँपता हाथ बनजारी के सिर पर फिराते कहने लगा, "बेटी, तेरा अहसान मुँह से दरसाना बेहयाई होगी, फिर भी बिना कहे नहीं रहा जाता!

दुःख फकत इसी बात का है कि आज का यह दिन देखने के लिए रानी जिन्दा नहीं है। मेरी अक्ल पर जाने कैसे पत्थर पड़ गया, जो मैंने ऐसी पतिव्रता रानी पर शक किया! वो दरबारियों की चाल थी और मैं उसमें फँस गया। रानी, राजकुमार को जन्म देते ही फन्दे से झूल गयी। दीवान को सूली चढ़वाकर और उसके पाप को इसी जंगल में सियार की खोह के आगे फिंकवाकर ही मैंने दम लिया! लेकिन सातवें दिन साजिश का पता लगने पर मैं बहुत पछताया, लेकिन फिर क्या होता! राजकुमार की तलाश में जंगल का पत्ता-पत्ता छान मारा, मगर जब तक दिनमान ठीक नहीं थे, कुछ पता नहीं चला। आखिर नाई से सारी बात सुनकर हमारा भटकना बन्द हुआ। राजदाई की बताई जगह पर लहसुन का बड़ा निशान भी मिल गया। अन्धे को भी दिखता है कि राजकुमार की शक्ल मुझसे कितनी मिलती है! तेरे हाथों आखिर राजकुमार का भाग जगा। तू न होती तो रानी के पेट से जन्म लेकर भी यह जंगल में बनमानुस की जिन्दगी बिताता। आज मेरी ख्वाहिश पूरी हुई। कल ही राजतिलक के बाद मैं काशी चला जाऊँगा। जब तक जिन्दा हूँ, भगवान से यही प्रार्थना करूँगा कि दिन दूना, रात चौगुना तुम्हारा राज बढ़े। दूधों नहाओ, पूतों फलो!''

बनजारी ने अपने मन की उथल-पुथल को अपने तईं ही रखा और राजा के चरणों में शीश नवाया। राजा का दिल भर आया। अटकते-अटकते बमुश्किल बोला गया, ''मारने वाले से बचाने वाला बड़ा होता है। फिर तू क्यों शीश नवा रही है! यह काम तो मेरा है!''

और बेहद ताज्जुब कि राजा उसके चरणों में वाकई मुकुट समेत शीश नवाने लगा, मगर बनजारी ने अदेर उसे बाँहों में भर लिया। दोनों की आँखों से हृदय के बोल जर्र-जर्र बहने लगे...!

राजकुमार अपने ही सपनों में डूबा था। दीन-दुनिया से एकदम बेखबर। जमीन और आकाश के बीच न समाये जितनी खुशी उसके दिल में लहरा रही थी। कहाँ बनमानुस, कहाँ चरवाहा और कहाँ देस का मालिक! समूची दुनिया को अगर अपनी सल्तनत में शामिल न किया तो फिर लानत है, ऐसी हुकूमत पर! जब तक हवा, समुन्दर और उजाले तक उसके राज की स्याही न गिरे, तब तक वो चैन से नहीं बैठेगा। सिंहासन और मुकुट का स्वाद चखे बिना ही उसके सपने सूरज और चाँद तक उड़ान भरने लगे!

सारा शहर राजकुँवर की अगवानी में पलक-पाँवड़े बिछाए था। शहर में दाखिल होते ही एक-सौ-एक तोपों की सलामी दी गयी। हाजिर आरतियाँ उतारी गयीं। बधावों ने आकाश सिर पर उठा लिया। अनगिनत पण्डित मांगलिक मुहूर्त निकालने के लिए पंचांगों को फड़फड़ाने लगे।

इत्र-फुलेल ने गुनगुने पानी से नहलाने के बाद दासियों का जत्था राजकुँवर

इर्द-गिर्द मँडरा रहा था। एक से बढ़कर एक सुन्दर दासियाँ! फकत दो आँखों से किस-किसका रूप पीता! उसकी अक्ल और आँखें दोनों चौंधियाँ गयीं! आखिर जोशियों की ताकीद पर कल का चरवाहा जब सिंहासन पर बैठा तो उसे ऐसा लगा जैसे वो जुग-जगान्तर से धरती पर राज करता आ रहा है. . .!

सारे दरबारी, सामन्त, ठाकुर, दासियाँ और नौकर-चाकर खुशी में बौराये से इधर-उधर चक्कर काट रहे थे और उनके देखते-देखते रेवड़ का मालिक समूची सल्तनत का मालिक बन गया और कल की बनजारन उसकी महारानी! नये राजा के फरमान से नाई को खास दीवान का ओहदा मिला। राजकुँवर की जिन्दगी बचाने वाले गड़रिये को सात गाँव की जागीर मिली। हाथी-सिरोपाव का खिताब मिलने की खुशी में लक्खी बनजारे ने एक हजार एक मोहरें राजा-रानी के चरणों में भेंट कीं।

अपने वचन के मुताबिक नये राजा का पिता पाँच पण्डितों के साथ पैदल ही काशी की ओर चल पड़ा। राजसिंहासन का नया राजा और नया दीवान! दोनों के दिल में नयी-नयी तदबीरें कुलबुलाने लगीं! किस कामचोर रियासत पर चढ़ाई करनी और उसे कैसे जीतना? रानी ने एकाध बार हिम्मत करके राजा को समझाने की चेष्टा भी की। कहा कि लालसा का कहीं अन्त नहीं! फिर बेकार सल्तनत की सीमा बढ़ाने में क्या लाभ! बढ़ती अफरातफरी और हाय-हाय के आगे आराम से साँस लेना भी नसीब नहीं होता!

लेकिन राजा के हौसले बुलन्दियों पर थे! वो रानी की बक-बक पर कान ही नहीं देता। अपने नये मद में वो पूरी तरह सराबोर था! रानी अपने पेट की आशा में उलझी थी! दसवें महीने उसकी गोद हरी होगी! दोनों की आँखों में अलग-अलग सपने पल रहे थे! राजा की आँखों में बढ़ती सल्तनत के साथ-साथ नये-नये सुख और नये-नये भोग के सपने और रानी की आँखों में गोद फलने के साथ-साथ नये जीव के सपने। कैसे पाले-पोसेगी? कैसे परवरिश करेगी और उसे क्या सीख देगी? वह रात-दिन इसी पसोपेश में रहती कि उस बनमानुस की जिन्दगी बेहतर थी, कि जंगल के चरवाहे की जिन्दगी बेहतर थी, कि भोग-विलास के सिंहासन पर राजा की यह जिन्दगी बेहतर है. . .?

बेशुमार टहलुए राजा की सेवा में एक टाँग पर खड़े रहते थे! फकत राजा के हुक्म की देर और अनगिनत दासियाँ उसकी खिदमत में हाजिर! चहुँ ओर 'खम्माघणी-खम्माघणी' और जी-हुजूरी की होड़! भेंट और नजराने! पत्थर के बुत का सिर भी फिर जाता, फिर वो हाड़-मांस का जीता-जागता पुतला क्यों किसी के वश में रहता! चढ़ती जवानी, बढ़ता हौसला, सिंहासन का मद और मुकुट का अहंकार! तिस पर दरबारियों का दन्द-फन्द! छल-कपट! गड़रिया ठाकुर, लक्खी बनजारा और नये दीवान जैसे मुसाहिबों की सीख-सलाह! दुबारे के दारू की मनुहार-दर-मनुहार। मन बहलाने के लिए नित नयी अक्षत कुँवारी दासियाँ!

रंगरेलियों का नित नया जायका। कभी कच्ची कली, कभी फटता जोबन! दिन ढलने पर राजा के मद का सूरज उगता और सवेरे डूबता...!

रानी भीतर-ही-भीतर कुढ़ती। भीतर-ही-भीतर सुलगती। पर उसकी पीड़ा समझने वाला समूची रियासत में कोई नहीं था!

एक दिन नशे में चूर राजा को रानी सामने आती दिखी तो वो लड़खड़ाते सुर में बोला, ''इस उभरे पेट पर नजर पड़ते ही मुझे उबकाई आती है, यह जानते हुए भी तूने सामने आने की गुस्ताखी की? तेरी इतनी मजाल...!''

उसने कोई जवाब नहीं दिया। अंगारे उगलना चाहती थी, मगर खून का घूँट पीकर रह गयी। मुड़कर वापस जाने लगी कि डगमगाते राजा ने उसका हाथ पकड़कर कहा, ''एक नाचीज बनजारन का राजा के आगे इतना गुमान...! भुरता न बनवा दूँ तो मेरा नाम नहीं! तू सोचती होगी कि मुझे इस लायक बनाकर तूने मुझ पर भारी अहसान किया है! मैं बनमानुस की जिन्दगी में ज्यादा खुश था। तेरे ही फेर में पड़कर, मैं अभी तक भटक रहा हूँ! राम जाने, इसका कब और कहाँ अन्त होगा! लेकिन तू किस ख़याल में है...! तेरी हेकड़ी मिटाना तो मेरे बाएँ हाथ का खेल है...!''

ऐसी गलीज बात का वह क्या जवाब दे...? झटके से हाथ छुड़ाकर वो चुपचाप वहाँ से चली गयी। और राजा आँय-बाँय बड़बड़ाता रंगमहल में घुस गया। फूलों की सेज पर नयी कली का रूप निरखते ही उसका गुस्सा ठण्डा पड़ गया...!

परन्तु रानी की आँख एक पल के लिए भी नहीं लगी। चुँदरी के एक झपाटे से उसने घी का दीवट गुल कर दिया! जरा-सी कोशिश से वो चौपाया बनमानुस उसके देखते-देखते यहाँ तक पहुँचा, लेकिन अब लाख जतन करके भी इसे लौटाया नहीं जा सकता! क्या समझ का सिरमौर यह इनसान अपने दो पैरों के बल पर हमेशा कुपथ पर ही चलेगा...? अपने हाथों की गयी भूल सपने में भी नहीं सुधारी जा सकती? न इसके प्रायश्चित्त का कोई उपाय है और आखिरी पीढ़ी तक इस भूल के दण्ड से कोई निस्तार...? सूनी आँखों की तरह बनजारन का सिर भी बिल्कुल सूना हो गया। तब से अभी तक वह जच्चारानी उस बन्द रंगमहल में प्रसव-पीड़ा से पल-पल टसक रही है! और तब तक उसकी कोख का सपना बाहर नहीं आएगा, जब तक उसके हृदय में ऐंठती वह दोहरी उलझन नहीं सुलझेगी...!

सितम्बर, 1977

लजवन्ती

किसी एक वक्त की ढलान पर, कुदरत की गोद में एक गाँव बसा हुआ था। गाँव, गाँव के साँचे में ढला हुआ था। वे ही नयी-पुरानी झोंपड़ियाँ। वे ही गोबर से लीपी दीवारें। वे ही उखड़ते पलस्तर। घर-घर वे ही मिट्टी के चूल्हे। वो ही फीरोजी धुआँ। मर्दों के सर पर वे ही बाँके साफे। वो ही तारों से गुँथी लाठियाँ। औरतों के जाति माफिक अलग-अलग लहँगे। वे ही छाती तक घूँघट। वही भेड़ों की में-में और वही खुरों से उड़ती खेह। वही तेरी-मेरी दाँताकसी। वो ही अपने-अपने झमेले। वे ही जंजीरें, वे ही पगहे और वे ही खूँटे। वे ही ठाँव, वो ही घासफूस और वही गोबर। वे ही कुएँ और वो ही पानी। वे ही ठाकुर और वही ठकुरानी।

अपनी मर्यादा लायक वो गाँव एक मगरे पर काफी ऊपर बसा हुआ था। डेढ़ेक कोस दूर पर तालाब था। पानी फकत दीवाली तक ही टिकता था। तालाब के सूखने पर कुएँ चालू हो जाते थे। फिर तो वे ही गड़गिड़ियाँ, वे ही डोलियाँ और वे ही रस्सियाँ। वे ही पनिहारियाँ और वे ही घड़े। रिम-झिम की झंकार से राह कुछ ऊपर उठ जाती थी! गीत गाती उन टोलियों के इर्द-गिर्द हवा तरसती-सी डोलती रहती थी! सूरज की किरनें उनके रूप-जोबन का परस करती थीं! पेड़-पौधे झुक-झुककर मुजरे लेते थे!

बस्ती से बाहर निकलते ही उन पनिहारियों के मानो पंख निकल जाते थे! पंख गले के! पंख हृदय के! लेकिन एक पनिहारिन तो गोया लज्जा की ही पुतली हो। सहेलियों के साथ सुनसान जंगल में भी घूँघट नहीं हटाती थी। न मजाक व चुहलबाजी की कुछ परवाह करती और न ही पलटकर कोई तेज जवाब देती। बीस बार बतलाने पर भी बड़ी मुश्किल से बोलती थी। गुलाबी कलाई और पीली ओढ़नी। गोया इन्द्रधनुष के दो रंगों ने गगन का मुकाम छोड़कर उसकी देह में शरण ली हो! सुरंगी ईढूँनी पर पीतल का चमचमाता घड़ा और दमकता कलश, गोया ठठेरे

को चाँद का टुकड़ा हाथ लग गया हो! सहेलियाँ हर तरह की मजाक कर-कर थक गयीं, पर उसका बेवड़ा छलका हो तो वह छलके। घूँघट के भीतर सिन-फिन मुस्कराती रहती!

एक मर्तबा एक हमउम्र सहेली ने नाक तक आजिज आकर आखिर ताना मारा, "अगर घूँघट ही औरतों के शील की सही कसौटी है तो हम सभी बेहया व छिनाल औरतें हैं।"

ताने की उस मार से भी उसके होठ नहीं खुले। एक बार सहेली की ओर देखकर वापस मुँह मोड़ लिया। तब साथ चल रही दूसरी सहेली ने कहा, "देख, तू घूँघट कभी उघाड़ना ही मत। मनचला सूरज तुझे चूमने के लिए टूटकर नीचे गिर पड़ा तो सारी दुनिया में हमेशा-हमेशा के लिए अँधेरा हो जाएगा. . .!"

एक बोली, "अगर कोई मरद परिन्दा गाल नोच डाले तो!"

दूसरी बोली, "मरदों की बनिस्पत इसे औरतों का डर ज्यादा लगता है। बचपन में जरूर कोई जबरदस्त चोट हुई होगी. . .!"

बाजू में चलती एक सहेली धकियाती हुई कहने लगी, "किसी ने कहा था कि इसके तो जनमते समय भी नाभि तक घूँघट खिंचा हुआ था! सोलह सिंगार किया हुआ था!"

एक प्रौढ़ पनिहारी बोली, "ताने मार-मारकर तुम चाहे जितना थूक उछालो, चिकने घड़े पर बूँद नहीं ठहरती। मैं इसके हाथ पकड़ती हूँ, कोई घूँघट हटाने की हिम्मत करे तो आँखों की प्यास बुझे!"

"अगर आँखें भेंगी हुई तो!"

"अगर चेहरे पर चेचक के दाग हुए तो!"

"अगर होठ रावणखण्डा हुआ तो!"

"अगर दाँत. . .!"

आगे के बोल होठों से बाहर निकलने वाले ही थे कि उसके चेहरे पर नजर पड़ते ही जीभ की नोक दाँतों के बीच थोड़ी कट गयी। ऐसा रूप न सुना न देखा। वाकई यह रूप तो ढका ही ठीक है। एक साथ सभी सहेलियों के चेहरे उतर गए। सूर्योदय के बाद पूनम के चाँद की क्या बिसात! लाख भला हो बेचारी का जो तमाम औरतों की इज्जत रख ली, वरना सात फेरे के शौहर भी मुँह मोड़ लेते। ऐसा रूप तो सात तालों के भीतर ही छुपा रहना चाहिए!

उन बोलों के साथ ही घूँघट उघाड़ने वाली सहेली ने फौरन वापस घूँघट नीचे क्या डाला गोया चाँद के आगे झीनी बदरिया छा गयी हो! एक गहरी आह भरकर बोली, "जब यह चाँद दिन को भी ऐसा चमकता है तो फिर राम जाने रात को कैसा दमकता होगा?"

"राम से ज्यादा तो इसका पति जानता है!"

तमाम सहेलियों के पाँव मानो चिपक गए हों। हाथ पकड़ने वाली प्रौढ़ औरत बमुश्किल अटकते-अटकते बोली, "फकत ऐसा रूप होने पर ही रस के लोभी भँवरे सपने में भी दूसरे फूलों पर नहीं मँडराते।"

एक ने कहा, "इस मरदजात का तो मुझे मरकर भी एतबार नहीं होता। इनको तो मिश्री की बजाय अफीम मीठा लगता है।"

"लगता होगा, पर एक बात तो हमने सोची ही नहीं। अगर तमाम भँवरे दूसरे फूलों से मुँह फेरकर एक फूल पर ही मँडराने लगे तो अपनी कैसी दुर्गति होगी?"

एक सहेली व्यंग से हँसते कहने लगी, "पर साथ ही साथ उस फूल की दुर्गति भी कम नहीं होगी।"

कि सहसा पनिहारियों की नजर सामने से आते एक आदमी पर पड़ी। पर वो तो अपनी धुन में ही मगन था। उसके दोनों हाथों में दो सफेद कबूतर थे, जिनसे बतियाते हुए उसने एक दफा आँख उठाकर देखा तो उसे भी मार्ग पर कुछ औरतें नजर आयीं। गोया पेड़-पोधों के झुण्ड पर नजर पड़ी हो। अनघड़ पत्थरों से अधिक उसने उनकी परवाह नहीं की। राह से जरा हटकर दूर-दूर चलने लगा। सफेद साफा। सफेद अँगरखी और सफेद ही धोती। आबनूसी दाढ़ी। चेहरा तो ठीक से नहीं दिखा, पर फबती निरोगी कद-काठी। हाथों में थामे कबूतरों को देखते वो काफी आगे निकल गया। एक दफा पीछे मुड़कर देखना तो दूर रहा, उसके मन में ऐसी चाह भी शायद नहीं जगी हो।

तमाम सहेलियाँ चुपचाप एक-दूसरे का मुँह जोहने लगीं कि अचानक राह के सन्नाटे को तोड़ती वह हाथ पकड़ने वाली प्रौढ़ औरत उसके घूँघट की ओर देखते बोली, "अगर इस भँवरे को नचा सके तो तेरे रूप को मानूँ।"

घूँघट उघाड़ने वाली सहेली बोली, "यह तो आँखें रहते भी अन्धा है। मन की आँखें भी मुँदी हुई हैं। न जाने यह कैसा मर्द है।"

एक सहेली गर्दन हिलाती कहने लगी, "मुझे तो इसके मर्दपने में ही कमी लगती है।"

साथ वाली सहेली ने शंका की, "पर तुझे इस जाँच का मौका कब मिला?"

मुस्कराहट दबाते बोली, "सपने में।"

इर्द-गिर्द चल रही तीन-चार सहेलियाँ बोलीं, "फिर भी तू नसीब वाली है। तेरा सुहाग बड़ा है।"

इस बार लजवन्ती नार के होठ खुले। कोयल से सवाई मीठी वाणी में कहने लगी, "पतियों की पीठ पीछे भी तुम्हें ऐसी बातें करते शर्म नहीं आती?"

"एक सहेली के मुँह से बरबस जवाब निकला, "तूने शर्म और रूप को एक पल भी छोड़ा हो तो हमारे हिस्से में आए?"

सहेलियों से बहस करने में कोई फायदा नहीं। वैसे भी वह बहुत कम बोलती थी, पर उस दिन के बाद तो एकदम मौन ही साध लिया। सचमुच विवाह की वेदी पर उसे ऐसा ही कुछ लगा था गोया आकाश और जमीन का परस्पर पाणिग्रहण हुआ हो! अग्नि-देवता की ज्वालाओं की वह अटूट साक्षी कैसे बिसराई जा सकती है?

दोनों हाथों में उसी तरह दो सफेद-झक कबूतर लिये उस आदमी से राह में सामना होना और उसका जरा दूर हटकर जाना उसी तरह जारी था। वह लजवन्ती नार झीने घूँघट से उसका सफेद लिबास और सफेद कबूतर निरखती रहती। एक दिन एक सहेली ने कहा, "अगर यह बावला वचन दे तो मैं औरत की योनि छोड़कर कबूतरी बनने को तैयार हूँ। फिर तो पीछा करके अपने हाथों से मुझे पकड़ेगा ही. . .!"

दूसरी सहेली ने तपाक से जवाब दिया, "अगर उसके कानों में यह भनक पड़ गयी तो वो कबूतर पकड़ना ही छोड़ देगा।"

राम जाने क्या सोचकर एक सहेली ने लजवन्ती नार की ओर मुखातिब होकर पूछा, "क्यूँ, तेरा मन कबूतरी बनने को होता है या नहीं?"

तब वह लजवन्ती नार धीमे से बोली, "इनसान की जिन्दगी का ऐसा सुख छोड़कर मैं कबूतरी बनने की कामना क्यूँ करने लगी? इस इलाके में मेरे पति से सुन्दर और समझदार कितने चेहरे हैं?"

वह प्रौढ़ सहेली एक गहरे राज की बात बतलाते कहने लगी, "हाथ लगे सोने की बजाय औरों का जस्ता ज्यादा सुहाना लगता है! मन की इस बान पर कौन अंकुश रख सका है. . .?"

उसके बाद तमाम सहेलियों ने बढ़-चढ़कर यह बात कही कि उस लजवन्ती नार के शरीर में मन या हृदय नाम की कोई चीज है ही नहीं। वह फ़क़त पत्थर की खूबसूरत मूरत की मानिन्द है! फकत हिलने-डुलने, चलने, बोलने व साँस लेने की खासियत है!

फिर तो हर रोज वे ही मजाकें। वही चुहलबाजी। राह चलते समय, पानी खींचते समय। पानी छानते समय। सर पर रखे घड़े खाली हों या भरे। वही गुफ्तगू। गोया दुनिया की दूसरी तमाम बातें चुक गयी हों।

आखिर बेहद आजिज आकर एक दिन उस लजवन्ती नार ने अपने चिपके होठ खोले। बोली, "अब तो तुम्हारे साथ एक पल भी रहने का धर्म नहीं है।"

सहेलियों को यह बात बुरी लगी। कहा, "जैसे तेरा मन माने, अपना अलग धर्म निभा, पर औरत-जात होकर बेजोड़ रूप और यौवन के साथ नितान्त अकेली इस सुनसान जंगल में अपना पानी कैसे रख सकेगी. . .? हम तो इतनी औरतें एक झुण्ड में होते हुए भी भीतर-ही-भीतर डरती हैं।"

तब लजवन्ती नार निस्संकोच बोली, "जिसके मन में चोरी की चाह नहीं,

उसे रोशनी से क्या भय! मेरे मर्द को मुझ पर पूरा भरोसा है। मेरे ससुराल वालों को मुझ पर किसी तरह का वहम नहीं है। फिर कैसा डर? किसका डर? मैंने तो डर का नाम ही आज तुम्हारे मुँह से सुना है!"

उस दिन और उस घड़ी से ही तमाम सहेलियों ने उसे छिटका दिया। तब भी उसके मन में भय नहीं हुआ और न ही किसी के संग-साथ की उसने कोई दूसरी जुगत सोची। सर पर बेवड़ा लिये बेहिचक पानी लेने ठेठ कुइयों तक जाती और भरा बेवड़ा लेकर वापस बेहिचक अकेली आती। सर पर सूरज भगवान की निगहदारी, फिर बेचारे इनसान से क्या भय! कबूतरों वाला आदमी सामने मिलता हो तो मिले, वो तो उल्टा राह छोड़कर काफी दूर से निकल जाता है। कभी आँख उठाकर भी उसकी ओर नहीं देखता। अगर अपने मन में कोई पाप नहीं है तो फिर वो कबूतरों के बदले नंगी तलवार लेकर उसके पास से निकले तो भी उसका क्या बिगाड़ लेगा! पर बस्ती के दूसरे मर्द तो एकदम टुच्चे हैं। शादीशुदा होते हुए भी ऐसे बदनीयत हैं, मानो आज दिन तक किसी औरत-जात की शक्ल देखना तो दूर उसका नाम तक न सुना हो। खूबसूरत औरत का पका हुआ मांस तक खाने के-लिए भी इन लफंगों को मनाही नहीं है!

गाँव के घर-घर में उस खब्ती आदमी की चर्चा वक्त-बेवक्त चलती ही रहती थी। ऐसा पागल व्यक्ति तो बैरन की कोख में भी पैदा न हो। राम जाने अकेले रहने में ही इसे क्या सुख मिलता है! देखते-देखते अपनी सारी बपौती फूँक दी—फकत इन कबूतरों की खातिर! पिछले जन्म में जरूर यह बावला कबूतरों की बिरादरी का सरदार रहा होगा। हजार सफेद कबूतर इकट्ठे करने की सनक पाल रखी है। न आज तक किसी का कहना माना है, न आगे ही मानेगा। कबूतरों के सिवाय उसे दूसरी किसी बात का शौक नहीं। न मवेशियों का, न खेत-खलिहानों का, न जमीन-जायदाद का, न धन-दौलत का और न ही घर-गृहस्थी का। इनसान की योनि में आकर कबूतरों के साथ जिन्दगी काट रहा है!

हर रोज दो नए कबूतर पकड़ने का प्रण पूरा किए बगैर वो मुँह में पानी तक नहीं डालता था। राम जाने किस जंगल के किस कोने से वो सफेद कबूतर पकड़कर लाता था? कबूतर हाथ लगने पर उसे ऐसा लगता गोया चाँद-सूरज उसकी पकड़ में आ गए हों! एक बार बाड़े में पहुँचने के बाद भोले कबूतर उस ठौर को छोड़ना ही नहीं चाहते थे। मानो जन्म देने वाले माँ-बाप के घोंसले में आ गए हों! उससे नजरें चार होते ही कबूतर तो कबूतर, बाज, गिद्ध, कव्वे और साँप तक उस पर एतबार कर लेते थे! पर उसने अपनी प्रीत का प्रसाद कबूतरों के सिवाय किसी को नहीं बाँटा। हाथों से दाना चुगाता। हाथों से पानी पिलाता। एक-एक कबूतर को प्यार से सहलाता।

एक दफा उस लजवन्ती नार को राम जाने कैसा अन्देशा हुआ कि अपनी

छोटी ननद से साथ चलने को कहा। सारी बात ध्यान से सुनकर ननद ने फौरन उसके वहम का निबटारा कर दिया। कहने लगी, "कबूतर वाले इस पागल आदमी से तो जरा भी डरने की जरूरत नहीं है। यह तो सपने में भी किसी को कोई नुकसान नहीं पहुँचाता। निरीह कबूतर तक जब उसका भरोसा कर लेते हैं तो फिर तुम्हें काहे का डर!"

उसके बाद दूसरे-तीसरे दिन बीच राह उस आदमी से सामना हो जाता। झीने घूँघट से उसकी छवि ठीक से नहीं दिखती, तब वह कभी-कभी पीछे मुड़कर, घूँघट हटाकर उसे देखती। पर वो आदमी अपनी धुन के सिवाय किधर भी आड़ा-टेड़ा नहीं झाँकता था। वह मुँह मस्कोरकर, आगे चल पड़ती। होठों-ही-होठों में कुनमुनाती—बावला कहीं का! माँ की कोख ने नाहक नौ महीने बोझ ढोया। पर मर्द जात होकर यह राह से दूर क्यूँ हट जाता है? औरतों का डरना तो वाजिब है, पर इसके मन में ऐसा क्या डर है? बिल्कुल उलटी खोपड़ी का है!

एक दफा पानी भरने के बाद वह रस्सी समेट रही थी कि वो सामने से आता दिखाई दिया। पानी सूखने पर कुएँ से सटकर सीधा रास्ता था। कोई दूसरा आदमी होता तो प्यास के बहाने जरूर पानी पीने आता। पर इसे तो कबूतरों के अलावा कुछ दिखता ही नहीं। कुएँ के करीब से जब वो आगे निकलने लगा तो उसने टिचकारी देकर हाथ से बुलाया। उसने मुँह फिराकर उसकी ओर देखा। तब उसने बेवड़ा उठवाने का इशारा किया, पर वो तो अपनी जगह से हिला ही नहीं। खड़े-खड़े ही अबूझ बच्चे की तरह बोला, "मेरे तो दोनों हाथों में कबूतर हैं! छोड़ूँगा तो उड़ जाएँगे।"

फकत इतनी बात जतलाकर, वो अपनी राह आगे चल दिया। और वह लजवन्ती नार पाषाण-पुतली के उनमान एक ठौर रुप गयी। कुछ देर बाद होश आने पर ऐसा लगा मानो किसी अदीठ आग में उसका रूप-यौवन धू-धू जल रहा हो! इससे तो मौत आ जाए तो बेहतर। बेमन हाथों बेवड़ा क्या उठाया मानो दो अनघड़ पत्थर सर पर रखे हों!

दूसरे दिन राम जाने क्या सोचकर वह घर से बड़ा घड़ा और बड़ा कलश लेकर पानी लेने रवाना हुई। हमेशा से घड़ी-सवा घड़ी पहले।

संयोग की बात कि रस्सी समेटने के बाद उसने इधर-उधर देखा ही था कि वो गाँव से आता दिखाई दिया। कुएँ के दो-एक खेतवा दूर। शायद कबूतरों की खोज में जा रहा है। ज्यों-ज्यों वो नजदीक आने लगा त्यों-त्यों वह दाहिने हाथ से पीठ पीछे का ओढ़ना इस तरह नीचे सरकाने लगी, मानो उसे इस हरकत का कोई ध्यान ही न हो! मानो वो हाथ और वो जिस्म, उसका न होकर किसी और का हो।

करीब आते ही उसे बतलाते कहने लगी, "अब तो तुम्हारे दोनों हाथ खाली हैं। फिर क्या बहाना लेकर मना करोगे. . .?"

उस अमृतवाणी से चौंककर वो लजवन्ती के चेहरे की ओर देखकर होठों-ही-होठों में बड़बड़ाया, “अब तो फकत इक्कीस कबूतरों की कमी है!”

तब वह लजवन्ती नार मुस्कराती-सी बोली, “कम हैं तो पूरे कर लेना, पहले मुझे बेवड़ा तो उठवा दो!”

“कल किसने उठवाया था?”

“कल तुमने मना कर दिया तो गुस्से के जोर से मैंने आप ही उठा लिया!”

“अब वो गुस्सा कहाँ गया?”

“पर आज तो गुस्सा करने पर भी वह बेवड़ा उठने का नहीं है।”

“क्यूँ, आज ऐसी क्या नयी बात हो गयी?”

“दिखता नहीं, यह बेवड़ा उससे कितना बड़ा है. . .?”

“तब यह बड़ा बेवड़ा किसके भरोसे लाई?”

“किसी भले आदमी के भरोसे, जिसके हाथों में अभी कबूतर नहीं हैं!”

तब वो गर्दन लचकाता कहने लगा, “जब तुमने इतना भरोसा किया है तो जरूर पूरा करूँगा।”

और वाकई वो नीमपागल आदमी उसे बेवड़ा उठवाकर झट रवाना हो गया।!न आगे बात बढ़ाई और न एक बार भी पीछे मुड़कर देखा। इसके बनिस्पत घूँघट का भरम बना रहता तो बेहतर था! सृष्टि-रचना से आज तक किसी खूबसूरत औरत के यौवन की इतनी तौहीन नहीं हुई होगी! राह का फासला तय करना मुश्किल हो गया!

दूसरे दिन वह ननद को साथ लेकर कबूतरों के बाड़े में गयी। वह छाती तक घूँघट डाले बाड़े का फलसा उघाड़कर भीतर घुसी। अजीब और अनूठा नजारा था! अनगिनत सफेद कबूतर-ही-कबूतर उसके इर्द-गिर्द दाना चुग रहे थे। गुटरगूँ-गुटरगूँ की अमृतवाणी घोलते, पंख फड़फड़ा रहे थे! बार-बार उमंग से उस आदमी के सर और कन्धे पर चढ़-उतर रहे थे। दोनों बिल्कुल पास चली गयीं, तब भी कबूतरों ने कोई तवज्जो नहीं दी। न डरे और न ही उड़े। उस आदमी की आँखों के सामने फकत कबूतर-ही-कबूतर नाच रहे थे। फिर वो क्यूँ किसी का ध्यान रखे!

ननद जोर से पुकारकर बोली, “मेरी भाभी कबूतरों का मेला निरखने के लिए आयी है।”

तब वो कबूतरों को दाना चुगाते हुए कहने लगा, “पहले ही आना चाहिए था। कबूतरों से बढ़कर इस दुनिया में है ही क्या! मगर घूँघट में यह नजारा ठीक से नजर नहीं आयेगा। इन भोले कबूतरों में कैसी शर्म. . .!”

लेकिन तब भी लजवन्ती नार ने घूँघट नहीं हटाया। ननद बोली, “मेरी भाभी ने तो घूँघट न हटाने की मानो कसम खा रखी हो! मैंने भी अभी तक इसका मुँह नहीं देखा।”

कुछ देर घूँघट के भीतर से ही वो नजारा देखकर वह जैसे आयी थी, वैसे ही वापस चल दी। अपनी धुन में मगन वो कबूतरों को दाना चुगाता रहा।

लजवन्ती नार घर आयी तब भी उसकी आँखों के आगे वो ही नजारा पंख फड़फड़ा रहा था! मीठी गुटरगूँ! वे ही सफेद कबूतर समूची मेड़ी में फड़फड़ाने लगे सो रुके ही नहीं। बेइख्तियार पति के गालों पर हाथ फिराते कहने लगी, "तुम दाढ़ी रखो तो तुम्हें भी खूब फबेगी. . .!"

और उस सुझाव के साथ ही वह आँखें मूँदकर पति के बहाने उस कबूतर वाले आदमी की बाँहों में समा गयी और काली भुजंग दाढ़ी के परस से अपनी सुध-बुध ही भूल गयी! फिर तो कितनी रात और कितना सपना!

दूसरे दिन पनघट की आधी राह तय करने पर उसे सपने वाला आदमी सामने से आता दिखायी दिया। दोनों आमने-सामने राह चल रहे थे। औरत के सर पर खाली बेवड़ा और आदमी के दोनों हाथों में दो कबूतर। पर आज यह आदमी रास्ते से अलग क्यूँ नहीं हटा? लजवन्ती के रोम-रोम में झुरझुरी दौड़ गयी! निगोड़े के मन में खोट दिखती है! यह सुनसान जंगल! कोई आवाज सुनने वाला भी आस-पास नहीं है! अब करे तो क्या करे. . .!

पर उसे कुछ भी करने की जरूरत नहीं पड़ी। बीस कदम दूर से ही वो आँय-आँय बोलते कहने लगा, "फकत दो कबूतर कम हैं। कल मेरा प्रण पूरा होगा। इस खुशी में राह से हटना भूल गया। पर मुझसे डरने की कतई जरूरत नहीं है। इतने बरस कबूतरों की सोहबत यों ही नहीं की. . .!"

मन का खटका मिटते ही वह घूँघट के भीतर से बोली, "कबूतरों की सोहबत से तुम कंकर खाना तो नहीं सीखे!"

वो आदमी कुछ धीमा पड़कर कहने लगा, "उनकी देखा-देखी कंकर खाने की कोशिश तो बहुत की, पर कामयाबी नहीं मिली! पेट फूलकर ढोल हो गया। बड़ी मुश्किल से मरते-मरते बचा।"

अपने ही मन का चोर लुप्त होने पर उस लजवन्ती नार को काफी-कुछ इतमीनान हो गया। घूँघट के भीतर मुस्कराती-सी बोली, "कबूतर तो एक पल की खातिर भी कबूतरी का पीछा नहीं छोड़ते, पर तुमने तो अभी तक ब्याह ही नहीं किया। औरत जात से ही किनारा करते हो!"

काली भुजंग दाढ़ी के भीतर दूधिया हँसी छितराता वो कहने लगा, "कल प्रण पूरा होने पर यह बात सोचूँगा। पर सपने के लायक कबूतरी मिलना वश में थोड़े ही है! सपने की उस कबूतरी की खातिर ही तो यह प्रण पाला है! बाईस बरस पहले मुझे ऐसा ही एक अनहोना सपना आया था। तभी से मैंने उस सपने का पीछा नहीं छोड़ा. . .!"

तब वह अकेली पनिहारी खिल-खिल हँसती बोली, "पागल के सर पर सींग

थोड़े ही होते हैं! उस सपने के भरोसे सारी जिन्दगी गँवा बैठोगे।"

किसी अदीठ खुशी के जोर से वो आदमी उत्साह से कहने लगा, "हजार कबूतरों की आशिष से क्या मुझे एक भी वैसी कबूतरी नहीं मिलेगी. . .?"

उस सवाल का कोई पुख्ता जवाब न देकर, वह आगे रवाना होते हुए बोली, "तुम जानो और तुम्हारा सपना जाने। मुझे तो पानी को देर हो रही है. . .!"

फिर तो उसने पीछे मुड़कर ही नहीं देखा। पर चोटी की सुरंगी लड़ियों में उलझी उस आदमी की निगाहों ने काफी दूर तक उसका पीछा नहीं छोड़ा!

दूसरे दिन फिर उसी जगह सामना हुआ। दोनों हाथों के कबूतरों को लजवन्ती के घूँघट के सामने करते वो बेइन्तहा खुशी से बोला, "आज मेरी प्रतिज्ञा पूरी हुई। भोले कबूतर जरूर मेरे सपने की लाज रखेंगे. . .!"

यह बात कहकर उसने बावले की तरह खाली कलश की ओर ऊपर देखा ही था कि यकायक वह लजवन्ती एक फटकार के साथ घूँघट हटाकर तेज सुर में बोली, "भोले कबूतरों की सोहबत से ही तुमने ये बिल्ली वाले छल-कपट सीखे हैं? तुम्हारी आँखों का मैल मुझे साफ नजर आ रहा है! इस सुनसान जंगल में मेरे साथ जबरदस्ती करना चाहते हो?"

"मगर मेरे दोनों हाथों में तो कबूतर हैं. . .!"

"तो क्या हुआ! कबूतर खाली घड़े में डालकर ऊपर से कलश का ढक्कन नहीं दिया जा सकता. . .?"

लजवन्ती के उन बोलों के साथ वो आदमी खुशी से नाचता बोला, "हू-ब-हू वो ही सपना! मुझे कल की तरह याद है! मेरे सपने की कबूतरी, तूने मुझे बाईस बरसों के बाद दरसन दिये! शायद उसी रात तेरा जन्म हुआ होगा! अब ये कबूतर उड़ते हैं तो उड़ने दो! सारा आकाश सामने पड़ा है. . .!"

तब शर्म से दुहरी हुई लजवन्ती के कानों की मनचाही फुसफुसाहट सुनाई दी, "मेरे सपनों की कबूतरी! अब तो एक पल की जुदाई भी मेरे वश में नहीं है. . .!"

दाढ़ी के वास्तविक परस से उसने होश-हवास बिसराते पूछा, "तब इतने बरस यह जुदाई कैसे बर्दाश्त की. . .?"

"लेकिन मेरा सपना तो आज ही सच हुआ है. . .! फिर जुदाई कैसी!"

हाथों की बन्दिश से छूटते ही दोनों कबूतर सफेद पर फड़फड़ाते उड़े सो उड़ते ही गये! अछोर आसमान जाने और उनके पर जानें. . .!!

7 जनवरी, 1978

रैनादे का रूठना

तमाम दुनिया को आलोकित करने वाला सूर्य रैनादे के रंगमहल में कदम रखते ही धीमा पड़ जाता है। अपने तप-तेज की गुरुता अपनी रानी को क्या दिखाये! और रानी भी रानियों जैसी। लाखों में एक। धरती तक लहराते अनन्त साँवले केश। बाल-बाल में अनगिनत मोती पिरोये हुए। असीम ब्रह्माण्ड में फरफराता सुरमई चीर। शाम को प्रियतम रंगमहल में पधारें तो गुलाल की वर्षा। भोर में रंगमहल से सिधारें तो गुलाल की वर्षा। देर-सबेर सहवास की वेला चाँद का चिराग जलाती! प्रियतम के वियोग में नित रूठने का पूरा आदी। रूठी रानी उसे ज्यादा लुभावनी लगती।

रोज की मानिन्द आज फिर वही दिनचर्या। प्रीत के गुलाल में सना हुलसित सूर्य रंगमहल में आया तो दरवाजा जड़ा हुआ था। चिड़ियों की चहचहाट के बहाने कुण्डी झनझनायी! रूठी रानी ने काफी देर से दरवाजा खोला। चिकने गेसुओं पर हाथ फिराते प्रियतम बोला, "फिर वही बात! बेचारे चिराग का क्या कसूर? उसे तो जलाना था।"

"मुझे कहने की जरूरत नहीं। गरज हो तो खुद जला लो।"

"मैं जलाना नहीं जानता, तभी तुम्हारे इतने निहोरे कर रहा हूँ। चिराग के उजाले में तुम्हारा रिसाया रूप निहारता हूँ तो मेरी सारी जलन मिट जाती है!"

प्रियतम का हाथ झटकते रैनादे बोली, "मैं तुम्हारे सारे लच्छन जानती हूँ। क्या ये ढोंग सीखने के लिए ही सारे दिन डोलते फिरते हो? रात को गरज थी, तब कहा कि अभी चक्कर लगाकर घड़ी-आध घड़ी में वापस आया। अगर वक्त पर ही आना था तो मुझे झूठा दिलासा क्यूँ दिया. . .?"

हँसी के बहाने चमचमाता सूर्य कहने लगा, "मेरी रानी, मुझे सारी दुनिया का खयाल रखना पड़ता है। सारे प्राणियों को मैं भूखा जगाता हूँ, लेकिन भूखा सुलाता नहीं! फकत मेरा ही उन्हें भरोसा है! मैं नियम भंग करता हूँ तो उनका

विश्वास टूटता है। तमाम प्राणियों के लिए दिन और तुम्हारी खातिर सारी रात! फिर भी तू रूठना करती है! हरेक की सार-सँभाल करते-करते मुझे एक पल भी चैन नहीं मिलता।"

रैनादे का रूठना अब थोड़ा निथरने लगा। बोली, "तो क्या तुम खुद सारे उद्यम व प्रपंच करते हो?"

"मेरे अकेले के उद्यम और प्रपंच करने से पार नहीं पड़ता। इस खातिर मैं हर प्राणी को जरूरत मुताबिक हौसला व ताकत सौंपता हूँ...!"

"मुझे तो तुम्हारी सौंपी हुई ताकत में कोई दम नजर नहीं आता। जो हाली-मजूर तुम्हारी धूप तले आठों पहर हड्डी-तोड़ मेहनत करते हैं, पसीना बहाते हैं, उन्हें सूखे-बासी टुकड़े मुश्किल से हाथ लगते हैं! और जो अमीर-उमराव गद्दों पर पसरे पड़े रहते हैं, तुम्हारे तप-तेज के पास भी नहीं फटकते, वे मौज उड़ाते हैं, ऐश करते हैं...!"

सूर्य कुछ धीमा पड़ता हुआ झीने सुर में बोला, "इनसान से तंग आकर मैंने उसकी सार-सँभाल छोड़ दी है! उसकी आकांक्षाएँ बहुत बढ़ गयीं! अपने ज्ञान के अहंकार में डूबा, अब वो मेरे बस में नहीं रहा! जो पंछी-डाँगर फकत मेरे विश्वास पर जीते हैं, मैं उनकी ही आस पूरता हूँ...!"

रैनादे बीच ही में उलाहना देते बोली, "अच्छी आस पूरते हो! जीव, जीव का भक्षण करता है। आज ही मैंने झरोखे से देखा कि एक शेर एक गर्भवती हिरणी को दहाड़ता हुआ डकार गया! बेचारी अपने बच्चों की खातिर खूब रोयी, मिन्नतें कीं, लेकिन हत्यारे शेर के मन में कुछ भी दया नहीं आयी।"

"यह काम कुदरत का है। कुदरत जीवन-मरण में फर्क नहीं मानती। जीना सो मरना, मरना सो जीना। मैं प्राणियों के स्वभाव पालता हूँ, बदलता नहीं!"

"जहाँ वश नहीं चलता, वहाँ यूँ ही बात सँवारकर सन्तोष करना पड़ता है! क्या वाकई कोई नाचीज प्राणी भी तुम्हारी सार-सँभाल से नहीं बचता?"

सूर्य पर हिलाते कहने लगा, "ऊँ हूँ, कोई नहीं बचता...! इन प्राणियों की खातिर ही मैं तुम्हारी जुदाई बरदाश्त करता हूँ...!"

रैनादे शर्त बदती हुई-सी बोली, "और अगर कोई प्राणी तुम्हारी सार-सँभाल से बच गया तो...?"

"तो मैं रनिवास के बाहर मुँह भी नहीं निकालूँगा।"

"इतने फैलो मत! तुम्हारे वादे की औकात मैं जानती हूँ।"

रान को बाँहों में भरते प्रियतम बोला, "तुम नहीं जानोगी तो कौन जानेगा? मेरी दाह-जलन की तुम्हीं एकमात्र छाँव हो!"

मोतियों से जड़ी माँग सँभालते रैनादे बोली, "इस खोखले प्यार के पीछे मेरे अमोलक मोती मत बिखेरो...!"

"मेरी प्रीत के पीछे ही इन मोतियों का मोल है!"

"हाँ, यह बात तो सही है!"

फिर तो मोतियों के बिखरने का हिसाब किसी ने नहीं रखा! तड़के सूर्य ने रंगमहल से बाहर जाने की आतुरता दरसायी तब प्रियतम के गालों पर चुम्बन देती रैनादे बोली, "एक दिन तो मेरे कहने से रुक जाओ। मर गयी तो मन में रह जायेगी. . .।"

सूर्य आलिंगन छुड़ाते कहने लगा, "हम दोनों ही अमर हैं! हमारे मर जाने से तो सारी दुनिया ही मर जायेगी!"

"फकत घड़ी-आध घड़ी तो और ठहर जाते! क्या मेरे प्रेम की इतनी भी मर्यादा नहीं रखोगे?"

"मर्यादा रखता हूँ, तभी तो समय पर जाना जरूरी है! एक क्षण की भी देरी होने से समूची दुनिया में हाय-तोबा मच जायेगी. . .!"

रैनादे को बेमन से गुलाल की वर्षा करनी पड़ी। सूर्य मुस्कराता हुआ बाहर निकला और उसके मुस्कराते ही चारों ओर उजियारा-ही-उजियारा फैल गया!

रूठी रानी ने एक झटके से बचे हुए सारे मोती उतार दिये! अब तो प्रियतम की सही परख करने पर ही उसे चैन मिलेगा। शर्त जीतने के बाद उसे कभी रनिवास के बाहर नहीं जाने देगी। देखूँ तो सबकी सार-सँभाल लेने वाले ऐसे महाबली को!

थोड़ी ही देर में उसने एक बढ़िया तदबीर सोच ली। कुंकुम की डिबिया में एक चींटी डालकर चोली में छिपा ली।

पल-पल के इन्तजार में दिन बेहद लम्बा हो गया! आज वह किसी भी कीमत पर नहीं मानेगी। जानबूझकर इतनी देर की!

रंगमहल की साँकल बजा-बजाकर सूर्य पूरा तंग आ गया! तब कहीं उसने मुश्किल से दरवाजा खोला। आमना-सामना होते ही उलाहना जताते बोली, "आज इतनी देर कैसे हुई. . .?"

"मैं तो वक्त पर ही आया, लेकिन मेरी रूठी रानी को तो देरी महसूस होगी ही!"

रैनादे आवाज कसते बोली, "किसी प्राणी की सार-सँभाल में कसर तो नहीं रही?"

सूर्य गुमान से बोला, "कसर रहने पर मेरे तप-तेज को कौन मानेगा?"

"बहुत देखा तुम्हारा तप-तेज! क्यूँ फ़जूल की हाँक रहे हो!"

फिर पास आकर उसने चोली से सोने की डिबिया निकालकर पूछा, "इस चींटी की सार-सँभाल ले ली. . .?"

सूर्य मुस्कराते बोला, "तुम्हें वहम हो तो डिबिया खोलकर देख लो।"

"अपने हाथ से आधा चावल डाला था। कुतरने के बाद अब भी थोड़ा बचा हुआ है।"

रैनादे को तब भी विश्वास नहीं हुआ। तुरन्त डिबिया खोलकर देखा, सचमुच चींटी के पास चावल का कण पड़ा था!

उसके आश्चर्य और खुशी का पार नहीं रहा। प्रियतम पर गुलाल उछालते बोली, "अब तो मेरे सारे मोती बिखर जायें तब भी परवाह नहीं!"

प्यार-भरी इस वाणी के साथ ही उसने अपने प्रियतम को बाँहों में भर लिया! फिर तो सारी रात मोती-दर-मोती बिखरते ही रहे; बिखरते ही रहे!

अनमोल खजाना

सूअर के पीछे बीस कोस तक घोड़े दौड़ाये, पर वो राजा के हाथ नहीं आना था, सो नहीं आया। राजा को बुरा तो बहुत लगा, लेकिन जानवर राजा की आन-बान क्या जानें! एक जान के लिए कितनों को तकलीफ हुई! हरामी हाथ लग जाए तो जिन्दा भट्ठी में भूने! किन्तु सूअर भला कहीं जिन्दा हाथ लगता है! मक्कार ने राजा को कहाँ-कहाँ भटकाया! मुकुट टेढ़ा हो गया! जरी का सुनहरा लिबास गर्द से अँट गया। चेहरे पर पसीने से मिट्टी की तह जम गयी। होठ पपड़िया गये। प्यास और थकान से उसे चक्कर आने लगा। सूरज सिर के ऊपर आग बरसा रहा था। धरती तो धरती आकाश भी इस आग में झुलस रहा था! उसका बुरा हाल हो गया। अगर राजा पर भी ऐसी आफत आने लगे तो फिर उसमें और परजा में फर्क ही क्या रहा! उसने दिक होकर हथियार डाल दिये तो सब रुक गये। एक सवार हाँफते-हाँफते कहने लगा, "पचासों सूअर मारे, परन्तु ऐसे कमसल से कभी पाला नहीं पड़ा। अब जो सरकार का हुक्म हो। हरामजादा, जाने कहाँ गुम हो गया!"

वो दाँत पीसते बोला, "तुम्हें मुझसे ज्यादा सूअर की फिक्र है! उसे गोली मारो और जल्द-से-जल्द पानी का बन्दोबस्त करो, वरना यह प्यास मेरी जान ले लेगी। वे पानी वाले सवार कहाँ मर गये, कुछ खबर है? प्यास के मारे मुझसे बोला भी नहीं जाता। फौरन पानी न लाये तो तुम सबको जान से हाथ धोना पड़ेगा!"

अपने सिरों पर तलवार नाचती देख सब थर-थर काँपने लगे। एक मुँहलगा ठाकुर साहस जुटाकर बोला, "हमारी जान फिर किस दिन के लिए है! अन्नदाता के हाथों मरने का सौभाग्य किसी-किसी को ही मिलता है! इस बियाबान में पानी की एक बूँद भी कहीं नजर नहीं आयी। हम करें भी तो क्या! ये साले बादल भी पागल हैं। धरती की प्यास बुझाने के लिए वक्त-बेवक्त बरसते हैं, मगर धरती

का स्वामी प्यास से मर रहा है तो दरसन ही नहीं देते। मालिक की इच्छा होते ही इन्हें बरसना चाहिए!"

सहसा उन्हें अलगोजे की मीठी तान सुनाई दी। सामने की घाटी से वह सुरीली आवाज आ रही थी। राजा को जैसे अंगारा छू गया! उसकी प्यास और भड़क उठी। होठों पर जबान फिराते कहा, "मेरी जान पर बनी है और इसे मस्ती सूझ रही है! कौन है यह गुस्ताख? सिर कलम कर दो हरामजादे का!"

उसने फिर सूखे होठों पर जबान फेरी। पर जबान तो खुद सूखी थी। सेनापति ने कहा, "शायद इसके पास पानी हो। यह तो मौके पर खूब काम आया।"

राजा की आवाज जैसे सुलग रही हो! अंगारे बरसाते बोला, "पानी न मिले तो सिर काट लाना।"

सवारों ने अलगोजे की आवाज की दिशा में घोड़े मोड़े ही थे कि उसने कहा, "पानी लाने में ज्यादा वक्त लगेगा। मैं भी साथ चलता हूँ।"

घाटी के उस पार 'खेजड़ी' की छाँव तले एक गड़रिया अलगोजा बजा रहा था। अपने में खोया हुआ! इर्द-गिर्द पाँच-सात भेड़ें चर रही थीं। खेजड़ी की एक डाली से छागल लटक रही थी। एक सवार ने आगे बढ़कर छागल उतारी। वो उसी तरह अलगोजा बजाता रहा, मगर जब उसने पानी पीने के लिए मुकुटधारी आदमी को झुके हुए देखा तो फौरन अलगोजा रखकर उधर लपका। इसकी प्यासी आँखें गोया सारा समुन्दर पी जाएंगी! उसने सवार के हाथ से छागल छीन ली। कहा, "प्यास से मौत आती कि नहीं, लेकिन इस तरह पानी पीया तो हरगिज नहीं बचेंगे!"

राजा को गुस्सा तो बहुत आया, पर चुप लगा गया। गड़रिया उसे बाँह से पकड़कर छाया में ले गया। थोड़ी देर बाद पसीना सूखने पर उसके हाथ-मुँह धुलाये। मुँह पर पानी के छींटे मारे। रुक-रुककर एक-एक घूँट पानी पिलाया और फिर छागल उसके हवाले कर दी। वो एक ही साँस में आधी छागल खाली कर गया। अब कहीं उसके जी-में-जी आया। मौत से ज्यादा बुरा और कुछ नहीं होता और न ही जान बचने से बड़ी कोई खुशी! राजा की आँखों में जिन्दगी का समुन्दर लहराने लगा!

सात-आठ घुड़सवारों को देखा तो एक गड़रिया पहाड़ी से भागा-भागा आया और लाठी पर ठुड्डी टिकाकर चुपचाप खड़ा हो गया।

राजा ने अपनी जान बचाने वाले को देखा—भरपूर लम्बा। हट्टा-कट्टा। सारा शरीर ठौर-ठौर से जला हुआ। जले चेहरे पर उभरी लकीरें। शक्ल ऐसी वीभत्स कि देखे न बने! जैसे किसी भैंसे ने इनसान का रूप धर लिया हो! पर आज जान तो इसी के हाथों बची है! अच्छे या बुरे चेहरे-मोहरे से उसे क्या! कहा, "आज तूने मेरी जान बचाई है। मैं बहुत खुश हूँ। बोल, क्या माँगता है?"

वो भूत-सा आदमी कुछ समझा नहीं। किसी प्यासे को पानी पिलाया, इसमें माँगने की क्या तुक है! लेकिन कुछ-न-कुछ जवाब तो देना ही था। अबूझ बच्चे

की तरह बोला, "मुझे कोई कमी नहीं, फिर आप से क्या माँगू! और न माँगी हुई चीज मैं कम ही लेता हूँ।"

यह कहकर वो आप ही हँसने लगा। तब पहाड़ी से आये गड़रिये ने कहा, "अन्नदाता, यह तो निरा बुद्धू है। इस खेजड़ी से कुछ अक्ल की आस की जा सकती है, पर इससे नहीं। पाँच भेड़ों के पीछे सारे दिन भटकता रहता है। यह बेचारा हुजूर से क्या माँगेगा! जो सरकार की इच्छा हो, बगसीस कर दें।"

बुद्धू ने फौरन जवाब दिया, "जब मैं कुछ लेना ही नहीं चाहता तो आपकी बगसीस मेरे किस काम की! मैंने बाप से भी हिस्सा नहीं लिया, फिर दूसरे के सामने क्यों हाथ फैलाऊँ! वैसे, मुझे किसी चीज की जरूरत भी नहीं!"

दूसरा गड़रिया उसकी खिल्ली उड़ाते कहने लगा, "अन्नदाता, यह एकदम काठ का उल्लू है। सारे न्यात-बिरादरी वाले समझा-बुझाकर थक गये, पर इसने बाप की जायदाद से कौड़ी भी नहीं ली। कहता है, मुफ्त का माल उसे हजम नहीं होता! मेरे ऐसा चौमू भाई होता तो मजा आ जाता। प्यासा मर जायेगा, पर किसी के यहाँ पानी तक नहीं पीयेगा। कई ढोर, आदमी की शक्ल में जन्म लेते हैं! यह रात-दिन अपने ही दन्द-फन्द में उलझा रहता है। न ऊधो का लेना, न माधो का देना! इन पाँच भेड़ों को लिये डोलता है, अलगोजा बजाता है और मस्त रहता है! न किसी का डर और न किसी से प्रीत। अगर यह पोंगा न होता तो आज हुजूर की मेहरबानी से निहाल हो जाता!"

राजा के अचरज की सीमा न रही! क्या इस दुनिया में ऐसा भी कोई हो सकता है, जिसे कोई कमी न हो? कोई राजा भी यह दावा नहीं कर सकता! लोग तो माँगने के लिए मौके तलाशते हैं और एक यह मूर्ख, जो राजा की बख्शीश को ठुकराता है। ऐसा तो कभी सुनने में नहीं आया।

एक सवार उसे समझाते हुए बोला, "अबे घनचक्कर, देस के मालिक ने खुद तुझे माँगने को कहा और तू हुजूर के मुँह पर ही इनकार करने की गुस्ताखी कर रहा है! तेरी शामत तो नहीं आयी?"

"इसमें शामत कैसी? पानी पिलाने से ही अगर बगसीस मिलने लगी, गरीब तो प्यास से मर जायेगा! उसके पास देने को कुछ नहीं तो क्या कोई उसे पानी पिलायेगा? आप इतना कहते हैं तो मैं भी किसी दिन राजा के घर आकर पानी पी जाऊँगा! अब तो खुश...?"

राज-दरबार की तो रंगत ही न्यारी। राजा ऐसी बातों का आदी नहीं था। लोगों की जबान पर ऐसे शब्द हैं, उसने स्वप्न में भी नहीं सोचा था! औरों को उसकी बातें बुरी लगीं, मगर उसे ये बोल शहद से मीठे लगे, गोया उसने पहली मर्तबा किसी इनसान को बोलते सुना हो! इतने बरस खुशामद, छल-कपट, याचना, झूठ, निन्दा और चुगलियाँ सुन-सुनकर उसके कानों की तासीर ही बदल गयी!

दरबार में इनसानों के बहाने सियार, कुत्ते, कव्वे बोलते हैं! इनसान की वाणी आज पहली मर्तबा उसके कानों में पड़ी! धमकाने वाले को डाँटते कहा, "क्यों बेचारे को बेकार डरा रहे हो! कुछ न लेना चाहे तो इसकी मरजी! दुनिया में सब तुम्हारी तरह भिखारी नहीं बसते!"

फिर उसके जले हुए चेहरे की आड़ी-टेढ़ी लकीरों पर नजर गड़ाकर पूछा, "यह तेरी अच्छी-भली शक्ल को क्या हुआ? दिल खोलकर बता। डर मत। सच, तेरी बातें सुनकर मेरा दिल बाग-बाग हो गया!"

उसने हँसकर जवाब दिया, "डर काहे का! आदमी-आदमी से क्यों डरे भला! मुझे तो बहुत खुशी हुई आप से मिलकर! आपने मुझसे इतनी बातें तो कीं। और सब तो मेरी खिल्ली उड़ाते हैं!"

दूसरा गड़रिया ठुड्डी से लाठी हटाकर बोला, "तेरे कारनामे ही ऐसे हैं। तूने कभी कोई ढंग का काम किया है?"

फिर वो राजा की ओर मुखातिब हुआ, "अब अन्नदाता से क्या अरज करूँ! दो बरस पहले गाँव में आग लगी। फकत दो बछड़ों को बचाने के लिए यह अन्धा होकर धू-धू करती आग में घुस गया। बँधे हुए बछड़ों को बारी-बारी से बाहर निकाला। खुद बड़ी मुश्किल से मरते-मरते बचा। फिर कहता है कि मुझमें अकल है! किसी और के बछड़ों की खातिर अपनी जान गँवा बैठता! यह जला हुआ चेहरा उसी नासमझी की निशानी है, अन्नदाता! अब हुजूर से क्या अरज करूँ, जलने से इसकी सूरत बिगड़ गयी, वरना हमारी पूरी जात में इसके जोड़ का कोई दूसरा नहीं था। अच्छे-खासे रूप का सत्यानाश कर डाला! और ये लकीरें एक चीते से भिड़ने की यादगार है! अन्नदाता, इसकी अकल की बानगी तो देखिए, इन पाँच भेड़ों को बचाने के लिए यह चीते से भिड़ गया। पट्ठे ने चीते को ठिकाने तो लगा दिया, लेकिन वो मरते-मरते भी इसके शरीर पर इसकी बेवकूफी के आखर लिख गया!"

ये बातें सुनते समय वो मुँह लटकाये मन्द-मन्द मुस्कराता रहा। सुनकर राजा के अचरज का ओर-छोर न रहा। हैरानी से पूछा, "क्या ये दोनों बातें सही हैं. . .?"

एक भोली शर्म उसके चहरे पर दौड़ गयी! धीरे से बोला, "हाँ।"

दूसरे गड़रिये ने हँसकर कहा, अन्नदाता, अब क्या-क्या अरज करूँ! हुजूर, देस के मालिक हैं, इसलिए ज्यादा बकवास करना ठीक नहीं, वरना इस घोंचू की रामायण सुनें तो सुनते ही रह जायें। इसकी बेवकूफियों का कोई अन्त थोड़े ही है!"

राजा ने कहा, "अब इसकी बेवकूफियाँ किसी और के द्वारा सुनने से नहीं चलेगा। मैं खुद देखना चाहता हूँ।"

दूसरा गड़रिया ही-ही हँसा। बोला, "एक तो अन्नदाता ने अपनी आँखों से देख ली। हुजूर ने बगसीस का आदेश दिया और यह भोंदू रू-ब-रू मना कर बैठा!"

राजा ने सवारों को हुक्म दिया, "कुछ रुककर यहाँ से चलेंगे। तब तक इस खेजड़ी की छाया में आराम कर लें। इस मूर्ख की बातें मुझे अच्छी लगीं। इसके मुँह से कुछ और सुनना चाहता हूँ।"

घोड़ों को चरने के लिए छोड़कर सभी खेजड़ी-तले आ बैठे। राजा उस लम्बे-चौड़े गड़रिये की ओर देखते हुए बोला, "बछड़े और चीते वाला वाकया मैं तुझसे सुनना चाहता हूँ। अच्छी तरह खुलकर बता। मैं जानना चाहता हूँ कि तूने क्या सोचकर ये उलटे काम किये. . .?"

वो गावदी बोला, "भेड़ों को पानी पिलाने का समय हो गया। पहले इन्हें पानी पिला लाऊँ। लौटकर कुछ देर अलगोजा बजाऊँगा। आपके आने से खलल पड़ गया!"

किसी के कहने-सुनने की बाट जोहे बिना वो भेड़ों को लेकर चल पड़ा। दूसरा गड़रिया ही-ही करके जोर से हँसा। हँसते-हँसते बोला, "हुजूर इसकी करतूतें देख-देखकर थक जायेंगे, मगर उनका अन्त नहीं आयेगा! देस के मालिक को छोड़ नाकुछ भेड़ों को पानी पिलाने चल दिया! एक बार जो जँच गयी, वह जँच गयी! फिर यह भगवान की भी नहीं सुनता। गुस्सा तो ऐसा आता है कि मार-मारकर हड्डी-पसली एक कर दूँ, मगर साले में साँड़ जैसी ताकत है! लेकिन एक बात तो उसकी पीठ-पीछे भी माननी पड़ेगी कि वो सताता कभी किसी को नहीं। कभी किसी की नजर में नहीं चुभा। किसी से नरम-गरम नहीं बोला। कभी बच्चे पर भी हाथ नहीं उठाया। बाँगड़ूपन से हमेशा खुद ही नुकसान उठाता है, दूसरे का कुछ नहीं बिगाड़ता। एकदम कूड़मगज है! अब तो घरवालों ने भी अलग कर दिया। माई के लाल ने खेती-बाड़ी, घर-बार, ढोर-डंगर किसी में भी हिस्सा नहीं लिया! लोगों ने समझाया तो कहने लगा, "औरों की कमाई की आस क्यों करूँ? बाप की जायदाद भी मेरे लिए माटी बराबर है।" और घरवाले भी अलग न करते तो क्या करते! कुछ हिल्ला तो यह करता था नहीं। खेतों की रखवाली के लिए कहते तो बड़ी मुश्किल से जाता। कहता, "फिर ये बेचारे पंछी-जानवर कहाँ जायेंगे! मुझ से नहीं होती ऐसी रखवाली।" एक दफा पकी हुई बाजरी के खेत में बावरी चोरी के लिए घुसे तो जानते हैं क्या हुआ? गधे ने खुद सिट्टे तुड़वाये और गठरियाँ बँधवा दीं। बाप को पता चला तो बहुत नाराज हुआ। बहुत सख्त-सुस्त कहा। उसी दिन इसे अलग कर दिया। फिर भी हजरत की अलमस्ती में कोई फरक नहीं पड़ा! इन भेड़ों को चराता है और मौज से अलगोजा बजाता है। मिला तो खा लिया, न तो न सही। घरवालों को भी रोटी के लिए नहीं कहता। वे कहते हैं तो भी खाता नहीं। बिल्कुल उल्टी खोपड़ी का है। भेड़ों को पानी बाद में ही पिला लेता तो कौन-सी कयामत आ जाती! मर तो नहीं जातीं! और मर भी जातीं तो क्या! आपके दरसन बड़े भाग से होते हैं! परन्तु इस पत्थर को कौन समझाए! अब भी

देखिए, कछुए की तरह कैसे धीरे-धीरे आ रहा है! चिरमिखी कहीं का! अन्नदाता का पधारना क्या बार-बार होता है!"

राजा अपने ही ख़यालों में खोया था! उसकी आधी-दूधी बातें सुनी और आधी-दूधी सुनी ही नहीं। उसके पास आने पर वो दूसरा गड़रिया आगे बोला, "अब तेरे अलगोजे को आग लगा! पहले, अन्नदाता जो पूछें, उसका जवाब दे।"

राजा उसे टोकते हुए बोला, "नहीं-नहीं। तू बीच में गड़बड़ मत कर। जो इसकी मरजी हो, करने दे। राजा के दर्शन फिर हो सकते हैं, किन्तु ऐसी बातें सुनने का मौका बार-बार नहीं मिलता. . .!"

वो अलगोजे की मीठी तान में डूबा, गोया समाधि लगायी हो! चरती भेड़ों ने मुँह उठाकर उस मिठास की ओर देखा। वह सुरीली तान सुनने के लिए हवा भी रुक गयी! सूरज को भी थमना पड़ा! पंछी उड़ना भूलकर खेजड़ी पर आ बैठे! घोड़े काठ की नाईं खड़े रहे! राजा एक नयी ही दुनिया में पहुँच गया! यह संगीत है कि जादू! अलगोजा रुकने पर फिर हलचल हुई। राजा को पहली दफा यह अहसास हुआ कि कोई ऐसी शै भी है, जिसके आगे राजमद कुछ भी नहीं!

दूसरे गड़रिये ने लम्बी साँस छोड़ी। बोला, "यह अलगोजे का गुण भी इसमें खूब है! कब सीखा, किसने सिखाया, यह कोई नहीं जानता। पूछें तो उलटा सवाल करता है कि झरनों को बहना किसने सिखाया? हवा को चलना किसने सिखाया? कोयल को गाना किसने सिखाया? अन्नदाता, इसके पागलपन के आगे भला कोई क्या करे!"

राजा की उस वक्त यह हालत थी कि अगर समूची रियासत के बदले भी उसे वो पागलपन मिल जाता तो वो खुशी-खुशी यह सौदा कर लेता! साथ-ही-साथ राजा को यह अहसास हुआ कि वो वो किसी से छोटा है! वो तो समझता था कि राजा होने से बड़ी बात और क्या हो सकती है! भगवान के सिवा वो किसी से छोटा हो सकता है, यह उसने सपने में भी नहीं सोचा था! दरबार के छल-फरेब, पाखण्ड में यह जानने का अवसर ही कहाँ था. . .!

एक सवार ने आगाह किया, "अन्नदाता, आज तो इस कमसल सूअर ने जाने कब का बदला लिया! काफी दिन ढल गया। अब चलना चाहिए।"

अन्नदाता ने अपनी मरजी दरसायी, "तुम लोगों को जल्दी हो तो जाओ। मैं आज की रात यहीं रहूँगा!"

"भला जूते पाँवों को छोड़कर कहाँ जायेंगे अन्नदाता! परन्तु रानी साहिबा को खबर देने किसी को जाना पड़ेगा, वरना कल हमारे लिए मौत की खबर तैयार है!"

अलगोजे को चमड़े के खोल में खोंसते वो बोला, "फिर आप काहे के राजा हैं? एक रात भी बिना इत्तला किये आप बाहर नहीं रह सकते! मैं एक नाकुछ गडरिया हूँ, पर हूँ अपनी मरजी का मालिक! जहाँ मन किया, सो लिया। घर गया तो गया, न गया तो कोई बात नहीं! समूची कुदरत ही मेरा घर है! फिर एक दरबे

में सिर क्यों घुसाऊँ? ये झरने, ये दरख्त, ये पहाड़ियाँ, यह हवा, यह आकाश, यह सूरज और ये पंछी मुझे पग-पग पर न्योतते हैं! ठौर-ठौर ठहरने की मनुहार करते हैं, फिर एक खोह में जिन्दगी क्यों बिताऊँ!"

राजा के मुकुट और सिंहासन की सारी शेखी झड़ गयी! उसे सिर में भँवर घूमता-सा लगा! दूसरे गड़रिये ने सोचा, यह ढोर आज सारी बिरादरी को ले डूबेगा। इसे डाँटूँ तो हुजूर नाराज होंगे और इशारे में यह जाहिल कुछ समझेगा नहीं। यहाँ न आता तो ठीक था। वो उसके करीब जाकर धीमे-से बोला, "गधा कहीं का! कबसे बक-बक किये जा रहा है! जरा तो शऊर रख। क्या बड़े आदमियों से इस तरह बात की जाती है?"

किन्तु वो पूरा गधा निकला। उसके भेजे में कुछ नहीं घुसा। उसकी नसीहत पर जोर से हँसा, जैसे अंगारे पर से राख हटी हो! बोला, "आदमी का छोटा-बड़ा क्या! अपनी-अपनी ठौर पर सब बड़े हैं! तुम समझते हो फल-फूल जड़ से बड़े होते हैं? बिना जड़ के फल-फूल कहाँ! छोटे-बड़े से बात करने के लिए क्या जबान अलग-अलग होती है। मैं तो वही बात करूँगा, जो मैं जानता हूँ। अपनी-अपनी समझ! एक की समझ से सबका काम नहीं चलता।"

उसने सोचा, "अब इससे सिर लगाने में अपने सिर की खैर नहीं। अन्नदाता राम जाने क्यों उलटे उसी पर बिगड़ते हैं। कहीं ऐसा न हो गेहूँ के बदले घुन पिस जाये! वो अपनी भेड़ों को सँभालने के बहाने वहाँ से खिसक गया।

आखिर राजा ने बात शुरू की। कहा, "आज की रात हम तुम्हारे मेहमान हैं। पलकों पर बैठाये तो तेरी मरजी, मान-न-मान मैं तेरा मेहमान समझे तो तेरी मरजी। जो तू खिलाएगा, वो ही खाएँगे। हमारी खातिरदारी की चिन्ता मत करना।"

वो खुशी से छलकते हुए बोला, "मेह और मेहमान बड़े भाग से आते हैं! मुझे खुशी क्यों न होगी! आपकी खातिरदारी के लिए मुझे चिन्ता की जरूरत! कुदरत में खुराक बहुत है और झरनों में ठण्डा पानी। सोने को धरती और ओढ़ने को आकाश! और क्या चाहिए! मेरे भाग कि जिन्दगी में पहली दफा मेरे मेहमान आये!"

फिर वो फल और कन्दमूल तोड़ लाया। बड़े उत्साह से भातड़ा खोलकर ज्वार का आटा निकाला। रोटियाँ बनायीं। प्याज और मिरचों के साथ पत्तों पर परोसगारी की। छागल में झरने का ठण्डा पानी। सूरज डूबने से पहले-पहले सबको ब्यालू करा दिया।

भेड़ों को पानी पिलाकर बाड़े में डाल दिया। फिर खुद ब्यालू करने बैठा। एक बड़ा-सा कौर तोड़कर कहने लगा, "आज सात-आठ दिन बाद रोटी खा रहा हूँ। रोटी खाने की इच्छा ही नहीं होती।"

कुछ देर डूबते सूरज को एकटक देखता रहा। बोला, "यह पट्ठा सूरज उगे तभी लाल और डूबे तभी लाल आँखें खुली रखे तो आदमी कुदरत से बहुत कुछ सीख सकता है! कुदरत की पोथी में सारा ज्ञान भरा पड़ा है! बाँचने वाले का अन्त

आ सकता है, मगर इस ज्ञान का नहीं। आज आपके सामने मैंने पहली दफा मन खोलकर बात की है! वरना सभी मुझे पागल समझते हैं। न उनकी बातें मेरे पल्ले पड़ती हैं, न मेरी उनके। मैंने तो एकदम चुप्पी ही साध ली!"

झुटपुटा होते-होते सभी चौड़े ताल में आकर बैठ गये। राजा के याद दिलाने पर उसने आग में फँसे बछड़ों और चीते से भिड़ने की बात शुरू की। कहने लगा, "पिछले साल की बात है कि पारसाल की या तापारसाल की, ठीक से याद नहीं। इतना जरूर याद है कि गाँव में जबरदस्त आग लगी थी, घर-बार, बाड़े, पचावे, ढूँगरियाँ सभी धू-धू जलने लगे। सबने बुझाने की बहुत कोशिश की, पर बेकार। आग लगने के साथ ही वह हवा चली कि कुछ न पूछें! जलते पचावों की लपटें पहाड़-सी दिखने लगीं। लोगों के दिलों में भी आग कम नहीं थी! यही आग काबू में हो तो नेमत है और काबू से बाहर होने पर परलय! कि एकाएक उस अफरा-तफरी के बीच मुझे बछड़ों का डेंडाड़ना सुनाई दिया। वो परतख मौत का अरड़ाना था! फिर मुझे कुछ नहीं सूझा। अन्धा होकर आग में घुस गया। जाकर देखता हूँ, दो छोटे-छोटे बछड़े खूँटे से बँधे हैं! झटके से रस्सियाँ तोड़ीं, पर वे आग के डर से एक कदम भी आगे नहीं रख पा रहे थे। अदेर एक को काँधों पर उठाकर बाहर लाया। दूसरे के लिए मुड़ा ही था कि घरवाले सामने आ गये। कुछ कहने-सुनने का वक्त ही कहाँ था! उन्हें धकेलकर फिर घुस गया। दूसरे बछड़े को लेकर बाहर ही आया था कि किसी कटरे का अरड़ाना कानों में पड़ा। मैं उलटे पैरों बवण्डर की तरह फिर लपटों में घुस गया! सच कहूँ, मैंने सोच-समझकर कुछ भी नहीं किया! सोचने की हालत थी ही नहीं! सिर एकदम सूना हो गया था। फकत शरीर काम कर रहा था। अरड़ाना सुनते ही मैं उस ओर दौड़ पड़ता। सोचने की फुरसत ही कहाँ थी! वैसे साँड़-सी शक्ति है, लेकिन तीसरी दफा बाहर निकलते ही चक्कर खाकर गिर पड़ा। कुछ होश न रहा। घरवाले बताते हैं कि दूसरे दिन होश आया। आँखें भी ठीक से नहीं खुल रही थीं। माँ पास बैठी रो रही थी।

"मैं जानता था कि जली चमड़ी पर बकरे के खून में बाँटी हुई बुई मिलाकर लेप करते हैं। होश में आने पर इस इलाज के ख़याल से ही मैं सिहर उठा! माँ से साफ कह दिया कि मेरे लिए बकरे को मारा तो हरगिज जिन्दा नहीं रहूँगा। वह मेरी आदत जानती थी। सबको मना कर दिया। चूने का पानी लगाने से कई दिनों बाद चलने-फिरने लायक हुआ। माँ ने पूछा, "बेटे यह क्या पागलपन किया? किसके बछड़े, किसकी पाड़ी! तू क्यों आग में कूद पड़ा?" उस हालत में भी मुझे हँसी आ गयी। बोला, "माँ दूसरे चाहे जो कहें, पर तेरे मुँह से यह शोभा नहीं देता! वो अरड़ाना सुनकर इस जाँच-पड़ताल का वक्त ही कहाँ था कि वे किसके हैं, किसके नहीं! मैं बहरा होता, तब भी वह आवाज सीधे दिल में उतर जाती! बछड़ों को खूँटे से बाँध, हम उनकी माँओं का दूध निकालते हैं! दही, छाछ, मक्खन खाते हैं। कैसे उन्हें अपने

सामने आग में जलने दें! ऐसा जीकर करना ही क्या है!" आप ही फरमाएँ, क्या मैं गलत कह रहा हूँ? जो आदमी एक दफा भी गायों का इमरत-सा दूध, दही, मक्खन, घी का स्वाद चख ले, वो उनके बच्चों का अरड़ाना सुनकर कैसे रुक सकता है? मैंने क्या उलटा काम किया! छोटे-बड़े सबने मेरी लानत-मलामत की!

"कुछ दिनों बाद लानत-मलामत का एक ऐसा ही मौका और आ गया। एक शाम भेड़ें चरा रहा था कि मेरे भाग से चीता आ गया। मैं उस वक्त अलगोजे में खोया था! कानों में भेड़ों का मिमियाना सुनाई दिया। वह मिमियाना बिल्कुल अलग था। मैं कमान से छूटे तीर की रफ्तार से भागा। तराई की ओर से एक चीता छलाँगें भरता आ रहा था। उसे मारने की कतई इच्छा नहीं थी। मैं तो फकत भेड़ों को बचाने उसके सामने जा खड़ा हुआ! आपको अचम्भा होगा कि रेबारियों के यहाँ जन्म लेकर भी मैंने कभी लाठी को हाथ नहीं लगाया! किसी जानवर को पत्थर नहीं मारा। बेचारे जानवर क्या लाठी-पत्थर चलाते हैं? मैंने आव देखा न ताव, सीधे चीते से जा भिड़ा! पट्ठा काफी ताकतवर था! गुत्थम-गुत्था होती रही। मेरा कोई दाँव न चला। उसके पंजों से सारा शरीर लहूलुहान हो गया। पर मैंने हार नहीं मानी। संजोग से उसका गला मेरी पकड़ में आ गया। फिर उसके पंजे ढीले पड़ गये। जबान और पुतलियाँ बाहर आ गयीं! थोड़ी ही देर में वो ठण्डा हो गया! रखवाली का जिम्मा लेकर भी रखवाली न करूँ तो लानत है!" भेड़ें भी क्या सोचतीं, किस कायर और निरबल के पल्ले पड़ीं!

"शाम को घर पहुँचा तो फिर वही चक-चक। जने-जने ने मुझे बुरा-भला कहा। मैं समझ नहीं पाता, लोग-बाग न सोचने वाली बातों पर क्यों इतना सिर खपाते हैं! या तो वे पागल हैं या मैं! पर सब पागल कैसे हो सकते हैं! शायद मैं ही गलत होऊँ! अपनी मूढ़ता पर काबू नहीं रख सकता! इसीलिए ज्यादा मिलता-जुलता नहीं। सब मुझ पर चिढ़ते हैं। मखौल उड़ाते हैं। फिर साथ बैठने से क्या फायदा! कुदरत के बीच अकेले रहना मुझे ज्यादा अच्छा लगता है! भीड़ में इन तारों का आनन्द लिया जा सकता है, भला?"

"आप विश्वास नहीं करेंगे, मैं एक-एक तारे को पहचानता हूँ! एक-एक वनपाखी को जानता हूँ! माटी के कण-कण की मुझे जानकारी है! पंछियों की बोलियों का ज्ञान है! जानवरों के स्वभाव की परख है। चाँदनी और अँधेरे का रेशा-रेशा पहचानता हूँ! बादल-बिजली, हवा-पानी की कोई हरकत मुझसे छुपी नहीं! जो कुदरत को पहचानता है, वो ही उसका आनन्द उठा सकता है! इसके सिवा आदमी को और क्या चाहिए! मुझसे सुखी और धनवन्ती इस दुनिया में विरले ही होंगे! फिर भी घरवाले कहते हैं, मैं यूँ ही जिन्दगी गँवा रहा हूँ! कुछ काम-धाम नहीं करता! तंग आकर मैंने कहीं आना-जाना ही छोड़ दिया। किसी से कोई वास्ता न रखा। एक अरसे के बाद आज आप से इतनी बक-बक की है!"

राजा ने कहा, "और मैंने आज जाना कि जिन्दगी क्या है और जिसे मैं जिन्दगी समझता था, वो फकत मरीचिका है, और कुछ नहीं! मेरी आँखों का जाला आज ही कटा!"

गड़रिया फिर खुद में डूब गया। और बोला, "अब आप सोयें। मैं तारों से बातें करूँगा!" और बिना जवाब का इन्तजार किये वो कुछ दूर हटकर लेट गया।

राजा के दिल में अजीब-सी उथल-पुथल मची थी। दरबार के संस्कार भस्म तो हो गये, मगर नया विश्वास मुट्ठी में नहीं आया! न हुकूमत का मोह छोड़े बनता है, न गड़रिये की बातें सुनकर पहले की तरह हुकूमत करने को जी करता है! इस जैसा दीवान मिल जाये तो राजा होना सार्थक हो! लेकिन यह मानेगा थोड़े ही। जिसे लालच, डर छू न गया हो, उसके आगे, साम, दाम, दण्ड, भेद सब बेकाम हैं! मौत से ज्यादा डर क्या होगा1 पर इस से तो खुद मौत डरती है! क्या तरकीब करूँ! माया और सत्ता के मद को तब मानूँ, जब वो इस पर कुछ असर करे! दिवालिए को माया का नशा हो भी कैसे! जैसे-तैसे दरबार में चला चले, बस. . .! यों जुगत भिड़ाते-भिड़ाते उसकी आँख लग गयी।

रात के आखिरी पहर में उसकी नींद उचट गयी। नजर आप ही ऊपर उठी—झिलमिल-झिलमिल चमकते तारे! बेइन्तहा तारों की मानिन्द उसके आनन्द की भी कोई इन्तहा न रही। उसने पहली दफा यह नजारा देखा था! दो घड़ी दिन चढ़ने से पहले कभी उठता भी तो न था। देर से सोना और देर से उठना, यही ढर्रा था! नशे में धुत्त रानियों, दासियों या किसी मनपसन्द कमसिन लड़की से रंगरेली के बाद ढलती रात में सोना! उठते समय सूरज की तेज रोशनी बुरी लगती! आज अँधियारे में दमकते इन मोतियों को देखकर जीना सफल हो गया! उसे लगा, इतने बरस यों ही गँवा दिये! उठकर चहलकदमी करने लगा। गड़रिया कहीं नजर नहीं आया। उस बेजुबाँ सुख और आनन्द की रौ में वो अकेले ही पहाड़ी की ओर चल पड़ा। क्या हवा इतनी सुहानी होती है? रोम-रोम खुशी से विभोर हो गया! अँधियारे के इस अगाढ़ और बेजोड़ रूप से वो आज तक महरूम था! एक-एक कदम पहाड़ी पर चढ़ते उसे ऐसा लगा, जैसे जिन्दगी की सच्ची ऊँचाई पर चढ़ रहा हो। सहसा बहते झरने का कल-कल नाद सुनाई पड़ा। कानों को जैसे नजर मिल गयी! लगा, जैसे पहाड़ी का कण-कण मीठी तान में बीन बजा रहा हो! झरने के पास बैठकर काफी देर तक उस कुदरती संगीत में डूबा रहा! फिर सुनते-सुनते कदम आप ही चढ़ाई पर बढ़ चले। ठेठ टेकरी तक। गड़रिया पहले से ही वहाँ बैठा था। सच, यह राजाओं का राजा है, जो ऐसे आनन्द को भोग रहा है. . .!

वो चुपचाप खड़ा हो गया। पूरब की ओर हल्का-हल्का उजाला फैलने लगा था। अँधेरे-उजाले का यह मिलाप कितना मोहक है! कुदरत का सारा रूप जैसे वहाँ सिमट आया हो!

उसकी आबाज सुनकर गड़रिये का ध्यान टूटा—“इस एक ही सुबह से मेरा जीना सार्थक हो गया, फिर तू रोज के इस आनन्द को किस खजाने में रखता है. . .?”

“हजार बरस तक लगातार देखूँ तब भी इससे मेरा मन नहीं भरेगा। कभी आप पहाड़ी पर बरसात में भीगे हैं. . .?”

राजा ने भिखारी की तरह जवाब दिया, “मैंने तो बरसात देखी ही नहीं। जाने कैसी होती होगी! उस वक्त में रंगमहल मैं होता हूँ। और रात को तो मुझे कुछ होश ही नहीं रहता!”

वो कुछ नहीं बोला। बस, पूरब की ओर ताकता रहा। उसने भी उसके रंग में भंग डालना ठीक नहीं समझा। धीरे-धीरे घटते अँधेरे और उगते सूरज को देखते ही बनता है! सूरज यों उगता है! चमकता गोला धरती की कोख से निकला और चहुँओर उजाला-ही-उजाला हो गया. . .!

इस उजाले को शीश नवाकर गड़रिये ने नीचे उतरने का इरादा किया ही था कि उसने कहा, “तुझसे एक खास बात करनी है!”

“बात तो चलते-चलते भी हो सकती है। भेड़ों को चराने का वक्त हो गया।”

“समझ में नहीं आता, तुझे कैसे समझाऊँ? बता, आग में जलते उन बछड़ों की तरह मैं चीत्कार करूँ तो मुझे बचाएगा कि नहीं? अपनी भेड़ों को तो तूने चीते से बचा लिया, मौका आने पर मुझे बचाएगा कि नहीं?”

“पहले क्या कहूँ! यह तो मौका आने पर ही पता चलेगा! ऐसे में मुझे कुछ सोचना नहीं पड़ता!”

“तुझ पर हुकूमत का जोर नहीं जताता। माने तो हाथ जोड़कर अरज है, वरना तेरी मरजी। सच, मुझ पर आग में फँसे उन बछड़ों से भी ज्यादा मुसीबत आयी है। तुझे अपना दीवान बनाना चाहता हूँ. . .!”

वो उसका मतलब नहीं समझा। बोला, “इस राज को छोड़कर मुझे इन्द्र का राज भी नहीं चाहिए। जीते-जी की तो दूर, मैं मरकर भी यह ठौर नहीं छोड़ना चाहता।”

“मुझे बचाने के लिए तुझे चलना ही होगा। तुझसे मिलने से पहले मैं अपने राजमद में मगन था। कोई फिक्र नहीं थी, लेकिन तुझसे मिलकर मैं एकदम कंगाल-सा हो गया। अब तेरी समझ से सचमुच राज करना चाहता हूँ। अगर तूने ज्यादा जिद की तो मैं आत्मघात कर लूँगा।”

वो असमंजस में पड़ गया। राजा नीचे आने तक तरह-तरह की मिसालें देकर उसे समझाता रहा, पर उसकी समझ में कुछ नहीं आया। आखिर राजा ने कहा, “बछड़ों को बचाने तो तू फौरन आग में घुस गया और मेरे लिए इतना क्या सोच रहा है! कहे तो मैं भी अरड़ाऊँ, भेड़ों की तरह मिमियाऊँ!”

वो बेबस हो गया। उसे 'हाँ' करनी ही पड़ी। राजा ने वचन दिया कि वो कभी उसके काम में दखल नहीं देगा। वो खुदमुख्तार होगा। उसे अपनी मरजी मुताबिक कुछ भी करने की पूरी आजादी होगी।

गड़रिये ने साफ-साफ कहा, "एक बरस से ज्यादा मैं किसी भी सूरत में नहीं रुकूँगा और अगर आपने कभी टोका या मेरा कहा टाला तो मैं उसी पल वापस आ जाऊँगा!"

घरवालों को भेड़ों की हिदायत देकर जब वो राजा के साथ जाने लगा तो सारा गाँव बहुत खुश हुआ, मगर उसके आँसू थे कि थमते ही न थे। सब उसके पागलपन पर खूब हँसे।

उसी दिन से राजा ने राजपाट का सारा काम गड़रिये पर छोड़ दिया! खुद फकत कहने-भर को राजा रहा और एकदम सादा जीवन बिताने लगा। गड़रिये को बेमन से राजा का काम सँभालना पड़ा। राजा यही चाहता था। वो उस पर राजमद और माया को परखना चाहता था। देखें, इस पर क्या असर होता है? मुकुट और सिंहासन तक उसके हवाले कर दिये। रानियों, राजकुमार और दरबारियों ने बेहद कोशिश की कि राजा मान जाये, लेकिन वो टस-से-मस नहीं हुआ। गड़रिये को तो वचन मुताबिक मानना ही था। राजा ने गुप्त खजाने की चाबियाँ तक उसके हवाले कर दीं, जिसका आज तक सिवा राजा के किसी को पता नहीं था।

गड़रिये के राज में चहुँओर सुख-शान्ति थी। रैयत में चैन की बंसी बजने लगी! ऐसी खुशहाली उसे कब नसीब हुई थी! न चोरी-चकारी का डर, न लूट-खसोट की चिन्ता। न्याय की गंगा बहने लगी! अब राजघराने के लोग, दरबारी, सामन्त, ठाकुर, कारिन्दे वगैरा कोई भी जोर-जबरदस्ती नहीं कर सकता था। कहीं जुल्म और बेइन्साफी न हो, यह देखने के लिए वो खुद रात को भेस बदलकर घूमता। खामियाँ दूर करने की चेष्टा करता। घर-घर उसके न्याय की चरचा होने लगी। रफ्ता-रफ्ता लोग राजा को भूलने लगे। हुकूमत से जुड़े लोग अन्दर-ही-अन्दर गड़रिये से जलने लगे। राजा के डर से कोई मुँह नहीं खोलता था, लेकिन सभी के नाकों में दम आ गया! न रिश्वत, न लूट-खसोट, न बगसीस, न इनाम-इकरार, न नजराने, न चुगली-चकारी, न बेगार, न कर-जगात की बेजा मार और न धौंस-घुड़की। खरी मेहनत-मजूरी और खरा मेहनताना! हरामखोरों की नींद हराम हो गयी! नामुराद गड़रिये को कहाँ से काटें और कहाँ से चीरें! गावदी ने सारी उम्र भेड़ें चरायीं, राज-काज में क्या समझे! राजा के आगे बस नहीं चलता। मजबूरन गम खानी पड़ती है। नहीं तो. . .!

एक-से-एक खूबसूरत दासियों को सिखा-पढ़ाकर भेजा, लेकिन वो बिल्कुल अन्धा निकला! उसे इस से कोई फरक नहीं पड़ता कि सामने पत्थर है या फटता जोबन! बहुत ध्यान रखा, मगर कोई नुक्स नजर नहीं आया। मन मारकर रह जाने के सिवा कोई चारा नहीं था।

जब सारा खजाना खाली हो गया तो लोगों ने कान भरे, "अन्नदाता, यों लुटाने से तो धरती की धूल भी नहीं बचती। फिर खजाने की क्या बिसात!"

राजा ने जवाब दिया, "रैयत का पैसा रैयत के काम आ रहा है, इससे बेहतर उसका इस्तेमाल और क्या होगा!"

नायब दीवान ने कहा, "किन्तु अन्नदाता ने तो गुप्त खजाना भी सौंप दिया। कुछ दिनों में वे उसे भी ठिकाने लगा देंगे! राम जाने, वे इतने पैसों का क्या करते हैं?"

इसके बावजूद राजा ने कोई तवज्जो नहीं दी। पर नायब दीवान ने गड़रिये का पीछा नहीं छोड़ा! वो जानता था कि पेट सभी के पोले होते हैं। हजरत बहुत काइया हैं, पर कभी तो पकड़ में आयेगा। टोह लगाते-लगाते आखिर सबकी मनचाही हुई। अब मालूम हुआ कि आखिर इतना पैसा जाता कहाँ है! एक अँधेरी कोठरी में रोजाना घण्टों बन्द रहता है। बाहर निकलते ही बड़ा ताला लगा देता है। उसकी चाबी रात-दिन कमर में बाँधे रखता है। किसी पर विश्वास नहीं करता। गुप्त खजाने में पीछे एक कौड़ी भी नहीं छोड़ेगा! बदमाश, कोठरी के पास किसी चिड़िया को भी फटकने नहीं देता। यह सुराग तो खूब मिला! अब बचकर कहाँ जायेगा! भीतर देखने की क्या जरूरत! अगर मन में पाप न हो तो इतना दुराव क्यों! अबूझ बच्चा भी समझ सकता है कि भीतर चोरी का माल भरा है!

और उधर राजा भी मन-ही-मन उससे कुढ़ने लगा। ग्यारह महीने होने को आये मगर इस पर कोई असर ही नहीं! न रूप-जवानी के फेर में आया, न माया के फन्दे में फँसा, न सोने की चकाचौंध से अन्धा हुआ और न राजमद ही इसके सिर चढ़कर बोला! कोई ऐशोआराम नहीं, जो इसे मुहैया न किया हो, लेकिन यह ठूँठ-का-ठूँठ ही रहा। चिकने घड़े पर बूँद ठहरे तो इस पर कंचन, रूप और सत्ता का असर हो। राजा को खुशी के साथ जलन भी हुई। उसे सोलह आना विश्वास था कि सत्ता और माया की सवारी मिलते ही इसके पंख निकल आयेंगे! इनका नशा इस पर जरूर चढ़ेगा। लेकिन उसका सारा विश्वास चूर-चूर हो गया! इसके अघोरी मन को न रूप-जवानी मोह सकी, न माया और न सत्ता। अगर ये खूबियाँ उसमें होतीं तो उसका नाम अमर हो जाता। उसकी रैयत उसे भूलकर गड़रिये के नाम की माला जपने लगी थी। पहले वाला दीवान और मन्त्री तो ध्यान रखते-रखते गोल-माल कर जाते थे, पर यह तो मौका देने पर भी ऐसा सोचता तक नहीं। इसमें थोड़ा-सा भी ऐब नजर आ जाता तो उसे खुशी होती!

राजा अक्सर ऐसे ही ख़यालों में खोया रहता था। एक दिन नायब दीवान ने हाथ जोड़कर अरज की, "अन्नदाता, विश्वास करें तो एक बात कहूँ! कोई आदमजाद माया से अछूता रहे, यह हो नहीं सकता! हजरत की सारी कलई खुल गयी। बहुत ऐंठता था। मैंने तो हुजूर के डर से इतने दिन जिक्र नहीं किया, वरना कभी की पोल खुल जाती! अन्नदाता, माया की मार से कोई बच सकता है भला. . .!"

उसे यह सुनकर खुशी हुई, मगर उसने जाहिर नहीं होने दी। पूछा, "बात क्या है?"

उसने सारी बात खुलासा की। फिर बोला, "अन्नदाता, रत्ती-भर भी वहम न रखें। गुप्त खजाने का सारा माल इस कोठरी में न मिले तो सिर कलम करा लूँ! हुजूर जानते हैं, मैं बेसिर-पैर की बात कभी नहीं करता! ऐसा काँइया और पाखण्डी सारी दुनिया में ढूँढ़े न मिलेगा। पिछले जन्म में बगुलों का बाप था!"

राजा को पूरा एतबार हो गया। हिदायत दी, बहुत होशियारी से काम करना है। अगर पाँचवें कान में भनक भी पड़ गयी तो वो पूरा खजाना वापस ठिकाने पहुँचा देगा। जब भण्डा फूट ही गया तो लिहाज कैसा? उसकी हवेली के चौतरफा सख्त पहरा लगा दो। मैं खुद तलाशी लूँगा। तुम फौरन मेरे नाम से सौ सिपाही इकट्ठे करो। मेरी अँगूठी लेते जाओ, वरना कोई आदेश मानेगा नहीं।"

बात-ही-बात में सौ नामी सिपाही सज-धजकर तैयार हो गये। गड़रिये की हवेली के चौतरफा घेरा पड़ गया! राजा सातेक मन्त्रियों के साथ अचानक मुआयने के लिए जा धमका। गड़रिया सिर पर मुकुट पहने कोठरी से निकल ही रहा था कि राजा पर उसकी नजर पड़ी। उसने हड़बड़ाहट में ताला लगाया और सीधे राजा की ओर बढ़ा।

एक मन्त्री फुसफुसाया, "अन्नदाता, बहुत सही वक्त पर आये हैं! चोर का दिल जागता है! भीतर पानी न मरता तो इस तरह घबराता क्यों?"

गड़रिये ने पास आकर राजा से पूछा, "आज इधर रास्ता कैसे भूल गये?"

"जब तुम रास्ता भूल गये तो मेरा रास्ता भूलना क्या गजब हो गया!"

सीधा आदमी ताने की टेढ़ी बात क्या समझे! चुपचाप खड़ा रहा। तब राजा को कहना पड़ा, "इसमें तुम्हारा कसूर नहीं। यह माया है ही ऐसी! मेरा ख़याल था कि माया का जादू तुम पर नहीं चल सकेगा! यह मेरी भूल थी। मैंने आँखें मूँदकर तुम्हारा भरोसा किया, जिसका तुमने यह बदला चुकाया! आज तक जिस गुप्त खजाने को कोई देख तक नहीं सका, वो मैंने तुम्हारे हवाले कर दिया। इसलिए नहीं कि उसे तुम अपने घर ले जाओ!"

उस पर जैसे गीज गिरी! कहा, "करना तो दूर, ऐसा सुनने से ही पाप लगता है! वैसे ही राजकाज से मेरा मन भर गया। अच्छा ही हुआ जो आपने मुझ पर शुबहा किया! अब मैं एक पल भी यहाँ नहीं रुकूँगा!"

राजा को उसकी बेईमानी में कोई शक नहीं रहा। आँखें तरेरकर बोला, "सारा खजाना हड़पकर भी मन नहीं भरेगा तो कब भरेगा! अब तुम क्यों रुकोगे? थोड़े ही वक्त में काफी होशियार हो गये?"

उसका मन उसी तरह निर्मल था। कहने लगा, "यह खजाना मेरे पास क्या आज का है! जब से होश सँभाला है, न कभी खत्म हुआ और न होगा!"

"अब मैं तुम्हारी बातों में नहीं आऊँगा! हवेली की तलाशी ली जायेगी। भागने की कोशिश की तो जान से हाथ धो बैठोगे! चारों ओर सख्त पहरा है!"

"उस दिन आपकी बात नहीं मानता तो आज यह पहरे की नौबत क्यों आती!"

"तुम्हारा मन बस में नहीं रहा, यह कसूर भी मेरा है! पहरा इतना बुरा लगता है तो मन पर काबू रखना था!"

बेकार जिरह से क्या फायदा! तलाशी लेना चाहें तो ले लें। उसकी बला से! उसके मन में तो चोर था नहीं, बेधड़क सारी हवेली दिखला दी, सिवा उस कोठरी के। सारी चीज-बस्त राजा के अपने हाथों से दी हुई थीं। उनकी तलाशी में क्या तुक! ऐसा कुछ न मिला, जो राजा ने खुद न सौंपा हो।

नायब दीवान राजा के कान में फुसफुसाया, "चाण्डाल, कोठरी की ओर मुँह ही नहीं करता! अन्नदाता का हुक्म हो तो कोठरी की तलाशी के लिए कहूँ।"

राजा की इजाजत पाकर वो गड़रिये की ओर मुखातिब हुआ, "क्यों दीवानजी, इस हवेली में ऐसी कोई जगह तो नहीं, जिसकी तलाशी बाकी हो?"

"आपसे क्या छुपा है! आप तो काफी अरसे से यहाँ रह रहे हैं।"

"तभी तो पूछ रहा हूँ!" फिर कोठरी की ओर इशारा करते बोला,"यह कोठरी शायद हवेली से अलग होगी?"

सुनते ही चेहरे का रंग उड़ गया! डरते-डरते धीमे-से बोला, "इसकी तलाशी न लें तो अच्छा है! तलाशी लायक इसमें कुछ भी नहीं है!"

फिर राजा की ओर देखते कहने लगा, "उस दिन आपने मुझे हाथ जोड़े, आज मैं हाथ जोड़ता हूँ, इसकी तलाशी न लें। इसमें आपके काम का कुछ नहीं। उसकी कीमत फकत मेरे लिए है! मैं आपके कहने से कुदरत का राज छोड़कर इस दलदल में आ फँसा! आपके कहने से मैंने यह कैद कबूल की! भगवान ने मेरी सुन ली। मैं इसी पल यहाँ से चला जाऊँगा, मगर यह कोठरी किसी को नहीं दिखाना चाहता! क्या आप मेरी इतनी-सी बात भी नहीं रखेंगे. . .?"

"तुम्हारी बात रखने के दिन लद गये! शराफत से दरवाजा खोल दो, वरना ताला तुड़वाना पड़ेगा!"

"इसकी नौबत नहीं आयेगी। मैं खुद खोल देता हूँ।" फिर कमर से चाबी खोलते बोला, "अब भी कहता हूँ कि जिद न करें, वरना सारी उम्र पछताना पड़ेगा!"

नायब दीवान बोला, "क्या पता किसे पछताना पड़ेगा! तुम्हारा कोई बहाना अब नहीं चलेगा! खामखाह अन्नदाता का वक्त जाया मत करो।"

उसने काँपते हाथों से दरवाजा खोला। सब लपककर भीतर गये। रोशनी करके कोना-कोना छान मारा, पर वहाँ कुछ न मिला। एक कोने में आटे का भातड़ा, खोली में रखा अलगोजा, रस्सी बुनने का ढेरा, पुराने-फटे जूते, फटा साफा, फटा गमछा वगैरा रखे थे।

गड़रिये ने कहा, "इसी अनमोल खजाने के बल पर मैंने राज की माया और सिंहासन को तिनके के बराबर समझा! मगर आप लोगों की नजर में इसकी कोई कीमत नहीं, इसलिए मैं दिखाने से झिझक रहा था। मैं रोजाना दो घड़ी अपने इस खजाने को सँभालता था कि कहीं माया-जाल में फँसकर अपने सच्चे सुख को न भूल जाऊँ! आदमी धोखा खा सकता है, इसलिए मैंने यह बन्दोबस्त किया! जो इस अनमोल खजाने का मालिक हो, उसके लिए आपकी माया और सिंहासन भला क्या चीज! आपने मुझे डिगाने की काफी कोशिश की, पर मैं बचा रहा! मैं जिस सुख के सोपान पर पहुँचा हूँ, वहाँ आपका सुख मेरे लिए फकत दुःख है! मैं खुद इस बन्दिश से छूटने को कसामसा रहा था। आपने शुबहा करके मेरा भला ही किया! कैद से जल्द ही पिण्ड छूट गया! वह खेजड़ी, वे झरने, वो उगता सूरज, वे तारे, और वह टेकरी मुझे कब से बुला रहे हैं! इतने दिन सुना-अनसुना करके मैं आपके कहे यह नरक भुगतता रहा. . .!"

राजा की जैसे जान ही निकल गयी! काठ बना, चुपचाप खड़ा रहा! किस पर गुस्सा करे! गड़रिये ने कोठरी खोलकर उसे दिवालिया कर दिया! न कोठरी का खजाना अंगेजने की उसमें शक्ति है, न तख्तोताज के कूड़े को छोड़ने की हिम्मत! अब वो करे तो क्या करे. . .?

जुलाई, 1965

झूठी आस

जमीन और आकाश के दरमियान किसी पहाड़ी पर एक ठाकुर का गढ़ था। बाँसों ऊँचा, कँगूरेदार। चौड़ा परकोटा। चारों कोनों पर बड़ी-बड़ी बुर्जें। बीचोबीच तिमंजिला गढ़। कदम-कदम पर कारिन्दे। मुसाहिबों की इफरात। रूप का रसिया मनमौजी ठाकुर। चढ़ती जवानी। चौगुना नशा।

आलापचारी और 'सुभराज' करने के लिए ढोलियों की बारी बँधी हुई थी। हर पूनम पर ढोली बदल जाता। परभाती की मीठी तान पर ठाकुर बिस्तर छोड़ता। 'सुभराज', करने के बाद ढीली झुककर 'खम्माघणी', करता। मनमौजी ठाकुर पर कब कौन-सी धुन सवार हो जाये, इसका कोई ठिकाना नहीं। कभी राजा कर्ण, कभी एकदम मक्खीचूस। कभी माँगने पर खुश होता। कभी न माँगने पर बिफर जाता। लताड़ने लगता कि बहुत 'मैं' आ गयी। माँगते शर्म आती है! बिना कहे तो माँ भी दूध नहीं पिलाती। उसकी इस सीख को मानकर अगर को ढोली घड़ी-घड़ी याचना करता, तब भी बेचारा मारा जाता। लानत-मलामत करता कि साले ढोलियों ने शर्म बेच खायी है। न लाज, न शऊर। जब-तब माँगते रहते हैं, न वक्त देखते हैं, न मौका। अगर माँगने से ही मंशा पूरी हो जाती तो ये रियासतें और जागीरें ढोलियों को नहीं मिल जातीं! जैसी मालिक की मरजी। जाने कब, क्या मौज आ जाये! कौन टोके! उनकी हर बात सिर आँखों पर!

एक दफा अलमस्त ठाकुर पर राम जाने क्या खब्त सवार हुई जो उसने ठिकाने के तमाम ढोलियों को बुला भेजा।

इजलास जुड़ते ही सुभराज कह रहे ढोलियों को टोककर कहने लगा, "दुनिया की सारी अक्ल तुम्हारे ही हिस्से में आ गयी लगती है?"

सब ढोली हाथ जोड़कर बोले, "क्या कसूर हुआ अन्नदाता?"

ढोलियों के जत्थे पर बलगम थूककर वो आगे कहने लगा, "कसूर कोई एक

हां तो बताऊँ! पीढ़ियाँ बीत गयी तुम्हें इस तरह ठगते हुए। मुझे ध्यान न रहा तो क्या, तुम्हें तो पूरा ध्यान रखना था। बताओ, रखना था कि नहीं. . .?"

"हुजूर फरमाते हैं तो हमें जरूर ध्यान रखना था।"

"बताओ, ध्यान न रखने की तुम्हें क्या सजा दें?"

सब एक साथ बोले, "जो सरकार की मरजी।"

वो मुस्कराया। कहने लगा, "पिछला हरजाना तो तुम क्या दे सकोगे! जाओ, माफ किया। आइन्दा ख़याल रखना। मुझे भी आज पहली दफा ख़याल आया कि तुम फकत अपने मतलब की चीजें ही माँगते हो। कंकर-पत्थर, लीद, मिट्टी, राख या कचरा तो कभी नहीं माँगा। जवाब दो, "माँगा कभी?"

'खम्माघणी, खम्माघणी' से इजलास गूँज उठा। ढोलियों का मुखिया बोला, "गरीब नवाज, बड़े लोगों से बड़ी चीजें ही माँगी जाती हैं। ये छोटी चीजें तो ठौर-कुठौर यों ही पड़ी रहती हैं।"

"हाँ, यह बात तो है। बड़े लोग तो बड़े लोग, तुम कमीन-कारुओं से भी बड़ी चीजें ही माँगी जाती हैं—रूप, जोबन. . .समझे कि नहीं. . .?"

"समझ गये अन्नदाता! लेकिन मालिकों को कहने की क्या जरूरत है! हम बिना कहे ही हाजिर कर देते हैं. . .!"

वो काफी देर तक हँसता रहा। उसके साथ मुसाहिब, कारिन्दे और टहलुए भी जबरन हँसते रहे! हँसते-हँसते बोला, "बातें बनाना तो कोई तुमसे सीखे। जाओ, माफ किया। अब कभी तुम पर नाराज नहीं होऊँगा। मगर बिना कहे ही, जो बढ़िया माल हो, पेश करते रहना!"

"जो हुक्म अन्नदाता।"

ठाकुर के हुक्म से अहलकारों ने सबको दिल खोलकर छुहारे, बतासे और गुड़ बाँटा। दारू की एक-एक बोतल मिली, सो अलग। ठाठ से इजलास जुड़ा और ठाठ से खत्म हुआ।

दूसरे दिन बारी वाला ढोली वक्त पर आकर परभाती गाने लगा। लेकिन ठाकुर को तो जब उठना था, तभी उठा। करीब तीन घड़ी दिन चढ़ गया। ढोली ने खड़े होकर 'सुभराज' की।

ठाकुर ने उसे पास आने का इशारा किया। उसके पास आने पर धीरे-से बोला, "रात वाली चीज तो खूब मजेदार थी! कीचड़ में ऐसा कमल कैसे खिला?"

"कमल तो कीचड़ में ही खिलता है, अन्नदाता. . .!"

बड़े लोगों की बड़ी बातें। दो-टूक सवाल किया, "यह छोरी तेरी क्या लगती है. . .?"

"भतीजी, अन्नदाता!"

"भतीजी! हम तो भानजी समझे थे। तेरे बेटियाँ कितनी हैं. . .?"

उसने नजर नीची करके जवाब दिया, "तीन। किन्तु अभी बहुत छोटी हैं, गरीबपरवर।"

वो दया का सागर था। मुस्कराते हुए बोला, "जरा खिलाने-पिलाने का ध्यान रखना। छोरी और मलबे को बढ़ते क्या देर लगती है! घी, गुड़, नारियल वगैरा की जरूरत हो तो बोल देना। शरम मत करना। चिकनाई बढ़ती है। तुम लोगों के लिए ठिकाने के भण्डार हरदम खुले हैं! किसी चीज के लिए कभी मना किया है, मैंने. . .?"

"नहीं अन्नदाता! हुजूर के मना करने से यह आकाश गिर न पड़ेगा!"

सहसा दानवीर ठाकुर को कुछ याद आ गया। तेजी से बोला, "तूने वे फटी जूतियाँ बदलीं कि नहीं?"

वो झिझकते हुए बोला, "नहीं अन्नदाता! अभी तक तो उन्हीं से काम चला रहा हूँ।"

वो बहुत नाराज हुआ। कहने लगा, "अभी तक चला रहा है? मैंने उस दिन इतना कहा, तब भी अक्ल नहीं आयी! ठिकाने का कितना भद्दा लगता है! फिर मेरे कहने का क्या बना! मेरी बात की यही इज्जत करते हो तुम! तुम नीचों की बेशरमी भी, बस. . .!"

वो उसके चरण छूकर बोला, "लाचारी है, अन्नदाता! खाली मुट्ठी कहीं कुछ नहीं मिलता।"

"तो मुझे कहा क्यों नहीं! मेरी जोड़ी तेरे ठीक आती है कि नहीं?"

"आती है अन्नदाता!"

"तो कहा क्यों नहीं? मुँह में मूले उगे थे! जा, यह नयी जोड़ी तुझे इनायत की।"

"खम्माघणी अन्नदाता। मगर तार-तार हुई इस अँगरखी के साथ ये सुरंगी जूतियाँ अच्छी नहीं लगेंगी!"

मनमौजी ठाकुर की सनक! बोला, "हाँ! यह तो ख़याल ही न रहा। खूँटी से मेरी अँगरखी उतार ले। परन्तु पगले, इस रेशम की अँगरखी पर साफे का यह चिथड़ा कितना बुरा लगेगा! जा, यह साफा भी तुझे दिया। मुझे तुम लोगों का कितना ख़याल रहता है। तुम जबान से न कहो, उसका तो मैं भी क्या करूँ! और भी कोई इच्छा हो तो मन में मत रखना। सच बता, आज मुँह किसका देखा था?"

इतनी मेहर के बाद वो कब चूकता! हाथ जोड़कर जवाब दिया, "हुजूर के तलवों के दरसन हुए थे, अन्नदाता! फिर कैसी कमी! आज तो मेरा जीवन सफल हो गया. . .!"

"मेरे तलवों का ऐसा चमत्कार तो नहीं जाना था!"

"परतख को परमाण क्या, अन्नदाता!"

"और जो मेरा मुँह देख लेता तो. . .?"

"फिर चाहिए ही क्या था, गरीबनवाज! मेरी सात पीढ़ियाँ तर जातीं।"

आज वो पूरे रंग में था। उसी रौ में कहने लगा. "मेरे तलवे भी मुँह से कम नहीं! तू इन्हें मुँह ही समझ! और कोई इच्छा हो तो बोल।"

मनमौजी ठाकुर की सनक का क्या भरोसा! चूके कि गये! कोहनी तक हाथ जोड़कर अरदास की—"थोड़ी बाजरी और थोड़े घी-गुड़ की मेहर हो जाये अन्नदाता, फिर कुछ नहीं चाहिए।"

"क्यों नहीं चाहिए! यह जागीर मरने पर साथ तो चलेगी नहीं। जो हाथ से दान करूँ, वो मेरा है! तुझसे जितनी उठे, बाजरी की गठरी बाँध ले। पाँच सेर घी और पाँच सेर गुड़ कारिन्दा तेरे घर पहुँचा देगा।"

"अब कुछ नहीं चाहिए, अन्नदाता! आज तो मुझे जैसे स्वर्ग मिल गया!"

"और किसी चीज की जरूरत हो तो मन में मत रखना।"

"नहीं, अन्नदाता! यह तो मेरा घर है।"

आज तो हुजूर का हाथ खूब खुला। परन्तु ज्यादा खींचने से टूटती है! अगर यह सनक पलट गयी तो लेने-के-देने पड़ जायेंगे। अब तो सही-सलामत घर पहुँचने में ही खैर है। इजाजत मिलते ही उसने सीधे घर की राह ली।

पति के सिर पर बाजरी की बड़ी गठरी और कारिन्दे के हाथ में घी और गुड़ देखकर भी ढोलन को अपनी आँखों पर विश्वास नहीं हुआ। तब ढोली ने उसे ब्यौरेवार सारी बात बतायी। औरत, औरत ही होती है! कहाँ तो देखकर भी यकीन नहीं आया और कहाँ सारी बात सुनकर अपने करम ठोंककर अफसोस करने लगी। आह भरते बोली, "ऐसा मौका भी भला कोई हाथ से जाने देता है! आधा ठिकाना भी माँग लेते तो अन्नदाता मना नहीं करते। परन्तु अब क्या हो सकता है! जनमजले, मेरे लिए कंगन या हार ही माँग लेते! जब हुजूर ने बार-बार माँगने को कहा तो तुमने मुँह क्यों सी लिया? आज तो जो माँगते, वो ही मिलता। और कुछ नहीं तो सौ मोहरें ही माँग लेते! हमें माँगने में शर्म कैसी! अन्नदाता इनकार करते तो उनकी शान जाती। भगवान जाने, तुम्हें कब अकल आयेगी?"

घरवाली के नाराज होने से उसे अहसास हुआ कि वाकई उससे बहुत बड़ी गलती हो गयी! हाथ लगी चीजों की खुशी की बजाय उसे छूटे माल का दुःख ज्यादा हुआ! अगर गले की जंजीर और हाथों के कड़े ही माँग लेता तो पीढ़ियों का दिवाला मिट जाता! हीरे-जड़ी अँगूठी के लिए भी हुजूर मना थोड़े ही करते! फिर किस चीज की कमी! पक्का अड़ाड़ बन जाता। एक गाय खरीद लेता। घर के दूध-दही की बात ही कुछ और है! माँगने से छाछ भी कितनी मुश्किल से मिलती है! चुपड़ी रोटी का तो स्वाद ही भूल गया! अपनी नादानी से सुनहरा मौका खो दिया। किसे दोष दे! लेकिन अब पछताने से फायदा! तीर कमान से छूटा सो छूटा! बड़ी भारी

गलती हो गयी। हुजूर ने बार-बार अपनी मंशा दरसाने को कहा, मगर उसकी अक्ल तो जाने कहाँ घास चरने गयी थी! अन्नदाता का ऐसा स्वभाव तो नहीं जाना था! आज तो हुजूर का अन्तस् ही बदल गया था!

वो आज तक इतना बड़ा हाथ नहीं मार सका था! न ही किसी जाचक की ऐसी मनचाही हुई थी! फिर भी उसकी चिन्ता का कोई पार नहीं था! रोटी भी गले नहीं उतरी! ऐसे मौके पर भी अगर मुँह से बोल नहीं फूटे तो यह मुँह किस काम का! फकत पका-अधपका अनाज भकोसने के लिए! भला, ढोलियों को ऐसे लजालू मुँह कब शोभा देते हैं! गुस्सा तो ऐसा आया कि इस नामुराद मुँह में जगमगाते अंगारे ठूँस दे! जिसकी तकदीर ही खराब हो, उसके लिए भगवान भी कुछ नहीं कर सकता। आइन्दा ऐसा मौका मिलने पर आधी या तिहाई जागीर ही माँगेगा! देखें, हुजूर कैसे मुकरते हैं!

बीती का सोच और आगत की आस ने ऐसा ताना-बाना बुना कि आधी से ज्यादा रात गुजर गयी थी, पर उसकी आँख नहीं लगी। और जब लगी, तब भी वे ही सपने! मूँछों को ताव देता वो मखमल के सिन्दूरी गद्दे पर बैठा है। सामने सोने की परात में मोहरें चमचमा रही हैं। ढोली ढोल बजा रहे हैं! 'सुभराज' कर रहे हैं। जो भी दरसन के लिए आता 'खम्माघणी', करने के बाद मोहरें नजर करता। आनन-फानन में परात भर गयी। मोहरें बाहर गिरने लगीं। दूसरी परात आयी ही थी कि ढोलन ने उसे झकझोर कर आवाज दी। वो उस पर बरस पड़ा, "साली चण्डूल! इतनी क्या जल्दी थी! हजारों मोहरों का नुकसान करवा दिया!"

अब कहीं उसे चेत हुआ कि वो सपना देख रहा था! झेंपता हुआ उठा। आलापचारी का वक्त हो गया था। सारंगी उठायी और मुँह धोये बिना ही गढ़ की ओर तेज कदमों से चल पड़ा। जीने पर चढ़ते ही उसे एक छोरी नीचे उतरती नजर आयी। अँधेरे में पहचाना नहीं। पूछा, "कौन है. . .?"

धीमी आवाज सुनाई दी, "मैं. . .!"

वो तुरन्त पहचान गया। उसकी भतीजी थी! सब जानते-बूझते हुए भी उसके कलेजे में लपट-सी उठी! आगे किसी ने कुछ नहीं पूछा। वह सिर झुकाये चुपचाप नीचे उतर गयी और वो भी नजर नीची किये चुपचाप ऊपर चला गया। रंगमहल के दरवाजे के पास बैठकर परभाती गाने लगा।

आज हुजूर की आँख जल्दी खुल गयी। एक घड़ी दिन ही मुश्किल से चढ़ा होगा। ढोली की तकदीर कि पहले-पहल हुजूर का मुँह देखा। आज तो किस्मत खुल ही गयी समझो! खड़े होकर जोर से 'सुभराज' की। फिर 'खम्माघणी' करने के बाद कोहनी तक हाथ जोड़कर बोला, "गरीबपरवर, मुझे कल तलवों के दरसन ने ही निहाल कर दिया था, लेकिन आज तो सूरज को भी सात दफा मात करे जैसा मुँह देखा है! फिर मेरे सभाग का क्या कहना. . .!"

ठाकुर ने दो-एक जँभाइयाँ लीं। फिर बदन मरोड़ते हुए भारी आवाज में बोला, "तब तो राणा आज तेरे भाग जाग गये! तलवों से तो मुँह अच्छा ही होगा!"

"हजार दफा अच्छा होगा, अन्नदाता!"

ठाकुर कुछ सोचकर बोला, "तो आज यह भी आजमा देखें। हड़बड़ी में तुझसे कुछ ढंगसर माँगा भी नही जाता। जा, तुझे पूरे दिन की मोहलत दी। अच्छी तरह सोच-समझकर, शाम को तेरी जो इच्छा हो, माँगना। कुछ मन में मत रखना! इस बार भी शरम की तो फिर मुझे दोष मत देना!"

हुजूर के मुँह का चमत्कार ही अलग! शुरुआत ही मनचीती हो गयी। मेहरारू से सलाह-मशविरा करने से जरूर कोई बड़ी बात सूझेगी। कल का उलाहना अभी तक कलेजे में खटक रहा है! मगर अब तो पिछली सारी कसर निकाल लेगा। फूटे करम के कभी-कभी यों कारी लगती है!

वो हवा में उड़ता घर पहुँचा, जैसे कोई तख्त मिल गया हो1 मस्ती में सारंगी के तारों को छेड़ता, घरवाली के मुँह की ओर देखता बोला, "अब भी मुँह लटकाये रहे तो तेरी मरजी। आज तो अपने भाग खुल गये। सारा दिन सामने पड़ा है। हजार दफा, सोच-समझकर बताना कि शाम को अन्नदाता से क्या माँगूं. . .?"

बात का मरम उसके कुछ पल्ले नहीं पड़ा तो उसने सारी बात तफसील से बतायी। फिर उसकी खुशी का क्या पार! दरवाजा उढ़काकर दोनों मियाँ-बीवी कानाफूसी करने लगे। आज दिन तक किसी की तकदीर इस तरह पूछकर नहीं खुली होगी! अपनी मरजी से माँगने का मौका ही कहाँ मिला था! बोला, "थोड़ा हिस्सा रखकर किसी बनिये से राय ले लें तो ठीक रहेगा। बनिये की बराबरी कोई नहीं कर सकता!"

"फजूल बात मत करो। हमारे भी दो आँखें हैं। हमें भी वैसा ही दिखता है। बेकार हिस्सा क्यों दें? साँप और बनिये का क्या भरोसा. . .! किसी मुसीबत में डाल दिया तो. . .?"

फिर वही ढाक के तीन पात! गुत्थी थी कि सुलझने में ही न आती थी। कभी सोचते कि समूचा गहना माँग लें। कभी सोचते कि जरखेज खेत माँग लें। खूब धान बरसेगा। कभी सोचते कि गढ़ माँग लें। किन्तु बिना जागीर के गढ़ किस काम का! ढोलन के दिमाग में सहसा एक बात कौंधी कि आधी जागीर माँगने से सारे झंझट मिट जायेंगे। जागीर के बल पर ही यह गढ़, ये गहने और ये सारे ऐशोआराम हैं। माँगने को पूरी छूट मिलने पर पीछे क्यों रहना! फकत जबान ही तो हिलानी पड़ेगी। ढोली कुछ सोचकर बोला, "ऊँ हूँ, आधा ठिकाना माँगने से काम नहीं चलेगा। राड़ आड़ी बाड़ भली। तू जानती नहीं, ठाकुर और छुटभैयों में रोज कितने झगड़े होते हैं। फिर बराबरी के ठाकुर से हम कैसे निपटेंगे! माँगना है तो पूरा ठिकाना ही माँगें. . .!"

ढोलन को थोड़ी दया आ गयी। बोली, “फिर बेचारे ठाकुर का क्या होगा? जब अन्नदाता ने हम पर इतनी मेहर की तो हमें भी उनके भले-बुरे का ख़याल रखना चाहिए. . .!”

वो असमंजस में पड़ गया। होठ चबाकर बोला, “आधा ठिकाना माँगने से तो एक गुत्थी और उलझती है। फिर ठकुरानी साहिबा किसके साथ रहेंगी?”

उसे हँसी आ गयी। बोली, “तुम्हारी अक्ल जंग खा गयी है। कहीं और ऐसी बात मत करना, लोग हँसेंगे। आधा ठिकाना मिलने पर तो मैं आप ही तुम्हारी ठकुरानी हो जाऊँगी! तुम ठाकुर और मैं तुम्हारी ठकुरानी! अब तो आधे ठिकाने से कम कुछ मत माँगना। ऐसा न हो कि तुम वक्त पर लिहाज कर जाओ। न हो तो मैं तुम्हारे साथ चलूँ. . .?”

“ना, साथ चलने की जरूरत नहीं। इतना समझाने के बाद पीछे नहीं रहूँगा। मैं इतना बेवकूफ नहीं हूँ।”

कल चिन्ता के मारे उनकी भूख मर गयी थी और आज आधे ठिकाने की खुशी में उन्हें खाने का ख़याल ही नहीं रहा!

इस तरह मंसूबों के झूलों पर झूलते हुए आखिर शाम हुई। ढोली खुशी-खुशी घर से रवाना हुआ। अगर जबान से कहने-भर से ही आधा ठिकाना हाथ लगता हो तो माँगने में शर्म कैसी! यह तो उसका बड़प्पन है कि वो हुजूर के लिए आधा ठिकाना छोड़े दे रहा है! कि इतने में उसे घोड़े पर ठाकुर साहब आते दिखे। ठाकुर की बजाय उस घोड़े का रोब उस पर ज्यादा पड़ा। घोड़े पर बैठते ही आदमी कितना बदल जाता है! आधा ठिकाना माँगने से पहले घोड़ा माँगना ठीक रहेगा। इससे हुजूर के मन का पता भी चल जायेगा। एक दफा कब्जे में आने के बाद किसी को न घोड़ा बख्शीश करेगा, न ठिकाना।

पास आने पर ठाकुर ने घोड़ा रोका। मुँह के दरसनों का करिश्मा तो दिखाना ही था! ‘सुभराज’ के बीच ही में उसने पूछा, “खूब अच्छी तरह सोच लिया न? बोल, क्या माँगता है?”

अब उसके मन में किसी तरह का अन्देशा नहीं रहा। लपककर घोड़े की लगाम पकड़ी। घोड़ा जोर से हिनहिनाया। बोला, “पहले यह घोड़ा इनायत करें। फिर आगे बताऊँगा।”

ठाकुर की त्योरियाँ चढ़ गयीं। पूछा, “घोड़ा! यह मेरी पसन्द का घोड़ा है! इसकी छाया तक किसी को देखने न दूँ। सारे दिन सर खपाकर तूने यही बात सोची. . .?”

वो हठ करते बोला, “नहीं अन्नदाता, घोड़ा तो आपको देना ही होगा। आपने वादा किया था।”

ठाकुर को खुन्दक आ गयी। चाँदी की मूठ घुमाते कहने लगा, “वादा किया

तो क्या तू अपनी औकात भूल जायेगा? तेरी इतनी मजाल! बुजुर्गों का कहा कभी गलत नहीं होता कि कुत्ते और चण्डाल पुचकारने से इतराते हैं! कहीं तेरा दिमाग तो नहीं फिर गया...?"

वो तब भी टस-से-मस नहीं हुआ। लगाम खींचते हठ करने लगा, "घोड़ा तो मैं हरगिज नहीं छोड़ूँगा। तड़के सरकार का मुँह देखा था। क्या मेरी इतनी-सी आस भी पूरी नहीं होगी...?"

ठाकुर का खून खौल उठा! गुस्से से दाँत पीसते बोला, "मुँह देखा तो क्या, तुझे माँगने का शऊर होना चाहिए! हरामजादे, तेरी इतनी हिम्मत! लगाम छोड़ वरना खाल खींच लूँगा...!"

जागीर तो जैसे आयी, वैसे ही चली गयी! उसकी आँखों के आगे कोहरा छा गया। दिन-भर सोचेने का आखिर यह नतीजा निकला! परन्तु थोड़ा अड़े रहने पर हुजूर घोड़ा तो बख्शीश कर ही देंगे। कल आप ही कैसे मेहरबान हुए थे और आज माँगने पर भी ठस-के-ठस बने हैं। यह कहाँ का इंसाफ! उसने दोनों हाथों से लगाम कसकर पकड़ ली और सिर धुनते हुए बोला, "लगाम तो मैं मरते दम तक नहीं छोड़ूँगा?"

उसके इतना कहते ही ठाकुर छड़ी से उसकी पीठ धुनने लगा।

लेकिन बेहद ताज्जुब कि उसने चूँ तक नहीं की...! धीरे-से लगाम छोड़, ठाकुर की ओर देखते मुस्कराने लगा। ऐसी मुस्कान ठाकुर ने आज दिन तक रिआया के होठों पर नहीं देखी थी! वह मुस्कान तीन लोक से न्यारी थी! उसने पूरी ताकत लगाकर दो-तीन छड़ियाँ और मारीं। बोला, "चण्डाल, अभी भी बेशरम की नाईं बत्तीसी निकाल रहा है...?"

वो अपनी जगह से एक अंगुल भी इधर-उधर नहीं हुआ। मुस्कान बिखेरते बोला, "बत्तीसी न निकालूँ तो रोऊँ किसको अन्नदाता...?"

अन्नदाता ने पल की भी उधार नहीं रखी। फौरन जवाब दिया, "रो अपने पुरखों को...!"

"बेचारे पुरखों का इसमें क्या कसूर है? रोऊँगा तो अपनी अकल को, जो हुजूर से ऐसी उम्मीद रखी! मगर यह मार भी कम नेमत नहीं! सरकार, न थकें तब तक मारे जायें। इस मार का ऐसा परताप तो नहीं जाना था...!"

ठाकुर का हाथ जहाँ-का-तहाँ रुक गया। गुस्से और अचरज मिले सुर में पूछा, "क्या अंट-संट बक रहा है! कहीं पागल तो नहीं हो गया...?"

वो कोहनी तक हाथ जोड़कर कहने लगा, "अन्नदाता, पागल होने की बात कर रहे हैं और मुझे लगता है कि मैं आज उमर में पहली दफा होश में आया हूँ! यह छड़ियों की मार तो कल, परसों या ज्यादा-से-ज्यादा पाँच दिन चरमराएगी, परन्तु पीढ़ियों का भरम और अज्ञान इसी पल भस्म हो गया कि फकत माँगने से

कभी कुछ नहीं मिलता. . .! इस ज्ञान की कीमत इस घोड़े से बहुत ज्यादा है. . .! अन्नदाता के ठिकाने से भी ज्यादा. . .! इस खातिर उमर-भर हुजूर का अहसानमन्द रहूँगा!"

ठाकुर मुस्कराया। बोला, "और यह धुनाई. . .?"

ढोली के होठों पर भी कम मुस्कान नहीं थी! कहने लगा, "अन्नदाता, जिसे आप धुनाई कहते हैं वो मेरे लिए नये ज्ञान की नयी रोशनी है. . .!"

मार्च, 1976

फितरती चोर

आदमी के गुणों की जाने कब पहचान हो? कैसे पहचान हो? पहचान करे कौन? इसलिए अपने देश में भेस की पूजा होती है। लोग भेस के आगे सिर झुकाते हैं। पाँव छूते हैं। भेस से इनसान की सारी बुराइयाँ छुपती हैं। भेस आदमी के गुणों की ऐसी सनद कि अनपढ़ भी देखकर पहचान ले! अमूमन, काहिल, निखट्टू, निकम्मे भगवा-भेस धारण करते हैं, ताकि भीख आसानी से मिले। कोई इस भेस के जरिये ठगाई करता है। इससे आसान कमाई और कोई नहीं! ऐसे ठगों के लिए भेस बिना पैसों का धन्धा है! जब तक भेस की पूजा करने वाले मौजूद हैं, तब तक इस धन्धे में बरकत-ही-बरकत है। बहुत से अकच्छ लुच्चे-लफंगे भेस की ओट में मनचाहा ऐश करते हैं! बहुत-से दुःख और आफत के मारे भेस की शरण लेते हैं। ऐसे दुखियारों के लिए भेस सुख-शान्ति की छाँव है। कई, पन्थों के सूक्ष्म जालों में उलझे भेस के बहाने धर्म की लीक पीटते हैं! इसीलिए घुटी दवाई और मुँडी खोपड़ी का कोई एतबार नहीं। सच्चे ज्ञानियों को भेस से सन्तोष नहीं होता।

बरसों पहले, एक गाँव में एक ऐसे ही महात्मा ने धूनी जगायी। साथ में हट्टे-कट्टे सुंड-मुसंड चेलों की टोली। अनपढ़, अबूझ और गँवार लोग, तिस पर भगवान, आत्मा-परमात्मा और मोक्ष में अमिट आस्था! ठगने के लिए ऐसी जाहिल भीड़ और कहाँ मिलेगी! बिना जाने-बूझे चरणों में शीश नवाने वालों को मूँडने में ज्यादा अक्ल की जरूरत नहीं पड़ती। दीया सिर हिलाकर पतंगों को कितना मना करता है, मगर वे नहीं मानते। उस भेसधारी महात्मा को पिछले कई बरसों से भेस और धर्म का ऐसा ही चस्का लगा हुआ था! ज्यों-ज्यों वो लोगों से कहता कि वे यहाँ आकर अपना समय नष्ट न करें, त्यों-त्यों लोग और ज्यादा आते। चेला बनाने के लिए वो बार-बार मना करता, तब भी उसके आसन पर चेला बनने वालों का ताँता लगा रहता।

वो बार-बार कहता, "भले आदमियों, मैं कोई सिद्ध नहीं। इस भेस का रंग मुझे भा गया, बस! सच मानो, और कोई बात नहीं। मैं तो रमता जोगी हूँ। पाँव में चक्र है। इसलिए ठौर-ठौर भटकना पड़ता है। तुम अपना काम करते हो और मैं अपना। जब मैं तुम्हारे काम में विघ्न नहीं डालता तो तुम मेरे काम में विघ्न क्यों डालते हो. . .?"

ऐसी बातें सुनकर जो मान जाये, वो भगत कैसा! चेला बनने के लिए पाँत लग गयी! एक जाये और इक्कीस आयें। ऐसे पूजनीय महात्मा के दरसन बड़े सौभाग्य से होते हैं। उस महात्मा की एक और खासियत थी कि वो किसी को चेला मूँड़ने से पहले, उससे कोई चीज जरूर छुड़वाता था। किसी ने बैंगन छोड़ा। किसी ने प्याज, किसी ने तोरी, किसी ने कद्दू तो किसी ने ककड़ी। कइयों ने दूध, दही और अमचूर से परहेज की सौगन्ध खायी। किसी ने कहा कि वो रात को खाना नहीं खाएगा। किसी ने दूसरों के शामिल नहीं खाने का प्रण लिया। किसी ने नमकीन छोड़ा तो किसी ने मीठा, लेकिन तम्बाकू, भाँग, गाँजा, अफीम और दारू-मांस छोड़ने वाले बहुत कम मिले।

उस गाँव में एक नामी चोर रहता था। वो रात में अपने काम पर जाता था और दिन में सोता था। चेला मूँड़ने का इतना शोर सुना तो उसके पाँवों में भी चींटियाँ लगीं। एक दिन सोते-सोते ही उसे महात्मा से चुहल करने की सूझी। ऐन दोपहर को वो आँखें मसलकर उठा और सीधा महात्मा के आसन पर जा धमका। उस वक्त चेलों की भीड़ कुछ कम थी। महात्मा के पैर छूकर बोला, "मुझे भी अपना चेला बनाइए।"

महात्मा ने कहा, "मेरा प्रण तो तू जानता ही होगा। कुछ छोड़ने की प्रतिज्ञा किये बिना मैं किसी को अपना चेला नहीं बनाता।"

"किसी को अपना गुरु न बनाने की प्रतिज्ञा करूँ तो क्या आप मुझे अपना चेला बनाएँगे?"

हजारों चेले मूँड़े, किन्तु ऐसे सिरफिरे से कभी पाला नहीं पड़ा। उसे लगा, जैसे किसी ने उसके सिर पर सूखा जूता दे मारा हो! मगर वो भी कम चतुर नहीं था। यों ऐरे-गैरों से मात खा ले तो हो चुका। अगले ही पल आपा सँभाल, मुस्कराने की चेष्टा करते बोला, "बेटे, फिर तुझे चेला बनने की जरूरत ही क्या है. . .?"

"मेरी जरूरत मैं जानता हूँ। बहुतों ने तो फकत एक ही चीज छोड़ी, लेकिन मैं आपके सामने चार चीजें छोड़ता हूँ। पहली, कभी रानी की खाट पर नहीं चढ़ूँगा, सोने के थाल में खाना नहीं खाऊँगा, सोने के हौदे पर हाथी की सवारी नहीं करूँगा और यह चौथी सबसे बड़ी बात कि इस जन्म में कभी राजा नहीं बनूँगा। अब तो चेला मूँड़ने की किरपा करें!"

महात्मा जल-भुनकर राख हो गया। किन्तु करता क्या! मरखनी-से-मरखनी

भैंस भी पगहाने पर खूँटे से बँधी रहती है। फिर वो इस भेस के दायरे से बाहर कैसे निकलता। परन्तु इसे सबक सिखाना ही होगा। क्रोध करने से तो उलटे उसका ही अहित होगा। जबरन मुस्कराते बोला, "तेरी जोड़ का कोई चेला आज तक नहीं बना। तेरा गुरु होने का मुझे भी गर्व होगा। ये चार बातें तूने अपनी इच्छा से छोड़ीं, एक मेरे कहे भी छोड़।"

"क्यों नहीं! आप फरमाएँ तो जरूर छोड़ूँगा। आपका आदेश हो तो साँस लेना छोड़ दूँ, फिर भी मरूँ नहीं...!"

यह शिष्य तो निराला! उसके ललाट में बल पड़ गये। गुस्सा तो ऐसा आया कि चण्डाल को यही प्रतिज्ञा दिलाये। मगर लोग क्या सोचेंगे। अभी यह ढोंग चलाना है। अभी भोगा क्या! सिर्फ धूनी तपायी है। सोचने लगा, इसे क्या सौगन्ध दिलाये कि यह कुछ दिनों में ही सारी हेकड़ी भूल जाये! इतने बरस हो गये संन्यास लिये। बड़े-बड़े महात्मा देखे, लेकिन झूठ के बिना उनका भी नहीं चलता। तब बेचारे गिरस्ती झूठ न बोलने का प्रण कैसे निभा सकते हैं! या तो ऐसा यह करेगा ही नहीं और अगर किया तो एक ही दिन में तोबा कर उठेगा। कहने लगा, "इन चार प्रतिज्ञाओं के साथ झूठ न बोलने की प्रतिज्ञा भी कर ले तो सोने में सुगन्ध मिल जाये।"

पट्ठा यह चोर तो बेढब! कहते ही हामी भर ली। बोला, "सोने में सुगन्ध मिले कि नहीं, यह तो आप जानें, परन्तु आज से ही मैं झूठ न बोलने की कसम खाता हूँ।"

"देख, प्रण का पालन न करने से तेरे साथ मेरा भी भद्दा लगेगा। सोच-समझकर वचनों से बँधना। झूठ न बोलना कोई हँसी-ठट्ठा नहीं है।"

चोर छाती ठोंककर बोला, "इसकी चिन्ता आप न करें। किसी और कारण से आपको नीचा देखना पड़े, यह जिम्मा तो आपका, किन्तु मेरी वजह से आपकी इज्जत पर कभी आँच नहीं आयेगी। हम चोरों के न तो कोई इज्जत होती है और न उसके जाने की जोखिम! इज्जत तो हम माँ की कोख में ही छोड़ आते हैं। जबसे बोलना सीखा, झूठ-ही-झूठ बोला। हजारों के बराबर अकेला झूठा बोला, तब भी कोई सुख नहीं देखा। मैं जो बोलता हूँ वो झूठ और जो न बोलूँ वो साँच। बदलना तो इतना ही है कि आज से मैं जो बोलूँ वो साँच और जो न बोलूँ सो झूठ। आप तो मुझे मुँह से झूठ बोलने की ही कसम दिला रहे हैं। मुझे मञ्जूर है।"

तब न चाहते हुए भी महात्मा को उसे चेला मूँड़ना पड़ा। महात्मा ने उसके बायें हाथ पर सूत बाँधा और चोर ने उसे नारियल भेंट किया। एक नारियल में चेला बनना तो महँगा नहीं!

झूठ बगैर तो बनियों का धन्धा भी नहीं चलता, फिर वो एक चोर ठहरा। परन्तु धन्धा तो करना ही था। महाजन धन्धे के लिए दिसावर जाते हैं तो वो भी अपने धन्धे की खातिर दिसावर जायेगा। फटे कपड़े और फटे जूते पहने वो

लिप्तर-लिप्तर दिसावर के लिए चल पड़ा। चलते-चलते एक नयी रियासत में पहुँचा। शाम का अँधेरा घिरने लगा था। पास ही किसी मन्दिर से आरती की आवाज सुन, वो भी भगतों के बीच जा खड़ा हुआ। आरती के बाद दूसरे भगत अपने-अपने ठौर-ठिकाने पहुँचे, किन्तु वो वहीं भगवान की मूरत के सामने खड़ा रहा। सुन्दर और साफ-सुथरा मन्दिर छोड़कर वो कहाँ रात गुजारता! भगवान की मूरत की बजाय, उसमें जड़े हीरे-मोती उसे ज्यादा सुहाने लगे। समदृष्टि भगवान के लिए कंकर, हीरे सब एक-सरीखे। यह तो फकत आदमी की नजर का फर्क है।

पुजारी ने इसे नये भगत को देखा। फटे कपड़े। फटी जूतियाँ। मगन होकर टुग-टुग मूरत की ओर देख रहा है। पूछा, "कौन है भाई? पहले तो कभी नहीं देखा।"

उसने चौंककर पुजारी की ओर देखा। बोला, "मैं चोर हूँ। आज ही इस गाँव में आया हूँ।"

पुजारी मुस्कराया। पूछा, "चोर का मन्दिर में क्या काम?"

"चोरी! और चोर का क्या काम हो सकता है!"

"बावले, क्यों मेरे सामने झूठ बोल रहा है? मैं पचास बरस से यहाँ का पुजारी हूँ। घट-घट की बात तो अन्तरयामी जानता है, पर मैं भी आदमी की सूरत पहचानता हूँ। चोर तो ठोंकने पर भी बड़ी मुश्किल से सच बोलते हैं। तू जरूर कोई अघोरी भगत है। मेरी परख करने के लिए आया है। मुझे परख का कोई डर नहीं। खरा ही उतरूँगा। देख, तेरी यह बात सुनकर घट-घट का वासी मुस्करा रहा है।"

उसने गौर से पुजारी को देखा। सफेद दाढ़ी। अदन्त मुँह। चन्दन का तिलक। गले में रुद्राक्ष की माला। बोला, "हूँ तो चोर। मानें, या नहीं मानें आपकी मरजी। मेरी बात सुनकर भगवान मुस्करायें तो भगवान की मरजी। यहाँ रात काटना चाहता हूँ। आपको कोई एतराज तो नहीं?"

पुजारी ने उसे बाँहों में भर लिया। आँखें छलछला आयीं। भरे गले से बोला, "दीनबन्धु, आज मेरी भक्ति सफल हुई! आपने इस रूप में दरसन दिये? आँखों की नजर झुरा गयी तो क्या हुआ, मन की आँखें तो खुली हैं। भला, आपको न पहचानूँगा?"

उसने बड़ी मुश्किल से अपनी हँसी रोकी। पुजारी सदेह अवतरित हुए भगवान के भरोसे मन्दिर छोड़, पिछवाड़े की कोठरी में सो गया। भक्तों ने श्रद्धा से अनमोल हीरे-मोती चढ़ाये। आज खुद भगवान ने उन्हें कबूल किया। देखें, भगवान के कबूल करने पर चढ़ावा और प्रसाद कम होगा या ज्यादा...!

वो चोर ऐसा माहिर था कि सोते के कपड़े उतार ले। फिर पीछे क्या छोड़ता! चोरी का मजा तो ज्यादा नहीं आया, लेकिन अचीती माया खूब हाथ लगी। हीरे-मोती। सोने का छतर। सच बोलना खूब रंग लाया! सारी उम्र बेहिसाब झूठ बोला, परन्तु मिला क्या? फकत दुःख। रोटियों के भी लाले पड़ते थे। लोगों ने मार-मारकर भुरता

बना दिया, मगर एक दफा मना करने के बाद फिर हाँ नहीं की।

दिसावर में इस तरह बरकत होती है, तभी तो महाजन पीढ़ियों का ठिकाना बेहिचक छोड़ देते हैं। चार घड़ी रात रहते मन्दिर, भगवान और पुजारी को अपने हाल पर छोड़, वो वहाँ से चलता बना।

गाँव लौटकर उसने अपने हाथों सोने का छतर गलाया। खेत में हीरे-मोतियों का कलस गहरा गाड़ दिया और झाड़ी का निशान अच्छी तरह देखभाल कर सीधा सुनार के यहाँ पहुँचा। सोने के डले में सुनार को उसकी उजरत का वाजिब हिस्सा देकर अपने लिए सतलड़ी माला, मुरकियाँ, हीरे की अँगूठियाँ और कड़ा बनवाया। फिर दरजी से ठाठदार कपड़े सिलवाये। पाँच हजार रुपये देकर ठाकुर से अरबी घोड़ा खरीदा।

माया की तो लीला ही न्यारी! पहले जरा-सा भी वहम होने पर लोग-बाग पूछते कि कहाँ हाथ मारा? वे अच्छी तरह जानते थे कि वो मर जायेगा, पर सच नहीं बताएगा। तब भी उसे मार-मारकर कीमा बना देते थे। और आज जब कि वो पूछते ही सच बताने को तैयार है, किसी ने भी नहीं पूछा कि वो इतना माल कहाँ से लाया? सोने जैसी चमक तो सूरज की भी नहीं होती। इतना माल भला कहीं चोरी से हाथ लगता है? जरूर कोई बड़ा व्यापार या सट्टा किया होगा।

कुछ दिन सुस्ताकर उसने पवनवेगी घोड़े की जीन कसी। हाथ में सोने की छड़ी ली और दिसावर का रुख किया। बढ़िया घोड़ा हो तो फासला कटते क्या देर लगती है! दूसरे दिन एक बड़े शहर में डेरा डाला। बाग में थोड़ा विश्राम किया और छाया ढलते ही नगर-सेठ की हवेली पहुँचा। ऐसी-वैसी जगह क्या हाथ डालना! बड़ा धावा तो बड़ों के यहाँ ही मुमकिन है!

सेठ अँधेरा घिरने से पहले ही ब्यालू करके वापस बैठक में आ गया था। दम फूलने के कारण जरा लेटा ही था कि अनजानी खखार सुनकर पूछा, "कौन है?"

"चोर...!"

चोर की बोली सुनते ही उसके फरिश्ते कूच कर गये। हड़बड़ाकर उठ बैठा। दमे के दौर की वजह से चिल्ला भी न सका। मगर चोर का हुलिया देखकर जी ठिकाने आ गया। इतना गहना तो उसके पास भी नहीं है! तिस पर सोने की यह छड़ी। मुस्कान के साथ बोला, "भले आदमी, चोर के नाम से बेकार क्यों डराया? चोर की तो छाया भी छुपी नहीं रहती। आप मुझे क्या इतना मूर्ख समझते हैं! एक पल में पहचान लूँ कि कौन चोर है और कौन साहूकार?"

वो मुस्कराया। कहने लगा, "तब तो सेठजी आपकी परख बिल्कुल खोटी है। मैं तो साफ कह रहा हूँ कि मैं चोर हूँ और आपके यहाँ चोरी करने आया हूँ। न मानें तो आपकी मरजी। अच्छा, आप ही बताइए, मैं कौन हूँ...?"

सेठ उसका हाथ खींचते हुए कहने लगा, "यहाँ मेरे पास बैठिए। दरअसल तो

आज ही हुए लेकिन नाम इतना सुना है कि देखते ही पहचान गया! आँखें कुछ कमजोर हो गयीं, इसलिए इतनी देर लगी। आप बुरा न मानें।"

फिर सेठ ने उसे ऊपर से नीचे तक देखा। उसके गहने देखे। ऐसे खरे सोने को छूने की क्या जरूरत! मुस्कराते हुए बोला, "आप हैं उज्जैन के सबसे बड़े जौहरी! भला मैंने क्या गुनाह किया, जो आपने इस गरीब की पेढ़ी की ओर मुँह ही नहीं किया। खैर, आज मेहर की, वही बहुत है। ऐसे-ऐसे अनमोल हीरे-मोती, मानक-पन्ने और लालें दिखाऊँगा कि आप भी याद रखेंगे! शेषनाग की असली मणियाँ आपको कहीं और नहीं मिलेंगी!"

फिर वो मायापति सेठ, उज्जैन के उस नामवर जौहरी को, उसके मना करते-करते हाथ खींचकर बेधड़क हवेली के भीतर ले गया। तीनों तिजोरियाँ खोलकर, मशाल में एक से बढ़कर एक बेजोड़ जवाहरात बताते कहने लगा, "अभी तो फकत एक निगाह डाल लें, परख तो कल दिन के उजाले में ही होगी। मुझे मोल बताने की जरूरत नहीं। आप गमछे में बाँधकर जो भी दाम देंगे, मुझे मंजूर होगा। मुझसे भी ज्यादा तो आप इनकी कीमत जानते हैं। सूरज को क्या दीया दिखाना! शायद पूरी रकम पास न होने से आप संकोच कर रहे हैं। मैं इतना म्लेच्छ नहीं हूँ। छह महीने में रकम भेज दीजिएगा। जो नगीने पसन्द आयें, ले पधारें।"

"चोरी के माल में पसन्द, नापसन्द कैसी! आपके कहने की जरूरत नहीं। पीछे एक भी नहीं छोड़ूँगा। आपने दिखा दिये, वरना मुझे ढूँढ़ने में जरा परेशानी होती। इसके लिए जरूर आपका अहसान मानूँगा।"

सेठ जोर से हँसा। हँसते-हँसते ही बोला, "इत्ते बरस फकत सुना ही था कि आपकी जरा हँसी-ठिठोली की आदत है। आज खुद देख लिया।"

सेठ ने ज्यादा मनुहार की तो उज्जैन का वो जौहरी रातवासे के लिए वहीं रुक गया। सेठ ने बत्तीस पकवान बनवाकर, चाँदी के थाल में खुद परोसगारी की। जौहरी अपने हिसाब से चाँदी की चौकी, चाँदी के थाल और सोने की कटोरियों के ठिकाने का पता लगाता रहा। सेठ भी काफी जल्दी उठता था, परन्तु जौहरी उससे भी दो घड़ी पहले उठा और बाग में बँधे घोड़े को एड़ लगायी। सेठ ने पलँग के पास जाकर देखा तो पलँग खाली! जोर-जोर से पुकारा भी, लेकिन जवाब में फकत घोड़े की टापें सुनाई दीं। वो यह सोचकर बाट जोहता रहा कि यहीं-कहीं घूमने गये होंगे, अभी लौट आयेंगे। मगर उसे न लौटना था, न लौटा। सवेरे सूरज उगने पर नगर-सेठ की हवेली में अँधेरा छा गया! हाय-तोबा मचाते सेठ ने राजा से फरियाद की। मगर सारी बात सुनकर राजा ने चोर का पीछा किये जाने से साफ मना कर दिया। उलटे सेठ को फटकारा कि जब बेचारे चोर ने बार-बार कहा कि वो चोर है तो उसने भरोसा क्यों नहीं किया? ऐसे सत्यवादी चोर को तो इनाम

मिलना चाहिए! यह सुनकर सेठ की रही-सही सुध-बुध भी जाती रही। चण्डाल ने सोने के नाम पर तुस भी नहीं छोड़ा!

उधर माया खोकर सेठ का बुरा हाल था और इधर माया पाकर चोर का बुरा हाल था! बार-बार सोचता कि इतनी माया का क्या करे? दोनों हाथों से रात-दिन उलीचे, तब भी खत्म न हो। फिर एक आदमी की जरूरतें होती ही कितनी हैं? रहने के लिए बढ़िया तिमंजली हवेली। दूध-दही के लिए गायें। तबेले में अच्छी नस्ल के पाँच-सात घोड़े। घर में कपड़े-लत्ते, बरतन-बासन और बिस्तर तो पहले ही जरूरत से ज्यादा थे। वक्त-बेवक्त, सुख-दुःख में गरीब-गुरबों की मदद भी काफी करता था। जो भी हवेली में आया, उसे हाथ से जवाब दिया, जबान से नहीं। सराय और प्याऊ के नाम पर अच्छा-खासा धरमादा भी निकाला। किन्तु अपने कदीमी और पुश्तैनी धन्धे के अलावा कभी किसी दूसरे धन्धे के लिए मन नहीं ललचाया! भला, इस धन्धे का क्या मुकाबला! पहले तो इसकी लकब ही नहीं आयी। फकत हड्डियाँ-ही-हड्डियाँ तुड़वायीं! दोनों वक्त पेट भरना ही मुश्किल था। धन्धा तो अब भी वो ही है, मगर लोग-बाग कितनी इज्जत करते हैं! जी-हुजूरी करते हैं। किसी माई के लाल ने यह नहीं पूछा कि इतनी दौलत कहाँ से आयी? अब मालूम हुआ कि चोरी-डाका जुर्म नहीं, जुर्म है गरीबी! गरीबी सबसे बड़ा गुनाह है! धन की तो लीली ही न्यारी! इसके छत्तर तले सारे गुनाह, सारे पाप और सारे जुल्म छुप जाते हैं. . .!

अब रियासत के खजाने में चोरी करे तो मन को थोड़ा सन्तोष हो। धन तो जरूरत से ज्यादा है, लेकिन यों हाथ-पर-हाथ धरे कैसे बैठा रहे! अपना हुनर कैसे छोड़े! वो ही घोड़ा, वो ही पहनावा और वो ही सोने की छड़ी! किले की चहारदीवारी के बाहर पहरेदारों ने टोका, "आप कौन हैं और किस काम से पधारे हैं. . .?"

उसने घोड़े पर बैठे-बैठे ही जवाब दिया, "मैं चोर हूँ और रियासत के खजाने में चोरी करने जा रहा हूँ! रोक सको तो रोक लो!"

पहचान तो पहले ही लिया था। इसीलिए अदब से पेश आये। चोरों के, और ऐसे ठाठ! चोर होता तो छुपकर न आता! यह तो घोड़े से ही नहीं उतरा! राजसी लिबास! कीमती गहने! शानदार अरबी घोड़ा! जरूर कोई राजवंशी है! हाथ जोड़कर अर्ज की, "हुजूर, हमारी क्या जुर्रत, जो आपको रोकने की गुस्ताखी करें! कोई हुक्म हो तो फरमाएँ. . .।"

चहारदीवारी के भीतर जाने पर सदर दरवाजा आया। पहरेदारों ने झुककर 'खम्माघणी' की। वो आगे बढ़ गया। सातवीं पोल पर कड़ा पहरा था। हाथ जोड़कर कहा, "राजाजी को अर्ज किये बिना आगे जाने की सख्त मनाही है। आप श्रीमुख

से कुछ फरमाएँ तो हम जाकर अरदास करें। आप कौन हैं और किस काम से पधारे हैं?"

"मैं चोर हूँ और रियासत के खजाने में चोरी करने आया हूँ। तुम और तुम्हारे राजाजी रोक सको तो रोक लो। मन में मत रखना!"

पहरेदार मन-ही-मन डर गये कि उनको रोकने और पूछताछ से नाराज हो गये। नये दीवान की बात सुन रहे थे, शायद वे ही हों। वरना ऐसे ठाठ-बाट और किसके हो सकते हैं! कोहनियों तक हाथ जोड़कर बोले, "भूल हो गयी सरकार, माफी बख्शें। हमारी क्या जुर्रत जो आपको रोकने की गुस्ताखी करें।"

वो मुस्कराकर आगे बढ़ गया। पहरेदारों ने समझा कि उन्हें माफ कर दिया!

उसके बाद उसने ठेठ खजाने के सामने जाकर ही घोड़ा रोका। खजांची घोड़े की हिनहिनाहट सुनकर बाहर आया। हाथ जोड़कर बोला, "हुजूर को पहचाना नहीं!"

उसने कहा, "पहले बिना देखे पहचानने का रिवाज भी नहीं है! मैं चोर हूँ और खजाने में चोरी करने के लिए आया हूँ!"

खजांची तुरन्त समझ गया कि यह नये दीवानजी हैं! खजाने का मुआइना करने पधारे हैं। न पहचानने से चिढ़ गये। इसलिए टेढ़ी बात कर रहे हैं। अब चाकरी तो गयी! थर-थर काँपते बोला, "गरीबपरवर, अन्धा और अजान एक-सा होता है। ढलती उम्र के कारण नजर भी जरा कमजोर है।"

यह कहकर खजांची ने कमर से बँधी चाबियाँ खोलकर नये दीवान के सामने कीं। उसकी मनचाही हुई। चाबियाँ लेकर निःशंक अन्दर चला गया। खजांची घबराया हुआ बाहर ही खड़ा रहा। उसके पास धन की कमी तो थी नहीं। फकत रियासत के खजाने में चोरी का नाम करना था। सो चुनकर पाँच मोती जेब के हवाले किये और चाबियाँ वापस खजांची को सौंप दीं।

वापस जाते हुए उसे किसी ने रोका नहीं। चहारदीवारी से बाहर निकलते ही हवा के वेग से घोड़ा दौड़ाया। पहरेदार घोड़े के खुरों से उड़ती खेह देखते रहे और बात-की-बात में वो आँखों से ओझल हो गया।

ठप्पा लगाने से पहले खजांची ने एक बार फिर खजाना सँभाला। पाँच मोती कम! कहीं गिनने में गलती तो नहीं हो गयी! दुबारा गिना। तिबारा गिना। पाँच मोती कम थे, सो कैसे पूरे होते! अरे! वो तो सचमुच चोर था...! भगवान जाने राजाजी क्या दण्ड देंगे! चिल्लाने का इरादा किया ही था कि एक समझदारी की बात सूझी...! सोचा चोरी तो हो गयी। सारा इल्जाम चोर के मत्थे ही मढ़ा जायेगा। चोरों का क्या विश्वास! वैसे ही पाँच मोती अपनी अण्टी में खोंस लिये। फिर जोर से चिल्लाया—"चोर...चोर...चोर!"

किले के कारिन्दे और सिपाही ऐसे ही मौके की तलाश में रहते हैं। 'चोर-चोर' की गुहार सुनते ही चारों ओर से दौड़े आये। देखते-देखते खजाने के चारों ओर

गुल-गपाड़ा मच गया। सब इकट्ठे होकर राजा के पास गये। खजांची सारा वाकया सुनाकर, रोते-रोते बोला, "अन्नदाता, अगर चोर ऐसा अमीरी भेस ठसाकर दिन-दहाड़े इस तरह सरेआम सीना ठोंककर आने लगे तो खुद भगवान भी रखवाली नहीं कर सकता! मेरी तो औकात ही क्या!"

पहरेदारों ने खजांची की ताईद की। हाथ जोड़कर बोले, "माई-बाप, अब यह चाकरी हमसे नहीं होगी। अगर बड़े लोग चोरी करने लगें तो रखवाली का जिम्मा कौन लेगा. . .? और उस पर खुलेआम कहते जाना कि चोर हैं और राजा के खजाने में चोरी करने जा रहे हैं, रोक सको तो रोक लो! अन्नदाता, चोरी का यह बिल्कुल नया तरीका है। चोर तो गरीब होते हैं। बड़े लोगों को चोरी करने पर भी चोर कौन कहे? हुजूर, बड़े डाकू-लुटेरे तो राजा कहलाते हैं। उन्हें डाकू कौन कहे! जो कहे, उसका सिर कलम न कर दें. . .!"

वो राजा तो सिंहासन की शोभा मात्र था। राज-काज और न्याय-अन्याय के मसलों में ज्यादा समझता नहीं था। उल्लू की तरह सबकी बात चुपचाप सुन लेता, मगर कोई जवाब देते नहीं बनता था। राज-काज का सारा काम रानी सँभालती थी। वह बेहद होशियार थी। सारी बात सुनकर बोली, "इसमें तुम लोगों का कोई कसूर नहीं। तुम्हारी जगह अगर दीवानजी होते तो उस पर शक नहीं करते। खैर, बीती सो गयी! लेकिन चोर का पकड़ा जाना बहुत जरूरी है, वरना हुकूमत का डर कौन मानेगा? यह तो चोर की मेहरबानी थी कि समूचा खजाना हाथ लगने पर भी वो फकत दस मोती ले गया। अगर वो सारा खजाना ले जाता तो उसे रोकने वाला कौन था? जाओ, जहाँ कहीं भी हो, उसे पकड़कर मेरे सामने ले जाओ। चाहे वो सातवें आसमान में ही क्यों न छुपा हो! यह रियासत की इज्जत का सवाल है. . .!"

रानी का आदेश मिलते ही चौतरफा सिपाही दौड़ाये गये। घोड़े के खोज पहचानने वाले पागी सीधे उसकी हवेली पहुँचे। वो आराम से अपनी मैड़ी में सो रहा था। हलचल सुनकर बाहर आया। सिपाहियों ने फौरन पहचान लिया कि यह कल वाला ही घुड़सवार है! परन्तु चेहरे पर डर की शिकन तक नहीं! यह कैसी अनहोनी? पूछते ही जुर्म कबूल कर लिया। कहा, "भले आदमियो, इतनी जहमत उठाने की क्या जरूरत थी! मैंने तो पहले ही कह दिया था कि मैं चोर हूँ और रियासत के खजाने में चोरी करने जा रहा हूँ!"

चलने को कहते ही वो बेखौफ उसी घोड़े पर बैठकर उनके साथ हो लिया। ऐसा चोर न तो देखा और न सुना!

किले में पहुँचते ही शोर मच गया, चोर पकड़ा गया! रानी के आदेश से दरबार लगा। ऐसे नामी और निराले चोर को देखने के लिए दरबार खचाखच भर गया। आखिर में राजा आया और चुपचाप रानी की बगल में सिंहासन पर बैठ

गया। लोगों का इतना जमघट देखकर उसे बेहद ताज्जुब हुआ। कहीं तिल रखने की भी जगह नहीं थी। रानी के चेहरे की ओर देखते हुए बोला, "एक चोर को देखने के लिए इतनी भीड़. . .! हमारे दरसनों के लिए इससे चौथाई लोग भी कभी नहीं आये। यह तो राजा बनने के लायक है. . .!"

रानी ने आँख का इशारा किया तो राजा होंठों तक आये बोलों को वापस निगल गया। कभी चोर को देखकर मुस्कराता और कभी दरबारियों और रिआया को देखकर।

रानी ने ध्यान से देखा कि पूरे दरबार में कोई इतना खूबसूरत नहीं है, जो चोर के मुकाबले में टिक सके! पकड़े जाने के बावजूद चेहरे पर शिकन नहीं। उसे सहसा विश्वास नहीं हुआ। फिर पूछा, "सच बता, तेरे सारे गुनाह माफ हैं, तू है कौन?"

बार-बार एक ही सवाल का जवाब देते-देते उसे तैश आ गया। सोने की छड़ी हिलाते जोर से बोला, "कितनी बार कहूँ कि मैं चोर हूँ, चोर! सभी को होशियार करके खजाने में चोरी करने आया था।"

"कितने मोती चुराये?"

"पाँच।"

अब रानी खजांची से मुखातिब हुई। बोली, "तुम तो कह रहे थे कि दस मोती चोरी हुए. . .?"

खजांची ने हाथ जोड़कर अर्ज की, "अन्नदाता, चोरों का क्या भरोसा! यह सरासर झूठ बोल रहा है।"

चोर ने कहा, "मैंने तो जो बात थी, सच-सच बता दी। चोरी भले ही करूँ, मगर झूठ नहीं बोलने की मैंने कसम खा रखी है! छठे मोती को छुआ तक नहीं!"

रानी को चोर की बात सोलह आने सही लगी। खजांची की शक्ल देखते ही उसके मन की बात ताड़ गयी। कड़ककर बोली, "खजांची बिल्कुल झूठ बोल रहा है। दीवानजी, आप फौरन चार सिपाही लेकर जाओ और खजांची के घर की तलाशी लो।"

चोर के पाँवों में कितना दम! खजांची के चेहरे पर हवाइयाँ उड़ने लगीं। अदेर इकबाल कर लिया। घर से मोती लाकर काँपते हाथों से दीवान के हवाले कर दिये।

लोगों के अचरज की सीमा न रही। इस चोर ने तो बड़े-बड़े दयानतदारों को मात कर दिया! चोर का गुरु भी रिआया के बीच बैठा था। चेले की दिलेरी देखकर उसका सीना जोश में फूल गया। खड़े होकर फख्र के साथ अर्ज की, "हुजूर, यह मेरा चेला है और मैं इसका गुरु। मैंने ही इसे झूठ न बोलने की सौगन्ध दिलाई थी। सच, मुझे भी उस दिन यह विश्वास नहीं था कि यह इस तरह अपनी प्रतिज्ञा निभाएगा! चेले हों तो ऐसे. . .!"

यह सुनकर रानी की खुशी और बढ़ गयी। दीवान से कहा, "इस चोर की सच्चाई पर मैं बहुत खुश हुई। ये पाँचों मोती इसे इनायत कर दो।"

किन्तु चोर ने रानी की यह इनायत कबूल नहीं की। बोला, "मैं कोई बामन नहीं हूँ, जो बख़्शीश के लिए हाथ पसारूँ. . .।"

एक नाकुछ चोर. . .किसी को सपने में इल्म नहीं था कि थटाथट भरे दरबार में, रानी की बख़्शीश इस तरह ठुकरा देगा! चारों ओर सन्नाटा छा गया। रानी को गुस्सा आने पर शेर भी उससे नजर नहीं मिला सकता था! उसकी खीज होने पर बख़्शीश की जगह फाँसी मिलना तो मामूली बात है! बेवकूफ़ शायद रानी का स्वभाव नहीं जानता।

रानी को गुस्सा तो ऐसा आया कि इसी वक्त इसका सिर कलम करवा दे। मगर दूसरे ही पल खौलते गुस्से को दबाकर, फीकी हँसी हँसते हुए बोली, "मैं जानती थी कि इस उलटी खोपड़ी के चोर की जबान से यही बात निकलेगी!"

फिर दीवान को आदेश दिया, "ये दसों मोती इसके गुरु को दे दो। इन्होंने ही तो इसे झूठ न बोलने की कसम दिलाई थी!"

सचमुच, वो चोर तो एकदम उलटी खोपड़ी का। निःशंक बोला, "पाँच मोती तो मेरी कमाई के हैं! किसे दूँ, किसे न दूँ, यह मेरी मरजी. . .!"

इस बार दीवान अपने को न रोक सका। तमतमाकर बोला, "चण्डाल की जबान बहुत ज्यादा बढ़ गयी है! हुजूर की मेहर का बेजा फायदा उठाकर कभी से बक-बक किये जा रहा है! चोरी और सीनाजोरी! रियासत के खजाने से सरेआम चोरी करके ले गया और बेशर्म कहता है कि उसकी कमाई के हैं. . .!"

चोर मुस्कान के साथ कहने लगा, "दीवानजी, क्यों नाहक गुस्सा हो रहे हैं! हम सभी खाली मुट्ठी आते हैं और खाली मुट्ठी ही चले जाते हैं! अपना कहने को तो यह शरीर भी नहीं। जिसका जितना बस चलता है, वो उतनी ही दौलत अपने कब्जे में करता है। कोई छोटा चोर तो कोई बड़ा चोर. . .! बड़ा चोर हमेशा छोटे चोरों को दण्ड देता है! मैं पूछता हूँ कि रियासत के खजाने में ये मोती कहाँ से आये? थूकने पर, राजा हो या रंक, सबके मुँह से थूक निकलता है! जो जितनी माया लूट सकता है, लूटता है। खाली हाथ लूट नहीं हो सकती। धन, धरती और तलवार की ताकत हो तो लूट ज्यादा होती है! बड़े और छोटे चोर में बस इतना ही फर्क है। मुझे ही ले लो। पहले मैं झूठ के अलावा कुछ नहीं बोलता था और दुनिया भी उसे झूठ मानती थी। तब रोटी के भी लाले पड़ते थे। अब मैं खालिस सच बोलता हूँ, तब भी दुनिया उसे झूठ मानती है। सच मानने की हिम्मत नहीं होती! लेकिन दुनिया के इस अजीब रवैये से मुझे बहुत फायदा हुआ। बेशुमार धन हाथ लगा!"

उसकी बातें सुनकर सभी हैरान रह गये! रानी पर तो जादू-सा हो गया! और राजा भी उसी तरह अपने में ही खोया, मन्द-मन्द मुस्कराता रहा।

खजांची को सरेआम सौ जूतों की सजा मिली। चोर के गुरु को पाँच मोती बख्शीश में मिले, जिसे उसने खुशी-खुशी सिर नवाकर कबूल किया। अगर उस दिन वो गुस्से में उसे चेला नहीं मूँड़ता और यह इस तरह सौगन्ध न निभाता तो आज बख्शीश की मेहर कैसे होती. . .?

गहरे तहखाने में जंजीरों से बँधा चोर सोच में डूबा था। यहाँ तो सूरज के रहते भी निपट अँधेरा है! इन बेरहम धींग 'हुक्मरानों' की आज इतनी मनमानी कि ये सूरज की रोशनी और हवा से भी निरबल को महरूम रखते हैं! तब जमीन-जायदाद के तो अपने बस चलते, पास ही न फटकने दें!

रफ्ता-रफ्ता अँधेरा घना होने लगा। लगता है, रात हो गयी। अँधेरा, चौतरफा अथाह अँधेरा! आज तो एक तारे की हलकी-सी झलक भी उसके हिस्से नहीं आयी। सहसा उसकी आँखों के सामने मसान वाले पीपल के पत्ते झिलमिलाने लगे। पूनम का चाँद सिर पर चढ़ आया था। दिप-दिप करती गाढ़ी चाँदनी! अनन्त, असीम! साँय-साँय करती हवा। पत्ते-पत्ते का फर-फर संगीत। और पत्ते-पत्ते पर छम-छम नाचती चाँदनी! उस नजारे के बदले सारी दुनिया की दौलत भी हाथ लग जाये तो किस काम की! आँखों के ऐन सामने होते हुए भी वो नजारा कितना अगम और अगोचर था! दिखते हुए भी नहीं दिखना! होते हुए भी नहीं होना! आज इस अँधेरे में उस नजारे की महत्ता ठीक से समझ में आयी!

कि इतने में दरवाजा चरमराया। हलकी रोशनी हुई। फिर एक लड़की हाथ में दीया लिये उसके पास आयी। वह रानी की खास भरोसेमन्द दासी थी। बोली, "आपको रानी साहिबा ने याद फरमाया है. . .!"

चोर के मुँह से आप ही सवाल निकला, "क्यों?"

दासी मुस्कान को दबाती बोली, "मोतियों की चोरी का फैसला जो करना है. . .!"

यह कहकर उसने दीया फर्श पर रखा और उसकी जंजीरें खोलीं। तहखाने में खनखनाहट गूँज उठी। वो चुपचाप उसके साथ चल पड़ा। बाहर निकलते ही उसने ऊपर देखा। तेरस के चाँद की धवल चाँदनी चारों दिशाओं में एक सरीखी छायी थी। उसके झीने घूँघट में ऊँघते हुए तारे, अनगिनत तारे। आधी पलकें मुँदी हुई। मधुर-मधुर ठण्डी हवा। जैसे ऊँघते हुए तारों के लिए लोरी गुनगुना रही हो! अगर अँधेरे की यह सजा नहीं होती तो कुदरत की यह अथाह, असीम और अनमोल दौलत उसके हाथ कैसे लगती! है कोई ऐसा जौहरी जो आकाश के इन अलेखों

हीरे-मोतियों की परख कर सके और एक भी हीरे का मोल चुका सके! वो कुदरत की इस समूची माया का स्वामी बन गया! कहीं भी सेंध लगाने की जरूरत नहीं पड़ी. . .!

दासी के पीछे-पीछे, धम-धम सीढ़ियाँ चढ़कर वो रानी के रंगमहल में पहुँचा। चारों कोनों में रोशन सोने की दीवट। सिंगार से लदी रानी। इत्र-फुलेल की भीनी-भीनी महक। चाँदी की चौकी पर सोने का थाल जिसमें सोने की कटोरियों में बत्तीस पकवान। रंगमहल में आते ही दासी सोने के थाल पर चँवर डुलाने लगी।

रानी ने कहा, "आज तुम्हारी बातें सुनकर इतनी खुशी हुई कि कह नहीं सकती। ऐसे नेक आदमी को सजा देना सबसे बड़ा जुर्म है! मेरे रहते इस रियासत में ऐसा जुर्म नहीं हो सकता। परन्तु तुमने तो मेरी बख्शीश ही कबूल नहीं की। अगर उस समय तुम्हारे गुरुजी उन मोतियों को न लेते तो मेरा पानी उतर जाता! उन्होंने मेरी लाज रख ली! जब चेला ऐसा है तो गुरु ऐसा क्यों न हो! तुम्हारे इनकार करने पर मैंने बड़ी मुश्किल से अपने गुस्से को काबू में रखा। लेकिन अब मेरी कोई बात मत टालना। तुम्हारे जैसा नेक, समझदार और सच्चा दीवान मिल जाये तो राज करने का कुछ मजा आये. . .!"

चोर ने कहा, "ऐसे निर्मल हृदय वाले राजा के होते हुए आप राज-काज के कीचड़ में फँसती ही क्यों हैं? मैं तो उनकी मुस्कान देखते ही समझ गया था कि ऐसा उजला मन दुनिया के किसी राजा का नहीं हो सकता! राजा का ऐसा निर्मल और उजला होना चलता भी तो नहीं! उनकी मुस्कान तो मुझे रियासत के खजाने से भी ज्यादा कीमती लगी!"

रानी मुस्करायी। बोली, "तुम दोनों एक ही थैली के चट्टे-बट्टे हो। वे तुम्हारी बड़ाई करते हैं और तुम उनकी। किसी को नहीं मालूम कि तुम्हें देखकर उन्होंने क्या कहा था। सुनकर तुम भी हँसोगे। मैं इशारे से चुप नहीं करती तो भगवान जाने वे क्या और अंट-संट बोलते रहते! उन्होंने तो तुम्हें राजा तक बनाने का सोच लिया था। उनके बस में हो तो वे तुम्हें राजा बनाकर ही दम लें! मैं जानती हूँ कि रियासत के इतिहास में आज तक इतने लोग इकट्ठे नहीं हुए। मगर कोरी भीड़ से क्या होता है! लेकिन उन्होंने भीड़ देखकर अपना भोलापन दरसाया ही। बोले कि जिस राजा के लिए इससे चौथाई भीड़ भी नहीं होती, उसे यह सिंहासन शोभा नहीं देता। जिसे देखने के लिए ही इतने लोग इकट्ठे हुए हों, उसे ही राजा होना चाहिए! गाड़ी धान की मुट्ठी बानगी! देख लिया, अपने राजा का मन! यह तो बच्चे की तरह भोले और अबूझ हैं. . .!"

चोर बोला, "नहीं, मैं आपकी बात नहीं मानता। बड़े-से-बड़े चक्रवर्ती राजा का सिंहासन इतना दूभर नहीं है, परन्तु ऐसे राजा तो विरले ही मिलते हैं! आप तकदीर वाली हैं कि आप ऐसे राजा की रानी हैं!"

फिर सोने के थाल की ओर देखकर उसने ताज्जुब से पूछा, "आधी रात होने आयी और अभी तक हुजूर ने थाल नहीं अरोगा?"

दासी मुस्कराते हुए बोली, "यह थाल तो आपके लिए सजा है. . .!"

चोर तेजी से बोला, "मेरे लिये? मैंने तो सोने के थाल में न खाने की कसम ले रखी है। लेकिन मेरे लिए इतनी खातिरदारी की जरूरत क्या थी? देखकर भी विश्वास नहीं होता कि एक अदने चोर की इतनी आवभगत! मैं तो हथेली में सूखे-टुकड़े खाता रहा हूँ। ऐसा खाना मुझे पचता नहीं! और न ही सारी उम्र दुत्कारे हुए चोर के गले में यह इज्जत उतरती है। किसी के हाथ वहीं तहखाने में दो टुकड़े भिजवा देतीं। मैं उन्हें ही बत्तीस पकवान मान लेता!"

रानी बेहद होशियार थी। बात सँवारते बोली, "हीरे की कीमत जौहरी ही जानता है। बेचारे मेमार उसमें और कंकरों में फर्क क्या जानें! आदमी को उसके लायक इज्जत न देना सरासर जुल्म है! आप जैसा नेक सारी रियासत में कोई नहीं है। ऐसे आदमी की कद्र न करना एक रानी को शोभा नहीं देता। इस दासी से पूछ लो। मैंने तो यहाँ तक तय किया है कि देव-झूलनी ग्यारस के दिन ठाकुरजी की तरह तुम्हारी झाँकी निकालूँ। हाथी पर सोने के हौदे बिठाकर, चँवर डुलाते हुए, तुम्हारी सवारी गली-गली घुमाऊँ. . .!"

यह सुनते ही चोर को हँसी आ गयी। उसे हँसते देख रानी चुप हो गयी। हँसी रुकने पर कहने लगा, "मेरी बात पर यकीन न हो तो गुरुजी से पूछ लीजिएगा। सोने के हौदे पर न चढ़ने की भी मैंने कसम खा रखी है। मेरा नसीब. . .! उस दिन क्या सोचकर इन बातों की तलाक ली और आज वे ही सामने आयीं! और मैं एक नाकुछ चोर आपके मुँह पर ही मना कर रहा हूँ! फकत गुरुजी से चुहल करने के लिए मैंने अनहोनी बातों की सौगन्ध ली थी। अगर उस दिन सपने में भी इस संयोग की आस होती तो हरगिज इन प्रतिज्ञाओं में नहीं फँसता! मगर अब पछताना बिल्कुल बेकार है। अब तो मरकर भी प्रण नहीं तोड़ सकता। मैं माफी चाहता हूँ। गुणी लोगों का मान करने का यह गुण तो आप ही में देखा। यह गुण तो देवताओं में भी नहीं मिलता! मेरी सच्चाई की आपने इतनी कद्र की। उम्र-भर एहसानमन्द रहूँगा। चोरी तो मेरा हुनर है, परन्तु मैं गुणचोर नहीं हूँ!"

उसकी बातों से रानी का मन बाग-बाग हो गया! रानी ने दासी को देखा और दासी ने रानी को। रानी की आँखों में हृदय का लहराता ज्वार नजर आया तो वह उसके कहे बगैर ही बाहर चली गयी और रानी दरवाजा भिड़ाकर चोर के पास आयी। उसकी आँखों-में-आँखें डालकर बोली, "चोर तो सोये हुए के सपनों का पता लगा लेते हैं और तुम इतने अबूझ कि जबान से कहने पर भी मेरे मन की बात नहीं समझे! मैंने यह सब प्रपंच किसलिए किया, तुम्हें इसका इल्म भी

है? अभी तुमने कहा कि तुम गुणचोर नहीं हो। इससे अच्छा मौका और कब आयेगा! इस सेज को अब और मत तड़पाओ! यह कबसे हमारा इन्तजार कर रही है...?"

बात पूरी होने से पहले ही रानी ने उसका हाथ पकड़ा तो उसे ऐसा लगा जैसे कोई नागिन उसकी कलाई से लिपट गयी हो! रोम-रोम में झुरझुरी-सी दौड़ गयी। झटके से हाथ छुड़ाया। कहने लगा, "हँसने से आप नाराज होंगी, इसलिए होठों पर आयी हँसी को रोक रहा हूँ, फिर भी असलियत तो बतानी ही होगी। वाकई मैंने रानी की खाट पर नहीं चढ़ने की कसम खा रखी है...!"

बिफरी हुई नागिन ऊँचे स्वर में बोली, "बेवकूफ! रानियों की खाट नहीं, सोने के पलँग होते हैं!"

"लेकिन मतलब एक ही है...!"

रानी के कलेजे से गोया तीर पार हो गया! अब पत्थर को कैसे समझाए! वास्तव में पत्थर होता तो वो भी समझ जाता। यह इनसान होकर भी पत्थर बन गया। अब क्या करे? उसका चेहरा फक हो गया, जैसे उसकी देह का समूचा खून निचुड़ गया हो...!

इनसान की कोई भी कमजोरी रानी से छुपी नहीं थी। उसने आखिरी तीर छोड़ा! बोली, "अभी आपने कहा था कि राजाजी इनसान नहीं, देवता हैं। तब ऐसे देवता का धरती पर नहीं, देवलोक में राज होना चाहिए। उन्हें देवलोक पहुँचाने और आपको यहाँ का राजा बनाने का जिम्मा मेरा। आपको सिंहासन पर बैठने की तकलीफ तो करनी ही पड़ेगी। इसके बाद आपको कोई और जोखिम उठाने की जरूरत नहीं होगी। रानी होकर आपके पाँव पड़ती हूँ, मुझे और मत जलाओ...!"

एक-एक शब्द स्पष्ट सुनकर भी उसे इस बात पर लेशमात्र भी विश्वास नहीं हुआ। तहखाने के अँधेरे में लेटा कहीं कोई सपना तो नहीं देख रहा है...? आँखें मसलकर इधर-उधर देखा, सचमुच रानी का रंगमहल। चारों कोनों में जगमगाते सोने के दीवट। सोने का पलँग। और उसके पाँव पकड़कर बैठी रानी! झिझककर पाँव छुड़ाये। बाँह थामकर उसे पलँग पर बिठाया। बोला, "देश की मालकिन होकर आप यह क्या पागलपन कर रही हैं? मैं मरते दम तक झूठ नहीं बोलूँगा। मैंने तो इस बात की भी कसम ले रखी है कि कभी किसी राज का राजा नहीं बनूँगा! करमहीन के फूटे भाग को विधाता भी नहीं बदल सकता!"

देश की मालकिन तो आज दर-दर की भिखारिन बन गयी! सिसकते बोली, "मेरे लाख जतन करने पर भी न आपका भाग बदला, न मेरा! मैंने तो अपने बस चलते कोई कसर नहीं रखी। आप नहीं माने, उसका तो मैं भी क्या करती? आप मान जाते तो किसी का कोई कसूर नहीं था। लेकिन अब सारा कसूर मेरा ही माना जायेगा। आपसे कोई पूछे तो हरगिज आज की रात का भेद मत बताना! मेरी आबरू अब आपके हाथों में है...!"

चोर ने कहा, "लेकिन मेरे गुरुजी ने ही तो मुझे झूठ न बोलने की कसम दिला रखी है! मैं झूठ कैसे बोल सकता हूँ. . .?"

यह सुनते ही रानी तमतमाकर पलंग से उठ खड़ी हुई। मानो नागिन की पूँछ पर पाँव पड़ा हो! डसने के लिए अदेर पलटी! यह सच्चाई प्रकट होने पर उसके शील पर कालिख पुत जायेगी! सारा भण्डा फूट जायेगा। सिंहासन को आँच लगे, ऐसा साँच भला कौन सहे. . .? कैसे सहे. . .? जोर से चिल्लायी, "चोर. . .चोर . . .चोर!"

पहरेदार और सिपाही तो ऐसे ही मौके की तलाश में रहते हैं! और आवाज भी रंगमहल से! खुद रानी के मुँह से! सिपाही चारों ओर से नंगी तलवारें लेकर दौड़े। आखिर झूठ न बोलने की कसम का इस तरह तलवार से अन्त हुआ! सत्ता की ताकत के आगे साँच की ताकत कब तक ठहरती! रानी के देखते-देखते उन्होंने सत्यवादी चोर के टुकड़े-टुकड़े कर डाले! सच, झूठ की कैफियत देने का मौका ही नहीं मिला. . .!

इस कहानी को यहीं खत्म हो जाना था, मगर रानी का तिरिया-चरित्र उसे कैसे खत्म होने दे! वो कदम-'कदम पर आड़े आकर इसे खींचता है! दूसरे ही दिन, सूरज ढलने पर फिर रात आयी। पिछली चाँदनी रात से भी बढ़कर! वो ही रंगमहल। वो ही सोने का थाल। वही दासी आधी रात ढले चेले के गुरु को दीये की रोशनी में, उसी तरह रंगमहल में लायी। गुरु के लिए तो किसी कसम-वसम का झमेला था नहीं! रानी ने जैसा कहा, उसने वैसा ही किया! चेले से गुरु हमेशा बड़ा होता है! रंगमहल की उस अनमोल रात के बाद फिर दिन उगा और शुभ-मुहूर्त की मंगल घड़ी में खुद राजा के हाथ से उस भेसधारी पूजनीय महात्मा का राजगुरु के लिए तिलक हुआ. . .! और यहीं सत्ता के नगाड़ों और वैभव के गाजों-बाजों के साथ इस कहानी को खत्म हो जाना चाहिए! एक अदने चोर के खून में लथपथ कहानी अच्छी नहीं लगती. . .!!

जुलाई, 1971

आदमखोर

आदम की औलाद में फकत आदमी की ही तासीर नहीं होती। कभी-कभार वनपाखी और जानवरों की तासीर भी आदमी के जाए में पायी जाती है। कई आदमी आक, धतूरे, नागफनी, बबूल की तासीर लिये होते हैं तो कई शेर, सियार, बाघ, गीदड़, कुत्ते, गधे, बाज, गिद्ध, कव्वा, साँप, अजगर वगैरह की तासीर लिये। बरसों पुरानी बात है कि देवी के एक मन्दिर के पुजारी ने जन्म तो आदमी के अंश और औरत की कोख से ही लिया था, लेकिन उसमें असर आ गया धतूरे और कव्वे का। बचपन में उसकी करतूतों से तंग आकर, उसके माँ-बाप ने यह सोचकर उसे मन्दिर के हवाले कर दिया कि शायद देवी की शरण में वो सुधर जाये। मगर धतूरा घी-दूध से सींचने पर भी अपना असर नहीं छोड़ता। बरसों भजन सुनकर भी कव्वा अपने लच्छनों से कब बाज आता है! स्वभाव जीव के साथ आता है और साथ ही जाता है। गधा सारी उम्र गीता-पाठ करके भी गधा ही रहेगा। वो पुजारी तिलक-छापों के लिए काफी चन्दन बिगाड़ता। खूब माला जपता। देवी की पूजा करता। भाँग जमाता। गाँजा चढ़ाता। आँखें हमेशा अंगारों-सी दहकती रहतीं। नाभि तक दाढ़ी और सिर पर बया के घोंसले-सी जटा। पीले दाँत। पूरे शरीर पर रीछ की तरह रोमावलि। पूरा कद। छोटी गर्दन। मोटे होठ।

निखट्टू जाहिल पुजारी का भाग कि पुजारन सीधी थी। गमखोर। फिर भी वो खब्त सवार होने पर उसे जब-तब पीट देता, गोया यह उसकी दिनचर्या में शुमार ही! वह यह सोचकर अपने मन को समझाती कि शायद खाविन्द के हाथों मार खाना ही गिरस्ती का ढर्रा है! मगर जब चूल्हे पर हँड़िया नहीं चढ़ती, तब उसे जरूर दुःख और चिन्ता होती। देवी के चढ़ाने से बमुश्किल गुजारा होता। पुजारी के लक्षणों से देवी की मान्यता भी धीरे-धीरे कम होने लगी। चढ़ावा दिन-ब-दिन कम आने लगा। इससे खुद देवी भी काफी परेशान थी!

एक दिन ब्यालू के बाद पुजारी ने जमकर गाँजा चढ़ाया और सोने को जाते हुए जरा ठिठका। पत्नी से कहने लगा, "यह देवी भी साली छिनाल है! जब उसका पुजारी ही कंगाल है तो औरों का क्या खाक उस पर भरोसा होगा! इस पूजा ने तो मुझे बिल्कुल निकम्मा कर दिया। किसी काम के लायक रखा ही नहीं। गुस्सा तो ऐसा आता है कि मन्दिर में मूरत समेत खुद भी भस्म हो जाऊँ। कुछ दिन बाट और जोह लूँ। फिर मैं भी बहुत बुरा हूँ। इसे सबक सिखाकर ही रहूँगा।"

पुजारन ने कहा, "इस मुक्ति से मुझे पीछे मत रखना। देवी और पति के बाद मैं किसके सहारे जीऊँगी?"

"अरे, यह तो मैं भूल ही गया था। खूब याद दिलाया। अगली अमावस को ही यह तमाशा कर लें। लोग भी याद करेंगे. . .!"

यह कहकर वो खटिया की ईस पर बैठ गया। पुजारन बोली, "आज यह अनहोनी कैसी? मुझे पीटे बगैर तुम्हें नींद कैसे आयेगी?"

बचपन में शायद कभी भूल से हँसा हो तो पता नहीं, मगर उसके बाद हँसना तो दूर, अपने होठों पर हँसने का नाम भी आया हो, उसे याद नहीं पड़ता। आज घरवाली की यह बात सुनकर पहली मर्तबा उसके होठों पर जरा-सी मुस्कान आ गयी। बोला, "तुझे भी शायद पिटे बिना चैन नहीं पड़ता। बड़ा अटपटा लगता होगा! क्यूँ? फकत तुम्हें पीटते समय मुझे यह लगता है कि मैं भी मरद हूँ! इतनी बड़ी दुनिया में तुम्हीं तो हो, जिस पर मैं अपनी ताकत आजमा सकता हूँ। बच्चे होते तो उन पर अफरा झाड़ता! अपनी ताकत जताने का सुख कोई कम नहीं होता! मायके की याद की तरह तुझे पिटने की मन में आयी लगती है, लेकिन अब इससे मेरा मन भर गया। अब तो देवी की मूरत पर ही हाथों की ऐंठन निकालूँगा। उसे हथौड़े से चूर-चूर कर, मन्दिर को आग लगाने के बाद ही चैन से मर सकूँगा। देख, मैं भूल जाऊँ तो तू याद दिलाना। ऐसा न हो कि अमावस निकल जाय।"

बड़ी मुद्दत के बाद उस रात उसे गहरी नींद आयी। लेकिन पुजारन की पलक न झपकी। यह कैसा जिम्मा उसके गले आ पड़ा! माने तो मुसीबत, न माने तो मुसीबत! इस जीवन में क्या सुख देखा! बेकार दोनों की जिन्दगी खराब की। अच्छा हुआ कि बच्चे नहीं हुए। वरना वो भी अपने भाग को रोते! इस उथल-पुथल में उसका सिर एकदम सूना हो गया। चिन्ता और दुखों का कोई ख़याल न रहा। रात के काले पर्दे में कितनों की जलन, सहवास और आनन्द के रंग मिले होते हैं, यह शायद विधाता भी नहीं जानता!

वक्त तो कयामत की भी परवाह नहीं करता, फिर उस बामन की क्या औकात! रात-दिन का चक्र अपनी रफ्तार से चलता रहा और अपनी बारी से अमावस भी आ गयी। इधर देवी परेशान थी। आखिर इस बखेड़िये को यह क्या बेजा सूझी! अगर एक दफा लोगों के मन से देवी-देवताओं की आस्था उठ गयी तो फिर कोई

उनका नाम लेवा भी नहीं मिलेगा। दूसरे जीवों को तो अपने जीवन से परे कोई ध्यान ही नहीं। उनकी बला से भगवान कल मरे या आज। गिद्ध, कव्वे, सियार और चींटियाँ तो भगवान की लाश को भी न बख्शें! इस मन्दिर का ठौर छूट गया तो फिर सौ-सौ कोस तक स्थापना नहीं होगी। मतलबी इनसान का क्या भरोसा! जाने कब उसकी गरज और जरूरतें बदल जायें. . .!

आखिर पुजारन ने यह सोचकर अपने को समझाया कि और कुछ नहीं तो कम-से-कम एक काम तो इस जीवन में अनोखा कर जाये! उसने चौदस की रात पति को याद दिलाया। वो उफन पड़ा, "इतना पहले कहने से कहीं याद रहता है! तड़के याद दिलाना।"

लेकिन तड़के जब पुजारी मन्दिर के लिए जाने लगा तो पुजारन को खामखयाली में कुछ याद न रहा। पुजारी बेतरह चिढ़ गया। बोला, "तुझे इतना कहा, फिर भी भूल गयी! तेरे भरोसे तो सारा गुड़-गोबर हो जाता! दिन में कहीं से बड़ा हथौड़ा माँग लाऊँ। लकड़ियाँ, घास-फूस वगैरा का इन्तजाम कर लूँ। रात को ब्यालू के बाद तू भी साथ चलना। कल तो चारों ओर अपनी ही चरचा होगी!"

और उधर देवी के हाल बेहाल थे। आरती कबूलना भारी हो गया। अपने पुजारी के लच्छन वह अच्छी तरह जानती थी। जाने कब खब्त सवार हो जाये और दिन को ही सिर का कचूमर निकाल दे। अब तो इसे सुखी करने में ही खैर है!

सूर्योदय के समय वो आखिरी आरती कर रहा था कि मूरत से देवी प्रकट हुई। चमचमाता सिंगार। अनमोल हीरे-मोतियों के गहने। अकेली भगतन को देखकर उसकी नीयत खराब हो गयी! गहनों के लिए झपटा ही था कि देवी मुस्कराकर बोली, "बेटे इतने बरस मैं तुम्हें परख रही थी। थोड़ा और धीरज रखता तो इन्द्र का सिंहासन बस मिलने ही वाला था। परन्तु तू बीच में ही धीरज खो बैठा। फिर भी तेरी इच्छा हो सो माँग। तेरी हर मंशा पूरी होगी।"

झालर उसके हाथ से छूट गयी। कोठरी झनकार से गूँज उठी! देवी सामने खड़ी मुस्करा रही थी। थूक निगलकर बोला, "अगर मैं पहले ही मर जाता तो. . .!"

वह फिर मुस्करायी। कहने लगी, "ऐसा मैं कभी नहीं होने देती! अपने भक्तों का हमें पूरा-पूरा ध्यान रहता है! फकत इन्द्रलोक की ढिलाई से तुम्हारी परख में इतनी देर हो गयी।""

जैसे प्रकट हुई, वैसे ही चली गयी तो. . .! इसका क्या भरोसा! अदेर बोला, "अपने सारे गहने मुझे दे दो। हम दोनों की उम्र बड़े आराम से कट जायेगी!"

"बिना गहनों के मेरी सारी सुन्दरता मारी जायेगी! और फिर हमारे गहने तुम लोगों के लिए बेकार हैं। तुम्हारे छूते ही ये मिट्टी के हो जायेंगे. . .!"

"फिर जो इच्छा हो सो माँगने के लिए क्यों कहा? मुझे जो माँगना था, मैंने माँग लिया! तुम्हारी तरह मेरी जबान उधार की नहीं है! तुम्हें रास्ते पर लाने का

तरीका तो मैं जान गया हूँ! अब माँगना होगा तो किसी से एक बड़ा हथौड़ा-ही माँगूँगा! मेरा दुःख तुमसे छुपा हुआ थोड़ा ही है। देना चाहो तो अपनी इच्छा से कोई भी वरदान दे दो!"

इतनी हेकड़ी. . .! उसे गुस्सा तो बहुत आया, किन्तु आपे से बाहर नहीं हुई। अपने भक्त को अच्छी तरह से जानती थी। दुखी और आफत का मारा ही मौका आने पर जोखिम उठा सकता है। सुखी आदमी बहुत दब्बू होता है! यह भी सुखी होते ही बदल जायेगा! फिर कोई डर नहीं। दूसरों के सुख से यह जलता भी बहुत है। अपनी नाक कटवाकर लोगों के अपशगुन करने वाले इस पुजारी को ऐसा वरदान दे कि यह सुखी भी हो जाये और दुखी भी हो जाये और दूसरों के सुख से भीतर-ही-भीतर जलता भी रहे! बोली, "बेटे, इतने बरस मेरी पूजा करके भी तेरा अन्तस् निर्मल नहीं हुआ। उलटे उसकी कालिख और बढ़ गयी! इससे तेरे साथ मेरा भी भद्दा लगता है! डाह-जलन मन से निकाल दे। जहाँ तक बन पड़े, किसी का भला कर।"

किसी के भले की सीख सुनते ही वो बिगड़ गया। बोला, "तू मुझे क्या पाठ पढ़ा रही है! ऐसी बातें तो मेरे पास बहुत हैं। सीख देने की बजाय अब जल्दी वरदान दे दो तो ठीक है।"

"तू है तो लाखों में एक। तेरी अकड़ पर मुझे नाज है। खीसे निपोरने वाले लल्लू आदमी किस काम के! परन्तु अपना भला-बुरा भी तू नहीं सोच सकता। आज से तेरा यह जिम्मा भी मैं लेती हूँ।"

"सुमत आयी तभी भली, किन्तु अब खामखाह देर क्यों कर रही है?"

आज देवी की प्रसन्नता का क्या कहना! उसके कहे का लेशमात्र भी बुरा नहीं माना। हँसकर बोली, "माँ के लिए सब बच्चे बराबर होते हैं। कपूत के लिए भी उसकी ममता में कमी नहीं होती। आज दिन तक किसी को नहीं मिला, ऐसा वरदान तुझे दूँगी! तेरे साथ औरों का भी कल्याण हो जायेगा।"

"औरों का कल्याण. . .? मेर हाथों. . .? इससे बड़ा दुःख मेरे लिए और क्या होगा! नहीं चाहिए मुझे ऐसा वरदान!"

"सारी उम्र तूने गरीबी और तंगी में गुजारी है। उससे तेरा सिर फिर गया। यों गुस्सा करने से काम नहीं चलता। जा, आज से तू जिस चीज की कामना करेगा, वह उसी पल तेरे सामने होगी। लेकिन साथ-ही बारह और बारह चौबीस कोस के इलाके में हर आदमी के लिए दूना वरदान फलेगा।"

वो जोर से चिल्लाया, "यह वरदान तो सराप से भी बुरा है! इससे तो मेरी कंगाली लाख दरजा अच्छी है! अपना वरदान वापस ले और दफा हो जा यहाँ से!"

जिस तरह अचानक मूरत से देवी प्रकट हुई थी, उसी तरह वापस मूरत में समा गयी। उसने मूरत को काफी झिंझोड़ा, किन्तु न देवी वापस आयी और न

ही कोई आवाज सुनाई दी। कुछ देर गुमसुम खड़ा रहा। सोचा, एक बार पुजारन से सलाह-मशविरा तो कर ले। इसमें क्या हरज है! इतने बरसों में देवी ने एक वरदान तो दिया!

मन्दिर से लौटते समय वो काफी खुश था। पुजारन दरवाजे पर खड़ी थी। वो लम्बे-लम्बे डग भरता, तेजी से आ रहा था। ऐसी चुस्ती तो आज ही देखी। दूर से ही पूछा, "क्या बात है! आज इतनी फुरती कहाँ से आ गयी?"

"आज मालूम पड़ा कि लातों के देव बातों से नहीं मानते. . .!"

फिर पुजारी ने उसे वरदान वाला पूरा वाकया ब्यौरेवार कह सुनाया। सुनकर पुजारन को ऐसा लगा जैसे उसने आज तक कोई दुःख देखा ही नहीं! उसकी खुशी की सीमा नहीं थी। कहने लगी, "मैं तो पहले ही जानती थी कि तुम्हारी पूजा फ़ज़ूल नहीं जायेगी।"

"फ़ज़ूल जायेगी और कब, फ़ज़ूल तो चली गयी। मुझसे दूना दूसरों को वरदान फलेगा, इससे बढ़कर सराप और क्या होगा. . .! तेरी अक्ल भाँग तो नहीं खा गयी. . .?"

"मैं औरत जात तुम्हें समझाने का गुमान नहीं कर सकती, परन्तु जरा सोचो तो औरों के सुख-दुःख से हमें क्या वास्ता! कंगाली में हमने दिन कितनी मुश्किल से काटे, याद करते ही रोंगटे खड़े हो जाते हैं! थोड़ी सुख की चाशनी भी तो चखें! हम जानें और हमारा सुख जाने! एक दफा वरदान को आजमाकर तो देखो। मर गयी तो मन-की-मन में रह जायेगी। आज तुम्हारे बस में है। फिर इतना सोचना क्या! तुम्हारे जैसे औघड़ पुजारी के पीछे आयी। जरा सुख की झलक तो दिखा दो. . .!"

दया-मेहर करने की रात तो वो जनमा ही नहीं था। परन्तु यह क्या कम बात थी कि आज घरवाली की इतनी बकवास सुनकर भी उसे गुस्सा नहीं आया। सिर खुजलाते बोला, "हाँ, कहती तो तू ठीक है। पहले आजमा तो लें। कहीं देवी ने झाँसा तो नहीं दिया. . .?"

मगर पहले-पहल माँगें भी तो क्या? कि सहसा उसे अपनी टूटी चिलम, फटी साफी और गाँजे का ख़याल आया। बोला, "हे मातेसरी, तेरा वरदान सच्चा है तो दो चिलम, दो साफी और एक कुल्हड़ गाँजे की इच्छा पूरी कर!"

उसके कहते ही अदेर सारी चीजें आ गयीं। दोनों भौचक्के से आँखें फाड़े देखते रह गये, बुत की तरह। अगर यों दरसाते ही इच्छा पूरी हो जाये तो फिर सुख का क्या कहना. . .! पिछली सारी कसर निकल जायेगी। पहले-पहल माँगा भी तो क्या! चिलम और गाँजा! और क्या माँगें? अगर वरदान एक दफा से ज्यादा नहीं फला तो! यह तो गजब हो गया! और साथ ही औरों को दूना वरदान फलता है, यह कैसी आफत! वो पसोपेश में पड़ गया। गाँजा जमाने पर शायद अक्ल कुछ काम करे! खूब दबा-दबाकर चिलम भरी। पुजारन कुड़ची में आग भर लायी। विचार

करने लगे कि अब क्या माँगें? सारी उम्र फाकामस्ती में गुजारी थी। कभी सोचते यह मिल जाये तो अच्छा। कभी सोचते यह हो तो अच्छा। अच्छी गुत्थी उलझी। एक साथ कई चीजों का ख़याल आता। ये सब भरे पेट के चोंचले हैं। भूखे को तो कुछ सूझता ही नहीं। पुजारन ने ज्यादा कोंचा तो उसने एक मूण आटा, एक मटकी नमक, एक-एक हँड़िया मिर्च-मसाला और एक गट्ठर जलावन माँगी। बड़ी हैरानी कि इधर उसने अपनी मंशा दरसायी और उधर ये सभी चीजें हाजिर हो गयीं...!

वे चकन-बकन रह गये! पुजारन ने फौरन चूल्हा जलाया। अब ढील क्यों? पुजारी के मन में खुशी के साथ-साथ दर्द भी कम नहीं था। औरों के यहाँ दूनी चीजें! यह बात कहीं इनसान-बन्दे के लिए बर्दाश्त करने जैसी है...!

पति को खिलाने के बाद पुजारन ने खाना खाया। भरे पेट का आनन्द ही कुछ और होता है। उम्र में पहली दफा भरपेट खाना नसीब हुआ था, लेकिन पुजारी उलटा ज्यादा दुखी हो गया। घरवाली के पास आकर बोला, ''भली मानस मेरा एक काम तो कर।''

''मैंने तुम्हारा काम कभी टाला है, जो आज पूछने की जरूरत पड़ी!''

''टाले तो मेरा नाम जानती ही है! जूते मार-मारकर टाट गंजी न कर दूँ! दौड़कर जा और घर-घर यह देखकर आ कि उन्हें यह वरदान दूना फला कि नहीं...?''

''हम क्यों किसी का ध्यान रखें। जो भी हो अपनी बला से। हमें तो अब किसी से आग भी माँगने की जरूरत नहीं। और यों तुम्हारे हाथों दुनिया का कल्याण हो रहा है! स्वारथ के साथ-साथ परमारथ भी कम नहीं।''

''जानती-बूझती कुछ है नहीं, फिर भी चबड़-चबड़ जरूर करेगी। इतने बरस दुःख तो जैसे-तैसे सह लिया, लेकिन इस सुख ने तो एक ही दिन में नाकों दम कर दिया। मेरे हाथों परमारथ हो, इससे तो मरना अच्छा, बहस न करके, जो मैंने कहा, वो कर।''

वह भला क्या कहती! पड़ोसियों के यहाँ पूछताछ की तो बिल्कुल सच निकली। फिरकी की तरह वह समूचे गाँव में घूम गयी। घर-घर वही बात। लोगों के अचरज की सीमा नहीं थी कि अचानक यह क्या हुआ! कहीं भूत-प्रेतों की लीला तो नहीं! पुजारन ने सबको देवी के वरदान की बात बतायी। आखिर उसके पति की तपस्या का फल दुनिया को मिला ही...!

वह घर लौटी, तब पुजारी बाहर चबूतरे पर मुँह लटकाये बैठा था। उसके आने की भनक पाकर मुँह ऊपर उठाया। पूछा, ''क्या सचमुच सबको दूना वरदान फला है...?''

पुजारन के मुँह से निकली 'हाँ' उसके कानों में तोप के गोले की तरह दगी। अजाने लोगों की बजाय अपने गाँव वालों के भले से उसे ज्यादा तकलीफ हुई।

अहसान मानना तो दूर हरामजादों ने उससे बात तक नहीं की! ऐसे नाशुक्रों का भला करना ही पाप है! बावले की तरह चक्कर काटते-काटते वो टूटी खाट पर लेट गया। पुजारन उसके हाथ-पैर दबाने लगी। कुछ देर बाद बोली, "तुम क्यों बेकार दुखी होते हो! आग लगे मुई दुनिया को!"

"आग लगती कहाँ है! लगती तो फिर रोना किस बात का था...?"

"जान है तो जहान है। तुम सलामत रहो तो सब ठीक होगा। कभी आईना देखा है...? क्या बजरबट्ट शरीर था! देखते-देखते सूखकर काँटा हो गया। एक भेली गुड़, एक पारी घी और सेर-भर मेथी हो तो लड्डू बना दूँ और शाम को तुम्हें चकाचक हलुआ खिलाऊँ। जरा अपना काम बस में आ जाये। फिर तुम्हारी मरजी हो जो करना...!"

मेथी के लड्डू और हलुवे का नाम सुनकर पुजारी के मुँह में पानी आ गया! लोगों से निपटने के लिए ताकत तो चाहिए ही! मौत की तुरही थोड़े ही बजती है! क्या मालूम, अगला साँस आये, न आये। पहले जरा खुद सँभल जाऊँ, फिर एक-एक को देख लूँगा। उसने लेटे-लेटे ही इन चीजों की कामना की और कामना करते ही सब हाजिर! गावा-घी की महक से कलेजा ठण्डा हो गया।

पुजारन को जैसे एक साथ दस जिन्दगियाँ मिल गयीं! कभी गुड़ को देखे, कभी घी को! जिनके घर में कभी नमक तक का टोटा था, उनके लिए यह कितनी खुशी की बात थी, यह वे ही जानें। कुछ देर बाद खुशी से उबरने पर उसे चेत हुआ। बोली, "हलुआ क्या हथेली में बनेगा! एक कड़ाही, एक कलछुल, दो काँसे की तसलियाँ और दो-एक थालियाँ हो जायें तो फिर कोई दिक्कत नहीं रहे।"

अचरज की बात कि पुजारी ने मना नहीं किया। आन-की-आन में सारी चीज-बस्त सामने आ गयी। पूरे बरतन-बासन और सामान होने पर हलुआ बनाने में क्या देर लगती है! थोड़ी ही देर में वह तसली भरकर हलुआ ले आयी।

हलुआ खाते-खाते पुजारी घरवाली का चेहरा देखते कहने लगा, "अच्छी तरह देख, मेरी आँखें खुली तो हैं...?" मैं कोई सपना तो नहीं देख रहा...?"

"पहले तुम बताओ, मेरी आँखें तो खुली हैं न...?"

"हाँ, तेरी आँखें तो पूरी खुली हैं। तू जग रही है।"

"तब तुम्हारी आँखें भी खुली हैं! तुम भी जाग रहे हो! सचमुच, आज अपने चूल्हे पर हलुआ बना...! जिसका पहले कभी सपना भी मुमकिन नहीं था, वही आज अपनी आँखों से देख रहे हैं!"

सुख की लालसा, उनके अजाने, आप ही चेतन होने लगी। आज तक जितना दुःख भुगतना था, भुगत लिया। अब तो जितना सुख भोगें, अपना है। उनसे परे बाकी दुनिया उनके लिए जैसे थी ही नहीं।

शाम के बाद नवलख तारों-जड़ी रात चिड़ियों की चहचहाट के रूप में पायल

झनकाती जमीन पर उतरी। कैसे मोहक तारे! कैसा प्यारा, दिलकश अँधेरा! कैसी मन्द-मन्द हवा! अपना अन्तस् सुखी होने पर यह दुनिया कितनी सुन्दर लगती है! अब ऐसे वरदान के होते पीछे क्यों रहना? झिलमिलाते तारों में पुजारी को अपना सुख दिप-दिप करता नजर आया। उस वक्त वो औरों के सुख-दुःख के लिए बिल्कुल बेखबर था। पुजारन की ओर मुखातिब होकर बोला, "कुछ ढोर-डाँगर हो जायें तो कैसा रहे? दूध-दही का आराम हो जायेगा!"

"रहने लायक अच्छा मकान न हो तो मवेशी फबते नहीं। साथ ही बाड़े में एक पक्का मवेशीखाना और पुआल की गंजी हो तो फिर सन्तोष हो जाये...!"

"ऐसा वरदान हाथ लगने पर सन्तोष कैसा! भोगें सो सुख अपना है!"

सहसा पुजारी के मन में बिजली-सी कौंधी। कहने लगा, "इस वरदान के बहाने, तू कहे तो देवी से एक मसखरी करें। ये छोटी-मोटी बातें भले ही पूरी हो जायें, लेकिन कोई अनहोनी बात देवी से भी शायद न बन पड़े। उसे भी हाथ जोड़कर अपना वरदान वापस लेना पड़ेगा। बचपन में नानी से सोने के महल की बातें सुनी थीं। इस वरदान के बाद भिखारियों की तरह क्या घड़ी-घड़ी हाथ पसारना! देवी की सात पीढ़ियों से भी सोने का महल बड़ी मुश्किल से खड़ा होगा। मुझे तो लगता है कि यह अनहोनी हो ही नहीं सकती। वरदान पूरा न होने पर देवी का ही भद्दा लगेगा, मेरा क्या..!"

यों लेटे-लेटे ही चुहल-चुहल में वो हाथ जोड़कर बोला, "हे मातेसरी, अपने नाम के मुजब, अगर देना ही है तो मुझे सोने का महल दे। और उस महल में सारे बरतन-बासन भी सोने के हों...!"

उसके मुँह से यह मंशा प्रकट होते ही आनन-फानन में वहाँ सोने का महल खड़ा हो गया। उसे सोते-सोते ऐसा लगा जैसे वो हाथ-भर ऊपर उठ गया हो। खटिया की झूल के बदले कोई सपाट और कड़ी चीज पीठ तले बिछ गयी हो। खटिया सोने का पलँग बन गयी थी। अचकचाकर उठ बैठा। गोबर-लिपी टूटी-फूटी दीवार की जगह यह पीली-पीली दीवार कहाँ से आ गयी? आँखें मलकर घड़ी-घड़ी देखा। कहीं वरदान फल तो नहीं गया...? पास ही पुजारन आक-बाक खड़ी थी। अचानक यह क्या लीला हुई...?

सोने का दीवट जलाकर रोशनी की। दोनों मियाँ-बीवी दीवारों को छू-छूकर देखने लगे। देवी में इतना माद्दा है क्या...? वो बोला, "शुरू में ही यह माँग लेते तो पिण्ड छूटता। नून-तेल की तरह यह वरदान दूना तो क्या फला होगा!"

जैसे सहसा कुछ याद आ गया हो। तेजी से बोला, "जरा ताक़ में देख तो, मेरी चिलमें सोने की हुईं या नहीं?"

पुजारन ने दो-तीन ताक़ों में देखा तो उसे सोने की दो चिलमें मिलीं। अरे गाँजे का कुल्हड़ भी सोने का! पुजारी ने जमकर गाँजे का दम लगाया। जोर की

खाँसी आयी जो काफी देर चलती रही। अब तो यह बुढ़ापा मौत के करीब पहुँच ही गया समझो। बीस साल पहले देवी की नींद खुल जाती तो कितना अच्छा रहता! अब इस महल में कितना रहना! कितनी रात और कितना सपना! यह वरदान तो उलटा पीड़ा का कारण बन गया। फसल सूखने के बाद मूसलाधार बारिश हो तो किस काम की...!

पुजारन का चेहरा देखते कहने लगा, ''तू तो एकदम बुढ़िया गयी। इस महल में तो इसके लायक ही जोबन और रूप होना चाहिए...!''

''तुम्हारी हालत तो मुझसे भी गयी-बीती है। मेरा क्या! तुम्हारे हाथों में इस दुनिया से चली जाऊँ, बस! मुझे कुछ और नहीं चाहिए। सोने का महल देख लिया, यह क्या कम बात है! मेरे मन में अभी-अभी एक बात कौंधी है। क्या देवी से जवानी का वरदान नहीं माँगा जा सकता...?''

''क्यों नहीं, जरूर माँगा जा सकता है। लेकिन यह बात तो मुझे पहले याद आनी थी! मेरी अक्ल को क्या हुआ? खैर कोई बात नहीं। देर आये दुरुस्त आये!''

उसने मातेसरी से दोनों के लिए जवानी माँगी और अगले ही पल वे भरपूर जवान हो गये! किसी को ऐसे सपने भी दूभर हैं और वे सारी लीला अपनी जिन्दगी में देख रहे हैं! ऐसा अचीता सुख शायद ही किसी को मिला हो! हद से ज्यादा खुशी के मारे इस तहह होशोहवास खो बैठे कि उन्हें अंगरलियों का भी ख़याल न रहा। पलक झपकते ही अनन्त खुशी की वह रात बीत गयी।

सवेरे रोशनी होते ही वो उठकर बाहर जाने लगा। जाते हुए बोला, ''देखें, आज सूरज कैसा उगता है...?''

यह कहकर वो फटाफट सोने की सीढ़ियों से छत पर जा चढ़ा। समूची बस्ती में सोने के महल! गो[illegible] जमीन पर बेशुमार सूरज उग आये हों! उनकी अचीती कौंध से उसकी आँखें च[illegible]धिया गयीं। हृदय में आग की लपट लपलपायी! सबके दो-दो सोने के महल और उसके एक...! और वे भी उसकी बदौलत! अपने दुःख के दिन तो उसने जस-तस काट दिये, मगर अपने हाथों से दूसरों को मिला सुख, भला वे कैसे बर्दाश्त करता? इससे बड़ा दुःख और क्या होगा...?

वो खौफनाक भूलभुलैया में फँस गया। सूरज को भी भस्म कर दे, ऐसी ज्वाला उसके हृदय में भड़की! उसके अन्तस् में आक, सियार, बाघ, साँप और कव्वे की तासीर सुलग उठी। पागल कुत्ते की तरह इधर-उधर चक्कर लगाते जोर से भौंका—''मेरी एक आँख फूटे! मेरा एक कान फटे! मेरे घर के सामने सौ गज गहरा एक कुआँ खुदे...!''

अपनी बात पूरी करते-न-करते उसे पत्नी का चीत्कार सुनाई दिया, ''हे भगवान, यह क्या हुआ? सोने का महल कहाँ चला गया? क्या सूरज उगते ही वापस अस्त हो गया! मुझे कुछ नजर नहीं आता...!''

वो फौरन उस चीत्कार का मायना समझ गया! धम-धम जीना उतरने लगा। पुजारन हाथों से टटोलती, दहलीज लाँघकर दालान पार करने ही वाली थी कि वो पूरी ताकत से चिल्लाया, "ठहर जा, ठहर जा! अब एक कदम भी आगे मत बढ़ना। सामने ही गहरा कुआँ है. . .।"

लेकिन पुजारन को कुछ सुनाई नहीं दिया। वो जीने से कूदा, तब तक वह कुएँ में जा गिरी। धम्म की आवाज सुनाई दी। जोड़ायत ने भरी जवानी में दगा दे दिया. . .!

उसके बाद वो घर-घर और गाँव-गाँव घूमा। बारह और बारह चौबीस कोस के घेरे में उसने अपनी एक आँख से लोगों को कुएँ में गिरते देखा। बात-की-बात में सबका यही हश्र हुआ! वो राक्षस की तरह डगडग हँसता रहा और सोने के महलों की अचीती माया देखकर, सारे आदमी मौत की गोद में जा पहुँचे! अब वो अकेला उन अनगिनत सोनल महलों का मालिक है! और कोई हक जताने वाला नहीं! नित नये महल में रात गुजारता। अब किसी को दूना वरदान नहीं फलेगा! देवी ने वरदान दिया तो क्या? उसे बरतने का विवेक तो उसका अपना था! आखिर उसके विवेक के आगे देवी का वरदान हार गया! वो खुशी में बाँसों उछलता, बगलें बजाता, बेतहाशा भागता और सोने के महलों को अपनी एक आँख से निहारता! मगर उसकी खुशी देखने वाला वहाँ कोई नहीं था. . .!

जून, 1974

मूजी सूरमा

इतिहास गवाह है कि उस जैसा सूरमा इस धरती पर न कभी हुआ, न होगा। वो एक ही ऐसा अवतार है, जिसका जन्म तो हुआ, लेकिन मरा नहीं। चाहे जिस देह में वो वास कर सकता है।

वो वक्त, वह हवा, वह धूप कितनी खुशी-किस्मत थी, जिस दौर में उस मूजी सेठ ने अपनी लीला रची।

सूरज के बयान माफिक उसका हुलिया कुछ ऐसा था—दुबली-पतली साँवली देह, जो न जिन्दा थी और न मुर्दा। हथेली की तरह खल्वाट खोपड़ी। बचपन में पूरा सिर बालों से ढँका था, पर रफ्ता-रफ्ता वे कहाँ खो गये, खुद सूरज भी नहीं बता सका। पैसा बढ़ने के साथ-साथ जाने क्यूँ वे किनारा करते गये! छोटी सुघड़ बत्तीसी। सामने के आठ दाँत करीने-से गढ़े हुए। दाँतों के बीच थोड़ी-सी दूरी। मुँह ऐसा, जैसे खाने के लिए नहीं बात करने के लिए बना हो। हिसाब-किताब में बेजोड़। ठिगना कद। मगर चाहे तो आकाश के तारे तोड़ ले! सूरज बही में छुपा ले! बदरंग पुरानी पगड़ी, जो सुनते हैं, कभी पीली थी। रेजी की अँगरखी। रेजी की धोती। नंगे पाँव।

बगल में बही के बहाने गोया समस्त चराचर दबा हो, इस रोब से न जाने क्या सोचता हुआ, वो ओरी से निकला। चौक में सेठानी पारसनाथ की मूरत राख से रगड़-रगड़कर माँज रही थी। पूजा के मँजे हुए बासन चमक रहे थे। सेठ की मिची-मिची आँखों में एक हरकत पैदा हुई। सूरज की नजर से भले कुछ छुपा रह जाये, लेकिन उसकी आँखों से कुछ भी छुपा नहीं रह सकता था। नाक-भौंह सिकोड़ते गुस्से और घिन से बोला, ''तुम्हें कितनी बार समझाया कि बासन रगड़-रगड़कर साफ मत किया करो।''

सेठानी ने अचकचाकर उसकी ओर देखा। यह तोतारटन्त सुन-सुन उसके कान

पक गये थे, पर वो था कि बिना कहे उससे रहा न जाता। अपना फर्ज तो निभाना ही था। वह जब तक न मानेगी, उसकी हिदायतें जारी रहेंगी। परन्तु यह अमोघ मन्त्र सुनकर वह और भी जोर-जोर से रगड़ने लगी। वो दो-एक कदम पास आकर थोड़ा-सा झुका। तीखी आवाज में बोला, "अच्छी तरह से कान खोलकर सुन लो, यह मूरत और पूजा के बासन घिस-घिसकर खतम हो गये तो मैं नये नहीं लाऊँगा।"

वह न चाहते हुए भी जरा-सी सिहर उठी। मूरत पर पानी डालते बोली, "छीः-छीः सवेरे-सवेरे भगवान के बारे में यह क्या ऊल-जलूल बक रह हो? बोलने के पहले कुछ तो सोचा करो!"

वो ठहाका मारकर हँसा—"भगवान तो बाजार में पैसों से मोल बिकता है। फिर पैसा भगवान से बड़ा हुआ कि नहीं?"

"अच्छा बाबा, अच्छा!" वह नजर उठाकर बोली, "तुम्हें हाथ जोड़ती हूँ, मुझे अपना काम करने दो।"

वह आगे भी कुछ कहने जा रही थी कि उसकी नजर बगल में दबी बही पर पड़ी। अचरज और गुस्से से पूछा, "तुम कहाँ जा रहे हो?"

"कहाँ क्या! दुकान कितने दिन से बन्द पड़ी है। अब मैं बिल्कुल ठीक हूँ।"

वह हाथ झटककर उठ खड़ी हुई। उसके मुर्दनी छाये चेहरे की तरफ देखती हुई दुखी स्वर में बोली, "इतनी जल्दी अपना वादा भूल गये! गंगा नहाये बगैर तुम्हें दुकान की ओर मुँह भी नहीं करने दूँगी। कैसे मरद हो! जबान से फिरते शरम नहीं आती।"

सेठानी की अक्ल पर उसे बहुत तरस आया। हँसने की चेष्टा करते कहा, "वादा तोड़ने से कमाई तोड़ना ज्यादा बुरा है। गंगा हो या पोखर, है तो बरसात का पानी ही। यह तो नासमझी का भेद है। कहो तो गाँव के तालाब में दस दफा नहा लूँ। ज्यादा पुण्य होगा!"

"यह पुण्य अपने पास ही रखो। एक दफा तुम्हें हरिद्वार भेजकर ही दम लूँगी। इस मनौती बगैर तुम ठीक होते भला!"

"क्या बच्चों की-सी बातें करती हो! गंगा नहाने वाले क्या बीमर नहीं पड़ते?"

"कौन कहाँ बीमार पड़ता है, यह मैं नहीं जानती। मैं तो इतना ही जानती हूँ कि मेरी मनौती से तुम ठीक हुए हो। तुम्हारे मन में फरेब था तो पहले वादा क्यों किया...?"

"इस गलती के लिए तेरे पाँव पड़ता हूँ। माफ कर दे।"

यह कहते-कहते वो सचमुच नीचे बैठ गया और पाँव छूने के लिए हाथ बढ़ाये ही थे कि सेठानी ने हड़बड़ाकर उसके हाथ पकड़ लिये—"अरे, अरे, यह क्या पागलपन कर रहे हो! कमाई के लोभ में घरवाली के पाँव पड़ते तुम्हें लाज नहीं आती! किसी ने देख लिया तो मेरी इज्जत दो टके की हो जायेगी।"

टके का बोल सुनते ही उसके मन की कली-कली खिल गयी। गोया बुझते दीये में तेल गेरा हो। खीसें निपोरकर कहने लगा, ''सचमुच, इज्जत के टके मिलते हों तो कहना ही क्या! तुझे हजार बार समझाया कि पैसे से बड़ा राम भी नहीं होता, लेकिन तेरी समझ में कुछ नहीं आता। दुनिया का सबसे बड़ा धरम है पैसा कमाना और आदमी का सबसे बड़ा गुण है—कंजूसी! कंजूसी को तू मामूली चीज समझती है? आज दिन तक किसी ने इसे नहीं सराहा, फकत बुराई-ही-बुराई की, फिर भी यह भले और नेक आदमियों के कलेजे में गहरी और अखूट जमी हुई है। बहादुरी, सच्चाई और दृढ़ता जैसे गुण इसके सामने फीके लगते हैं। मुझे तो सुनकर अचरज होता है कि नाकुछ गुणों की बेवकूफों ने कैसी-कैसी तारीफ की है! मैं भक्ति को भी इसके सामने तिनके बराबर गिनता हूँ।''

''यह सुनते-सुनते मैं तंग आ गयी।'' यह कानों में अँगुलियाँ डालते बोली, ''भगवान करे अब भी बहरी हो जाऊँ तो इससे पीछा छूटे।'' मुँह बिदकाकर उसने कोने की दीवार पर थूका और हिकारत से उसकी ओर देखा।

वो शान्त भाव से थूक को निगलते बोला, ''अगर निगलने से काम सरता हो तो थूक को भी बेकार क्यों गँवाना! यह मामूली-सी बात भी तेरी समझ में नहीं आती तो धर्म-पुण्य की बात क्या खाक समझेगी!''

''हाँ-हाँ, मैं कुछ नहीं समझती, पर तुम तो समझते हो। बाकी ऐश-मौज तो गयी भाड़ में, भरपेट खाना भी नहीं खाते। भूखे रह-रहकर तुम्हारी हड्डियाँ निकल आयीं। जरा सोचो तो, मरने पर एक दमड़ी भी तुम अपने साथ नहीं ले जा सकोगे।''

''किन बेवकूफों की बातों में आ गयी तुम भी! उनसे पूछो तो मरने पर क्या औरत साथ चलती है? फिर ब्याह क्यूँ करती हो? मरने पर मकान साथ चलता है? फिर मकान क्यों बनवाते हो? मरने पर बच्चे साथ चलते हैं? फिर बच्चे क्यूँ जनते हो? मरने का गहना साथ चलता है? फिर गहना क्यों गढ़वाते हो? और यह अच्छा खाना-पीना भी किसी के साथ नहीं चलता। फिर सुबह-शाम अनाज क्यों बरबाद करते हो? ठूँस-ठूँसकर नाक तक भर लो, मगर यह निगोड़ा पेट तो खाली-का-खाली। ज्यादा खाना ही तारीफ की बात होती तो ईली का मुकाबला कोई नहीं कर सकता, जो रात-दिन अनाज में पड़ी रहती है।''

सेठानी आखिर आजिज आकर बोली, ''समझ गयी, मेरा खाना-पहनना भी तुम्हें नहीं सुहाता। फिर तुमसे सिर लगाना बेकार है, पर तुम्हें हरिद्वार भेजने की मन्नत मानी है, सो भेजकर ही दम लूँगी। मैं भी तुमसे कम जिद्दी नहीं।''

उसने अपना सिर ठोंक लिया—''दुनिया में औरत भेजकर भगवान ने सबसे बड़ी भूल की। अरी मूर्ख, तू पानी-पानी में फरक समझती है? बरसात का पानी इकट्ठा होकर बहता है तो नदियाँ बनती हैं। इसमें कौन बड़ी बात! शास्त्रों के मुताबिक पति परमेश्वर होता है। मेरा कहा मान और हरिद्वार-हरिद्वार की रट छोड़कर

कंजूसी की माला जप। इससे पवित्र और महान न तो तीरथ है, न धरम, न मन्दिर, न भक्ति, न भगवान, न मोक्ष! एक दफा बरतकर इसका आनन्द तो देख।"

सेठानी हाथ नचाकर बोली, "तुम्हारे पीछे आयी तब से आनन्द ही तो देख रही हूँ और मरूँगी तब तक देखती रहूँगी। इस बकवास में भी अगर जरा कंजूसी करते तो मेरी आफत टल जाती। बक-बक की यह दातारी तुम्हें शोभा नहीं देती!"

"बकवास से कौन दाँत घिसते हैं या गाँठ से कुछ खरच होता है! तुझ जैसी नासमझ औरत शायद ही कोई और हो!"

सेठानी जाते हुए बोली, "तुमसे तो बात करना ही पाप है। आइन्दा तुमसे हरिद्वार की बात करूँ तो मुझे काला नाग डसे। तुम्हारे साथ जीना भी कोई जीना है! आज से ही मैंने रोटी छोड़ी। दस दिन बाद कुएँ में पड़ने पर जिन्दगी सुधर जायेगी। मेरी मौत के बाद तुम निगोड़ी कंजूसी के साथ चैन की बंसी बजाना!"

वो समझ गया कि यह गावदी मानेगी तो हरगिज नहीं। पर दस दिन तक रोटी न खाने की बात ठीक रही! काफी बचत हो जायेगी। इससे भी कम खर्चे में वो हरिद्वार हो आयेगा।

दस दिन तक वो अपनी बात पर अड़ा रहा, लेकिन ग्यारहवें दिन जब सेठानी लड़खड़ाती हुई कुएँ में गिरने के लिए रवाना हुई तो दबे स्वर में बोला, "अच्छा बाबा, अच्छा, तुम जीतीं, मैं हारा।"

सेठानी भी मान गयी। कातरता से उलाहना दिया, "फिर मुझे भूखों मारकर तुम्हें क्या मिला? पहले ही मान जाते।"

नास्तिक होते हुए भी उसने आस्था का ढोंग किया, "मानना, न मानना तो भगवान के हाथ है। उसकी मरजी के बिना पत्ता भी नहीं हिलता। उसके हुकम से पहले हरिद्वार कैसे जाता!"

सेठानी ने अदीठ भगवान को हाथ जोड़कर शीश नवाया। फिर डगमगाते पाँवों से रसोई की ओर बढ़ी। "मैं दलिया बनाऊँ, तब तक छकड़ा तो भाड़े कर लो।"

"छकड़ा! छकड़ा किसलिए?"

"क्या पैदल हरिद्वार जाओगे? तुम्हें तो मेरे सुख-दुःख की परवा नहीं, मगर मुझे तो तुम्हारा भला-बुरा सोचना पड़ता है। बीमारी से उठे हो। कमजोरी मिटी नहीं। पैदल मत जाओ। अच्छे बैलों की गाड़ी भाड़े कर लो। आराम रहेगा।"

बनिया सिर हिलाते हुए बोला, "ना, यह बात मैं हरगिज नहीं मानूँगा। तीरथों के लिए जितना दुःख उठाया जाये, उतना ही पुण्य बढ़ता है! तुम्हें तो उलटा खुश होना चाहिए।"

"जी नहीं मानता, इसलिए तुम्हारे आराम के लिए छीज रही हूँ। तुम्हें बुरा लगता हो तो तुम्हारी मरजी हो सो करो। मगर बीच राह से मत लौट आना।"

तो कन्धे पर फटी कम्बल, पुराना गमछा और हाथ में लोटा-डोर लिये वो पेदल ही हरिद्वार के लिए चल पड़ा। पाँव जमीन पर और आँख कन्दमूल और फलों पर—तोड़े और मुँह के हवाले। टेंट से कौन पैसे खरच करे! और फोकट के माल में क्या सोचना कि कितना खाये, कितना नहीं! पेट में जगह न हो तो क्या, गमछा तो है—कसकर बाँध लूँगा।

घर की लक्ष्मी भी अदीठ रूप में उसके साथ हो गयी। वह अपने भगत को परखना चाहती थी। उस जैसी अटल भक्ति कभी देखने-सुनने में नहीं आयी। यह तो धरम, भगवान, तीरथ, भक्ति और मुक्ति को भी कंजूसी के सामने कुछ नहीं गिनता। बहादुरी, सच्चाई और दृढ़ता जैसे गुणों को भी इसके आगे हेय समझता है। मियाँ-बीवी की बहस उसने पूरी सुनी थी। देखें, इसे यह कहाँ तक निभाता है!

राह में ठौर-ठौर उसे भेड़-बकरियाँ और ढोर-डंगर घास चरते दिखे। ज्ञान तो कदम-कदम पर बिखरा पड़ा है, बस आँख खुली रखने की जरूरत है। भेड़ों के एक झुण्ड की ओर ललचायी नजर से देखते वो मन-ही-मल बड़बड़ाया—''जानवरों की तरह आदमी भी घास खाने लगे तो कितनी बचत हो! धान खाकर पेट भरने की बुरी लत राम जाने कब छूटेगी...?''

अदीठ लक्ष्मी के अभिमान की सीमा न रही। इच्छा हुई कि भगत के चरणों की रज माथे लगाये। कंजूसी की कद्र अब तक यह मूर्ख दुनिया समझी ही नहीं। उसके आदर्श की स्थापना करने वाला अवतार पैदा ही कहाँ हुआ!

सेठ को एक और बात का ज्ञान हुआ। सारे तीर्थ, मन्दिर, देवी-देवता एक ही ठौर होते तो कितना अच्छा रहता! अलग-अलग तीरथ-यात्रा का कितना खरच बच जाता! आस्तिकों में ज्यादा अकल नहीं होती! जिस आदमी में कंजूसी का गुण नहीं, उसका जीना फिजूल है!

ठेठ हरिद्वार तक वो अपने गुण पर अडिग रहा। लक्ष्मी को मानना पड़ा कि लोगों ने यों ही दातारी के बखान किये। यश बढ़ाने वाली चीज तो सभी बरतते हैं। धन्य है यह बनिया, जो दुनिया-भर की निन्दा और बुराई तो सहता ही है, पर घरवाली भी दिन में दस बार लानत-मलामत करती है, फिर भी बन्दे की कंजूसी है वैसी-की-वैसी। भला, इसका मुकाबला कौन कर सकता है! लेकिन अभी इसे और कसौटी पर कसना होगा।

हरिद्वार पहुँचकर उसने बड़े-बड़े मन्दिरों को हिकारत से देखा। मूर्ख भगतों की कुलबुलाती भीड़। लालची पण्डों का पाखण्ड! नास्तिक सेठ का अविश्वास गंगा की नाईं उसने मन में हिलोरें भरने लगा। अन्धे इनसान ने धरम, भगवान, मन्दिर और देवी-देवता के नाम पर कितना पैसा बर्बाद किया है! इस मूरखता का कहीं अन्त नजर नहीं आता। इससे तो पशु-पक्षी हजार गुना अच्छे हैं। वे न तो किसी देवी-देवता में विश्वास करते हैं, न किसी मूरत के आगे सिर नवाते हैं।

पण्डों के कारनामे देखकर उससे ज्यादा वहाँ खड़ा नहीं रहा गया। उनके डर से सीधे मुरदाघाट पहुँचा। तब लक्ष्मी ने पण्डे का रूप धरकर उसे परखना चाहा।

वहाँ उसे कहीं पण्डा नजर नहीं आया। उसने कपड़े सीढ़ियों पर रखे और गमछा लपेटकर पानी में उतर गया। गंगा का पानी उस अवतार के चरणों को छूकर पवित्र हो गया! ठण्डे पानी से शरीर में सिहरन दौड़ गयी। फिर भी पानी का परस उसे अच्छा लगा! जाने कितनी जड़ी-बूटियाँ इस पानी में मिली हैं। छोटी-मोटी बीमारी होगी तो इसके परस से ही मिट जायेगी। हिम्मत जुटाकर वो कमर तक पानी में उतर गया। तीन-चार डुबकियाँ लगाकर उसने आँखें खोलीं। सामने पण्डे को देखकर वो चौंका। लेकिन अगले ही पल सँभल गया। पण्डा अपना फर्ज निभा रहा है तो वो अपना फर्ज निभाएगा। मुस्कराते बोला, "तुम्हारे डर से मैं मुरदाघाट आया, लेकिन तुमने यहाँ भी पीछा नहीं छोड़ा। यह मेरे लिए बहुत खुशी की बात है. . .!"

"पीढ़ियों के पण्डे को देखकर आप जैसे जजमान खुश न होंगे तो और कौन होगा!"

"लक्ष्मी की इस भक्ति की मैं जरूर बड़ाई करूँगा। मगर मैं भी तुमसे कम नहीं हूँ। तुम्हें भी मेरी अखूट भक्ति की सराहना करनी चाहिए।"

"यहाँ लक्ष्मी के भगतों का ही तो हमें आसरा है। मेरे दानवीर जजमान, दाहिने हाथ से सोने का टका बगसीस करें। आपका कल्याण होगा।"

"जो अपने हाथ से, चाहे वो दायाँ हो या बायाँ, सोने का टका दे, वो लक्ष्मी का भगत नहीं, घोर नास्तिक है!"

"कुछ भी हो, मैं आपके हाथ से सोने का टका लेकर ही रहूँगा।"

बनिये को दिल खोलकर बात करने का पहला ही मौका मिला था। बोला, "पागल हुए हो, देने के नाम पर में कंकर भी नहीं दूँगा। माँगना तुम्हारा धरम है और मना करना मेरा। दोनों को एक-दूसरे की आस्था की दाद देनी चाहिए। मैं तुम्हें देखकर बहुत खुश हुआ तो तुम्हें भी मुझसे खुश होना चाहिए।"

सचमुच, पण्डे का रूप धारे लक्ष्मी की खुशी का पारावार नहीं था। लेकिन उसने अपनी खुशी जाहिर नहीं होने दी। दीन भाव से कहने लगा, "कोरी-मोरी खुशी से पेट नहीं भरता, जजमान! कुछ-न-कुछ लिये बगैर मैं खिसकने वाला नहीं। भले ही सोने की बजाय चाँदी का ही टका दो। यह भी देते न बने तो ताँबे का ही दो।"

बनिया पण्डे की पीठ थपथपाकर बोला, "शाबाश, तुम्हें इसी तरह डटे रहना चाहिए! जब तक मुँह में जबान है, माँगे जाओ! यहाँ गंगा के पवित्र तीरथ पर लक्ष्मी की यह अडिग भक्ति देखकर मेरे मन की कली-कली खिल गयी। मुझे तो पैसे की लूट-खसोट ही सारे तीरथ-धाम और धरम का सार लगता है।"

"भक्ति और धरम की निन्दा करते तुम्हें लज्जा नहीं आती! तुम नहीं जानते, मैं एक सिद्ध पण्डा हूँ।"

"धन्य हो। किन्तु मैं भी एक सिद्ध बनिया हूँ!"

"तुम्हारी जात ही निकम्मी है। डर के बिना तुम्हारी अण्टी ढीली नहीं होती।"

गंगा का बहता पानी किसी से डरे तो वो बनिया डरे। उसके चेहरे पर डर की छाया तक नहीं थी। लक्ष्मी अपने भगत की दृढ़ता देखकर बहुत प्रसन्न हुई। अब तो इसे अन्तिम साँस तक परखना है। क्या उसकी भक्ति में यह हँसते-हँसते अपने प्राण निछावर कर सकता है? पण्डे ने गुस्से से आँखें लाल करके, अंजलि में पानी लिया। बोला, "इस पानी का परस होते ही तू भसम हो जायेगा। बोल, अब तो कुछ देगा?"

बनिया तब भी नहीं डरा। उसी तरह मुस्कराते हुए कहने लगा, "एक दिन सभी को मरना है। इससे घबराना कैसा! जिये तब तक आदमी को अपना धरम नहीं छोड़ना चाहिए। हम बनिये चाहे जैसे हों, मगर तुम बामन भी कुछ कम नहीं। तुम पैसे के लिए आदमी को मार सकते हो तो मैं भी मरने को तैयार हूँ। किसी को मारने की बजाय मैं मरना अच्छा समझता हूँ. . .!"

"अच्छा, कोई बात नहीं। हम दोनों एक जैसे हैं। लाओ, एक चुटकी धूल ही दे दो। मेरे लिए वही न्यामत होगी। हम दोनों का प्रण निभ जायेगा।"

"पागल हुए हो, देने के नाम पर तो मैं किसी को गाली भी नहीं देता! चुटकी धूल तो बहुत बड़ी बात है!"

पण्डे की हालत खराब हो गयी। अब क्या करे! हाथ जोड़कर बोला, "सेठ सुबह-सुबह मना मत करो, बोहनी की बेला है। अच्छा, यहाँ तो आप एक चुटकी धूल भी नहीं देंगे, पर अपने गाँव में एक सीधे की हामी तो भर दो। आपसे हाथ जोड़कर सिर्फ इतनी-सी विनती है।"

वो पण्डे का हठ देखकर और ज्यादा खुश हुआ। सोचा, एक सीधा लेने के लिए पाँच सौ कोस का चक्कर कौन लगाएगा! तब हाँ करने में अपनी गाँठ से क्या जाता है! वहाँ आने-जाने में ही इसके सैकड़ों सीधे निकल जायेंगे। पण्डे की पीठ ठोंककर बोला, "उम्र में पहली दफा किसी आदमजाद पर खुश हुआ हूँ। अगर तुम सिर्फ सीधा लेने की गरज से मेरे गाँव आये तो तुम्हें सीधा जरूर मिलेगा।"

उसे पूरा-पूरा विश्वास था कि इतनी दूर फकत सीधे के लिए कोई नहीं आयेगा। बोहनी की खातिर बेचारा हाँ भरवाना चाहता है। इसके लिए क्या मना करना! हाँ-हाँ में दोनों खुश हो गये। फिर भी बनिये ने उसे आगाह किया, "मैं सीधे की हाँ कर रहा हूँ, हाँ दे नहीं रहा। मुझे तो देने के नाम से ही चिढ़ है!"

पण्डा उसे आसीस देते हुए बोला, "एक ही बात है। मैंने तो आप से हाँ ली है। सच कहूँ, 'लेने' सबद से मीठा मुझे राम का नाम भी नहीं लगता! सिर्फ

इसलिए राम की महिमा गाते हैं कि उसके नाम पर लोग हमें कुछ-न-कुछ दें।"

इस तरह पण्डे से पीछा छुड़ाकर वो फिर कन्दमूल और फल खाते हुए अपने गाँव की ओर चल दिया। तीरथ-यात्रा के नये अनुभव से उसका विश्वास और भी पुख्ता हो गया।

राह में एक ठौर ढोर की लाश को गिद्ध नोच रहे थे। वो बेइख्तियार मुस्करा दिया। होठों पर जैसे सूरज उग आया हो, ऐसी अजीब मुस्कान थी वह! आदमी के भोजन में कितना झंझट है! खेती-बाड़ी। पीसना। पकाना। मिरच-मसाला।-और न जाने क्या-क्या! काश, इन परिन्दों की तरह इनसान अपना पेट भर सकता! रसोई के धुएँ में कितना पैसा फुँक जाता है. . .!

आखिर तीरथ यात्रा पूरी करके वो घर पहुँचा। बनियाइन थाल में नारियल, कुंकुम, गुड़ लेकर और घी का दीया जलाकर उसकी आरती उतारने के लिए आगे बढ़ी। उसने आँखें तरेरकर कहा, "राम जाने तुम्हें कभी अकल आयेगी कि नहीं! इस तरह घी बेकार जलाने से क्या फायदा! और यह कुंकुम. . .!"

सेठानी के हाथ काँप उठे, "बस करो। तीरथ-यात्रा करने पर भी तुम्हारी बान नहीं मिटी! हे भगवान!"

"भगवान की मौसी! तू साथ चलती तो खुद देख लेती कि सभी जगह पैसा बटोरने का जाल बिछा रखा है! गंगा जाओ, भले ही गया, सब जगह वही पैसे की लूट-खसोट। तीरथ, धरम, भगवान और मुक्ति तो बस बहाना है।"

उसका माथा ठनका—"पण्डों को कुछ दक्षिणा-वक्षिणा दी कि नहीं?"

"तू क्या जानती नहीं, देना-वेना मेरे लिए पाप है! फिर भी तेरे लिहाज से एक पण्डे को सीधे की हाँ करके आया हूँ।"

वह दंग रह गयी, "इतनी दूर सीधा लेने कोई अकल का अन्धा ही आयेगा! फिर हाँ करने में तुम्हारा क्या गया!"

मगर उस अकल के अन्धे को कहीं आने-जाने की जरूरत नहीं थी। उसका निवास तो उनके घर में ही था। सेठ के हरिद्वार से लौटने के पाँचवें ही दिन वो पण्डा आ धमका। सेठानी बाहर चबूतरे पर बैठी चिलम के गुल से मंजन कर रही थी। पण्डे ने 'राम-राम' करने के बाद पूछा, "सेठजी कहाँ हैं?"

वह मंजन करते-करते बोली, "क्या काम है?"

सीधे की बात सुनकर उसकी आँखें ललाट में चढ़ गयीं। उसे गौर से देखते हुए अचम्भे से कहने लगी, "क्या तुम हरिद्वार से सीधा लेने आये हो? धन्य हो! तुम भी सेठजी से कम नहीं।"

फिर वह बाड़े में गयी। सेठ उड़कर आये घासफूस जलावन के लिए इकट्ठा कर रहा था कि सेठानी की सकपकायी आवाज सुनाई दी, "सुनते हो, तुम्हारा वो

पण्डा सीधे के लिए बाहर खड़ा है। बेचारा कितनी दूर से पैर घसीटते आया है! जल्दी से सीधा देकर उसे विदा करो।"

वो हक्का-बक्का रह गया। इच्छा तो होती है कि इस फरिश्ते के दरसन करे, लेकिन मिलने पर सीधा देना पड़ेगा। वो इससे हार कैसे मान ले! बोला, "कह दे, सेठजी के पेट में जबरदस्त दर्द है। कल आना। हमारी तो जान पर बनी है और तुम्हें सीधे की पड़ी है?"

"नाकुछ सीधे के लिए क्यों बहाना बनाते हो! बेचारा पाँच सौ कोस से आस लेकर आया है। पुश्तैनी पण्डे को छलना अच्छा नहीं!"

सेठ तिनके बीनते-बीनते कहने लगा, "तू नहीं समझेगी। जैसा कहता हूँ वैसा कर। तूने वादा किया था कि हरिद्वार जाने के बाद तू कभी मेरा कहा नहीं टालेगी। बेकार बहस मत कर। मैंने जो कहा, जाकर कह दे। सीधा तुझे मामूली चीज दिखती है! जिस सीधे की खातिर वो पाँच-सौ कोस चलकर आया, वो मैं उसे घर बैठे ही पकड़ा दूँ! मैं इतना पागल नहीं। यह तो दो अवतारों की लड़ाई है! देखें, कौन जीतता है! दुनिया फतह करने से भी बड़ी बात है यह! ऐसा न हो कि वो अन्दर आ जाये!"

पेट के दर्द की बात सुनकर पण्डा बोला, "इसमें घबराने की क्या बात! इसका इलाज तो मेरे बायें हाथ का खेल है। एक चुटकी दवा लेते ही ठीक न हो जाये तो कहना।"

"सेठजी किसी और से इलाज नहीं करवाते, चाहे वो धन्वन्तरि वैद्य ही क्यों न हो।"

"कोई बात नहीं। मैं कल कुशल पूछने के लिए आऊँगा।"

दूसरे दिन जब वो कुशल पूछने के लिए आया तो घर में रोना-पीटना मचा हुआ था। सेठानी छाती-माथा पीटती जोर-जोर से रो रही थी। सेठ खुद तो निरबंसी था, पर उसकी मौत की खबर पाकर उसका भतीजा दौड़ा आया। आते ही मौत का राज खुल गया। सेठ उसे समझाते कहने लगा, "बेटे, अब मेरी आन तेरे हाथ है। ऐसा न हो कि मैं पण्डे से हार जाऊँ! मरना कबूल, पर अपने धरम से नहीं डिगूँगा। वरना अपने घराने की नाक कट जायेगी। कंजूसी आदमी का सबसे बड़ा गुण है!"

भतीजा रोते-रोते बाहर आया। बोला, "चाचाजी तो चल बसे।" और वो धाड़ मारकर रोने लगा। आपको बहुत तकलीफ हुई, मगर मौत पर किसी का बस नहीं! अब सीधा कैसे दिया जा सकता है! आप वापस हरिद्वार पधारें।"

पण्डे ने आँखों में आँसू भरकर कहा, "यह कैसे हो सकता है! सेठजी तो मेरे खास जजमान थे! सीधा गया भाड़ में! उनके मरने पर लौट जाऊँ, मुझे इतना नीच समझते हो! मसान तक उनकी किरिया में साथ चलूँगा।"

भतीजा रोते-रोते भीतर गया। सारी बात बतायी। सुनकर सेठ दुगुने जोश से बोला, "बेटे, यों डरता क्यों है! पण्डे के कहे-कहे सीधा दे दूँ तो माँ का दूध लजाता है! तू चिन्ता मत कर। मुझे जिन्दा जला दो, उसकी परवाह नहीं, पर मेरा सिर इस पण्डे के आगे नहीं झुकना चाहिए। मैं कंजूसी के बेजोड़ गुण की मिसाल कायम करना चाहता हूँ! जल्दी किरिया की तैयारी करो और मुझे अरथी पर लिटाकर रोते-रोते मसान ले चलो। रास्ते में मुझसे कोई बात मत करना। ऐसा न हो कि पण्डे को शक हो जाये।"

चाचा की जिद के आगे भतीजे का कुछ जोर नहीं चला। अरथी पर सुलाने के बाद नये थान से कफन फाड़ने लगा तो मूजी सूरमा उसे मना करते बोला, "ना, यह नया कपड़ा बर्बाद मत कर। कोई फटा-पुराना कपड़ा ही डाल दे।"

वो आँसू पोंछते हुए धीरे-से बोला, "जो आज्ञा!"

सेठानी ने बिफरकर कहा, "मुफ्त का माल हड़पने के लिए तो तुम आज्ञा मानोगे ही. . .!"

सेठ का हठ देखकर घरवाले सचमुच रोने लगे। उसने तो अपनी आन में जिन्दा जलने का तय कर लिया, मगर वे अपने मन को कैसे समझाते! उसने घरवालों को पहले ही धमकी दे दी थी कि अगर उन्होंने कुछ भी चीं-चपड़ की तो वो जियेगा तो वैसे ही नहीं। उस सूरवीर के सामने किसी का बस नहीं चला।

सेठ ने मुर्दे की तरह साँस ऊपर चढ़ा ली। अरथी उठाते वक्त सेठानी ने कहा, "तुम्हें मेरी कसम, अब भी मान जाओ। क्यों एक सीधे की खातिर अपनी जान देने पर तुले हो! हमें रोता देखकर भी तुम्हारा जी नहीं पसीजता?"

सेठ का तो बस एक ही जवाब था—"मैं दुनिया में कंजूसी का नाम रोशन करना चाहता हूँ। मेरे पीछे भी तुम मेरी आन निभाना। ऐसा न हो कि मेरे नाम पर बट्टा लगा दो! लकड़ियों को पूरी किफायत करना। दुबला होने का कितना लाभ हुआ! आधी लकड़ियों में ही जल जाऊँगा! अब फुरती करो।"

जिन्दा पति की अरथी उठते ही वह फूट-फूटकर रोने लगी। मौत के मातम से भी इस रोने में ज्यादा दर्द था! पर वो मूजी सूरमा बिल्कुल विचलित नहीं हुआ। गोया अरथी पर नहीं, पलंग पर लेटा हो! ठेठ मसान तक वो वैसे ही लेटा रहा। अरथी से उतारकर चिता पर लिटाया, तब भी वो अडिग रहा। भतीजा रोने के बहाने कान के पास मुँह ले जाकर धीरे-से फुसफुसाया, "चाचाजी, अब भी मान जाइए। लोग क्या कहेंगे कि मैंने धन के लोभ में चाचा को जिन्दा जला दिया।"

"लोगों के कहने का क्या! मगर बेटे, मेरी पूँजी में से एक कौड़ी भी खरच की तो मेरी मुक्ति नहीं होगी! तू पाप में डूब जायेगा। अब जल्दी से आग लगा दे।"

अब और किया ही क्या जा सकता था! उसे मजबूरन चिता को आग देनी पड़ी। चिता धू-धू कर जल उठी। लेकिन मूजी सूरमा टस-से-मस न हुआ!

कि सहसा आकाश से फूल बरसने लगे! चिता बुझ गयी। लकड़ियाँ आप ही दूर हो गयीं। मूजी सूरमा हड़बड़ाकर उठ खड़ा हुआ। देवता चँवर डुलाने लगे! अप्सराएँ आरती उतारने लगीं! लक्ष्मी सदेह प्रकट हुई। सेठ के सिर पर हाथ फिराकर बोली, "बेटे, मैंने तेरी परख की थी। तुझ जैसा वीर आज तक कोई पैदा नहीं हुआ। अपने साथ तूने मेरा भी नाम अमर कर दिया! मैं बहुत प्रसन्न हूँ। तेरी हर कामना पूरी होगी। बोल, तू क्या चाहता है? स्वर्ग का राज्य, कुबेर का खजाना या दुनिया का चक्रवर्ती साम्राज्य?"

बनिये ने सहज भाव से कहा, "मुझे कुछ नहीं चाहिए। फकत सीधे की माफी बगस दें! मैं समझूँगा, मैंने सब पा लिया. . .!!"

मई, 1964

ठाकुर का भूत

एक गाँव का ठाकुर तो छोटा ही था पर उसकी ठकुराई बड़ी थी। बड़े ठिकानों की देखा-देखी उनके रहन-सहन की होड़ करने से प्रजा की मुसीबत और बढ़ गयी। बेठ-बेगार, लगान और हिस्सा बहुत अधिक। लोगों का जीना मुहाल हो गया। परन्तु पुरखों का गाँव छोड़कर जायें भी तो कहाँ! न उतनी हिम्मत ही थी। ठाकुर अपने व्यसन पालता रहा और गाँव वाले उसे चुपचाप झेलते रहे। मगर मौत के आगे किसी की ठकुराई नहीं चलती! बहुत हाथ-पाँव मारे, लेकिन उसे भरी जवानी में मौत की राह पकड़नी पड़ी। देह तो भस्म हो गयी, मगर उसके जीव ने उस ठिकाने की सीमा नहीं छोड़ी। ठाकुर का जीव केर, खेजड़ी, बड़, पीपल और बावड़ी-बावड़ी भटकने लगा। पूरे हलके को पता चल गया कि ठाकुर भूत बनकर ठिकाने में ठौर-ठौर दिखलाई पड़ता है।

उस ठिकाने में हजार मन के खलिहान का फकत एक किसान था, गाँव-चौधरी। मगर ठिकाने के कारिन्दों ने उसे कभी चैन से नहीं जीने दिया! घर के सब जन रात-दिन काम करते थे फिर भी गृहस्थी की गाड़ी बड़ी मुश्किल से चलती थी। पीढ़ियाँ माटी में घुल-मिल गयीं, किन्तु सिर से कभी कर्ज नहीं उतरा!

आखातीज का सगुन मनाने के लिए गाँव-चौधरी कन्धे पर कस्सी रखकर सूड़ करने के लिए अपने खेतों की ओर रवाना हुआ। सिर पर टोकरी में गलवाणी की कुल्हड़ी, बाजरे की पाँच रोटियाँ, ग्वारफली का साग और ठण्डे पानी की बुगती। खेत की मेड़ तक पहुँचा ही था कि तीतर की तीखी आवाज सुनाई दी। सगुन तो बुरे हुए! ठिठककर इधर-उधर देखते हुए आगे बढ़ा। तीतर की आवाज फिर सुनाई नहीं दी।

चौधरी को सामने वाली खेजड़ी के नीचे सफेद-झक कपड़ों में एक आदमी खड़ा दिखा। पास गया तब भी पहचाना नहीं। 'राम-राम' करके पूछा, "कौन हो भाई?"

सफेद कपड़े वाले ने कहा, "चौधरी बहुत जल्दी अकड़ आ गयी रे! यह तो सपने में भी नहीं सोचा था कि तू गाँव-मालिक को इतनी जल्दी भूल जायेगा! अभी तो मरे हुए तीन पखवाड़े भी पूरे नहीं हुए।"

अरे, यह तो ठाकुर का भूत! मगर अब डरने से क्या होगा! हिम्मत जुटाकर बोला, "अन्नदाता, शक तो मुझे भी हुआ था। फिर सोचा, आप तो स्वर्ग में राज कर रहे होंगे! यह तो हम गँवार लोग भूत-पलीत बनकर पेड़-पेड़ भटकते हैं।"

चौधरी की नरमाई से भूत का मिजाज कुछ ठण्डा हुआ। कहने लगा, "चौधरी, जिया तब तक खूब राज किया। अब राज करने की बिल्कुल इच्छा नहीं। तू माने भले ही न माने, परन्तु सच्ची बात तो यह है कि अपने किसानों की भलाई के लिए मैंने स्वर्ग का राज भी कबूल नहीं किया। जब तक जिया तुम लोगों को बहुत दुःख दिया। अब भूत बनकर तुम्हारे खेतों की रखवाली करूँगा। कुछ तो बोझ हल्का हो. . .!"

चौधरी टिटकारी देकर बोला, "अन्नदाता, क्यों चींटियों को पंसेरी से मारते हैं! मालिकों के आराम के लिए ही हमारा जन्म हुआ है! हम तो आपके हाथ-पैर हैं। आप ही के लिए रात-दिन पसीना बहाते हैं। इसमें भला दुःख कैसा!"

ठाकुर का भूत मीठी आवाज में कहने लगा, "नहीं रे चौधरी, वह ठकुराई दूसरी थी। मरकर अकल ठिकाने आ गयी। थोड़े-से जीने के लिए तुम लोगों पर कितना जुल्म किया! मरने पर एक मुट्ठी दाने भी साथ नहीं चले! ठिकाने के गढ़ को छोड़ना पड़ा। पण्डित नित पूजा-पाठ करते हैं इसलिए मैं गढ़ के भीतर नहीं जा सकता! कुँअर-ठकुरानी का अब मुझसे कैसा नाता! सब स्वार्थ का रोना-धोना है! गढ़ में जाने के लिए बहुत तड़पता हूँ पर पग नहीं धरने देते। अब बहुत पछताता हूँ कि इनके लिए तुम्हें क्यों इतना कष्ट दिया! जैसे भी बन पड़े तुम लोगों के कुछ काम आ सकूँ तो कुछ शान्ति मिले!"

चौधरी का दिल भर आया। मालिक के मुँह से कभी ऐसे मीठे बोल नहीं सुने थे। हाथ जोड़कर कहने लगा, "आपने श्रीमुख से फरमा दिया। यही बहुत है। हमें और कुछ नहीं चाहिए।"

ठाकुर का भूत बीच ही में बोला, "नहीं-नहीं, कोरी बातों से क्या होता है! मैं सचमुच तुम्हारा एहसान चुकाना चाहता हूँ। बोल चौधरी, तेरे आये बरस कितना बाजरा होता है?"

चौधरी ने कहा, "आप से क्या छुपा है अन्नदाता! बरसात अच्छी हो तो हजार मन से कम नहीं होता।"

भूत ने कहा, "पर तेरे सौ मन भी मुश्किल से हाथ लगता था। आज बहुत जी कलपता है। मैंने तुम लोगों पर कैसी-कैसी ज्यादतियाँ कीं! मेरा कहा मान, खेत में उमरा भी निकालने की जरूरत नहीं! उलटे पाँव लौट जा। कातीसरे में दो

हजार मन बाजरा पैदा करने का जिम्मा मेरा। ठिकाने को एक दाना भी हिस्सा मत देना। इनके लच्छन ही ऐसे हैं।"

चौधरी सिर धुनते हुए बोला, "नहीं, अन्नदाता नहीं, ऐसी कमाई से राम बचाये! हम ढोर आप बड़भागियों की बराबरी कैसे कर सकते हैं! आपके मुँह से ऐसी अमृतवाणी सुनकर ही मुझे दो हजार मन की ठौर लाख मन बाजरा मिल गया। अन्नदाता, हम गँवार पीढ़ियों से हाथ की पैदावार करके खाने के आदी हैं। बिना मेहनत का धान हमें पचेगा नहीं! निकम्मा बैठना हमारे लिए मौत से भी अधिक दुखदायी है. . .!"

"यह बात ठाकुर के भूत को चुभी। तब भी गुस्से को दबाकर बोला, "तेरा मतलब यह कि हम ठाकुर-ठठेरों को दूसरों का माल पचता है? हम हराम की खाते हैं. . .?"

चौधरी कोहनी तक हाथ जोड़कर झुकते हुए कहने लगा, "ऐसी बात मैं अपने मुँह से कह सकता हूँ भला! मुँह उधार का थोड़े ही है जो मालिक को ऐसे कुबोल बोलूँगा! आप बड़े आदमियों का तो काम ही आराम फरमाना है। पिछले जन्म की पुण्याई ही ऐसी है। हम हमारे करमों से इस जन्म में हड्डियाँ गलाते हैं। आपने अपने श्रीमुख से फरमा दिया, इतनी दया ही बहुत है।"

भूत थोड़ा पास आया। होठ चबाते हुए बोला, "थोथी दया से क्या होता-हवाता है, करके बताऊँगा! तुझे खेतों में पाँव रखने की भी जरूरत नहीं। घर बैठे दो हजार मन बाजरा हाथ लगेगा, तब तुझे मेरी दया का पता चलेगा। तुम किसान लोग भी एक बार आराम का दुःख उठाओ तो सही! हम तो पीढ़ियों से यह दुःख उठा रहे हैं!"

चौधरी दुविधा में पड़ गया। न तो बिना मेहनत का बाजरा लेना चाहता है और न भूत से विवाद करना चाहता है। और भूत भी ठाकुर का! बिगड़ गया तो घर को मिट्टी में मिला देगा। सोच-विचारकर बोला, "अन्नदाता का हुकम हो तो आखातीज का सगुन तो मना लूँ. . .!"

भूत गरजा, "मरने के बाद तुझे साक्षात् दरसन दिये तब भी सगुन बाकी रह गये क्या? तेरे दो हजार मन बाजरे में कमी नहीं रहेगी। जा, घर जा! चैन की बंसी बजा! खेतों की ओर देखने की भी जरूरत नहीं।"

ठाकुर का भूत नहीं माना तो चौधरी खेत में एक बार भी कस्सी चलाये बिना वापस आ गया। भूत-पलीतों के कई कारनामे उसने सुन रखे थे। उनके लिए कुछ भी मुश्किल नहीं। दो हजार मन बाजरे का वादा किया है तो जरूर पूरा करेगा। फिर भी उसे कोई खास खुशी नहीं हुई। बिना मेहनत की पैदावार कैसे कबूल करे?

घर आकर उसने चौधराइन से कुछ नहीं छुपाया। पूरी बात बता दी। चौधराइन के एड़ी से चोटी तक आग लग गयी। जैसे नागिन की पूँछ पर पाँव पड़ा हो।

कहा, "नहीं चाहिए हमें हराम का एक भी कुदाना! सात पीढ़ियों तक आलस पीछा नहीं छोड़ेगा! इससे तो भूखों मरना अच्छा!"

कहते-कहते इतने गुस्से में भी चौधराइन को हँसी आ गयी। कहा, "तुम्हें इतना भोला तो नहीं जाना था। ठाकुर ने जीते-जी हमें क्या कम दुःख दिये जो मरकर उनका भूत हम पर मेहर करेगा! तुम्हें हो तो हो, मुझे तो मरकर भी भरोसा नहीं होता।"

चौधरी ने कहा, "भूत के आगे कैसे भी बली को भोला बनना पड़ता है! बात तो मेरे भी गले नहीं उतरी, पर क्या करता! बिफर गया तो हमारे जवान बेटे को कुछ हो-हवा न जाये, यह सोचकर चुप लगा गया।"

बेटे की जोखिम के बोल सुनकर चौधराइन भी डरी। हौले-से बोली, "मुझे तो रत्ती भर भरोसा नहीं होता। फिर भी अगर कौल पूरा हो गया तो हम एक दाना भी घर में नहीं रखेंगे। आधा बाजरा ठिकाने को दे देंगे और आधा कबूतरों को डाल देंगे! हम समझेंगे अकाल ही पड़ा।"

पति-पत्नी ने जैसे-तैसे अपने मन को समझाया। मगर उतरते असाढ़ इन्द्र भगवान की ऐसी मेहर हुई कि कुछ न पूछो! परनालों पानी बरसा। बादल मानो थमना भूल गये हों! जल-ही-जल, जल-ही-जल!

पानी से भरे खेत काफी दिनों बाद जोतने लायक हुए। गाँव के सारे किसान हल लिये हुए अपने खेतों की ओर चले। गाँव-चौधरी से भी रहा नहीं गया। नागौरी बैल जोतकर रवाना हुआ। चलते-चलते हालियों से कह गया कि बुलावा मिलते ही आठ हल जोतकर खेतों पर आ जायें।

ठाकुर का भूत उसी खेजड़े के नीचे खड़ा था। चौधरी के 'राम-राम' कहते ही तुरन्त पूछा, "इतना मना किया फिर भी हल जोतकर आ गया! मेरे कहे पर कदाच तुझे भरोसा नहीं हुआ!"

बैलों को रोककर चौधरी कहने लगा, "नहीं माई-बाप, मेरी इतनी जुर्रत कहाँ, जो आपकी बात पर अभरोसा करूँ! मेरे जीवन में आज तक इतनी जोरदार बरसात नहीं हुई। मैंने सोचा, अपनी मेहनत की खायें, वे दाने भी आप ही के दिये हुए हैं। सच कहूँ तो मैं आज तक कभी ठाला नहीं बैठा। बरसात होते ही काम करने के लिए मेरी नस-नस टूटने लगी! टोटके के लिए ही सही, खेत में थोड़ी-बहुत लकीरें खींचने दें अन्नदाता!"

भूत सिर हिलाते हुए बोला, "ना, इस बरस तो तुझे खेत में पाँव भी नहीं रखने दूँगा। तुम लोग हमें मन-ही-मन कोसते थे कि हम राव-उमराव हाथ-पर-हाथ धरे ऐश करते हैं। अब पता चला कि ठाली ऐश करना कितना मुश्किल है! तू तो इतने से ही आजिज आ गया! दाद दे हमें कि हम सामन्त हमारा बस चलते मुँह क़ी मक्खी भी नहीं उड़ाते! दुनिया में हर आदमी को अपना दुःख और दूसरों

का सुख बड़ा लगता है! यह तो हमारा ही कलेजा था जो चुपचाप गुलछर्रे उड़ाने का दुःख झेलते रहे! कभी उफ़ तक नहीं की!"

भूत के आगे चौधरी की दाल नहीं गली। उलटे पाँव लौटना पड़ा। न सूड़-सबाड़ करने दिया और न एक हलाई ही खींचने दी! गाँव-भर के खेत मगद की माफिक जोते हुए सुरंगी आभा दे रहे थे, पर गाँव-चौधरी के खेत तालर की तरह जमे पड़े थे। उसने किसी को कुछ नहीं बताया। इसके-उसके खेत देखता डोलता रहा। लोग-बाग अनजुते खेतों के बारे में पूछते तो वह बात टाल जाता। आस-पड़ोस के खेतों में बाजरे की हरियाली छाने लगी तो अपने बदरंग खेत उसकी आँखों में खटकने लगे। क्या करे और क्या न करे? घूमता-घामता फिर अपने खेतों की ओर गया। ससुरा भूत तो खेजड़ी की ठीया छोड़ता ही नहीं! भूत पर नजर पड़ते ही चौधरी ने फरियाद की, "अन्नदाता! पूरी काँकड़ में हरियाली दिप-दिप कर रही है, लेकिन मेरे खेत एकदम कोरे! बिना बोये कैसे पैदावार होगी?"

भूत हँसा, "बोकर पैदावार कर लेना यह तो आदमियों का प्रपंच है! हम देवजून के प्राणी जब चाहें लाख मन का ढेर लगा दें। क्या अकाल पड़े बिना या फसल में कोई रोग लगे बिना तुम्हें चैन नहीं पड़ता? मैंने इतना बरजा फिर भी तू अपनी आदत से बाज नहीं आया!"

चौधरी मरी हुई आवाज में बोला, "हाड़तोड़ मेहनत के बाद अगर दाना भी हाथ नहीं लगता तो हमारा मन आप ही समझ जाता है। मगर अनजुते खेत लावारिस की तरह पड़े रहें यह बात तीर-सी चुभती है! अन्नदाता, अब भी देर नहीं हुई, मुझे जुताई करने दें! ठाली बैठे-बैठे तो मैं पागल हो जाऊँगा. . .!"

भूत डग-डग हँसा, "अब पता चला कि ठाली बैठने से मुश्किल काम दुनिया में कोई नहीं। किन्तु तुम लोग हमें देखकर कुढ़ते थे! जलते थे! चौधरी, मेहनत से बड़ा सुख दुनिया में कुछ नहीं है।"

चौधरी ने बहुत विनती की, पर भूत टस-से-मस नहीं हुआ। चौधरी को चाँम तक नहीं निकालने दी।

लोगों के बाजरे में बखतसर निराई हुई। जुताई हुई। बूटे-बूटे पर बूँझी बँधी। बूटे-बूटे ने छींके गेरे! गाँठें फूलीं। कलियाँ निकलीं। लह-लह लहराता बाजरा जैसे धरती को अधर उठा लेगा। चौधरी अपना सफाचट खेत देखता तो उसके मन में होलिका दहक उठती। बार-बार भूत के आगे हाथ जोड़ता, गिड़गिड़ाता। मगर भूत ने करसण के नाम पर उसे एक उमरा भी नहीं निकालने दिया। चौधरी ने निहोरे किये तो वह दाँत पीसकर बोला, "मैं तुम लोगों की परख करना चाहता हूँ। अभी तो हराम की उपज हाथ भी नहीं लगी, उससे पहले ही तू हाय-त्राय करने लगा। यह हँसी-खेल नहीं है। वह तो हमीं लोगों की वज्र छाती थी जो पीढ़ियों तक दूसरों की मेहनत डकारते रहे और चूँ तक नहीं की!"

चौधरी ने कहा, "हजार बार कान पकड़ता हूँ अन्नदाता, हजार बार। सच, ठाली बैठने से तो जिन्दा जलना अच्छा है! हम आप सामन्तों से ज्यादा सुखी हैं। धन्य हैं आप जिन्होंने यह दुःख झेला!"

भूत ने कहा, "तुम लोगों ने पीढ़ियों तक हमें ठाली बिठाकर और बेहिसाब मौज करवाकर सताया, हमें/जाने कितना दुःख दिया! एक बार तू भी तो यह दुःख उठा! तुझे तो अभी से छठी का दूध याद आ गया। रोज मना करता हूँ फिर भी आये बिना नहीं मानता!"

चौधरी तो जबर फँसा! खेतों पर आता है तो ठाकुर के भूत के आगे बस नहीं चलता और घर पर रहता है तो चैन नहीं पड़ता। उसके जीते-जी खेत कोरे रह गये। लोगों के खेतों के अरगते जैसे सिट्टियाँ झूमने लगीं। ऊँटसवार तक नजर न आये। और गाँव-चौधरी के खेत गंजे सिर की तरह सफाचट! लोग-बाग चौधरी की हँसी उड़ाने लगे। चौधरी को अपने खेतों का चक्कर लगाये बिना कल नहीं पड़ती थी। हर बार भूत आगे तैयार! चौधरी उसके पैरों में पगड़ी रखकर कहने लगा, "अबके खेती करता तो इन्हीं खेतों में ढाई हजार मन बाजरा होता। पचास बरसों में ऐसी फसल नहीं हुई। बाजरा तो जैसे पाताल फोड़कर निकला हो। लोगों के खेतों में ऐसी घनी फसल खड़ी है कि भाला भी पार न हो! मुझे समझ नहीं पड़ता कि सूखे-खनक खेतों में पैदावार कैसे होगी? अब आप जो चाहें लीला हो सकती है? औरों से भी बढ़कर मेरे खेतों में बाजरा लहराने की मेहर करें! अब भी खलिहान तक मेहनत कर सकता हूँ। कुछ तो काम करने दें! मुझे न तो भूख लगती है और न नींद आती है।"

भूत ने कहा, "नहीं, इस बार तो सीधे भखारियाँ भरने दे। तू मेरा चमत्कार देख तो सही!"

चौधरी ने फिर उसके पैरों में पगड़ी रखी, "सरकार, अगर चमत्कार ही दिखाना है तो खेतों में दिखाएँ। अभी भी कटाई के बाद ओलिया, पंचोला, झूला, ओगा, खूँटाई और गाइटे तक काफी क्राम बाकी है। कुछ तो मेहनत की आदत पूरी करूँ! बिना पसीने की कमाई हमारे लिए जहर है। दो नहीं, एक हजार मन ही सही, किन्तु काम नहीं करने से मुझे छाती पर पहाड़ जैसा लगता है!"

भूत अपने हठ पर अड़ा रहा और चौधरी काम के लिए कसमसाता रहा। भूत ने कहा, "तू कहे तो दो के बदले चार हजार मन बाजरा दे दूँगा, लेकिन काम का तो नाम ही मत ले। तू समझना चौमासे-चौमासे बीमार ही पड़ा रहा।

चौधरी गुद्दी खुजाते बोला, "एकदम भला-चंगा बीमार होने की बात कैसे सोचूँ!"

अनमना चौधरी पाँव घिसटते हुए घर पहुँचा। किसी चीज में जी नहीं लगता। चौधराइन ने उसका मन बहलाने के लिए कहा, "ठाकुर का भूत क्या लोगों के

खलिहान से बाजरा चुराकर अपना कौल पूरा करेगा? चमत्कार दिखाना है तो फिर देर क्यों? उन्हें तो पैदा करना नहीं पड़ता।"

चौधरी का मन बहलता नहीं देख वह आगे कहने लगी, "तुम अपना जी छोटा मत करो। तुम्हारी इच्छा नहीं होगी तो मैं इस बाजरे का दाना भी चूल्हे पर नहीं चढ़ाऊँगी! कबूतरों को डालना कबूल, पर तुम्हारी मरजी के बिना कोई काम नहीं करूँगी।"

चौधरी को यह बात भाले की नोक की तरह चुभ रही थी कि इस बरस इन्द्र-बाबा की ऐसे मेहर हुई और उसके खेत गनगौर के मैदान की तरह कोरे पड़े हैं! आज उसके खेतों में छिंवरियों का पहाड़ लग जाता! हंस चुगे जैसा बाजरा पैदा होता।

चौधराइन ने खूब अच्छी-अच्छी बातें कीं, हँसी-दिल्लगी की, लेकिन चौधरी का मन नहीं लगा। अगले दिन वह फिर विक्षिप्त-सा खेतों पर गया। ठाकुर का भूत मुस्कराकर सामने आया। पूछा, "चौधरी, आज बहुत उदास लग रहा है रे! क्या बात है?"

"गरीबनवाज, आप तो घट-घट के वासी हैं। मेरे दिल की आग आप से क्या छुपी है! आप से हाथ जोड़कर अरज है कि आप बाजरा भखारियों तक न पहुँचाकर यहीं सिट्टियों का ढेर लगा दें। गाहना, उफनना और दूँ देनी, इतना काम तो अपने हाथ से करूँ। बिना काम मेरी हड्डियाँ दुखती हैं।"

भूत ने कहा, "चौधरी, सोच तो सही, गद्दों पर सोते-सोते हमारी हड्डियों का क्या हाल हुआ होगा? हमने कभी नाक में बल तक नहीं डाला। तुझे इतने आराम से ही नानी याद आ गयी!"

चौधरी ने कहा, "हुकम, आप बड़े लोगों की बात और है! मैं तो मरकर भी काम करना चाहता हूँ! जीऊँगा तब तक आपका गुण मानूँगा, धूप-बत्ती करूँगा, मुझे कुछ-न-कुछ काम करने का आदेश फरमाएँ!"

भूत ने कहा, "एक बार मना कर दिया तो फिर इस मुँह से हाँ नहीं करूँगा। नहीं तो तुझे हम बड़े लोगों की तकलीफ का पता कैसे चलेगा! तू चिन्ता मत कर, बाजरा मोतियों के दाने जैसा दूँगा।"

चौधरी क्या करता! चुपचाप घर लौट आया। चौधराइन ने पति को खुश करने की बहुत चेष्टा की, पर अकारथ। तीन दिन तक चौधरी मुँह लटकाये हुए झोंपड़ी में बैठा रहा। चौथे दिन फिर उस खेजड़ी के नीचे पहुँचा। ठाकुर तो ठीया छोड़ता ही नहीं।

'राम-राम' करके चौधरी ने कहा, "अन्नदाता, मेरी यह बात नहीं मानी तो मैं आत्मघात कर लूँगा। लोग गाड़ियों-गाड़ियों बाजरा लाकर थक गये। क्या फसल हुई है! मानो बरसात के बहाने मोतियों के साँचे ढला बाजरा बरसा हो! आप यहीं

खलिहान में बाजरे का ढेर लगा दें। कम-से-कम गाड़ियाँ जोतने का काम तो करने दें. . .!"

ठाकुर का भूत देर तक डग-डग हँसा। हँसते-हँसते ही बोला, "चौधरी, दुनिया में पागल तो बहुतेरे देखे, पर तेरे जैसा नहीं देखा! तुझे विश्वास हो गया कि मैं कौल मुजब बाजरा दे दूँगा? पगले, जब तक जिया तुम लोगों को दुःख दिया, अब मरकर सुख दिया तो नरक में नहीं जाऊँगा? यह कौल नहीं करता तो तू खेती किये बिना मानता थोड़े ही! हलके में सबसे बढ़िया उपज होती। यह मुझसे देखा जाता भला! पति-पत्नी अब सपने में बाजरा देखो. . .!"

सुनकर चौधरी उलटा बहुत खुश हुआ। कहा, "निहाल कर दिया अन्नदाता! अब कहीं दुःख का पहाड़ सिर से उतरा। बाजरा हाथ नहीं लगा इसकी मुझे रत्ती-भर चिन्ता नहीं। हाथ लग जाता तो जरूर चिन्ता की बात होती। धरती और मेरे पसीने का खूब मेल है! जीता रहा तो ढेरों बाजरा उपजाऊँगा। घर में कुदाना आते-आते बच गया! पाँच पंसेरी गुड़ बाँटूँगा!"

इतना कहकर उसने 'राम-राम' किया और फूल की तरह हलका होकर घर की ओर चला। चौधराइन ने पति का खिला हुआ चेहरा देखा तो बहुत खुश हुई। पूछा, "ठाकुर का भूत तुष्ट हो गया दिखता है! लेकिन यहाँ तो एक दाना भी नहीं आया!"

चौधरी आखर-आखर के साथ हर्ष के मोती बरसाते हुए बोला, "यही तो खुशी की बात है कि दाना न तो आया है और न आयेगा। ठाकुर मरकर भी अपनी करतूतों से बाज नहीं आया!"

"चौधरी ने पूरी बात बतायी। चौधराइन की खुशी का पार न रहा। कहा, "जिये तब तक लगान और हिस्से के नाम पर लूटा और मरकर खेतों में दाना भी पैदा नहीं होने दिया। ये और क्या करेंगे! भगवान की मेहर है कि हराम का कुदाना हमारे गले नहीं उतरा. . .!"

चौधरी कई दिनों के बाद उस रात ठीक से सोया। मीठे-सुहाने सपने देखे। सपने में उसने बहुत काम किया, बहुत काम किया। करते-करते पसीने से नहा गया। उसके पसीने से अनगिनत मोती पैदा हुए. . .!

4 मई, 1960

नागिन तेरा वंश बढ़े

आदमियों की इस दुनिया में धनवान माया के पीछे पूजनीय। राव-उमरावों का तखत-गद्दी के कारण मान-सम्मान। बाँके सूरमा रण के जोर पर मानधारी। डकरेल डाकू हिम्मत और देह के बल पर चर्चित। कवि-कलावन्तों का अपने हुनर मुताबिक आव-आदर। मगर वीलिया खवास अपनी अकल के उजाले से जग-विख्यात। जैसे रोम-रोम से पसीने की ठौर अकल चू रही हो! बड़ा माथा। तीखी नाक। मोटी और मिली भौंहें। काली-स्याह गलमूँछें। बल खाती रोमावली। धवल सुघड़ बत्तीसी, जैसे चमकते मोती खराद उतारे हों। सरस सुहानी बोली, मानो गले से बोल की बजाय फूल झर रहे हों! जो भी पूछो उसका जवाब हाजिर। उसे हर कोई मौके-बेमौके खींचता। बरातों के पेशगी न्यौते। संग-साथ के लिए सभी निहोरे करते। गाढ़ी प्रीत दरसाते। औगुन-कुबान का नाम नहीं। लंगोट का सच्चा। सदाचारी। एतबारी। किस्से-कहानियों का साम्प्रत अवतारी!

एक साँझ को जल्दी ही ब्यालू करके वह डेंचे पर लेटा हुआ हुक्का गुड़गुड़ा रहा था। उसकी घरवाली पैताने खड़ी थी। बोली, "इक्कीस रातों के बाद कल ही तो आये हो और भिनसारे चौधरी बाबा के बेटे की बरात में जाने के लिए हामी भर ली! अपने यहाँ तो पाहुने भी आपसे ज्यादा रुकते हैं। तीनों बच्चे रात-दिन जीसा-जीसा कहते हैं, लेकिन आपको क्या परवाह! लिहाज-लचके की भी हद होती है! हर किसी को हाँ कर देते हो!"

वीलिया खवास मुस्कराते हुए घरवाली के चेहरे की ओर टग-मग देखता रहा। बोला, "पगली, मैं तो मौत को भी ना नहीं कहूँगा। उसका न्यौता भी इसी तरह हँसते हुए कबूल करूँगा! ना नहीं कहने की कसम यूँ आसानी से नहीं निभती।"

वह धणी की बात पकड़कर झट से बोली, "घर की धणियाणी और बच्चों के लिए ना के सिवा कुछ जाना ही नहीं और कसम निभाने का गुमान करते हो. . .?"

घरनी का हाथ पकड़कर अपने पास बिठाया। हुक्के की नेह दूर रखकर कहने लगा, "अक्ल की सिरमौर, मैं तुझे और बच्चों को खुद से अलग मानता ही नहीं। हम तो एक जीव हैं। देह के ठाँव-ठीकरे क्या दूर और क्या पास! बावरी, नटना तो दूसरों के लिए होता है! बता, मैं अपने को कैसे नटूँ? क्या कलेजा चीरकर दिखाये बिना, तुझे मेरे मन का पता नहीं चलेगा?"

"मुझे सब पता है। आपके मन की कोई बात मुझसे छिपी नहीं। मगर आपको मेरे मन का थोड़ा भी पता हो तो कहो! क्या दूर रहने पर आपको मेरी याद आती है...?"

होठों तक उछली मुस्कान को रोकने में उसे बहुत जोर पड़ा। जोर से बोला, "नहीं...!"

एक ही शब्द की साफ मनाही सुनकर खवासण चौंक पड़ी। दुःख और अचरज के सुर में पूछा, "नहीं...?"

इससे अधिक अभिनय वीलिया से सम्भव न हुआ।

घरनी की कलाई को सहलाते कहने लगा, "जब मैं तुम्हें दूर मानता ही नहीं तो याद किसकी आयेगी? कैसे आयेगी?"

पति का जवाब सुनकर खवासण अपनी मुस्कान न रोक सकी। फूल की मानिन्द खिले सुर में बोली, "बातों में आपसे विधाता भी नहीं जीत सकता, फिर मैं किस खेत की मूली हूँ! लेकिन घर में धणी के चेहरे से ही उजाला होता है। आसमान में सूरज न उगे तो उजाला कैसे हो! कोरी बातें बघारने से सूरज की कमी पूरी नहीं होती!"

उसने घरनी की पीठ ठोंकी, "यह बात तो तूने वीलिया खवास की जोड़ायत के लायक कही! तू ठीक कहती है। एक बार तो विधाता भी सामने आ जाये तो उसकी भी दाल न गलने दूँ। सारी दुनिया मेरी बातें सुनकर सिर धुनती है। रीझती है। हरेक मेरे गुण गाता है। तारीफ सुन-सुनकर कान पक गये। नामवरी से ऊब होने लगी है। परन्तु अब कुछ-कुछ जीवन का मरम समझ में आने लगा है। बातें तो फकत जीभ का सिंगार है। होठों का गहना। कोरा थूक बिलौना! अन्तस् का भेद अगम है। अगोचर है। मन और वाणी में कोई सम्बन्ध नहीं। अन्तस् का सच्चा मरम तो मौन में बसता है...। पर बस्ती में साथ गुँथे हुए हैं। बोले बिना निभता नहीं। फिर बरसों से बातपोशी की बान पड़ गयी है। हुक्का छूटे तो झिक-झिक की यह लत छूटे। मुझे तो लगता है मरने के बाद भी किसी ने कुछ पूछा तो मुझे बोलना पड़ेगा। सच, अब मुझे नामवरी का कतई मोह नहीं। पर तू ही बता, लोगों को मना करूँ तो वे मानेंगे? बातों में कहीं अटके नहीं कि सीधे मेरे पास! सभी मेरा मुँह जोहते हैं। उस बखत आनाकानी करना क्या ठीक है? एक दिन सबको जाना है। ज्यादा तो कट गयी। गिनती के दिन बाकी हैं। मना करके किसका जी दुखाऊँ?"

"जी दुखाने के लिए हमीं बहुत हैं। दूसरों की बारी ही नहीं आयेगी। इसकी तो आप चिन्ता ही न करें!"

"सच कहता हूँ, तेरे रहते मुझे किसी तरह की कोई चिन्ता नहीं।"

आगे की बात लिखने से उसका महातम घटता है। अँधेरे का परदा हटाकर भीतर झाँकने से आँखों की जोत धुँधलाती है. . .!

भिनसारे वीलिया गाँव-चौधरी के बेटे की बरात में जाने के लिए चलने लगा तो खवासण फलसे तक छोड़ने आयी। मन्द-मन्द ठण्डी बयार। अँधेरे का ऐसा सुहाना सरूप तो कभी नहीं देखा। उसके परस से दोनों के अन्तस् में अथाह चाँदनी भर गयी! तारों का उजास दूना हो गया! फलसे के पास खड़ी घर की लिछमी को वीलिया ने तीन-चार बार मुड़कर देखा। काफी दूर अँधेरे में भी उसे खवासण का चेहरा चाँद की तरह चमकता हुआ-सा लगा!

गाँव-चौधरी की गवाड़ी पर बराती वीलिये खवास की बाट जोह रहे थे कि यह बखतसर आ गया। राम-राम कहते ही चौधरी ने कहा, "वीलिया, तेरी उमर तो बड़ी है रे! चितारते ही हुक्का लिये हाजिर हो गया। जैसे यहीं छिपा हुआ हो।"

वीलिए के एक हाथ में हुक्का। बगल में तारों से गुँथी लाठी। एक कन्धे पर गमछा और दूजे पर सुरंगी रक्खी!

इक्कीस बैलगाड़ियाँ तैयार खड़ी थीं। वीलिए के पहुँचते ही सब अपनी-अपनी ठौर जम गये। रासें फटकारते ही बैल सिर धुनते हुए पूँछ सीधी करके आगे बढ़े। घूघरमाल की झनकार से हवा का रेशा-रेशा झनझना उठा!

धर मजलाँ धर कूचाँ बैल अपनी चाल से दूरी काटते हुए चल रहे थे। चलते-चलते बारह और बारह चौबीस कोस के उपरान्त एक तालाब के पास बरात रुकी। बैलों को पानी पिलाकर घेर-घुमेर बरगद की छाया में विसराम करने बैठे। चौधरी ने कहा, "रोटी खाकर आगे चलेंगे। मैं आटा, घी, दाल, मसाले लेकर अभी आता हूँ।"

पास ही एक बड़ा गाँव था। दाल-बाटी के सरंजाम की खातिर चौधरी कन्धे पर खेस डालकर गाँव की ओर चला।

बनिये की दुकान पर सौदा-सूत खरीद रहा था कि एक अनहोनी बात देखकर चौधरी की आँखें फटी-की-फटी रह गयीं! बनियों का छोरा। बेहद सुन्दर। गले से लिपटी नागिन। काली-भँवर। दो पुरस लम्बी। पर छोरे और दूसरे लोगों को डर का वास्ता नहीं। तिरस लगने पर सोने के कचोले में केसर मिला दूध पिलाता। गुलाब, चम्पा, केवड़े के फूल सुँघाता।

चौधरी ने सोचा, आज वीलिए की कलई खुल जायेगी। सौदा-सुलफ लेकर तेज-तेज कदमों से लौट पड़ा। डेरे पर आकर दूसरे नाई को रसोई का सामान सँभलाया और वीलिए के पास आ बैठा। ऐसी अनोखी बात देखकर कैसे चैन पड़ता!

अदेर कहा, "खवासजी, आज तुम्हारी परख हो जानी है! इस बात का मायना नहीं बताया तो माठियाँ और साँकलियाँ वापस धरवा लूँगा। और बता दिया तो खरे सोने के इस डोरे के साथ पाँच मोहरों का फूल घड़वा दूँगा।"

फिर उसने वीलिए को बनिये के छोरे के गले में लिपटी नागिन वाली बात बतायी। वीलिए ने कोई जवाब नहीं दिया। चौधरी मुस्कराया, "हुक्के के धुएँ में उलझने से पिण्ड नहीं छूटेगा। आज तो हाथ और कान खाली करवाकर ही रहूँगा।"

वीलिए ने कहा, "माठियों और साँकलियों के लिए नीयत बिगड़ गयी हो तो मेरी ना नहीं। पर यह बात बड़ी जबरदस्त है। सब बराती सुनें तो आनन्द भी आये। चौधरी बाबा, यह उबासी नहीं है जो अकेले ही खा लो. . .!"

सब बराती एकत्र हो गये तो वीलिया बात का मायना बताने लगा—नागिन को सोने के कचोले में दूध पिलाने वाला छोकरा इसी गाँव के करोड़ीधज सेठ का इकलौता बेटा है। सेठ-सेठानी की उमर आज तो साठ को पार कर गयी, लेकिन जन्म से तो साठ के थे नहीं! घुटनों के बल चलते-चलते पाँवों पर खड़े हुए, तब बचपन आया। बचपन ढलते-ढलते जवानी से दो-चार होते ही दोनों का ब्याह हो गया। दूल्हा पन्द्रह का और दुलहन ग्यारह की। तीन बरस उपरान्त गौना हुआ। एक बरस बीता। दो बरस बीते। यूँ बीतते-बीतते पूरे पचीस बरस ढल गये, मगर सेठानी की कोख नहीं फली। सेठ के सिर और दाढ़ी में सफेदी झाँकने लगी, मगर सन्तान की आस पूरी नहीं हुई। माया का तो उनकी हवेली में कोई हिसाब ही नहीं था। राज के खजाने में तुठार आता तब यह सेठ ही लाज रखता था। महाराजा अपने साथ सिंहासन पर बिठाते थे। अनाप-शनाप अकूत माया और राज में रुतबा। पर निरबंसिये की चक-चक कानों में पड़ती तो कलेजे पर आरी-सी चलती! लुगाई होते हुए भी सेठानी ने अलबत्त सबर रखा, किन्तु सेठ की पीड़ा एक पल के लिए भी कम नहीं होती थी। वह भीतर-ही-भीतर सुलगता रहता। उसे हरदम उदास देखकर सेठानी को दुःख होता। समझाती कि बस के परे की चिन्ता करने से क्या लाभ! क्यों फिजूल खून जलाते हो! मरने पर न बेटे साथ चलते हैं, न बहुएँ और न पोते!

सेठ आह भरकर कहता, "मेरा दरद मैं ही जानता हूँ! तुझे उसका इल्म नहीं। राजा के बराबर सिंहासन पर बैठने वाले सेठ की लोग सुबह सूरत ही नहीं देखना चाहते। मुँह फेरकर थूकते हैं तो लगता है कुआँ-बावड़ी कर लूँ। हमारे बाद वंश का नाम ही उठ जायेगा। माया का रखवाला नहीं जनमा तो इत्ती माया का क्या होगा! जहाँ रोटी के भी लाले पड़ते हैं, वहाँ छोरों की कतार लगी है। यहाँ आकर तो भगवान की भी कलई खुल जाती है! जबरन बिणज-हलीला करता हूँ, परन्तु मुझे कुछ भी अच्छा नहीं लगता।"

लोगों के कहे-कहे सेठ ने बहुतेरे टोने-टोटके किये। पूँजी के खूब धुआँ

लगाया। मगर कुछ भी गरज सरी नहीं। हीरे-मोतियों के उजाले से सेठानी की कोख का अँधेरा दूर न हुआ. . .!"

एक दिन तो पानी सिर के ऊपर से निकल गया! आखातीज के शकुन मनाने के लिए एक जाट खेत पर जा रहा था कि सामने से सेठ आता दिखा। जाट ने आगे एक कदम भी नहीं रखा। तीन बार थूककर झट वापस मुड़ गया। न सेठ का लिहाज रखा न उसकी अनगिनत माया का! सेठ के पाँव जहाँ-के-तहाँ चिपक गये! आँखों के आगे अँधेरा छा गया। सिर पकड़कर वहीं बैठ गया। लानत है ऐसे जीने पर! लानत है माया के इस गुमान पर! आखिर यही दिन देखना था? मरने के बाद उसकी माया की भी यही गत होगी? डोलर-हिण्डोले की मानिन्द धरती गणण-गणण घूमने लगी! सेठ गश खाकर गिर पड़ा।

तड़के हाट-बाजार में आवाजाही हुई तो मायापति सेठ धूल में पड़ा मिला। लोगों ने हवा की। आँखों पर ठण्डे पानी के छींटे दिये। सेठ की आँखें आधी-दूधी खुलीं। उठाकर हवेली लाये। पंखी झलती सेठानी को अटकते-अटकते मन की बात बतायी। उसका आखर-आखर सेठानी के कलेजे पर अंगार-सा लगा! ताते आँसू बहने लगे। उस दिन सेठानी का सबर भी डोल गया। धणी की यह जलन कैसे सहे! कोख को छलना तो हाथ में नहीं, लेकिन धणी को भरमाने के लिए कोई छल करना ही होगा। किसी से सलाह-सूत किये बिना उसने आप ही एक जुगत विचार ली।

थोड़ी देर उपरान्त सेठ का सिर दबाते हुए उसने कहा, "आप जी छोटा न करें। मैं एक मन्तर सारूँगी। नौवें महीने इस हवेली में थाली न बजे तो मेरी बात पर कभी भरोसा मत करना। अब आपने अपना खून जलाया तो मन्तर नहीं सधेगा। कौल करो कि अब आप कभी उदास नहीं होंगे।"

सेठ ने मुस्कराने की चेष्टा की, "तुम्हारी यह बात सच हो जाये तो मैं हरदम मुस्कराता रहूँ!"

सेठानी ने कहा, "आपके होठों की मुस्कान से ही मेरी कोख में उजाला होगा. . .!"

उस विश्वास के बाद सेठ मुस्कराने लगा सो बात-बेबात मुस्कराते रहता!

फकत भरोसे की एक नाइन को सेठानी ने अपने मन का भेद बताया। पूरी बात बताकर उसे एक सौ एक मोहरों की थैली देते हुए भुलावन दी, "हम दोनों के अलावा विधाता को भी इसका पता नहीं चलना चाहिए।"

नाइन भली थी। मोहरों की थैली वापस करते हुए बोली, "यह मेरा घर है। जरूरत पड़ी तो माँग लूँगी। ये मोहरें अपने पास अमानत रखिए। अब तो यह बात सच होने पर ही मोहरें लूँगी। माँ के हिवड़े में सत हो तो कोख के बाहर भी बच्चे का जन्म हो सकता है! कोख के जीव से भी बढ़कर. . .!"

सेठानी ने नाइन की ठुड्डी छूकर कहा, "तेरे मुँह में घी-शक्कर! इस सत की परख करने के लिए मैं नयी कोख सिरजूँगी! यह सत विधाता की कोख के भरोसे नहीं! इसकी तो कोख ही दूसरी! मैं इसी कोख की खोज करूँगी!"

सेठ का मुस्कराना वैसे ही चालू था। सातेक दिन के उपरान्त नाइन दौड़ी-दौड़ी सेठ के पास आयी, "बधाई में तिलड़ी से कम न लूँगी! सेठानी के आस ठहरी है। हवेली में नौवें महीने बालसाद सुन लेना।"

अकूत खुशी के मारे सेठ से बोला नहीं गया। मुँह बाये नाइन की ओर देखता रहा। जैसे बच्चा उसकी गोद में हो। हकलाते हुए कहा, "नवसर हार देऊँ तब भी कम है।"

नाइन मुस्करायी, "हम गरीबों के अऊक पड़ती है तब मेट, कोयले, खड़िया, चेपे, मुरड़ से सबर कर लेते हैं। लेकिन सेठानी की हवस इनसे नहीं मिटेगी। पेमली बेर मँगवाइए। छुहारे, किशमिश मँगवाइए। गलवाणी, हलुआ, मालपूआ, नींबू का अचार और इमली तो घर में बहुत है। आपको चिन्ता करने की जरूरत नहीं।"

सेठ अधीरता से बोला, "नहीं-नहीं, इमली-विमली नहीं। कुथाल पड़ गयी तो जुलम हो जायेगा!"

नाइन घूँघट में मुस्करायी, "मरद-मोटियार इन बातों में नहीं समझते। लुगाई की जून बड़ी मुश्किल से पार पड़ती है! धन-माया का घूरा यहाँ ज्यादा काम नहीं आता! खट्टी-छाछ में मिरचें मिलाकर भी पीनी पड़ती है। मेट की मन में आती है तब पिस्ते-बादाम धरे रह जाते हैं! मुरड़ और चेपा मेवे से भी मीठे लगते हैं!"

"फिर मुझे कहने की जरूरत नहीं। जो ठीक समझो करो। मुझे कहोगी उन चीजों का ढेर लगा दूँगा!"

नाइन चली गयी। फिर सेठ के इत्ता सबर कहाँ! धम-धम सीढ़ियाँ चढ़ते हुए सेठानी के पास गया। आँखों में खुशी का पार था, न उछाह का। कहा, "मेरे आनन्द का भगवान भी कूता नहीं कर सकता। समूची माया के बदले भी यह सौदा पटता तो मेरी ना नहीं थी! दुनिया में धन ही सबकुछ नहीं, यह मैंने आज ही जाना। बधाई में नवसर हार दूँगा, नवसर हार!"

फिर कुछ देर रुककर बोला, "देखो, ज्यादा क्या कहूँ! आखिर तो तुम्हारी सावचेती से ही जीवन सार्थक होगा। मैं कित्ती भी सावचेती बरतूँ तो क्या! इन गँवारों के झाँसे में आकर कुछ ऐसा-वैसा मत खा लेना! इन्हें तो पत्थर भी पचता है! लेकिन हमारी बात और है। खट्टी-छाछ में मिरचें मिलाकर पीने से बच्चे के आग-आग लग जायेगी! थोड़ा जी कड़ा रखना। तुमने मुझसे छिपाया क्यों? सबसे पहले तुम्हीं को यह बधाई देनी थी! देखो, कैसा जाब्ता रखती हो!"

वह क्या जवाब देती! अबोली खड़ी रही। सेठ की वाणी के आज पंख लग गये। निस्संकोच पूछा, "माहवारी हुए कित्तेक दिन बीते? अच्छी तरह पता तो कर

लिया न? मैंने तो उबकाई नहीं सुनी! ऐसा न हो कि. . .!

"क्यों फिजूल की बातों में माथा लड़ाते हो! दूसरों के आगे ऐसी फूहड़ बात मत करना! आपका तो कुछ नहीं, लोग मुझ पर हँसेंगे।"

"क्यों, इसमें हँसने की क्या बात है! सारी दुनिया जन-जनकर थक गयी, हम तो किसी पर नहीं हँसे. . .!"

उस दिन से सेठ ने बाकी सब हिसाब-किताब छोड़ दिये और बही में वार-तिथि टाँककर समय का हिसाब रखने लगा। एक घड़ी बीती। दो घड़ी बीती। यह साँझ हुई। अब आधी रात ढली। यह भोर हुई। यह फिर सोने का सूरज उगा! पट्ठा कित्ता हौले-हौले चढ़ता है! रेंगते-रेंगते कित्ती देर से आकाश के बीच में पहुँचा। कहीं चिपक तो नहीं गया? सरकता ही नहीं! कित्ती देर से साँझ हुई! यह काली-कलूटी रात ढलेगी कि नहीं? ऐसा न हो कि दो पखवाड़े तक सूरज उगे ही नहीं! कोई घूस लेकर दिन छोटा करता हो तो सारी माया सौंप दे। भगवान रूठ तो नहीं गया? एक-एक दिन बरस जित्ता हो गया। राम जाने नौ महीने कब पूरे होंगे! गरीबों के भी नौ महीने और अमीरों के भी नौ महीने! यह कैसा न्याय! भगवान भी बिल्कुल उल्टी खोपड़ी का है! गावदी। बौड़म।

नित उगते सूरज सेठानी के पेट को ध्यान से देखता। कहाँ, कहाँ! पेट निकला तो नहीं! अनाथ-अभागों के ढोल की नाईं फूला रहता है!

जुगों के उपरान्त सात महीने सम्पूर्ण हुए। सेठ को अब कहीं पेट कुछ उभरा हुआ लगा परन्तु ये दो महीने कैसे बीतेंगे? अब तक तो कुदरत से कोई चूक नहीं हुई। आगे का जिम्मा कौन ले? सेठानी से घड़ी-घड़ी पूछते कि ज्यादा तकलीफ तो नहीं? कुछ दिन और दिल कड़ा रखे, कुछ दिन और. . .!

समूचे राज में शोर मच गया कि सेठानी का पाँव भारी है। नौवाँ महीना लगने वाला है। लाखों रुपयों की निछावर होगी। गुड़ का पहाड़ बँटेगा! क्या मालूम हाट-बाजार में इत्ते खारक-बतासे मिलेंगे कि नहीं? पर सेठ के कैसी कमी! दिसावर के मार्ग गाड़ियों की तीण बाँध देंगे! सब कहीं जाचक और कमीन-कारू उस मांगलिक दिन का हिसाब रखने लगे।

लोगों में सेठ के शुभ शगुन लेने की होड़ लग गयी। दो घड़ी रात रहते हवेली के आगे लोगों का मेला लग जाता। सेठ ऊँचे तख्त पर खड़े होकर सबको दर्शन देता। लोग सेठ का चेहरा देखकर सूरज की ओर मुँह करते। साँझ को दीया-बत्ती की वेला फिर वही मेला। सेठ दर्शन देने के जोश में बखतसर खाना भी नहीं खाता। आखातीज के शगुन वाली बात अब तक उनके कलेजे में रड़क रही थी।

नौवें महीने सेठानी कनातें तानकर सो गयी। बामन-पण्डितों ने खुद सेठ के लिए मिलने का निखेद कर दिया। सेठानी के बार-बार समझाने पर सेठ बड़ी मुश्किल से राजी हुआ। कनात के बाहर से घड़ी-घड़ी कुशल-क्षेम पूछता।

बामन-पण्डितों ने फिर टीपना बाँचा और कहा कि कल नौवाँ महीना उतरने वाला है। सेठ जीने पर भी चढ़े तो जच्चा की जान को खतरा है। जच्चा के कराहने और बालसाद की भनक भी किसी के कानों में पड़ गयी तो बच्चे के लिए अशुभ है। सेठानी के कहने से नाइन ने मिन्नत-आरजू की तो सेठ को मानना पड़ा।

चाँदनी चवदस को दो घड़ी रात रहते टन-टन थाली बजी। हवेली के चाकर इसी नाद की बाट जोह रहे थे। थालियों-पर-थालियों की रणकार उड़ने लगी। बाहर खड़ी भीड़ काँसे की थालियाँ बजाने लगी! सो अनगिनत थालियाँ फोड़ दीं। हवा जैसे अधर उठ गयी। आसमान नवलख तारों समेत काफी नीचे उतर आया!

ढेरों-ढेर निछावरें हुईं। रुपयों की। छुहारों की। बतासों की। मिसरी-मेवे की। सात दिन तक यही धमचक। यही धूमधाम। किन्तु सेठ की माया का तो अन्त ही नहीं आया!

टीपने के पन्ने पलटे जाने लगे। सबसे पहले राजव्यास ने जो नखतर बाँचे उसमें कोई मीन-मेख नहीं। सब ज्योतिषियों ने एक ही बात बतायी कि बच्चा सूरज की नाईं तपेगा। लेकिन बारह बरस तक नखतर बहुत तेज हैं। किसी ने भूल से भी उसकी शक्ल देख ली तो जान के लाले पड़ जायेंगे!

ऐसा खतरा कौन मोल ले! नौ महीने बीत गये तो बारह बरस भी बीत जायेंगे। निपूते का कलंक मिटने के साथ ही सातों सुख भरपाये! चुटकियों में बखत बीत जायेगा।

ढेरों-ढेर सुवावड़ बनी। शुरू के सात दिन तक एक जून अजवाइन और एक जून हलुआ। फिर सोंठ, लोद और गोंद के लड्डू। बादाम के लड्डू। सेठानी के साथ हजारों जच्चाओं के लिए भण्डार खुल गये। सुवावड़ की टोकरियाँ हर घड़ी हवेली से बाहर जाने लगीं। अमीरों के यहाँ बच्चा होने से ये ठाठ होते हैं! जन्म दुखियारी जच्चाओं को खट्टी राबड़ी भी नहीं मिलती। उस नरकवाड़े से तो बाँझ भली! गरीब क्यूँ तो ब्याह करते हैं और क्यों बच्चे जनते हैं! उनसे तो गन्दे सूअर के बच्चे ज्यादा सुखी हैं। अब मालूम हुआ कि घर में नये जीव के जन्म का क्या महातम है!

इधर पूरे राज में खुशियों की धूम मची थी और उधर कनातों के भीतर ऊपर मैड़ी में सोई जच्चारानी अजीब उलझन में फँसी थी। उस दिन आखातीज के त्यौहार पर निपूते के अपशगुन पर जब जाट थूककर वापस मुड़ गया तो सेठ की सुध-बुध ठिकाने न रही। निढाल होकर वहीं बैठ गया। फिर गश खाकर धूल में लुढ़क गया। करोड़ों की माया अपने ठीये-ठिकाने तहखानों में जाब्ते से रखी थी और बेहोश सेठ मार्ग में गुड़ीमुड़ी पड़ा हुआ था। जुड़ी बत्तीसी। फटी आँखें। मुँह पर भिनभिनाती मक्खियाँ करोड़ीधज का दम-खम देख रही थीं! तड़के आवाजाही हुई तो लोग-बाग उठाकर लाये। यह क्या हालत हुई? अनगिनत माया धरी रह गयी! अथाह माया

का थावस और जोर कुछ काम न आया। सेठ के रुँधे गले से सारी बात जानकर सेठानी का रोम-रोम रोने लगा! उस दुःख की वेला दो आँखें बेचारी कित्तीक रोयीं! सेठानी सोचने लगी कि धणी की यह कसक कैसे मिटे? या तो उसकी कोख फले या धणी को छले! उसे भरमाकर रखे। उस बखत उस छल से बड़ा और पवित्तर कुछ न था। किन्तु वह छल यहाँ आकर छूटेगा, यह सपने में भी नहीं सोचा था! और अभी हुआ ही क्या है! अब इस छल को कैसे फुसलाए? कैसे सहलाए? कब तक बरगलाए? धणी को बहलाने के लिए गढ़ा यह झूठ कभी-न-कभी तो सामने आयेगा ही। तब सेठ की क्या दशा होगी? ऐसे दुःख के आगे बेचारी मौत का दुःख तो कोई दुःख ही नहीं! परन्तु सेठानी के लिए उस दिन और चारा ही क्या था! वह क्या करती! वह जीना भी कोई जीना था! मगर चाहने से मौत भी तो नहीं आती। इस छल के अलावा जीने का और आधार ही क्या चुनती! लेकिन इस आधार का अंजाम क्या होगा, यह कोई नहीं जानता। इस छल की छाया में जीने का थोड़ा-बहुत आनन्द बेचारी जच्चाएँ हजार बच्चे जनकर भी नहीं जान सकतीं!

उस दिन सच्चे मन से सेठ के सुख के खातिर यह जाल रचा था। पर इस जाल से बड़ा सेठानी के लिए भी दूसरा सुख नहीं था। जीएँ तब तक जैसे-तैसे यह जाल बना रह जाये तो लाखों सुख भरपाए! वास्तव में माँ होने की बजाय माँ बनने की कल्पना में जित्ता सुख और आनन्द है उत्ता दुनिया की किसी चीज में नहीं! दुनिया में सबसे बड़ी चीज है भरम। अमावस की काली-स्याह रात के अथाह अँधेरे में यह आस कि तड़के सूरज उगेगा और यह अछोर अँधेरा एक पल में भस्म हो जायेगा, जित्ता इस आस में सुख है, उत्ता सूरज के जलते साम्प्रत गोले में कहाँ. . .!

शादीशुदा जवान बेटे का मातम भी माँ-बाप छाती-माथा कूटकर सह लेते हैं। आखिर अपने हाथ से ही अपने आँसू पोंछते हैं। अपनी ही देह के अंस की चिता को खुद अग्नि देकर बाप मसान से अपने पाँवों पर चलकर घर पहुँच जाता है तो फिर रोने-पीटने का ढोंग फिजूल है! सब स्वार्थ का रोना है। बारह दिन बाद दुःख आप ही मुरझा जाता है। खाना-पीना, हँसना-मुस्कराना, कमाना-खाना और सोना-जागना। फिर वही चरखा और वही गोरखधन्धा! परन्तु झूठ-मूठ के भरम का यह बच्चा मर गया तो माँ-बाप का दुःख कभी नहीं मिटेगा। माँ-बाप के मरने पर भी उनके आँसू खत्म न होंगे! यह बच्चा मर गया तो माँ-बाप की चिता के अंगार कभी न बुझेंगे! गंगा की गोद में भी उनकी अस्थियाँ बिसूरती रहेंगी! मसानों में जुग-जुगान्तर तक उनकी राख सुलगती रहेगी. . .!

अब तो अपना बस चलते यह भरम निभाना होगा। मगर अब यह भरम भरम कहाँ रहा! यह तो जीने का सच्चा मरम बन गया। भरम होता तो बिना कोख फले सेठानी के हाँचलों में दूध कैसे आता? सेठ अपने साँच में मगन था और सेठानी

अपने भरम में मगन थी। सूरज उगने-डूबने में मगन था। ऋतुएँ अपनी-अपनी चाल में मगन थीं। बादल अपनी गाज, अपनी बिजलियों और अपनी झड़ी में मगन थे। वनापाती अपनी हरियाली में मगन थी। चाँद अपनी चाँदनी और अपनी घटत-बढ़त में मगन था। और दुनिया के लोग-बाग अपने-अपने प्रपंच में मगन थे!

ऐसे मायापति सेठ के लड़के को कौन अपनी लड़की नहीं देना चाहेगा। चारों-मेर से सगाई के सन्देश आने लगे। बावला सेठ जो आता उसी को हामी भर देता! सेठानी ने नाइन के साथ कहलवाया कि वे यह क्या पागलपन कर रहे हैं! इकलौता लड़का और उन्होंने किसी को मना भी नहीं किया! बारह बरस के कड़े नखतर तो टालने ही होंगे। फिर सेठ ने किसी को हामी नहीं भरी।

सेठानी अक्सर आधी रात के बाद छत पर टहलती थी। चाँद को देखकर उसे लगता, यही तो है उसका बेटा! आसमान से चाँदनी बरसा रहा है! कभी झरोखे से उगते सूरज को देखती तो लगता उसके बेटे से ही तो दुनिया में उजाला है! इसकी होड़ कौन कर सकता है भला!

यूँ करते-करते सुख के बारह बरस चुटकियों में फिसल गये। फिर सगाई के लिए समाचार पर समाचार आने लगे। सेठानी को एक और बहाना सूझा। नाइन से कहलवाया कि जिस घर में एक ही बेटी हो और वह ब्याह के उपरान्त चार बरस तक धणी का मुँह न देखे, चाँद-सूरज को ही अपना पति माने, उसी के साथ रिश्ता कबूल होगा।

समझदार को समझदार और पागल को पागल मिल ही जाता है! आखिर एक दिवालिये बनिये के यहाँ ऐसी लड़की मिल गयी। दहेज मानो तो वही कूँकूँ कन्या और दुलहन मानो तो वही कूँकूँ कन्या। सूरज हथेली पर लेकर ढूँढने से भी उस जैसी गुणवती और रूपवती लड़की मिल जाये तो सब घरवाले सेठ के गुलाम बन जायें। बींटी-दायजा देने की बिसात नहीं तो कहाँ से दें. . .?

बारह बरस यूँ घड़ी-पलक में बीत गये तो चार बरस बीतते क्या देर लगती! गाजे-बाजे ढोल-ढमंके के साथ बरात चढ़ी। रथ, रेखले, बहल और बाँसिए ताँगे। बैलों के सुरंगी झूलें। पंचरंगे वलेवड़े। कसूँबल नाथें। गले में घूघरमाल।

सोनल रथ हवेली के सदर दरवाजे पर रुका। उस बखत भी सेठानी ने चिड़िया के जाये को भी दूल्हे का चेहरा तो दूर, उसकी छाया भी नहीं देखने दी। सेठानी और नाइन ने आटे का एक आदमकद पुतला बनाया। रेशमी जामा पहनाया। नारंगी पगड़ी। सुरंगी जूतियाँ। नवलखा हार। कानों में मोती जड़ी साँकलियाँ। अनमोल नग जड़ी अँगूठियाँ। हाथों में सोने के कड़े।

सेठानी लोथ के इस दूल्हे को लेकर रथ में बैठी। नाइन को पास बिठाया। बरात रवाना हुई उस बखत इस कदर खंख उड़ी मानो धरती फाड़कर बादल निकले हों. . .!

सेठानी पालथी लगाये रथ में बैठी थी। धूप का कतरा भी मखमल की बहल के भीतर नहीं आ सकता था। गोद में आटे की लोथ का दूल्हा। बरात तर-तर आगे बढ़ी। सेठानी को अगले पल की सुध न थी। मौजूदा पल में ही उसके लिए तीनों काल समाये हुए थे! वह अपने भरम में डूबी हुई थी। हाँचल में दूध उतरा हुआ था! पूरी काँचली दूध से भीग गयी। पर उसे इसका बिल्कुल ध्यान न था।

दूसरे दिन सवेरे बरात एक बावड़ी पर रुकी। पास ही जंगी बरगद था। मीठा निर्मल पानी। घनी छाया। दातून-कुल्ले, नहाने-धोने और रसोई बनाने के लिए इससे उम्दा और रमणीक ठौर और क्या होगी! खाना खाकर और थोड़ी देर विश्राम करके चलना ठीक रहेगा। बखतसर पहुँचने में कतई ढील नहीं होगी।

दूल्हे के सोनल रथ को छोड़कर सब नीचे उतरे। सब अपने-अपने नितनेम में उलझ गये। सेठ ने दूर से आवाज दी। नाइन नीचे उतरी। सेठानी अपने भरम की समाधि में डूबी थी! बाहर की दुनिया का उसे कोई चेत नहीं था!

उस बावड़ी में नाग-नागिन का एक जोड़ा रहता था। बावड़ी के पास हल्ला-गुल्ला, घूघरमाल की रणकार और बैलों का होकड़ना सुनकर दोनों बाहर आये। ऐसा नजारा तो कभी नहीं देखा! किरणों का परस पाकर कसूँबल झूलें दिप-दिप कर रही थीं। बावड़ी से थोड़ी दूर रथ खड़ा था। नागिन कहने लगी, “बरात हो तो ऐसी! ऐसी बरात का दूल्हा राम जाने कैसा होगा! मेरा तो देखे बिना जी नहीं मानता. . .।”

नाग ने कहा, “तेरी यही तो बुरी आदत है। कुछ भी देखने के लिए मचल जाती है। आदमी और साँप का नाता जानते हुए भी क्यों अनजान बनती है! पत्थर पटक-पटककर भुरता बना देंगे! तू जान से जायेगी और मेरा घर बिखर जायेगा। क्यों पागलपन करती है! बरात को दूर से देख लिया, यही बहुत है!”

नागिन सिर धुनते हुए बोली, “ना, एक बार दूल्हे को देखे बिना मुझे चैन नहीं मिलेगा।”

“तू जाने और तेरा काम जाने! समझाने से तू समझेगी थोड़े ही! देख, कैसी होशियारी से जाती है! मैं यहीं तेरी राह देखता हूँ। साथ ही भीतर चलेंगे।”

नागिन फिर एक क्षण भी नहीं रुकी। सरसराती हुई सीधे दूल्हे के रथ में गयी। माँ की ममता हो तो ऐसी! इत्ते बड़े छोरे को गोद में ले रखा है! मगर दूल्हे की आँखें पथराई हुई क्यों हैं? और माँ यूँ समाधि में क्यों बैठी है? नजर गड़ाकर ध्यान से देखा। अरे, यह तो आटे की लोथ! यह कैसा तोतक? कैसे घोड़े पर चढ़ेगा? कैसे ब्याह करेगा? बेचारी दुलहन का अभाग. . .!

नागिन का हिया भर आया। आँखें भर आयीं। दाँतों में जहर की ठौर इमरत भर गया! यूँ धोखा करने की क्या जरूरत आ पड़ी? नाग के पास लौटकर रुँधे गले से बोली, “बरात जित्ती शानदार है, दूल्हा उत्ता ही बेकार। उसमें तो जान ही

नहीं है! आटे की लोथ से गढ़ा हुआ. . .! मेरी तो अकल ही काम नहीं करती।"

नाग ने कहा, "दुनिया में नित नये अजूबे होते हैं। तू किस-किसकी चिन्ता करेगी! बराती जानें और उनका काम जाने! कुदरत की लीला का कोई पार हो तो खटपटिए आदमी की लीला का कोई पार हो. . .!

"पर मुझे तो दुलहन की चिन्ता हो रही है। बेचारी ने क्या-क्या आशाएँ लगा रखी होंगी और क्या गाज गिरेगी! आप अपरबली हैं। कोई रास्ता निकालें। मेरी तरह आपके मन में दरद हो तो यह आपके बायें हाथ का खेल है! आपने कभी मेरा कहा नहीं टाला। यह बात भी पूरी करें। फिर कभी हठ नहीं करूँगी। किसी तरह इस लोथ में प्राण डालो। नहीं तो जीऊँगी तब तक मेरी जलन नहीं मिटेगी. . .।"

नाग ठण्डी फुफकार भरकर बोला, "अब तेरी जिद के मारे करूँ तो क्या करूँ! जब चाहे हठ पकड़ लेती है। माने बिना चैन नहीं पड़ता और मानूँ तो कित्तीक बातें मानूँ? कोई हिसाब तो हो. . .!"

कुछ देर रुककर बोला, "उपाय फकत एक ही है। मेरे प्राण इसमें डालूँ तो यह लोथ जिन्दा हो सकती है। अच्छी तरह सोच ले। फिर रार मत करना। ऐसा सुन्दर दूल्हा बनूँगा कि किसी ने सुना भी न होगा। दुलहन भी क्या याद रखेगी कि कोई जोड़ी का खूबसूरत वर मिला. . .!"

नागिन की कली-कली खिल गयी। आगा-पीछा सोचे बिना ही बोली, "तो बाट किसकी जोह रहे हो? इसके बाद कभी हठ करूँ तो कहना!"

"देख, फिर रार की तो तू तेरी जाने! मुझे दोष मत देना। एक बार ठण्डे दिमाग से फिर अच्छी तरह सोच ले. . .!"

"बार-बार क्या सोचना है! जो सोचना था, सोच लिया।"

अब नाग के लिए भी सोचने के लिए कुछ नहीं बचा। सरसराता हुआ सोने के रथ की ओर चला। सबकी नजर बचाकर रथ में घुस गया। सच, नागिन की आँखों ने धोखा तो नहीं खाया था!

फिर जो होना था वही हुआ। नाग के अदीठ होते ही लोथ में जान आ गयी! उसके मुँह से पहला बोल निकला, "माँ! माँ!"

माँ की समाधि टूटी। सपना समझकर अदेर आँखें खोलीं। बेटे के मुखड़े से बहल में उजास फैला हुआ था! गले में दोनों बाँहें डालकर फिर कहा, "माँ! माँ. . .!"

विधाता के पास भी ऐसा कोई माप नहीं जो माँ के उस आनन्द का कूंता कर सके. . .! उसके हजार-हजार जन्म धन्य हुए. . .। हिवड़े में अनगिनत कमल खिल गये। उसके भरम का बेटा आखिर मुँह से बोला। छककर हाँचल चूँघे!

माँ-बेटे एक साथ रथ से उतरे। सेठ उधर ही आँखें गड़ाये खड़ा था। एकाएक भरोसा न हुआ। आँखें मसलकर फिर देखा। भागकर पास आया। बेटे को गले

लगाता उससे पहले ही बेटे ने पाँव छूकर दण्डोत किया। बाप के चरणों में सात बार सिर नवाया। धणी-लुगाई एक-दूसरे की आँखों में आँखें गड़ाकर देखने लगे। जैसे दोनों की जोत परस्पर बदल गयी हो। बेचारी वाणी की क्या मजाल जो ऐसी वेला लिक-लिक करे! मौन जब वाणी का काम सारता है तो वाणी तालू से चिपक जाती है। गले से आखर भी नहीं फूटता।

दूल्हे को देखकर नागिन फूली न समायी। इमरत भरी नजर से उसे देखती रही। बरातियों की न अकल काम कर रही थी न आँखें। ऐसा रूप देखने के लिए आँखों की ये नाकुछ पुतलियाँ कतई नाकाफी हैं। सूरज जैसी सोलह आँखें चाहिए...!

बरात फिर एक क्षण भी वहाँ न रुकी। बावड़ी की पाल पर फन उठाये नागिन बरात को जाते टुग-टुग देखती रही। आज से पहले नाग-नागिन का कभी बिछोह नहीं हुआ था। आज हुआ तो ऐसे पवित्र काम के लिए। नागिन बिल्कुल उदास नहीं हुई। तीसरे दिन बरात लौट आयेगी। दो दिन की तो बात है। मगर आज बावड़ी उसे सूनी और बदरंग लगी।

और उधर बखतसर बरात के पहुँचते ही वहाँ खुशियों का घमरोल मच गयी। जैसी दुलहन वैसा ही दूल्हा। दोनों का रूप एक-दूसरे से बढ़कर था। ब्याह की अनमोल रात उनके चेहरों की आब से पीलजोतों का उजास फीका पड़ गया। दुलहन के होठों का इमरत पीते हुए दूल्हा सोचने लगा कि नागिन हठ न करती तो यह सुख कहाँ नसीब था! लुगाई के अंगरस की तो बात ही और है! चेत होते हुए भी कुछ चेत नहीं रहता। चेत न होते हुए भी आनन्द का पूरा-पूरा चेत रहता है! आदमी के इस सुख से तो भगवान भी डाह करता होगा!

बरात पाँचवें दिन वहाँ से वापस रवाना हुई। सोने के रथ में माँ की ठौर दुलहन बैठी थी। सुख-सुख में कित्ता फरक होता है! माँ की गोद का सुख अलग। दुलहन के अंग का सुख अलग। दोनों में कोई मेल नहीं।

इस आनन्द के बीच दूल्हे को नागिन का ध्यान आया। वह हरगिज रार किये बिना नहीं मानेगी। बावड़ी से हटकर निकल जायें? लेकिन यूँ कित्ते दिन चलेगा! शायद उसे समझाने से बात बन जाये। सेठ-सेठानी भी बावड़ी पर रुकना चाहते थे। बावड़ी की 'जात' देंगे। यहीं उनका जीवन धन्य हुआ था।

सब खुशी से छलकते हुए बावड़ी पर पहुँचे। पाल पर बाट जोहती नागिन बरात को देखकर भीतर चली गयी। बिछोह के ये दिन उसने कित्ती मुश्किल से काटे! एक-एक क्षण पहाड़ हो गया था। दुलहन का जित्ता भला बन पड़ा, वही बहुत है। अपना घर जलाकर दूसरों के यहाँ उजाला कैसे करें...?

दूल्हा नागिन का स्वभाव खूब जानता था। है तो भली, नेक और समझदार। लेकिन पतिवरता भी तो हद दरजे की है! पाँच दिनों से भूखी-प्यासी बाट जोह

रही होगी! धणी का बिछोह उससे बिल्कुल नहीं सहा जाता! नेम-धरम का इत्ता ढोंग भी किस काम का! बड़भागन मानेगी कि नहीं? है तो सीधी-सूदी! शीशी में उतर सकती है। भोली नहीं होती तो इस आनन्द का स्वाद कैसे मिलता! यूँ गहरे सोच में डूबा हुआ दूल्हा बावड़ी में उतरा। उसे देखते ही नागिन झार-झार रोने लगी। रोते-रोते हिचकी बँध गयी, "मेरे दुःख का तुम्हें जरा भी इल्म होता तो दो दिन ज्यादा नहीं रुकते!"

दूल्हे ने कहा, "पगली, बरात को रवाना करना क्या मेरे हाथ में था! तूने ही तो सब कबाड़ा किया और मुझे दोष देती है! मैंने तो पहले ही कह दिया था। मगर तेरे हठ के आगे मेरी एक न चली! मेरे मन की पीड़ा तू थोड़ी-बहुत भी जानती तो मुझे उलाहना न देती, तेरा बिछोह इस कदर तड़पाएगा, ऐसा तो नहीं सोचा था! हर घड़ी तेरी सूरत आँखों के आगे घूमती रहती थी. . .!"

भोली नागिन की सारी जलन मिट गयी, "सच, तुम्हें मेरी इत्ती याद आयी? मेरा अहोभाग्य! अब तुरन्त असली रूप में आ जाओ। तुम्हारे दरसन करूँ तो चैन पड़े!"

दूल्हा मुँह उतारकर बोला, "मैं तो पाँच दिन में ही मानुस जून के गलीजपन से भर पाया! तेरी कित्ती याद आयी! लेकिन जरा सोच तो, दुलहन यहीं सती होगी। तूने कैसा बुरा फँसाया! उस दिन इत्ती दया की तो कुछ दिन और सबर रख। मेरा दिल तेरे बिना जलता है, तड़पता है। किन्तु लाचार हूँ। तीन महीने बाद मैं दाँव-घात करके दौड़ा आऊँगा! फिर तूने मना किया तो तेरी जबान जायेगी!"

"एक बार भूल हो गयी वही बहुत है। घड़ी-घड़ी भूल करूँ इत्ती भोली नहीं हूँ।"

नागिन के भोलेपन में कोई कमी न थी। धणी पर आँखें मूँदकर भरोसा करती थी। इस बार भी भरोसा कर लिया। वह अकेली ही जैसे-तैसे बावड़ी में घुसी और दूल्हा सोने के रथ में दुलहन की सूरत निरखता हुआ वहाँ से चल पड़ा।

बरात पहुँचते ही सेठ की हवेली में निछावरों की बौछार हो गयी। दुलहन परतख लिछमी का अवतार थी। नौकर-चाकरों के होते हुए खुद सास-ससुर की सेवा करती। खाना खिलाती। सास के पैर चाँपती। सिर दबाती। हाली-चाकरों के दुःख-सुख का ख़याल रखती। किसी से भी भेदभाव नहीं बरतती। सबसे हँसकर बात करती। नाइन का भी सासू की तरह आव-आदर करती। पूछे बिना पानी भी नहीं पीती! बेटा भी बहुत आज्ञाकारी था। गुणों की खान। अकल का सागर। भागबली। दया-माया का पुतला। उसके आते ही अठेल व्यापार बढ़ा। आन-की-आन में व्यापार के गुर सीख गया।

हाट-बिणज के हलीले और रंगमहल की मौज-मस्ती में नागिन की याद दूल्हे के चित्त से ही उतर गयी। पलक झपकते ही तीन महीने बीत गये। नागिन ने बड़ी मुश्किल से गिन-गिनकर ये मुसीबत के दिन काटे। सूखकर साँकल हो गयी!

चमक फीकी पड़ गयी! तीन महीने सम्पूर्ण होते ही वह धणी की खोज में निकल पड़ी। तीसरे दिन आधी रात को दूल्हे के रंगमहल में पहुँची। चारों कोनों में पीलजोतों का उजाला दिप-दिप कर रहा था! धणी-लुगाई रंगरेलियों में मगन थे! देखते ही नागिन आपे से बाहर हो गयी। गुस्से से सरसराती हुई बहू को डसने के लिए लपकी। लेकिन अगले ही क्षण उसके हिये में फिर इमरत भर गया! इस बेचारी का क्या कसूर! अपने धणी ने ही भुला दिया तो दूसरे को कैसे दोष दे! इस चरम योग-समाधि की वेला धणी के आनन्द में भंग डालना भी ठीक नहीं। अब क्या करें? एक आले में कुण्डली मारकर बैठ गयी। टुग़-टुग दोनों की प्रेम-लीला निहारती रही। एक बार तो मन हुआ कि इस अमर जोड़े को छेड़े ही नहीं! वापस लौट पड़े! लेकिन जाना क्या इत्ता आसान था? आले से हिला ही न गया।

आखिर धणी-लुगाई निढाल होकर नींद की गोद में समा गये। नागिन सरसराती हुई पलंग पर चढ़ी। पूँछ की फटकार से दूल्हे को जगाया। नागिन को देखते ही उसे सब याद आ गया। नागिन ने उसकी आँखों-में-आँखें डालकर पूछा, "मुझे पहचाना? तुम्हें ऐसा निरमोही तो नहीं जाना था! कभी सोचा कि मैं किस हाल में होऊँगी? ऐसी रंगरेलियों में मेरी याद क्यों आने लगी भला...?"

आदमी का रूप धरकर वह काफी चालाक हो गया था! बात बनाते हुए बोला, "तू कहे तो अभी खड़े-खड़े चल पड़ूँ। यह तो घोड़े बेचकर सो रही है। परन्तु तड़के हवेली में जो कोहराम मचे उसे अपने कानों से सुनना! तीन महीने के सुहाग से तो अच्छा था ब्याह होता ही नहीं! दया का खूब नाटक रचा तूने? मैंने कित्ता बरजा, किन्तु तू क्यों मानने लगी? उस दिन का कौल-वचन याद है तुझे? मेरा तो कुछ नहीं, तू कहे वैसा करूँ...?"

"क्यों झूठ बोलते हो! मेरी आँखें तुम्हारे कलेजे में गड़ी हुई हैं! इस सेज को छोड़ने का सपना भी तुम्हें बुरा लगेगा! फिजूल चलने के लिए अधीर मत होओ। मैंने हामी भर ली तो बगलें झाँकने लगोगे! मुझे मारना तुम्हारे बस में नहीं, वरना इस अकरम से भी तुम नहीं चूकते! मगर मेरी भूल मैं ही सँवारूँगी! तुम्हें दोष नहीं देती। सेज का आनन्द होता ही ऐसा है! मैं भी इसी के लिए छटपटा रही हूँ! और इसी के लिए तुम्हारा दिल कसमसा रहा है! एक बात पूछती हूँ, सच-सच बताना! यह रंगमहल छोड़कर तुम मेरे साथ चलने को तैयार हो...?"

इस बार उससे झूठ नहीं बोला गया। आँखें झुकाकर बोला, "तू ठीक कहती है। यहाँ मेरा मन रम गया। अब यह सुख मुझसे नहीं छोड़ा जायेगा!"

नागिन की आँखें छलछला आयीं। भीगे सुर में बोली, "यह सुनकर मुझे रत्ती-भर भी दुःख नहीं हुआ। मेरी वजह से दुलहन को सुख मिला है तो उसे छीनूँगी नहीं! मेरे बस चलते तुम्हारा सुख बढ़ाऊँगी ही। इस रंगमहल में आकर मेरे मन

में नये ज्ञान का उजाला हुआ है! फकत तीन दिन की मोहलत चाहती हूँ। तुम चुपचाप देखते रहना।"

सारी बात का दारोमदार आटे की लोथ पर है। माँ से पूछे बिना सच्चाई का पता नहीं चलेगा! प्रीत के रंगमहल से नागिन सीधे सेठानी के पास गयी। नाइन और सेठानी बातें कर रही थीं। दो पुरस लम्बी नागिन को देखकर चिल्लाने वाली ही थीं कि नागिन ने कहा, "डरो मत। तुम्हें कोई हानि नहीं पहुँचाऊँगी! फकत एक बात पूछती हूँ। तुमने कभी सोचा कि आटे की लोथ में अचानक जान कैसे आ गयी. . .??"

यह सुनते ही उन्हें तत्काल नागिन पर विश्वास हो गया। सेठानी ने कहा, "हम अभी यही बात कर रही थीं! बहुत माथा पचाया, मगर कुछ सार नहीं निकला!"

"आज मैं वही बात बताने आयी हूँ!"

सारी बात सुनकर उनका हिया इमरत से लबालब भर गया! नागिन को छाती से लगाकर सेठानी खूब रोयी। लेकिन वे दुःख के नहीं, खुशी के आँसू थे! आँसुओं के अलावा उस खुशी को प्रकट करने का कोई दूसरा उपाय न था!

फिर सेठानी ने निपूते की पीड़ा से शुरू करके ठेठ बावड़ी तक की एक-एक बात बतायी। नागिन सुनती रही और रोती रही! आँसुओं के उस इमरत से ही यह दुनिया बची हुई है! नहीं तो कब का प्रलय हो जाता. . .!

फिर सेठानी ने न सेठ से कुछ छुपाया और न बहू से। सुनते ही दोनों आक-बाक! न खुशी का पार न अचरज का! सेठानी की गोद में बैठी नागिन ने फन उठाकर दुलहन को देखा। कहने लगी, "उस दिन फकत सिन्दूर से माँग भरी थी। आज मोतियों से माँग भरूँगी!"

सेठानी ने नागिन के सिर पर हाथ फेरा, "तू मेरे घर की खास लिछमी है! यहाँ से जाने की बात की तो अंजल अगले जन्म में ही लूँगी, याद रखना!"

सब घरवालों ने नागिन को बड़ी बहू की तरह बधाया! खूब उत्सव मनाया! फिर बेशुमार निछावर हुई। उस दिन से नागिन उस हवेली की बड़ी बहू बन गयी! दिन को धणी के गले से लिपटी रहती है! रात को लुगाई बन जाती! दोनों बहुओं में जब्बर नेह। अथाह प्रेम। एक-दूसरे के सुख-दुःख का खुद से भी ज्यादा ख़याल रखतीं! चाँद-सी बहुओं के आज दो-दो सुन्दर-सलोने बच्चे हैं!

जिस नागिन के दाँतों में विष की ठौर इमरत हो उससे भला कौन डरेगा! बच्चे उसके साथ खेलते हैं! लुगाइयाँ उसकी पूजा करती हैं! धूपबत्ती करती हैं! सिन्दूर का तिलक करती हैं। तब सोने के कचोले में दूध-केसर पिलाना कौन बड़ी बात! यह नागिन तो ऐसी सुलच्छनी है कि डस ले तो मुरदा जी उठे! इस तरह का वंश बढ़ने से ही मानुस सुख-शान्ति का स्वामी होगा!

हुक्का गुड़गुड़ाते हुए वीलिया खवास गाँव-चौधरी की ओर देखकर कहने लगा, "हाट-बाजार में जिस अनहोनी बात से तुम्हें इत्ता अचरज हुआ उसका यह मायना है! अपनी-अपनी समझ मुताबिक इसमें सार मिलेगा! पूरी बात के बीच में किसी ने हुंकारा नहीं दिया, अबोले बैठे सुनते रहे! यह बहुत बड़ी बात है! इसी से बात के महातम का पता चलता है! बात के बीच में हुंकारा मुझे बिल्कुल नहीं सुहाता! यूँ हुंकारा बात का सिंगार है, किन्तु मुझे रास नहीं आता। लोगों का जी नहीं दुखाता, इसीलिए वे जो देते हैं, ले लेता हूँ। ये बातें अनमोल हैं। तुम्हें दिखते हैं सोने के ये डोरे-फूल! कोई आखर-आखर मोती भेंट करे तब भी कबूल न करूँ! कोई नयी बात सुनाकर वीलिया खवास वही मानुस नहीं रहता! बदल जाता है! तुम फकत मेरा चेहरा पहचानते हो, मेरा अन्तस् नहीं पहचानते! अब डटकर खाना खाओ! डकारें लो! कुल्ला करो! इन गूढ़ बातों का मरम समझना तुम लोगों के बस का रोग नहीं! जिस गाँव नहीं जाना, उसका मारग क्यों पूछना. . .!"

अप्रैल, 1971

दिवाले की बपौती

यह बात सूरज जित्ती पुरानी और उजास जित्ती नयी है। चाँद जित्ती पुरानी और चाँदनी जित्ती नयी है। बादल जित्ती पुरानी और बरसात जित्ती नयी है। बीज जित्ती पुरानी और हरियाली जित्ती नयी है। फूल जित्ती पुरानी और फल जित्ती नयी है। तो सूरज, उजास, चाँद, चाँदनी, बादल, बीज, हरियाली, फूल और फल तमाम चराचर पर समान ममता छितराए कि किसी पेड़ की छाँह तले एक बामन रहता था। पुराने शास्त्रों का पण्डित। सन्तोषी। आपरंगी। गरीब। दाने-दाने का मुहताज। पाँच जनों का भार। एक घरवाली और तीन छोरियाँ। दो जून चूल्हा जलना तक दूभर था। जैसे-तैसे गाड़ी घिसट रही थी!

बामन नितनेमी था। तड़के दो घड़ी पूजा-पाठ करता। फिर साँझ को वही खटकरम। पुरानी पोथियाँ बाँचता। गुजारे के लिए भीख माँगता। आदमी की दुनिया में अधम, ओछा, मलीच, झूठा और कुलालची हुए बिना कमाई नहीं होती। आदमी होकर जानवरों से भी गया-गुजरा होने पर ही धन जुड़ता है! इनसानियत से तो मुसीबतें ही हाथ लगती हैं। उस बामन के मरकर भी झूठ न बोलने का प्रण था। तब कमाई का वास्ता ही क्या! बामनी नित कड़मड़ करती। कमाई के लिए कोंचती। चिक-चिक करती कि यूँ ठाली बैठे कैसे चलेगा! छोरियाँ तो नित उगते सूरज बड़ी होती हैं! और घर का स्वामी अन्धा बना हुआ है। बामन कहता कि वह एक क्षण भी ठाली नहीं बैठता। पूजा-पाठ करता है। सन्ध्या सारता है। ज्ञान की पुरानी पोथियाँ बाँचता है। इसमें आदमी की मनमानी नहीं चलती।

बामनी माथे में बल डालकर, मुँह मस्कोरते हुए कहती, "तुम्हारे साँच और ज्ञान से क्या सिर फोड़ें! न ओढ़ने का न बिछाने का! सिलाड़ी पर बाँटें तो चुटकी-भर लूण की गरज भी नहीं सरती। इन्हें डालो चूल्हे में और कुछ कमाई का जुगाड़ करो!"

बामन कहता, "पगली, बामनी की कोख से जन्म लेकर तू इत्ता भी नहीं

समझती कि ज्ञान और साँच तो बामन की बपौती है। तब लिछमी की चरणरज का जोग कहाँ? भला बपौती को कैसे ठुकराएँ! भूखे मरने में लाज कैसी? मगर जीते-जी इनसानियत की सीमा लाँघना तो मौत से भी बदतर है। काल का न्यौता मिलने पर चोर, डाकू, साहूकार और चक्रवर्ती राजा सबको अपना तामझाम छोड़कर खाली मुट्ठी जाना पड़ता है। झाँय-झाँय और खटपट करने से वे अमर हों तो बात दूसरी है. . .!"

घरवाली गिरस्ती के सुख की खातिर हरदम चक-चक करती और बामन ज्ञान, विद्या, ध्यान और सच्चाई का थूक बिलौता! न बामनी ने अपना खूँटा छोड़ा और न बामन ने! एक बार तीन दिन का भूखा बामन मिरच की चटनी से जौ की सूखी रोटी खा रहा था। उसके मन में तो किसी तरह का कोई पछतावा न था, मगर बामनी की आँखें भर आयीं। कहने लगी, "तुम तो मुझे तुस बराबर भी नहीं गिनते, लेकिन मुझसे तुम्हारा दुःख नहीं देखा जाता। इस तरह अधभूखे तो ढोर-डाँगर भी नहीं रहते। वे भी हमसे ज्यादा सुखी हैं।"

सूरज सिर पर तप रहा था। आँगन में झूमते नीम की छाया तने से लिपटी थी। पत्ते पवन के झोंकों से हिल रहे थे। चिड़ियों के मीठे कलरव से बौराई हवा मन्द-मन्द चल रही थी। कबूतर सुगम्भीर सुर में गुटरगूँ-गुटरगूँ कर रहे थे। कुदरत का यह अछोर आनन्द बामन की रग-रग में नाच रहा था! मुस्कराकर बोला, "कित्ती बार कहा कि दुःख तो मुझसे सौ-सौ कोस दूर रहता है। पर तुझे भरोसा नहीं होता। बिरछ-बाँटकों की हरियाली, भाँत-भाँत के सुरंगे फूल, तितलियाँ, उड़ते पंछी, अनगिन जीव-जिनावर, चाँद-चाँदनी, नवलख तारे, उगता-डूबता सूरज, बदलती ऋतुएँ, गरजते बादल, चमकती बिजलियाँ और बरखा की झड़ी देखने के बाद फिर कौन-सा सुख बाकी रहता है? खीर-मालपुए और घी-बाटी खाने वाले को ही कुदरत का नजारा दिखता हो तो बात न्यारी है! कुदरत के अनमोल खजाने के सामने क्या राजा और क्या रंक! बेचारे आदमी की कमाई और धन का इससे क्या मुकाबला! बरखा की एक बूँद या नीम के फूलों की सौरभ या फूल-फूल पर मँडराती एक तितली के बदले भी मैं असंख्य हीरे-मोतियों का सौदा नहीं करूँगा!"

बामनी ने कहा, "परन्तु मुझे तो भूख और मुसीबतों के मारे कुदरत बिल्कुल बदरंग लगती है, खाने को झपटती है। चाँद-सूरज से रोटी की गरज नहीं सरती। चमकती बिजलियों से पेट की आग नहीं बुझती! मेरे सुख के लिए कुछ तो काम करो!"

"तू ही बता क्या करूँ? मन नहीं मानेगा तब भी तेरी खातिर आनाकानी नहीं करूँगा।"

स्वामी के मुँह से बामनी ने पहली बार ऐसी बात सुनी। सुनकर खुश हुई। समझाने लगी, "ये डेढ़ पसली के मरियल बनिये कित्ती कमाई करते हैं! बिणज-बौपार

जैसी बरकत और किसी धन्धे में नहीं। थोड़े दिन बनिये वाली सूझ-बूझ से ही क़ाम लो! साँच के बूते पर क्या बिणज नहीं फलता. . .?"

बामन ने सिर धुनते जवाब दिया, "ना, बिल्कुल नहीं फलता! यह बात तू गाँठ बाँध ले कि कम तौल, कम नाप, झूठ और जालसाजी के बिना बिणज एकदम लूला है! कोई सपने में भी बिणज करेगा तो उसे यह जाल तो गूँथना ही पड़ेगा!"

कुछ देर रुककर बामन ने मसखरी के भाव से कहा, "और तू ही बता, बिणज करूँ तो किसका? क्या बेचूँ और क्या तौलूँ? हमारे पास दिवाले के अलावा है ही क्या? भला इसे कौन खरीदेगा?"

कौन जानता था कि मसखरी की वह बात उलटे बामन के गले पड़ जायेगी!

डूबता हुआ आदमी तिनके को भी झपट लेता है। बामनी को बिणज की जबरदस्त लालसा थी। पति के मुँह से दिवाला बेचने की बात सुनकर उसका मन ललचा गया। अदेर एक जुगत सोच ली। कहने लगी, "तुम्हारी सच बोलने की बान भी निभ जाये और बिणज भी हो जाये, फिर तो तुम्हें कोई उजर नहीं? देखो, मेरी मत मारी गयी, जो इत्ते दिन यह छोटी-सी बात भी नहीं सूझी! तुम्हारी तरह इस मायापति सेठ ने भी कसम खा रखी है कि हाट-बाजार में साँझ तक जो चीज नहीं बिके वह उसे मुँह-माँगी कीमत पर खरीदेगा। बावले सेठ ने साँप, कनखजूरे, गिंडोले, लीक-जूएँ, जवा-चींचड़े, खटमल और पिस्सुओं के भी मुँह-माँगे दाम चुकाये हैं। पट्ठा मना करना तो जानता ही नहीं! भले आदमी, जिन्दगी में एक कहना तो मेरा भी मानो! मर गयी तो मन में रह जायेगी।"

आखिर भोला बामन घरवाली के चक्कर में आ गया। वह पीढ़ियों के दिवाले को बेचने के लिए राजी हो गया। फिर बामनी ने ढूँढ-ढाँढ़कर इत्ती चीजें बड़ी मुश्किल से इकट्ठी कीं—झीर-झीर कपड़े, टूटा हुआ छाज, एक फूटी हुई घड़ली, हाँड़ियों के दो गिड़गे, केलड़ी की पाँच-दस ठीकरियाँ, आक-उपलों की राख, एक टूटा-फूटा कुल्हड़, टूटी हुई छलनी, चूड़ियों के टुकड़े, दो-एक फटे हुए पोतड़े।

बामन जंगल से खींपड़े की रस्सी बट लाया। एक लीर-लीर कपड़े में राख और सारी चीजें कसकर बाँध लीं। फिर माथे पर दिवाले की गठरी उठाकर बाजार की ओर चल पड़ा।

बाजार का नुक्कड़ आते ही जोर-जोर से आवाजें लगाने लगा—"दिवाला लो, दिवाला. . .!"

जो भी सुनता, हँस पड़ता। खिल्ली उड़ाता कि पण्डित को ज्ञान का अपच हो गया लगता है। कहीं दिमाग में बादी तो नहीं छा गयी? हतभागे बामन को यह क्या सनक सूझी? बेकार शगुन बिगाड़ेगा। एकाध सयाने बुजुर्गों ने उसे टोका, "बावले, ऐसा मूर्ख कौन होगा जो जान-बूझकर दिवाला खरीदेगा?"

पण्डित ने सहज भाव से कहा, "जिसके पास जो होगा वही तो बेचेगा। मेरे पास दिवाले के अलावा और है ही क्या!"

सो अपने दिवाले की गठरी सिर पर उठाते हुए पण्डित सारे दिन चिल्लाता रहा, "दिवाला लो, दिवाला. . .!" डोलते-डोलते पिण्डलियाँ फटने लगीं, परन्तु किसी ने दिवाला नहीं खरीदा। फेरी लगाते-लगाते साँझ का झुटपुटा घिर आया। चेचक के दानों की तरह इक्के-दुक्के तारे उभर आये। बामन लाचार होकर मायापति सेठ की पेढ़ी पर जा पहुँचा। गठरी नीचे रखी। कुछ देर सुस्ताकर बही पर झुके सिर की ओर देखते बोला, "सवेरे से भटक रहा हूँ। चिल्ला-चिल्लाकर गला बैठ गया। लेकिन दिवाला खरीदना तो दूर, उलटे लोगों ने मेरी खिल्ली उड़ायी। किसी ने कहा, मेरा दिमाग चल गया है। किसी ने कहा, "पण्डित के माथे में भूसा भरा है। आखिर लाचार होकर आपकी पेढ़ी पर आना पड़ा!"

सेठ और मुनीम आँखें फाड़े एक-दूसरे का मुँह जोहने लगे। ऐसी चीज तो कभी बिकने नहीं आयी! मुनीम ने पूछा, "क्या सचमुच दिवाला बेचने आये हो? तब तो पण्डितजी, आपकी अक्ल का कोई जवाब नहीं!"

बामन नरमाई से बोला, "मेरे पास और है ही क्या! पण्डिताइन ने ज्यादा तंग किया तो इसे ही उठा लाया। इस पेढ़ी का बड़ा नाम सुना है। यहाँ हर चीज खपती है! साँप, नेवला, कनसलाव, कुलातरों का यहाँ मुँह-माँगा मोल चुकाया गया। सनीचर भगवान की पुतली मोल लेकर कित्ती मुसीबतें उठायीं! फिर दिवाले की इस गठरी का क्या बोझ! हिम्मत न हो तो वापस ले जाऊँ?"

सेठ को बात चुभी। कहा, "मुनीमजी नये हैं। इन्हें इस पेढ़ी के कायदों का पता नहीं। मेरे लिए तो यह दिवाला हीरे-मोतियों से बढ़कर है! बोलो, क्या दाम लोगे. . .?"

सेठ की अपनी टेक थी तो पण्डित की अपनी बान थी। सहज भाव से सीधा उत्तर दिया, "सेठजी, किसी चीज का मोल तो खरीदने वाले की औकात पर है। मैंने झूठ न बोलने की कसम खा रखी है। जो आपकी मरजी हो दे दें।"

सेठ उलझन में पड़ गया। थोड़ी देर सोचकर बोला, "कोई गँवार बामन होता तो खुशी-खुशी सवा लाख रुपये दे देता! मगर आप ऊँचे ज्ञानी हैं। एक हजार से ज्यादा मोल आँकने की मेरी हिम्मत नहीं!"

उस पण्डित के लिए तो छदाम मोहर जैसी थी और मोहर छदाम से भी कम! घरवाली की बात रखने के लिए चुपचाप हजार रुपये कबूल कर लिये। उसके अदीठ होने पर सेठ ने मुनीम को अपने पास बुलाया। बिणज के गुर समझाते कहने लगा, "आज का यह सौदा तो वारे-न्यारे कर देगा! दिवाला चुपके से रात-बिरात घर में दुबक जाता तो क्या पता चलता! अब तो हम जैसा चाहें इसे सँभालकर रख सकते हैं। यह हमें कभी नुकसान नहीं पहुँचा सकता। साँप-बिच्छू अनजाने में ही काटते

हैं। दिख जाये तो हर कोई जाब्ता कर लेता है। आज से दिवाला हमारी मुट्ठी में हो गया। हम जहाँ चाहें इसका बँटवारा कर सकते हैं। यह बावला पण्डित इसका मोल क्या जाने! किस्मत समझो कि यह हमारे हाथ लग गया! यह बामन जात यूँ ही अपना भाग्य बेचती फिरेगी!"

फिर बही को समेटते हुए कहने लगा, "मुनीमजी, अभी तुम हिसाब-किताब ही जानते हो, बिणज के गुर नहीं जानते। पहले वाले मुनीमजी अचीते देवलोक नहीं सिधारते तो मेरा काम काफी हलका हो जाता। तुमने उस दिन नेवले के लिए भी कित्ता बरजा था! बाद में तुम्हें भी पता चल गया कि नेवला नहीं खरीदता तो सेठानी को कालिन्दर डसा ही हुआ था। फकत सौ रुपये में जान बच गयी। यदि सेठानी को उस रात पवन लग जाता तो मुझे इस ढलती उम्र में भी ब्याह तो करना ही पड़ता। कित्ता खरच होता! बनिये की आगमदीठ होती है! और उस मावस की रात सोने के हथफूल जैसा पीला बिच्छू चोर को डंक नहीं मारता तो सारा धन गया हुआ ही था! चीख सुनते ही अड़ोसी-पड़ोसी जाग गये। चोर भाग खड़े हुए। और लगा क्या? पाँच रुपये! साहूकार की अक्ल का कोई मुकाबला कर सकता है भला. . .?"

यह कहकर सेठ हँसने लगा। अदन्त मुँह की हँसी जैसे अब गिरी, तब गिरी! थोड़ा दम लेकर कहने लगा, "कभी-कभार सोचता हूँ कि भगवान मुसीबत में पड़े और उसका आढ़तिया कुदरत को बेचने आये तो खरीद लूँ। फिर देखो कमाई का मजा! चाँद-सूरज तक को गहरे तहखाने में बन्द कर दूँगा! राजा-महाराजा लाखों मोहरें देंगे। तब कहीं होली-दीवाली बाहर निकालूँगा। बिना रुपया दिये कोई उजास या चाँदनी की किरण भी क्या देख ले! फिर तो धान की ठौर गहरे तहखाने में बादल भर दूँगा। जो किसान पूरे पैसे दे, वहाँ जब्बर बरखा, नहीं तो एक बूँद भी नहीं। आयेगा, कभी-न-कभी भगवान पर भी संकट आयेगा! फिर बनिये के सिवा उसकी लाज रखने वाला कोई नहीं! मगर एक बार मेरी कलम के नीचे आये तो सही! और उस दिन, तुमने गोरियावर साँप के तीन सौ रुपये देने से मना किया था। भगवान न करे, तुम्हारा कहा मान जाता तो चोरों का काम तमाम कैसे होता? तिजोरी खोलते ही बिफरे हुए साँप ने दोनों को ठण्डा कर दिया। नहीं तो हीरे-मोती बेचते भला! कसमल चोरों ने तो फिर पानी ही नहीं माँगा! बनिये की अकल से जो टक्कर लेगा वह मटियामेट हो जायेगा!"

कहते-कहते सेठ फिर जोर से हँसा। जैसे अपने अदन्त मुँह से चाँद-सूरज दोनों को निगल जायेगा!! फिर मुनीम को भुलावन दी, "इस दिवाले का पक्का बन्दोबस्त करना है। एक बड़ा मजूस मँगवाकर उसमें बन्द करो। फिर बड़े-बड़े पत्थर जमाकर सात ताले लगाओ और सबसे गहरे तहखाने में रखो। फिर किवाड़ के बड़ा ताला लगाने के बाद कोई डर नहीं। अब फुरती करो! काम तो निपटाने

से ही निपटता है। तुम्हें आज फिर कहता हूँ, याद रखना, यह दिवाला हमारी अनगिनत माया बचाएगा! बेशुमार पैदावार से हमारे कोठे-भण्डार भर देगा।"

सेठ तो इस तरह दिवाले का पुख्ता बन्दोबस्त करके बेफिकर हो गया, लेकिन जो दुखियारे आगे बढ़कर उसे सिर पर उठाएँ, भला उनकी सहायता कौन कर सकता है? एक दिन कुछ ऐसा संजोग हुआ कि आधी रात को चार बावरी सेठ की हवेली चोरी करने घुसे। गुड़ होगा वहाँ मक्खियाँ आयेंगी ही। चीनी होगी वहाँ चींटियाँ पहुँचेंगी ही और धन होगा वहाँ चोर सेंध लगाएँगे ही!

ओरी में सो रहे सेठ को चोरों की भनक लगी तो वह सेठानी को जगाकर बातचीत करने लगा। बरसाली में खड़े चोरों ने खुसुर-फुसुर सुनी तो किवाड़ से कान सटाकर ध्यान से सुनने लगे।

सेठ ने पूछा, "सुनती हो, हीरे-मोतियों का मजूस ठीक से तो रखा है न? तीज को तड़के ही मजूस लेकर दिसावर जाना है। ऐसा न हो कि. . .!"

सेठानी बीच में ही बोली, "मुझ पर भरोसा न था तो जोखिम सौंपी क्यों? मैं इत्ती भोली नहीं। सात ताले लगाकर गहरे तहखाने में छिपा रखा है। न बताऊँ तो तुम्हें भी न मिले। तब चोरों का बाप भी क्या सुराग लगा ले! एक बार मुझे काम सौंप दिया तो फिर वहम करने की जरूरत नहीं।"

बावरियों की मनचाही हुई। कितने बढ़िया शगुन हुए थे! मार्ग में दाहिनी बाजू बोगी ने दरसन दिये थे। इत्ता सुराग लगने पर कैसी ढील! हलके के नामजद डकरेल बावरी थे। छोटी-मोटी ठौर पर हाथ ही नहीं डालते थे। उन्हें अँधेरे में भी साफ दिखता था जैसे पाँवों के अँगूठों पर ही आँखें गड़ी हों! सीधे उसी तहखाने की ओर बढ़े। बेचारी सेठानी ने बिल्कुल सही ठिकाना बताया। हरामजादे बनिये धन का कित्ता जाब्ता करते हैं! मगर हम भी इनके बाप हैं. . .!

फटाफट ताले तोड़कर भीतर गये। मजूस बहुत भारी था। सात पीढ़ियों का दलिद्दर दूर हो जायेगा! ऐसी चोरी का जुगाड़ तो कभी नहीं बैठा। बावरियों के चेहरे अँधेरे में भी खुशी से चमकने लगे! हरेक की ताकत चौगुनी हो गयी। जैसे-तैसे मजूस बाहर लाये। चारों कोनों पर कन्धा लगाने की जुगत काम नहीं आयी तो एक-एक जना बारी-बारी से माथे पर उठाकर आशा के जोश-खरोश में ज्यूँ-त्यूँ चलने लगा। ऊँट की कमर भी झुक जाये उत्ता बोझ था उस मजूस में। किन्तु हीरे-मोतियों का बेइन्तहा भार ज्यादा भारी नहीं लगा! आशा में बड़ी शक्ति होती है। अधर आकाश आशा के बूते पर ही टिका हुआ है. . .!

खोज नहीं उघड़ें इसलिए चोरों के पाँवों से सिणतरे बँधे थे। चलने में थोड़ी दिक्कत हो रही थी। एक चोर ने कहा, "भगवान को भी चोर फूटी आँख नहीं सुहाते! वह भी साहूकारों का हिमायती है! क्या जरूरत थी उसे रेत और चाँद बनाने की! रेत नहीं होती तो खोज मँडने का वास्ता ही न था। चाँदनी रातों में कित्ती

जोखिम उठानी पड़ती है! पीलिये के रोगी चाँद का पूरा उजास भी तो नहीं होता! फकत हमारे धन्धे में भाँजी डाले जैसी फीकी चाँदनी न भी होती तो क्या फरक़ पड़ता! पूनम की तरह एक रात पूरा उग जाये और दूसरी रात न उगे तब भी ठीक है! लेकिन बेचारा सूरज हमारे बड़े काम का है! वह सारे दिन न तपे तो कौन मेहनत करे, कौन कमाई करे और कौन खटपट करे! लोग-बाग काम-धन्धा न करें तो हमारे हाथ क्या खाक लगे! सूरज के बगैर हमारा धन्धा चौपट हो जाता!" वह चोर हमेशा बेसिर-पैर की हाँकता रहता था। उसे रोकने के लिए दूसरे चोर ने एक समझदारी की बात कही, "दोनों हाथों से उलीचे तब भी यह धन सात पीढ़ियों तक नहीं खूटेगा। अब चोरी न करके किसी अनजान ठौर इज्जत से बस जायें तो अच्छा है! हर घड़ी खटका लगा रहता है!"

मुखिया ने कहा,"राम जाने तुझे कब अकल आयेगी! यह तो अपना-अपना धन्धा है। जैसा बिणज वैसे ही चोरी! चोरी में शरम कैसी! अमीर लोग अपनी हिफाजत के लिए चोरी को अकरम बताते हैं। चोरी से बढ़िया और धन्धा क्या होगा! लोग हमारे लिए ही तो खून-पसीना एक करते हैं। कमाते हैं। संचय करते हैं। छलछन्द रचते हैं। सब एक ही धन्धा करने लगें तो कैसे चलेगा? चोरी नहीं करें तो क्या हाथ-पर-हाथ धरे बैठे रहें? धन, धन की ठौर है, धन्धा, धन्धे की ठौर! समझाने से भी न समझे वह आदमी कैसा!"

फिर मुखिया की बारी आयी। मजूस माथे पर उठाकर बोला, "अभी रात बाकी है। सीधे गाँव-चौधरी के कुएँ पर चलते हैं। वहाँ बिल्कुल सुनसान है। बड़ा जाव। चारों-मेर ऊँची बाड़। चौफेर घनी बोरड़ियाँ। आराम से बँटवारा करके अपने-अपने घर चल देंगे।"

बात सबको पसन्द आयी। कुएँ पर जाकर मजूस उतारा तो चोरों के जी-में-जी आया। फटाफट ताले तोड़कर फड़का उघाड़ा। झपाझप पत्थर बाहर फेंके। नालायकों ने कित्ता जाब्ता किया! ऊपर पत्थर धरे! किसी को माया का वहम हो तो कैसे! उठाएँ तो उठे नहीं! पर हमारे बल का इन डेढ़ पसली के बनियों को क्या पता! पत्थर फेंक-फाँककर नोड़िए से बँधी गठरी बाहर निकाली। बनिये कित्ते चालाक होते हैं! कैसे झीर-झीर लत्तों में हीरे-मोती छिपाकर रखते हैं. . .!

मगर उस दिवाले में न हीरे-मोती मिले, न सोना-चाँदी। धन था ही नहीं तो मिलता कैसे? किन्तु जो भी चीजें थीं, सब सही-सलामत थीं : झीर-झीर कपड़े, टूटा-हुआ छाज, फटी हुई घड़ली, हाँड़ियों के दो गिड़गे, केलड़ी की पाँच-दस ठीकरियाँ, आक-उपलों की राख, एक टूटा-फूटा कुल्हड़, टूटी हुई छलनी, चूड़ियों के टुकड़े, दो-एक फटे हुए पोतड़े. . .!

एकाध अमोलक मोती मिलने की आशा में चोरों ने बड़ी सावचेती से सारा दिवाला छान मारा। कुछ था ही नहीं तो मिलता कैसे? उतावली में सबकी आँखें राख से भर गयीं सो नफे में. . .!

बावरियों के दुःख और गुस्से का पार न रहा। हाथोंहाथ दिवाला वापस मजूस में भरा। चारों ने मिलकर उठाया तब भी बड़ी मुश्किल से उठा! कमर सीधी हो गयी! दाँत पीसते हुए मजूस कुएँ में गेर दिया। हम्मम की आवाज हुई!

बावरी माथे पर उठाकर लाये इसलिए दिवाला आज तक उनके सिर पर लगा हुआ है! वे कभी आराम से जी नहीं सकते! साहूकारों के कर्ज से छुटकारा मिले तब न! बनिये की हवेली का ठीया छोड़कर दिवाले ने किसान के कुएँ की ठौर पकड़ी सो आज दिन तक वहीं अंगद के पाँव की तरह जमा हुआ है! अबूझ किसान समझता है कि वह कुएँ से पानी सींचकर खेती से कमाई करता है, किन्तु उसके तो फकत दिवाला हाथ लगता है। कमाई सीधी बनिये की हवेली पहुँच जाती है। भले ही पग-पावटिया कुआँ हो, भले ही चाँचवा, भले ही झेलवा, भले ही सूँड़िया और भले ही अरट। पानी की आभा में उसे कमाई का भरम होता है! पानी सींचते-सींचते हाड़-हाड़ कुलने लगता है। वह ज्यूँ-ज्यूँ पानी निकालता है त्यूँ-त्यूँ दिवाला धोरों में बहता हुआ क्यारे-क्यारे में घुल-मिल जाता है! फिर हरियाली के रूप में खिलता है! क्यारों में हरियाली देखकर किसान का हिया बाग-बाग हो जाता है! पर उसके हिस्से में तो दिवाला आता है, फकत दिवाला! और हाट पर बैठा बनिया कुएँ की सारी पैदावार डकार जाता है. . .!!

अप्रैल, 1971

केंचुली

सड़ता पानी पड़तल। नीर बहे सो निर्मल। अपनी-अपनी नजर और अपना-अपना नजरिया कि दया का दरिया, देव-पुरुष दोस्त-दुश्मन को समान सुमति बख्शे कि किसी एक ठिकाने में गूजरों की एक खाती-पीती गवाड़ी थी। रेंडी नसल की गायें, भँवातड़े की भैंसें। पानी से भी ज्यादा दूध-दही की इफरात। घी के घड़े भरे हुए। बस्ती वालों को मनचाही छाछ की छूट। भरपूर नौजबान गूजर। ईसर की तरह तराशी हुई गोरी व मजबूत कद-काठी। टूल का बड़े छोगे वाला साफा। लाल किनारी वाली रेजी की धोती। मगजीदार अँगरखी, दुहरे पुट्ठे। गले में कण्ठी, ताँती और देवजी का फूल। खालिस सोने की साँकलियाँ। हाथों में चाँदी के नाहरमुखी कड़े, पैरों में कसीदे की सुरंगी जूतियाँ। साफे तक लम्बी लाठी, ताँबे के तारों से गुँथी हुई। दोनों ओर चाँदी के बन्ध।

उपयुक्त समय पर गूजर का गौना हुआ। और गौने के साथ ही समूचे ठिकाने में यह बात हवा के साथ फैल गयी कि ऐसी खूबसूरत गूजरी न तो देखी न ही सुनी। साक्षात् ईसर-गणगौर की जोड़ी। मानो विधाता ने एक-दूसरे की खातिर ही इतनी कारीगरी की हो! दूध-दही और मक्खन के साँचे में ढली पुष्ट देह। झागों चढ़ा यौवन। अंग-अंग से मानो मजीठ चू रही हो! जिसने भी चेहरा देखा, एक बार तो स्तब्धं रह गया कि साढ़े तीन हाथ की देह में ऐसा रूप समाया तो समाया ही कैसे! मानो तमाम कुदरत की बेजोड़ सुन्दरता ने लाछी गूजरी की देह में शरण ली हो! जैसा बेजोड़ रूप, वैसा ही नाम लाछी। नाम लेते ही मुँह भर जाता! हृदय में प्रतिध्वनि गूँजती। अमृत घुल जाता।

बाड़े-बाड़े, खेत-खलिहान और गली-गली गूँजती लाछी गूजरी के रूप की चर्चा ठाकुर के कानों तक पहुँची। सुनते ही रोम-रोम में फूल खिल उठे। भोजा 'कनवारिया' ठाकुर का मरजीदान कारिन्दा था। मूँछ का बाल! उसे बुलवाकर ठाकुर ने पूछा, "भोजा, तूने भी कुछ नयी बात सुनी रे?"

भोजा कनवारिया बहुत चतुर था। आकाश के तारे तोड़ लाये, जैसा! सुनने से पहले ही सारी बात समझ लेता था। सुरमई झाँई देता साँवला रंग। सफेद-झक बत्तीसी। इनसान जैसा इनसान। न ज्यादा सुन्दर और न एकदम बदसूरत। पर अक्ल का सिरमौर! आगे पूछताछ किये बगैर ही बोला, "फकत कानों से सुनने से कुछ पता नहीं चलता, अन्नदाता, मैंने तो अपनी नजरों से देखा है।"

ठाकुर काफी आश्वस्त हुआ। भोजा की नजर से कभी गलती नहीं हो सकती। ठाकुर ने आतुरता से पूछा, "फिर जो बात सुनी, वह बिल्कुल सही है...?"

"नहीं अन्नदाता, सरासर झूठ!"

"झूठ?"

"हाँ अन्नदाता, झूठ! चाहे कितनी ही बकवास क्यूँ न करें, ऐसे रूप का यह बेचारी जबान बखान कर ही नहीं सकती! मुँह की जीभ हिल जाये तो वो रूप ही क्या! लाछी तो लाछी ही है, अन्नदाता। यह तो फकत उसके जिस्म का करिश्मा है जो ऐसे रूप को झेल रहा है! दहकते अंगारे गमछे में बँधे रह सकें तो ऐसा रूप किसी के शरीर में टिक सके।"

ठाकुर हक्का-बक्का होकर चुपचाप सुनता रहा। भोजा आगे कहने लगा, "लाछी सर पर घड़ा रखे सहेलियों के साथ रिम-झिम करती तालाब से आ रही थी। गोया कण्डों के बीच चाँद दमक रहा हो। एक बार तो आँखों पर यकीन ही नहीं हुआ! पर आखिर असलियत पर तो विश्वास करना ही पड़ता है, अन्नदाता! लाछी की मोहनी सूरत देखने पर होश हुआ कि आप इतने बरस औरतों के भुलावे में बेकार हाथ-पैर मारते रहे और मेरी चाकरी भी फिजूल गयी!"

ठाकुर धीरे से बोला, "तो अब...!"

भोजा बीच में ही उतावला होकर कहने लगा, "मुझे कहने की कतई जरूरत नहीं है। लेकिन मैं तो देखते ही ताड़ गया कि यह बानगी दूसरी है! यह शेरनी आसानी से काबू में नहीं आयेगी। लेकिन यमराज से बड़ा योद्धा कौन है? जिस दिन लाछी गूजरी हुजूर की सेज पर चढ़े, उस दिन मेरी कनवार सार्थक होगी!"

कहने को तो भोजा यह बात कह गया, पर कहते ही पहली दफा उसके कलेजे में यह बात रड़की। उस अनजानी रड़क की उसे कुछ खबर नहीं थी।

ठाकुर ने उसे रोकते हुए कहा, "अब बस कर। तूने तो ऐसी आग भड़कायी है कि अब किसी दूसरे काम में मेरा मन ही नहीं लगता, अब तेरी आँखों उजियारा है!"

ठाकुर को उस पर अडिग विश्वास था। ऐसे भरोसे के काम में वो बेहद निपुण था। और उधर गूजरी की क्या औकात कि वह ठाकुर की खातिर इनकार करे। इनकार करने में सार ही क्या है! गूजर तो केवल घर का मालिक है, पर ठाकुर समूचे गाँव का मालिक है। कैसी ही खूबसूरत क्यूँ न हो, है तो जात की गूजरी। ठिकाने की रिआया। हुजूर की सेज तक पहुँचना तो फख्र की बात है!

भोजा कनवारिया एकलछड़ा और कुँआरा था। सर पर ठाकुर के लम्बे हाथ थे। सेजों की चाकरी करने में खुरचन या जूठन जो भी हाथ लगती, उसी से सन्तोष कर लेता था! ठिकाने में उसके डाले ही नमक पड़ता था! इस खातिर हरेक उसे खुश रखने की कोशिश करता था! समझदार लोग तो अलग से ही उसकी हाजरी बजा देते थे! मतलब से बड़ी दूसरी कोई मर्यादा नहीं होती!

गौने के उपरान्त गूजर के घर भोजा का आना-जाना दिन-ब-दिन बढ़ने लगा। और यों गूजर से पहले ही काफी मेल-मुलाकात थी। शुरू-शुरू में तो वो लाछी की तरफ आँख उठाकर भी नहीं देखता था। ऐसा रूप तो बिन देखे ही साफ दिखता है!

पनिहारियों की टोली में भोजा की पाँच-सातेक चहेतियाँ थीं। भोजा उन्हें पट्टी पढ़ाकर लाछी के मन की टोह लेना चाहता था! पर काफी दिनों तक उसके मन की परतें उससे अनजानी ही रहीं। कोई कहती कि वह तो नितान्त भोली है। कोई कहती कि बेहद होशियार है। कोई कहती कि रूप की माफिक उसमें अक्ल नहीं है! न तो किसी बात में समझती है और न इशारे में। अपने पति के सिवाय उसे कोई दूसरा मर्द नजर ही नहीं आता! अपने घड़े के पानी के सिवाय वह तो दूसरी ठौर के पानी से कुल्ला ही नहीं करना चाहती! ऐसी उल्टी खोपड़ी की औरतों से कौन मगजमारी करे. . .!

तब भोजा कहता कि उन्हें मगजमारी तो करनी ही पड़ेगी।

कोई मुँहलगी चहेती मुस्कराकर कहती, "पहले तुम्हारा मतलब निकलता हो तो कुछ माथापच्ची भी करें।"

भोजा भी लम्बी-चौड़ी उधार नहीं रखता था। मुस्कराते बोला, "भैरूजी के भोग चढ़े बिना प्रसाद कहाँ?"

फिर तो दोनों के होठों पर फकत मुस्कराहट-ही-मुस्कराहट। मुस्कराहट से बड़ा कोई सवाल नहीं! मुस्कराहट से बड़ा कोई जवाब नहीं!

तत्पश्चात् भोजा की चहेतियों ने लाछी को बरगलाने की काफी अटकलें कीं, लेकिन अबूझ गूजरी तो कोई दूसरी बात समझना ही नहीं चाहती थी। वह तो दूध में पली और झागों के बीच बड़ी हुई थी सो उसे सफेद-सफेद सब दूध ही नजर आता था। काली भैंसियों का दूध भी जब काला नहीं होता तो इनसान की हँसी और उसका मन काला क्यूँकर हो सकता है. . .?

ठाकुर को उकसाने के अलावा भोजा का भी कोई वश नहीं चला। चहेतियाँ भी कोशिश कर-करके थक गयीं, लेकिन लाछी किसी की बातों में नहीं आयी। हँडिया का दही हँडिया में और बिलोवने की छाछ बिलोवने में!

गायें-भैंसियाँ देखने के बहाने ठाकुर कई बार गूजर के घर आया। दिल-ही-दिल में सारी बातें समझते हुए भी लाछी बिल्कुल चुप ही रहती। ठाकुर के मंसूबे कितने दिन तक छुपे रहते! वह अन्दर-ही-अन्दर खीजने लगी। जले हुए दूध की गन्ध

घी बनने पर भी नहीं छूटती, तब ठाकुर के मैले मन की बास उसे कैसे नहीं आती।

एक बार गायों की तारीफ करते-करते ठाकुर ने लाछी के पास आकर पूछा, “यह गाय कितनी मर्तबा ब्यायी हुई है?”

लाछी के एक हाथ में चरी और दूसरे हाथ में रस्सी थी। धीरे से बोली, “मुझे पूरा ध्यान नहीं है।”

भोजा पास ही खड़ा था। मौका देखकर तुरन्त बात को समेटते हुए बोला, “मुझे लगता है कि तुझे तो अच्छी तरह अपना भी ध्यान नहीं है। अपना ही क्या, किसी का भी कुछ ध्यान नहीं है।”

एक दफा पलकें उठाकर लाछी ने भोजा की तरफ देखा। फिर बैठकर दूध दुहने लगी।

वे दोनों शर्मिन्दा होकर परस्पर बातचीत के बहाने वहाँ से रवाना हो गये। यह कोई औरत है या आफत। गाँव के मालिक की मान-मर्यादा भी नहीं समझती! सब कुछ जानते हुए भी अनजान बन रही है।

लाछी ने फिर भी खास परवाह नहीं की। अपने-अपने लच्छन व अपना-अपना स्वभाव! पाँचों अँगुलियाँ भी बराबर नहीं होतीं। पति को बात कहते-कहते रह गयी। जो कोयले खायेगा, उसी का काला मुँह होगा!

लेकिन पीछा करने वाले हजरत आसानी से पीछा नहीं छोड़ते। एक बार लाछी ‘गौर’ में खड़ी थी। एक गाय ऋतु में आयी तो वह निःशंक सरल भाव से त्वई-त्वई करके साँड़ को पुकारने लगी। पुकार सुनते ही साँड़ ने सजग होकर गर्दन घुमायी। उन्मत्त गाय की तरफ जोश में आकर भागा। ठाकुर और कनवारिया शायद ऐसे ही मौके की तलाश में थे। लाछी तो अपने हाल में मगन, त्वई-त्वई कर रही थी. . .!

साँड़ को निरन्तर उकसाते उसने पीछे मुड़कर देखा। ठाकुर और कनवारिया दोनों पास खड़े बेशर्मी से मुस्करा रहे थे! पहले तो लाछी कुछ चौंकी, लेकिन दूसरे ही पल होश सँभाल वापस उसी तरह पीठ घुमाकर साँड़ को उकसाने में मशगूल हो गयी। कुदरत की इस पवित्र लीला से कैसी शर्म! कैसी लज्जा! तब बेशर्म आदमियों के सामने वह क्यूँ लजाये?

संयोग का ऐसा बढ़िया मौका बार-बार नहीं मिलता। इस बार चूक गये तो चूक गये। ठाकुर के मुँहलगे कनवारिये के कैसी लगाम! निःशंक बोला, “लाछी, तुझे इस साँड़ की तो इतनी फिक्र है, लेकिन ठाकुर साहब की तो तू कुछ परवाह ही नहीं करती। कितने दिन हो गये हैं, तड़पते हुए?”

लाछी ने एक-एक अक्षर साफ सुना। पिछली सारी बातें एक ज्वाला की भाँति उसकी आँखों के सामने झलकीं। क्रोध में खौलते हुए पीछे देखा। एक बेशर्म, घिनौनी हँसी ठाकुर के होठों पर चिपकी हुई थी! उस हँसी का मर्म उसे भोजा के बोलों

से भी अधिक गलीज लगा। इनसान के होठों पर ऐसी मैली हँसी का परस! उसे रोम-रोम में अंगारों-सी जलन महसूस हुई! रिआया और मालिक का ख़याल भूलकर वह तेजी से ठाकुर की तरफ झपटी। हाथ उठाकर कोहनी का वो भरपूर वार किया कि गाँव के मालिक को मूर्च्छा आ गयी। वो जहाँ खड़ा था वहीं चक्कर खाकर नीचे गिर पड़ा। अक्ल के उजागर कनवारिये की अक्ल ने भी वक्त पर साथ नहीं दिया तो वह नीचे बैठकर अन्नदाता की छाती मसलने लगा। और लाछी बड़ी मुश्किल से छलकती हँसी दबाकर त्वई-त्वई करती साँड़ की तरफ चल पड़ी।

आखिर मसलने-दबाने से ठाकुर की मूर्च्छा दूर हुई, आँखें झपकाते हुए पूछा, "भोजा, यह क्या हुआ?"

भोजा पसलियों को सहलाते बोला, "अन्नदाता, बदजात औरतों से साबका पड़ने पर ऐसा ही होता है। आप समझना कि कोई बुरा सपना देखा! आप कुछ दिन तक धीरज रखें तो यह राह पर आ जायेगी। मैं औरतों की नब्ज अच्छी तरह पहचानता हूँ. . .।"

ठाकुर धीरे से बोला, "पर यहाँ तू भूल कर गया!"

"अन्नदाता, भूल मैंने नहीं की, लाछी भूल कर गयी। वह ठिकाने के तौर-तरीकों से वाकिफ नहीं है!"

ठाकुर को साँस लेने में कुछ कठिनाई हुई तो अटकते हुए कहने लगा, "तू कहे तो राँड के नाक-कान कटवाकर बत्तीसी तुड़वा दूँ।"

भोजा हाथ जोड़कर बोला, "जैसी हुजूर की इच्छा। पर अन्नदाता, इस तरह से बूची करने पर तो उसका हुलिया ही बिगड़ जायेगा।"

"लेकिन आज इसके हाथों मेरी इज्जत धूल में मिल गयी, सो कुछ नहीं?"

"किसने देखा अन्नदाता!" ठाकुर के कलेजे को दबाते भोजा आगे कहने लगा, "आप जानते हैं, मैं जानता हूँ या यह लाछी जानती है। ये ढोर-डाँगर तो इनसान की इज्जत-आबरू में कुछ समझते ही नहीं! आप फरमाएँ तो मैं लाछी को मना कर दूँ कि वह किसी के सामने इस बात का जिक्र न करे। अगर भूल से भी जिक्र किया तो उसकी बुरी गत बनेगी।"

"लेकिन वह माने तब न!"

"वह तो क्या, उसकी छाया को भी मानना पड़ेगा!"

उसके बाद ठाकुर कपड़ों की धूल झाड़ता उठ खड़ा हुआ। उस वक्त वो भोजा को धूल झाड़ने का हुक्म भी नहीं दे सका। भोजा धीरे-धीरे लाछी के पास जाकर कहने लगा, "गलती तो तूने आज बहुत बड़ी की है, पर फिर भी अन्नदाता का बड़प्पन कि तुझे माफी बख्श दी। हम भी किसी से चर्चा नहीं करेंगे, तू भी मत करना।"

इस बार लाछी उफनती हँसी को रोक नहीं सकी। ठहाका लगाकर जोर से हँसने लगी सो काफी देर तक हँसती रही। भोजा की अक्ल यहाँ फिर चक्कर खा

गयी। वो अपना-सा मुँह लेकर वहाँ से चलता बना। ठाकुर ने भी आगे पूछताछ नहीं की। रुकने के बाद भी लाछी की हँसी काफी देर तक उनके कानों में गूँजती रही. . .!

गाय के शान्त होने के बाद गूजर वहाँ आया। लाछी उत्साह से उसकी तरफ भागी। चूड़े-बँगड़ियों की खनखनाहट, लिपटती लूम्बों की सरसराहट, घूमर लेते घाघरे की फरफराहट और गूजरी के होठों पर अचरज, उत्साह व जोश घुली मुस्कराहट। पति की लाठी हाथ में लेकर उस पर हाथ फेरते बोली, "गुड़-खोपरे खिलाओ तो एक बधाई की बात सुनाऊँ।"

गौना हुए कल महीना पूरा होगा। आशा ठहरने की बात तो उसने पहले ही बता दी थी! फिर ऐसी क्या बधाई हो सकती है! लेकिन उस वक्त भी वह इतनी खुश तो नहीं थी, नयी बहू थोड़ी-बहुत शर्म तो करती ही है। शायद इसी खातिर दूसरी बार फिर वही बधाई सुनाना चाहती हो। औरतों के लिए इससे बढ़कर खुशी की बात और क्या हो सकती है! उसके गालों पर हाथ फेरते बोला, "उत्साह की लहर में तू भूल गयी कि यह बधाई तो तू पहले ही सुना चुकी है।"

लम्बी गर्दन को हिलाते बोली, "ऊँ-हूँ, यह बात दूसरी है। तुम गुड़-खोपरे की हाँ तो भरो।"

गूजर भी असमंजस में पड़ गया। फिर भी मुस्कराते बोला, "गुड़-खोपरे का क्या है, पसन्द हो तो रोजाना खाया कर।"

"बात पसन्द की नहीं, बधाई की है।"

फिर उसने शुरू से लेकर ठाकुर के बेहोश होने तक की सारी घटना विस्तार से कह सुनाई और पति हतप्रभ-सा चुपचाप सारी बात सुनता रहा। लेकिन कोहनी की मार और माफी बख्शने के बाद जोर से हँसने की बात उसके गले नहीं उतरी। चेहरे का रंग उड़ गया। सकते में आकर दबी जबान से कहने लगा, "यह तो बहुत बुरा हुआ! मालिक की मान-मर्यादा का कुछ तो ख़याल रखना था!"

पति के मुँह से ये अचीते बोल सुनकर आनन्द और उत्साह घुली मुस्कराहट लुप्त हो गयी, गोया कोई अदीठ बाज एक ही झपट्टे में उसकी हँसी छीनकर उड़ गया हो! सहसा उसे अपने कानों पर विश्वास नहीं हुआ! संज्ञाहीन-सी बोली, "मान-मर्यादा! इसमें मान-मर्यादा की क्या बात है? उस वक्त गुस्सा तो ऐसा आया था कि हरामी की गर्दन मरोड़ दूँ!"

पत्नी की यह बात सुनकर पति को भी कम गुस्सा नहीं आया। उसके होठों पर हथेली रखते हुए बोला, "बकवास बन्द कर, ऐसे बोल निकालते हुए तुझे शर्म नहीं आती! अन्नदाता का तो स्वभाव ही ऐसा है, चलते ही छोटी-मोटी चुहल कर लेते हैं।"

लाछी ने झटककर हाथ छुड़ाया। बोली, "तुम्हें यह छोटी-मोटी चुहल नजर आती है. . .?"

इसके साथ ही उसकी आँखें छलछला आयीं। आगे एक शब्द भी नहीं बोला गया।

इसके बाद पति उसे संजीदगी से समझाने लगा कि यों पागलपन करने से काम नहीं चलता। अन्नदाता तो जैसे हैं, वैसे ही रहेंगे। उनके ऊपर रिआया का जोर नहीं चलता। समुद्र में रहकर मगर से बैर निभ सकता हो तो गाँव की रिआया का ठाकुर से बैर निभ सकता है। अक्ल और समझ के बल पर दिन तोड़ें सो अपने हैं! यों इस घर पर मालिक की काफी मेहर है। भोजा से उसकी अच्छी मेल-मुलाकात है। कोरे-मोरे रूप से क्या होता है। गुण, रसूकात और अक्ल बड़ी बात है।

पति समझाता रहा और लाछी हुचक-हुचक रोती रही। वह इस जवाँमर्द खाविन्द से क्या उम्मीद रखती थी और क्या सामने आया? फिर यह हाथ वाली लाठी किस दिन के लिए है? बेचारे जानवरों को मारकर अपने हाथों की ऐंठन भले ही निकालो। वे तो बोलकर कभी अपनी पीड़ा नहीं दरसायेंगे। अपने से निर्बल के लिए लाठी की जरूरत ही क्या है? बराबरी वाले अथवा अपरबली से भिड़ने में ही हथियार का महत्त्व है! पशु-पक्षियों का स्वभाव तो बिल्कुल सीधा और सरल। जैसे दिखते हैं, वैसे ही चलते हैं। पर इनसान के चाल-चलन में बहुत उलझाव है। सोचते कुछ हैं, कहते कुछ हैं और करते कुछ हैं! जैसा दिखता है, उससे निपट उलटा और टेढ़ा। घर-परिवार, जात-पाँत और संस्कारों के बन्धन, उसका कुछ भी वश नहीं चलने देते।

लाछी ने वापस कुछ जवाब नहीं दिया। पति ने सोचा कि रोने के बहाने पछतावा कर रही है। अभी बचपना है। ठोकरें खाने पर आप ही समझ आ जायेगी। गृहस्थी चलाना बेहद टेढ़ा और कठिन काम है। फिर लाछी को पुचकारते बोला, "इतनी बकवास करने पर कुछ तो अक्ल आयी होगी. . .।"

गुमसुम लाछी ने थोड़ा सर उठाकर पति की तरफ देखा। लाछी को ऐसी नजर की तो सपने में भी उम्मीद नहीं थी। आँखें पोंछकर जबरदस्ती मुस्कराने की चेष्टा की। पति ने वो ही सवाल वापस पूछा, "कुछ अक्ल आयी कि नहीं?"

अब तो गवाड़ी के भाग्य के साथ ही लाछी का भाग्य है! उससे अलग वह कहाँ जाये? बोली, "अक्ल तो देर-सबेर आनी ही थी!"

गूजर को अपनी समझ पर काफी गरूर हुआ! पत्नी की ठुड्डी उठाकर थोड़ी देर तक उसकी सूरत निहारता रहा। फिर गर्व से कहने लगा, "यह रूप देखकर तो पत्थर का दिल भी मचल जाये। फिर हुजूर कैसे अंकुश रखते! अगर तू इतनी खूबसूरत नहीं होती तो कुछ झंझट नहीं था. . .।"

"खूबसूरत होना और न होना तो किसी के वश में नहीं है।"

"लेकिन गम खाकर सब्र करना तो वश में है. . .!"

इन बोलों के साथ ही मानो किसी ने लाछी के कलेजे में हाथ डाला हो। पति को चिढ़ाने की खातिर कहा, "तुम्हारी हिम्मत न हो तो अपना चेहरा जला डालूँ!"

आगे कुछ और भी कहने वाली थी कि पति को तैश आ गया। बोला, "खूबसूरती का अधिक गरूर अच्छा नहीं होता। सोने का खंजर खुद के थोड़े ही घोंपा जाता है! चूल्हा फूँकने और गोबर थापने की खातिर इस गवाड़ी में तुझ जैसी सत्रह-बीसी औरतें ला सकता हूँ, लेकिन अन्नदाता का आसरा छोड़कर कहाँ जाऊँ?"

लाछी ने सोचा कि अब बहस की हद आ गयी है। कहने-सुनने में कुछ सार नहीं। मसखरी करते हुए बोली, "हाँ, यह बात तो तुम्हारी बिल्कुल सही है। लेकिन मुझ जैसा रूप भी दूसरा नहीं मिलेगा।"

पति झुँझलाकर कहने लगा, "उससे क्या होता है, कोरे-मोरे रूप से गवाड़ी की गाड़ी नहीं चल सकती। पूरी होशियारी से अपना काम सारना है।"

भला, अब लाछी क्यूँ चूकती। ताना देते बोली, "तुम्हारी इजाजत हो तो दिन-दहाड़े ठाकुर के साथ सो जाऊँ?"

मानो आग में घास का गट्ठर डाल दिया हो। गुस्से में दाँत पीसते बोला, "चण्डाल, मैंने साथ सोने को कब कहा? जब तेरी इच्छा होगी, तो किसी के रोके भी नहीं रुकेगी। काफी देर से जबान चला रही है। खोपड़ी खुजा रही हो तो बोल अभी ठीक कर दूँ।"

बात से बात बढ़ती है और बात से बात दबती है। फिर लाछी क्यूँ कसर रखती। बोली, "मेरी खाज ठीक करने में तो कोई मर्दानगी नहीं है, लेकिन मुझे कुछ दूसरा ही गुमान था। जल्दी ही वहम मिट गया। अब तुमसे कभी किसी की शिकायत नहीं करूँगी। एक ही घड़ी में हजार बरसों की समझ एक साथ आ गयी।"

पति किसी भूली हुई बात को याद करते हुए बोला, "तुझे किस काम से भेजा और तू किस लफड़े में उलझ गयी। बातों-बातों में पूछना ही भूल गया कि 'काबरी' गाय हरी हुई कि नहीं?"

यही गवाड़ी का सर्वोपरि धर्म! और यही बाड़े का झीना मर्म! पास ही झाड़ू पड़ा था। हाथ में लेकर बुहारते बोली, "हाँ, हो गयी।"

पीहर के पेड़-पौधे, घरवालों का दुलार और सहेलियों का साथ छोड़कर इस परायी जगह आयी। दिल में कितना उत्साह और हर्ष था! लेकिन एक ही झोंके में राम जाने कैसा झटका लगा कि अन्तस् के तमाम फूल मुरझा गये। नयी कोपलें अन्दर-ही-अन्दर जल गयीं।

लेकिन सुन्दर देह तो वैसी ही तन्दुरुस्त थी। उसे तो कोई लकवा नहीं हुआ था। फिर तो वो ही गौर, वो ही गवाड़ी और वो ही माथा-पच्ची। दुहना, पनघट, चूल्हा, झाड़-बुहार, चारा और गोबर। वो ही दूध और वो ही जावन। वे ही बासन और वो ही

दही। वे ही बिलोवने, वो ही माखन। वही सेज और वे ही रलियाँ। वे ही गलियारे और वे ही गलियाँ। लेकिन दिल बिल्कुल बुझ गया था। अँगरलियों का आनन्द कसैला हो गया था। ऐसा लगता था मानो कोई काठ का बिजूका उसकी लोथ को खूँद रहा हो! यदि लोथ ही खुँदवानी थी तो ब्याह, वेदी और हथलेवे का आडम्बर क्यूँ रचाया गया? इस गवाड़ी में बधाकर अन्दर लेने का तमाशा क्यूँ किया? यदि ऐसे वक्त में भी पति हिफाजत नहीं कर सकता तो उसका हाथ थामकर पीछे क्यूँ आयी? फिर लड़ाई, क्रोध, बदला और यह सँवारी हुई मजबूत लाठी किस दिन के लिए है? ठाकुर है तो अपनी जगह है। राम जाने सेजों का महसूल लोग कैसे बर्दाश्त कर लेते हैं? ऐसे बुजदिल भरतार किस काम के? फकत रोटी और कपड़ों के बदले तो यह गुलामी मंजूर नहीं की थी! ऐसी घिनौनी गुजर-बसर की खातिर तो हजार दूसरे रास्ते हैं। फिर गाजों-बाजों के साथ इसका इतना उत्सव क्यूँ? दही बिलोहती लाछी के दिमाग में भी इसी तरह कोई अदीठ मथानी घमक रही थी—झरड़-मरड़, झरड़-मरड़! मक्खन की तरह राम जाने कैसा लौंदा बनेगा? लाछी का दिल पूरी तरह खट्टा हो गया था। उसे कहीं भी कुछ अच्छा नहीं लगता था। उसकी खातिर अब न तो चाँद में उजास रहा, न सूरज में, और न तारों में! सूरज उगे तो उसकी मरजी और न उगे तो उसकी मरजी! लाछी को उससे कोई मतलब नहीं था। गौने के एक महीने बाद ही लाछी के लिए कुदरत का सारा नजारा बदल गया...।

लोक-दिखावे के लिए उसे मुस्कराना भी पड़ता था, हँसना भी पड़ता था, लेकिन पहले वाली दूधिया आब वापस उसके होठों पर नहीं थिरकी। सहवास के लिए अब इनकार करने में भी उसे शर्म आती थी! लेकिन पति से उसका मन फिर कभी एक नहीं हो सका!

और उधर कोहनी की मार के बाद ठाकुर को भी चैन नहीं था। अक्सर झुंझलाकर मरजीदान कनवारिये से कहता, "भोजा, तेरी अक्ल भी जंग खा गयी क्या? अभी तक कोई तदबीर नहीं जमी?"

भोजा आजिजी से हाथ जोड़कर बोला, "अन्नदाता, मैंने तो पहले ही अरज की थी कि यह बानगी न्यारी है। दूसरी औरतों की तरह इसकी सीधी समझ नहीं है। अगर बेर व निबोलियों की तरह गगन के तारे सुलभ होते तो उन्हें कौन छोड़ता! ऐसी वस्तुएँ तो बड़ी मुश्किल से हाथ लगती हैं, अन्नदाता! लेकिन हाथ लगने के बाद उस आनन्द की न तो सीमा है और न कोई अन्त! उस सुख के बदले स्वर्ग का राज्य भी निछावर हो तो कम है। आप थोड़ा धैर्य रखें, अपने वश में रहते मैं कुछ भी कसर नहीं रखूँगा।"

ठाकुर एक गहरी आह भरकर बोला, "यह तो मुझे पूरा भरोसा है रे!"

लेकिन गौरवाली उस मूर्च्छा के बाद भोजा उतना भरोसे-लायक कनवारिया नहीं रहा! धीरे-धीरे खुद-ब-खुद ही उसका दिल फिरने लगा। क्या गाँव के स्वामी की इतनी

ही बिसात कि कोहनी के वार से ही मूर्च्छा आ गयी और मूर्च्छा टूटने के बाद भी किसी का बाल-बाँका नहीं हुआ। जो डरता है, उसे ठाकुर और देवता अधिक डराते हैं! डराने वालों से उलटे डरते हैं। इस नयी बात की रोशनी से भोजा के मन की रंगत बदल गयी और हौले-हौले सेजों की इस आढ़त से उसे नफरत होने लगी! कोई सौ हाथियों का पेट तो उसे भरना है नहीं। एकलछड़े व्यक्ति को ऐसा घिनौना काम शोभा नहीं देता। और लाछी के समान अप्सरा-सी सुन्दर गूजरी के लिए तो यह आढ़त बिल्कुल ही रास नहीं आयी! यदि यह कमनीय देह उसके हाथ लग जाये तो ऐसे सौ ठिकाने उसकी मुँहदिखायी में जाते हैं! और यदि यह मखनिया सिंगार उसके गले में बाँहें डालकर झूमे तो बादशाहत भी उस सुख के आगे सात बार पानी भरे! फिर ऐसे रूप की दलाली तो उसे मरने के बाद भी जलील करेगी!

संयोग की बात कि भोजा को एक बार ऐसा ही अचीता अवसर हाथ लगा। भोजा 'धनकिये' के डाम का उस्ताद था। गूजर की एक भैंस धनकिये की बीमारी से ऐंठने लगी तो घबराया हुआ गूजर उसे हाथों-हाथ बुला लाया। गूजर को तो बिरादरी की पंचायत में जाने की उतावली थी। इसलिए लाछी को अच्छी तरह समझाकर वो फौरन सफर के लिए चल पड़ा।

बाड़े में खड़ा भोजा छटपटाती व ऐंठती भैंस को सहला रहा था कि लाछी एक ठींगले में जगमगाते उपले लेकर आयी। उपलों के बीच तपा हुआ हँसिया लाल-सुर्ख हो रहा था। भोजा ने झट हँसिये की मूठ पकड़कर भैंस के पुट्ठे पर डाम जड़ दिया! चमड़ी से हल्का-सा धुआँ उठा। भैंस ने तड़पकर जल्दी-जल्दी लातें फेंकीं। फिर थोड़ी देर में आप ही उठ खड़ी हुई। मानो कोई अचूक जादू हुआ हो! पैर के अँगूठे से धूल कुरेदती लाछी बोली, "समय पर डाम लग गया तो भैंस की जान बच गयी, वरना तड़प-तड़पकर मरती!"

इतनी बात सुनने पर भोजा कब चूकने वाला था। तुरन्त जवाब दिया, "इस भैंस की तरह मेरी जान भी तेरे हाथ में है! इच्छा हो तो मार, इच्छा हो तो तार!"

लाछी के कानों को एकबारगी यकीन ही नहीं हुआ कि गौरवाले उस हादसे के बावजूद किसी के मुँह से ऐसे बोल निकल सकते हैं! जब उसने गाँव के स्वामी को भी नहीं बख्शा, तब एक नाचीज कनवारिये की क्या बिसात! ठाकुर को तो फकत मूर्च्छा ही आयी थी, उससे आधा झटका लगने पर ही इसका तो कचूमर निकल जायेगा। यह बात अच्छी तरह जानते हुए भी इसके हौसले ने किसी प्रकार का अंकुश नहीं माना! लाछी ने आक-वाक होकर भोजा की तरफ देखा। मुस्कराहट को दबाते बोली, "उस दिन की बात भूल गये. . .?"

"भूला नहीं हूँ, तभी तो मेरी हिम्मत हुई। तुम्हारे हाथों मर जाऊँ तो नजात पाऊँ! सूरज के उजास में अभागों का भी हिस्सा होता है, तब तुम्हारे रूप में क्या मेरी इतनी भी शिरकत नहीं है. . .?"

लाछी नीची नजर किये वापस धूल कुरेदने लगी। अगर पति की ताकत का पेंदा नहीं उघड़ता तो आज ये बोल सुनने पर वह भोजा की आँतें निकाल लेती। लेकिन पति की सीख सुनने के बाद लाछी का वो स्वरूप ही बदल गया था। इनसान के अन्दर कई गिरगिट छुपे रहते हैं। कब क्या रंग बदले, उसे खुद भी पता नहीं चलता। उसके अन्तस् में कई बातों के बवण्डर उठने लगे। हो सकता है, ठाकुर वाली बात सुनकर पति को ताव न आया हो, पर शायद आँखों से रू-ब-रू देखकर उसका जमीर करवट बदले। पति की अन्तिम परख या असली पहचान के बहाने उसकी अच्छी तरह आजमाइश तो कर ले। गूजर परसों वापस आयेगा। लाछी पीठ घुमाकर बोली, ''तरसों दिन ढलने पर बाड़े में आ जाना।''

भोजे को इतना सब्र कहाँ? आज तो उसकी हथेली में चाँद उगा था। आतुरता से बोला, ''साँप के काटे को इतवार कब आये? आज क्यूँ नहीं? ऐसा मुहूर्त तो पंचांग देखने पर भी नहीं मिलेगा।''

''लेकिन मेरे पंचांग में तीन दिन तक मुहूर्त नहीं है।'' यह बात कहकर लाछी तुरन्त वहाँ से चल पड़ी। भोजा भी पीछे-का-पीछे लपका। कहने लगा, ''लाछी, मेरे धनकिये का डाम तेरे हाथ है। अगर आज वक्त पर डाम नहीं लगा तो मेरे प्राण हरगिज नहीं बचेंगे।''

लाछी पीठ घुमाकर बोली, ''आज नहीं, तरसों शाम को, बाड़े में!''

भोजा कुछ आगे कहने वाला था कि लाछी की सास आती दिखाई दी। मजबूरन सब्र करना पड़ा। सास के करीब आते ही बोला, ''माँजी, डाम देते ही भैंस तो एकदम ठीक हो गयी।''

माँजी के दिल को तसल्ली हुई। मुस्कराकर बोली, ''तुम्हारे हाथ का तो मुझे पूरा भरोसा था। मुँह तो मीठा करके जाओ।''

गढ़ की राह तेज कदमों से चलते हुए भोजा ने कहा, ''अब मीठा मुँह तो भाई के आने पर ही करूँगा।''

सास मुस्कराती हुई लाछी के पास आकर कहने लगी, ''कितना भला और सीधा कनवारिया है। अपने घर पर तो इसकी शुरू से ही शुभदृष्टि है। ठाकुरों की आँखें और उनके कान तो कनवारिये होते हैं। वे उनके चलाये ही चलते हैं। घर आने पर ठीक से आवभगत किया कर। दूध-दही की मनुहार किया कर।''

लाछी बात सँवारते बोली, ''आपके होते मुझे चिन्ता करने की क्या जरूरत है। ये काम तो बुजुर्गों के हैं।''

''फिर भी समय पर गृहस्थी के गुर सीखने से फायदा ही है।''

शाम को लाछी दुहने बैठी तो उसको ऐसा लगा गोया उसके आनन्द का क्षीरसागर एकदम सूख गया हो। मन बहलाने की बहुत कोशिश की, पर जली हुई जड़ें वापस हरी नहीं हुईं। उसके सोचने की दिशा ही बदल गयी। आज कड़बन्ध वाली गाय को दुहने बैठी तो उसका मन खट्टा हो गया। वह गाय गर्दन घुमाकर

खुद ही अपना दूध पी लेती थी, इस खातिर गले में कड़बन्ध फँसा रखा था। गृहस्थी के ग़ुर इस तरह फायदेमन्द होते हैं। बछड़े को भी भरपेट दूध नहीं पिलाया जाता। और ये बेचारे जानवर घास-खाकर अमृत के समान दूध सौंपते हैं! राम जाने, उस समय लाछी को क्या उलटी सूझी कि उसने तगारी में आधी चरी दूध डालकर गाय के सामने रख दिया। पहले तो गाय को यकीन ही नहीं हुआ। नजर उठाकर लाछी की ओर देखा। फिर आप ही चसड़-चसड़ दूध पीने लगी।

क्या इस गाय की तरह उसने भोजा पर भी ऐसी ही दया की है? नहीं-नहीं, यह बात तो मरकर भी मुमकिन नहीं हो सकती। गृहस्थी की मर्यादा निभाना बहुत दूभर है! तब ठाकुर की छाती पर कोहनी का वार करने वाली लाछी ने खुद अपने मुँह से भोजा को बाड़े में आने का न्यौता कैसे दिया? न्यौते के बहाने क्या वह पति की सही पहचान करना चाहती है या पति की पहचान के भुलावे में वह सचमुच भोजा से सहवास करना चाहती है? गौरवाले गुस्से तले यह दया जाने कहाँ इतनी गहरी दबी हुई थी? प्रत्यक्ष साक्षात्कार होने पर भी यकायक विश्वास नहीं होता। क्या अपना मन अपनी ही आँखों के सामने इस तरह आँख-मिचौली खेलता है? मन की तहों के भीतर कैसे-कैसे गोरखधन्धे उलझे रहते हैं! दूध में पली और दूध के बीच बड़ी हुई गूजरी के मन की ऐसी लीला तो नहीं जानी थी! भोजा से हुई बातचीत को वापस याद करते ही उसका अंग़-अंग शर्म से सिमटने लगा। फिर बार-बार अपने मन को समझाने लगी कि पति के असली चेहरे की पहचान की चाह अगर उसके दिल में नहीं होती तो सपने में भी वह पराये मर्द के सामने ऐसे बोल नहीं निकालती। अपने मन को अपने आपसे छुपाना ही इनसान का सबसे बड़ा गुण है!

लाछी और भोजा के लिए उन दो दिनों का समय तो एक जैसा ही था, पर उन दोनों के ख़याल एकदम जुदा थे। उन अलग-अलग भावनाओं का भ्रम न उघड़े तभी बेहतर है!

ज्यों-त्यों करके मनचाही घड़ी की साँझ अवतरित हुई। लाछी ने पति से साथ चलने के लिए कहा तो उसने हैरत से पूछा, "आज यह नयी बात कैसे? पहले तो कभी साथ चलने को नहीं कहा।"

लाछी कुछ नाराजगी से बोली, "पहले मुझे तुम्हारे गाँव के रंग-ढंग मालूम नहीं थे। अब अकेली जाते डर लगता है।"

गूजर उसे ढाढ़स देते बोला, "कुछ दिनों में धीरे-धीरे आप ही डर मिट जायेगा। अपना मन वश में हो तो फिर कहीं कोई डर नहीं है। मगर तेरी मरजी है तो चल, मेरी ना नहीं है।"

और उधर बाड़े में इन्तजार कर रहे भोजे की अधीरता पल-पल बढ़ती जा रही थी। दीवार के ऊपर से झाँका तो लाछी के साथ गूजर भी आता दिखायी दिया।

यह तो बहुत बुरा हुआ! पर भोजा की अक्ल बहुत पैनी थी। तुरन्त युक्ति सोच ली। 'ठाण' के पास जाकर चुपचाप चारा उलट-पुलट करने लगा।

पीठ देखकर गूजर ने ठीक से नहीं पहचाना तो जोर से गरजा, "कौन है?"

भोजा ने पलटकर वापस उतने ही जोर से जवाब दिया, "यह तो मैं भोजा!"

गूजर की आँखें अभी भी हैरत से चढ़ी थीं। पूछा, "इस वक्त यहाँ बाड़े में कैसे? भोजा, एक घर तो डायन भी छोड़ती है रे...!"

भोजा मुस्कराकर कहने लगा, "डायन की बात तो डायन जाने। पर पहले गढ़ की चाकरी, फिर भाईचारा। किसी ने ठाकुर साहब के कान भरे कि जानवरों को तू रोजाना दानों सहित ज्वार का चारा खिलाता है। ठाण तलाशने पर पता चला कि बात तो बिल्कुल सही है। तुझे कुछ तो ख़याल रखना था। अब तुम्हारे साथ मेरी भी खैर नहीं है!"

गूजर का दिल बैठने लगा। लेकिन तब भी भोजा पर उसे पूरा विश्वास था कि वो जैसे-तैसे बात सँभाल लेगा। नजदीक आकर उसके सर की तरफ हाथ करते कहने लगा, "भोजा, तेरे सर की कसम, फकत कल ही राम निकला। मोतियों की मानिन्द दाने पड़े सिट्टे देखे तो मेरी नीयत बिगड़ गयी! मेरी इज्जत अब तेरे हाथ में है...!"

भोजा लाछी को सुनाने की खातिर व्यंग से बोला, "इज्जत तो तेरी-मेरी साथ ही है, पर हुजूर को क्या जवाब दूँगा? आजकल उनकी तुझ पर कड़ी नजर है। राम जाने, क्या बात है!"

भोजा की तरफ देखते लाछी बोली, "राम जाने या न जाने, तुम खुद तो जानते ही हो।"

गूजर को गुस्सा आ गया। डाँटते बोला, "तू बीच में बक-बक मत कर! यह अच्छा हुआ कि मैं साथ आ गया, वरना तू तो फिर झगड़ा कर बैठती! हमारी बातें, हम आप ही निबट लेंगे। तू दुहारी कर। औरतों को मर्दों के काम में बोलने की क्या जरूरत है?"

लाछी को तो अपनी जरूरत का पूरा ध्यान था। फिर इस बेसिर-पैर की बहस का क्या अन्त! लेकिन तब भी भोजे ने मौके पर अक्ल को खूब ही लड़ायी! रत्ती-भर शक नहीं होने दिया। उसके मन की उथल-पुथल तो अब वो ही जाने।

लाछी ने दुहारी की तब तक दोनों बातचीत करते रहे। भोजा के विश्वास दिलाने पर गूजर निश्चिन्त हो गया कि बात आगे नहीं बढ़ेगी।

अगले दिन लाछी मुँह-अँधेरे अकेले ही तालाब की ओर रवाना हुई तो राह में भोजा मिल गया। भोजा की तो जान पर बनी थी। इधर-उधर देखकर बोला, "लाछी, यह किस जन्म का बदला लिया? गूजर को साथ लेकर क्यूँ आयी?"

"तुम्हारे भाई नहीं माने, तो मैं क्या करती? मैं कन्धे पर तो बिठाकर लायी

नहीं थी। आजकल बात-बात पर वहम करते हैं। तुमने होशियारी से काम नहीं लिया तो दोनों का मुँह काला होगा. . .!"

आप ही अपनी तारीफ करते भोजा बोला, "मेरी बात तो तू छोड़! मौके पर ऐसी तरकीब लड़ाता हूँ कि मुझ पर तो कोई शक-शुबहा कर ही नहीं सकता। पर अब तो कोई नया जुगाड़ बिठा. . .!"

लाछी फुसफुसाते बोली, "मेरी ना थोड़े ही है पर तुम्हारी किस्मत ही खराब हो तो मैं क्या करूँ? रात के अन्तिम पहर, बछड़ों वाले बाड़े में आ जाना।"

"शर्तिया?"

"हाँ, शर्तिया!"

इतना आश्वासन पाकर भोजा दूसरे मार्ग पर मुड़ गया। और रुनक-झुनक करती लाछी घड़ा उठाये अपने ध्यान में चलती रही। चोटी की फटकार से गढ़ के कँगूरे काँपने लगे! यह खेल तो अच्छा हाथ लगा! आखिर तो भोजा की अक्ल भी हार-थकेगी। पति का वहम कभी न कभी तो फुफकारेगा ही। बाँसों गहरे अनजाने पानी में उतर गयी है तो अब पैंदे तक पहुँचकर ही दम लेगी. . .!

शाम को लाछी ने एक भैंस के सामने खली की तगारी रखी तो उसने सूँघा तक नहीं। शायद प्यासी हो। चार-पाँच डोलियाँ कूँडी में पानी डाला, पर भैंस ने पानी की तरफ आँख उठाकर भी नहीं देखा। पीठ थपथपाकर पगहा खोला तो भैंस हुंकारती हुई भागी। कभी इधर तो कभी उधर! भैंस तो ऋतु में आ गयी! लाछी ने गले की पूरी ताकत से हुरत-हुरत करके भैंसे को आवाज दी। भैंसा तो मानो इसी आवाज के इन्तजार में था। तोप से छूटे गोले की मानिन्द भैंस के पीछे लपका। पाक-साफ कुदरत न किसी की झिझक मानती है, न किसी की शर्म! और न उस पर रिवाजों के आडम्बर का अंकुश ही है। पर इनसान अपने चारों ओर कितनी दीवारों, कितने पर्दों, कितने लिबासों, कितने घूँघटों, कितनी चोलियों और काजल-बिन्दियों के बीच जकड़ा हुआ है! सात फेरों के बहाने और फकत एक ही मर्द का हाथ क्यूँ थामती है? और क्यूँ उस हाथ को थामना पड़ता है जिसके लिए सपने में भी उसकी रजामन्दी नहीं होती! लाछी का जोबन किसी भी गूजर के घर घूँघट निकाल सकता था। फिर वो जोबन एक मर्द की बन्दिश में क्यूँ जकड़ा रहे; जिस बन्दिश की मर्यादा में मर्द के हजारों स्वार्थ पूरे होते हैं! ठाकुर, ठिकाने के अहलकारों और कनवारिये को कोई औरत कहाँ तलक खुश रखे? ज्यों-त्यों करके जीना ही इनसान का धर्म बन गया है! घर-गृहस्थी की गुजर-बसर से बड़ी कोई नैतिकता नहीं रह गयी है! इनसान के लिए यही इतिहास का दूध है, यही ज्ञान का दही और यही धर्म का मक्खन! बाकी सभी छाछ और धोवन! पहले तो लाछी सफेद-सफेद सब दूध ही जानती थी, पर अब दूध में भी उसे कालिख नजर आने लगी! समझ-समझ का फेर है। कैसी दुविधा में फँसी है? न रहे बनता है और

न छोड़े बनता है। क्या ठाकुर के आतंक के सामने अर्धांगिनी के शील की कोई इज्जत ही नहीं! लाछी के सर में मानो अनगिनत ततैये भनभनाने लगे हों! जोड़ी का भरतार और खाती-पीती गवाड़ी! फिर किस अदीठ सुख की खातिर उसका मन व्याकुल हो रहा था? घड़ी-डेढ़ घड़ी रात रहते वह चौंककर उठ बैठी। पति को झिंझोड़कर जगाया। बोली, "तुम तो घोड़े बेचकर सोते हो! अब मैं देर-सबेर कहीं भी अकेली नहीं जाऊँगी। मेरे साथ चलो!"

गूजर ने काफी टालमटोल की, पर लाछी नहीं मानी तो उसको साथ जाना ही पड़ा। कृष्ण-पक्ष की एकादशी की हल्की चाँदनी छायी हुई थी। भोजा तो घड़ी-भर पहले ही आकर ठिकाने पर जम गया था। लाछी के इन्तजार में आँखें पथराने लगी थीं कि इतने में उसे बछोड़िये की ओर दो जने आते दिखायी दिये। एक तो लाछी, और दूसरा. . .गूजर! हरामजादा, फिर साथ आ मरा! अब तो कोई दूसरी तरकीब सोचनी पड़ेगी।

अन्दर घुसते ही लाछी को गोबर बीनते एक आदमी नजर आया। जोर से पूछा, "कौन है?"

बेधड़क जवाब मिला, "यह तो मैं भोजा।"

लाछी झुँझलाकर कहने लगी, "इस वक्त यहाँ क्या खोया हुआ ढूँढने आये हो. . .?"

भोजा गोबर बीनते-बीनते ही बोला, "ठकुरानी के आज एकादशी का उपवास है। तुलसी का थाला पवित्र करने के लिए बछिया का गोबर लेने आया हूँ।"

गूजर ने कहा, "इस अदने काम के लिए तुमने तकलीफ क्यों उठायी! मुझे खबर कर देते तो मैं पहुँचा देता।"

"मेरे कौन-से सुरखाब के पर लगे हैं जो झड़ जायेंगे! फिर तू तो जानता है कि ठकुरानीजी मेरे अलावा किसी पर विश्वास ही नहीं करतीं।"

भोजा का जवाब सुनकर लाछी बेहद खुश हुई। अक्ल हो तो ऐसी! क्या बात बनायी है. . .!

उसके बाद दोनों मित्र परस्पर गुफ्तगू में मशगूल हो गये। गूजर ने पूछा कि ठाकुर साहब अब अधिक नाराज तो नहीं हैं? भोजा ने गुमान से कहा कि उसके रहते कैसे नाराज हो सकते हैं! भला, ऐसे जिगरी दोस्त का एहसान मरकर भी भुलाया जा सकता है? पति की नासमझी पर लाछी अन्दर-ही-अन्दर कुढ़ती रही, पर जबान से कुछ जाहिर नहीं किया।

तड़के दही बिलोते लाछी को लगा कि उसका मन ठीक इसी तरह मथा जा रहा है! जो बिलोवने की हालत, वही उसके मन की हालत!

घर की सीमा में बँधी लाछी बेमन से सारे काम वक्त पर आप ही निबटा देती थी। भरी दोपहर तमाम जानवरों को लेकर वह तालाब के किनारे पहुँची। मौका

देखकर भोजा नजदीक आया। लाछी मुँह फिराकर खड़ी हो गयी। ढोर-डाँगरों के बीच राम जाने क्यूँ उसे इतनी शर्म महसूस हुई! ऐसा लगा कि वह अब कभी इन भोले जानवरों को अपना मुँह नहीं दिखा सकेगी! भोजा ने फिर सामने आकर कहा, "लाछी, आज का चक्कर फिर बेकार गया!"

चोटी के फुन्दे को सहलाते लाछी बोली, "तो मैं भी क्या करूँ? तुम्हारे भाई के शक का इलाज तो मेरे पास नहीं है!"

"पर मेरी बीमारी का इलाज तो तेरे पास है।"

"तुम्हारी तकदीर का इलाज तो विधाता के पास भी नहीं है। दिन डूबने पर बागर में आ जाना। घास की सेज पर तुम्हारा इलाज करूँगी. . .!"

भोजा हँसकर कहने लगा, "आज चन्द्र-ग्रहण है। तुझे सात पीढ़ियों का पुण्य एक साथ ही मिलेगा! देख भूलना नहीं!"

"यह भी कोई भूलने की बात है. . .!"

अब ठहरने से क्या फायदा। भोजा वापस गढ़ की ओर चल पड़ा।

ठाकुर को तो बस एक ही रट लगी थी। भगवान के बदले वह लाछी के नाम की माला जपने लगा! बौखलाकर बार-बार पूछता था, "भोजा, अभी तक कोई बात नहीं बनी रे. . .?"

"बन रही है, अन्नदाता! तीतर-बटेर का शिकार करना आसान है, पर शेर का शिकार मुश्किल है! कई दफा जान से हाथ धोना पड़ता है, सो अलग से। आपकी जान अनमोल है। पूरी तसल्ली हुए बगैर आपको आगे कैसे करूँ! एक मर्तबा ही भूल हो गयी, सो अभी तक पछता रहा हूँ!"

ठाकुर अपने वफादार कनवारिये पर बेहद खुश हुआ।

उसके बाद भोजा घड़ी दिन रहते ही बागर में आकर मन के लड्डू खाने लगा। ये 'पचावों' की गलियाँ, यह ढूँगरियों की ओट, और यह घास की सेज! यह लाछी की चोटी! ये अँगिया के बन्द! ये उरोज! ये होठ! यह लहँगा! और यह. . .!

कि इतने में किसी के पैरों से चारा दबने की चरमराहट सुनाई दी। लगता है लाछी आ गयी! पचावों की गली से झाँका—अरे, इस बदजात गूजर ने तो यहाँ भी पीछा नहीं छोड़ा! अब अगर शक न हो तो अचरज की बात है। कहाँ तक बहाने बनाये! पर तरकीब निकालना तो उसके बायें हाथ का खेल है। पीठ घुमाकर चारे की गाड़ी में चुन-चुनकर कुश इकट्ठा करने लगा।

दूर से ही गूजर की गरज सुनाई दी, "कौन है?"

उसने मुँह घुमाकर उतने ही जोर से जवाब दिया, "यह तो मैं भोजा!"

"यहाँ बागर में क्या कर रहा है?"

"आज चन्द्र-ग्रहण है। कुश इकट्ठा कर रहा हूँ। तू तो जानता है कि ठिकाने में ग्रहण के दिन पूरे एक गट्ठर की जरूरत होती है।"

"कुश की तो तू फिक्र ही मत कर! खूब इकट्ठा कर रखा है। मुझे कहता तो मैं ही पहुँचा देता।"

"तू तो मेरी आदत जानता है। हाथों-हाथ काम निबटाने का तो मजा ही और है. . .!"

लाछी मन-ही-मन हँसी। भोजा की अक्ल तो चरखे की तरह घूमती है! तयशुदा बात का भी इतनी जल्दी जवाब नहीं दिया जा सकता! एक यह अहमक गूजर है कि दिखाने पर भी नहीं दिखता!

चार घड़ी रात ढले चाँद पूरा ग्रसित हो गया। काले तवे की नाईं गोल! ग्रहण लगते ही तारों की रोशनी बढ़ गयी। आज का यह ग्रहण तो दुनिया जानती है, पर लाछी के ग्रहण का किसी को कुछ पता नहीं था. . .!

उसके बाद चाँद के मुक्त होते ही वह गूजर की बाँहों में बँध गयी!

और उधर भोजा कनवारिये की सेज भी सूनी नहीं थी। लाछी के लिए उसका मन तड़पता तो बहुत था, पर उसकी नजर में हाथ लगी औरत ही सबसे अधिक सुन्दर होती है! फकत लाछी के नाम को तरसने से क्या होता है? शरीर की जगह कामना से काम नहीं चल सकता! लाछी से हताश होने पर भोजा पर सहवास का पागलपन सवार हो जाता था! ठाकुर के वफादार कनवारिये के लिए किस बात की कमी! एक की जगह दो हाजिर। और यों भोजा समझदार भी काफी था! बाँहों में कसी औरत को लाछी मानकर सन्तोष कर लेता था! अगर कोई इनसान उम्र-भर एक ही हवा में साँस लेकर जीने का हठ करे तो उसका हठ पूरा नहीं हो सकता!

दूसरे दिन तालाब की एक चट्टान पर लाछी कपड़े धो रही थी कि सामने भोजा पर नजर पड़ी। वो कुछ बोले उससे पहले ही लाछी कहने लगी, "मुझे उलाहना देने की जरूरत नहीं। सारा कसूर तुम्हारे भाई का है! कोई बहाना बनाकर उन्हें कहीं बाहर भेज सको तो तुम्हारी मुराद पूरी हो!"

वक्त पर चूक जाये तो इतने बरस भोजा की कनवार कैसे चलती! हाजिरजवाब तो था ही, तुरन्त बोला, "फकत मेरी मुराद ही पूरी होगी, तेरी नहीं?" भोजा को चिढ़ाने की खातिर लाछी परिहास के सुर में बोली, "मेरी मुराद तो हर रोज 'मेड़ी' में पूरी होती ही है!"

"तब मेरी फिक्र तुझे क्यूँ हो?"

"मुझे तुम्हारी फिक्र करने की जरूरत ही कहाँ है? फकत मेरे ही भरोसे होते तो फिक्र भी करती! तुम्हारी कौन-सी कम चहेतियाँ हैं. . .।"

"पर कोई तेरे नख के बराबर भी नहीं है! लाछी, आज रात को ही कोई जुगाड़ भिड़ा. . .!"

लाछी कपड़े धोते-धोते ही बोली, "चाँद उगने पर 'आखरी' वाले मीठे नीम पर छुप जाना। वहाँ एकदम सुनसान है। फिर अपनी तकदीर. . .!"

लाछी की सास आती दिखायी दी तो भोजा पानी पीने के लिए तालाब में घुस गया!

जब सूरज, चाँद और तारे भी आँख-मिचौनी खेलते हैं, तब लाछी गूजरी को कैसी अड़चन! जितने दिन खेल चले, उतना ही अच्छा! लाछी को यह दूसरा महीना उतरने लगा है। नौवें महीने उसकी कोख फलेगी। उधर कोख में पला बाल-गोपाल अपनी बन्द आँखें खोलेगा और उधर कहीं, किसी इनसान की आँखें मुँद जायेंगी! जीवन-मरण के बहाने कुदरत भी युग-युग से यह खेल खेलती आ रही है! एक पत्ता झड़ता है तो दूसरी कोंपल फूटती है। यही आदि और अनन्त खेल है! यौवन की लीला भी किसी से कम नहीं, इस धरती पर नित्य नया यौवन चढ़ता है और ढलता है! नित्य नये किरदार बदलते हैं। पर नाटक वही का वही. . .!"

या तो गूजर का लाछी पर अटल विश्वास था या उसका हृदय इतना निर्मल था कि वो वहम जैसी ओछी भावना को अपने पास ही नहीं फटकने देता था! या कि घर के स्वार्थ में गूजर इतना अन्धा था कि उसे दूसरा कुछ नजर नहीं आता था! ठिकाने के कारिन्दों पर वहम करने से कैसे काम चलेगा?

गौर व घर का सारा काम निपटाकर लाछी ने ब्यालू किया, तब तक रात तीन, साढ़े तीन घड़ी ढल चुकी थी। गूजर मेड़ी में सोने लगा तो लाछी ने उसे हाथ पक़ड़कर उठाया। कहने लगी, "सुथारों की एक लड़की ने पक्की खबर दी है कि अपने नीम को गड़रियों ने काफी साफ कर दिया है! अभी भी शायद एक आदमी पत्ते तोड़ने के लिए ऊपर चढ़ा हुआ है। तुम तो कुछ ध्यान ही नहीं रखते। चलो, अभी उसे सँभालकर आते हैं।"

वो गूजर का मनपसन्द नीम था। अपने हाथों सींचकर उसे इतना बड़ा किया था! गौने के पश्चात् ठीक से देखभाल भी नहीं हुई। आज याद दिलाते ही वो तुरन्त उठ बैठा। 'आखरी' घर से दो-एक खेत की दूरी पर थी। आकाश की कोख चीरकर कुंकुम-सा चाँद निकला ही था! धीरे-धीरे चाँदनी छितराते हुए ऊपर चढ़ने लगा। पेड़ों की हरीतिमा सुनहरे मुलम्मे से जगमगाने लगी!

दोनों पति-पत्नी 'आखरी' का फलसा खोलकर अन्दर घुसे। भोजा को अब जाकर तसल्ली हुई कि लाछी वादे के मुताबिक आ तो गयी! वो उमंग से छलकता, नीचे कूदने ही वाला था कि गूजर की गरज सुनाई दी, "कौन है?"

यह नागडसा गूजर तो किसी भी करवट कोई दाँव नहीं लगने देता! जहाँ-तहाँ छाया की तरह लाछी के पीछे लगा रहता है! पर यह समय बेकार सिर खपाने का नहीं है। अदेर उसके दिमाग में एक उपाय सूझा और वो दोनों हाथों से फटाफट पत्ते तोड़-तोड़कर नीचे डालने लगा। गूजर और कड़ककर बोला, "मीठे नीम को कौन तोड़ रहा है? बोलता क्यूँ नहीं. . .?"

छिंवरे तोड़ते-तोड़ते ही भोजा बोला, "यह तो मैं भोजा!"

खुद के आने की खबर देते लाछी कहने लगी, “पर रात को नीम पर क्या रखवाली कर रहे हो?”

भोजा ने निस्संकोच जवाब दिया, “ठकुरानी की आँखें बुरी तरह दुख रही हैं। तब इन पत्तों के लिए रात को आना पड़ा। पर तुम दोनों बेवक्त आखरी में क्यूँ आये...?”

पत्ते तोड़कर भोजा नीचे उतर आया। गूजर उसके पास आकर कहने लगा, “अभी एक सुथार की लड़की ने खबर दी कि कोई गड़रिया नीम छाँग रहा है। फिर मुझे चैन कहाँ...!”

एक गहरा निश्वास छोड़कर भोजा बोला, “नाहक जहमत उठायी।”

गूजर ने कहा, “पर इसी बहाने तुझसे मिलना तो हो गया।”

गूजर की तरफ देखकर भोजा लाछी को सुनाते बोला, “ऐसे मिलाप में क्या सार...!”

पर यह ‘सार’ की बात अकेली लाछी के ही वश में नहीं थी। घर, गृहस्थी, बिरादरी, जाति, धर्म, संस्कार, मर्यादा, और रीति-रिवाजों की कितनी रुकावटें हैं! अकेली औरत अपने बूते पर इस भँवरजाल का क्यों-कर सामना कर सकती है? जानवरों वाली स्वच्छन्दता का तो अब सपना ही कहाँ? लाछी के दिल में कुछ इसी तरह की लौ जल रही थी। किस राह आगे बढ़े? कौन-सी पगडण्डी ढूँढे...?

रात को सहवास के समय उसे ऐसा लगा मानो वह किसी अजगर की लपेट में बुरी तरह फँस गयी हो! औरत की इस जिन्दगी में वह इस जकड़ से कभी मुक्त होगी कि नहीं? गृहस्थी की इस गँधाती धोवन से उसका सर फटने लगा! कोहनी के वार की खातिर भी सात फेरों के परिणेता ने उलटा उसे ही दुत्कारा! उसे ही बुरा-भला कहा! फिर किस दूसरी छाँह की आस करे? आस करके भी उस छाँह का बसेरा कब मिल सकता है...?

स्वप्नजाल में उलझी नींद के कारण लाछी कुछ देरी से उठी। उठते ही उसे ऐसा लगा मानो सूरज आज अपनी जगह पर नहीं उगा है! न उगा तो न सही! सूरज की बात सूरज जाने। गृहस्थी के काम के मारे उसे तो साँस लेने की भी फुरसत नहीं मिलती। वह हड़बड़ाती हुई मेड़ी से बाहर निकली। पशुओं की सार-सँभाल, दुहना, चारा-बाँटा और फूस-बुहारा। आखिर काम तो करने पर ही निबटता है!

सूरज सिर पर चढ़ आया, तब कहीं वह चरागाह की तरफ रवाना हो सकी। काफी देर हो गयी थी। पति इन्तजार कर रहा होगा। जल्दी-जल्दी पाँव उठाने लगी। चूड़ियों की खनखनाहट, घाघरे की फटकार, ओढ़नी की सरसराहट और पायल की झनकार से हवा में मानो जादू ही घुल गया हो! लाछी के रूप-यौवन का रस पाकर जैसे सूरज की किरणों का भाग्य जगमगा उठा!

गाँव के बाहर निकलते ही भोजा मिल गया। देखने पर भी लाछी की चाल

धीमी नहीं हुई तो भोजा साथ-साथ चलते कहने लगा, ''लाछी, अब तो लगता है कि अपना मिलाप मसान में ही होगा।''

लाछी होठों-ही-होठों में बोली, ''मरे बगैर तो मसान भी नसीब कहाँ?''

''पर मरना तो अपने वश में है!''

''मेरे लिए तो मरना भी वश में नहीं है।''

''तो फिर?''

''इसका जवाब तो मेरे पास भी नहीं है। मैंने तो काफी कोशिश की पर जुगाड़ नहीं बैठा तो किसे दोष दूँ। ज्यादा पीछा किया तो बस्ती में बदनामी होगी। तीनेक घड़ी रात ढले रसोई में मिलना। घर की इज्जत घर में।''

भोजा हामी भरते बोला, ''हाँ, यह जुगाड़ ठीक है। फिर मेरी तकदीर।''

तकदीर पर बात छोड़कर भोजा गाँव की ओर मुड़ गया और लाछी आगे चलती रही। पति खाने का इन्तजार कर रहा होगा।

गूजर खेजड़ी की छाँव तले बैठा अलगोजा बजा रहा था। चारों ओर छड़े-बिछड़े, ढोर-डाँगर जमीन में मुँह डाले घास चर रहे थे। लाछी पास आयी तो गूजर ने पूछा, ''बहुत देर लगा दी?''

खाने की टोकरी उतारते लाछी कहने लगी, ''तुम वक्त पर सोने नहीं देते तब वक्त पर कैसे उठा जा सकता है!''

खाने का सामान बाहर निकाला तो गूजर ने हैरत से पूछा, ''आज इतना खाना कैसे ले आयी?''

''ज्यादा देर होने लगी तो मैंने भी घर खाना नहीं खाया। पहले तुम खा लो, फिर मैं खा लूँगी।''

''क्यूँ, फिर क्यूँ? आज तो साथ ही खायेंगे!''

गूजर के घर किसी चीज की कमी? गाढ़ा दही, राब, छाछ, मक्खन, मतीरे की सब्जी, लप्सी और बाजरे की रोटी। पति-पत्नी ने साथ बैठकर आराम से खाना खाया। उसके बाद गूजर ने कहा, ''मैं थोड़ी कमर सीधी कर लूँ। तू जरा ख़याल रखना, किसी के खेतों में कोई बिगाड़ न हो।''

यह हिदायत देकर पति तो सो गया और लाछी ढोर-डाँगरों को सँभालने के लिए चल पड़ी। पहली दफा गाभिन हुई गाय व भैंस की पीठ पर हाथ फिराकर लाछी पाँच-सातेक कदम आगे बढ़ी तो उसे एक करील में काला व चमकीला टुकड़ा नजर आया। पास जाकर गौर से देखा तो केंचुली समेत काला साँप। सू-सू करके छेड़ा तब भी करैत ने फन नहीं फैलाया। केंचुली ठेठ आँखों तक छायी हुई थी। थोड़ा-सा हिलकर फिर वहीं दुबक गया। केंचुली की वजह से दूर तक रेंगना उसके वश के बाहर था।

लाछी ने दो-तीन कंकर मारे। साँप कुछ रेंगकर आगे बढ़ा कि अचानक उसकी

केंचुली करील के काँटे में उलझ गयी। करैत ने कुछ ताकत लगायी तो केंचुली ने अपनी जगह छोड़ी। फिर तो धीरे-धीरे करैत केंचुली से छूटकर सर्र-सर्र घनी झाड़ी में ओझल हो गया। लाछी तुरन्त केंचुली को अपने हाथ में लेकर अचरज से देखने लगी। सफेद चिकनी खोल पर बेशुमार बिन्दियाँ। केंचुली जकड़ी हुई थी तब तक करैत टस-से-मस भी नहीं हो सका। नितान्त अन्धा, मोटे रस्से की तरह पड़ा था। केंचुली से मुक्त होते ही दृष्टि के वेग से भागा। तो यह केंचुली सबसे बड़ा बन्धन है।

उसके बाद लाछी की आँखों के सामने ठौर-ठौर करैत की केंचुलियाँ-ही-केंचुलियाँ झिलमिलाने लगीं।

इधर-उधर चक्कर लगाकर खेजड़ी के नीचे लौटी तो पति खर्राटे भर रहा था। वह बारी-बारी से नींद में सोये पति और केंचुली को देखने लगी। कभी उसे केंचुली में पति का स्वरूप नजर आता, तो कभी पति केंचुली की तरह दिखने लगता। अचानक नजर की यह रंगत कैसे बदल गयी? लाछी के मन की उथल-पुथल का कोई अन्त नहीं था।

कुछ देर बाद पति जँभाई लेकर उठा तो उसे लाछी के गले में साँप की केंचुली लटकती नजर आयी। अचरज से पूछा, "अरे, यह केंचुली कहाँ मिली? इसके शकुन बड़े अच्छे होते हैं। मंशानुसार तेरी कामना पूरी होगी।"

लाछी ने कोई जवाब नहीं दिया। केंचुली हाथ में लेकर उस खाली आवरण की ओर टुकुर-टुकुर देखने लगी।

पति लाछी के करीब आया। गले में बाँहें डालकर उसके गालों पर लगातार दो-तीन चुम्बन जड़ दिये। कहने लगा, "जोशी को भी पूछने की जरूरत नहीं है। चाँद-सा बेटा होगा। और वो भाग्यशाली होगा। मेरी आजमाई हुई बात है। केंचुली के शकुन कभी गलत नहीं होते। तुझसे रिश्ता होने से तीन दिन पहले मुझे भी जंगल में एक केंचुली मिली थी।"

लाछी मुँह बिगाड़कर बोली, "तब तो शकुन बिल्कुल खराब हुए।"

गूजर लाछी का कंगन घुमाते हुए बोला, "वाह, खराब कैसे हुए? तुझ जैसी जोरू मिली। इससे अच्छी किस्मत और क्या हो सकती है।" फिर उसकी आँखों में आँखें गड़ाकर कहने लगा, "तेरी एक कामना तो अभी यहीं पूरी किये देता हूँ।"

होठों पर होठों का परस होने पर ही लाछी को पति की बात समझ में आयी। चौंककर दूर हटी। शिकायत जताते हुए बोली, "तुम्हारी अक्ल तो ठिकाने है! मेड़ी के करतब तो मेड़ी में ही शोभा देते हैं।"

"यहाँ कौन देखता है?"

लाछी हाथ से इशारा करते कहने लगी, "ये कबूल, ये करील, यह घास और ये पक्षी।"

फिर तो वह वहाँ ठहरी ही नहीं। सरपट गाँव की तरफ भागी। पति आवाज देता रहा, पर उसने फिर पीछे मुड़कर देखा तक नहीं।

सीधी कोठरी में जाकर अपनी सन्दूक खोली। करैत की केंचुली को सँभालकर अन्दर रखा और वापस ताला लगा दिया। बैठे-ठाले कैसे चल सकता है! गूजरों की गृहस्थी में काम का क्या अन्त! गोबर, भूसा, सानी और पानी। काम निबटाती जा रही थी और सोचती जा रही थी कि रसोई में देखकर तो गूजर का शक जरूर जागेगा और शक के साथ उसका गुस्सा भी खौल उठेगा। इस बार भोजा का बचाव नामुमकिन है। देखें, क्या गुल खिलता है?

पर लाछी की किस्मत कि कोई गुल नहीं खिला। चारेक घड़ी रात ढले लाछी ने पति को सचेत करते कहा, "रसोई में शायद कोई आदमी छुपा हुआ है।"

इतनी बात सुनने के बाद गूजर के कैसी ढील! गुँथी हुई लाठी लेकर तुरन्त लाछी के साथ चल पड़ा। दीपक जलाकर देखा तो वाकई कोठी के पीछे एक आदमी छुपा खड़ा था। लाठी तानकर गरजते बोला, "किसकी मौत आयी है?"

भोजा के इतनी देर कहाँ? तुरन्त बात सोच ली। बेखौफ सामने आकर कहने लगा, "किसकी क्या, मौत तो तेरी ही आयी है। हुजूर से किसी ने शिकायत की है कि तेरे यहाँ रोजाना नयी बाजरी का खीच व सोगरे बनते हैं।[1] अन्नदाता ने ज्यादा कुरेदा तो मुझे असलियत जानने के लिए आना ही पड़ा। भले मानस, तेरी औरत तो खुल्लमखुल्ला सोगरे बनाती है।"

फिर हाथ की रोटियाँ गूजर की ओर करते भोजा कहने लगा, "अपने साथ मेरी भी इज्जत गँवायेगा। अब ये सोगरे तो हुजूर को बताने ही पड़ेंगे।"

गूजर हाथ जोड़ते बोला, "तब तो मैं बिना मौत मारा जाऊँगा। इतने दिन तो भगवान के दिये हुए थे, आज से तेरे दिये हुए होंगे। जैसे भी हो यह फन्दा काट दे। अब कभी गलती नहीं होगी। तू तो जानता है कि बाजरी के अलावा एक कौर भी मेरे गले नहीं उतरता।"

आखिर भोजा को तो मानना ही था। गूजर काफी गिड़गिड़ाया। तब वो बड़ी मुश्किल से राजी हुआ। लाछी से फिर एक पल भी वहाँ नहीं ठहरा गया। सीधी मेड़ी में आकर चारपाई पर गिर पड़ी। ऐसा कापुरुष पति तो चिराग लेकर ढूँढे नहीं मिलेगा। पर भोजा की अक्ल के सामने सिर नवाना पड़ता है। क्या बहाना बनाया! किसी मर्द में अक्ल हो तो ऐसी!

भोजा को गली तक पहुँचाकर गूजर मेड़ी में लौटा। गूजर के घर तेल से घी सस्ता होता है। गाय के घी का दीपक मन्द-मन्द जल रहा था। आधी मेड़ी में गूजर

---

1. सामंती तंत्र के दौरान जब तक किसानों की फसल का तयशुदा हिस्सा ठाकुर के गोदाम में नहीं जमा होता, तब तक मौजूदा फसल का पशुओं के लिए चारा और घर में नए अनाज की रोटियाँ बनाना वर्जित था।

की छाया फैल गयी। काफी देर तक वो भोजा के गुण गाता रहा! फिर पगड़ी उतारकर घरवाली के गालों पर हाथ फिराते बोला, "चरागाह से भागकर तो घर आ गयी, पर अब मेड़ी से भागकर कहाँ जायेगी. . .? आज ऐसी खबर लूँगा कि तू भी याद रखेगी!"

सात फेरों की ब्याहता इनकार भी तो नहीं कर सकती! भले ही उसके दिल में कैसी भी उथल-पुथल मची हो! परायी औरत होती तो कुछ नखरे भी करती, पर लाछी की खातिर तो यह राह भी नहीं बची! ऐसी उलझन के समय इन नखरों से बदतर और क्या हो सकता है. . .!

अँगिया के बन्ध खुलते ही मेड़ी में ठण्डी हवा का झोंका आया। चमाचम करती बिजलियों में होड़ लग गयी! एक-दूसरे पर चढ़ते बादल जोर से गरजने लगे। उतरते आसोज के मोती बरसने लगे। दिन को तो बरसात के कोई आसार ही नहीं थे, पर गोधूलि वेला में ऐसी उमस छायी कि दूर-दूर की बरखा एक ही ठौर इकट्ठी होकर तड़तड़ बरसने लगी। उसकी माया वो ही जाने! लाछी के मन की लाछी जाने. . .!

आज फिर उठने में देर हो गयी। मेड़ी से उतरते ही लाछी सीधी कोठरी में गयी। चारों ओर पानी-ही-पानी फैला था। रात-भर बरसात होती रही। सन्दूक खोला और करैत की केंचुली निकालकर लाछी एकटक उसे देखने लगी।

सास की आवाज सुनकर उसे चेत हुआ। और वह रोजाना की माफिक गृहस्थी के काम-धन्धे में उलझ गयी!

बादलों के सिवाय इतना छिड़काव भला कौन सकता है! बरसात के रुकने पर ठण्डी बयार चलने लगी।

दिन ढलते लाछी काचर-मतीरे लेकर घर लौट रही थी कि भोजा से सामना हो गया। नाराजगी जतलाते कहने लगा, "लाछी, रात को तो रसोई में भी भूखा रह गया...!"

"क्या करूँ, ननद ने बना-बनाया काम बिगाड़ दिया!"

"मुझे तो इस बिगाड़ का कहीं अन्त नजर नहीं आता।"

"थोड़ा इतमीनान रखो। कभी-न-कभी तो पासा सही पड़ेगा! आज तुम्हारा चक्कर बेकार नहीं जायेगा। ढलती रात को तुम्हारे भाई ढोल बजाने पर भी नहीं उठते! मैं केशरिया शाल ओढ़े आँगन में सोयी मिलूँगी। गूजर सफेद खेस ओढ़े मेरे पास ही सोया होगा। शाल खींचते ही मैं तुम्हारे साथ चल पड़ूँगी! अब तो तसल्ली हुई?"

"तसल्ली तो होगी तभी होगी! मैं तो तेरे इशारे पर मरने को तैयार हूँ।"

लाछी फिर समझाते कहने लगी, "मुझ पर केशरिया शाल होगी। देखो कैसी होशियारी से काम लेते हो!"

भोजा गुमान से बोला, "होशियारी की बात तो तू छोड़। फकत तेरे सामने मेरा वश नहीं चलता!"

"अब तुम जाओ, लोग बातें बनायेंगे।"

भोजा वहीं से दूसरी राह मुड़ गया और लाछी घर आकर दुहने के काम में मशगूल हो गयी।

रात को गूजर ब्यालू करके मैड़ी की सीढ़ियाँ चढ़ने लगा तो लाछी ने कहा, "मैड़ी में ननदोई जी सो रहे हैं। तुम्हें तो कुछ ख़याल ही नहीं है।" पति सीढ़ियाँ उतरते बोला, "पर हम कहाँ सोयेंगे?"

"थोड़ा धीरे बोलो, तुम्हें तो आठों पहर सोने की ही लगी रहती है, और मेरी जान पर बनी है! एक रात बाड़े में सो जाओ तो कौन-सा राज्य छिन जायेगा?"

"बेचारा राज्य किस गिनती में है!"

तब दूध में जामन डालते लाछी बोली, "आँगन में चारपाई बिछी है। तुम चलो, मैं अभी आयी।"

"ढलती रात ठण्ड पड़ेगी। कुछ ओढ़ने को लाना।"

फिर तो वही रात, वो ही अँधियारा, वही लाछी और वो ही गूजर!

गूजर को तो नींद आ गयी, पर लाछी की पलक तक नहीं झपकी। भोजा की खुशामद के आगे खाविन्द को शक की हल्की-सी झलक भी दिखायी नहीं देती। क्या स्वार्थ इतना अन्धा और गूँगा होता है? जहाँ पत्थर को भी शक हो, वहाँ पति के मन में कोई हलचल तक नहीं हुई! क्या इसी सुख और सुहाग की आशा में उसने अपने यौवन को सहेजा था? अनमोल मोती की तरह उसकी आब बचाकर रखी थी? पर पति की नजर में तो तिनके जितनी भी इसकी कीमत नहीं है! फिर ढोल-नगाड़ों के बीच वेदी का वो ढोंग क्यूँ रचा? क्यूँ इस घर के आँगन में गाजों-बाजों के साथ एक परायी लड़की को अपनाया? वंश की बेल बढ़ाने के लिए? सेज की भूख मिटाने के लिए! कुनबे के कोल्हू में बैल की तरह खटने के लिए? ठाकुर और अलहकारों के तलवे चाटने के लिए? कोहनी के वार के साथ अगर उस दिन पति की लाठी की ताकत जुड़ जाती तो उसके लिए कितनी खुशी की बात होती! फिर तो उसके मन में किसी तरह का कोई दुख सर नहीं उठाता! हथलेवे का ब्याहता तो उलटा उस पर ही नाराज हुआ। बार-बार उसे ही फटकारा। स्वार्थ पूरा हो तो पति को किसी भी बात का एतराज नहीं! फिर स्वार्थ के इस आक पर इन कड़वे फलों को सँजोने से कौन-सा अमृत हाथ लगेगा? तब एक खसम की हाजरी का क्या अर्थ रह जाता है. . .?

लाछी के अन्तस् की बाँबी में ऐसे बहुत-से सवाल फुफकारने लगे! बगल में सो रहा परिणेता लम्बी ताने अजगर की तरह खर्राटे भर रहा था। आज पति और भोजा की आखिरी परख है। देखें, क्या मर्म उघड़ता है. . .?

और उधर भोजा के लिए पलभर का इन्तजार भी बर्दाश्त के बाहर हो रहा

था। वो एक घड़ी पहले ही चोर कदमों से गूजर के आँगन में आ पहुँचा। गौर से देखा। लाछी की बात तो बिल्कुल ही सही निकली। आज तो मन की कामना जरूर पूरी होगी। उसके बाद उसने भली सोची न बुरी, फौरन केशरिया शाल को खींचकर जोर से झटका दिया। गूजर ने झट-से उठते हुए गरजकर पूछा, "कौन है?"

सवाल के साथ ही बेखौफ जवाब मिला, "यह तो मैं भोजा!"

गूजर ने फिर हैरत से पूछा, "भोजा?"

कनवारिया नजदीक आकर धीरे से बोला, "हाँ, द्वारकाजी[1] चलना हो तो बोल?"

"नहीं, मैं तो द्वारकाजी नहीं चलता।"

"फकत तुझे लेने के लिए ही मैं चुपके से आया हूँ। न चलना हो तो तेरी मरजी, पर चिल्ला तो मत। बेकार 'संग' बिदकायेगा। चुपचाप वापस सो जा।"

गूजर को सोने की हिदायत देकर भोजा उलटे पाँवों लौट पड़ा। लाछी सफेद खेस ओढ़े जगी हुई बाजू में लेटी थी। दोनों की बातचीत उसने पूरी सुनी। अब तो कोई भ्रम शेष नहीं रहा। सूरज के उजाले से भी तेज ज्वाला उसकी आँखों के सामने भभकी और उस भभक के साथ ही उसके पुराने संस्कार, रीति-रिवाज और समूची मर्यादाएँ जलकर भस्म हो गयीं! शायद वह इसी ज्वाला के इन्तजार में थी।

समाज के सामने हाथ थामने वाले ने तो चार फेरों के सिवाय कोई जोखिम ही नहीं ली। पर भोजा की जोखिमों का तो कोई अन्त ही नहीं! ऐसी अथाह चाहना की खातिर कैसे इनकार किया जा सकता है...? ऐसा इस जोबन का दूसरा माहात्म्य भी क्या है? फकत रोटी-कपड़ों के बदले गुलामों की तरह खटना! शरीर नुचवाना! क्या यही जिन्दगी का मोल है? फिर एक मर्द की मिल्कियत की बन्दिश क्यूँ...? अब तो कुनबापरस्ती की केंचुली छोड़ने पर ही उसकी मुक्ति होगी।

दूसरे दिन ढोर-डाँगरों का झुण्ड लेकर लाछी चरागाह जाने लगी तो गूजर ने कहा, "आज तो अल्ल सवेरे की बला ही उमस है, जरूर बरसात होगी। वापस जल्द लौटना।"

लाछी ने हाँ या ना का कोई जवाब नहीं दिया।

न चरागाह जाते वक्त भोजा से सामना हुआ और न घर लौटते वक्त। कनवारिये का विश्वास टूट चुका था! दुनिया की तमाम औरतों की गरज तो अकेली लाछी से पूरी नहीं हो सकती! अपनी-अपनी ठौर और अपनी-अपनी सेज पर सभी औरतें अच्छी लगती हैं...!

गाँव के मालिक के मन में अभी तक वही पीड़ा साल रही थी। बार-बार वो ही रट—भोजा, कुछ बात बनी रे...?

आखिर आजिज आकर भोजा ने कहा, "अन्नदाता, यह तो राँड ही शैतान की औलाद है। नाक-कान काटे बगैर इसकी अक्ल ठिकाने नहीं आयेगी...!"

1. ऐसी मान्यता है कि द्वारका की तीर्थ-यात्रा पर चोरी-छिपे जाना चाहिए।

ठाकुर एक गहरी आह भरकर बोला, "मैंने तो तुझे पहले ही कहा था, पर तू नहीं माना।"

"सात दफा कान पकड़ता हूँ, अन्नदाता! बहुत बड़ी गलती हो गयी. . .!"

दिन ढलते-ढलते ऐसी काली घटा उमड़ी कि देखते ही बनता था। चमाचम बिजलियाँ चमकने लगीं। होड़ मचाते आबनूसी बादल गरजने लगे! मानो हजारों हाथी एक साथ चिंघाड़ रहे हों!

अपने-अपने ठिकाने पर ढोर-डाँगरों को बाँधते हुए लाछी के हृदय में आज ऐसी ही काली घटा घुमड़ रही थी! पति को इस बरसात का तो काफी पहले ही अन्दाज लग गया, लेकिन भोजा पर दिखती आँखों भी कुछ शक नहीं हुआ। यह कैसा विवेक. . .?

ब्याहता के शरीर को मनचाहा भोगने के बाद गूजर गहरी नींद में सोया था। लाछी मैड़ी के दरवाजे तक आयी तो बरसात की फुहार व बिजलियों की चमक ने गाजों-बाजों के साथ उसके यौवन का अभिनन्दन किया! छलकते सौन्दर्य की बलैयाँ लीं! करैत की केंचुली हार की तरह उसके गले में झूल रही थी. . .!

अब और सोचने का वक्त ही कहाँ था? एक-एक करके समूचे कपड़े और तमाम गहने उतारकर वह मैड़ी की सीढ़ियाँ उतरने लगी। मूसलाधार पानी बरस रहा था। परस्पर प्रतिस्पर्धा से बिजलियाँ बढ़-चढ़कर चमक रही थीं। गले में केंचुली और जाँघों पर झूलती केशराशि, गोया उस पर कोई बदली झूम रही हो. . .!

चमकती बिजलियाँ लाछी की सुन्दरता निहारकर सार्थक हुईं! बरसात की झड़ी उसके निर्वसन यौवन का परस पाकर निर्मल व पवित्र हो गयी! पेट में आस और गले में करैत की केंचुली! इससे बढ़कर आश्वासन और क्या हो सकता है!

बरसात की मेहर में भीगती लाछी को किसी तरह का कोई डर नहीं था! सीधे भोजा के घर पहुँची। कुण्डी खटखटाने का इरादा किया ही था कि भीतर से किसी औरत की धीमी आवाज सुनाई दी, "तुम तो लाछी के पीछे दीवाने हो रहे थे, आज मेरी याद कैसे आयी. . .?"

"भाड़ में जाये लाछी और उसका गुमान. . .!" मेरे सामने उस छिनाल का नाम मत ले!"

लाछी के होठों की पवित्र मुस्कराहट बिजलियों की चमक में घुलकर ओझल हो गयी! घरर-घरर बरसात में भीगती वह आप ही आगे बढ़ने लगी। फिर न तो किसी दरवाजे पर रुकी और न किसी मर्द का सहारा माँगा।

पेट में अमर आस लिये, वह अभी तक ब्रह्माण्ड में निर्वसना घूम रही है! न कहीं मुकाम और न कहीं विश्राम! शायद इन मौजूदा चाँद-सूरज के भस्म होने पर उसकी कोख कभी उघड़े तो उघड़े. . .!!

8 फरवरी, 1978

आसमान जोगी

एक था सेठ। उसके बेटे सात और बेटी एक। बेटी सबसे छोटी, सोलह बरस की। बेइन्तहा सुन्दर। सुशील। सुलच्छनी। सीधी-सादी। निश्छल। मिठबोली। हाथों में हुनर। सातों भाई शादीशुदा रूपवती बहुएँ। इकलौती बेटी माँ-बाप के नैनों की जोत! भाइयों के लिए मोतियों के बीच की लाल। हथेली का छाला! आँखों का काजल!

सावन की तीज सुवासनियों और सुहागिनों का खास त्यौहार। हरियल सुरंगी धरती और तीजनियों के बनाव-सिंगार में होड़ लग जाती है! धरती कहती है मैं सुन्दर, मेरी छवि देखो। तीजनियाँ कहती हैं हम सुन्दर, हमारा सिंगार निहारो। आसमान में बिजलियाँ तो धरती पर तीजनियाँ! उधर कोयल, दादुर, मोर, पपैया सुहाने बोलते हैं, इधर तीजनियों के गीत रस घोलते हैं! उधर चिड़ियाँ, इधर तीजनियाँ। उधर तोतों की टोली, इधर तीजनियों का जत्था! बादल-बादल में बिजलियों की चमक, झूले-झूले पर तीजनियों का उछाह!

असाढ़ गया तो सुरंगा सावन आया। गाँव के हरियल बाग में नीम की डाल-डाल पर झूलों की घमरोल मच गयी। झूलते हुए धरती ऊपर उठती और आकाश नीचे झुकता! दो-दो तीजनियाँ संग-संग झूल रही थीं। उस उत्सव के आगे इन्द्रलोक का रंग भी फीका पड़ गया था। सेठ की सातों बहुओं और बेटी के ठाठ सबसे न्यारे थे। अप्सराओं को मात करे जैसा रूप और वैसा ही सुरंगा सिंगार। झूला झूलते हुए ऐसे लगतीं जैसे किसी मन्तर से तितलियों ने लुगाइयों का रूप धर लिया हो. . .!

तभी एक अनहोनी बात हुई। सबसे छोटी बहू और ननद संग-संग झूल रही थीं। झूले के साथ-साथ इन्द्रधनुष बनता और मिटता! झूला इत्ता ऊपर गया कि उनके पाँव पत्तों को छूने लगे। लेकिन अबके झूला खाली कैसे आया? ऐसा तो कभी नहीं हुआ। पत्तों में छिप तो नहीं गयीं? नीम जब्बर घेर-घुमेर था। सूरज की किरणें भी क्या पार हो जायें! कौतुक कर रही होंगी। और दो बहुएँ झूले पर चढ़ीं। झूला पत्तों

को छूने लगा। फिर झूला खाली! यूँ करते-करते आठों अदीठ हो गयीं। अब तीजनियाँ डरीं। खबर लगते ही सेठ के सातों बेटे दौड़े आये। नीम का पत्ता-पत्ता छान मारा। वहाँ तो चिन्दी भी नहीं मिली! ऐसी चाल तो मौत भी नहीं चलती! हंसा जाने पर पीछे माटी तो बचती है। कहीं मौत का ढब तो नहीं बदल गया. . .? एक साथ आठों बिला गयीं! बिना आँसुओं का रूखा रोना लेकर घरवालों ने सबर किया। और चारा ही क्या था! बहन-बहुओं के साथ हवेली की सुख-साँयत भी चली गयी!

गाँव से आधे कोस पर एक बड़ा तालाब था। ऊँची पाल। चारों-मेर जंगी रूख। एक बरगद तो बीस बरगदों जित्ता बड़ा। दूर-दूर तक फैलाव। सेठ का सबसे छोटा बेटा नहाने के लिए पाँव घसीटते हुए तालाब की ओर जा रहा था। उसके आगे-आगे पनिहारियों का झुण्ड चल रहा था। सुरंगे वेश। सुरंगी ईढ़ानियाँ। फुँदनेदार लूम्बें। सुरंगे घड़े-कलस। झम्मर-झम्मर रिमझोलों की रुनझुन सुनकर वह यादों में खो गया। कभी उसके भी लुगाई थी। छह भौजाइयाँ थीं। एक बहन थी, लाखों में एक। इनका रूप तो उनकी छाया बराबर भी नहीं! लेकिन अब उन बातों का सपना भी कहाँ. . .!

तभी उसने एक कुम्हारी के मुँह से अजब खुसुर-फुसुर सुनी, "देखो तो राम, सेठजी के घर पर कैसी बिजली गिरी! मुआ आसमान जोगी झूला झूलतीं आठों लुगाइयों को अपने विमान में ले उड़ा। किसी को कानोंकान खबर न हुई। नागडसे के हजारों लुगाइयाँ हैं, फिर भी सबर कहाँ! दिन-भर विमान लिये आसमान में डोलता रहता है। रात को मनचाही ऐश करता है। नयी-नयी लुगाइयों के अंग-संग का नया स्वाद चखता है! राखउडिए के सन्तोष तो है ही नहीं। अहदी भगवान ऐसों को खत्म करने में इत्ता आलस क्यों करता है? गुस्सा तो ऐसा आता है कि. . . लेकिन मैं लुगाई जात करूँ भी तो क्या! सेठजी के बेटे भी निरे सरधाहीन हैं। राम जाने कैसे हाथ-पर-हाथ धरे बैठे हैं. . .!"

सेठ के बेटे का रोम-रोम कान बन गया। एक-एक सबद ध्यान से सुना। परन्तु सुनकर भी सबर रखा। सबके सामने भेद खोले कि न खोले। होठों तक आये बोलों को उसने बड़ी मुश्किल से रोका।

ऐसे में नहाना किसे याद रहता! एक गोल चट्टान पर बैठ गया। बाकी पनिहारियाँ तो अपने-अपने घड़े भरकर चली गयीं। पीछे रही फकत कुम्हारी। वह घड़ा उठाकर जंगी बरगद की खोखल में घुसी। फिर दूसरा खाली घड़ा लिये हुए बाहर आयी। गरणे से छानकर पानी भरने लगी। वह उसके पास गया। कहने लगा, "कुम्हारी-माँ! आसमान जोगी की पूरी बात मैंने सुनी। हम कायर नहीं, किन्तु पता ही नहीं चला तो क्या करते!"

कुम्हारी ने पानी छानते-छानते ही उसकी ओर देखा। बोली, "पता चलने पर भी कोई कुछ नहीं कर सकता। आसमान जोगी आकाश में रहता है। हम धरती

पर रहने वाले उसका मुकाबला नहीं कर सकते। वह तो मौत के भी बस में नहीं। हजार आदमी भी उसके सामने टिक नहीं सकते। महाबली। बड़ा दूठ। जब्बर अठेल। नित अनगिनत लुगाइयों को रोते-कलपते देखती हूँ तो हिया भर आता है, लेकिन इस निजोरी बात पर कुछ बस चले तब न! ठेलने से पहाड़ सरकते हों तो आसमान जोगी का बाल बाँका हो। तुम बेकार जान गँवा बैठोगे!"

"ऐसे जीकर भी क्या करना है! मौत से बड़ी तो जोखम नहीं...!"

वह घड़ा उठाते हुए बोली, "मरना कबूल है तो डर कैसा! मैं तो खुद ऐसे आदमी की तलाश में थी। मेरा बस चलते कुछ उठा न रखूँगी। लेकिन किसी से चरचा मत करना। आसमान जोगी को पता चल गया तो खैर नहीं! घरवालों को भी भनक नहीं लगनी चाहिए। आसमान में ठौर की क्या कमी! ठीया बदल दिया और शक होने पर मुझे निकाल दिया तो फिर वह भगवान के भी बस में नहीं। बड़ी होशियारी से सारा काम सारना है।"

उसके उपरान्त कौल-बोल में बँधने पर कुम्हारी ने उसे सारा भेद बता दिया कि वह आसमान जोगी के यहाँ पानी भरती है। जित्ती नयी लुगाइयाँ लाता है उत्ते ही घड़े भरने होते हैं। इन दिनों तुम्हारी लुगाई, बहन और भौजाइयों के नाम पर आठ घड़े भरती है। नयी लुगाई के नाम का चाहे एक ही घड़ा हो, सारे दिन औंधा रखने पर भी खाली नहीं होता। बरगद की खोखल में घड़े रखते ही उसका विमान आ जाता है। विमान किसी को नजर नहीं आता। आसमान जोगी के पास सात विमान हैं। वारोवार बदलता रहता है। उसके पास आसमान जोगी की दी हुई तोते की पाँख है। पाँख पर सात बार फूँक देते ही विमान आ जाता है। पाँख को तीन बार आँखों पर फेरने से वह विमान देख सकती है। भीतर घड़े रखते ही विमान खोखल से निकलकर आसमान जोगी के ठीये पहुँच जाता है। पहाड़ की परली बाजू गगन में आसमान जोगी का नौखण्डिया बादल-महल है! अन्दर बिजलियाँ चमकती हैं। तारे टिमटिमाते हैं। फूलों की दीवारें। हीरे-मोती जड़ा केसर का फर्श। लालें जड़ी कूँकूँ की छत। सदर दरवाजे पर सौ मन सोने का किवाड़। पाँख फिराते ही खुल जाता है। खण्ड-खण्ड में अनगिनत सोने के पलँग। पलँग-पलँग पर रात-दिन आँसू बहाती धरती की अनगिनत लुगाइयाँ। उन्हें रोते देखकर आसमान जोगी खिलखिल हँसता है। आँख से गिरते ही आँसू मोती बन जाते हैं। तुम्हारी बहन, लुगाई और भौजाइयों की आँखों से तो जैसे सावन के बादल बरस रहे हों। उनके आँसुओं की लड़ियाँ देखकर आसमान जोगी कहकहे लगाता है...!

आसमान जोगी का रंग ऐसा दिप-दिप करता है मानो बिजलियों की चमक उसकी देह के साँचे में ढली हो। दाँतों के आगे दूध के झाग भी फीके लगते हैं। अंग-अंग ऐसा कोमल जैसे फूलों के सत का ही पुतला। नख बीर-बहूटियों के उनमान लाल। आँखों में मद का सरोवर ठाठें मारता है। कामदेव को तो किसने

देखा, किन्तु आसमान जोगी के सामने वह फबेगा तो नहीं। लुगाइयों के रूप का भँवरा। जैसे उनका अंगरस चूसने के लिए ही जनमा हो। और जन्म भी बिना मौत का...!

कई दिनों से वह किसी को ये बातें बताने के लिए कसमसा रही थी। आज अफरा झड़ गया। घड़े भरकर उसने तोते की पाँख पर सात बार फूँक दी। कुछ ही देर में विमान आ गया। उसमें घड़े रखे। दोनों के भीतर बैठते ही विमान उड़ चला। पहाड़ की परली बाजू विमान ऊपर उठने लगा तो उठता ही गया। आँखों में शेषनाग की डाढ़ों का काजल सारने पर आसमान जोगी का नौखण्डिया महल दिखने लगा। जैसा कुम्हारी ने कहा, वैसा ही पाया। आसमान जोगी नयी लुगाइयों की तलाश में बाहर गया हुआ था। सदर दरवाजे का सोनल किवाड़ खुलते ही वह कुम्हारी के साथ सीधा बहन, लुगाई और भौजाइयों के पास गया। रो-रोकर उनकी आँखें लालबम्ब हो गयी थीं। उसे देखकर उनकी बाँछें खिल गयीं। घर के समाचार पूछे। अपना दुखड़ा रोया। अब गाँव के रुख और घर का चानण-चौक देखें तो जीवन सफल हो। फौरन यहाँ से निकल चलो। चण्डाल आया कि आया। आ गया तो उसे जिन्दा नहीं छोड़ेगा। विमान में बैठकर अदेर गाँव की ओर उड़े। आन-की-आन में गाँव का तालाब आ गया। बरगद की खोखल में विमान रुका। तुरन्त नीचे उतरे।

तालाब की पाल से उतर ही रहे थे कि आसमान जोगी का विमान ऊपर से गुजरा और आठों लुगाइयों को पहचान लिया। सीधा नीचे उतरा। उसे देखकर लुगाइयों के पाँव जहाँ-के-तहाँ गड़ गये। सबको वापस विमान में ला बिठाया। सेठ के बेटे को मन्तर से सफेद-झक पत्थर की मूरत बना दिया।

आसमान जोगी का ठठाकर हँसना उन्हें साँप की फुफकार जैसा लगा! हँसते-हँसते ही बोला, "चुप क्यों हो गयीं? रोओ, खूब रोओ! तुम्हें रोने की पूरी छूट। मुझे दुहरा नफा! आँसुओं के मोती बनते हैं और रोती हुई लुगाइयाँ मुझे बहुत अच्छी लगती हैं। इत्ता समझाया फिर भी इसके झाँसे में आ गयीं? समझ नहीं पड़ता मेरे बादल-महल से ज्यादा वहाँ क्या सुख है, जिसके लिए तुम इत्ता तड़पती हो...!"

सेठ की बेटी ने हिम्मत जुटाकर कहा, "जिस दिन यह बात आपकी समझ में आ जायेगी, उस दिन बादल-महल आपको घूरे से भी बदतर नजर आयेगा। दूजे की मरजी और उसके सुख की खातिर जीने से बड़ा दुःख और क्या होगा? आपका सुख अलग, हमारा सुख अलग! आपकी जोरावरी के आगे हमारा बस नहीं चलता, यही हमारी लाचारी है। मगर लाचारी हमेशा लाचारी नहीं रहती। और जोरावरी हमेशा जोरावरी नहीं रहती! इस अखूट विश्वास का थावस नहीं होता तो अन्सत् के आँसुओं का सोता कब का सूख गया होता! अब डर और शरम से काम नहीं चलेगा। मन

की बात आपके कानों तक पहुँचानी ही होगी। आज विमान में वापस बैठकर मुझे पहली बार यह इल्म हुआ कि दुःख से डरने पर दुःख बढ़ता है और दुःख को हँसते-हँसते अंगेजने से दुःख कम होता है। अब हमें किसी बात का डर नहीं।''

वह मुस्कराया, ''तुम्हारे डरने-न-डरने से मुझे क्या फरक पड़ता है! अपने सुख के आगे मुझे न तो औरों का दुःख दिखता है, न सुनाई देता है। मैं तो अपने सुख में मगन हूँ। जोरावरी है तो बताऊँ क्यों नहीं? आदमी तो आदमी, मेरी जोरावरी पर तो भगवान का भी बस नहीं। मैं जिस दिन चाहूँगा खुद भगवान बन जाऊँगा। अभी तो बहुत-बहुत सुख भोगना है। और लुगाइयों के अंग-संग के अलावा दूजा सुख है ही क्या! मेरे सुख की खातिर ही लुगाइयों को रूप मिलता है, जवानी मिलती है...!''

सेठ की बेटी बोली, ''अगर आपका कहा सही होता तो दुनिया में दूसरे आदमी पैदा ही नहीं होते। वे अलग हैं तो उनका सुख-दुःख भी अलग है!''

''लेकिन मैं इसे मानूँ तब न! मैं तो सपने में भी नहीं मानता कि दुनिया में मेरे अलवा भी कोई बसता है। और उसे मेरे सुख के अलावा दूसरी लालसा है।''

कहते-कहते उसने विमान से बाहर मुँह निकाला और नीचे देखते हुए बोला, ''तुम सब देखो, एक बार नीचे देखो तो सही! सूरज की तरह मैं भी धरती को ऊपर से देखता हूँ! मेरी बराबरी कोई कर सकता है भला? पूरी धरती मेरे पाँव तले। लुगाइयों में तिल-भर भी अकल होती तो वे मेरे सिवा किसी से प्रीत नहीं करतीं! अधर आसमान में बादल-महल! फूलों की दीवारें! हीरे-मोती जड़ा केसर का फर्श! लालें जड़ी कूँकूँ की छत! सोने के पलँग! सोने के किवाड़! समझ नहीं पड़ता कि फिर वे किस सुख के लिए बिलखती हैं? अपने मुँह से अपने रूप का क्या बखान करूँ, तुम देख ही रही हो। मेरे जोड़ का आदमी सामने तो लाओ! गडूरड़ी और लुगाई का एक स्वभाव। बत्तीस पकवान रखें हों तब भी गडूरड़ी मुँह डालेगी तो उसी में डालेगी! वह समझाने से समझे तो लुगाई भी समझे! आखिर तंग आकर मैंने अपना स्वभाव ही बदल लिया। हँसकर राजी-खुशी प्रीत करने की बाट जोहूँ तो उमर-भर जोहता ही रहूँ। इसलिए उदास, रोती-बिलखती, छटपटाती लुगाइयाँ अच्छी लगें, ऐसा स्वभाव बना लिया! तुम नहीं मानीं तो मैं मान गया। धरती के काँटे-काँटे को चमड़े से ढकना तो सम्भव नहीं। इसलिए अपने पाँवों में जूतियाँ पहनना ही अच्छा है! न नंगे पाँव चलें, न काँटे चुभें।''

सेठ की बेटी तेज आवाज़ में बोली, ''लेकिन आपको औरों के पाँवों में जूतियाँ क्यों नहीं सुहातीं? आपकी यही तो बुरी आदत है। काँटे बिछाते जायेंगे और दूजे की जूतियाँ उतराते जायेंगे! यह अन्याय क्यों?''

''क्योंकि मेरा बस चलता है! बस चलते भगवान भी पीछे नहीं हटता। यही कुदरत का नियम है। जोर नहीं चले तो कोई क्या जोरावरी जताये! खरगोश में

शेर जित्ती ताकत हो तो वह शिकार करने से चूके भला! कबूतर में बाज वाली हिम्मत और बल होता तो वह यूँ दाना नहीं चुगता! खरगोश और कबूतर की गुहार से कुदरत का न्याय नहीं बदलता! न्याय बराबरी की ताकत और बराबरी की हैसियत माँगता है! और कुदरत को ये मंजूर नहीं! कुदरत को कौन झुठला सकता है? कीड़ी और हाथी, भेड़ और भेड़िया, चूहा और मिन्नी, पतंगा और छिपकली, हिरन और शेर एक लाठी से नहीं हाँके जा सकते! न्याय, एका, भाईचारा और बराबरी के उपदेशों से कुदरत का कायदा नहीं बदलता!"

सेठ के छोटे बेटे की बहू बोली, "जो उगता है, वह डूबता है। जो जनमता है, वह मरता है। जो खिलता है, वह मुरझाता है। और चाँद-सूरज को गैण लगता है। यह कुदरत का स्वभाव है! सवेरे छाया इधर तो साँझ को उधर!"

वह हँसा, "ये घोखे हुए गुर मैंने खूब सुने हैं। जीभ के छाले न पड़ें तब तक घोखे जाओ। इन थोथी बातों से होना-जाना कुछ नहीं। क्या डूबने के डर से सूरज उगे ही नहीं? मरने के डर से कोई जनमे ही नहीं? और मुरझाने के डर से फूल खिलें ही नहीं? डूबने के उपरान्त भी सूरज नित बखतसर अपनी ठौर उगता है! मौत का कोई भरोसा नहीं, फिर भी हर क्षण अनगिनत प्राणी जनमते हैं। झरते-झरते भी नये अँखुए फूटते हैं। जन्म-जन्म की ठौर है और मौत-मौत की ठौर! दोनों को मिलाकर देखना बहुत बड़ी बेवकूफी है! ऐसी बातों से मेरे तन-बदन में आग लग जाती है! मूर्ख आदमी के कहे कुदरत हाजरी बजाने लगे तो हो चुका सारे दिन उजाला!"

सेठ की बेटी का संकोच कमोबेश मिट गया था। बोली, "उजाले के लिए आदमी सूरज के ही भरोसे नहीं रहता! रात के अँधेरे में वह माटी के दीये से भी काम सार लेता है. . .!"

"लुगाइयों को यही तो भरम है कि गरदन पर सिर होने से उनमें अकल है! अकल और लुगाइयों का तो सनातन बैर है! तुझे भी यह कहते हुए गुमान हुआ होगा कि तूने अकल की बात कही। किन्तु इससे बड़ी बेवकूफी और कोई नहीं! आदमी में यही तो सबसे बड़ी कमी है कि वह खुद को कुदरत से बड़ा मानता है! कुदरत के काम में टाँग अड़ाता है। क्या जरूरत है उसे अँधेरा जलाकर उजाला करने की? अँधेरे का महातम उजाले से कम नहीं! कुदरत ने अँधेरा कर दिया तो वह क्यों रोशनी का झंझट करता है? उजाला, उजाले की ठौर है और अँधेरा, अँधेरे की ठौर! अँधेरे को जलाकर आदमी कभी सुखी नहीं होगा! अपने सुख-स्वास्थ्य के लिए कुदरत को बरतो तो उसकी ना नहीं, लेकिन उसे जीतने या उस पर अंकुश लगाने की चेष्टा की तो वह आदमी के परखचे उड़ा देगी! जगेरे आयी घोड़ी तो यह नहीं देखती कि यह घोड़ा कौन और वह घोड़ा कौन? धड़बड़े आयी गाय तो नहीं सोचती कि यह साँड़ कौन और वह साँड़ कौन? यह प्रपंच तो फकत आदमी

का है कि यह लुगाई मेरी और यह लुगाई तेरी! तू तेरी सेज पर, मैं मेरी सेज पर। इधर-उधर ताक-झाँक करना ठीक नहीं। लेकिन ऐसे लूले न्याय ज्यादा दिन नहीं टिकते! आदमी की आँखों से अदीठ कुदरत तो अपना नाच नाचेगी ही! और आदमी इस भरम में रहता है कि जो उसे नहीं दिखता, वह है ही नहीं! धणी-लुगाई, भाई-बहन, देवर-भौजाई, बाप-बेटी, सास-जँवाई के रिश्ते तो आदमी के लिए हैं! कुदरत इनका लिहाज नहीं रखती। आँख का गुण है उसकी जोत। आँख का परदा तो आदमी का भरम है! आँखें मींचकर अँधेरा करना है! समझाने से भी न समझे ऐसी अकल किस काम की! काँकण-डोरड़े के धागों से कुदरत की कलाइयाँ नहीं बँध सकतीं! मेरा कहा मानो, मैं कुदरत का अवतार हूँ। धरती और आसमान पर मेरा अखण्ड राज है! मैं आसमान जोगी हूँ! मुझे राजी-खुशी कबूल करो। तुम्हारे रूप ने मेरे अंग-अंग में आग लगा दी है! मेरे बादल-महल को चँवरी के धुएँ से काला मत करो! हँसते-मुस्कराते मेरी सेज पर उजाला करो तो मेरा जीवन धन्य हो! रोते-झींकते सहवास से अब मेरा मन नहीं भरता! तुम्हारे रूप से मैं बौरा गया हूँ! तुम भी मुझे देखकर बौराओ, यही कुदरत का तकाजा है! रंगरेलियों की बखत आँसू नहीं, उमंग और उछाह शोभा देते हैं! तुम्हारे आँसू अब मेरे हिये में फिर सालने लगे हैं। जैसे बादलों से बड़ा धरती का दूजा भरतार नहीं, वैसे ही आसमान जोगी से बड़ा लुगाइयों का कोई भरतार नहीं! कुएँ और बादल का मुकाबला हो तो तुम्हारे धणियों से मेरा मुकाबला हो!"

बड़ी बहू ने कहा, "बादलों का क्या भरोसा! बरसें, न बरसें! रूठें तो खेत सुखा दें! ज्यादा बरसें तो बहा दें। मगर कुएँ का काम तो अपने बस का! जैसा चाहें बरतें. . .!"

आसमान जोगी ने चुहल की, "लेकिन कुएँ के खेतों पर क्या बादल नहीं बरसते? कुएँ के क्यारों को बरखा का पानी मिले तो फसल सवाई होती है।"

सेठ की बेटी बोली, "इस विवाद का कोई अन्त नहीं। किसी के सिर पर सिर काटकर नहीं रखा जा सकता! आपके विचार आपके हैं, हमारे संस्कार हमारे हैं। न एक दिन में आपके विचार बदल सकते हैं, न हमारे संस्कार। फकत छह महीने की मोहलत चाहती हैं। फिर जैसा कहेंगे राजी-खुशी सेवा करेंगी। कुदरत को आपसे ज्यादा कौन जानता है? तब यह भी आपसे छिपा नहीं कि जीव-जिनावर नित नहीं मिलते। कई-कई जिनावर तो मादा के साथ रहकर भी बारह-बारह महीने लंघन रखते हैं। नित का सहवास कुदरत का नेम नहीं। आप कुदरत के इत्ते गुण गाते हैं, इसलिए यह बात कही। फिर भी न मानें तो आपकी ताकत के आगे किसका जोर चला है!"

वह ठठाकर हँसा, "मैं तो सोचता था कि लुगाइयों में अकल होती नहीं। मगर यह बात तो तूने अकल की कही। लेकिन कुदरत को मुझसे ज्यादा कौन

जानता है? मैं तो कुदरत का ही रूप हूँ। लंघन रखने वाले जीव-जिनावर लंघन भी रखते हैं और दिन में दस बार मिलने वाले दस बार भी मिलते हैं। लेकिन आदमी की बात सबसे निराली है। उसके कई काम ऐसे हैं जिन्हें करते तो शरम नहीं आती, परन्तु कहते शरम आती है! खैर, छोड़ो इन बातों को। मैं लंघन रखूँ तो मेरी मरजी, न रखूँ तो मेरी मरजी। मेरे बादल-महल में और दुनिया में लुगाइयों का टोटा तो है नहीं! और न मेरी जोरावरी ही घटी है। फिर कैसी कमी! आसमान जोगी पहली बार किसी पर दया कर रहा है। बखत आने पर तुम गुणचोर मत होना! लुगाइयाँ जित्ती सीधी और भोली दिखती हैं उत्ती होती नहीं. . .!"

विमान बादल-महल की बरसाली में उतरा। कुम्हारी ने वापस जाने के लिए विमान में पाँव रखा ही था कि आसमान जोगी पर उसकी नजर पड़ी। अरे, ये बालनजोगड़ा तो आठों को वापस ले आया! हत्यारे ने सेठ के बेटे को मारे बिना नहीं छोड़ा होगा। यह तो बहुत बुरा हुआ!

आसमान जोगी कुम्हारी को देखते ही बरस पड़ा, "यह सब तेरा कबाड़ा है। तेरे सिवा कोई यह भेद नहीं जानता। तूने यह विश्वासघात क्यों किया?"

कुम्हारी ने सोचा डरने से बात नहीं बनेगी। बेधड़क बोली, "मुझे निकालना है तो यूँ ही निकाल दो। झूठे बहाने मत बनाओ। आपको पड़ता नहीं खाता तो रहने दो। कल से ही छुट्टी करती हूँ। मैं भली और मेरी माटी भली!"

"पड़ते-वड़ते की बात रहने दे! चाहे तो नित हीरे-मोतियों का घड़ा भरकर ले जा सकती है। तुम पर मेरा कम एतबार नहीं। इत्ते बरस देखा-परखा है। फिर यह भेद खुला कैसे?"

"मैं क्या जानूँ! यहाँ छिनाल राँडों का क्या घाटा! किसी ने कागद लिखकर नीचे गेर दिया होगा। किन्तु अब वहम की ठौर मुझे चाकरी करनी ही नहीं।"

ऐसी नेक और भली लुगाई और नहीं मिलेगी। इसके बिना तो एक दिन भी नहीं चल सकता। वह ठण्डा पड़ा, "तू तो यहाँ की मालकिन है! तुझे भला चाकर कौन कहेगा?"

वह पीठ फिराकर तेज सुर में बोली, "नहीं चाहिए मुझे धणियाप! अभी तो मेरे हाथ-पैर साबुत हैं। न तो दुनिया में माटी की कमी है और न मैं माटी गूँदना भूली हूँ। अपने हीरे-मोती अपने पास रखो!"

आसमान जोगी ने काफी चिरौरी की तब वह मानी। उसका वहम पूरी तरह दूर तो नहीं हुआ, लेकिन बात मन-ही-मन में ओट ली। कुम्हारी के चेहरे की ओर देखा, राम जाने रूठे चेहरे इत्ते सुहाने क्यों लगते हैं? परन्तु आइन्दा धोखा न हो, इसका इन्तजाम तो करना ही होगा। वह कुम्हारी के सामने नित नयी-नयी लुगाइयों से मिलता है। उनसे चुहल करता है। यह भला इसे क्यूँकर सहन होगा! मन-ही-मन कुढ़ती होगी। इस तरह छोड़ी हुई लुगाई छल कर सकती है! मगर एक बार सेज

चढ़ी लुगाई आसानी से घात नहीं करती। इत्ते दिन इसे ध्यान से देखा ही कहाँ? यह भी कम सुन्दर नहीं! उमर जरूर आड़े आती है। किन्तु उमर मुजब स्वाद भी तो अलग-अलग होता है!

यह अचीता सुयोग हाथ लगा तो कुम्हारी ने कोई नानुकुर नहीं की। देह का मेल हुए बिना यह आसानी से दाँव पर नहीं चढ़ेगा। हजारों लुगाइयों का नित रोना कैसे देखा जा सकता है! इनकी मुक्ति के लिए कुछ-न-कुछ तो करना ही होगा! कमसल ने सेठजी के यहाँ तो आग ही लगा दी! देखें, कब बदला लिया जाता है! आसमान जोगी की आँखों में आँखें डालकर बोली, "हुजूर की मरजी के आगे किसका जोर चला है! लेकिन इत्ती सुन्दर लुगाइयों के रहते आज मेरी बारी कैसे आयी. . .?"

"तुझे चिढ़ाना चाहता तो कहता कि मीठा खाते-खाते अब खारे की इच्छा हो रही है। पर सच, यह बात नहीं। तुझ जैसा कसा हुआ शरीर कित्तीक लुगाइयों का है! कोमल-कोमल गोरे रंग से तो अब मितली-सी आती है! ज्यादा सिंगार और सौरभ हमेशा अच्छे नहीं लगते!"

कुम्हारी ने आँखें झुकाकर कहा, "कई दिन से एक बात पूछना चाहती थी। क्या हर लुगाई का स्वाद अलग होता है? सारी उमर एक लुगाई से नहीं चल सकता. . .?"

"मैं तो अपनी जानता हूँ। पहले मुझे भी भरम था। नयी लुगाई की चाह तो नहीं मिटती, परन्तु सबका स्वाद एक जैसा। अंगरली से पहले जरूर यह लगता है कि अबके स्वाद कुछ अलग होगा। मगर अंगरली के बाद वही ढाक के तीन पात! बिछौने पर न रूप-कुरूप का फरक नजर आता है न गोरी-काली का! यह भेद तो फकत आँखों का है। नजर से परे रंग-रूप की कोई बिसात नहीं! सच, अब तो पुरानी आदत ढो रहा हूँ। आदत की ताकत भी कुदरत से कम नहीं होती! कभी-कभार तो लगता है लुगाइयों की बोटी-बोटी काटूँ, फिर उन्हें भूनकर खाऊँ तो मन की भूख मिटे! जिन्दा लुगाइयों में तो कोई लम्बा-चौड़ा तन्त नहीं! थोड़ी देर उपरान्त फिर वही अमिट तिसना। ज्यूँ-ज्यूँ रूप का पानी पीता हूँ त्यूँ-त्यूँ तिसना और भड़कती है! देखूँ, कुम्हारी के घड़े का पानी कैसीक तिसना बुझाता है. . .!"

आसमान जोगी की आदत और तिसना का चरखा वैसा ही बणण-बणण चलता रहा। न बादल-महल की रंगरेलियों में कोई कमी आयी और न सेठ के घर की हाय-त्राय में। नित एक भाई आसमान जोगी के बादल-महल जाता। आठों लुगाइयों को लेकर वापस आता। मगर ऐन उसी ठौर तालाब की पाल से उतरते बखत आसमान जोगी उन्हें जा पकड़ता। भाई को मन्तर से पत्थर की मूरत बना देता। लुगाइयाँ फिर बादल-महल पहुँच जातीं।

यूँ सात दिनों में तालाब की पाल पर सफेदझक पत्थर की सात मूरतें थरप गयीं। इस तरह सामना करने से आसमान जोगी का जोश चौगुना पसर जाता!

आदमी अकेला अपने में डूबा जिये भी तो कैसे? किसी को दुःख दे और उस पर असर ही न हो तो दुःख देने वाला सुखी कैसे हो? इत्ते बरस तो किसी को पता ही नहीं चला कि धरती की रूपवती लुगाइयाँ जाती कहाँ हैं। कोई उठा ले गया कि मर-बिला गयीं! और न आसमान जोगी को पता चला कि उनके घरवालों पर क्या बीती? इससे उसका सुख मुरझा गया। दुःख के बिना सुख का कूता कैसे हो? इस बार सेठ के बेटों ने पीछा किया और अपनी बहन, लुगाई और भौजाइयों को वापस ले जाने के लिए हाथ-पाँव मारे और उनसे लुगाइयाँ वापस छीन लाया तो आसमान जोगी के आनन्द का ओर-छोर न रहा! जो चीज जित्ती मुश्किल से हाथ लगती है, उत्ती ही उसकी कीमत होती है! हीरे-मोती, कंकर-पत्थर की तरह पैरों में पड़े रहें तो उन्हें कौन पूछे? पाँवों की ठोकरें खाने से कदर होती तो कंकर-धूल की होती! दूजे की कमजोरी से मुकाबला होने पर ही अपनी ताकत का अहसास होता है! पहली भिड़न्त के बाद उसने न तो कुम्हारी को कुछ कहा और न सेठ की बेटी और बहुओं को! देखते ही लुगाइयाँ गले से झूल जायें तो उनका पीछा कौन करे? आसमान जोगी को बादल-महल, विमान और अपनी अठेल ताकत का अब कहीं पूरा आनन्द आया! सामने वाला बिना लड़े ही हथियार डाल दे तो जीत का मजा ही किरकिरा हो जाता है! इन्तजार के इन पाँच महीनों में उसे जित्ता आनन्द आया उत्ता किसी लुगाई के अंग-संग में भी नहीं आया! तीन महीने के उपरान्त तो वह एक-एक दिन गिनने लगा। छह महीने के कौल-वचन में नहीं बँधता तो उसे सुख की सच्ची पहचान ही नहीं होती! इच्छा करते ही कोई चीज हाथ लग जाये तो उस दुःख का क्या पार! कामना की पीड़ा ही सच्चा सुख है. . .!

वह नित विमान से देखता कि बूढ़े-खंखर सेठ-सेठानी सुबह-शाम तालाब की पाल पर आते हैं। घड़े-घड़े पानी लाकर मूरतों को नहलाते हैं। धूप-बत्ती करते हैं। आरती उतारते हैं। माला के मनके फेरते हैं और मूरतों से लिपट-लिपटकर रोते हैं। यह तमाशा देखकर उसे बहुत खुशी होती। अपने बल का गुमान होता। वह विमान में बैठा तालाब के ऊपर मँडराता रहता। वह सबको देखता है, लेकिन उसे कोई नहीं देख सकता। फकत बादल-महल में उसका रूप प्रकट होता है।

तालाब से पानी भरते बखत कुम्हारी यह नजारा देखती तो उसका कलेजा टूक-टूक हो जाता। इन निर्जीव मूरतों को देखकर सेठ-सेठानी को राम जाने क्या तसल्ली मिलती है! हाड़-मांस के बेटों की ठौर इन मूरतों को देखकर माँ-बाप को क्या सुख मिलता है? क्या धूप-बत्ती करने से ये कभी मुँह बोलेंगी? माँ-बाप के आँसू देखकर इनका हिया पसीजेगा? बेटे तालाब की पाल पर पत्थर बने खड़े हैं। बेटी और बहुएँ आसमान जोगी के बादल-महल में कैद हैं। और भी हजारों लुगाइयाँ वहाँ बिलख रही हैं। राम जाने कब मुक्ति होगी! इस मुक्ति के बिना धरती पर कभी सुख नहीं आयेगा! इस सुख के बिना आदमी कब तक जिएगा? कैसे जिएगा?

उसकी जवानी और उसका सिंगार आसमान जोगी के बादल-महल में सिसक रहा है। सोनल किवाड़ों को तोड़कर यह रूप और यह सुख कब मुक्त होगा? यह मुक्ति ही इनसान का सच्चा सुख है. . .!

कुम्हारी के एक बेटा था। सोलह बरस का जवान। सजीला। गोरा-निछौर। भोली सूरत। मींचरी आँखें। हँसता तो दाँतों पर बिजलियाँ चमकतीं। कुम्हारी ने इस डर से उसका ब्याह नहीं किया कि कहीं बहू को आसमान जोगी उठा न ले जाये। मिन्नत-आरजू से दुष्ट मानेगा थोड़े ही!

एक दिन वह हमेशा की तरह बादल-महल में पानी भरने के लिए घर से निकली तो उसके बेटे ने साथ चलने की जिद की। आखिर न माना तो साथ ले गयी। तालाब की पाल पर मूरतों के धूप-बत्ती करते सेठ-सेठानी को देखकर उसने माँ से इसका कारण पूछा। कुम्हारी ने टालना चाहा, परन्तु उसके हठ पकड़ने पर बताना पड़ा कि ये मूरतें किसकी हैं। कैसे आसमान जोगी झूला झूलतीं सातों बहुओं और बेटी को बादल-महल में ले गया। बेटों ने वापस लाने की कोशिश की, तो उनकी यह दशा हुई। यह भी बताया कि वह कब से बादल-महल में पानी भर रही है। कैसे सेठजी के बेटों की सहायता की, किन्तु निरफल। अब इन लुगाइयों की मुक्ति कैसे हो. . .?

कुम्हारी पानी भरते-भरते रुँधे गले से बोली, "बेटे, फकत इसी डर से मैंने अब तक तेरा ब्याह नहीं किया।

"सो तो कोई बात नहीं, मगर इत्ते दिन मुझसे आसमान जोगी का भेद छिपाकर तूने अच्छा नहीं किया!" उसके उपरान्त कुम्हारी ने उसे बादल-महल की तमाम बातें बतायीं! बाकी लुगाइयों के साथ-साथ सेठ की सातों बहुओं और बेटी के विगतवार समाचार सुनाये। हरेक के रूप का अलग-अलग बखान किया। सेठ की बेटी की तारीफों के तो पुल बाँध दिये। बताया कि वह कित्ती समझदार है। वह कान लगाकर ध्यान से सुनता रहा और मन-ही-मन कोई जुगत सोचता रहा।

बरगद की खोखल में जाती माँ से उसने फिर कहा,"सेठजी की बेटी को एक-एक बात अच्छी तरह समझा देना। देख, कैसीक होशियारी बरतती है! आखिर मेरे हाथ से ही आसमान जोगी का अन्त होगा! मैंने जो पुछवाया है, उसका जवाब जरूर लाना। फिर कोई चिन्ता नहीं। मैं यहीं तेरी बाट देख रहा हूँ।"

बेटे की बात पर कुम्हारी को कतई भरोसा नहीं हुआ। फिर भी सेठ की बेटी को उसने सारे समाचार विगतवार सुनाये। सुनने को तो उसने भी बेटे की बातें चुपचाप सुनी थीं। खुद को भरोसा नहीं होने पर भी कुम्हारी ने सेठ की बेटी को पूरा-पूरा ढाढ़स बँधाया। किन्तु उसकी बातों को उसने बच्चे के जोश से ज्यादा तवज्जो नहीं दी। कहाँ वह महाबली और कहाँ यह दुधमुँहा बच्चा! पाँच महीने तो बीत गये। अब एक महीना बीतते क्या देर लगेगी! जब राम ही ने रखवाली

नहीं की तो और कोई क्या करेगा! बच्चे का मन रखने के लिए उसकी बातें सुनने में क्या जाता है! मौका मिलते ही आसमान जोगी से पूछकर समाचार पहुँचा देगी। इससे बच्चे का जी बहलता है तो बहलने दो। जो खुश हो वही अच्छा। अपने भाग में तो उमर-भर का दुःख लिखा है, जिसे कोई मेट नहीं सकता।

कुम्हारी और सेठ की बेटी घरविद की बातें कर रही थीं, तभी दरवाजा खुला। आसमान जोगी आज इत्ती जल्दी कैसे आया! आते ही अपने खास रंगमहल में लेट गया। यह रंगमहल पानी का बना था। पानी का पलंग और पानी का ही बिछौना। पानी की छत और पानी का ही फर्श। किन्तु भीगने का सवाल ही नहीं। इसी तरह पानी के सत और उसकी आब से तमाम चीजें बनी थीं। पिछले कुछ दिनों से आसमान जोगी को दारू की लत लग गयी थी। कुम्हारी को इशारा किया तो वह सोने का इमरतबाण और मोतियों जड़ा कचोला तुरन्त ले आयी। वह दो कचोले गटागट पी गया। थोड़ा नशा आया। तीसरा कचोला पीते हुए बोला, "समझा दे कुम्हारी, सेठ की नादान छोरी को समझा दे! पाँच महीने तो जैसे-तैसे काट दिये। झूठ नहीं कहता, इन्तजार का मजा भी कम नहीं आया! लेकिन इत्ती उमस के बाद बरसात तो होनी चाहिए! अब और तीस दिन मैं नहीं रुक सकता।"

कुम्हारी ने बात बनायी, "सेठ की बेटी का टोटका भंग हो गया तो वह अन्धी हो जायेगी। हुजूर ने पाँच महीने इन्तजार का आनन्द लिया तो एक महीने और सही!"

"तेरी मरजी! मेरा भला-बुरा तुझसे ज्यादा कौन समझता है. . .?"

तभी सेठ की बेटी आयी। कुम्हारी की बगल में खड़ी हो गयी। कुम्हारी ने दारू का कचोला उसे थमाया और किसी बहाने बाहर चली गयी। आसमान जोगी की जबान लड़खड़ाने लगी थी। बोला, "तुझे समझाने के लिए मैं कुम्हारी से कह रहा था। उसने बताया कि तू कोई टोना-टोटका सार रही है। उसे तोड़ा तो तेरी आँखें फूट जायेंगी। आसमान जोगी के बादल-महल में धरती के टोने-टोटके नहीं चलते। मेरा कहा मान, तुझे कुछ नहीं होगा। अब ये तीस दिन मुझसे नहीं काटे जाते! आँखें फूट भी जायें तो मैं हजार आँखें ला दूँगा। मैं दूजा भगवान हूँ! मेरी शक्ति तू नहीं जानती! चाँद-सूरज की तरह यह बादल-महल आकाश में अधर लटका है, यह कोई मामूली बात है? मेरे बादल-महल में तो मौत का भी बस नहीं चलता!"

मगर सेठ की बेटी न मानी, "अगर आप भगवान की तरह अपरबली हैं तो दिन छोटे कर दीजिए! इत्ते छोटे कि एक घड़ी में तीसों दिन ढल जायें!"

आसमान जोगी के माथे में बल पड़ गये। दारू का कचोला होठों से हटाकर अटकते-अटकते बोला, "सच, यह तो मैं नहीं कर सकता। फकत यहीं मेरा बस नहीं चलता. . .!"

"यहीं क्या, और भी कई बातें आपके बस के बाहर हैं, परन्तु आप मानना नहीं चाहते। अपने चमत्कारों का आपको बहुत भरम है! तीस दिन और इन्तजार का आनन्द लें। फिर जो आप चाहेंगे वही होगा।"

"हाँ, यह आनन्द भी कम नहीं। लेकिन एक अचम्भे की बात तो सुन कि तेरे रूप का नशा दारू के नशे को दबा देता है! तुझे देखते ही दारू का नशा हिरन हो जाता है! दारू पीओ भले ही पानी, एक ही बात है. . .!"

परन्तु यह बात भी उसने नशे की झोंक में कही थी। आँखें हींगलू की नाईं राती-लाल हो गयी थीं। जबान तर-तर ज्यादा लड़खड़ाने लगी थी। सूरत उड़ी-उड़ी दिख रही थी! इसकी परख करने के लिए सेठ की बेटी ने उसे एक के बाद एक तीन कचोले पिला दिये! वह कहने लगा, "आज तुझे पहली बार अपने मन की बात बताता हूँ। अब मैं धरती से एक भी लुगाई नहीं लाऊँगा। जो हैं उन्हें निकालूँगा नहीं। उनके बिना तो बादल-महल सूना हो जायेगा। संग-साथ से तुम्हारा मन भी लगा रहेगा! किन्तु अब मैं धरती की लुगाइयों से ऊब गया हूँ। अब तो विमान से इन्द्रलोक की अप्सराओं और चाँद की परियों के लिए उड़ान भरूँगा! हाँड़ी भले ही सोने की हो, ढक्कन उघाड़ने के बाद कोई आनन्द नहीं! ढक्कन का तो आनन्द ही दूजा! अगर तू मान जाती तो सारा मजा काफूर हो जाता! घड़ी-घड़ी इसीलिए पूछता हूँ कि तू मना करे! बस के परे की चीजों को पाने की हिम्मत और लालसा का तो मजा ही कुछ और है! तूने मेरा साथ दिया तो इन्द्रलोक की अप्सराओं और चाँद की परियों का सहवास कोई बड़ी बात नहीं. . .!"

अपने हाथ से दारू पिलाते हुए सेठ की बेटी ने कहा, "सच, आपकी लालसाओं का तो अन्त ही नहीं! परन्तु राम जाने क्यों मेरा जी नहीं मानता। भगवान न करे, अगर आपको कुछ हो गया तो इस बादल-महल का क्या होगा? इत्ती लुगाइयाँ यहाँ अधर झूल में कैसे अपने दिन काटेंगी? सासरा और पीहर छूटा सो छूटा ही, लेकिन ऐसा-वैसा कुछ हो गया तो हमारी क्या दुरगत होगी, यह सोचते ही मेरा रोम-रोम सिहर जाता है. . .!"

अब आसमान जोगी के हाथ अनजाने ही हिलने लगे थे। बोला, "साफ-साफ क्यों नहीं कहती कि तू मेरी मौत से डरती है! इसकी तो तू सपने में भी चिन्ता मत कर! खुद भगवान भी चाहे तो मुझे नहीं मार सकता! मेरी मौत मेरी मुट्ठी में है! और मैं अपनी इच्छा से भला क्यों मरूँगा? यकीन जान, मुझे मारकर तो मौत भी मर जायेगी! अपने मन से यह डर बिल्कुल निकाल दे। पगली कहीं की, आसमान जोगी धरती के नियम-कायदों से परे है. . .!"

"इत्ता विश्वास दिलाने पर भी मेरा डर नहीं मिटता। कोई राज की बात हो तो आप जानें। अब तो आपके सिवा हमारा है ही कौन?"

"पगली, तुझसे क्या छुपाना! आज पहली बार तुझे यह राज बताता हूँ। फिर

तो तुझे भी यकीन हो जायेगा कि मैं अमर हूँ। सुन, सात समन्दर पार एक मन्दिर है। उसके सभी दरवाजों पर दो-दो भूखे शेर! चारों ओर समन्दर-ही-समन्दर। मन्दिर में एक गहरा तहखाना। तहखाने में एक सोने का पिंजरा। पिंजरे में एक तोता। और उस तोते में मेरे प्राण! अब तो तुझे यकीन आया? वहाँ मौत पहुँच सकती है भला? समन्दर में ठौर-ठौर मेरे छोड़े हुए मन्तरबिद्ध मगरमच्छ। मौत को एक ही साँस में निगल जायें। अगर जैसे-तैसे होशियारी करके मौत मन्दिर तक पहुँच भी जाये तो भूखे शेर एक क्षण में चीर डालें। मैं तो सीना ठोंककर कहता हूँ कि बेचारी मौत वहाँ जाये तो सही! फिर तो दुनिया से मौत का नाम ही मिट जायेगा। अगर सभी अमर हो जायें तो मेरी क्या खासियत! इसी से मैंने मौत को भी यह भेद नहीं बताया। बोल, अब तो तुझे तसल्ली हुई...?''

वह ऊपरी मन से बोली, ''भला, अब तसल्ली क्यों न होगी?''

आसमान जोगी को दारू काफी चढ़ गयी थी। आज उसने पी भी कुछ ज्यादा थी। आखिर वह पलँग पर लुढ़क पड़ा तो वह महल से बाहर आयी। कुम्हारी को आसमान जोगी की मौत का राज बता दिया। फिर कुम्हारी ने एक क्षण भी देर न की। विमान में बैठकर बरगद की खोखल में उतरी। सचमुच उसका लाल वहीं बैठा इन्तजार कर रहा था। बच्चे का मन रखने के लिए उसे आसमान जोगी की मौत का भेद बता दिया। मगर उसने सपने में भी नहीं सोचा था कि भेद जानकर वह सात समन्दर पार जाने के लिए तैयार हो जायेगा। ऐसा जानती तो बताती ही नहीं। इकलौते बेटे को मौत के मुँह में कैसे धकेले? कैसे पाल-पोसकर इत्ता बड़ा किया, यह वही जानती है या उसका भगवान। बादल-महल में घुटती-तड़पती लुगाइयों के लिए वह भीतर-ही-भीतर रोती है, मगर इस खातिर बेटे को मौत के मार्ग भेजने के लिए माँ का मन कैसे माने! उसके चेहरे पर हाथ फिराते हुए भर्राए सुर में बोली, ''बेटे, फन उठाए साँप को झूमते देखकर बच्चा तालियाँ बजाता है। उसे पकड़ने की कोशिश करता है। लेकिन यह उसकी नादानी है। तोते को लाने का तेरा जोश भी वैसा ही है। तेरे इस हठ का खतरा तू नहीं जानता, मैं जानती हूँ।''

वह मुस्कराया, ''क्या माँ की गोद में सोते-सोते मौत नहीं आती? माँ के रोकने से मौत रुकती तो कोई बेटा न मरता। तेरे कहने से सात समन्दर पार तोते को लाने न जाऊँ तो क्या तू मुझे कभी मरने नहीं देगी? यह तो मौत ही जानती है कि तड़के उगते सूरज को देखने का सौभाग्य मुझे मिलेगा कि नहीं? अगर तू जानती हो तो बता, फिर तेरा कहा नहीं टालूँगा!''

वह मुँह बाए उसे देखती रही। उसकी कोख से जना बेटा उसकी अकल को भी मात कर गया! इन बातों को नादानी समझे वह नादान! नजर उतारकर लाड़ से बोली, ''बलि-बलि जाऊँ रे कान्हूड़ा! तेरी इस अकल का तो मुझे इल्म

नहीं न था! तेरी बातें सुनकर तो लगता है तूने मुझे जन्म दिया है। अब तो तुझे विदा करके ही मुझे शान्ति मिलेगी।''

माँ के जँचने पर ढील कैसी! मुँह में गुड़ दिया। सिर पर हाथ फेरकर आसीस दी। और वह उसके देखते-देखते चल पड़ा। माँ की आँखों में खुशी के आँसू झिलमिलाने लगे।

जैसे कोई अगाढ़ नींद के सपने में चलता है वैसे ही वह आगे बढ़ने लगा। देखते-देखते समन्दर के किनारे जा पहुँचा। एक नारियल की छाया में बैठकर रोटी खाने का इरादा किया ही था कि तपती रेत में छटपटाती सोनल मछली पर उसकी नजर पड़ी। तुरन्त उस ओर लपका। मछली को उठाकर पानी में छोड़ा। छोड़ते ही मछली के जी-में जी आया। पानी में किलोलें करने लगी। वह बहुत खुश हुआ। कपड़े में सात मीठे पराँठे बँधे थे। एक-एक टुकड़ा करके सातों मछली को चुगा दिये। सोनल मछली पानी में नाचते हुए एक-एक टुकड़ा निगलती गयी। कपड़ा झटकते हुए वह बच्चे की तरह बोला, ''बस, अब तो सातों पराँठे खत्म हो गये! मेरी सोनल मछली तुझे और क्या खिलाऊँ?''

सोनल मछली बोली, ''मुझे और कुछ नहीं चाहिए। पर तू ये पराठें क्या मेरे लिए लाया था...?''

''नहीं, लाया तो अपने लिए ही था। परन्तु तुझे नाचते देखकर मुझसे रहा नहीं गया। मैं भूख-वूख की ज्यादा परवा नहीं करता।''

सोनल मछली पानी से मुँह बाहर निकालकर बोली, ''मेरे वीर, आज तूने मेरे प्राण बचाये। खुद भूखा रहकर मुझे मीठे पराँठे खिलाये। मैं मछलियों की रानी हूँ। कभी कोई मुसीबत आये तो मुझे याद करना।''

छोरे की अकल बखत पर काम आयी। बोला, ''आयेगी कब! मुसीबत आयी है तभी तो इत्ती दूर आना पड़ा।''

उसने सोनल मछली को बादल-महल, आसमान जोगी और तोते की सारी गाथा सुनायी। सुनकर सोनल मछली ने कहा, ''यह तो मेरे बायें हाथ का खेल है! मेरी पीठ पर बैठ जा। समन्दर का कोई जीव-जिनावर तेरा बाल भी बाँका नहीं कर सकता। मन्दिर पहुँचकर शेरों का भी कोई जाब्ता करूँगी।''

वह तुरन्त सोनल मछली की पीठ पर बैठ गया। सोनल मछली सर्र-सर्र पानी को चीरते हुए आगे बढ़ने लगी। हवा के वेग से भी उसका वेग ज्यादा था। कान्हूड़े ने चौफेर देखा। समन्दर की तो लीला ही न्यारी! धरती पर तो नजर ठौर-ठौर अटकती है। कहीं ढलान। कहीं चढ़ाई। कहीं रुख। कहीं टीले। कहीं पहाड़। कहीं झोंपड़ियाँ। तो कहीं हवेलियाँ। लेकिन यहाँ तो कुछ भी नहीं। कंकर तो कंकर, चुटकी धूल भी नहीं। पत्थर फेंकने की तो मन में ही रह जाये। कहाँ निबकौरी, कहाँ खिरनियाँ और कहाँ खोखे! यहाँ झुरनी खेलने का तो सवाल ही नहीं। न कोई नीचे गिरे

और न हाथ-पैर टूटें। हाथ-पैर न टूटें तो माँ-बाप क्यों डाँटेंगे! ऊपर नीला आसमान। चौफेर नीला पानी। पानी-ही-पानी! इस पानी की न तो कोई थाह है और न ओर-छोर। कहाँ से आया इत्ता पानी? कैसा भी अँधेरा हो, ठोकर खाने का तो सवाल ही नहीं. . .!

कि तभी अलंघ दूरी से हाँका हुआ तूफान आया। गरजता। दहाड़ता। विकराल। गुस्से से खौलता! हवा जैसे किसी का पीछा कर रही हो! पहाड़ों को भी उथेल दे ऐसा भयंकर तूफान! सोनल मछली बोली, "डर मत। तूफान जैसे आया है वैसे ही निकल जायेगा। मेरी पीठ कसकर पकड़ ले।"

सोनल मछली ने जैसा कहा उसने वैसा ही किया। यह तूफान तो समन्दर की ठौर छुड़ाये जैसा! लहरों के पहाड़ लुढ़कते आ रहे थे। लहरों पर डोलर-हिंडोले की तरह ऊपर-नीचे होता कान्हूड़ा आगे बढ़ता ही गया।

थोड़ी देर उपरान्त तूफान थम गया जैसे हजारों-लाखों ढोल-नगारे बजते बन्द हुए हों! दूर-दूर तक साफ दिखने लगा। यहाँ बाड़-काँटों का तो वास्ता ही नहीं! बेधड़क नंगे पाँव दौड़ो! भुरण्ट भी नहीं खुबता। न कंकर रड़कता है।

तर-तर सूरज ढलने लगा। तपते-तपते आखिर डूबने की जँच गयी दिखती है! हे हे, यह कोर गीली हुई! कहीं आग का गोला बुझ न जाये! अब गुलाल का थाल आधा गायब हो गया! यह डूबा! यह डूबा! अब मालूम हुआ कि साँझ को नित-हमेस सूरज इस समन्दर में डुबकी लगाता है! तभी प्रभात की वेला ठण्डा-ठण्डा उगता है! तर-तर साँझ का अँधेरा आसमान पर छा गया। समन्दर का पानी भी साँवला होने लगा। दिन-भर आँख-मिचौनी खेलते तारे अब इक्के-दुक्के प्रकट होने लगे। फूँक से आग चेतन होती है वैसे ही चाँद हौले-हौले चेतन होने लगा। समन्दर की चाँदनी का तो ओर-छोर ही नहीं। पानी के परस से कित्ती ठण्डी हो गयी! पता ही नहीं चलता कि चाँदनी समन्दर को नहला रही है या समदर चाँदनी को! धुली-धुली चाँदनी लहरों के पालने में झूलने लगी! उसके परस से साँवला पानी झिलमिलाने लगा।

कान्हूड़े के हिया की कली-कली खिल गयी! हजार बरसों की निरोगी जून उसने तीन दिन और तीन रात में ही जी ली! यह नजारा देखे बिना मर जाता तो मन-की-मन में रह जाती! आसमान जोगी ने कैसी विकट और दुरगम ठौर मन्दिर बनवाया!

सोनल मछली ने मन्दिर देखते ही पिंजरा उड़ाने की जुगत सोच ली। रात आधी ढल गयी थी। पूनम के चाँद से समन्दर में ज्वार आया हुआ था। भूखे शेर लस्त-पस्त सो रहे थे। यहाँ मौत के मुँह में कौन आता? समन्दर का पानी चढ़ते-चढ़ते इत्ता चढ़ा कि मन्दिर का तहखाना भर गया। सोनल मछली पानी में तैरती हुई कान्हूड़े को लेकर तहखाने में घुस गयी। उसने बड़े आराम से कड़े से लटकता पिंजरा उतार लिया। सोनल मछली वापस मुड़ गयी। तोते की टिव-टिव

सुनकर शेर अचकचाकर उठे। मौत भी थर्रा जाये ऐसे दहाड़ने लगे। मगर पानी में कूदने की हिम्मत न हुई। मौत तो शेरों को भी प्यारी नहीं होती...!

इधर तोते का मन्दिर से बाहर निकलना हुआ और उधर जलमहल में सो रहे आसमान जोगी का जी बेतरह घबराने लगा। झट पलँग से उठा। कुम्हारी पास खड़ी पंखा झल रही थी। आसमान जोगी का जी फड़फड़ाने लगा। माथे पर हाथ फेरते हुए बोला, "कुम्हारी, एकाएक यह क्या हुआ? मेरा दम क्यों घुट रहा है?"

कुम्हारी ने कहा, "हाड़-मांस का शरीर है। थोड़ा-बहुत रोग-माँदगी तो हो ही जाती है। सिर दबा देती हूँ। अभी आराम हो जायेगा। कहीं सेठजी की बेटी के लिए तो जी खराब नहीं हो रहा? फरमाएँ तो बुला दूँ? आपके दम घुटने का मतलब मैं खूब समझती हूँ! लेकिन अब तो फकत तीन दिन की देर है। फिर सब ठीक हो जायेगा!"

आसमान जोगी की आवाज में कमजोरी व्याप गयी। सिर धुनते हुए बोला, "नहीं कुम्हारी, यह घुटन वह नहीं। कोई जालसाजी तो नहीं हुई?"

"कैसी बात करते हैं! आपके साथ और जालसाजी! जब भगवान का भी आपके आगे बस नहीं चलता तो बेचारे आदमी की क्या बिसात...?"

कुम्हारी ने सेठ की बेटी को बुला भेजा। अब तो फकत तीन दिन बाकी हैं। राम जाने उस दिन उसने किस अजानी आस के भरोसे छह महीने की मोहलत माँगी थी! अब तो वह भी सम्पूर्ण होने वाली है। उसके पाँवों से मानो पहाड़ बँधे हों। जैसे-तैसे पाँव घिसटते हुए जलमहल में आयी। चुपचाप कुम्हारी की बगल में खड़ी हो गयी। कुम्हारी के पास उसे माँ का-सा थावस मिलता था।

कुम्हारी ने ठीक कहा था। सेठ की बेटी को देखकर आसमान जोगी को थोड़ा आराम मिला। कुछ ही देर में दम घुटना कतई बन्द हो गया। वह मुस्कराया, "तीन दिन तक तुम दोनों यहीं रहो। राम जाने क्यों, दूजी लुगाइयों के बीच अब मेरा जी नहीं लगता...।"

छठे महीने की आखिरी रात थी। कल आसमान जोगी के लिए सोने का सूरज उगेगा और सेठ की बेटी के लिए कालस का सूरज! यहाँ तो मरकर भी पिण्ड नहीं छूटता। आसमान जोगी इमरत के छींटे देकर फिर जिला देता है। न जीकर सुख और न मरकर। इससे बड़ा दुःख और क्या होगा! इस रात की काली ओढ़नी कौन पकड़े! यह बैरन तो बखत पर ढलेगी ही। निर्लज्ज आसमान जोगी तो सूरज के उजाले का भी लिहाज नहीं रखता। तड़के तो वह अपने मन की करेगा ही। एक-एक दिन गिनकर छह महीने धकियाए हैं...!

घड़ी रात रहते ही आसमान जोगी की नींद उड़ गयी। मगर उसने आँखें नहीं खोलीं। देखने के बाद शायद सबर न हो। अब तो घड़ी-पलक की देर! सूरज उगने के साथ ही उसके जीवन में एक नया उजास जुड़ेगा।

सेठ की बेटी और कुम्हारी की सारी रात आँख ही नहीं झपी। अबोली बैठी एक-दूजे का मुँह जोहती रहीं। बिन बोले बातें करती रहीं...। रात के अथाह अँधेरे के पार उन्हें दुःख की ज्वाला साफ दिख रही थी। कान्हूड़े की तो तब से कोई खबर ही नहीं!

अचानक एक भीषण चीत्कार के साथ आसमान जोगी झटके से उठा। मौत के पंजे में फँसे हजार शेर एक साथ दहाड़ें ऐसा दरद था उसके चीत्कार में। उसकी गूँज से बादल-महल डोल उठा। पागल की तरह इधर-उधर दौड़ने लगा। चीखा, "कुम्हारी, मेरे साथ घात हुआ है। लेकिन मैं मरते-मरते भी हत्यारे को जिन्दा नहीं छोड़ूँगा। विमान कहाँ है? चलो, तुम भी मेरे साथ चलो।"

दोनों को बाँह पकड़कर धकियाते हुए बादल महल के सदर दरवाजे तक लाया। दोनों को पकड़े-पकड़े ही कूदकर विमान पर चढ़ा। विमान सणण-सणण उड़ने लगा। सूरज उगने के पहले का हल्का ठण्डा उजास छाया हुआ था। आसमान जोगी को लगा जैसे उसके रोम-रोम में अंगारे दहक उठे। आज यह सूरज पूरी दुनिया को भस्म करके रहेगा। धरती धू-धू जलेगी और नुगरा सूरज यह देखकर हँसेगा, खूब हँसेगा!

तालाब की पाल पर विमान से उतरते हुए वह सेठ की बेटी की ओर देखकर बोला, "मैंने तुझ पर कित्ता भरोसा किया! मगर लुगाई की जात भरोसे लायक होती ही नहीं। मैंने गलती की, जिसका नतीजा तो भुगतना ही पड़ेगा।"

सात मूरतों के बीच एक सलोना लड़का खड़ा मुस्करा रहा था। उसके हाथ में सोने का पिंजरा। पिंजरे के तोते में आसमान जोगी की मौत। पिंजरा खोलकर वह तोते को बाहर निकाल ही रहा था कि आसमान जोगी बवण्डर के उनमान उसकी ओर लपका। जोर से गरजा छोड़ दे छोकरे—"तोते को छोड़ दे! तुझे तो मैं मरते-मरते भी मार दूँगा। जा, तुझे बादल-महल बगसीस किया, अब तो इसे छोड़ दे!"

मुँह से आग की लपटें निकालता हुआ वह छोरे के पास पहुँचने ही वाला था कि उसने तोते की टाँगें और पाँखें तोड़कर फेंक दीं। आसमान जोगी उसी पल चौरंगा होकर पाल से लुढ़कने लगा। उसने पाल पर चढ़ने की बहुतेरी कोशिश की, मगर आधेटे आकर फिर लुढ़क जाता। उसकी चौरंगी देह खून से लथपथ हो गयी।

कुम्हारी दूर ही से चिल्लायी—"बेटे, इसके बल का भगवान भी पार नहीं पा सका। अब देर मत कर! तोते की गरदन मरोड़ दे!"

वह मुस्कराया, "इसके बल की बिसात तो दिख ही रही है! तमाम उमर सुख ही सुख लूटा है। अब थोड़ी देर दुःख का आनन्द भी लेने दे। बिना दुःख के सुख की ठीक से पहचान नहीं होती...।"

चौरंगा हुआ आसमान जोगी बहुत कूका, बहुत गिड़गिड़ाया, लेकिन कुम्हारी

के बेटे ने तोते को नहीं छोड़ा। वह खून से लथपथ इधर-उधर लुढ़कता रहा।

सेठ की बेटी ने काँचली से इमरत का कूँपला निकाला। मूरतों पर इमरत छिड़कते ही सातों भाई जी उठे। उबासी लेकर आलस मरोड़ते हुए बोले, "आज तो नींद जब्बर आयी. . .!"

कुम्हारी ने कहा, "थूको अपने मुँह से. . .! ऐसी नींद तो किसी बैरी-दुस्मियों को भी न आये. . .!"

खून से लथपथ आसमान जोगी को देखकर उन्हें पिछली बातें याद आ गयीं। बहन से पूछा, "तेरी भौजाइयाँ कहाँ हैं. . .?"

कुम्हारी ने जवाब दिया, "थोड़ी तसल्ली रखो। अभी सामने आ जाती हैं।"

फिर उसने अपने काँचली से तोते की पाँख निकाली और सात बार फूँक मारी। काफी इन्तजार के बाद भी विमान कहीं नजर नहीं आया। किन्तु बड़े अचरज की बात कि बादल-महल एकदम नीचे आ गया। तब उसने बेटे से कहा, "कान्हूड़ा, अब देर मत कर। आसमान जोगी के मरे बिना बादल-महल धरती पर नहीं उतरेगा. . .!"

तब कान्हूड़े ने तोते की गरदन मरोड़ दी। हजारों बिजलियाँ एक साथ कड़कीं! आसमान जोगी आखिरी चीत्कार करके ठण्डा हो गया। उसके मरते ही बादल-महल धरती पर उतर आया! सोने के किवाड़ खुल गये। सब लुगाइयाँ मुक्त हो गयीं! लुगाइयों के मुक्त होते ही बादल-महल बिखर गया। तभी से धरती पर केसर और सुरंगे फूल उगने लगे। हीरे-मोती, माणिक और गुलाल के ढेर लग गये!

डोकरा-डोकरी धूप-बत्ती करने के लिए आये तो यह अनोखा नजारा देखकर आक-वाक रह गये! उनकी पूजा बेकार नहीं गयी! अनगिनत लुगाइयों के मेले के बीच उनके बेटों, बहुओं और बेटी के चेहरे दिप-दिप कर रहे थे!

सावन की तीज से पहले यह कैसी तीज आयी. . .?

सेठ की बेटी से कान्हूड़े का गाजे-बाजे और ढोल-नगारों की धड़िंग-धड़िंग के साथ धूमधाम से ब्याह हुआ। मुक्त हुई अनगिनत लुगाइयाँ खूब नाचीं! खूब गीत गाये!

समाचार मिलते ही लुगाइयों के घरवाले दौड़े आये। कुम्हारी ने सबकी गोद हीरे-मोतियों से भरकर अपनी बेटियों की तरह विदा किया।

आसमान जोगी के मरते ही उसके धड़ की ठौर आक और सिर की ठौर धतूरा उग आया! उस दिन संजोग से मैं भी वहीं था। अपनी आँखों से सारा नजारा देखा। साँच मानने वाले कुम्हारी के बेटे की तरह सुखी होंगे। धूम-धड़ाके से उनका मनचाहा ब्याह होगा। और अभरोसा करने वाले मरने के उपरान्त ठौर-कुठौर आक-धतूरा बनकर उगेंगे. . .!

जून, 1971

खीरवाला राज्य

कीड़ी को कन और हाथी को मन। राजा को राज और कोढ़ी को खाज। विवाहितों को रात और बच्चों को बात। गधे को लात और भिखारियों को भात। मछली को पानी और मवेशी को सानी। जिसका मन ज्यों माने, साँई सबकी ताने। तो रामजी सबको ही भले दिन दें—एक था राजा। जिसे अपच की बीमारी। राज-रसोई में तरह-तरह के उम्दा पकवान बनते, पर राजा को देखते ही उबकाई आती। वह दरबारियों को खिलाकर खुश होता। उन्हें रू-ब-रू बिठाकर खिलाने से राजा को बड़ी तसल्ली मिलती। राज्य के तमाम वैद्य-हकीमों ने अनेक जड़ी-बूटियाँ, सोने और मोतियों की भस्म और भी जाने क्या-क्या औषधियाँ खिलाईं, क्या-क्या उपचार किये, पर राजा का हाजमा नहीं सुधरा सो नहीं सुधरा। साबूदाने की एक कटोरी खीर के अलावा, उसे कुछ भी हजम नहीं होता था। लम्बा-चौड़ा राज्य और अखूट खजाना, लेकिन राजा एकदम मरियल। न चैन पड़े, न चिन्ता मिटे!

एक दिन उसने दीवान को रंगमहल में बुलाकर कहा, "दीवानजी, एक कटोरी खीर के बदले राज्य का यह प्रपंच क्या भाव पड़ता है? न भूख लगती है और न नींद आती है। न रानियों का सहवास सुहाता है। दूसरे लोगों को खाते देखकर कब तक धीरज रखूँ? औरों को कितना पचता है और वे लम्बी तानकर सुख से सोते हैं। मैं बेकार ही राजा बना।"

दीवान ने हाथ जोड़कर अरदास की, "अन्नदाता! आपके सिवाय और कौन राजा बन सकता है? भगवान की तरह राजा तो वासना के भूखे होते हैं! राज्य की रैयत राजा के बदले खाने की बेगार निकालती ही है! यदि खाने से ही शोहरत बढ़ती हो तो सूअर आठों पहर मुँह मारते रहते हैं और गुर्राहट के साथ वापस भूखे हो जाते हैं।"

राजा की आँखों के सामने अँधेरा छाने लगा तो वह सोने के पलंग पर लेट

गया। पलकें मूँदकर बोला, "वे लोग कितने भाग्यशाली हैं, जिन्हें सबकुछ हजम हो जाता है. . .!"

दीवान ने धीमे-से मिलती मारी, "गरीबपरवर, आयुर्वेद के अनुसार तो जितना पचे उतना ही खाना चाहिए।"

राजा ने आधी पलकें उघाड़, दो-तीन गहरी आहें भरकर पूछा, "क्यूँ, तुम्हें तो काफी भूख लगती है?"

दीवान ने कहा, "हुजूर की परेशानी देखकर, खाने की इच्छा ही नहीं होती!"

राजा कुहनियाँ टेककर सूनी-सूनी आँखों से छत की नक्काशी निहारने लगा। कुछ देर उपरान्त बोला, "दीवानजी, कल इक्कीस पण्डितों को खाने का न्योता दो। केसर व बादाम डालकर उम्दा चावलों की खीर बनवाओ। मैं अपने हाथों से उन्हें खिलाऊँगा। शायद उनकी दुआ से मेरी भूख जाग उठे. . .!"

दीवान कुहनियों तक हाथ जोड़कर बोला, "ज्यों आपकी इच्छा! हुजूर का आदेश हो तो इक्कीस हजार पण्डितों के खाने का इन्तजाम कर दूँ।"

बातचीत की इतनी तकलीफ से ही राजा का साँस ऊँचा चढ़ गया। बेदम होकर वापस लेट गया। नौकूँटी रियासत का राजा, सत्रह रानियों का भरतार और संज्ञाविहीन शरीर का यह बूता! आँखें मूँदकर उस बेढब संजोग पर विचार करने लगा। मगर सूने-सूने दिमाग के भरोसे गहरे विचारों में उलझने की शक्ति ही कहाँ थी. . .?

राजा को अपने हवाले छोड़कर उसका हुक्म बजाने वह धीरे से खिसक गया। दूसरे दिन चार घड़ी दिन चढ़े रानियाँ-विहीन सूने रंगमहल में आकर दीवान ने अरदास की, "अन्नदाता, आपके आदेशानुसार खीर व पण्डित दोनों हाजिर हैं। इस नाकुछ काम की खातिर आपको तकलीफ उठाने की जरूरत नहीं। आज्ञा हो तो मैं परोसगारी कर दूँ।"

सोने के पलंग से उठकर राजा ने कहा, "तुम्हें यह नाकुछ काम नजर आ रहा है? मेरे लिए इससे बढ़कर दुनिया में कोई दूसरा काम नहीं है। खुद पचा सकता नहीं, तब अपने हाथ से परोसने का आनन्द तो उठाने दो. . .!"

दीवान का कन्धा पकड़े खुद राजाजी पधारते नजर आये तो सभी पण्डितों ने जोर से 'खम्माघणी, खम्माघणी' की हाँक लगायी। राजा किसी दूसरे ही ख़याल में उलझा हुआ था। उस अचीती हाँक से चौंका और लड़खड़ाकर नीचे गिरने वाला ही था कि दीवान ने कमर पकड़कर उसे सँभाल लिया। पण्डितों ने फिर दूने जोर से वही गुहार मचायी।

कुछ देर सुस्ताकर राजा फिर धीरे-धीरे आगे बढ़ा। राज-रसोई में सोने के आसन पर बिराजने के बाद राजा बारी-बारी से सभी पण्डितों के चेहरे निरखने लगा। एक-से-एक बढ़कर हृष्ट-पुष्ट। मुस्टण्ड! बजरबट! आँखें फाड़कर राजा ने अचरज के सुर में पूछा, "तुम सभी क्या खाते हो? क्या पीते हो?"

एक बुजुर्ग पण्डित ने हाथ जोड़कर जवाब दिया, "गरीबनवाज, खाना-पीना तो आप जैसे राव-उमरावों का हम तो गम खाते हैं, सबूरी पीते हैं और जस-तस पेट भरने का प्रपंच करते हैं।"

याचक के लहजे में रिरियाते हुए राजा बोला, "भले आदमियो! गम खाने व सबूरी पीने की यह तरकीब तो मुझे भी बताओ!"

सभी पण्डित आगे-पीछे बोलने लगे, "अन्नदाता, राज के मालिक को किस बात की कमी! गम और सबूरी के लिए तो हम जैसे दुखियारे ठौर-ठौर भरे पड़े हैं।"

राजा भीगे सुर में बोला, "तुम मानो न मानो मुझसे ज्यादा दुखी इस राज्य में और कोई नहीं है। मैं तो पहले से ही मार परेशान हूँ। तुम्हारे ये ताने मुझे घाव पर नमक की नाईं पीड़ा दे रहे हैं। और कुछ नहीं तो कम से कम हाजमा ठीक होने की दुआएँ तो दो। पूरा एहसान मानूँगा।"

सयाने पण्डित ने हाथ जोड़कर कहा, "हुजूर, आप यह क्या फरमा रहे हैं? आप हमारा एहसान मानें तो हमारा जीना ही बेकार है। आपके लिए तो हमारे प्राण हाजिर हैं।"

"तुम्हारे प्राणों से मेरे हाजमे की कमी पूरी नहीं होगी।" राजा ने जबरदस्ती मुस्कराने की चेष्टा करते कहा, "आखिर तो मेरे शरीर की ताकत ही मेरे काम आयेगी। अपने बूते के अलावा कहीं कोई आसरा नहीं है। अब तुम सभी पंगत में बिराजो, मैं अपने हाथों से परोसने का सुख तो चख लूँ।"

स्वामी का आदेश मिलते ही सभी पण्डित झटपट पद्मासन की मुद्रा में पुतलियों के उनमान अविचल बैठ गये।

दीवान ने कपड़ा हटाया तो राजा की आँखें फटी की फटी रह गयीं। चाँदी के एक बहुत बड़े कड़ाह में किनारों तक खीर भरी थी। कटे हुए काजू, बादाम व पिस्तों से अँटी हुई केशर की खुशबू। सूँघने से ही मन तृप्त हो जाय तो कोई बड़ी बात नहीं। हतप्रभ राजा धीरे-से बोला, "खाना तो दूर, मुझे तो देखने से ही बदहजमी हो रही है। उबकाई आने लगी है।"

फिर राजा ने भृकुटी तानकर अचरज से पूछा, "दीवानजी, इतनी खीर किसलिए बनवायी? मैंने तो फकत इक्कीस पण्डित न्योतने का आदेश दिया था!"

एक प्रौढ़ मुस्टण्ड ब्राह्मण राजा के पास ही बैठा था। राजा की बात सुनकर और नजदीक आया। हाथ जोड़कर बोला, "आपको यह खीर ज्यादा दिख रही है?"

राजा ने रूखे स्वर में कहा, "और नहीं तो क्या? मेरे ख़याल से यह खीर दुगुनी, नहीं-नहीं, तिगुनी है।"

प्रौढ़ पण्डित दीन भाव से कहने लगा, "अन्नदाता की बात का विरोध करना मुझे शोभा नहीं देता। आप नाराज न हों तो यह खीर मैं अकेला ही डकार जाऊँ।"

अनहोनी बात सुनकर राजा की आँखें ऊँची ललाट में चढ़ गयीं। अविश्वास के लहजे में पूछा, "क्या कहा?...यह खीर तुम अकेले खा सकते हो?"

"हाँ मालिक, अकेला ही। पीछे एक चावल भी नहीं छोड़ूँगा।"

पहली बार राजा के मरियल शरीर में खीज भभकी। ढक्कन की नाईं फदफदाते बोला, "तुम्हें पता है कि झूठ की बदबू आते ही मैं आपा बिसर जाता हूँ। यदि यह खीर नहीं खा सके तो कोल्हू में तुम्हारी खली बनवा दूँगा।"

"यदि खा गया तो!"

"बस...बस, रहने दो। जितना समझते हो, उतना भोला नहीं हूँ।"

"तो अब प्रत्यक्ष को क्या प्रमाण अन्नदाता! देर होने पर इस खीर से भी मेरी भूख नहीं मिटेगी।"

राजा ने आँखें निकालते फटकार बतायी, "फिर वही बदतमीजी! तुम्हें कुछ होश भी है कि किसके सामने क्या बकवास कर रहे हो? खैर! यदि सचमुच तुम अकेले ही यह खीर खा गये तो पूरा राज्य तुम्हें सौंप दूँगा। फिर मुझे राज्य करने का अधिकार ही क्या है।"

पण्डित ने सिर नवाते कहा, "राज्य करना तो आप जैसे उमरावों को ही शोभा देता है। और खीर बेचारी की क्या बिसात, मुझ जैसे अभागे भी चट कर जाते हैं।"

राजा असहमति के आशय से गरदन हिलाते बोला, "नहीं-नहीं, मेरे ख़याल से इतनी खीर खाने वाला ही इस देश का राजा होना चाहिए। किन्तु खुद परोसने पर ही मुझे भरोसा होगा।"

जब बार-बार समझाने पर भी राजा नहीं माना तो आखिर पण्डित को मानना पड़ा। तत्पश्चात् राजा सोने के कटोरे भर-भर कर परोसता गया और प्रौढ़ पण्डित चाँदी की थाली मुँह लगाकर खीर पीता गया। परोसते-परोसते राजा को पसीना आ गया, पर पण्डित तो बीच में रुका ही नहीं। जैसे किसी बड़े बासन में वह खीर इकट्ठी हो रही हो।

जब कड़ाह के तल से कटोरा रगड़ खाने लगा, तब पण्डित बोला, "अब आप आराम फरमाएँ, यह कड़ाही मैं अपने हाथ से चाट लूँगा।"

राजा के हाथ बुरी तरह दुखने लगे थे। उनके दूर हटते ही पण्डित ने, जैसा कहा, वही किया। कड़ाह को अच्छी तरह पोंछने के बाद उसने पेट पर हाथ फेरा और जोर से डकार खायी।

राजा ने इस तरह की डकार न तो कभी खायी और न कभी सुनी। जैसे कोई साँड़ धड़का हो। राजा पहले तो थोड़ा चौंका, फिर कहा, "पण्डितजी, शायद आपका तो कुछ नहीं बिगड़े पर मुझे लगता है कि मेरा पेट फट जाएगा।"

फिर राजा ने पण्डित के चरणों में दण्डवत करके प्रार्थना की, "जिस तरह आपने कड़ाही की खीर सँभाली, उसी तरह अब यह राज्य सँभालो। शायद राज्य

छोड़ने पर मेरा हाजमा भी कुछ सुधरे।"

राज्य की प्रजा व दरबारियों ने खूब निहोरे किये, पर हठीला राजा नहीं माना सो नहीं माना। आखिर उसने झुँझलाते कहा, "इतने बरस मैं नादान रहा वही बहुत है। अब किसी के कहने से अपना अकाज नहीं करूँगा। राज्य का फन्दा मेरे गले में डालकर तुम सब तो खाने-पीने का आनन्द उठाते हो और मैं अपच की बीमारी भुगत रहा हूँ। ऐसे राज्य के पीछे सात तगारी धूल।"

उसके बाद राजा ने एक हठ और किया। अपने हाथ से पण्डितजी का राजतिलक करके, उन्हें सिंहासन पर बिठाकर ही माना। पण्डितजी के पेट की ओर देखकर राजा बोला, "या तो अब हाजमा ही रहेगा या सिंहासन! यदि सिंहासन के साथ हाजमा भी रख लो तो आपकी खासियत है।"

हजारों सिर देने पर भी राज्य बड़ी मुश्किल से हाथ लगता है, पर यहाँ तो हँसी-ठट्ठे में इतना बड़ा राज्य हाथ लग गया। खीर खाने का ऐसा चमत्कार तो नहीं जाना था। पण्डितजी के लिए तो खीर भगवान से भी बड़ी हो गयी।

तीसरे दिन सिंहासन का मद चढ़ते ही खीरवाले राजा ने गाँव-गाँव मुनादी पिटवा दी कि किसी वार-त्योहार या उत्सव-उछाह के अवसर पर भूल-चूक से भी खीर नहीं बनायी तो सूली का दण्ड मिलेगा। खूब कमाओ, खीर खाओ और मौज मनाओ।

आस-पड़ोस के सभी रजवाड़ों में हवा की नाईं ख्याति फैल गयी—खीरवाला राजा और खीरवाला राज्य।

उस राजा को तो खीर के अलावा कोई दूसरी बात सूझती ही नहीं थी। वह खीज करे तो खीर का जुर्माना और रीझ करे तो खीर की बकसीस। जिन थान-मन्दिरों में जहाँ बकरे, पाँड़े व घेटों की मनौती के बहाने लहू की नालियाँ बहती थीं, वहाँ अब सर्वत्र खीर का प्रसाद चढ़ने लगा। खीर से बढ़िया व पवित्र चीज और क्या हो सकती है।

राज-रसोई में तो दोनों जून खीर के कड़ाह चढ़ने लगे। दरबारी विद्वान्-पण्डित खीर बनाने के नित्य नये गुर बताते। राज वैद्य दूर-दिसावर जाते और दूसरे रजवाड़ों से खीर बनाने के विचित्र नुस्खे लाते।

राजा के आदेश मुताबिक रियासत के तमाम मठ-मन्दिरों में खीर-देवी की आरतियाँ गायी जाने लगीं। 'खीर मैया की जै, खीर मैया की जै', से गली-गलियारे गूँजने लगे। भरा-पूरा खजाना खीर के कड़ाह-दर-कड़ाह छीजने लगा। सेना के लिए भी हर वक्त खीर का भोजन पकने लगा।

दरबार में प्रतिदिन बस...एक ही चर्चा चलती—खीर, खीर और खीर! कविराज खीर का यश गाते, खीर का विरुद बखानते। बातपोश खीर की नयी-नयी बातें सुनाते और राजा खिल-खिल हँसता रहता। उसे तब भी पूरा भरोसा नहीं हुआ कि वह बामन की बजाय किसी रियासत का राजा बन गया है। सपनों की कोई

एक जात तो होती नहीं! नींद के अलावा जागते हुए भी वे आ धमकते हैं! जब तक न टूटें अच्छा ही है!

खीर का स्वाद चखते-चखते आखिर छह महीने गुजर गये। राजा को अब खीर के सपने दिखाई देने बिल्कुल बन्द हो गये। साथ-ही-साथ एक अचरज की बात और हुई कि राजा की इच्छानुसार खीर के कड़ाह चढ़ने लगे तो दिन-ब-दिन उसकी खुराक कम होती गयी। धीरे-धीरे खीर मुँह आने लगी। दूध से आधे घी की मात्रा भी कुछ कम नहीं होती! बादाम, पिस्ते व काजू जैसा गरिष्ठ मेवा आसानी से क्योंकर पचता! उस दिन जितनी खीर खाने से तो ओझरी ही फट जायेगी। कहीं संयोग से किसी वैताल की क्षुधा तो आँतों में नहीं घुल गयी थी? अब तो सोने के दसेक कटोरे बड़ी मुश्किल से पचते हैं। खट्टी-मीठी डकारें भी आने लगी थीं। अभाव के बीच जितनी भूख भभकती है, बहबूदी के बीच उतनी ही ठण्डी पड़ने लगती है! उस दिन पुराने राजा ने बिल्कुल सच कहा था। पर खीर के पराक्रम से यह राज्य हाथ लगा, यह सच्चाई तो सात पीढ़ियों तक भूले जैसी नहीं है। खुराक कम हुई तो क्या, खीर की महिमा क्योंकर भुलाई जा सकती है!

मगर रैयत के लिए तो खीर की ऐसी महिमा थी नहीं। जरूरत मुताबिक रूखे-सूखे टुकड़े भी जी-तोड़ मेहनत से हाथ लगते थे, तब खीर का तो सपना भी दूभर था! देखते-देखते खीर के प्रबल प्रताप से रियासत के पौधे-पौधे की जड़ें खोखली होने लगीं। सड़ने लगीं। चारों तरफ लूटमार, डाकाजनी, चोरी-चकारी व खून-खच्चर का हुड़दंग मचने लगा। अन्यायी एवं अत्याचारी राजा-ठाकुरों के अंकुश तले पीढ़ियों से दबी-कुचली प्रजा खीरवाले राज्य की खुली छूट मिलते ही रास्ता भटक गयी। लूट-खसोट के अतिरिक्त जीने का कोई दूसरा उपाय नहीं था। छोटे-बड़े के मान-सम्मान का कतई लिहाज नहीं रहा। निपट-निखालिस स्वार्थ का सर्वत्र नंगा नाच होने लगा। सारे राज्य में अराजक-अन्धड़ का हाहाकार गूँजने लगा।

आखिर जीवन की धड़कन और साँसों से परेशान होकर राज्य की प्रजा त्राहिमाम-त्राहिमाम मचाती दरबार में इकट्ठी हुई। जोर-जोर से चिल्लाने लगी, "राजा, सेना और दरबारी खीर खाएँ तो भले ही खाएँ, पर हमारे लिए नमक-रोटी का इन्तजाम तो होना ही चाहिए।"

घबराया हुआ दीवान राजा से मशविरा करने की खातिर दौड़ा। रंगमहल में राजा के दर्शन नहीं हुए तो वह राज-रसोई की ओर भागा। गलीचे पर बिराजे राजाजी स्वयं अपने हाथ से मोटी खरल में केसर घोट रहे थे। दीवान ने पाँव पकड़कर अरदास की, "अन्नदाता, हजारों की तादाद में राज्य की रैयत इकट्ठी होकर फरियाद करने आयी है. . .!"

राजा ने केसर घोटते-घोटते ही पूछा, "कैसी फरियाद? भला रैयत को फरियाद

करने की ऐसी क्या जरूरत आ पड़ी? खीर खाओ और मौज मनाओ। खीर से बढ़िया चीज दुनिया में और कुछ नहीं है।''

दीवान रिरियाते बोला, ''गरीबपरवर, तीन बरस से पानी की बूँद तक नहीं बरसी। जमराज का सामना करना आसान पर अकाल से जूझना कठिन है।''

खीर की अचीती मेहरबानी के फलस्वरूप अकाल, बादल, वर्षा और पानी की बातें राजा भूल गया था। मुस्कराकर बोला, ''दीवानजी, आप भी कैसी भोली और बेतुकी बातें कर रहे हैं! खीर तो निखालिस दूध की बनती है। पानी से उसका क्या वास्ता?''

''अन्नदाता, पानी बगैर दूध कहाँ? थोर-आकड़ों का भी दूध सूख गया फिर भैंस-गाय और बकरियों की क्या बिसात। स्तन काटने से शायद लहू भी न निकले। पानी है तो जिन्दगी है।''

केसर घोटने में मगन राजा ने पूरी बात सुनी ही नहीं। मुँह बनाते बोला, ''ना, पानी मिले दूध की खीर स्वादिष्ट नहीं होती। आज मेरे साथ बैठकर खीर खाओ, तब कहीं तुम्हें मेरी बात पर विश्वास होगा।''

''हुजूर की सभी बातों पर मुझे विश्वास है। आप एक बार दरबार में पधारने की तकलीफ तो फरमाएँ। प्रजा आपके दर्शन की खातिर बेताब हो रही है।''

खीर के कड़ाह में केसर घोलते राजा ने कहा, ''मेरे दर्शन से खीर जितना आनन्द थोड़े ही आयेगा। कितनी भीड़ है? खीर का स्वाद चखते ही अपने-आप खुश हो जायेगी।''

''नहीं, गरीबपरवर, भीड़ इतनी ज्यादा है कि खीर का एक चावल तक उसके हाथ नहीं लगेगा। और न रोती-बिलखती रैयत को खीर की जरूरत ही है। वह तो फकत नमक-रोटी की फरियाद करने आयी है।''

राजा केसर से रँगे हाथ धोते हुए बोला, ''तब तो खीर की महिमा समझाने के लिए मुझे भीड़ के पास चलना ही पड़ेगा।''

प्रजा को समझाने की राजा ने खूब कोशिश की, लेकिन पेट की आग के मारे खीर का माहात्म्य कुछ भी समझ में नहीं आया। अधकुचले साँप की तरह फुफकारती भीड़ को आखिर बिखरना ही पड़ा। खीरवाले राजा से ऐसी आशा रखना ही बेकार था। दीवान के उदास चेहरे पर नजर गड़ाकर वह होठों-ही-होठों में फुसफुसाया, ''कैसे मूरख हैं? इतना समझाने पर भी खीर की महिमा समझ में नहीं आयी। खीर खाए बिना अक्ल भी तो नहीं आती।''

फिर अपनी अक्ल की अभिवृद्धि के लिए राजा ने खीर तो अवश्य खायी, पर पहले जैसा मजा नहीं आया। मन-ही-मन भीड़ को कोसता रहा और खीर खाता रहा।

उस खीरवाले राज्य की हवा दूर-दूर तक फैल चुकी थी। जो भी राजा सुनता,

उस पर चढ़ाई करने की सोचता। जीतने के लिए ऐसा कमजोर राज्य और कहाँ मिलेगा? आखिर एक नटखट राजा ने अपनी बेजोड़ ताकत के बूते पर अचानक धावा बोल ही दिया। दीवान के कानों में भनक पड़ी तो वह घबराकर राजा के पास पहुँचा। सोने के कटोरे से राजा उस समय खीर पी रहा था। दीवान पर नजर पड़ते ही खुश होकर बोला, ''वाह! बड़े उम्दा मौके पर आये। खीर बहुत स्वादिष्ट बनी है। पेट भले ही भर जाय, मन नहीं भरता।''

खीर की प्रशंसा सुनी-अनसुनी करके दीवान कहने लगा, ''हुजूर, अब तो कटोरे की बजाय आपको कटार, तलवार और भाला पकड़ना होगा। एक हरामी राजा ने अपने राज्य पर चढ़ाई कर दी।''

किन्तु राजा के कान पर जूँ तक नहीं रेंगी! सुगन्धित खीर के चटखारे भरते कहा, ''करने दो! घबराने की जरूरत नहीं। राज्य की सीमा पर ठौर-ठौर खीर के कड़ाह भरवा दो। राजा के साथ-साथ सारी सेना को भी कटोरे भर-भर कर खीर पीने दो। स्वाद चखते ही वे एकदम खुश हो जायेंगे। उस मौके पर सारे राज्य का दूध इकट्ठा करने की डौंडी पिटवा दो...।''

दीवान ने बीच ही में टोकते कहा, ''अन्नदाता, यह मसखरी की वेला नहीं है! हमें युद्ध का मुकाबला युद्ध के हिसाब से करना होगा।''

जाने क्या सोचकर राजा ठण्डी खीर में फूँक देते बोला, ''दीवानजी, इतने समझदार होकर भी क्या बच्चों की-सी बातें कर रहे हो? मुझे युद्ध और चढ़ाई की बातें अच्छी नहीं लगतीं। क्यों खामखाह सिर खपा रहे हो? खीर का एक घूँट पीते ही आपको राहत मिल जायेगी। आप तो जानते ही हैं कि मैं कभी झूठ नहीं बोलता।''

''हुजूर, यह खीर खाने की वेला नहीं है...''

''पागल तो नहीं हो गये!'' राजा ने अधीर स्वर में कहा, ''भला खीर के लिए क्या तो वेला और क्या कुवेला! खीर तो जब कभी खाने को मिले, अच्छी है।''

राजा की वैसी समझ के आगे दीवान क्या प्रतिवाद करता! उसी तरह घबराया हुआ प्रजा के सामने हाजिर हुआ। प्रजा गुस्से में दाँत पीसते बोली, ''खीरवाले राजा की यह दुर्गति तो होनी ही थी। ऐसे बावले राजा का हम साथ क्यूँ दें। उल्टे दुश्मन का हाथ बँटायेंगे—वह कुछ तो प्रजा का भला सोचेगा।''

बेचारा दीवान तो राजा और प्रजा के बीच बुरा फँसा। दुश्मन की फौज तो धूल के बादल उड़ाती आँधी के समान आ धमकी। घबराया हुआ दीवान फिर राजा के पास भागा। देश के स्वामी की ताकत के अलावा उसके पास दूसरी ताकत भी क्या थी? पर देश का स्वामी तो खीर के स्वाद में ही मगन था। दीवान ने कोहनी तक हाथ जोड़कर कहा, ''अन्नदाता, दुश्मन की फौज तो सीमा के पार आ पहुँची। अब भी समय है, कुछ-न-कुछ उपाय कीजिए।''

राजा के पास खड़ी एक सुन्दर दासी पंखी से खीर पर बयार कर रही थी।

राजा खीर की ओर ललचायी आँखों से टुकुर-टुकुर देखते बोला, "मैं तो खीर के सिवाय कोई दूसरा उपाय जानता ही नहीं। तुम अकेले ही क्यूँ परेशान हो रहे हो? मेर साथ खीर खाओ और मस्त रहो। दुनिया में इससे बढ़कर सुख और किसमें मिलेगा?"

राजा की उस बेढंगी आस्था के सामने दीवान का कुछ भी जोर नहीं चला। राजा ने अपने हाथ से दीवान को जबरदस्ती खीर खिलायी। सचमुच, खीर तो काफी स्वादिष्ट बनी थी।

दूसरे दिन भीषण तूफान की नाईं दुश्मन की फौज नगर के परकोटे में आ धमकी। दीवान के रोम-रोम में खलबली मची। पागल की तरह हाँफता-हाँफता रंगमहल में पहुँचा। राजा के पाँव पकड़कर प्रार्थना की, "गजब हो गया हुजूर, गजब हो गया! फौज तो परकोटे के भीतर आ गयी। अब तो किले में घुसने ही वाली है।"

राजा घबराकर बोला, "तब तो वाकई गजब हो गया! मैंने तो अभी तक खीर ही नहीं खायी! चलो, जल्दी करो। मेरे लिए पूरा कटोरा भरकर खीर लाओ, फिर कुछ उपाय भिड़ाऊँगा। मेरा कहा मानो, तुम भी एक कटोरी खीर गले उतार लो।"

ऐसी नेक सलाह और कौन देगा?...वह बड़ी तेजी से रसोई में गया और सोने के थाल में दो कटोरे भरकर खीर लाया। संकट की उस घड़ी में भी उसने राजा की मान-मर्यादा में जाने-अजाने कोई कमी नहीं रखी। राजा के लिए सोने का बड़ा कटोरा और अपने लिए चाँदी की छोटी कटोरी। एक बड़ा-सा घूँट पीकर राजा बोला, "आज जैसी उम्दा खीर तो कभी नहीं बनी! क्यूँ, दीवानजी?"

दीवान कुछ सोच-समझकर माकूल जवाब देने वाला ही था कि एक शूरवीर नंगी तलवार लिए रंगमहल में आया। दरवाजे के बाहर आठ-दसेक योद्धा तलवारें घुमाते हुए जोश दिखा रहे थे।

एक अजनबी शूरवीर के हाथ में दमकती तलवार देखी तो राजा चौंककर खड़ा हुआ! खीर का कटोरा काँपते हाथों से नीचे छिटक पड़ा। शूरवीर दाँत किटकिटाते कहने लगा, "सुनी-सुनाई बात तो एकदम सच निकली! युद्ध के वेला भी तुम तलवार की बजाय खीर का कटोरा थामे रंगमहल में बैठे हो! खीरवाला राज्य ज्यादा दिन नहीं टिकता। मैं अमुक रियासत का महाराजा हूँ। बिना लड़े ही मैंने तुम्हारा किला जीत लिया। इस कटोरे की तरह तुम्हारा राज्य भी तुम्हारे हाथ से छिन गया।"

हारा हुआ राजा गलीचे पर फैली खीर की तरफ देखते बोला, "खीर खाने से ही मुझे यह राज्य बकसीस में मिला और खीर खाते-खाते ही छिन जाए तो कोई परवाह नहीं। मैं तो खीर के अलावा कोई दूसरा प्रपंच जानता ही नहीं। यह सिंहासन बखुशी आप सँभालें। पर मेरे लिए ताजिन्दगी खीर खाने का पुख्ता इन्तजाम

हो जाय तो मुझे और कुछ नहीं चाहिए! मैं राजी और मेरा भगवान राजी! आपने यह राज्य जीतकर वाकई बड़ा ऐतिहासिक कार्य किया है, मगर मेरी रसोई में बनी खीर एक बार चखने का कष्ट तो फरमाएँ! इतनी स्वादिष्ट खीर बनी है कि क्या बताऊँ? आप भी याद रखेंगे कि ऐसी मनुहार करने वाला कोई मिला तो था! ना, खाने के पहले नहीं, खाने के बाद धूमधाम से खुशी मनाइए! काजू से भी तिगुनी मात्रा में पिस्ते डाले हैं—पिस्ते! केसर की ऐसी भीनी खुशबू आपने कभी नहीं ली होगी! तो हुजूर, मेरे लिए खीर के बन्दोबस्त की बात याद रहेगी न. . .?"

15 जुलाई, 1997, मंगलवार

आसीस

भाँति-भाँति के लोग, गात-गात के रोग। बात-बात का भोग। हाथ-हाथ का जोग। जितने लोग, उतने व्यवहार। जितने रोग, उतने उपचार। जितने भोग, उतनी चाहें। जितने जोग, उतनी राहें। जैसी समझ, वैसी चाल। जैसी नीयत, वैसा हाल। जैसा अन्तस्, वैसा भाव। जैसा दाँव, वैसा उपाय। तो सृष्टि का सृजनहार साँई बुद्धि के धवल उजियारे पर कालिख न चुपड़े कि एक था राजा। जिसका वैसा ही तौर व वैसा ही बाजा! बीमारी या यमराज के अलावा वह किसी का अंकुश नहीं मानता था। उसके मन में इस बात की बेहद खीज थी कि कृतघ्न और मूढ़ विधाता ने उसके सदृश सबको ही एक जैसा मानवीय हुलिया और एक जैसा चेहरा क्यों सौंपा? फकत राजकुँवर और रानियों के अलावा वैसी कारीगरी और वैसी खटपट दूसरों के लिए करनी ही नहीं थी! यदि विधात्री शुरुआत से ही सतर्क हो जाती तो कुदरत की बजाय धरती के स्वामी राजा को अलग से विशेष प्रयत्न नहीं करना पड़ता! दूसरे मनुष्यों की खातिर तो एक आँख और एक कान से ही काम चल जाता! नाक की ठौर मात्र एक छेद रहने से क्या कसर पड़ती...?

मगर विधात्री और कुदरत ने भूल की तो कोई बात नहीं। समझ के सिरमौर राजा ने उनकी भूल सुधार ली। राजा और प्रजा में स्पष्ट भेद नज़र आये इसलिए ख़ुद तो लम्बे सुहाने बाल, दाढ़ी और गलमूँछें रखता। बाकी सारी प्रजा रुण्ड-मुण्ड। राजकुँवरों, राजकुमारियों और रानियों को छोड़कर किसी भी बन्दे के सिर पर बाल नहीं थे। मरदों के लिए मूँछों की बात तो दरकिनार भृकुटी और बरौनियाँ तक सफाचट!!

दरबार में राजा के सामने दो पाँवों पर सीधे-सतर चलना निषिद्ध था! परकोटे में घुसते ही सारी प्रजा जानवरों की नाईं हाथ-पैरों पर चलती थी। छोटी-बड़ी कोई भी बात शुरू करने के पहले राजघराने के अलावा हर व्यक्ति, किसी पंछी या पशु की हू-ब-हू नक़ल करता। कोई 'म्याऊँ-म्याऊँ' तो कोई 'क्राँव-क्राँव', कोई 'गुटरगूँ'

तो कोई 'हुक्की-हुक्की' करके बात प्रारम्भ करता। जिससे राजा को अच्छी तरह पता चल जाता कि कौन मनुष्य कौन-सा पंछी या जानवर है! जिन बड़े मनुष्यों पर राजा की विशेष मेहरबानी होती, उन्हें हाथी, सिंह, साँड़, ऊँट और घोड़े की बोलियाँ बोलने की इजाजत मिलती। सियार, कुत्ते, गधे और कव्वे की बोलियाँ बहुत बुरी लगतीं। मगर राजा की आज्ञा के सामने किसी का कुछ भी वश नहीं चलता था। राजा की रीझ-खीज का किसे भी अनुमान नहीं होने की वजह से हर दरबारी विभिन्न बोलियाँ सीखने के लिए मजबूर था!

मनुष्यों के अतिरिक्त जंगल के तमाम पंछी जानवरों का भी वह राजा था! दया-माया का पुतला! मनुष्यों की अपेक्षा वह चींटी-मकोड़ों व अन्य प्राणियों का ज़्यादा ख़याल रखता था! मनुष्य तो जस-तस खटपट करके अपना पेट भर लेते हैं, मगर अन्य जीव-जन्तु तो मुँह से बोलकर कुछ दरसाते ही नहीं! उनके अन्तस् की पीड़ा तो समझने वाला ही समझता है!

आस-पड़ोस की रियासतों से कुछ-न-कुछ विशेषता सिद्ध करने की खातिर वह राजा दिन को सोता और रात को जागता! राजा की उस दिनचर्या का अनुकरण करने की दृष्टि से सारे राज्य में ही वही ढर्रा चल पड़ा! उल्लंघन करने वाले को फकत इक्यावन कोड़ों की सजा और दो जून सरेआम घास का भोजन! कोड़ों की अपेक्षा लोग घास खाने से ज्यादा भयभीत और शर्मिन्दा होते थे। राज्य में कुछ ऐसी ही न्याय प्रणाली का प्रचलन था। किन्तु अन्य जीवधारियों को पूरी छूट थी कि वे जैसा चाहें, वही करें।

किसी एक चाँदनी दूज का किस्सा कि खचाखच भरे दरबार में दया के अवतार राजा के कानों में 'हुक्की-हुक्की' का लगातार शोर सुनाई पड़ा। सभी दरबारियों को चुप रहने का इशारा करके राजा ने कुछ देर तक पूरे ध्यान से वह शोर सुनने का प्रयास किया। फिर अचानक दीवान की ओर देखकर आश्चर्य से पूछा, "दीवानजी, यह आवाज तो मैंने पहली बार ही सुनी। कौन-से पंछी बोल रहे हैं. . .?"

साँड़ की नाईं तीन-चार बार जोर-जोर से दहाड़ने के बाद दीवान ने जवाब दिया, "सियार चिल्ला रहे हैं, अन्नदाता।"

अबोध बच्चे की तरह राजा ने उत्सुकता से पूछा, "ये पंछी होते हैं कि जानवर?"

राजा को जवाब सुनने की उतावली थी, इसलिए चतुर दीवान एक ही दहाड़ के बाद बोला, "आपने बिल्कुल ठीक फरमाया अन्नदाता कि सियार जानवरों की कोटि के अन्तर्गत ही आते हैं।"

"अच्छी बात है, सुनकर ख़ुशी हुई है।" राजा ने सहज जिज्ञासावश जानना चाहा, "लेकिन रात की वेला इस तरह जोर-जोर से चिल्लाने की ज़रूरत क्या है? इनके दिल में अवश्य ही कोई दरद कसक रहा होगा?"

उस किस्म का होशियार दीवान दूर-दूर तक किसी दरबार में नहीं था। तत्काल एक तरकीब सोच ली। राजा को खुश करने की मंशा से वह पाँच-सात बार जोर-जोर से दहाड़ा। फिर अतिशय विनम्रतापूर्वक कहने लगा, "सियार बहुत ही शरीफ और स्वामिभक्त होते हैं, गरीबनवाज़! अपनी देखा-देखी ये भी रात को जागरण करते हैं और दिन को सोते हैं। इस तरह 'हुक्की-हुक्की' के बहाने जागने का पुख्ता प्रमाण दे रहे हैं!"

'सचमुच?' राजा ने अत्यधिक खुशी के लहजे में जानना चाहा। किसी भी नयी जानकारी के लिए वह हर समय तैयार रहता था! कुशल प्रशासन के लिए नयी-नयी जानकारियाँ बहुत जरूरी होती हैं!

"आपके सामने झूठ बोलने की भला कौन गुस्ताखी कर सकता है! तनिक भी सन्देह हो तो सभी दरबारियों से पूछने की मेहरबानी हो जाये, अन्नदाता।"

सभी स्वामिभक्त दरबारियों ने अपनी-अपनी बोलियों का स्पष्ट इज़हार करके हामी भरी। किन्तु आश्चर्य की बात कि किसी भी दरबारी के मुँह से 'हुक्की-हुक्की' का आलाप नहीं सुना तो सर्वज्ञ राजा के मन में अजाने ही गुस्सा भभक उठा। दाँत पीसते बोला, "क्या अपने राज्य में एक भी स्वामिभक्त और नेक दरबारी नहीं है? तभी तो अब तक किसी के मुँह से मैंने सियार की बोली नहीं सुनी!"

"शायद एकाध बार सुनी है, अन्नदाता। मगर आप किसी और ख़याल में डूबे होंगे। अपना खजांची सियार की बोली बखूबी जानता है। लेकिन वह ज्यादा बोलता नहीं। मुश्किल से होली-दीवाली उसके होठ खुलते हैं।" दीवान के लिए खजांची की पैरोकारी करना जरूरी था।

वाकई खजांची बहुत कम बोलता था। सियार की नकल में उसे बड़ी शर्म आती थी! चतुर राजा ने अदेर उस समस्या का समाधान सोच लिया। दीवान की ओर देखते बोला, "दीवानजी, आपको बोलने की हरदम जरूरत रहती है। आज से ही इन स्वामिभक्त सियारों की बोली आप बोलें तो काफी सुभीता रहेगा। और यह खजांची होली-दीवाली साँड़ की तरह दहाड़े तो कोई हर्ज नहीं! अपने राज्य में सभी किस्म के व्यक्ति चाहिए।"

इच्छा न होते हुए भी दीवान को राजा का आदेश मानना पड़ा। मुँह उतारकर धीमे से बोला, "जैसी आपकी आज्ञा।"

सियार फिर जोर-जोर से शोर मचाने लगे। करुणा के सागर राजा ने संवेदना प्रकट करते कहा, "बेचारे, स्वामिभक्त सियारों का चिल्लाना रुकता ही नहीं। मुझे तो इनकी आवाज में जरूर कुछ-न-कुछ दर्द महसूस होता है!"

उतरते पूस की भयंकर सरदी पड़ रही थी। दीवान तिहरी कम्बल ओढ़े हुए था। ठिठुरने का अभिनय करते बोला, "हुज़ूर की तेज निगाहों से भला कोई बात छिप सकती है? ये दुखियारे सियार सारी रात सरदी में काँपते रहते हैं। फिर भी

कभी फरियाद नहीं की। यदि राज्य के खजाने से इनके लिए गोगियों के आथरे, मोटे कम्बल और बरड़ियों का बन्दोबस्त हो जाये तो इनकी तकलीफ मिट जायेगी, गरीबपरवर. . .।"

अब कहीं दीवान को अपनी चूक का ख़याल आया। वह कायदे के अनुसार बात शुरू करने के पहले सियार की बोली बिसर गया था। राजा को पता पड़ने पर डाँट-फटकार में कमी नहीं रहेगी। इसलिए बात पूरी होते ही वह चार-पाँच बार काफी जोर से चिल्लाया। तत्पश्चात् वैसी भूल उससे दुबारा नहीं हुई।

राजा ने उसे बीच में ही टोकते कहा, "दीवानजी, ऐसे स्वामिभक्तों का तुम्हें विशेष ध्यान रखना चाहिए। अब जल्दी-से-जल्दी इनकी माकूल व्यवस्था करो!"

राजा की वैसी छूट मिलने पर दीवान के किसी भी कार्य में कोई खामी नहीं रहती थी। वह भी सियारों से कम स्वामिभक्त नहीं था! उस मद के सीगे में राज्य के खजाने से पर्याप्त धन उठा और दरबार के सियारों ने होशियारी से सारा काम इस तरह सम्पन्न किया कि राजा के कानों में भनक तक नहीं पड़ने दी!

लगातार सात दिन तक राजा ने खूब ध्यान रखकर सियारों का शोर सुनने की चेष्टा की पर उसे 'हुक्की-हुक्की' का आलाप नहीं सुनाई दिया। दीवान पर बेहद खुश होकर उसे सोना-निवेश का बख्शीश-नामा कर दिया। इन्तजाम हो तो ऐसा हो! इतना योग्य दीवान बड़े भाग्य से मिलता है!

सचमुच, वह दीवान की ही माकूल व्यवस्था थी कि फिर एक बार तीन-चार घड़ी रात ढलने पर 'हुक्की-हुक्की' का शोरगुल सुनाई पड़ा। चलते प्रसंग को अदेर तिलांजलि देकर राजा ने पूछा, "क्यूँ दीवानजी, मेरे ख़याल से ये सियार ही चिल्ला रहे हैं?"

दीवान ने सियार की नाईं 'हुक्की-हुक्की' करने के बाद कहा, "हाँ करुणानिधान, आपकी पहचान कभी झूठी नहीं हो सकती!"

"पर अब इनके चिल्लाने का मायना क्या है?"

दीवान कुछ जवाब दे उसके पहले ही राजकवि 'म्याऊँ-म्याऊँ' की नकल करने के बाद बोला, "गरीबपरवर, आग को भी कँपकँपी छूटे जैसी सरदी पड़ रही है! फकत कपड़ों से पूरा नहीं पड़ता। ये सभी इकट्ठे होकर छोटे-बड़े मकानों की खातिर फरियाद कर रहे हैं. . .!"

"तो इसमें पूछने की क्या बात? बेचारे सरदी के मारे काँप रहे हैं तो इनके लिए मकान बनवा देने चाहिए थे! मैं पंछी-जानवर का राजा पहले हूँ, फिर समस्त प्रजा का, समझे?"

"जय हो, राज-राजेश्वर की जय हो! आप जैसे दयावंत राजा सात जन्म की तपस्या के बाद मिलते हैं!" राज-व्यास 'क्राँव-क्राँव' की नकल करने के पश्चात् मनुष्य की वाणी में कहने लगा, "आपकी आज्ञा के बगैर किसकी हिम्मत जो अपनी

मरजी से एक धेला भी खर्च कर दे! अब आपका आदेश है तो फटाफट मकान बनकर तैयार हो जायेंगे।"

जनानी-ड्योढ़ी के नाजर ने काफी देर तक भेड़ की 'में-में' रींकने के बाद कहा, "अन्नदाता, सियारों के लिए अलग-अलग मकान बनाने की क्या जरूरत है? हाँ अलबत्ता, बीस-पच्चीस गेह की लम्बी सियार-बाड़ी बन जाये तो काफी है।"

राजा ने जोर से ताली बजाकर हँसते कहा, "नाजरजी, तुम भी कैसी भोली बातें कर रहे हो! सियार तुम्हारी तरह नपुंसक थोड़े ही हैं! मर्दों की खातिर तो अलग-अलग रंगमहल होने चाहिए. . .!"

नाजरजी को मर्द-जानवरों की बोली के लिए मनाही थी। बकरी, गाय, भैंस, भेड़ इत्यादि मादा-प्राणियों की आवाज निकालने का आदेश था। पक्षियों के कलरव में नर-मादा की दृष्टि से विशेष अन्तर नहीं होता, इसलिए दीवान के कहने पर उस पर पाबन्दी लगा दी थी।

राजा का आदेश मिलते ही सियारों के लिए अलग-अलग मकानों की वृहत् योजना के तहत खजाना दिन-ब-दिन खाली होने लगा सो होता ही गया! आखिर रात-दिन अथक परिश्रम करते-करते निर्माण का कार्य समाप्त हुआ! शातिर राजा ने एक पखवाड़े तक पूरा ध्यान रखा, तब भी उसे सियारों की शिकायत सुनाई नहीं पड़ी। दीवान की योग्यता से खुश होकर राजा ने अश्व-सिरोपाव की बख्शीश देकर उसे सम्मानित किया।

राजा तो दरबार में सरेआम दीवान को ही बख्शीश देता था, मगर निष्पक्ष दीवान चुपचाप दूसरे उपायों से सभी दरबारियों को सन्तुष्ट कर देता। बैकुण्ठ जाने के लिए बाँट-बाँटकर खाना अनिवार्य था! बड़े काम तो अन्ततः अनेक व्यक्तियों के हार्दिक सहयोग से ही सम्पन्न होते हैं! फकत यश का सेहरा दीवान के सिर पर बँधता था।

दीवान के माकूल बन्दोबस्त में कभी गफलत नहीं होती थी। सोलहवें दिन, आधी रात ढलने पर राजा के कानों में फिर वही 'हुक्की-हुक्की' का आर्तनाद सुनाई पड़ा। लापरवाह अमलों ने निर्माण-कार्य में ढील कर दी होगी! राजा की भृकुटी तन गयी! आँखों में रोष उतर आया! कड़ककर दीवान से पूछा, "इतना समय बीत गया, अब तक मकान नहीं बने?"

दीवान से पहले राज्य मुनीम काफी देर तक कुत्ते की नाईं भौंकता रहा! फिर किंचित् मर्म की मुस्कान होठों पर छितराते बोला, "अन्नदाता, आपके आदेश मुताबिक गृह-निर्माण में किसी तरह की खामी नहीं रही। अब तो यह ब्याह की खातिर अरदास कर रहे हैं. . .!"

राजा ने उतावले लहजे में सीधा सवाल पूछा, "क्यूँ, अब तक इनका ब्याह क्यूँ नहीं हुआ? यह बात मुझे पहले बतानी चाहिए थी! तुम लोगों को तो नाक

के आगे कुछ सूझता ही नहीं! मैं अकेला बन्दा क्या-क्या ध्यान रखूँ?"

दीवान की सानी मिलते ही इस बार खजांची जोर-जोर से साँड़ की नाईं धड़कने के बाद बोला, "आखिर सभी बातों का ध्यान तो आपको ही रखना होगा! असंख्य तारों से जो प्रकाश सम्भव नहीं, उसे पूनम का चाँद अकेला ही सर्वत्र बिखेर देता है! अन्नदाता आप ही फरमाएँ, पूर्व दिशा में क्या दो सूरज उगते हैं. . .?"

राजा ने प्रमुदित भाव से मुस्कराते कहा, "पट्ठा खजांची बोलता तो वार-त्योहार है, पर बोलता बड़ा मजेदार है! परन्तु मेरी समझ में यह बात नहीं आयी कि अब तक बेचारे सियारों को ब्रह्मचारी क्यूँ रखा. . .?"

इस बार सेनापति गधे की नाईं कुछ देर तक 'ढेंचू-ढेंचू' के लहजे में रेंकता रहा। फिर खँखारकर बुलन्द आवाज में बोला, "सौ नर-सियारों के बीच एक मादा सियारी बड़ी मुश्किल से मिलती है! अपने राज्य की भाँति एकनिष्ठ विवाह की मर्यादा निबाहते हुए शेष निन्यानवे सियार तो विवाहिता सियारी के सामने तक नहीं देखते!"

राजा बीच ही में उतावली दरसाते कहने लगा, "तो इस में इतना सोच करने जैसी क्या बात है? अपने राज्य की कुँआरी कन्याएँ सियारों को ब्याह दो. . .!"

सेनापति तीन बार रेंकने के बाद बोला, "अपने राज्य की कन्याओं का शाप न लें तो अच्छा है। आपकी आज्ञा हो तो मैं आस-पास के राज्यों में कुँआरी लड़कियाँ छीन लाऊँ? भला आपके रहते हमारी सेना का मुकाबला कौन कर सकता है? या आपका आदेश हो तो पंगु और कुबड़े राजा से लड़कियाँ खरीद लाऊँ। केवल इक्कीस मोहरों के बदले कैसी भी खूबसूरत लड़की मोल मिलती है, अन्नदाता. . .!"

राजपुरोहित जंगली बिल्ले की नाईं गुर्राते कहने लगा, "खुले बाज़ार में बिकने वाली चीज़ की खातिर बेकार चढ़ाई करने से क्या मतलब?"

राजपुरोहित को शाबाशी देकर राजा ने दीवान को आदेश दिया, "तो अब यहाँ खड़े-खड़े मेरा मुँह क्या देख रहे हो? अपने राज्य का कोई सियार कुँआरा नहीं रहना चाहिए! यदि इसमें गफलत हो गयी तो किसी की खैरियत नहीं है! मामूली चूक होने पर भी मैं माफ करने वाला नहीं हूँ. . .!"

कविराज ने 'म्याऊँ-म्याऊँ' की हू-ब-हू नकल करने के बाद कड़कती आवाज में कहा, "जानते हैं, गरीबपरवर, खूब अच्छी तरह जानते हैं। आपके इस महान् गुण से कौन परिचित नहीं है? दो सिर वाला ऐसा कौन दोगला है, जो आपके आदेश की अवहेलना करे? इसी कारण तो देश के बड़े-से-बड़े राजा आपसे डाह करते हैं. . .!"

उस राज्य के दरबारी तो राजा की नस-नस पहचानते थे। फिर क्या ढील? वे ही राज्य के घोड़े और वे ही बावरे सवार! वैसा बुद्धिमान और शातिर राजा मिलने पर कोई पीछे नहीं रहना चाहता था। सिर मुँडाने पर, भृकुटी और बरौनियाँ सफाचट

करवाने पर, ढोर की नाईं चारों हाथ-पाँवों के सहारे चलने पर और पंछी-जानवरों की बोली बोलने पर यदि मनवांछित अर्थ-प्राप्ति हो तो किसी के मन में कुछ भी दुविधा नहीं थी! कलियुग में संगठन ही सर्वोपरि शक्ति है. . .!

डेढ़ महीने तक राजा के कानों में सियारों के शोर की भनक तक नहीं पड़ी। बेचारे सियार कृतघ्न तो कतई नहीं हैं! कितने सन्तोषी और कितने शालीन! ब्याह की रंगरेलियों में मगन! दूसरी बातों का ध्यान ही नहीं रखते। तिस पर ऐसा योग्य और ईमानदार दीवान तो सूरज भी तलाश नहीं कर सकता! उसे गले लगाकर राजा ने हाथी-सिरोपाव का आदेश कर दिया। दरबार में खुशियों का मानो वातचक्र ही झूम-झूम उठा! उस शानदार मजलिस में दीवान की अरदास पर राजा भी बखुशी शामिल हुआ। योग्य दरबारियों का उचित सम्मान न करे वह राजा ही क्या! किसी भी राज्य का शामियाना कुशल अधिकारियों के कन्धों पर ही तो टिका रहता है!

लेकिन बेहद आश्चर्य की बात कि एक बार फिर आधी रात ढलने पर 'हुआँ-हुआँ' का शोरगुल सुनाई दिया। राजा ने तैश में आकर मायना पूछा तो दीवान काफी देर तक उस हल्ले-गुल्ले के बीच हूँकने लगा तो रुका ही नहीं। आखिर राजा ने झुँझलाते कहा, "बस, अब चुप भी करो। मुझे इस चिल्लाहट का मायना बताओ!"

दीवान के मुँह से भूख और कसाले की बात सुनते ही राजा का क्रोध फदफदाने लगा। डपटकर कहा, "तुम लोगों में इतनी भी समझ नहीं कि जिन्दगी में एक बार तो मेरे बिना कहे ही वाजिब काम कर सको। सयाने गीदड़ तो फकत मेरे लिहाज से चुप रहते हैं! तुम लोगों जैसी परजीवी परघे (कर्मचारी) तो दो दिन रोटी गले न उतरे तो चिल्लाने लग जायें। अब तो एक पल की भी देर मत करो। उनके तहखाने अनाज और गुड़ से भर दो और कूड़ियों के हिसाब से घी और तेल! और भी कुछ जरूरत हो तो आगा-पीछा मत सोचना! समझे. . .!"

राज्य के स्वामी का वैसा आदेश मिलने पर आज्ञाकारी दरबारी क्या कमी रखते! खजाना तेजी से छीजने लगा! अब तो वापस भरपूर आमदनी जुड़ने पर ही गीदड़ अरदास करेंगे! इसलिए सात-आठ महीनों तक तो जैसे जंगल में सन्नाटा ही छा गया। दयालु राजा तो बार-बार ध्यानपूर्वक सुनने की चेष्टा करता, लेकिन निरर्थक। सियारों को किसी चीज का अभाव हो तो चिल्लाएँ. . .!

लेकिन ब्याह की भाँवरों के नौ महीने बाद फिर वही 'हुआँ-हुआँ' का शोरगुल. . .! राजा के आश्चर्य का ठिकाना नहीं रहा! तिक्त गर्जन के साथ दरियाफ़्त करते ही नाजर तत्काल नाचने लगा। गाय की तरह रँभाने के पश्चात् जोर-जोर से तालियाँ बजाते बोला, "अन्नदाता, इन बड़े अमीरजादों को बताने में संकोच हो रहा है, इसलिए मुझे आगे किया! घर-घर में एक साथ इजाफा हुआ, हुजूर. . .! सबके सब सियार सुआवड़ की खातिर फरियाद कर रहे हैं!"

राजा ने मुस्कराते कहा, “शादी होने पर बच्चे तो होंगे ही! लेकिन प्रसव की पीड़ा में कराहती जच्चाओं की दुरासीस के फलस्वरूप तुम सबको कोढ़ उघड़ेगा, पहले आगाह कर देता हूँ! अब भी फुरती करो! सोंठ, लोद, अजवाइन, गोंद, खाँड, नारियल और गाय का घी इत्यादि. . .सब-कुछ! खबरदार, मामूली चूक भी रह गयी तो मुझ-सा बुरा कोई नहीं होगा! किसी को भी माफी नहीं मिलेगी. . .!”

वैसे न्यायप्रिय राजा के आदेश की अवज्ञा भला कौन करता! सब एक-से-एक बढ़कर ताबेदार थे! परिणामस्वरूप खजाना तो जैसे हवन-कुण्ड में भस्म होने लगा! मगर हठीले सियारों ने तब भी अपना हठ नहीं छोड़ा। सातवें दिन वही ‘हुआँ-हुआँ’ की धुआँधार होड़! मानो हवा हमेशा के लिए ऊपर उठ जायेगी. . .!

राजा ने गलमूँछों को सहलाते कड़कती आवाज़ में मायना पूछा तो सभी दरबारी पंछी-जानवरों की हू-ब-हू नकल उतारने के बाद एक स्वर में कहने लगे, “गरीबनवाज अब तो सियारियों को कुछ नहीं चाहिए! आपका बखान करते ठण्डे कलेजों से फकत आसीस दे रहे हैं! तब इन्हें क्यूँ रोका जाये? इनकी आसीसों के प्रभाव से आपका राज्य खूब बढ़ेगा और बेशुमार खजाना फलेगा! हजारों बरस तक आप सूरज के उनमान तपेंगे और विश्वभर में अखूट आलोक फैलाएँगे! फिर भी आप फरमाएँ तो इन्हें चुप करवा दें. . .।”

राजा ने तनिक गम्भीर मुद्रा में कहा, “आप सबने मुझे क्या बेवकूफ समझ रखा है, जो उन्हें चुप रहने का आदेश करूँ! मुझे तो इन भोले और नेक सियारों की आसीस पर पुख़्ता एतबार है! फिर भी सोचता हूँ कि आखिर इस आसीस की जरूरत क्या है? मैंने तो फकत अपना कर्तव्य निभाया. . .!”

सियारों की आसीस में अकस्मात् भारी इजाफा हो गया। योग्य और बुद्धिमान दरबारी समवेत स्वर में जोश-खरोश के साथ ‘हुक्की-हुक्की’ करने लगे, जिसके परिणामस्वरूप जंगल के गीदड़ों की आसीस कुछ दब गयी! कोई भी छोटा-बड़ा कर्मचारी किसी से कम स्वामिभक्त नहीं था. . .!

7 जुलाई, 1997, अदीतवार